秘密调查

王绍智◎著

长篇小说

中国检察出版社

图书在版编目（CIP）数据

秘密调查/王绍智著．—北京：中国检察出版社，2012.1
ISBN 978－7－5102－0605－4

Ⅰ.①秘…　Ⅱ.①王…　Ⅲ.①长篇小说—中国—当代
Ⅳ.①I247.5

中国版本图书馆 CIP 数据核字（2011）第 275277 号

秘密调查

王绍智　著

出版发行：中国检察出版社
社　　址：北京市石景山区鲁谷西路 5 号（100040）
网　　址：中国检察出版社（www.zgjccbs.com）
电　　话：(010)68682164(编辑)　68650015(发行)　68636518(门市)
经　　销：新华书店
印　　刷：北京佳明伟业印务有限公司
开　　本：710mm×1020mm　16 开
印　　张：24 印张
字　　数：440 千字
版　　次：2012年3月第1版　　2012年3月第1次印刷
书　　号：ISBN 978－7－5102－0605－4
定　　价：39.80 元

目录
Contents

第一章
“点 石 成 金”

没当官的人想当官，当了官的人想升官。沱原市检察院的副检察长秦光汉也想升官，非常非常地想。

想当官的不一定当得上官，想升官的也不一定升得了官。秦光汉想升官，还真的就升了。

秦光汉得知自己升官的消息是一个小时前，他刚进办公室就接到了那个电话。

电话是市委组织部卢兴林部长打来的。卢部长说，今天上午市委副书记、市长郁先达要到检察院去，传达省委组织部的一个通知，通知的内容是省委决定秦光汉任沱原市人民检察院党组书记、代理检察长。

秦光汉也不知道自己何时落下这么个毛病，遇到紧张、激动、苦闷、气愤的事情就内急，接罢这个电话一个多小时里就跑了三次厕所。

“好事找上门了，激动什么呢?”他在心里狠狠地责怪自己，“看你这点出息!”

秦光汉在副检察长的位置上已经干了十二年，盼望扶正这一天也已盼了五六年了。

年初，前任检察长苏维安升任省高级法院副院长后，他就临时主持全面工作，可是谁来当沱原市检察院的检察长却众说纷纭，成了一个在全市检察系统内外热议的焦点。

前段时间，关于检察长人选的传言很多。有人说省检察院下派，有人说从兄弟市院交流，也有人说从本院产生。从本院产生的人选，集中在两个人身上，一个是秦光汉，另一个是副检察长高庆生。直到组织部门把他们两个同时列为考察对象，并且在沱原两级检察院干警中进行投票测评时，这一传闻才得到证实。

秦光汉刚听到这个传说的时候，暗暗将自己和高庆生放到一块儿比较了一下：他们同一年在机关业务处当副处长，同时下到基层院当检察长，又是同时被提升到市院当副检察长，资历不相上下，都符合革命化、专业化的要求。论年龄，高庆生今年刚满47岁，秦光汉今年50岁，按年轻化标准来考量，高庆生占有明显优势；论学历，高庆生是法学硕士研究生，秦光汉则是法律本科，按知识化标准来考量，高庆生也占有优势；论背景，高庆生的父亲生前是市委常务、组织部长，8年前因突发脑溢血在任上驾鹤西去，现任的9名常委中就有5名是这位老部长的幕僚，一般地说，他们都会关注老部长的后代。秦光汉呢，祖宗八代都是普通百姓，他是沱原秦氏家族中最大的也是唯一的官员了。当然，现任市委副书记、市长郁先达是他大学的同窗好友，20多年来一直跟他交往密切，关键时刻也许能够助他一臂之力。但是比起老部长的幕僚们，郁先达即便有心提携秦光汉，也未免有点儿势单力薄。

这样一比较，秦光汉就感到自己不是高庆生的对手，尽管郁先达在前任检察长离任，市委决定让他临时主持工作的时候，曾经私下鼓励他“只管工作莫问前程，你的安排组织会考虑的”。

说起“组织会考虑的”，秦光汉想起一条叫做“十大谎言”的手机短信，其中一条就是“你的事组织会考虑的”。秦光汉情愿把郁先达的这句鼓励当做官话，并没有当回事。毕竟他并没有告诉郁先达自己想当检察长的想法，郁先达也没有向他许诺什么，更没有明确表示要助他一臂之力，更何况组织考察的结果是从不公布的。

秦光汉有时候也强迫自己把职务升迁看淡些，可他又明白，职务高低毕竟体现了组织对一名干部能力的认可。再说，没有职便没有权力，有许多事情你想决定也决定不了，想干也干不成，想发挥自己的才干也没有用武之地。也许是工作实绩起了作用吧，现在省委终于决定，由他担任党组书记、代理检察长，明年初经过市人大选举，省人大任命，他就是沱原市检察院的检察长了。从正处到副厅，这可是他人生的重要一步啊！

秦光汉其实也知道自己紧张的原因。有道是夜长梦多，许多事情到最后一刻都是有可能出现变数的。

“咚咚！”随着轻轻两声敲门，侦查监督处副处长萧剑飞拿着薄薄一本卷宗，推门走进来。

秦光汉问：“有事吗，剑飞？”

萧剑飞说：“有个案子想向您汇报一下。”

秦光汉问：“什么案子？”

萧剑飞说：“诈骗。沱东区院请示的。当捕还是不当捕，我们处讨论了半天也拿不准，所以就来向您请示。”

“有案件你应当向高检请示，怎么向我请示来了。”秦光汉说的高检就是高庆生，侦查监督是他分管的。

萧剑飞说：“高检今天没来。”

秦光汉问：“没来，打他电话了吗？”

萧剑飞说：“打了。他说他病了，让我有事都找您，您现在是‘一把手’。”

“我是‘一把手’？”秦光汉怔了一下，忽然意识到自己现在已经是代理“一把手”了，心里想：“省委的通知还没传达呢，高庆生倒是先知道了。这小子消息这么灵通？”

萧剑飞笑了笑说：“秦检，全院上下都知道了，省委的任职通知都到市委了。您担任党组书记、代理检察长。”

秦光汉故意装出一脸严肃，说：“别跟着瞎传小道消息！”

萧剑飞说：“秦检，从去年底苏检升到省高院当副院长，就一直传说，接替他当检察长的不是您，就是高检。现在省委定的是您，高检的病是不是……”

秦光汉知道他要说什么，连忙伸手打住，说：“你坐吧。什么案子给我说说，怎么处理等高检回来再定。我可以先给你提个建议。”

“这是一个比较稀奇的诈骗案，大致案情是这样的，”萧剑飞在他对面的椅子上坐下来，打开卷宗汇报说，“沱东区一个皮包公司的经理叫郝学义。这几年不是市场不大景气吗？他就专门跟人家订立购销合同，诈骗外地厂家的滞销货。他故意跟人家在合同里约定，货到销售完毕一个月内一次性付款。可是，他收到货后马上廉价甩掉，故意留一部分堆在库里。人家一要货款，他就说货没卖完，人家要他先付一部分或者退回剩货，他拿出合同约定来对付人家。”

秦光汉说：“这种情况是诈骗还是纠纷还真不好界定。对方可以起诉他嘛。”

萧剑飞说：“已经有几家起诉，都败诉了。合同上订的就是货到销售完毕一个月内一次性付款嘛。”

秦光汉无奈地叹了声气。

萧剑飞继续说：“这种花招用多了就不灵了，郝学义最近又使了新骗术。他在互联网上说手里有工程，把沈阳的一个包工头骗到沱原来，让人家掏钱请客。到饭店专点茅台、五粮液、极品烟，一顿饭花人家上万元。结果呢？上千块一瓶的酒，几百块一盒的烟全是假的。骗的钱他和饭店老板平分。吃罢喝罢，又要人家请他洗脚、喝茶。洗脚喝茶时又跟这些地方的老板勾结诈了人家好几千块。最后又要跳舞。把人家领到舞厅，他就找个机会溜了。包工头发现受骗就报了案。这不，沱东公安分局把案破了，报请沱东区院批捕，区院拿不准，又向市院请示来了。”

“败类，真是沱原人的败类！”秦光汉气愤地说，“就这样个把骗子就把咱沱原的脸丢尽了！”

萧剑飞说：“可不是嘛。听说不少地方都说咱沱原是骗子城，连举办商品交易会门口都放上‘沱原人免进’的牌子！”

秦光汉听到这里想起一件事：那是去年的全市经济工作会议上，郁先达批评不珍惜沱原形象的行为，说有的沱原人竟然说沱原是个骗子城，还问外地投资商怎么敢到沱原来投资。

会后秦光汉私下跟郁先达说：“沱原难道不是骗子城吗，你怎么就不好好治理一下沱原的诈骗环境？”

郁先达冲他笑笑，说：“咱沱原的骗子高明，认真追究起来都是经济纠纷，你们司法机关都拿他没办法，我这个市长有什么办法？再说了，骗子也是把‘双刃剑’，他骗外地的钱，可他给我纳税。”

秦光汉问他：“你就不怕有朝一日让人家给骗了？”

郁先达笑笑，拍了下他的肩膀说：“你说我这个市长白当了？我后脑勺上都长着眼呢。谁想骗我，就叫他来吧。”

“秦检，您看这个案子怎么办，捕还是不捕？”萧剑飞见秦光汉沉思不语，就盯着他问。

气愤归气愤，这个案子要不要进入司法程序，秦光汉也有点儿拿不准。

他认真想了想，建议说：“你看是不是可以这样——你们拿个不捕的意见让高检定，答复沱东区院，然后再让沱东区院向沱东分局发个检察建议，对郝学义实行劳动教养。”

萧剑飞想了一下，说：“我明白了，秦检。”

萧剑飞起身出门去了，秦光汉看看桌上电话机液晶屏显示的时间，快十点了。“怎么回事，郁先达怎么还不来，是不是有了什么变故？”这样想着，又觉得内急了。

在秦光汉内急的时候，市委副书记、市长郁先达也在内急，不过他不是膀胱“内急”，而是心内焦急。

郁先达有个习惯，早晨一上班先打开电脑，浏览一下沱原政府网站上的“市民舆情”。

今天打开“市民舆情”就大吃了一惊：这个栏目里的网民留言足有四五百条，跟帖“支持”的高达数千人次，大部分都是询问或质问“石世宝”项目情况的。这种内容的网民留言前些日子就已经有了，一天不过三五条，措辞也较平缓，现在一下子出来这么多同样内容的留言，而且措辞也严厉起来，其中不少甚至质问“石世宝”为什么拖了几年还不投产，市委、市政府是不是借“石世宝”搞非法集资，骗干部的钱，投入的 30 亿元资金会不会打水漂……郁先达感到“石世宝”投产紧迫了。

“石世宝”是沱原市从日本金建科技株式会社引进的一项高科技煤化工项目，总投资 30 多亿元人民币，工程分三期建设。第一期是“石世宝”高新建材，其中外墙装饰材料、高新真空门窗玻璃、高新门窗型材。这种外墙涂料耐日晒，抗腐蚀、抗污染，可保持一百年光洁如新，而且隔热保温，可以使室内冬暖夏凉。高新门窗型材料坚固性可与钢材相比，且质量轻，阻燃、隔音，美观度高，无有害气体施放，施工下脚料可回收再利用，也可喷洒特殊降解液作降解处理，非常环保，同样隔热保温。高新门窗真空玻璃，则不仅隔音、隔热而且抗击，门窗用这种玻璃，冬夏室内外温度可悬殊 5 度以上，使居住者享受四季如春的舒适，性能比防弹玻璃更胜一筹。这三种产品结合使用，夏天可以不用空调，冬天可以不用暖气。第二期工程“石世宝”高级衣料，第三期工程是“石世宝”高效有机肥料。三期工程的废料还可以全部利用制成建筑用的高级空心砖。这种空心砖同样具有坚固、轻质、隔热、隔音功效。三期工程全部建成，就可以打造一个千亿元煤化工产业基地。因为沱原财力有限，便先实施了第一期工程。“石世宝”建材项目更大的优势是原材料在沱原本地遍地都有，只要添加日产的催化剂即可，每吨成本不过 300 到 500 元，而市场销售价高达 3 万元至 5 万元，堪称“以水换油”、“点石成金”的好项目。并且，这三种建材均具吸收消除辐射和隐形的功能，可以用于军事设施建设，市场前景十分广阔，项目建成后可实现年产值 150 亿元，年利税 50 亿元以上，使沱原的年工业产值增加二分之一，财政收入翻两番。

这个项目是招商局局长许传新通过他的老同学牛太元牵线，郁先达亲自出马，从沿海和内地四个城市的竞争中抢来的。计划建设周期是 1 年，而现在已经时近 3 年，厂房、库房、办公楼早已建成，设备也已进口放在厂房里，中介费、施工培训费、样品费也已付过，累计投资已经超过 20 多亿元，就是因为还有 10 亿元的专利技术转让费支付方式合同规定是汇付而日方要求改为美钞现金支付，双方无法达成一致，因此生产技术资料一直没有到位，技术工人培训也没进行，至今无法投产。

“工期拖延已经影响到市委、市政府的威信和社会稳定了，不能再拖下去了。”郁先达这样想着，立即拨通了许传新的电话，让他抓紧来一趟，商量一下石世宝项目建设的事。

他放下电话，又想起了到检察院宣布秦光汉任职的事，当即又拨通了市委组织部部长卢兴林的电话："老卢，省委关于秦光汉任职的通知，本来家厚书记安排我到检察院传达的。我反复考虑，光汉检察长跟我是老同学，我去未必合适。我这儿上午也有点急事，脱不开身。已经通知检察院了，你就代我跑一趟吧。去了给他们党组开个会，提提要求，重点强调一下团结问题，让班子成员全力支持配合光汉同志的工作。辛苦你了，就这样吧。"

郁先达放下电话，觉得一阵头晕头痛，双手按着太阳穴，自言自语地说："老了，真老了，在这个位子上干了十年了，真不能再干下去了！"他知道明年初市省两级班子就要先后换届。自己已在沱原市市长的位子上干了两届，该让妹妹先影在省里活动一下，做好下一步的安排了。哪怕当不了省委常委、副省长，到人大政协去弄个副主任副主席，享受副省级待遇休息也好。他相信凭妹妹与省委副书记、省长王宗禹的特殊关系，这点事情是办得成的。王宗禹曾经是省委唯一的专职副书记，主管干部、经济和政法工作，是省委班子里的元老，名副其实的实权人物。

郁先影现在是省委组织部常务副部长。15 年前她大学毕业，分到省委组织部当办事员的时候，郁先达已是省委宣传部的一名处长。在此后的五年里，郁先达眼看着身边的处长一个个不是提升为副部长或厅长、副厅长，就是派到下面担任了市委书记、副书记或市长、副市长，他却像被黏在处长的位子上，一直没动。

他为此非常苦恼，也十分难以理解。郁先达仔细反思了一下，自己跟上下左右关系都很融洽，不存在"自己人搞自己人的问题"，部长在位已经六七年了，对我郁先达的为人、能力也都了解，更不存在"上面老换人"的问题，唯一能解释通的就是自己"上面没有人"了，而这一点恰恰是郁先达无法解决的问题。在这五年里，郁先影却是另一般境遇，从办事员、科员、副科长、科长已经升到干部处副处长，几乎是一年升一级。

一天上午，郁先达内急上厕所，一进门就听见有人在里面议论什么，好像还提到了妹妹的名字。他有意站着没动，只听一人说郁先影是王宗禹副书记的秘密情人，她的进步其实是出卖自己换来的。另一人接着说，这已经不是什么新闻，也不是什么秘密了，整个省委大院都知道，不知道的也许只有郁先达一人了，只不过大家在他面前装聋作哑罢了。又说，等着看吧，郁先达不出俩月非升不可，到时候说不定会一下子跳到正厅，让咱们大吃一惊。

郁先达听到这里，简直无地自容，连方便也忘了，逃难似的跑回自己的办公室。他相信"无风不起浪"，人家的议论不像是捕风捉影。妹妹这五年上得太快了，采取这种手段往上爬也太不光彩，太让人瞧不起了。"耳不听心不烦"。他觉得自己无论如何不能再在省委大院待了，必须申请调个地方。

中午下班回到家里，郁先达本想跟先影谈谈，提醒她生活上多加检点，注意点影响。哪知妹妹一进门就兴高采烈地告诉他，说王宗禹已经同意让他到沱原去当市长。

这个消息对郁先达来说，当然是喜出望外。可他并不想到沱原去，那可是全省最穷、最落后的地方。他问妹妹为什么偏让他去沱原，先影说，近期只有沱原能腾出个位子。最穷、最落后怎么了？最穷、最落后最能出政绩，你就不考虑以后的台阶了？这可是连跳两级，下一步再跳一下就是省部级了。别看沱原最穷最落后，许多人想去还去不了呢。如果不是她求王宗禹，他也没戏。

郁先达听她这样说，便又想起了在厕所听到的议论，于是便说："最近机关出现了关于你和宗禹书记的议论，以后跟领导接触注意一下。"

郁先达本来还担心，自己这样直奔主题，妹妹会受不了，哪知先影听了竟然一脸不屑地说："注意什么，不就是说我是卖身投靠嘛，让他们眼红吧，宗禹书记还说马上让我当副部长呢。"

果然，郁先影很快就当上了副部长，后来又成了常务副部长。而郁先达来沱原 10 年，沱原最穷、最落后的面貌依旧，他在市长的位子上也是十年没动。

郁先达想，王宗禹现在虽然是省长，不管干部了，但在省委还是"二把手"有实权，凭妹妹现在所处的位置和她与王宗禹的特殊关系，自己关于退路的设想，应当是可以实现的，更何况王宗禹年底也快从省长的位子上退居二线了，他也会给先影留下一份厚礼的。当然，自己的升迁关键还要靠自己的资本，这个资本就是尽快让"石世宝"项目上马，让省委领导看到沱原的经济马上就要连续翻番的前景，看到他在沱原为官十年的赫赫政绩。这也能免除自己升迁以后的流言飞语。

他很快给妹妹打电话，把自己的想法说了。先影很赞成他的打算，说："省级换届还有半年多的时间，你那个石世宝项目最好能在最近上去。如果最近能投产，我说服宗禹省长到沱原参加投产典礼，安排中央驻省媒体、省级主要媒体去采访，为你们好好宣传，造造舆论。"

郁先达放下电话，心情舒畅了许多，心想："石世宝项目进展情况该向邝家厚汇报汇报了。虽然他上面没有什么背景，年龄也快到线，可人家毕竟是市委书记。"

邝家厚上午接待了一位重要客人。

此人姓丁名秉池，原任沱原市委书记，十年前退休安享天伦。邝家厚原来在他手下当市委常委、常务副市长，因为丁秉池退休前向省委力荐，才当上市委书记的。当时他还不到四十岁，在全省市长、书记中是比较年轻的一个。

丁秉池退休十年来，几乎未进过市委大院，更不用说市委书记办公室了。邝家厚和市委新班子成员都知道，丁老这是相信他们，担心自己露面会影响新班子的工作决策。尽管如此，这丝毫没削弱他作为老书记在沱原市的影响，不光在现任的班子成员、各局委领导中享有很高的威信，在厅、处级离退休干部中是自然形成的公认的首领，在整个沱原市也仍然是个重量级的人物。因此，每逢重大决策，邝家厚总会登门征求他的意见，对他的意见基本上也是言听计从。

当然，例外也是有的。

那是在石世宝项目决策过程中，邝家厚登门拜访他，说是征求他的意见，其实是向他报喜，想让他看看接班人的魄力和建树。

邝家厚原以为丁秉池听到这个消息一定会兴奋不已，并且会对他大加褒奖一番。不料丁秉池听过他的介绍，半天没说话，后来开口说话竟然连问了三个为什么：这么赚钱的项目，且在国际市场上抢手，精明的日本人为什么舍得转让？这个项目是军民两用，像小日本这样的国家，为什么允许转让给自己的对手？你说国内包括沿海和周边的四个城市都在争这项目，我们沱原与他们比，经济最落后、竞争力最弱，为什么我们能争过来？

丁秉池问过三个“为什么”，又提醒他说，天上不会掉馅饼，30个亿对沱原可是个天文数字，一定要谨慎、谨慎、再谨慎。

邝家厚听罢他的三个“为什么”，心里就有了几分不快，心想怪不得沱原在他手下多年面貌依旧，这老头儿的思想观念太僵化了，于是便仔细给他解释，哪知他越解释，丁秉池提出的“为什么”越多。最后，邝家厚急了，就让老书记解放思想更新观念。

丁秉池见他固执己见，执意要搞石世宝，也就失去了耐心，向他的接班人下了逐客令。

从此以后，除了春节、中秋节慰问、丁秉池老夫妻生病看望以外，邝家厚很少再到他家去。

“家厚，我是无事不登三宝殿。”丁秉池一进门就说，“有件事在心里憋了好长时间，今天非向你汇报不可了。”

邝家厚连忙起身让座，泡杯茶放到他跟前，说：“丁老您千万别客气，有什么事打个电话，我到您家去就行了。”

丁秉池说：“我知道你忙，本来是不便打扰的。可这件事老干部反映很强烈，还有人放风说要向省委、向中央反映。所以我不得不登门找你了。”

邝家厚意识到他要讲的一定是件大事了，忙说：“什么事，丁老您尽管说。”

“你们搞的那个石世宝项目怎么样了，”丁秉池说，“原定投产期马上超过两年了，20 多个亿砸进去了，咱沱原一年财政收入只有 10 来个亿，可用资金只有几个亿，这笔钱的大部分可都是从银行借的，从全市各级干部手里集资的。可不能有半点闪失啊！”

邝家厚说：“这我和先达市长都清楚，一直没敢掉以轻心。这不正进展呢？”他没敢把石世宝项目因技术转让费支付问题投产搁浅的事向老书记以实相告。

丁秉池说：“那么是什么原因拖了两年还不投产，是不是像外面传说的，项目要泡汤了？”

邝家厚奇怪地问：“怎么会有这种传说？”

丁秉池说：“有没有这种传说并不重要，关键是有没有传说的那种事情。如果没有，就找个机会在会上澄清一下。谣言止于智者，可谁是智者？我一直是相信你的，这不也差点儿信了外面的流言飞语？”

邝家厚说：“您老是智者。要不我还蒙在鼓里呢。”

丁秉池说：“家厚，你别给我高帽戴。你就给我说一句，那个石世宝项目现在究竟怎么样了。我也好给老家伙们解释。”

丁秉池这一问还真把邝家厚问住了。

他这段时间一直忙在会上，石世宝项目一直是郁先达操作的，最新进展情况，他还没顾上详细了解。

“这个项目是先达市长一手操办的。我这阵子这会那会的一个接一个，项目进展的具体情况还真不大清楚呢。”他说。

丁秉池听他这么说，立刻沉下脸来，几乎是用痛心的语气说：“家厚啊，这个项目关系到沱原全市 700 多万人的苦乐祸福，关系到全市上万名干部的血汗钱。你作为市委书记，怎么能这样放手？你就不怕 30 亿巨资打了水漂，就不怕撤职、开除党籍、上法庭，不怕落下骂名？”

“这老头儿又钻牛角尖了。”邝家厚这样想着，便拍着胸脯，说，“丁老您放心，这个项目很快就会投产，明年就会带来巨大效益。如果有什么闪失，不用组织处理我，法院判我，我自己就从市委办公楼上栽下去，以命谢罪。”

“以命谢罪？你的命值多少钱，值 30 个亿？”丁秉池眼里泪光闪闪了，“咱们沱原地下有矿，地上有粮，紧靠沱阳江、津浦大铁路，资源充足，交通发达，多好的条件啊！可我为官一任没能改变落后面貌，交给你们一个烂摊子……当初我交班的时候，对你们寄了多大的希望啊，可十年过去了，沱原还是全省倒数第一……眼下这个石世宝真让我揪心，我真担心你从这个办公楼上栽下去啊！”说罢起身走了，有点步履蹒跚，一步一颤的。

邝家厚看得出老人家是哭着离开的，心头一热眼睛也湿润了。

他决定亲自过问石世宝项目。

邝家厚和郁先达5年前的关系一直是疙疙瘩瘩、磕磕碰碰。

他们几乎是在同时担任沱原市党政“一把手”的。在中国的现行领导体制中，虽然市委书记、市长都是正市级领导干部，但党委是领导核心，书记是核心中的核心。虽说党政分开已经提了几十年，要真正做到还不是件容易的事情，更何况邝家厚原来就在沱原当过三年的市委常委、常务副市长了。

令他没想到的是，郁先达这个市长不同于任何一任，他大事小事完全按照理想中的党政分开干，不仅日常工作不跟他通气商量，就是连本该由市委集体研究决定的重大资金支出、重大项目引进，甚至政府的人事变动也直接安排市委组织部办，几乎很少向他汇报，而组织部等一些关键部门偏偏很买他的账。

邝家厚因此很生郁先达的气，多次在常委会上提醒“个别同志”办事要守规矩，可是郁先达仍然我行我素，甚至还在酒后发牢骚说邝家厚想在沱原“搞一言堂”。这样时间一长，书记、市长关系不和，便在市委大院就成了公开的秘密。这种关系也直接影响到市委、市政府两个领导机关的关系，在南楼办公的市委机关干部把在北楼办公的市长和政府工作人员称作“北楼的”。同样，郁先达和政府的工作人员也把邝家厚和市委的人称为“南楼的”。

后来，邝家厚渐渐知道了郁先达和郁先影以及郁先影与省委副书记、省长王宗禹的特殊关系，自知不是郁先达的对手，便主动跟他缓和关系，而郁先达在参加一次全省招商引资工作会议，受到王宗禹一场羞辱后，也感到光靠妹妹与王宗禹这层关系不行，党政“一把手”争斗的结果，只能是两败俱伤，所以也主动跟邝家厚缓和了关系。

但是，两人关系缓和后，郁先达仍然大都是按照自己的规矩办事，连石世宝项目决策这样的大事，每一步都是先斩后奏，往往事前连个招呼都不打，更不用说提请市委常委讨论决定了。有时候就是提交常委会，也是只要过程不管结果，连石世宝项目签约，郁先达也是到了那一天才把邝家厚拉去，到现场出席一下签字仪式，陪牛太元、河岛野雄吃了顿饭了事。

当然，邝家厚也乐得清闲，为了工作跟他结对头又何必呢，凭他妹妹跟王宗禹的特殊关系，又斗得过他吗？因此，几年来石世宝项目的进展情况，他基本上没有过问，眼下又是什么状况他也不清楚。

现在，情况不一样了。石世宝项目失败的传言已经在流传，甚至可能弄到互联网上去，而且引起丁秉池一帮市级老干部的关注，如果真如传说的那样，几十个亿泡汤了，那将是天大的事！

他不得不亲自过问了。

邝家厚立即给郁先达打了个电话，请他过来商量工作。

郁先达接罢电话很快赶了过来，一进门就问："什么事，家厚?"

邝家厚先把丁秉池来访的事说了，又问："石世宝项目近来怎么样了?"

郁先达说："还是因为资金交付方式卡在那儿，小日本儿是不拿到美金现钞不交技术资料。我正让许传新通过牛太元跟日方交涉呢。"

"那好，一定要抓紧，"邝家厚说，"现在老干部都对这个项目担心，社会上还出来一些流言飞语。我看这个项目不能再拖下去了。"

郁先达点头说："是的，按照当初的承诺，今年年底就要给全市一万多名干部百分百的分红了。拖上个半年几个月可以，拖时间太久，干部们也就没有耐心了。"接着他把"市民舆情"上的网民留言和跟帖的情况说了。

邝家厚说："是吗？我这段时间光忙在会上了，连政府网站也没顾得上浏览，没想到外面竟有这么强烈的反映。"

郁先达说："我看那些散布石世宝泡汤的人，是蓄意制造混乱。散布虚假信息是犯罪，应当让公安立案追查。"

邝家厚说："那倒不必了。尽快把石世宝项目上马，比什么都紧迫都重要。许传新那边交涉得怎么样了，有消息吗?"

郁先达说："没有。我一上班就打他的电话，办公室没人，手机也打不通。我看他这个招商局长是不想干了!"

邝家厚说："别着急，派人去找他。这样，专利技术转让费交付的事，你亲自跟日方交涉，只要不违反大的原则，你可以灵活处理。"

郁先达说："我知道了。我已经让小金找许传新去了。"小金叫金一文，是郁先达的秘书。

"好，这件事就这样吧，"邝家厚忽然想到秦光汉任职的事，于是问道，"检察院那边你去过了吗?"

郁先达说："上午没脱开身，我让兴林部长去了。"

卢兴林到市检察院先跟秦光汉单独聊了一会儿，隐隐约约地向他透露了市委推荐他担任检察长的内幕：他的老同学郁先达起了关键性作用，并且对他寄予了极大的期望。

秦光汉根据卢兴林的要求，召开了全院干警大会。

卢兴林先宣布了秦光汉担任市检察院党组书记、代理检察长的通知，接着是秦光汉进行表态性发言。

秦光汉首先表示，感谢组织的信任，感谢全院干警的支持。说他任职后，会全心全意为沱原的检察事业发展办实事，全心全意全力为提高干警的职级待遇和福利待遇办实事。还着重强调了两点：第一，采取措施最大限度地发挥干警的积极性、创造性，让吃苦的人吃香，实干的人实惠，绝不亏了当牛做马的，奖了指鹿为马的，提了溜须拍马的。要让想干事的人有干事的平台，会干事的有施展才干的天地，不干事的人有危机感。第二，全力办好案件，通过办案强化法律监督，为沱原经济社会发展保驾护航，通过办案挽损解决困难，通过办案提高监督能力，通过办案树立检察形象。自己不会新官上任三把火，但要搞三调研，跟两级院党组成员谈一次心，跟市院的处长们谈一次心，跟干警们谈一次心，广泛听听大家的所思所想所急所盼，绝不辜负组织和干警的信任和期望。短短几分钟的表态发言激起干警十几次热烈的掌声。

卢兴林轻轻捅他一下，小声说："老秦，听这掌声大家确实对你寄予了很高的期望啊！"

干警大会后，卢兴林又安排郁先达召集党组成员开会，看到高庆生不在便问："高检怎么不在，是不是出差了？"

秦光汉忙说："庆生病了，请假在家打吊瓶呢。"

卢兴林"嗯"了声，便代表市委给大家提要求，无非是自觉维护班子团结，全力支持光汉同志工作和开创工作新局面一类的话。末了又说："请大家把市委的要求转达给庆生同志。"

下午上班的时候，高庆生还是没到。

秦光汉想，他一定是真的病了。他相信这位老同事还不至于因为忌妒他的升迁而闹情绪，更不会因此装病躺倒不干，于是便想登门去看望一下。

秦光汉带上检察官协会主席和高庆生分管的几个业务处室的处长、主任，在街上买了二百多块钱的营养品，直奔高庆生家。

高庆生的"病情"令秦光汉和同去的处长、主任们大感意外。

他们赶到高庆生家的时候，高庆生还在跟几个朋友呼天吼地地划拳行令，举杯碰盏。在座的有招商局局长许传新，还有市委组织部的一位科长和市政府的几位局长，都是高庆生的党校同学。看样子他们喝了不少，已经个个面红耳赤了。

秦光汉登门看望令高庆生大感意外，也措手不及，坐在那儿一脸尴尬地看着他发愣。

秦光汉明白了，他的确是闹情绪装病，心里便生出不快，但又不想让他难堪，便说："听说你身体不适，我们几个来看看。"

高庆生支支吾吾地应付说："没啥大不了的，就是早上拉了几次肚子，现在好多了。"

“那好，这我们就放心了。你好好休息一下，多注意点身体。”秦光汉说罢便放下东西告辞。

在座的几人一齐招呼说：“秦检您也坐下喝一杯。您荣升了，正好借花献佛，向您祝贺。”

秦光汉推辞说：“谢了。院里还有事等我处理。你们喝吧。”本来他还想说“工作日中午有禁酒令”，话到嘴边没有说出来，就带着同去的处长出门离开了。

高庆生望着他们的背影，半天说不出话来。他妻子从屋里出来，朝门外看了眼，说：“秦光汉这人还是满有人情味的嘛！”

高庆生冲她一瞪眼：“你懂个屁！他若关心我，带这么多处长来干什么？他是有意要我的好看！”

许传新醉醺醺地走进市长办公室。

郁先达迎头便是一顿臭骂：“上午打你手机打了一百次，你死到哪去了！”郁先达这是第一次对干部这样出言不逊，也只有对许传新这样可以称为心腹的人才会这样粗暴。

许传新懂得“打是亲骂是爱”的道理，一点儿也不尴尬，反而嬉皮笑脸点头哈腰。

“市长骂得好，谁让我不长记性呢？”他掏出手机亮亮，“看，手机没电了，备用电池忘家里了。”

郁先达发现他脸上红红的，说话舌头也有点发硬，便瞪眼问道：“脸跟猴腚样，中午在哪喝的，禁酒令忘了？”

许传新说：“检察院高庆生病了，中午去看他，硬拉着不让走。”

郁先达问：“高庆生病了，什么病？”

许传新说：“其实也没啥病，可能就是看秦光汉上去了，心里不平衡。”

“这个高庆生，什么素质，”郁先达自言自语地嘟囔一句，又问许传新，“牛太元跟河岛野雄谈得怎么样了？”

许传新看看他：“什么事？”

郁先达气得手指点着他的脑袋：“许传新啊许传新，我看你是只顾喝酒去了，正事一点儿也没往心里放！转让费交付的事谈得怎么样了？”

“噢！这事，”许传新恍然大悟，“我上午还催牛太元呢，他说河岛野雄还是坚持要美钞现金。”

郁先达说：“这个牛太元，怎么搞的，这么不会办事！”

许传新说：“其实牛太元还是挺上心的，就是小日本儿太狡猾了，不见兔子不撒鹰。”

郁先达说：“‘石世宝’项目不能再拖了，再拖就有人要造反了。半个月内必须投产。”

许传新说：“那，转让费的事？”

郁先达说：“你没想过别的什么办法？”

许传新说：“想过，我也跟牛太元商量过。郁市长您看我们是不是可以这样，退一步而求其次，可以向日方做一些妥协。”

“我也这样想。”郁先光说，“让河岛野雄带现金美钞出境，是违反了国家规定，可国家受点小损失，沱原占了大便宜，我们是划算的。”

郁先达确实是这样想的，即便是损害一点国家的小利益，只要能为沱原造福，让国家帮助交点“小学费”也算不了什么。一个石世宝项目承载着 700 万沱原人的富裕梦啊！

当然，他还觉得这个石世宝项目就是自己通往副省级的阶梯。不过，这个想法他自己是无论如何也不能说出口，也绝不允许任何人说出口。

“我看可以按你的想法办，反正我们是为了 700 万沱原人。”郁先达同意了许传新的建议。

许传新一听郁先达这样说，当即抓起桌上的电话：“那好，我让牛太元马上过来！”

“不，我们找他去。虽然生在沱原长在沱原，可人家现在是客人，是来为咱办事的。”郁先达说着站起来，“我们找他去。他现在住哪儿了？”

许传新放下电话说：“金沱山庄。”

金沱山庄位于沱原的城乡接合部，是一个高级别墅小区，假山、喷泉、人工湖，花木、竹林点缀其间，错落有致，一进大门就有一种远离喧闹，进入世外桃源的轻松舒畅。

金沱山庄的住户，不是国企的高管，就是私营矿主、房地产老板，据说也有党政官员在这里买房，金屋藏娇。

牛太元住在最西北角，门前小院里栽了几棵竹子，苍翠碧绿地显示着生机，靠西墙一侧搭了个葡萄架，架上几串葡萄吊着，青红相间，玛瑙般晶莹剔透，窗前的晾衣杆上晒着几件女人的内衣。

郁先达站在院前，透过花墙看到晾衣杆上的衣服，怔了一下，问许传新：“他家属在这儿？”

“小蜜儿。他这姘头还真叫田蜜儿呢。”许传新笑笑，“没事儿，这小子脸皮厚着呢，常招朋友来这儿打牌。”说罢伸手按响了门铃。

大约过了十多分钟，牛太元才磨磨蹭蹭地从楼上下来，隔着门问：“哪位？”

许传新说：“许传新，你哥。快开门，市长来看你了！”

“你小子也当市长了，”牛太元嘴里说着，拉开门，看到郁先达不禁一怔，连忙拱手道歉，“哎哟，郁市长，真是您来了。对不起，对不起，我当是传新这臭小子蒙我呢，还真是您大驾光临了。让您久等了，快请进，快请进！”

许传新见他穿着睡衣，便朝他挤眉弄眼地小声说：“刚才跟小弟妹忙了吧？”

牛太元不理他，仰头朝楼上喊：“蜜儿，来客人了，泡两杯茶！”

田蜜儿应声顺着楼梯走下来，身上也穿着睡衣。睡衣开胸很低，乳房挺挺的露出半个，白晃晃地从郁先达面前闪过，带出一股高级化妆品的香味。

郁先达皱皱眉，笑着对牛太元说：“弟妹挺年轻嘛！”

牛太元嘻嘻哈哈地说：“临时的。帮我洗洗衣服做做饭。宾馆的饭菜味精鸡精都放，太难吃了。”

“嗯，丰富多彩又浪漫，牛老板很会生活。”郁先达有意活跃一下气氛，向他招招手，“你也坐下，别老站着像送客似的。我找你有事呢！”

牛太元忙在一旁坐下来，说：“有事您吩咐一声就行了，还用您亲自来找我？”

郁先达说：“我不找你，你不当事办嘛。转让费交付的事，你跟河岛野雄协调得怎么样了？”

牛太元说：“这事我一直盯住河岛野雄呢。他上面还有井上隆一，他也做不了主。”

郁先达扭头盯着他问：“这么说，你这段时间什么也没办？”

牛太元听出了郁先达的不快，委屈地说：“市长要这么说可真委屈我了。我也是沱原人，我能不想抓紧把这事办好吗？可如果银行汇，10亿元人民币井上隆一就要多出几十亿日元费用。小鬼子多刁？我是中方代表、沱原石世宝公司的担保人，河岛野雄是日方代表、日本石世宝高新科技株式会社的担保人。我只能缠河岛，让河岛缠井上隆一，井上隆一不松口，谁也没有办法。”

许传新插口说：“如果我们同意美金现钞支付，他能不能一手接钱，一手交全套技术资料？”

牛太元说：“那一点儿问题也没有，包在我身上。”

许传新又问：“那日方技术人员呢？”

牛太元说：“这也没问题。我让他们投产典礼十天内到岗，开始培训工人，指导生产。他们不答应这个条件，咱不交钱就是了。”

许传新扭头看看郁先达："郁市长，你看这样行吗？"

郁先达沉思了一会儿，问："10亿元人民币兑换成美金也一个多亿呢，他河岛野雄能带出境？"

牛太元说："这就是他的事了。河岛在中国经商十来个年头了，是个中国通，好多关节已经打通了，机场、海关他都有人。"

郁先达沉默了。

许传新、牛太元互相对视一眼，都把目光转向门外游离，不时又收回来偷偷瞟一眼郁先达。

"这事儿就按牛老板的意见办吧，"郁先达终于说话了，而且是一锤定音，"你抓紧跟河岛野雄联系，20天后，也就是6月6日举行投产典礼。到时候市委市政府邀请省委省政府主要领导参加，搞隆重一些，务必请井上隆一、河岛野雄参加，投产当天在沱原宾馆，一手交钱一手交专利技术。技术人员在投产十天之内一定要到位，两个月内一定要出产品，半年内一定要赢利。这不能有半点儿含糊。"

牛太元信誓旦旦地说："市长您就尽管放心吧，出了半点差错您抽我的筋、剥我的皮！"

"我要你的筋你的皮干什么？一句话，不能出任何差错。"郁先达说着站起来，"投产典礼时间，我跟邝书记汇报敲定立即通知你。估计不会有什么变化，你抓紧跟河岛野雄联系吧！"

牛太元一步跨过去，挡在门口说，"市长难得到我这儿来，又把大事定了，咱晚上放松放松。到沱原宾馆去，要不咱去王府大酒店，我做东。"

许传新也跟着说："郁市长，他老小子还有20年茅台年份酒呢，是不是……"

"算了吧，"郁先达冲牛太元一摆手，"酒是你的，胃是我的。你不心疼酒，我还心疼胃呢！"

郁先达回到市委大院，直接去了邝家厚的办公室，先把见牛太元的结果汇报了，又说："投产典礼定在6月6日，取个六六大顺之意，你看怎么样？"

"时间倒没有什么不可以的，"邝家厚似乎不放心，问道，"技术资料、技术指导人员一定要按时到位。不行让科技局的同志帮助把一下关。"

郁先达说："这个一点问题也没有，还有牛太元呢。您别忘了，他在日本留学跟河岛野雄是同窗好友。他是沱原人，量他也不会干出坑害家乡的事情。"

"那就好。"邝家厚点点，又问，"省委那边咱们是不是专门去汇报一下？"

郁先达说："这就不必了吧。我已给先影说了，她说她给宗禹省长汇报，保证让宗禹省长到沱原来参加投产典礼。”

郁先达回到自己办公室，立即给妹妹打电话，把情况说了，又加上一句：“一定要把宗禹省长拉来。”

先影在电话里说：“没问题，6 月 6 日宗禹省长准去，并且还要讲话。你们抓紧准备吧，一定要隆重，把影响造出去。”

郁先达放下电话，长舒一口气，这么重大的事项他转了一圈就敲定了，顿时感到一身轻松。

第二章
乐极生悲

下午，高庆生还是没来上班。秦光汉也没管他。毕竟自己还只是代理检察长，高庆生又是称病在家。官不差病人嘛。

窗外的树荫移开了，外面一片阳光灿烂。秦光汉看看表，五点多了，再有半个多钟头就该下班了。

这时候电话响了。

“谁在这时候来电话，是不是晚上有什么饭局?”秦光汉本不想接这个电话，一看来电显示是郁先达办公室，便连忙接了。

“光汉，上午卢部长到检察院去了，怎么样?”郁先达在电话里问。

秦光汉不知道他问的是什么，便问：“什么怎么样?”

郁先达问：“感觉怎么样?”

“好像没什么感觉。”秦光汉又回味一下，觉得卢部长宣布他任职决定之前，自己是有些担心、紧张，而事情明确之后他真的没有什么感觉，至少没有喜从天降的快感。

郁先达说：“这就虚伪了吧，当‘一把手’了，我都替老同学高兴，你会没感觉?”

秦光汉说：“真的没什么感觉，这不是八字刚有一撇嘛。”

郁先达说：“明年春天人大一开，那一捺不就补了吗？除非你在这之前贪赃枉法。”

秦光汉说：“这一点我可以让市长放心，我秦光汉过去没有，现在不会，以后永远也不会贪赃枉法。”

“怎么又叫市长了?”郁先达在那头责备说，“不跟你扯淡了，晚上我和琬璐为你祝贺。”

这倒真叫秦光汉有点喜出望外了，连句客气话也没有，开口就问：“在哪儿?”

郁先达说：“在家里，在哪儿?！下饭店我可请不起你。”

秦光汉说："对，自己人还是家里那种气氛好。让琬璐简单点，不就是说说话嘛。"

"我家可没有好酒，想喝好酒自己带一瓶来，"郁先达说，"几年没见冰冰了，别忘了把冰冰带来。"

秦光汉说："好，我还真有瓶茅台呢！"

秦光汉下班回到家，妻子文若苹也刚下班到家。她在市委办公室当副主任，工作也忙。

秦光汉进门，正想跟妻子讲晚上到郁先达家吃饭的事，女儿秦冰冰便像只蝴蝶从她的小卧室迎面飘过来，抱住爸爸朝脸上猛亲一口。

妻子文若苹爱怜地斜女儿一眼，嗔怪地说："都大学毕业了，还跟爸爸没大没小的！"

"再大也是我的宝贝女儿，"秦光汉对女儿说，"什么喜事让我女儿这么高兴，是不是找到工作了？"冰冰从上海复旦大学毕业快半年了，自己正在钻窟窿打洞找工作呢。

冰冰竖起拇指："老爸真英明！"

"那也叫工作？"文若苹不屑地说，"上海那么多好单位要你，偏要回到这个兔子不拉屎的地方。华夏文化传媒公司，一个民营单位，一个月千把块工资，还高兴呢！"

冰冰故意撒娇地说："我就一个老爸，一个老妈，离不开妈妈的怀抱嘛！"

文若苹手指她的额头："还跟我撒娇呢，找这么个破工作，你就等着哭吧！"

秦光汉咂咂嘴："看看你这观念陈旧了吧？什么国营民营，钱多钱少，我女儿要的是施展才智，实现价值。"

"少给我唱高调儿，这儿可不是你们检察院，"文若苹瞪他一眼，"你们爷俩还不饿？晚上吃什么，我做去。"

"别做了别做了，晚上都到先达家吃去。"秦光汉冲妻子摆摆手，又对女儿说，"你达伯说几年没见你了，叫你一定去。"

冰冰高兴地直蹦高："太好了，我正想璐姨呢！"

文若苹不解地问："不年不节的，先达怎么想起来请咱们吃饭？"

秦光汉说："吃饭非要过年过节？请咱咱去就是了。"

文若苹说："人家可是市长，咱总不能空着手去吧？"

秦光汉说："不是有两瓶茅台嘛，带上吧。"

文若苹说："狗窝里放不了剩馍。春节弟弟才给的，现在就喝了。"

秦光汉说："早喝晚喝都是喝，别啰嗦了，带上吧。"

文若苹走进卧室，用只环保袋提了茅台，出来问："走吧，早去会儿帮琬璐干点啥，说会儿话。车呢?"

秦光汉故意说："外边马路上呢!"

冰冰说："老爸真想锻炼身体了，你把车停在马路上干什么?"

秦光汉笑笑："没停那儿，招手才停呢!"

文若苹睁大了眼："你没安排车?"

"又不是公务活动，我安排车干什么，"秦光汉把手轻轻一挥，"走吧，打的去!"

秦光汉一家三口走到小区门口的路边，拦了辆出租车便向郁先达家赶，快到华夏购物中心的时候，猛然发现前面路旁黑压压地围了一群人，还有人惊叫着喊什么。

"出什么事了?"秦光汉心里一惊，连忙吩咐司机，"靠过去停车!"

秦光汉下车挤进人群一看，三四个黄毛小伙子正在拳打脚踢地殴打一名中年人，中年人满脸是血，抱着脑袋在地上滚来滚去，毫无还手之力。

"都给我住手!"秦光汉大喝一声冲了过去。

"哟嗬，这年头还有打抱不平的，"黄毛一齐向他逼过来，"是英雄好汉，你报个名!"

秦光汉大义凛然地迎上去："我叫秦光汉，是市检察院的检察长!"

"检察长?检察长是钢身铁骨?"黄毛们握紧拳头，继续向他逼近。

"站住，都别动!"秦光汉一声大吼，伸手就向腰后摸。

"快跑，他有枪!"黄毛们惊叫着扭头就跑，跑在最后的小子跌了一跤，趴在地上。

秦光汉一个箭步冲过去，把黄毛按在地上，向人群一招手："帮个忙，把这小子送到派出所去。"

秦光汉话刚落音，一辆警车拉着警笛飞驰而来，一名中年警察跳下警车，大声问："谁打的110?"

"我!"秦冰冰在人群里，伸手指指正被爸爸按在地上的黄毛，"看，那儿呢!"

中年警察认识秦光汉，跑过去握住他的手，说了声"谢谢秦检"，便指挥两名年轻警察把黄毛押上警车带走了。

秦光汉连忙去拉地上的中年男子，一看大吃一惊：这人是市地震局的局长钟业成。于是向出租车一招手："师傅，快帮忙送医院!"

"哎哟，弄了半天是老钟。快送医院!"有人在身后说。

秦光汉回头一看是许传新，便说："走，许局长，咱们一起去。"

文若苹在一旁拉拉他，提醒说："你不去碧水山庄了？人家还等着呢！"

秦光汉说："你们先过去吧，我过会儿就到。这儿离碧水山庄不远了，你们走着去吧。"

碧水山庄坐落在沱原北门外双月湖之间。

双月湖其实是两汪湖水，沱阳江的一条支流从两条湖中通过，湖水也因此常年清澈碧透。晚上驻足两湖之间，左顾右盼，两注湖水里都有一轮明月浸泡在当中，银光闪闪，美妙至极，"双月湖"也因此得名。

当初开发碧水山庄的时候，市政府买下五套连体别墅，让省城下派、兄弟市交流来沱原任职的市级干部居住，一来可以省下他们长期住宾馆的巨额费用，二来可以给他们家的感觉，安心在沱原工作。郁先达一到沱原就住在这里，一住就是十年。开始那几年，每年春节郁先达都要邀请秦光汉一家三口来聚一下，四年前也就是2004年的春节，两家的孩子埋头准备高考，都怕干扰孩子复习，那一年春节两家便没聚会，后来时间一长，再加上郁先达、秦光汉工作都忙，两家的来往也就渐渐少了。

文若苹敲开郁先达的门，秦冰冰便像只归巢的小鸟，一下子飞到仇琬璐怀里，朝她脸上亲一口说："璐姨啊，我想死你了！"

仇琬璐好大工夫才反应过来，睁大着眼睛看着她，啧啧称赞道："这是咱冰冰呀，乖乖，几年大学上的，这么漂亮了！"

文若苹说："就是长不大。看，还跟璐姨撒娇呢！"

这时候郁先达还没下班回来，仇琬璐便招呼文若苹母女坐到沙发上，说："饭菜在外面订的，过会儿送来，一会儿再调几个下酒菜就行了。趁两个爷们儿不在，咱俩抓紧拉会心思呱儿吧。"

秦冰冰听她这样说，一个人乖巧地坐到电视机前去了。

仇琬璐侧着眼盯住冰冰看，脸上笑眯眯的，问："若苹，咱们在大学跟先达、光汉谈恋爱的时候，也就冰冰、小达这么个年纪吧？"

文若苹说："可不是嘛，大学毕业的时候，先达二十五，我二十三，光汉比先达小两岁，我比你小一岁。"

仇琬璐问："冰冰工作有着落了吗？"

"有啥着落？"文若苹把冰冰的情况说了，问，"先达这当市长的能不能给想个办法？"

仇琬璐叹气说："别指望他，儿子这不也毕业在家？让他想办法他就一句话，凡进必考，想当公务员凭本事考去。你说这机关闲人这么多，消肿还消不掉呢，哪年才有机会考？”

文若苹说：“这么说小达也在家闲着？”

仇琬璐说：“自己找了家房地产公司打工呢。先达不管，我也懒得管他。反正是他郁先达的儿子，混成叫花子，丢他老郁家的人。”

文若苹说：“哪能呢，这孩子从小就聪明，肯定有出息。”

两人小声说话，仇琬璐的目光一直盯在冰冰身上看，终于忍不住问：“冰冰还没谈对象吧？”

文若苹说：“没呢。这孩子任性得很，硬不让我问。”

仇琬璐盯着她问：“咱们做个儿女亲家怎么样？”

“好啊，”文若苹以为她是玩笑话，随口答道，看看仇琬璐像是认真的，忙补上一句，“孩子的事，还得看两个孩子的。”

仇琬璐还想说什么，门外一阵钥匙响，郁先达开门走进来，说：“若苹，有两年没来了吧，都成稀客了。光汉呢？”

文若苹站起来说：“一块来的，路上学雷锋呢！”

秦光汉和许传新一道，把钟业成送到沱原第一人民医院急救室，值班医生看看血头血脸的伤者，冷眉冷眼地问：“打架了？”

秦光汉说：“打什么架，见义勇为。”

“哟，这年头还有见义勇为的？”医生撇着嘴说，“交钱办住院吧！”

许传新问：“家属不在，交多少钱？”

医生说：“先交两千吧，明天接着交！”

“这么多？”许传新说着看看秦光汉。

秦光汉拍拍衣兜：“我是一个子儿没带，你身上要有就先垫上，反正这钱有人出。”

许传新很快办好手续，两人把钟业成推到 CT 室做了一番检查，推回急救室医生才开始救治。

秦光汉和许传新站在门外，隔着防蝇门帘盯着医生慢腾腾地给钟业成清创、包扎、打吊针。

许传新说：“还救死扶伤，白衣天使呢！你说医院现在怎么这样儿！”

秦光汉说：“国家非营利医院，医保定点，旱涝保收嘛。”

许传新呸了一口：“狗屁！比他妈民营医院还宰人！”

“都好不到哪儿去，市场经济了嘛，”秦光汉忽然想起了刚才现场的一幕，于是问他，“好像你一直在现场，刚才老钟怎么就跟几个小痞子干上了？”

许传新说：“好像是这样的，一个小痞子拿着个饮料盖儿，缠着一个散步的老头儿，说他是外地到沱原旅游的，喝饮料喝出个两万元大奖，现在兑奖处已经下班了，兑奖要等明天，可他们回去还有急事，连夜就要赶回去，愿意以1万5千块转让给老头儿。老头动心了，要回家给他们拿钱。正在这时候老钟到了，对老头儿说，这是骗人的别上当，老头儿恍然大悟就不干了。小痞子抓住老头儿就打。老钟可能以为小痞子就一个人呢，上去就拧他的胳膊。哪知小痞他们是一伙人，结果老钟就被按到地上了。”

“这么说还真是见义勇为。”秦光汉透过防蝇帘看了眼躺在急救床上输液的钟业成，回头盯着许传新，问，“这么多人围着看热闹，你一直都在现场，怎么也袖手旁观？”

许传新愣了一下，尴尬地说：“你是不知道那帮痞子多凶，吓都吓死人了。我可不像你，身上有枪。”

“我身上有屁枪，”秦光汉拍拍后腰，“吓唬他们呢！”

两人正在说话，郁先达急匆匆地赶来了，一见到他们就问：“怎么回事？”

秦光汉把事情的起因说了，郁先达感慨地叹道：“难得啊，真是难得。这样的干部要好好宣传！”

许传新说：“秦检更是见义勇为。”接着也把秦光汉智斗小痞子的经过也说了。

郁先达看着秦光汉说：“行啊光汉，像咱沱原的检察长！”

秦光汉跟着郁先达回到碧水山庄，已经晚上八点钟了。

客厅摆着餐桌，四个凉盘色鲜诱人，七八个海碗上面扣盖着大碗，两瓶茅台也放在桌上。

秦光汉看到满桌的美味佳肴，对仇琬璐说：“嫂子你弄得这么丰盛，真把我们当客人了？”

“把你嘴甜的，”仇琬璐边揭扣在菜上的盖碗，边用奇怪的眼神看着他，“怎么突然叫起嫂子了？”秦光汉是从不跟郁先达叫哥，也不跟她叫嫂子，毕竟他们两对夫妻都是同窗好友。

“我是冲你这一桌美味佳肴呢，”秦光汉笑着，用手捏一根黄瓜丝丢到嘴里，指指桌上的茅台，“琬璐，我看你才是狗窝里放不下剩馍呢。这茅台刚拿来就喝？”

“喝，喝，怎么不喝，”郁先达说着，走到桌旁，抓起茅台咯吱拧开瓶盖，“你拿这么好的酒来，不喝我还有受贿的嫌疑呢！”

“要真贿赂你这个大市长，这千把块钱的酒能拿出手？”秦光汉笑了说着就把酒瓶抢在手里，又说，“我跟先达喝茅台，琬璐、若苹喝干红，冰冰一个人喝可乐吧。”

仇琬璐看他一眼：“凭什么你们喝茅台，我们喝干红，好酒就该男人独享?”

秦冰冰也跟着嚷道：“我也喝茅台!”

文若苹瞪她一眼，责备丈夫说：“看你的宝贝女儿，让你惯成什么样了!”

郁先达就说：“难得碰上这么好的酒，都喝一点吧。反正两瓶够咱喝的。”

秦光汉想了想问：“小达呢?”

仇琬璐说：“不管他，刚给他打电话了，晚上在外面有事呢。”

郁先达说：“这孩子。你没给他说，他汉叔、苹姨和冰冰到家里来?”

仇琬璐说：“说了。他说公司安排招待什么贵客呢。”

秦光汉给每人都倒满了门前盅，忽然扭头问郁先达：“先达，小达是不是在一个什么劲达房地产公司打工?”

郁先达说：“不错。怎么了?”

秦光汉犹豫一下，说：“这阵儿社会上有些议论，不知有人学给你了没有。”

郁先达摇摇头，问：“都议论什么了，关于小达的吗?”

秦光汉说：“有人说劲达房地产公司那个两亿的文化中心项目，是韩劲达让小达出面，从你这儿拿走的。”

“这种议论其实我也听到了，还有人把我的告状信写到了省纪委，省纪委又转回沱原，”郁先达说，“家厚书记也安排纪委到城建招标办调查了，这些议论和告状信纯属扯淡，无中生有嘛。人家劲达资质等级够，也参加了招投标，完全是靠实力争到手的。再说，这个项目是日本友人援建的，招标是人家委托建设局招标办招标发包的，跟我这个市长有什么关系?我看沱原就是有些人吃饱了没事干，无事生非。”

“这样就好。不过，那个韩劲达在我们院的行贿黑名单上是有记录的。文化中心招标那会儿，我也向城建局提供了，可他还是中标了。”秦光汉想了想，又说：“先达，我可提醒你，你可不要对儿子漠不关心，他可不仅是你郁先达的儿子，更是市长的儿子啊!”

“这我知道。好了，咱不说那些烦心事了。”郁先达说着端起酒盅，“几年没在一起聚了，今天是个大喜日子。来，我们一起举杯，祝贺光汉荣升检察长!”

“怎么，你当检察长了?”文若苹像突然发现个怪物似的盯住丈夫，“你捂得够严啊!”

秦光汉说：“你别听他瞎说，只是个代理。”

郁先达说："这还不是差不多？也就是明年初人大举一下手的事。"

秦光汉说："这可说不定。现在的人大可不是过去了，党委挥手、政府动手、人大举手、政协拍手，现在人大监督意识强着呢！"

"这倒也是，书记兼着人大主任嘛。"郁先达说，"不过，我相信凭你秦光汉在沱原上上下下的英名，你这个检察长一定会高票通过！"

每人喝了三小盅茅台，琬璐、若苹脸就红了，换了干红，冰冰也换了可乐。

郁先达说："光汉你刚当'主持'，我得支持你的工作，有什么困难尽管给我提出来，我帮你解决。"

秦光汉说："有你这句话给我壮胆，我可真说了？"

郁先达瞪他一眼："你看你，说吧！"

秦光汉说："先达，我们院的那座技侦大楼你知道的，都盖五年了，超过原定的交付使用时间马上都三年了，现在都成烂尾楼了。"

郁先达说："别说了，你是想跟我要钱。还差多少？"

秦光汉说："大概还有1500万的缺口，你至少要给我1000万。"

"我还真没钱给你，1万也没有，"郁先达端起的酒盅又放下了，叹口气说，"光汉，咱沱原的财政你也知道，我跟家厚书记来之前，书记市长走马灯似的换，市里一直是要饭财政，靠借钱给干部发工资。我们来了之后，经过几年努力才有了好转，现在也还是吃饭财政，可用资金也就七八个亿，仅够给干部发工资。前年上石世宝项目，市里又借世界银行10个亿，向区县财政、企业拆借10个亿，还从干部群众手里集资6个亿，承诺的三年本息翻番，眼看时间也到了，加起来光还这个就要二十六七个亿。可以这样说，咱们沱原今后五六年的可用财政资金都已花光了。"

秦光汉听得目瞪口呆，过一会儿才说："刚才算我没说。前几年你答应薛检的那500万，总得算数吧？"

"算数，当然算数，"郁先达说，"我答应给你1000万。"

秦光汉愣了："你又有钱了？"

"没有，还是那句话，1万也没有。"郁先达说，"不过，我们可以一起想办法。你到上面跑跑，争取1000万专项国债，算市里借的。我呢，最近开个市长办公会，先把这事敲定了，形成个会议纪要，以后谁来当市长，都得认这笔账。"

"谢谢你，先达，"秦光汉站起来，"我代表全院干警感谢你！"

"坐下坐下，别忘了这是在家里。"郁先达把酒喝了，又说，"还有什么困难？千万别再提钱。"

秦光汉说："还有干警住房的事，一说又是钱，让你头疼，不说了。再说说干警职级的事吧。不说可能你想不到，除了市里统一安排提了两名县区院检察长，竞争上岗提了几名处长、副处长，院里十来年没提一名干部了，干部任现职时间普遍都在十年以上，长的都十四五年了。好几名处长都是科级，四名正处级检察员、两名专职检委会委员，还有两名处级检察室主任也一直没配。参加工作二十年的干警现在普遍还是科员级，同年参加工作的调到市委、市政府，考进省院的早都正科，有的已经处级了。你说，就这么个职级待遇，怎么让干警有积极性？"

郁先达说："这确实是个问题。症结在哪里呢？"

秦光汉说："这就不好说了，恐怕有主观努力问题，也有编制职数的问题。"

郁先达问："职数不够？"

秦光汉说："职数不少，就是重叠多，有的一人占三个职数。现在有好几个既是副检察长级的检察员，又是处级检察员，又是处长、副处长，有十几个人既是处级检察员又是处长副处长，把科级的位子都占用了，剩下的科级职数还能不紧张？"

"你不说，这个情况我还真不知道，家厚书记可能也不知道。"郁先达略加思索，说，"你看这样行不行，你们给市委写个报告，报个方案。我呢，先给家厚书记通个气，再给组织部兴林部长说说。我想这个问题不难解决。"

"那就太好了，"秦光汉说着站起来，又把酒盅举到他面前，"我代表干警们再敬你一盅！"

郁先达笑了："我看你这家伙是想着法子灌我酒！"

两人边喝边谈，琬璐她们也聊着她们的话题。

郁先达拿起酒瓶晃晃说："还有两盅了，咱们喝完算了。吃饭吧。"

秦光汉："拾掇一肚子酒菜，饭不吃了。"

"我也不吃了，难得这么清闲，咱们聊会儿天吧，"郁先达说，"到我书房去吧。"

书房放了张大书桌，一把大座椅和一架大书柜，书柜上放着《辞海》、《经济大辞典》、《中国法律大全》、《领导大全》一类的工具书和马恩列斯全集、《毛泽东选集》、《史记》、《论语》等古今经典，满满当当的。桌上放了一尊毛泽东雕像，一台连接外网的电脑，一堆报刊杂志，墙上挂着周总理晚年那幅世界著名的照片，一件当地画家的《奔马图》和一件自己书写的"志存高远，勤政敬勉"的书法横幅。没有一幅名人字画，甚至连一块当地产的沱阳江观赏石也没有。

秦光汉想起了有些领导干部家里堆积名人字画、奇石、盆景的书房，便说："还以为你这儿也会有几幅名人字画、高贵的奇石呢！"

“你还不知道我的为人？”郁先达说，“有人又是徐悲鸿的马，又是齐白石的虾，又是黄胄的驴，甚至还有唐明清书画名家的真迹，当地的奇石、根雕工艺品更不用说了。这些字画哪一幅不要十几万几十万上百万？还有观赏石，好一点的一块也要几万十几万，凭他自己的正当收入买得起？不用说也能想到他们这些官是怎样当的了。这些玩意儿我没有，我想家厚书记也没有。不是没人送，是不敢收，也不能收。我还想干干净净、安安稳稳地退休呢！”

秦光汉敬佩地说：“先达你是个明白人。”

“什么时候也不敢犯混啊。”郁先达向他招招手，“坐下光汉，咱们好好聊一会儿。”说罢自己先坐了下来。

秦光汉在他对面的椅子上坐下来，满怀感激地盯住他说：“谢谢你先达！”

郁先达说：“谢我干什么？你任职是市委推荐的，省委决定的。”

秦光汉说：“我都听卢部长说了，不是你力荐，可能根本没有我的事。”

“这个老卢，就会给我瞎说！”郁先达说，“本来这次检察长人选产生的内幕，我是不能告诉你的。既然你都知道了，我就跟你实话实说吧。年初的考察是你和高庆生两个，测评的结果，你还比高庆生多了二十多票。但是，组织部拿的意见是高庆生，私下征求意见常委们都同意，家厚书记也赞成。这样，只要一开常委会，高庆生就成为唯一的检察长推荐人选了。你知道这是为什么吗？”

秦光汉摇头。

“高庆生的老子生前是市委组织部长，现任九名常委除了我和家厚书记，大都是他一手提上来的。”郁先达接着说，“我知道在市委做工作有难度，就给先影打电话，把自己的意见和在你们检察机关民主测评的情况说了，没过几天宗禹省长和省委组织部阎部长就分别给家厚书记、兴林部长打电话，指名让推荐你为检察长人选。”

秦光汉沉默着。他真的不知道说什么感谢话才好。

郁先达问：“你知道我为什么不赞成推荐高庆生吗？”

秦光汉说：“不知道，真的不知道。”

郁先达说：“就因为他是你们那个薛检察长推荐给市委的。我对高庆生并不了解，可我对薛维安了解。你说一个市级的检察长，整天跟老板经理泡在一起，跑在外面搜罗字画、奇石，帮包工头跑工程，既不管干警痛痒，也不管办案，立个案子一查就查没了，一年查下来也就几个小会计、业务员什么的。当时我就奇怪了，周边城市一端就是一窝，一提噜就是一串，难道就咱沱原是一方净土？也许他会把责任推到市委头上，说检察机关有内部汇报制度，县级院查科级干部、市级院查县处级干部要经党委批准。可党的领导是政治上路线方针上的领导，并不是对具体案件的领导嘛。人民军队支部建在连上，就是坚持党对军队的领导了，而且历史证明这个制度非常好。检察机关不是跟军队一样，也有党组织吗？具体案件报当地党委批准，就是加强党对检察工作的领导了。这不是笑话吗？我看你们这个内部汇报制度已经成了薛维安这样不想干事人的挡箭牌。那时候市委许多同志就断定，他早晚要出事。这不，提到省高级法院才当几个月的副院长就出事了。”

秦光汉说：“听说省委组织部来考察他，你和邝书记都是投的满意票嘛。”

郁先达说：“一点不错，市委九名常委都是满意票。既然你省里对沱原这么不负责任，把这么个人放到这儿来，我们又何必唱反调呢？再说，我们也不想他在沱原出事，更不想让他再耽误沱原的干警前程、沱原的检察事业。他走的越快越好。”

秦光汉叹了口气。

“你说，就这么个人推荐的接班人，我能接受，又能放心吗？”郁先达继续说，“起码我知道你秦光汉的为人、能力，推荐你，于己于党的事业、于全市的检察干警我都问心无愧。为官一任，办好这件事，也算了了我的一桩心事。”

秦光汉说：“你为自己打算了吗？年底就要换届了。”

“说不为自己考虑，那是骗人的鬼话，毕竟我是五十好几的人了，怎么不想有一个好的归宿？你也知道，我们一家三口的户籍还在省城，我肯定还要回省城，”郁先达不无感慨地说，“明年初市级班子就要换届了，我想做做工作，在市级换届之前，争取进省人大或者省政协，弄个省部级待遇安度晚年，我也就心满意足了。虽然职务高低不能说明一切，可毕竟自己的价值得到了组织的认可。”

秦光汉点头说：“说得实在！”

郁先达说：“你不会说我是官迷吧？”

秦光汉说：“不会。我也把这个检察长看得很重。你要是官迷，那我也是了。”

郁先达说：“可你并没托过任何人，包括我在内。当然，我说的争取，也不是跑官要官，更不是买官，而是想凭自己的能力、自己的政绩。”

秦光汉仍是沉默。他不得不承认，郁先达为官一任虽然廉政勤政，可并未显示出超凡的才智，更没创造什么出众的政绩。

“可能你会说，你郁先达为官一任，政绩并不突出，”郁先达好像一眼看透了秦光汉的心思，说，“这我得承认。我来沱原当了10年市长，也没能从根本上改变沱原的面貌，而沱原紧靠沱阳江，津浦大动脉，高速公路、高速铁路纵横东西南北，交通条件如此优越。地下有矿，地上有粮有水果，还有那么多的旅游资源，至今还是全省经济最落后的市之一。干部工资不及人家的三分之一，这么多工人失业，有的连最低生活费也没保障，农民就更苦。去年下去调研，我去一个山村，那里真穷啊，那么多小伙子打着光棍，路不通，治安差，山下水塘到处是莲藕，运不出卖不掉，农民饭是它菜也是它。村长汇报说，他们是吃饭靠藕，交通靠走，维护稳定靠狗，夫妻生活靠手。在场的人都笑了，我却哭了。看我这市长当的！这也是我人生的一大败笔，为官几十年的一大败笔。每每想到这些，我都感到对不起组织，对不起700万沱原父老乡亲。我这个市长不合格啊！”

郁发达说到这里，已经泪流满面了。

秦光汉也被他深深感染了，心里酸酸的，却安慰他说：“实事求是地说，沱原的落后是历史遗留的。你的前几任总是吹全省第一，全省前三，一个个都吹上去了，留下个烂摊子给你，给家厚书记。再说，这些年也怪，一部分地区先富了，并不带我们富，好政策只往富地方走，资金也只往富地方流。咱们招商引资，给人家这么多的优惠政策，人家就是不来投资。”

郁先达说：“这就是我横下心来搞石世宝项目的原因。可以说这个项目是举全市官、民之力了，总投资30个亿，年产值100多个亿，年利税30多个亿，沱原的工业产值、财政收入翻番。以后，不管我是走是留，我都要让沱原的干部群众过上好日子，让山庄那些穷乡亲过上好日子。可以说，这个项目将是沱原的里程碑项目，也将创造我和家厚书记在沱原为官的辉煌！”

秦光汉忍不住问：“这个项目咋样了？听说这阵儿社会上风言风语，反映挺强烈的。”

“当然是有人造谣，我正让公安那边追查呢。总是有人唯恐天下不乱啊！”郁先达兴冲冲地说，“石世宝项目定在6月6日正式投产，省里宗禹省长亲自来沱原剪彩讲话，先影也一起来。这将是沱原历史上的一大盛事。你一定要参加，组织全院干警参加。可以说，这是沱原的历史性辉煌，也是我郁先达仕途生涯的辉煌。这个项目对沱原，对我下一步的退路太重要、太重要了！”

秦光汉不禁被他的话深深感动了。这是一次难得的推心置腹，虽然是同窗好友，可人家更是市委副书记、一市之长啊！

晚上回到家里，文若苹兴奋不已，老公要当检察长了，自己很快就是检察长夫人了。虽然是知识女性，她也知道夫贵妻荣的道理。社会上那些仪态万千，趾高气扬的官太太们，难道真是自己有什么本事，还不都是因为找了个有权有势的老公？

过了好大一会儿，她想起了仇琬璐要跟他们结亲家的事，就跟丈夫说了。

秦光汉听了，沉思好大一会儿，问："你答应了？"

"答应了，当然答应啰！"文若苹兴高采烈地说，"你想想，先达年底就到届了，还不是要回省城？凭他妹妹跟王宗禹那么个关系，他怎么也得弄个副省级。到那时候还不把冰冰带过去，工作、房子都不用你操心了……"

"糊涂！孩子的事孩子自己做主，你操这个心干什么？"秦光汉严肃了，"再说了，跟他们攀上亲，以后我真当检察长了，还不让人家戳破脊梁骨！"

"反正你是不为孩子想，自私！"文若苹生气地骨碌一下转过身去，给了他个后背。

秦光汉代理检察长没几天，郁先达邀请他为政府机关干部上了一堂依法行政的法制课。市委机关的干部也参加了，政府小礼堂坐得满满的。

"要讲依法行政，不能不先了解什么是法。因为所谓依法行政，依据的就是法律法规和党和国家的路线方针政策。那么党的政策与国家法律是什么关系呢？"秦光汉开宗明义地说，"党的政策上升为国家意志，就是国家的法律。在这一意义上说，依法行政与我们检察机关依法办案一样，就是遵照国家意志履行自己的职责，依照国家意志行使手中的权力。"

接着，他结合典型案例，重点讲述了如何敬畏权力，慎用权力，预防贪污贿赂、渎职侵权职务犯罪，特别强调说："渎职犯罪被一些人称为好心办坏事，其实呢？渎职是一种比贪污贿赂社会危害更严重的犯罪，轻则如盲目决策使国家利益遭到重大损失，重则如忽视安全造成人员重大伤亡。因此，司法机关对渎职犯罪同样要严厉惩治。也许有人不服气，不理解，说我这不过是工作失误，你凭什么查处我？正如刚才我说的，我凭国家的意志，用法律赋予的权力！"

"心莫贪，心贪惹祸端，手莫长，手长自寻亡；职莫渎，渎职猛于虎，权莫滥，滥权招灾患。"秦光汉这样结束了自己的讲课。

全场掌声雷动，热烈而持久。

郁先达讲话，对秦光汉授课的风格、艺术、水平、内容、形式来了个全方位的点评和超高度的赞扬，并且借用秦光汉的话告诫政府机关的干部："遵照国家意志履行自己的职责，依照国家意志行使手中的权力"。

秦光汉明白，郁先达安排这次依法行政讲座，并且对他的授课如此高度评价，都是为了在市直各机关各部门树立他的威信，扩大他的影响，为他明年初在人大会上顺利当选检察长铺路。

秦光汉又在心里对郁先达深深地感激了一次。

高庆生上班了。

秦光汉召集了一次党组会议，专题研究侦查技术大楼的资金缺口和干部职级问题。他没有提郁先达，只是委婉地把郁先达许诺他的两件事说了。他说："我把侦查技术大楼资金缺口和干部职级十几年没动的问题，分别向市委、市政府有关负责同志汇报了。他们都对我们目前的状况表示同情和关心，主动提出大楼建设的资金可以争取国债，干部职级问题也可以通过变通的办法解决。"

大家都很高兴，纷纷表示赞成。高庆生甚至热泪盈眶地说："秦检刚主持工作，我们沱原市院就有了这么大的转折，我们沱原市院有希望了，全院的干警也有奔头了！"

会后，干部处制定了个调整干部职级的方案报市委组织部，方案提出：年龄超过55周岁的县处级干部不再担任中层领导职务，留任的处长、主任、局长等中层领导干部中同时兼任行政职务和法律职务者，视为只担任行政职务，同一法律职务可再由其他干警重复担任。据此，4名副检察长级检察员由副处级调整为正处级，不再担任领导职务；5名处局长拟退居二线，只担任县处级检察员；6名正科级干部拟升任正副处、局长，同时兼任县处级检察员；11名内设机构副职由副科级调整为正科级，31名任科员满五年的助检员调整为副科级检察员。

干部调整方案经院党组研究通过，上报市委组织部后，秦光汉带着办公室主任王绍良和计装处处长杭萍去了趟省城，找省检察院跑国债。

秦光汉带着两员干将先到省院办公室、计装处汇报了技术侦查大楼建设情况，递交了争取国债建设资金的请示，然后一个人去了检察长陈国荣办公室。

陈国荣正捧着张报纸发愣，看见他进来，连忙热情地让座、倒茶。

秦光汉看到陈国荣面带不悦，一时不知如何开口，便有话没话似的问："陈检忙什么呢？"

"忙生气呢，"陈国荣拿起桌上的报纸，抖抖说："你看，竟然让一个小木匠给骗了10个亿，简直是天下奇闻！"

这则新闻秦光汉昨天已在网上看到过，便接上说："那里的官员在投入好几个亿后，已经怀疑所谓西部第一高楼项目是个骗局，可他们仅仅为了自己的面子，还是继续向里面扔钱。"

"这是典型的渎职犯罪。不知那里的检察机关查了没有，"陈国荣说着，把报纸递给秦光汉，又说，"光汉，你看这幅漫话，讽刺得真是入木三分啊，官场的渎职犯罪不惩治怎么得了！"

漫画题目叫《学费》，画的是一名债券投资者和一名政府官员。债券投资者把绳索搭在树枝上，正准备自杀，而政府官员则站在一旁，一脸惊奇地看着他。漫画下面是寻死者与官员的对话。

寻死者："我投资失败，赔了一百万，实在没法活了！"

官员："嗐，这算什么？我决策失误，赔了10个亿，照样好好地活着当官，就当交学费了嘛！"

"交学费，这就是渎职官员的挡箭牌啊。"秦光汉愤然地感叹。

"真是令人震惊，令人愤慨，令人不解啊！现在就是有这样一种四拍官员，拍脑袋决策，拍胸脯说话，拍桌子骂娘，拍屁股走人，无论他的决策失误给国家造成多大损失，一句交学费，就完了，"陈国荣说到这里，看看他，问，"光汉，如果小木匠诈骗案发生在你们沱原，你敢拿渎职官员开刀吗？"

秦光汉说："沱原不可能发生这种事情。沱原的官都是忧国忧民的清官，勤勉敬业得很。"接着他把郁先达、邝家厚引进石世宝项目的事说了，就着话题也把郁先达承诺帮助检察院解决大楼建设资金和干部职级的事也说了。

"看来这个郁市长对你秦光汉真是情有独钟啊。你刚主持工作，就帮你解决这么大的两个问题，"陈国荣说，"下回到沱原去，我要好好感谢他。"

"他这样关心检察院好像并不仅仅是因为我主持工作，薛检在任时，院里这些困难没人向市委市政府反映过，他们还以为检察院的日子挺好过呢。"

"这个薛维安啊，他当初去沱原当检察长我就不赞成。那时候，他在省院机关测评，赞成票刚过半，可我当时只是个'三把手'，没有说话的份儿啊。他把沱原市院弄成一个烂摊子，竟然省里还有人点名要提他到省院当副检察长。这回我顶住了，向省委提了个交流的建议，结果交流到高院去了。当时我还纳闷，薛维安怎么官运这么畅达呢？省委那位王副书记一出事，才真相大白，原来他是金钱开路，给那位管官的大官送了5万大票。"

"他这5万大票现在算是白花了。"秦光汉说着话题一转，"陈检，争取国债资金的请示，我已经让他们送省院办公室、计装处了。这还有一份，您先看看吧。"说罢掏出请示，递到陈国荣手上。

"好，省院全力帮你办。你借钱办大事，政府认卯，这是对我们多大的支持！"陈国荣看看请示，放在桌上，便盯住他看，有点欲言又止的样子。

秦光汉被他盯得局促起来，连忙扭头望着窗外。

"光汉，你看看这个，"陈国荣终于说话了，"这是一封举报信，举报对象是你那位同窗好友郁先达市长。"

秦光汉连忙接过看起来。

信封是沱原市政府的专用信封，信纸也是市政府的专用信纸，举报的内容是郁先达违背集体领导的原则，违规决策，引进石世宝项目，而这个项目实际上是一个骗局，沱原20多个亿已经砸进去了，而郁先达一伙渎职者揣着明白装糊涂，还在玩这场游戏。信中详细说了石世宝项目决策的过程，煞有介事，口气像个知情人，署名也是“一名知情人”。

“估计这封信不光寄给了我，可能同时寄给了省委、省纪委。至于查还是不查，我在等上级的指示。”陈国荣说，“先让你看看这封信，一来让你有个思想准备，毕竟郁先达是你的同窗好友，而且对我们检察工作又是那么关心、支持。二来呢，也想听听你对这封举报信的看法。”

秦光汉想也没想便说：“不用做任何调查，我就敢断言，举报完全失实，甚至是诬告陷害。”

“是吗？”陈国荣笑着问，“你的根据是什么？”

秦光汉说：“沱原人好搞窝里斗，这是全省有名的。郁先达在沱原任职快10年了。宦海险恶，这也算是官场上的中国制造吧。”

陈国荣笑问：“光汉，你说这话没有私人感情因素吧？”

“没有，绝对没有。因为我了解郁先达，也非常关注石世宝项目，对这个项目的引进过程多少也清楚一些。根本不可能存在郁先达独断决策的事，如果30个亿的重大项目，他能独断拍板，那么，市委哪去了，书记哪去了，那么多常委、副市长都哪去了？我掌握的确切消息是，石世宝项目定于6月6日投产，仅这一点就能说明，石世宝项目不存在30个亿砸进去的事。”

“不存在这个可能更好。”陈国荣说，“我们做个假设，如果，我说是如果这封信举报属实的话，你怎么办？”

秦光汉说：“郁先达是市厅级领导干部，我们市院没权查他。”

陈国荣说：“假如我指令你立案调查呢？”

“我，我……”秦光汉语塞了。他从来没想到过这种可能，也不敢想象。

“你必须无条件地执行省院的指令。我们早就提出，要把反渎职犯罪纳入反腐败格局，从某种意义上说，渎职犯罪比贪污贿赂犯罪危害更大，”陈国荣严肃起来，“光汉，你要记住，无论什么时候，都不允许忘记反腐败斗争的责任，无论什么时候，执行上级院的指令，都不允许有丝毫懈怠！”

秦光汉机械地挺挺胸脯：“是！”

秦光汉在省城待了三天。陈国荣带他跑了省发改委、计经委等好几个经济管理部门，还专门找分管国债项目的副省长作了专门汇报，使1000万国债的八字写成了一撇，就等中央有关部门批准，沱原市政府出面履行手续了。

从省城回来，秦光汉心里第一次感到一种事业成功的快感。尽管1000万的国债，八字刚写成一撇。但是，那封举报信还是在他心里投下一个挥之不去的阴影。有好几次，他拿起电话，想向郁先达问清楚石世宝项目决策的真实经过，可是想到检察工作纪律，到底还是忍住了。

上午，秦光汉处理了几份文件，刚想翻翻新到的报纸，高庆生拿着份《沱原日报》兴冲冲地推门走进来：“老秦，想不到，英雄啊！”

秦光汉连忙接过报纸一看，头版头条通栏标题是：“唯有英雄多壮志——市检院代检察长秦光汉见义勇为斗歹徒的事迹”。

“简直是胡来，见义勇为的是钟业成，我不过是帮他吓唬一下几个小痞子，怎么成了我见义勇为了！”秦光汉把报纸往桌上一丢，伸手就抓电话，“他们既不征求我的意见，又没找我采访，就瞎写一气，让我怎么面对钟业成？我得找他们！”

高庆生一把压了电话，说：“里面写着钟业成呢。我打电话问过他们总编了，稿子是书记市长安排连夜赶出来的。人家采访了钟业成，当事老头儿和出警的公安，稿子内容是属实的。”

秦光汉放下电话，坐下来叹声气：“你看这事弄的！”

高庆生在他对面坐下来，说：“侦监处萧剑飞手里有个案子，是沱东区院请示的，请你定一下。”

秦光汉问：“什么案子？”

“诈骗。一个叫郝学义的皮包公司老板，骗吃骗喝还骗钱。”高庆生把案情简单说了，又说，“沱东区院检委会两种意见，多数人的意见是不捕，检察长的意见是可以捕，所以就向市院请示，承办人和侦监处的意见也是不捕。”

秦光汉问：“那你的意见呢？”

高庆生说：“我赞成侦监处的意见，不捕。让沱东区院给公安发个检察建议，对郝学义实行劳动教养。这小子也太丢沱原的人了。”

秦光汉说：“可以。你是分管检察长，你定吧。”

高庆生说：“要不要开个检委会了？”

秦光汉说：“我看不必了吧。就这么个案子，你定行了。”

“那好，我就签了。”高庆生起身欲走又想起了什么，重新坐下，犹豫了一下说，“老秦，前几天我真不是有什么情绪，确实是真病了。受党教育几十年，当副检察长都多年了，怎么会为个人升迁闹情绪呢？再说你当检察长比谁都合适，也是众望所归，我还没有个自知之明？中午许传新他们去家里看我，非要喝酒不可，你说……”

秦光汉伸手打住他的话，笑道：“有人说你闹情绪装病了吗？”

高庆生忙说：“没有没有，是我自己多心了。”又说：“老秦，咱俩同事少说也十几年了，互相知根知底的。你尽管放心，你当检察长我比谁都高兴。我一定给你打好下手，全力支持配合你的工作。”

秦光汉说：“这话我相信。”

高庆生想了想，又说："你代检察长主持工作，大家都高兴。许传新他们说，以前的检察长几乎都是省院派下来的，连薛维安那样压根儿不懂业务的大草包也往下派。"

秦光汉笑笑，心想："原来你可是整天围着薛维安转的，现在骂人家了。"

高庆生又说："传新他们晚上在沱原宾馆设了个饭局，专门邀了市委几个科长主任，政府几个局长为你祝贺。传新让我帮他请你，你可一定要去啊！"

"不去不去，代个检察长有什么祝贺的，不是让人笑话吗？"秦光汉坚决地说，"代我谢谢他们，也帮我把饭局推掉。真的，谢谢你了庆生！"

高庆生一脸尴尬地说："那，你要真不去，我就替你回绝他们了。"说罢起身出门去了。

下午快下班的时候，萧剑飞推门走进来汇报说："郝学义那个案子高检签了。"

秦光汉说："嗯，知道了。"

萧剑飞说："秦检，晚上到你家喝酒可以吗？"

秦光汉说："不年不节的喝什么酒？"

萧剑飞说："高兴，喝杯祝贺酒不行吗？"

秦光汉说："不行，代个检察长祝贺什么？你们不要给我没事找事！"

萧剑飞说："不给酒喝，去吃饭行不行？"

秦光汉说："不行，除非以后什么时候，你偶然碰上饭时了。"

"那……好吧。"萧剑飞暧昧地笑笑走了。

下午下班的路上，秦光汉突然想起萧剑飞脸上暧昧的笑，心想："侦监处那几个臭小子说不定真会去碰饭时。"于是便在街上买了几个熟菜，两瓶本地产的白酒提回了家。

秦光汉回到家，见文若苹正要做饭，于是问道："晚上做什么饭？"

文若苹说："简单点吧，冰冰不回来吃了，下点面条咱俩吃算了。"

秦光汉说："我买熟菜大馍了，你煮一锅杂粮稀饭吧，一会儿可能要有几个干警来蹭饭。他们要不来，剩了咱明天早上接着喝。"

秦光汉话刚落音，门铃就嘀嘀几声。

他连忙走过去拉开房，不禁大吃一惊：院里的十六七名处长、局长、主任几乎都来了！好几个人手里提着大包、小包，也不知里面装的什么东西。

既然人家来了，又大都是第一次登门，秦光汉也不好再说什么，便和妻子一起招呼，看座泡茶。

虽然房子也有一百四十来个平米，一下子来了这么多人，还是把屋里塞满了。沙发、椅子也不够坐，文若苹又忙着到邻居家去借。

秦光汉悄悄把计装处的女处长杭萍叫到一旁，塞给她二百块钱，交代说：“你到门口再帮我买十块钱的大馍，两只烧鸡，要安徽符离集的，看着再买几样猪头肉、牛蹄筋一类的熟菜，一样2斤，要够这帮馋猫吃的。”

杭萍接过钱出门去了，秦光汉便坐下来跟处长们闲谈。

文若苹借椅子回来，让处长们落座，便钻进厨房去调理菜。几名女处长见了，也都跟进去帮忙。

不大工夫，杭萍就买大馍、熟菜回来了，进门就问秦光汉：“楼上楼下左邻右舍家都装防盗窗了，秦检你家怎么不装，给小偷留着的?”

秦光汉说：“计划着呢，一直没空儿。”

杭萍说：“这事我替你办吧，我弟弟就是干这个的。”

秦光汉说：“那好，就让你弟弟给我做吧。”

酒菜一会儿就摆了上来，一桌坐不下就分了两摊，男处长们由秦光汉陪着围坐餐桌，女处长们则围坐在茶几旁饮料代酒喝。

有点像吃大锅饭，一摊一盆凉拌黄瓜、一盆凉拌西红柿、一只符离集烧鸡，几大碗熟肉，还有两瓶普通的白酒。

大家边吃边喝边说边笑，大都只向秦光汉说了句祝贺了事，没有人提其他什么人什么事，一切都在不言中了。

饭局结束的时候，秦光汉站起来，看看处长们，说：“吃好的喝茶，没吃好的慢慢吃，我给各位处长说三句话，第一句，感谢大家信任我，没和我外气，希望以后也不要外气、生分。第二句，欢迎你们没事常来串门儿。我说的是没事儿。但是，你们，还有你们的干警，以后有事都到办公室说，尽量不要到家里来谈工作或汇报个人要求。到我这儿来的，一律不准带礼物，否则就别进我的门。括号：自家小院种的萝卜青菜除外。第三句，今天提东西来的一会儿提回去，谁不提走我给谁难堪。我说这些，别人可能认为是官话，但确实是我的心里话。请大家理解我，支持我，不要为难我。谢谢各位!”说完向处长们深深鞠了一躬。

饭后，大家坐下闲聊了一会儿，就起身告辞了，提东西来的都原封不动地提了回去，只有计装处处长杭萍提来的香蕉、苹果让大家吃了。

第二天上午，杭萍的弟弟带着小工来秦光汉家，帮他安装防盗窗。

中午秦光汉下班到家，防盗窗正好安装妥当。

秦光汉付钱，杭萍的弟弟坚决不要，说姐姐交代了，这是她送给秦检的贺礼。

秦光汉连忙跑到楼下打听，恰好一楼那家的防盗窗也是他们安装的，费用一共是三千块。他回到楼上取出三千块钱，杭萍的弟弟还是不要。

秦光汉严肃了，说："你要真不收钱，那你就把防盗窗拆下来弄回去，我工钱照付给你。"

杭萍的弟弟见他认真了，便只好收下，给他开了张发票，随手抽出一张百元大票还给他，说是让秦检两包烟钱。

6月6日，这是沱原人的大喜日子。

为了今天这个石世宝项目上马投产的日子，市里突击开展了美化、亮化工程，大街小巷清扫得整整洁洁，高楼矮房装饰得亮亮堂堂，座座建筑物上挂满了五颜六色的标语，条条街道摆满了鲜花、插满了彩旗。街头的广播喇叭里，不时播放着喜庆音乐，滚动播报石世宝投产的喜讯。走在大街上的男女老少，人人脸上洋溢着灿烂的笑容。

6月6日，这将是标志着沱原人经济上翻身的盛大日子！

石世宝工业园区坐落在市南十里207国道北侧，占地五百亩。秦光汉对石世宝工业园的规模早有耳闻，乍一置身其中，仍然不禁为其宏大壮观而吃惊：林立的厂房、库房、配料房一排排，一幢幢，白墙蓝顶在灿烂的阳光照射下泛着蓝光；30层的办公科研大楼坐北朝南，高大巍峨，气派非凡，上面披挂着全市各大部门、各驻沱大企业的巨大祝贺条幅；办公科研大楼前宽阔的广场上，彩旗猎猎，花团锦簇，两座假山前高大的喷泉奏着悦耳的音乐，喷射出五彩水花……

搭在大楼前的主席台宏伟气派而不失庄重，主席台背景是石世宝工业园全景的巨幅写真彩色照片，照片下依次摆放了三排坐席，坐席前竖起一组闪着幽幽黑光的立式麦克风，麦克风前则是一排苍翠碧绿的叶类盆景和正在绚烂开放的鲜花。

主席台两侧两只巨大的悬空气球，坠着两幅巨大标语："热烈欢迎省委领导和各位嘉宾莅临石世宝工业园指导！" "热烈祝贺石世宝项目胜利建成投产！"

数十名媒体记者已经开始忙碌起来，或架机器或选位置，台上台下地吆喝着，奔跑着……

主席台前上万个小凳子上已经坐满了人，或红衫红帽，或蓝衣蓝帽，或黄衣黄帽……一个方块一种色彩，汇成一片五彩缤纷的海洋。

秦光汉站在楼前浏览一下广场的壮观场面，绕过主席台，走进大楼顺着指示标志向休息厅走去，省长王宗禹将在投产典礼前在这里会见全市厅级干部或厅级单位的主要负责人。

秦光汉一进休息厅，就看见郁先影站在邝家厚、郁先达和王宗禹之间，笑容满面地说着什么。

郁先影突然看到秦光汉走进来，惊喜地叫了声：“汉哥!”就跑着迎上去，跟他握手，似乎忘记了省委组织部常务副部长的身份。

秦光汉握着她的纤纤玉手，高兴地说：“都是常务副部长了，还是一点没变。”

“老了，眼看奔四了。”郁先影说着便把他拉到王宗禹跟前介绍说，“这就是沱原的代检察长秦光汉同志，我汉哥!”

秦光汉连忙过去问候一句：“王省长好!”

王宗禹侧过身来，握住秦光汉的手，赞赏地审视着他，说：“先影部长向我汇报过，说你气质好，有能力，今天一见，果然是气宇轩昂，风采不凡哪!”

秦光汉被这位省长夸得一时不知如何应答，幸亏许传新陪着河岛野雄走进来，为他解了围。

河岛野雄大约五十上下的年纪，生得短小精干，留着撮典型的日本仁丹胡子，一眼看去就给人一种精明机灵的印象。

郁先达把河岛野雄介绍给王宗禹，趁他们握手寒暄的工夫，把许传新拉到一旁，问：“井上隆一呢?”

许传新说：“据河岛说，因为石世宝可以用于军事，是高新敏感技术，井上隆一被日本军方限制出境。就由河岛野雄全权代表了。”

郁先达扭头看了眼正跟王宗禹、邝家厚侃侃而谈的河岛野雄，无奈地说：“那，那也只好如此了。”

投产典礼由郁先达主持，宣布典礼开始后，先鸣炮奏乐，然后是介绍石世宝项目，宣读省委省政府、各兄弟市和省有关厅委的贺电，中日双方代表许传新和河岛野雄发言，最后是王宗禹讲话。

王宗禹在讲话中高度赞扬沱原市委市政府在招商引资、发展经济中的作为，说：“石世宝项目在全省不是投资额最大的项目，却是高新技术含量最高，投入产出比最佳的项目。石世宝的建成投产将使沱原的经济发展一鸣惊人，也将对拉动全省经济发展作出巨大贡献……”

王宗禹讲话后便是剪彩。省市领导和日方代表河岛野雄手持剪刀，在缀满花团的中国红绸缎上咔嚓一剪刀……

全场掌声雷动，一片欢呼，在上万名欢呼雀跃的沱原人眼里，领导们这瞬间的一剪刀，已经彻底斩断了沱原的穷根!

剪彩之后是参观办公科研大楼和生产车间。

秦光汉跟随领导之后，心情激动地观看这个沱原招商引资的经典之作。

办公科研大楼，窗明几净，设施完善，生产车间，生产流水线已经安装就绪，崭新的成套设备蓝汪汪地卧在车间，一身崭新橘黄工作服的男女青年工人，笔直地立在机器边，接受领导和嘉宾们检阅。个个英姿勃发、斗志昂扬。

人们一边参观一边不停地赞叹，都被眼前的奇迹震撼了。可是没人想得到，眼前这些崭新的一流设备是一堆破铁烂铜，眼前这些英姿勃发斗志昂扬的青年工人，很快就将汇入下岗失业的人流！

沱原今天的晚上是那么绚丽多彩：大街小巷华灯齐放，市府广场上空礼花绽放，映红半天，体育场的大型文艺晚会，名角荟萃，精彩纷呈，激起一波又一波热浪。

沱原宾馆被五彩霓虹装点得一片灿烂辉煌。

宴会厅里，轻松美妙的乐曲，行云流水般地流淌回旋，石世宝投产庆祝酒会即将开席。

省市领导和嘉宾们都已入席落座，日方代表河岛野雄迟迟未到，在场的人几乎都在盯着墙上的电子挂钟，翘首以盼。

漂亮的服务小姐从门外走来，款款走近郁先达报告："郁市长，隔壁包厢有位先生找你！"

"隔壁包厢，莫不是河岛野雄？"郁先达这样想着，便连忙出门走进隔壁包厢。

隔壁包厢，没有河岛野雄，也没有牛太元，只有许传新一人神情沮丧地站在那里。

郁先达急切地问："河岛呢，河岛野雄在哪儿？"

"郁市长！"许传新大哭一声，跪倒在他面前，"河岛野雄跑了，牛太元也跑了。我们……受骗了！"

郁先达呆了，眼睛越睁越大，像突然被人勒住了脖子。

第三章
以骗应骗

有道是乐极生悲。一个人在心情极为激动、极为兴奋、极为欣喜的时候，是无法承受任何突如其来的极为沉重的打击的。

许传新一句“我们受骗了”像一记闷棍重击在郁先达脑袋上。他只觉得脑袋嗡了一声，便是一阵头晕目眩。眩晕的瞬间，他看到了700万双愤怒的眼睛，看见了成千上万个家庭像一座座土屋遇到强震轰然坍塌，老人、儿童，男人、女人，干部、百姓绝望地恸哭，看见自己的仕途像条飞速滚动的履带，咯嘣一声断为两截，他的副省级美梦也像只五彩斑斓的泡泡随之嘭地破灭了……看到这些，他的两腿像两根面条一样，软软地瘫倒在地上。

“郁市长！郁市长!”许传新哭叫着，把郁光达拖到沙发上，急切地问，“郁市长，你没事吧，要不要叫医生?”

郁先达热泪纵横，眼神呆滞地望着门外，喃喃自语：“30个亿！怎么交代，30个亿啊!”

许传新再次跪倒在他面前，惊恐地说：“都怪我不会办事啊郁市长！我草包，我混蛋，我是猪……”边哭边骂自己，使劲抽自己的耳光。

“滚!”郁先达愤怒地吼了一声，一脚把他蹬倒在地上，“你他妈的去死，去死！去跳河、触电、喝老鼠药!”

许传新躺在地上没动，嘁嘁地小声哭泣，可怜巴巴地看着郁先达。那是乞求的眼神，像一个铸下大错的孩子在乞求父母的宽恕。

“先达，干什么哪？宗禹省长等急了，快……”邝家厚急匆匆走进来，看见屋里的情景，大吃一惊，“怎么了，出什么事了!”

“我们被骗了，牛太元、河岛野雄都是骗子，里里外外30个亿啊!”郁先达带着哭腔回答，两行泪水随之涌出眼窝，顺着脸流下来，流进嘴里，缀滴在下巴上，在灯光下晶莹着。

邝家厚惊呆了，像只木鸡呆呆地望着他，脸色煞白煞白，一点儿血色也没有。

“邝书记，我们可是集体决策啊。”郁先达突然说。说这句话的时候，声音已经显得镇定如常了。

“先别说责任的事。”邝家厚似乎已摆脱震惊，小声问他，“你说眼前怎么应付？”说着伸手向宴会厅指了指。

“骗！”郁先达咬牙切齿地说。显然，说出这句话他用了很大的决心和勇气。

此时此刻的宴会厅里，一片安静。

人们盯着墙上的电子钟，看着时间分分秒秒地流逝，心里纷纷产生几分不祥：“书记市长突然不见了，莫非出了什么事情？”

秦光汉坐在王宗禹斜对面的位置上，眼看郁先达已经出去20多分钟，邝家厚跟着出去也有10多分钟了，两个人都是一去不回，心里便不禁犯了嘀咕：“莫非真的出了什么大事？”这样想着便偷偷扫了眼王宗禹和郁先影。

王宗禹显然已经等得不耐烦了，眉头紧锁着，不时朝门外看一眼，终于忍不住了，便小声问先影：“你哥他们怎么回事？”

“不像话！”先影起身走到秦光汉跟前，小声说，“汉哥你出去看看，他们干什么去了。”

秦光汉“嗯”了声，刚站起身来，邝家厚、郁先达一前一后走了进来。

邝家厚大步走到王宗禹身边，躬下身抱歉地说：“让省长您久等了。河岛野雄、牛太元他们在隔壁包厢呢，我们过去敬了一下酒。”

王宗禹点了下头，打手势示意他们坐在自己左右，说：“让这么多嘉宾等在这儿，咱们也快开始吧？”

“好，开始开始！”邝家厚说着站起来，端起盛满干红葡萄酒的高脚玻璃杯，高声致辞，无非是向省委、省政府，向王省长、郁部长和各位嘉宾表示热烈欢迎和衷心感谢之类的套话。致辞完毕便高高举杯提议：“为王省长、郁部长的健康愉快、为各位嘉宾的健康愉快，为石世宝项目的顺利投产，干杯！”

郁先达也随声提议：“一齐干，大家都干喽！”

书记市长带头干了高脚杯里的干红，两人红光满面，洋溢着笑容，开始向王宗禹敬酒，穿行在宴席之间，频频向嘉宾们举杯敬酒、握手客套。政治舞台上的角色，演技比起艺术舞台上的那些明星们，真的不知要高超多少倍，如此虚假的一场戏，他们竟能表演得如此真实到位，把成功者的兴奋喜悦，演绎得惟妙惟肖！

王宗禹不喝干红，杯子里倒的是典藏国酒茅台。在邝家厚、郁先达离桌，穿行在宴席间敬酒的工夫，他也在笑容可掬地与秦光汉和沱原的几位市委常委频频碰杯，接受他们的敬酒，看到邝家厚、郁先达兴高采烈地端着酒杯回来了，便让服务员为自己倒满了茅台，端起来说："你们两个陪我去一下隔壁包厢吧，我也去向日本友人敬杯酒。人家可是咱沱原的功臣啊！"

邝家厚怔了一下，扭头看看郁先达。

郁先达忙说："王省长那就不必了。他们那边儿开始早，现在已经散了。刚才我跟家厚书记已经代表您，把意思转达到了！"

"也好，那就算了，"王宗禹说着，手里端着的杯子左右举一下，说，"我们也喝一下吧。今天你们让我看到了沱原的希望。高兴啊！"

邝家厚、郁先达喝了，一齐说："谢谢王省长！"

王宗禹示意他们坐下，然后说："石世宝投产了，你们两个要继续在这儿紧盯几个月，一定要尽快拿出效益，看得见的效益。至于自己下一步的安排，就不要过多考虑了。省委会为你们考虑的。"说到这里扫一眼桌上的人，继续说："今天我在这儿违反一次组织原则。关于你们两个的安排，省委组织部先影部长他们有个初步的考察意见，但常委们有不同意见。理由就是没看到你们突出的政绩，毕竟政绩是领导能力的体现嘛。现在好了，有了石世宝这么个项目，这个问题也就不应当是什么问题了。关键是，你们一定要把这个项目搞好，而且尽快让省委看到效益！"

"是，是！"郁先达和邝家厚一齐应着，心情一下子又沉重下来。

郁先达回到家里，已经深夜十一点了。

仇琬璐刚看了沱原电视台重播的石世宝项目正式投产的新闻。

这条新闻播了三次她看了三次，市长丈夫那翩翩风度，满面洋溢的喜悦与自信，也三次令她激动不已，兴奋不已，自豪不已。做市长夫人的感觉真好！她好像是第一次品味到这种感觉，这种感觉真好啊！

开场戏演完了，郁先达跨进家门，看到妻子，才回归真实的角色，忧愁苦闷失落绝望一起写在脸上。

他拖着沉重的脚步走到沙发前，像块石头重重地跌落在上面，沙发不堪重负地"吱吅"了一下。

"先达，我给你今天的表现打 100 分。"仇琬璐兴高采烈地泡了杯龙井放到他面前的茶几上，温柔地依偎在他身边坐下来，深情地看他一眼，不禁吃了一惊："你怎么了，脸色这么难看！"

郁先达无声地摇了摇头。

仇琬璐急切地问："你病了，哪儿不舒服？"

郁先达又无声地摇了摇头。

仇琬璐连忙捧住他的脑袋，把自己的额头贴上去试了试："不热，你不发热呀！"

郁先达还是无声地摇头。

"先达，出什么事了？"仇琬璐焦急地抱住丈夫，几乎是喊着问他，"你心里有事，一定有事憋着。先达，有什么事你跟我说，千万不能在心里憋着啊！"

郁先达感激地看了眼妻子，泪水夺眶而出。

仇琬璐惊呆了。她知道丈夫真的碰到了什么难事，而且是天大的事。到底是什么事，她不敢猜，也不敢问。

夫妻俩就这样沉默了。这沉默撕得仇琬璐心疼。

"小达晚上又没回来吃饭？"郁先达突然问。

"没有，"妻子回答，"说公司又接待什么客人。"

郁先达说："接待客人？他一个小小的打工仔，招待客户用得着他吗？"

仇琬璐问："怎么，你是对儿子不放心，还是对韩劲达不放心？"

郁先达说："都有一点啊，韩劲达可不是什么好鸟，有人说他在沱原是黑白两道通吃呢，我怕小达这孩子让人利用了。"

听丈夫这样说，仇琬璐想起了秦光汉的提醒，便说："这些日子我也担心孩子被人利用。你说光汉说的情况会不会确有其事？"

郁先达说："无风不起浪啊，我也担心呢。"

仇琬璐问："你不是向建设局了解过吗？"

"我是市长，是沱原市的行政"一把手"，谁会对我讲实话？"现在郁先达相信了，是儿子打着他的旗号从招标办拿走了那项总造价两亿元的文化中心工程。当然，韩劲达也会给他一笔报酬，而且是一笔数额不菲的报酬。

听丈夫这样说，仇琬璐也为儿子担心起来，便说："男大当婚，小达眼看也是二十四五的人了，该给他成个家，有个女人管住他，也省得咱们天天为他担心了。"

"孩子大了，是该替他考虑婚姻大事了，"郁先达说，"孩子只有成家，才能真正长大。先立业再成家，还是先成家后立业，并没有什么定式。"

仇琬璐想起替儿子向秦冰冰求婚的事，便向他说了。

郁先达说："冰冰是个好姑娘，漂亮、懂事、脾气也好，我一见就喜欢上了，就是不知小达这孩子有没有这个福气。"

仇琬璐说："我看差不多吧？光汉这个检察长现在还是代理的，他家选女婿还会有多高的眼光？你是市长，说不定很快就是副省级高官了，冰冰跟继达结了婚就等于一步跨进了省城，什么问题都解决了。这点他们能不清楚？"

郁先达问："这事儿你跟儿子说了吗？"

仇琬璐说："说了，说了跟没说一样。"

郁先达问："怎么，他还不乐意？"

"这孩子。你猜你儿子怎么说人家？"仇琬璐学着儿子的怪腔怪调儿，"就汉叔家的那个秦冰冰？我从小就认识，丑小鸭一个。别恶心我了！"

郁先达说："这臭小子。他要见到冰冰，一定会迷上人家，他会发疯！"

"我让他回来，你跟他说，"仇琬璐掏出手机，边拨号边嘟囔着，"鸡还知道天黑了进窝呢，大半夜了这孩子不知在哪儿疯呢！"

夜朦胧娱乐城，笼罩在一片夜色朦胧中，没有一般夜总会那样变幻无穷的多彩霓虹，没有一般娱乐场所那种刺激听觉的怪腔怪调的音乐，只有一排小灯在楼前暧昧地眨着眼睛。"夜朦胧"，这名字就给人几分暧昧的遐想。

郁继达醉醺醺地从对面的王府大酒店里一步三晃地走出来，被一帮黄毛前呼后拥着走进夜朦胧。

郁继达长得很像郁先达，简直是一个模子倒出来的，1 米 80 的个头，身材不胖不瘦，白白净净，鼻子上架着副近视眼镜，显得十分文静而富有涵养，许多见过他的人都忍不住在郁先达跟前或由衷或故意讨好地夸赞："郁市长，你那儿子真是优秀，太像您了！"每当这时郁先达总是有一种成就感。可是他和许许多多夸赞郁继达的人，都不知道"文静而富有涵养"的郁继达的另一面！

"郁先生，请跟我来，"郁继达和一帮哥儿们一进门，领班小姐就笑吟吟地迎上来，伸手打了个优美的姿势，"夜深沉包厢，韩总早帮您安排好了！"

显然，郁继达是这儿的常客了。

郁继达和一帮哥们由女领班引导着，七拐八拐地拐进一条黑咕隆咚的走廊，又拐了几个弯儿，才拐进夜深沉包厢。

其实这地方郁继达已经来过多次了。

第一次是半年前，他到劲达房地产公司应聘那天。

那天，韩劲达看见他的自荐材料上"郁继达"三个字，再看看他这张贴着郁记标牌的面孔，眼睛突然一亮，立即知道了他是谁。于是，韩劲达并没问他的家庭背景，也没问他的来处，甚至连他的自荐材料也没看，就伸出一双胖手抓住他，连说了几句："欢迎欢迎，人才难得！"

郁继达当然清楚，韩劲达一看到"郁继达"就知道他是郁先达的儿子，因为在父亲来沱原之前郁姓在沱原是个绝姓，沱原大凡有点头脸的人也都知道郁先达有个叫郁继达的儿子，几乎所有认识或者是天天在电视里看沱原新闻的人，都能从他脸上认出他是市长公子。

“缘分，你叫继达我叫劲达，我信任你。咱们真是有缘分啊！”韩劲达说，“你给我做总经理助理吧。”一张口许他月薪两千元，这还是试用期的待遇。如果能揽到工程，还有百分之零点二的提成奖。

当天晚上，韩劲达留住郁继达，先在王府大酒店吃了鲍鱼，喝了茅台，又带他到了夜朦胧，由领班小姐引导着，像今天这样先走进一洞暗门，然后七拐八拐地拐到这个神秘之处的夜巴黎包厢。

当时，郁继达感觉这个神秘之处应当处在紧连夜朦胧而又单独存在的一个什么地方。这个地方好像只有三四个包厢，分别叫夜巴黎、夜美人、夜深沉，还有一个也叫夜什么，对了，叫夜美梦。

郁继达那天随韩劲达走进夜巴黎，包厢早已有两名美艳无比的小姐恭候在那里了。两个小姐一个叫甜儿，一个叫燕子，两人都很漂亮，穿得都很裸露，很性感撩人。她们一见到他们就大呼小叫着迎面扑来，甜儿扑到韩劲达怀里，燕子则飞到继达怀里，伸出纤纤玉臂，缠绕住他的脖子献上热吻。

郁继达第一次进这种场合，也是第一次接受这种陌生“性工作者”美女的主动热吻，便浑身紧张得不行，两腿打摆子样的哆嗦起来，连喘气都不匀了。虽然他在上大学的时候，就曾经有过性体验，可是跟女友恋爱租房同居，跟混迹色情场所与卖淫小姐鬼混性质是截然不同的，再说自己的家庭在社会上属于高贵阶层，父母对他的管教也是严格的，跟大款一起嫖娼要是让父母知道了，那可是件了不得的事情！

郁继达求救地扭头看看韩劲达，发现这位父辈的老总已经跟甜儿叠在沙发上哼哼唧唧地缠绵开了。视觉的、听觉的、幻觉的刺激一齐向郁继达压来，他顿时感到一股热乎乎的欲望从脑袋里涌起，然后顺着身体向下奔流，聚集在下身某个部位，开始膨胀，膨胀……他猛地把燕子抱起来，冲进洗浴间，发疯般地撕光了她的衣服……

郁继达和燕子干完事，从洗浴间出来，韩劲达和甜儿已经穿戴整齐。韩劲达掏钱向小姐付了小费，把她们打发走后，拉郁继达在茶儿旁坐下来，开了两听啤酒，递给他一瓶，说：“现在什么是铁哥们儿？一起扛过枪的战友，一起负过伤的难友，一起嫖过娼的泡友。从今天开始，咱们就是忘年铁哥们儿了。来，咱俩干一杯！”郁继达没动，还没缓过神来的样子。

韩劲达就笑了，说：“头一回到这儿来干这种事，都有点儿紧张。来得多了就好了，跟吸毒一样还上瘾呢。这儿的安全绝对没有问题，啥时候想来啥时候来，到总台提我的名记个账就行了。”

郁继达夺门而逃，一直害怕了几天，后悔了几天，甚至产生了从此远离韩劲达的决心。

韩劲达的“上瘾说”无疑是荒谬的，却在郁继达身上应验了。

大概五六天之后，郁继达心里的恐惧感、愧悔感、羞耻感和远离韩劲达的决心竟然渐渐淡化了、消失了，每每想起跟燕子的肌肤之亲，心里还禁不住产生一阵阵冲动。于是不由自主地走进了劲达公司的大楼，不由自主地走进了夜朦胧的神秘之处，不仅再一次幽会到燕子，而且与甜儿、云儿、花儿、叶儿等多名如花似玉的小姐销魂。

郁继达从此潇洒起来，一潇洒身边便苍蝇逐臭般地聚了一帮哥们儿，这便是秃头二子和几个黄毛痞子。据说二子这帮人前几年都是沱原黑帮“沱江王”金狗蛋手下的人，靠在沱阳江码头和江面上向采砂船收“保护费”为业，还打死打伤了多名采砂船主。去年六月初，沱原刑警支队重案大队大队长郑大年一上任就主动请缨，掀起一股打黑风暴，金狗蛋和几个主要帮凶被判了死刑，二子这帮小喽啰也一哄而散了。

郁继达到夜朦胧十几次销魂之后，韩劲达向他下达了“拿下沱原文化中心项目”的任务。此时此刻的郁继达已经是身不由己了，于是便带着任务找到建设局招标办，打着市长爸爸的旗号，轻而易举地让劲达公司“中标”了。事成之后，韩劲达答应给他 100 万元的提成、一幢别墅，先兑现一幢别墅用于平时“方便”，100 万元提成先帮他存起来，工程决算后再兑现。

成为韩劲达“铁哥儿们”的郁继达到夜朦胧来得越来越勤了，今天再次走进这间神秘的夜深沉包厢是第多少回，连他自己也弄不清了。

夜深沉包厢宽敞豪华，灯火通明，茶几上摆着烟酒糖茶，各种饮料和七八样精美的小菜。

“弟兄们，都坐吧，随便享受！”郁继达说着一屁股坐在沙发上，冲黑脸秃头的二子一招手，“二子，先给哥唱一曲！”

“好嘞！”二子应着，伸手抓起点歌本就翻，翻了几页停下来，问，“继达，趁着酒劲儿，要不要叫个小妞儿来伺候你？”

郁继达瞪他一眼：“这事儿还用他妈你操心？韩总早他妈安排了！”

话刚落音，果然就有两名小姐从卫生间钻出来，一齐娇滴滴地冲他叫道：“郁先生好！”

郁继达抬眼瞟一下，觉得眼前一亮：两名小姐几乎是一般高矮，一般胖瘦，一般白嫩红润。她们穿着一样薄如蝉翼的连衣裙，在强烈的灯光照射下好像一丝不挂，连红红的乳晕和下身那一团黑色也若隐若现地散发着诱惑。两人所不同的是一个身材曼妙些，乳房也更丰满诱人，而另一个身材则少了几分曲线，而且她总爱不知好歹地咧着嘴笑，用她那自以为挺性感的笑挑逗男人。更要命的是她那张合不拢的大嘴，一笑便把两排荔枝肉似的牙龈展露无余，令人大倒胃口！

郁继达正为那两排荔枝肉觉得惨不忍睹，荔枝肉却咧嘴笑着凑近他，嗲声嗲气地问："郁先生，我们两个您是都要还是……"

"她留下陪我，你走吧。"郁继达闪开她，厌恶地摆摆手。

"哟，郁先生还挑食呢，"荔枝肉凑得更紧，纠缠着说，"大嘴美人有大嘴美人的味道，不信你就一块尝尝。先尝后买才知好歹嘛！"

"去去，看你嘴咧得裤腰似的，"郁继达顺手抓过茶杯，一下子泼到她脸上，接着一脚踹过去，"滚，赶快给我滚！"

荔枝肉躺在地上，咧着大嘴哭了。

"哭，看你的丑样儿！"郁继达骂一声，冲二子他们一挥手，下令，"再不走给我揍！"

荔枝肉连忙连滚带爬地夺门而逃了。

"过来吧宝贝儿，"郁继达伸手把漂亮小姐拉到怀里，捏捏她粉嫩嫩的脸蛋儿，问，"没吓着你吧？"

小姐躺在他怀里，伸手缠绕着他的脖子，咯咯笑起来。笑声像一串银铃，清脆悦耳，一下子就把他撩起来了。他发疯般地把她放到沙发上，一手伸向她的乳房，一手伸向她下身……

二子他们连忙知趣地出去了，顺手带死了门。

"急什么，你不想慢慢欣赏一会儿吗？"小姐轻轻推他一下，"也不问问我叫什么。"

"好，你叫什么？"郁继达停下手问。

"我叫芳子，"芳子说，"让你赶跑的那个叫娟子。"

"房子？别说了，我要进你的小房子看看！"郁继达说着，三下两下就把芳子扒成了支嫩藕，压了上去……

芳子是个老手，一边水蛇般地扭动着，一边哼哼叽叽地叫，刺激郁继达的情欲。

郁继达猛烈地动作，故意夸张地大呼小叫："芳子！芳子！川岛芳子……"他叫出一个日本美女间谍的名字。

"轰轰轰！"几声礼炮，接着又是一阵《义勇军进行曲》旋律。这是郁继达故意恶作剧为自己手机设的来电铃声。

郁继达打了个激灵，连忙翻身下来，朝芳子呶呶嘴。

芳子扭动着屁股，离开沙发，从他衣服里掏出手机，按了下接听，"喂"了一声。

"喂，你是谁?"手机里传出仇琬璐的声音。

"女的!"芳子冲郁继达伸了下舌头，把手机递过去。

"哪位?"郁继达冲着手机问。

"刚才那女的是谁?"仇琬璐反问。

郁继达说："我同事，我们加班呢。"

仇琬璐问："加班？韩劲达怎么又安排加班?"

"工作量大，白天干不完嘛，韩总刚才还陪着呢。"郁继达冲芳子挤眉弄眼了一下，故意开了免提让她听。

"他把你当机器人用了?"仇琬璐不满地说，"别给他没日没夜地干，悠着点劲儿，年纪轻轻的，等把身体弄坏就晚了。"

"放心吧，我身体棒着呢!"郁继达嘻嘻哈哈地说。

"少给我嘻嘻哈哈的，早点回家来，有事跟你说!"仇琬璐那头挂了电话，手机里变成了"嘟嘟"的忙音。

芳子问："谁，对你这么关心?"

郁继达嬉笑着回答："我妈，你婆婆!"

芳子也跟他嬉笑："我当谁呢，还让你悠着劲儿，好像知道你正跟我干事似的!"

"你这个小骚货，看我不搞死你!"郁继达说着扑过去，又把她压在沙发上。

芳子一边扭动着逢迎他，一边故意问他："哎，刚才你让我叫你妈什么?"

郁继达有节奏地猛烈动作，一动一字："我、让、你、叫、她、婆、婆!"

一会儿完了事儿，郁继达又把芳子拉进洗浴间洗鸳鸯浴。

他们洗完鸳鸯浴，从洗浴间出来，又在沙发上温存了一阵儿，刚拿起衣服往身上套，房门闪开一条缝，探进二子光秃秃的脑袋。

郁继达问："干什么二子?"

二子冲他招招手，诡秘地笑笑。

他连忙走出去，随二子七拐八拐到了舞厅。

"神神秘秘地拉我到这儿干什么?"他问。

二子朝舞池里一指："看，仙女下凡了!"

郁继达朝舞池看去，顿时眼里放出光来：秦冰冰正拥着她的女同学倪秀儿旋着优美的舞姿。

舞曲停下来，五彩灯光也停止变幻旋转，舞厅顷刻一片光明。一对对舞伴都相拥着出了舞池，只有秦冰冰和倪秀儿还站在那儿小声说着什么，说一句就开心地笑一笑。

冰冰其实平时是不到这种场合来玩的，一来这儿是个高消费的地方，常到这儿来的不是暴发户，就是傍大款的清闲一族，还有就是一些不三不四的男女们；二来是秦光汉对女儿家教很严，冰冰也认为舞厅、歌吧、夜总会是些藏污纳垢的地方。今天是个例外，她和倪秀儿的同学胡灵灵和男友去南方打工，路过沱原，中途下车来看她们。倪秀儿做煤炭生意的爸爸设宴招待了胡灵灵和男友，饭局结束又把他们安排到夜朦胧消遣。

灯光好像是专为秦冰冰而亮，像舞台追灯一样，连同众人的目光一齐聚集在她身上，突出着她，衬托着她的美。她的一笑一颦都那么迷人，那么独具风彩，那么动人心魄！

郁继达被她的美丽惊呆了。从沱原到北京、上海、广州，从街头、商场、舞厅到大学校园，他美女见的多了，有的堪称如花似玉，有的则是冰清玉洁，现在把她们跟眼前的秦冰冰相比，他才觉得以前见过的那些所谓的如花似玉总是少了花的香和玉的洁，而那些所谓的冰清玉洁更是欠了几分冰的纯洁和玉的温润。

在郁继达眼里，眼前的美人长得颇像一个美女明星，而比起那个明星来，脸蛋儿上还多了几分清纯与秀气，身材上也多了几分凹凸与性感，更为重要的是眼前这名小美人年轻，也就二十一二的样子，比起那名美女明星，水灵得多，鲜嫩得多，亮丽得多了。

郁继达刚才还把芳子当作宝贝，这时才突然发现舞池里的这姑娘，才是自己梦寐以求的美人儿，芳子跟她相比，连只丑小鸭也算不上！他想："如果能够得到这个小妞儿，哪怕只有一次，就是死也值得！"

"怎么样继达，我的眼力不错吧？"二子在一旁讨好地说，"你看她那条儿多匀称，再看那波儿一颤一颤的多让人动心，还有那大眼睛，那油黑黑的披肩发一甩，多亮哪！还有，你看人家那屁股蛋儿多圆，我看了都馋，真想上去摸一把……"

"别说了，"郁继达伸手打断他，"马上给我打听清楚，她叫什么，住哪儿！"

"我都给你打听好了，"二子抓着秃脑瓜说，"她叫秦冰冰，是检察长家的千金，你要想泡她……"

"好了，给我闭住你的臭嘴！"郁继达厉声喝住他，自语着说，"怪不得，怪不得妈妈夸她漂亮呢。"心里却想："我郁继达真有艳福啊，天意，真是天意。秦冰冰，我的冰冰，老子一定要得到你，千方百计！"

郁先达一夜没合眼，天不亮就爬起来，坐在客厅里吸烟，一支接着一支地抽，一直抽得满屋子烟雾缭绕。这是他到沱原任职近 10 年来的第一次。

天亮了，妻子还没起床。她昨晚也睡得很晚。

郁先达朝继达房间看看，知道儿子还在熟睡，便站起来钻进卫生间洗漱。

他朝洗脸盆边的墙面镜里打量一下自己，发现眼泡微肿，眼里布满了血丝，心里不禁酸楚了一下。

他从家里出来，沿着双月湖边走了两圈儿，看看手表，觉得时间差不多了，便向沱原宾馆走去。

他和邝家厚要去陪王宗禹吃早餐，上午还要送他到回省城的高速公路入口。

王宗禹还没起床，郁先影一个人坐在楼下大厅里沙发上，眼巴眼望地等待哥哥，看到郁先达进门，站起来招呼："哥!"

郁先达问："宗禹省长还没起床?"

"没呢。"先影回答，脸上红红的。

郁先达连忙换了话题说："两年来一回沱原，也不到家去，不看你嫂子也不看看小达？看你这姑姑当的!"

"会上不是跟嫂子见过面了嘛。"先影辩解说，"再说，昨天也太晚了，还让不让嫂子睡觉了?"

郁先达不说话，呆呆地盯住总服务台里一排显示世界各地时间的挂钟。

"哥，你怎了?"郁先影问。

郁先达故意问："什么怎么了?"

"你心里有事，而且不是小事，"郁先影紧紧盯住哥哥的眼睛，"从昨天晚上开始，你和家厚书记都是神不守舍的，你们在宴会上的表现，都是装出来的。我看出来了，宗禹省长也看出来了!"

郁先达心里"咯噔"跳了一下，连忙避开妹妹的目光。

他实在没有勇气对妹妹说出事情的真相，尽管他为此一夜无眠，早已打好了腹稿。

"跟自己小妹还有什么不能说的?"郁先影催促哥哥，"天大的事你都给我说，我也好帮你拿拿主意。你们到底碰到什么问题了?"

郁先达终于鼓起勇气，把河岛野雄和牛太元携款逃跑的真相说了。

"啊?"郁先影惊吓得差点栽了个跟头，"这，这么说石、石世宝项目，完了?!"

郁先达一把扶住妹妹，说："你先别着急，也许事情没有这么严重。"

郁先影在沙发上坐稳了，喃喃地说："我早已跟他吹破了天，可现在怎么跟他说……"

郁先达说："原先怎么说的，你现在还怎么说就是了。"

"骗他?"郁先影突然瞪大了眼，"你可真敢想啊。30个亿砸进去了，你们骗得了一时，骗不了一世。以后怎么交待？”

“我们盖了厂房、库房、科研大楼，买了成套生产设备。河岛他们拿跑的也就是不到30个亿。还有，不管怎么说，他们把技术资料交给我们了。按最坏的打算，也就是他们拿了钱，一走了之，技术指导人员不到位。有技术资料在，我们组织慢慢琢磨，总会琢磨下来的，不过晚点儿慢点罢了。”

“你还乐观呢，你知道不知道人家给你的是什么玩意儿？”郁先影可没有这么乐观，追逼着哥哥问，“你给我说实话，这30个亿有没有打水漂的可能？”

郁先达怔了一下，支吾着说：“可，可能也有吧……”

“哥哥，你们把祸惹大了，”郁先影痛心疾首，“你，你们弄不好要开除党籍、公职，甚至要坐牢的！”

郁先达只有满头冒冷汗的份了。

“你们需要我做什么，尽管说吧。”郁先影缓和了语气说。

“事情你先不要给宗禹省长讲，沱原这边儿我和家厚书记自然会糊弄圆满，现在不是正闹经济危机吗，把账记在经济危机头上就是了。我和家厚书记回省的事，你尽量抓紧做工作，最好能在年底省里换届前解决。”

郁先影说：“你的意思是连邝家厚一起解决？”

郁先达说：“没办法，我们俩现在是捆在一起了。”

郁先影无奈地叹声气，沉思着点了点头：“事已至此，也只好如此了。”

邝家厚、郁先达把王宗禹和郁先影一行送进京沪高速公路入口，返回途中拐进石世宝工业园。

办公科研大楼前一片混乱不堪，许传新正指挥工人拆卸典礼台，木板、桌凳、宣传品乱七八糟地散放一地，男男女女唧唧喳喳地说笑着忙碌，人人都兴高采烈着，显然都对石世宝的命运蒙在鼓里。

邝家厚和郁先达站在楼前广场上，望着一排排一幢幢白墙蓝顶建筑，想想这里很快就将变成一片荒芜冷寂之地，心情冷到了冰点。

许传新居高临下地站在剩下的半个典礼台上，声嘶力竭地指手画脚，突然发现书记、市长脸色寒着站在不远处，连忙跳下典礼台，向他们跑去。跑到跟前努力做出笑脸，招呼：“邝书记、郁市长来了？”

邝家厚、郁先达像没看见他一样，理也没理，不约而同地转身向自己的座驾走去。

许传新傻呆呆地晾在那儿，脸上的强笑一扫而光，色调变成苍白一色，两汪泪水在眼眶里滚了几滚，刷地滚落下来。

郁先达大步走到轿车前，伸手拉开车门，忽然转身回头，冲许传新厉声喊道："许传新，你过来！"

许传新连忙抹了把眼泪，快步跑过去，直挺着立到他跟前，唯唯诺诺地问："郁市长您有什么指示？"

郁先达冷看他一眼，命令说："你给我千方百计查到牛太元的下落！"

许传新刚想张口应声，郁先达已经钻进小车，砰地一声拉上车门。

他连忙转向邝家厚："邝书记有什么指示？"

邝家厚厉声吼道："混账东西，老子让你去坐牢！"

许传新打了个哆嗦，两汪泪水再次奔涌而下，透过泪帘看到两辆小车绝尘而去，转眼消失在视线里。

郁先达回到办公室已经上午十点了。

他走到沙发旁，沉重地跌坐在沙发上，感觉像经历了一场大病或一场劫难，身心疲惫不堪，一动也不想动。

"事情刚刚开始，以后怎样收场啊！"想到这个问题，心就禁不住猛烈跳起来，"砰砰砰"地，像当初石世宝建设工地的汽锤一记记猛击着，"从干部群众手中集资的5亿资金，连本带息变成10个亿了，还本付息的期限也到了，假如他们闹起来……"他真的不敢想象石世宝项目最后的结局。

三年了，时间过得真快啊！郁先达痛苦地闭上眼睛，不禁回想起当初引进石世宝项目时的情形来。

那是2005年8月8日。郁先达记得非常清楚，刻骨铭心，因为这一天是他仕途生涯中最为屈辱的一天。

那天的全省招商引资工作会议，是省委书记亲自主持的。王宗禹省长讲话，全省20个市的市长、省直各部委的主任、各厅的厅长们都到会了。郁先达自感沱原经济水平、招商引资成绩位居后进，便自觉地坐在后排。

会议开始，先由分管副省长通报去年以来各市招商引资情况，沱原意料之中的排在末位，羞得郁先达连忙把脑袋埋了下去。

"现在调整一下座位，"王宗禹突然大声宣布，"招商成绩排在后三位市的市长坐到前边来，让大家看看，也给大家介绍一下经验，你们是如何做到'任你突飞猛进，我自稳如泰山的'！"

郁先达哪儿想到省长会这样出他的洋相，一时不知所措，倒数二三名的市长已经挪到王宗禹指定的位置去了，倒数第一名的他还木在那儿没动。

"怎么了，郁先达，还要我们鼓掌欢迎吗？"王宗禹不耐烦了，大声喊道，"大家热烈鼓掌，欢迎沱原的郁先达市长到前排就座！"喊罢带头鼓掌。

会场响起了一阵不太响亮的掌声。

郁先达在稀稀落落的掌声下，很狼狈地坐到前排“第一名”的位置上，无地自容地低垂着脑袋，恨不得找个地缝钻进去。还好，王宗禹并没让他介绍沱原“任你突飞猛进，我自稳如泰山”的经验。否则，他真不知要把人丢到什么地步。三年之后，每每回忆此情此景，仍然会出一身冷汗。

会议整整开了一上午，有四个市的市长或招商局长介绍了招商引资经验，省长、书记都讲了话。郁先达脑子里一直懵懵懂懂的，什么也没听进去。

散会之后，饥肠辘辘的与会者鱼贯涌出会场，又鱼贯涌入省委机关小食堂共进午餐。郁先达憋着一肚子气，撇下秘书金一文，拉上司机回了父母家。

父母亲和妹妹先影正在吃午饭。

妹妹看见哥哥就用嘲讽的语调问他：“哥哥上午受表扬了吧！”

郁先达愤愤然地说：“这样的省长，啥水平，怎么能这样出市长的洋相！”

郁先影冲他撇撇嘴：“怎么着，难道让省长书记为落后披红挂彩？让优秀的出彩，落后的出相，这就是水平！”

郁先达争辩说：“就沱原那么个兔子不拉屎的地方，谁愿意去投资，我拿什么去招商引资，拿脸？”

“你们看看我哥这情绪，”郁先影扭脸对父母说着，生气地把筷子往桌上一甩，“那你就待在那兔子不拉屎的地方！”

郁先达没想到妹妹这样贴着王宗禹说话，对哥哥连句安慰话也没有，一赌气转身就走。郁先影跟在身后“哥哥哥哥”地追着喊，他听而不闻，连头也没回。

一车开回省委大院，郁先达让司机把金一文从小食堂叫了出来。

金一文手里拿着筷子，嘴里吧叽吧叽地嚼着饭菜，问：“什么事，郁市长？”

郁先达沉着脸说：“回沱原！”

金一文心想：“空着肚子回去，晚上到家非把肠子饿断了不可！”看到郁先达一脸阴暗，什么也没敢说，便一甩手扔掉筷子，上了车。

出了省委大院，他们在街上小吃店里随便吃了碗牛肉面，就往回赶。

从省城到沱原将近三个小时的行程，郁先达一路沉默，金一文和司机也不敢开口说话。

三个人坐了一路哑巴车，下午五点钟就赶回了沱原。

进城的时候，郁先达开口说话，吩咐金一文：“给许传新打个电话，让他在沱原宾馆安排一下，为咱们接个风！”

这几年，市委市政府主要领导的招待，大都是让招商局在沱原宾馆安排，虽然沱原宾馆早已由政府招待处的美女干部夏小荷停薪留职，个人承包了，但对外仍然是政府招待所，也是招商局的定点招待饭店。一来在市府招待宾馆吃喝就是在家里吃喝，影响小而且肥水不流外人田；二来是上级有规定，招商引资招待不在禁止公款吃喝之列。

金一文很快打通了许传新的手机，接风酒安排在沱原宾馆沱阳江厅。

晚上七点多钟，郁先达和秘书金一文，邝家厚和秘书杨泓洋一前一后走进沱阳江厅。

桌上已经摆上美酒菜肴，茅台也已打开。

“喝这么好的酒干什么，”郁先达自语着看一眼桌上，又问金一文，“许传新呢?”

金一文忙打许传新的手机，刚拨完手机号码，许传新就赶来了，脸上红红的，一嘴酒气。

郁先达看他一眼，不满地说：“你倒自己先喝上了!”

“牛太元来了，请我们几个同学小聚呢!”许传新说着就忙着倒酒。

牛太元改革开放初期曾留学日本，也算是海归派，在文凭吃香那几年一路升到国家某部委的处长，算是沱原出的大官了。前些年牛处长回沱原几次，郁先达还出面接待过他，希望他给家乡引几个项目。可是后来他辞职下海了，先说是去东北经营机械装备，后来又说在海南搞房地产，大发了一笔横财。他自己说还在跟日本人做什么生意，在商场上很得意。

“牛太元这次回来干什么的?”郁先达问。

许传新说：“说是手里有个什么大项目，回来找市场呢。”

郁先达眼睛一亮，跟邝家厚说：“咱们一会儿过去陪他喝几杯，看他有什么项目。”

说话间许传新已经把酒倒好，邝家厚端起酒杯说：“以后自家人吃饭，不要拿这么好的酒。”

许传新忙说：“这酒是牛太元带来的，典藏茅台呢!”

“难得这么好的酒，那咱就喝吧，”邝家厚把酒杯举到郁先达面前，“来，先达，为你们接风，也感谢你代我受过。”郁先达回到大院已经把在省城开会的遭遇跟他汇报了。

郁先达听他这样说，忙端起酒杯说：“家厚你这样说可就见外了，我是市长，是招商引资第一责任人嘛!”

他们你敬过来，我敬过去地喝了几个轮回，两位秘书也一人敬了他们几下，一瓶茅台就喝光了。

许传新又打开一瓶分别给他们倒上。

郁先达拉住邝家厚说：“咱们过去跟牛太元喝几杯吧，看看能不能把他手里的项目拿过来。”

邝家厚说声“好”，刚端着酒杯站起来，牛太元一手拿着瓶茅台，一手端着只酒杯走了进来，进门就喊：“家乡父母官好！”

邝家厚、郁先达连忙过去，把他拉到上座，开始互相问候寒暄，敬酒。

他们欲擒故纵，故意不主动跟牛太元提项目的事，牛太元也不提拿着项目回乡找市场的事，只管跟两位家乡父母官打哈哈。

许传新却沉不住气了，说：“太元你他妈别尽顾着灌猫尿了，也把你的项目给我们书记、市长汇报汇报！”

郁先达这才故作惊奇地问牛太元：“怎么，牛处长带着项目回来的？”郁先达习惯称呼他先前的职务，在他印象中在中国商界，最有身份的还是红顶商人。

牛太元一脸迷茫：“项目，什么项目？”

许传新瞪眼说：“你他妈少给我装糊涂，刚才还说手里有个什么大项目呢！”

牛太元说：“刚才我话才说了一半儿。项目原是有一个，是日本人河岛野雄的。可已经基本上出手了，现在我哪还有什么项目？”

郁先达怔了一下，问：“你那是个什么项目？”

牛太元说：“煤化工，系列的、高新建材，高效化肥，高级织物纤维。”

邝家厚问：“怎么个高新法？”

牛太元说：“这是个国际专利。叫做石世宝煤化工高新系列技术。系列之一是石世宝外墙涂料，石世宝钢化门窗材料，石世宝门窗玻璃贴膜，这三种建材的特点是环保、抗污染、耐擦洗，可以保持一百年不变色。轻质、坚固、阻燃、隔音、隔热，像门窗玻璃贴膜这玩意儿往门窗玻璃上一贴，室内外温度相差五度以上，在咱们这黄淮海地区，用石世宝建材装修的房子，冬夏两季基本上不用暖气、空调了。系列之二高效化肥，系列之三高级衣料纤维更不用说了。”

邝家厚、郁先达和许传新听得目瞪口呆。

牛太元看到他们表情怪怪地盯着自己，便问：“怎么，你们不信？”

郁先达忙说：“不不，你接着说。”

牛太元继续说：“环保现在是个世界性问题，现在咱们中央不也正要求科学发展吗？保守地估计，国内每年需要的高新环保建材不会少于一万亿个人民币吧，更不用说国际建材大市场了。还有关键的一条，这个石世宝系列建材，都能吸收电磁波辐射，有隐身功能，可以用于军事设施建设上，比如说石世宝外墙漆料吧，军事设施，包括军车、战机、舰船、导弹涂上它，敌方的雷达就发现不了。军民两用技术，不说其他国家了，光咱们国家军地建设需求就相当可观了。”

邝家厚问：“高效化肥呢？”

牛太元说：“用生产建材的费料生产，属于副产品，肥效是普通尿素、二氨肥料的三至五倍，还能起到防虫灭虫、改良土壤、缓解干旱的作用。”

郁先达问：“高级衣料纤维呢？”

牛太元说：“用生产化肥的费料生产，属于副产品的副产品了。这种纤维织出的衣料，比棉毛更透气、更保暖，价格也相当昂贵。”

邝家厚、郁先达又一次目瞪口呆。

“那么，生产投入产出比呢？”许传新问。他的表现似乎比书记、市长还要沉稳。

“一本万利。”牛太原说，“原材料在黄淮海平原，特别是在咱们沱原随处都是，而且是垃圾类的东西。跟家乡的父母官，我就说实话了。原料就是堆积如山、让你们发愁的煤矸石。石世宝石世宝，这你们从名字上就能听出来。算无本生意吧？保守地估计，项目投产三年后就能收回投资，获纯利。如果生产销售规模能上去的话，合作双方每年净利润分别不少20亿。三期工程都上去，沱原就是个千亿元煤化工产业基地。所以我说石世宝是个变废为宝，点石成金，寸石寸金的项目！”

邝家厚、郁先达继续目瞪口呆着。

牛太元说完，使劲吞了口唾沫，重新端起酒杯，提议继续喝酒。

郁先达这才回过神来，问：“这个项目真的已经出手了吗？”

牛太元说：“怎么说呢？可以说没出手，也可以说已经出手。因为已经有四个市在争，沱北、沱港、鸡金山、珍蚌都交过保证金了。”

许传新拉下脸问：“牛太元你这个沱奸，你他妈老早干什么去了，怎么把项目给了人家了？”

牛太元委屈地说：“这是个敏感项目，日本对技术转让控制很死。日本的专利持有人冒了很大风险，所以要价很高。咱们沱原是个穷市，所以我就……”

邝家厚问：“日本人要多少钱？”

牛太元说：“技术转让30亿人民币，培训费、设备购置费添加剂材料费，再加上生产、运输、仓储、办公科研设施建设，少说也要50个亿。”

许传新问：“日元？”

牛太元说：“人民币。”

邝家厚、郁先达瞠目结舌。

许传新又问：“没有余地了吗？”

牛太元说：“技术转让的30亿我可以跟河岛野雄说说，也许可以减一些，其他费用都是没法减的。河岛是我在日本大阪留学时的同窗好友，跟咱俩的关系一样，一直很铁。”

在牛太元和许传新一问一答的时候，郁先达一直沉思着。他几乎对这个总投资50亿人民币的石世宝项目绝望了，50个亿人民币对年财政收入十几个亿、可用资金只有七八个亿的沱原市来说，简直就是个天文数字啊！现在一听牛太元说他和河岛野雄关系很铁，似乎又看到了希望，于是开口说：“牛处长，过去我多次让你给我弄项目，你都没弄成，后来又辞职下海了，这我不怪你。这次你要千方百计把这项目给我弄到沱原来，算你帮你老同学许局长的忙，也算你帮我的忙了。这回你要不帮忙，我可真要怪你了。”

牛太元听了，为难地苦笑一下：“郁市长，这回你可真难为兄弟了。那几个市的保证金河岛野雄都汇到日本总部去了。要真把石世宝变到沱原来，那4000万就得汇回来退给人家。日本石世宝不光要在中国市场落下不守商业信用的臭名，一来一回的费用就要损失200多万。”

邝家厚说：“这200多万损失，我们承担了，不让你为难。”

牛太元说：“恐怕1000万保证金也免不了。”

“交，我们交。不就是1000万嘛！”郁先达说。

牛太元似乎不大相信他的话，迟疑着问：“沱原财政上……”

郁先达说：“这你不用管了。我借、集资，都会把钱拿出来。”

邝家厚接着说：“咱们沱原市有一项招商引资奖励政策，项目签约后给引资人百分之二的奖励。你要真能把石世宝给我弄到沱原来，我最少给你奖励500万！”

牛太元笑了：“这么说我还真要给小鬼子好好做工作呢！”

本来，邝家厚、郁先达并未对石世宝项目落户沱原抱太大的希望，尽管牛太原已经答应了。因为毕竟项目是日本人的，他牛太元只不过是个中间人，更何况沱原在沿沱八九个城市，特别是在竞争石世宝项目的四个城市面前，更是处于劣势。

没想到，过了十多天的样子，牛太元那边传来喜讯：小日本儿那边让他摆平了，而且价码还有一定的讨论余地！

石世宝项目签约后，邝家厚、郁先达专门去了趟省城，当面向省长汇报。王宗禹听了非常高兴，晚上把他们挽留下来，和他们一起喝了茅台。后来，王宗禹还亲自派省经委的同志来了趟沱原，帮助他们为石世宝项目考察把关。

郁先达原以为自己无意中跌倒捡了个聚宝盆，万万没想到现在成了一场骗局，30亿人民币打了个水漂！何止是30个亿？加上这几年的利息，40个亿都超过了！

郁先达虽然嘴上说石世宝技术资料到手了，项目没泡汤，其实心里清楚，自己这样说，一半是骗骗那些蒙在鼓里的人，一半是自欺欺人地安抚自己，现在坐下来往真处想想，那些技术资料可能就是一堆废纸。真是欲哭无泪啊！

“嘟……！”身上的手机响了，把郁先达吓了一跳。

他先让自己镇静了一下，才掏出手机，一看是邝家厚打来的，便问：“家厚，有事吗?”

邝家厚在那头儿问：“先达，你现在在哪儿，在不在办公室?”

郁先达说：“我在办公室，有事吧?”

邝家厚说：“有件急事，想跟你商量一下。到我这来一下好吗?”

郁先达挂断手机就去了邝家厚办公室。

邝家厚正坐在电脑前发呆。

电脑开着，桌面上显示着沱原市政府网站的页面。

郁先达没看清网页显示的内容，便问：“什么事，家厚?”

邝家厚问：“今天看政府网站了吗?”

郁先达忙说：“我还没来得及开电脑呢。”按市委规定，市级领导干部每天上下午进办公室，就要浏览政府网站的，这也是市委市政府体察民情，倾听民声，问计于民的一项举措。

“你先看看再说吧。”邝家厚站起来，指指电脑。

郁先达知道又发生了什么不测，脑袋里嗡了一下，忙坐到电脑前。

政府网站“市民论坛”显著的位置上，一个醒目的标题闯入郁先达的眼睛：“弥天大谎！”

这是一个“有啥说啥”的网虫发的帖子，几乎介绍了石世宝项目引进决策的全过程，说石世宝项目原本就是一场骗局，说市委、市政府领导在整个决策过程中存在着严重违规、渎职和不负责任的行为。后面发表评论，指责市委、市政府领导欺骗市民的跟帖已经有五六百条，顶帖的网民更多。

“事情严重了！”郁先达痛苦地闭上了眼睛。

“怎么办，先达?”邝家厚说，“真相捂是捂不住的。”

“捂不住也要捂。”郁先达横下心来，说，“事情捅开了，后果是不堪设想的。我们已经没有第二条路可走了。”

邝家厚说：“你说怎么办？我们俩要先统一口径。”

郁先达说：“退一步说，即使事情捂不住了，也要找一个客观的原因。”

邝家厚说：“找什么客观原因?”

郁先达沉思一下，说：“现在不是正闹经济危机吗？咱们就拿经济危机说事。这话我跟先影说过，经济危机一冲击，市场萎缩了，石世宝项目推迟投产，这是理所当然的事嘛。”

邝家厚点头，又问：“然后呢？”

“然后再说然后的事。”郁先达说，“眼下首先要让网站的人清除网页，如果再不行的话，就先关掉市民论坛。”

邝家厚恨恨地说：“牛太元这个骗子，还有那个什么河岛野雄这个洋骗子，必须受到惩罚。”

郁先达说：“我马上安排公安那边，追捕牛太元、河岛野雄。”

邝家厚说：“那石世宝项目的真相不就……”

郁先达说：“当然是秘密调查。只告诉公安这两人是涉嫌重大犯罪。还有那个网名叫‘有啥说啥’的家伙，上次那个信息可能也是他发的，已经涉嫌散布虚假信息罪，让公安一起查。”

邝家厚说：“人家也有嘴，也会辩解，甚至会在法庭上揭开石世宝的真相，公安查到了，抓到了，又不能公诉、审判，怎么办？”

郁先达叹息道：“走一步算一步吧。”

邝家厚说：“我同意你的意见，你安排吧。宗禹省长那边儿怎么交代？”

“我已经给先影透了点儿信儿，让她和王宗禹有点儿思想准备。不过有一点我们可以放心，我们这个项目，王宗禹是亲自来沱原考察过的，还让省经委帮助审查把关，投产典礼他也剪彩了，讲话了。这个项目出了问题，他也是有责任的，至少是失察之过。我想，怎么办他比谁都清楚，不会为难我们。不过，我们最好不要向他挑明真相，也好给他个应对不测的余地。”

“乖乖，这么干真是弥天大谎了！”邝家厚不禁打了个冷战。可是事到如今，他也只有选择跟着郁先达统一口径了。

“家厚，咱们是不是马上开个常委会。”郁先达建议，“稳定压倒一切，常委要先统一一下思想。”

邝家厚点头同意了。

市委常委会在常委会议室举行，郁先达首先宣布石世宝项目“因故”推迟投产，说：“我们刚接到日方通知，由于世界经济危机的影响，国际煤化工产品，建材市场需求严重萎缩，石世宝项目现在投产，只能造成更大损失。因此，日本合作方建议缓期投产。”

邝家厚接着说：“以退为守，以退为进，这也是当前经济形势下的明智之举。当前的经济危机是谁也意料不到的，包括中央，去年上半年还要求‘两防一控’，让压速度，防止经济过热、防止通货膨胀，控制投资规模，银行也四次提息。现在经济危机就来了。这次经济危机来势凶猛，谁也不能独善其身。世界如此，中国如此，沱原也不例外。”

会场沉默了一会儿，市委组织部长卢兴林说：“昨天刚举行投产仪式，今天就……这个弯子拐得也太陡了吧，市委、市政府怎么向干部群众交代?”

郁先达说：“这也是召集这次常委会的目的。首先我们常委要统一思想，把思想统一到市委对形势的判断和决策上来。即便是石世宝项目失败了，也没有什么了不起。毕竟在中国，在我们省，特别是在我们沱原这样的穷市搞市场经济是前无先例的，是摸着石头过河。小平同志早就告诫我们，允许失败，不允许不干。现在我们干了，因为国际国内大气候变化，遇到了暂时挫折。毛主席也教导我们，错误和挫折教训了我们，使我们变得比较聪明起来。我们审时度势，果断地把石世宝项目停下来，就是我们变聪明的表现。退一万步讲，就是将来石世宝项目真的失败了，30 个亿赔进去了，也只能说我们交了学费。”

邝家厚说：“我们是在市场经济中学习市场经济，在游泳中学习游泳，呛水是难免的。30 个亿比起整个世界、整个国家的经济衰退又算得了什么? 就像先达同志说的，学习总是要交学费的。花钱买教训嘛。对我们来说，今天的教训，就是明天的财富。这个学费交得值!”

常委们又沉默了。沉默就意味着默认，默认就意味着统一思想，统一思想就意味着沱原市委又完成了一次集体决策，集体决策就意味着无论石世宝项目的结局如何，只能由市委常委集体负责。

常委会开完，邝家厚又让秘书找来了两年前的常委会议记录本，“补记”了石世宝项目签约两天前常委会集体讨论和决策石世宝项目的记录，使这项违规的愚蠢的个人决策变成了集体决策。做完这些，邝家厚和郁先达都松了一口气。

第四章
秘 密 调 查

在郁先达和邝家厚在市委常委会上一唱一和，发表“学费论”的时候，仇琬璐登门到秦光汉家，代儿子正式向秦冰冰求婚了。

仇琬璐没想到，几天前还说秦冰冰是丑小鸭，对她不屑一顾的儿子，竟然突然迷上了她，而且是如此急切，如此迫不及待。

那天晚上，仇琬璐半开玩笑地提出跟文若苹做亲家，文若苹只是置之一笑。当时她还以为文若苹只是替女儿矜持一下而已，没想到今天正式提起这事，文若苹还真的搪塞起来。

文若苹说：“儿女的事，做父母的是无法做主的。咱们上大学那会儿就已经私定终身了，更何况是现在的孩子了。”

仇琬璐说：“现在的社会、现在的人可比咱们那会儿复杂多了。让孩子自己在外面瞎碰，咱做父母的怎么放得下心？你没听人家说吗？男人不坏女人不爱，你和光汉就不怕这么好的女儿碰上什么坏小子了？”

文若苹说：“知女莫如母，我知道冰冰这孩子，心性高得很，不三不四的人她理也不会理睬的。”

仇琬璐这才觉得文若苹是认真的，而不是故作矜持地替女儿拿架子，只好实话实说：“若苹，这件事我跟先达想了有段日子了。咱们两家几十年的交情了，知根知底的。两个孩子又都很优秀，无论家庭地位，文化、长相都很般配。说真的，继达那孩子要找了别家的女孩子，我和先达还真不乐意呢。”

文若苹听她一这样说，就有点不好意思了，忙说：“那天晚上一回来，我就把你的意思跟光汉说了，光汉也很乐意。真的，孩子的事我们还真不大好说。这样吧，找个机会让两个孩子见见，让他们随缘吧。”

仇琬璐高兴了，说：“那就太好了。实话说吧，继达见过冰冰了，心里满意着呢！”

文若苹说：“这不就有了一半儿了！哪天我安排个饭局，咱们两家再一起坐坐？”

仇琬璐说："不用你操心，我让许传新在沱原宾馆安排吧。"

仇琬璐说罢，起身告辞。

文若苹留她吃午饭，仇琬璐笑了说："我请了一上午假，专门给孩子当媒婆的。天不早了，得回去给那爷俩做饭，外面饭店的菜味精什么的乱放，先达吃不惯。"

仇琬璐回到家，郁继达早回来了，正坐在沙发上左顾右盼，一副心神不定的样子。

"今天怎么这么早就回来了儿子？"她问。

郁继达连忙站起来问："妈，你去了吗？"

仇琬璐故意说："没去，我才不管你的事儿呢！"

"你他妈就这样关心儿子的？"郁继达急红了脸，冲妈妈说，"好，你他妈不问，我自己去。我他妈去骗她、抢她、强奸她，看我能不能把她搞到手！"

仇琬璐惊呆了。

她真的不知道儿子什么时候变成了这种样子。她伤心，失望，呆呆地盯着儿子，像审视一个天外来客似的，觉得那么陌生，那么不可思议。

"小达，你刚才说什么？"仇琬璐逼视着儿子说，"把刚才那些混账话再给我说一遍！"

郁继达梗着脖子向妈妈挑战："再说一遍怎么了，我他妈……"

"你、他、妈，"仇琬璐咬牙切齿，一字一句地说着，一个巴掌狠狠打在儿子脸上。

门外传来钥匙插进锁眼的声音，郁先达回来了。

郁继达狠狠地瞪了妈妈一眼，转身钻进自己的卧室。

"小达呢，"郁先达一进门就问，"儿子没回来？"

仇琬璐已经看出丈夫这几天有心事，不想让他再为儿子操心，便装出笑脸来，说："儿子刚回来，在屋里看书呢！"

郁先达点点头，问："光汉那儿上午去了吗？"

仇琬璐说："去了。儿子的婚姻大事我能不上心？"

郁先达问："若苹怎么说？"

仇琬璐说："咱们这样的家庭，她还能怎么说，还不是满口笑应了？"

郁先达点了点头，想了想又说："你可不能对人家有居高临下的意思，光汉马上当检察长了，也是市级领导干部。"

"知道。"仇琬璐见丈夫精神好多了，便忍不住问，"先达，问你个事儿，你可要给我说实话。"

郁先达问："什么事？"

仇琬璐说："我看你这几天老是心神不定的，夜里翻来覆去，遇到什么闹心事了？"

郁先达说："别瞎猜了，什么事也没有。"

仇琬璐说："不对，就从你夜里的表现，我就能感觉出来。总是对我爱理不理的，过去那股热乎劲哪去了？"

"看你，又瞎扯了吧！"郁先达警觉地看了眼儿子的卧室，"咱都什么年龄了，还能像过去那样？"

"哼，你还真让我猜准了。"仇琬璐故意斜他一眼，噘起嘴说，"你是嫌我老了，外面有小蜜了吧？"

"你想到哪儿去了，咱们夫妻二十好几年了，你还能不知道我？"郁先达以为妻子真的误会自己了，便把她拉进卧室，一五一十地把引进石世宝项目受骗的事说了。

仇琬璐听了，像犯了傻病一样，半天没说出话来。

"这种事在光汉他们检察院那里就是渎职犯罪，"郁先达说，"糊弄不好这就是丢官坐牢的事，你说我心里能轻松吗？"

仇琬璐问："这事儿你跟光汉说了吗？"

郁先达说："没有，也不准备跟他说。"

仇琬璐问："为什么？"

郁先达说："为什么？这你还不明白？咱跟他马上就是儿女亲家了，这事跟他说了，他查不查？不查就是渎职，他怎么向省检察院、向干警、向社会交代？查了就是无情无义，他又怎么面对你我？让他为难干什么？"

仇琬璐说："光汉毕竟经的事多，跟他说了说不定他还能帮你点忙呢。"

郁先达叹道："唉，我现在真不知道怎么办才好，当初弄这个石世宝还不是为了弄个副省级？现在好了，弄不好连党籍公职都会弄丢……"

"不要说这种不吉利的话。其实你也没必要这么紧张，别说你是工作失误，就真的是渎职也没什么。反正现在检察院是光汉主事儿，"仇琬璐安慰丈夫，"你跟光汉几十年的情谊了，他又是你一手推上去的，现在还等你帮他扶正呢，我看他是个明白人，不敢，也不会忘恩负义。"

郁先达说："这还真难说。秦光汉这小子原则性强得很，不贪色不爱财。我当初那么下劲推荐他，看重的也正是他这一点。"

仇琬璐说："你怎么知道他不贪色不爱财？"

郁先达说："我还不了解他？你知道吗？文若苹直到结婚都还是处女。不像咱俩，恋爱恋爱就把事儿办了。"

仇琬璐忍不住笑了，打他一下说："你还有心开玩笑！"

“不是开玩笑。真的，他原则性强，不会为我徇情枉法的。再说，现在的社会，情谊值几个钱？别看现在那么多人围着我转，一旦我倒霉了，还不是墙倒众人推？说不定还会有人落井下石，甚至有的人……”郁先达说到这儿，猛然发现儿子站在身旁。

看样子郁继达已经在父亲身旁站了一会儿了。不用说，刚才夫妻俩的对话都让儿子偷听了。

仇琬璐顿时觉得尴尬，心里窝了半天的火也忽地烧了起来，怒不可遏地冲儿子咆哮：“不好好待在屋里，不声不响溜出来干什么？你是个鬼魂！”

郁先达也跟着审问：“刚才你都听见什么了？”

郁继达忽哧忽哧地喘着粗气，瞪眼说：“我他妈什么都听见了，谁他妈敢跟你过不去，我他妈就把他灭了！”

“你看你儿子，一句一个他妈的。”仇琬璐气急地冲丈夫说，“这就是你郁先达的好儿子！刚才还说，秦冰冰若不跟他结婚，他就去骗人家、抢人家、强奸人家！”

“好哇，我郁先达的儿子长能耐了，成流氓痞子了！”郁先达说着猛地站起来，两眼冒火地狠狠盯住儿子，直盯得儿子把头耷拉下去，又一个巴掌扇过去，把他打趴在地上。

郁继达爬起来就想逃，郁先达一声大吼：“站住，你哪儿也别去，老子还有话问你！”

他忽然想起了秦光汉几天前的提醒，于是声色俱厉地问：“你给我老实说，韩劲达干的这个文化中心项目，是不是你找招标办拿去的？”

郁继达捂着脸咕哝说：“你，你不是已经知道了吗？”

“你……你是真想把老子毁了！”郁先达真是怒不可遏了，又要对儿子动手。

仇琬璐一把拉住丈夫，焦急地劝道：“你冷静一点儿，有话跟他慢慢说，好吗？”

郁先达手指儿子，气喘着说：“郁继达你给我听好了：第一，你给韩劲达捎个话儿去，我要专门派监理盯他，他干的文化中心工程有指甲大的不合格，我让他整个推倒重来。他敢故意偷工减料，我让他坐牢，让他倾家荡产，家破人亡！第二，从今天开始，你给我离开劲达公司，明天到市政府文印厂干活，不许迟到，不许缺勤，不许要一分钱报酬。老子养活你！”

郁继达耷拉着眼皮，小声说：“韩劲达还少我100万提成没兑现呢！”

“不许要！一分也不许要！”郁先达冲儿子一挥手，“滚！”

郁继达逃进自己的卧室。

郁先达痛心地瘫坐在沙发上，轻声自语着："他真能把我毁了，他真能把我送进大牢啊！"

仇琬璐看到丈夫痛不欲生的样子，终于忍不住一头扑进他怀里，号啕大哭："先达，我对不起你啊！我不该让儿子的事烦你，不该什么事都让你操心，我没为你带好儿子啊！"

郁先达使劲搂着妻子，泪流满面。

今天是检察长接待日。

秦光汉一上午就坐在接访室，带着侦监处副处长萧剑飞、反贪局副局长刘明远等中层干部接待群众来访。

大约十一点的样子，他送走最后一名来访群众，刚回到办公室坐下，门外便响起一声"报告"。

检察人员进领导办公室都是敲门，没有人喊报告的。

秦光汉估计是一位军人或公安登门来访，便应了声："请进！"

来访者是刑警支队重案大队的大队长郑大年。

秦光汉连忙招呼他坐下，泡茶递上问："郑大神探怎么来了？"

郑大年说："秦检你就别跟我开玩笑了，有事向您汇报呢！"

秦光汉说："有事不向你们局长汇报，向我汇报什么？"

郑大年说："我是背着局长到您这儿来的。"

"难道他们哪个局长出问题了？"秦光汉想。他知道刑警无戏言，郑大年一定有什么重要情况要单独告知他，便问："什么事？"

郑大年问："秦检这几天看政府网了吗？"

秦光汉说："没有，上面有什么爆炸性的新闻吗？"

郑大年说："有关石世宝项目的。您还是先上网看看市民论坛吧。你先看看，我汇报就少占你的时间了。"

秦光汉赶忙打开电脑，沱原市政府网页上，头条新闻还是几天前"石世宝项目顺利投产"的新闻，市民论坛里还是一串为石世宝叫好的帖子。

郑大年问："看到了吗，秦检？"

秦光汉说："看到什么了，什么也没有。"

郑大年连忙凑过去，看看网页，又转动鼠标翻了几下，自言自语地说："删了，都让他们删了！"

秦光汉不解地问："什么删了，他们又是谁？"

郑大年说："关于石世宝的新闻，让政府网站的人删了。"

秦光汉越听越觉得一头雾水。

郑大年说："秦检，有个帖子，我昨天亲眼看到的，说石世宝项目是一场骗局，沱原让日本骗子骗走30个亿，连已经投入的，一共将近40个亿打了水漂。后面跟了好几百个帖子，都是骂市里领导的……"

秦光汉瞪大了眼睛："不会吧，是有人造谣吧？"

郑大年说："市长、书记也这么说，还让我们立案调查呢。前段儿有条手机短信，也说石世宝是一场骗局，市领导让查，我还没查出个头绪呢。"

秦光汉沉思着，心想："石世宝项目怎么了，难道真出问题了？"

郑大年说："我看那个发帖的人说的是真相！"

秦光汉看看他："你有什么根据？"

郑大年说："昨天下午，市委邝书记和郁市长把我们局长叫了去，让我们秘密调查那个牛太元，还有那个日本人河岛野雄。"

秦光汉愣了一下，问："秘密调查，以什么罪名？"

郑大年说："不让问，只让抓他们，抓住了再说。我们局长说暂定罪名诈骗，让我亲自办，还让我行动绝对保密，连支队长都不要报告，说暂时也不要让检察院知道。"

秦光汉想："看来石世宝项目真是一场骗局了。牛太元、河岛野雄都是骗子，一个土骗子，一个洋骗子。如果真是这样，沱原这回就惨狠了！"

郑大年又说："凭我这么多年的办案经验，我能预感到，这肯定是一桩惊天大案。秦检，检察院不是有重大案件提前介入制度吗？我来找您汇报，就是想请您派人秘密介入。我们秘密调查，不让市里知道，也不让局里知道就是了。"

"连市里和你们局长都背着，我这样干肯定不合适。"秦光汉略加思考，说，"我看这样，我想办法让市领导和你们局长主动提出来，要我们侦查监督部门介入。放心吧，我不会把你卖了。"

"好，"郑大年点点头，问，"什么时候开始介入，让谁介入？"

秦光汉说："明天吧。我让萧剑飞去。萧剑飞过去是反渎局副局长，侦查经验丰富。萧剑飞你认识吧？"

郑大年高兴地说："我们何止认识，还是政法大学的同窗呢！"

"那就更好了，"秦光汉说，"明天我让他直接跟你联系。"

秦光汉送走郑大年，想了想便拨通了郁先达办公室的电话。

郁先达可能是没留意来电显示，心情也不好，在那头拿起电话就问："干什么，没完没了啦！"声音是那样不耐烦，甚至有点粗暴。

秦光汉怔了一下，连忙自报家门说："郁市长，我是秦光汉哪。"

他在办公室和公开场合，从来都对郁先达称工作职务，自报家门也是姓名俱全。

“哟，光汉啊，”郁先达在那头儿抱歉地笑了，说，“对不起了光汉，刚才丁秉池一连来了几个电话，一点儿个人偏见，又是找书记又是找市长的，纠缠不休，快把我烦死了。”

秦光汉提醒他说：“你这样可不好。丁老可是老书记，在老干部里是有影响力的。”

郁先达说：“这我知道，以后我会注意的，刚才幸好是你不是他。光汉，找我有事吗？”

秦光汉便问：“郁市长，石世宝项目是不是真出了什么岔子？”

郁先达问：“你怎么知道的，上网了吗？”

秦光汉便说：“上网了，昨天就看到了，没敢给你打电话。石世宝项目到底怎么回事？”

郁先达沉默了。

秦光汉连喊了几声“郁市长”，又喊了两声“先达”，郁先达才回答：“一言难尽哪，光汉。这样吧，晚上我请你喝咖啡，咱哥俩见面谈。晚上七点半，心灵之约咖啡馆，就咱两个。”

秦光汉放下电话，心怦怦猛跳起来：“看样子，郑大年的话是千真万确了……”

吃过晚饭，秦光汉如约来到心灵之约咖啡馆，进门便有一名秀色可餐的小姐款步迎上来，招呼：“请问您是秦先生吧？”

秦光汉点头回答：“我是。”

小姐含笑说：“郁市长在怡然厅等您呢。秦先生，请跟我来吧！”说罢打个请的手势，转身头里走了。

咖啡馆前厅里灯火辉煌，一个个隔间则若明若暗，有男男女女走动，影影绰绰的，吵吵嚷嚷声，说说笑笑声，杯杯碟碟叮当声混响在一起，搅得整个前厅一片喧杂，空气也有一点污浊。

秦光汉随小姐走进一洞小门，进入一条狭长的走廊。灯是小地灯，也是若明若暗的，走廊两侧一个个小包厢从身边闪过，也看不清名称。

小姐把秦光汉领到怡然厅门前，在门上轻叩两声，随手推开一条缝，说声“秦先生您请”，便转身走了。

屋里灯光亮着。

郁先达正坐在那儿小口小口地呷着咖啡。咖啡没加糖，是苦涩的，正如他此时此刻的心境。看到秦光汉进门，他放下咖啡杯，站起来迎上去，猛然把他抱住，一串热乎乎的液体滴在秦光汉肩上。

秦光汉心里骤然热了一下，使劲拍了下郁先达哽咽着说："先达，先达！"泪水也情不自禁地喷涌而下，成串成串地滴落在郁先达肩上。

他们就这样紧紧地拥抱着，无声地流泪。

这是一种真挚纯洁友谊的流露，是一种同辱共荣，同甘共苦患难之交的体现。

两名好友这样相拥着，让泪水酣畅淋漓地流淌。也不知过了多长时间，郁先达放开秦光汉说："光汉，咱哥俩喝咖啡，好好说会儿话吧。"

他们在咖啡桌边对坐下来，也不说话。

郁先达一杯接一杯地喝，他需要这种刺激。

秦光汉杯不离手，或浅尝辄止，或只用杯沿碰一下嘴唇。他喝不惯这种苦涩的味道，而且喝了咖啡就失眠。

"先达，到底出了什么事？"秦光汉不忍心提这个让郁先达伤心的话题，又不得不提。他不就是为了石世宝项目的真相而来吗？

"先达，咱哥俩是二十多年的兄弟了，有话尽管跟我说，别一个人憋在心里，"秦光汉真诚地说，"忧愁苦闷放在一个人心里是百分之百，两人分担就只有百分之五十了。"

"谢谢你光汉。真的！"郁先达抓住他的手，使劲握了一下，把石世宝项目的真相和已经安排公安秘密调查的事说了。

秦光汉记着自己赴约的使命和对郑大年的承诺，就说："这么重大的案子，我怕郑大年他们弄出夹生饭，以后有麻烦。"

郁先达问："你们检察院可以参与其中吗？"

"可以，我们有个重大案件提前介入，引导侦查的创新机制，"秦光汉肯定地回答，"提前介入有利于案件进入检察环节快捕、快诉，依法从重从快打击犯罪。"

"那你就派人介入吧，"郁先达说，"一定要秘密行动，把牛太元、河岛野雄抓住。关键的关键不在于问罪，而在于追款。"

秦光汉点头说："我明白了。"然后就是两人的沉默，长时间的沉默。

秦光汉对这个真相是有心理准备的，现在依然震惊不已，痛心不已。为自己的同窗好友，也为700万梦牵石世宝，魂系石世宝，切盼石世宝带来福音的沱原父老。如果30亿巨资被骗的真相公开了，那些参加集资的干部群众会发疯。

"光汉，你说我是个十恶不赦的罪人吗？"郁先达期待地望着他，"我是不是该撤职、坐牢、杀头？"

秦光汉木然地摇摇头。此时此刻，面对自己亲兄弟般的知心好友，面对需要自己安慰的知遇恩人，他又能说什么？

郁先达说："光汉，说句实在话，我弄这个项目大半是为了改变沱原的面貌。我总不能为官一任面貌依旧，让我的衣食父母一直受穷，对不对？"

秦光汉点头称是。如果每个领导干部都能这样想，当是老百姓多大的福气！

"当然，还有一小半儿是为了我自己，为了自己在沱原能有一个善终。这我前些日子跟你说过，"郁先达继续说，"扪心自问，我郁先达来沱原10年，一不贪二不赌，三没有生活作风问题，也算对得起组织，对得起沱原人了。可我就想不通，我郁先达一千个好一万个好，为什么沱原人就不能容我一次失误呢？光汉，网上那些帖子你也看了，有些人简直是咬牙切齿，恨之入骨，恨不得置我于死地而后快！光汉，当着你说，我是打掉牙齿肚里咽。我郁先达无负于沱原人，可沱原人也负我啊！"

秦光汉被他这句话弄懵了，一时不知如何应答。本来心里与他那种真挚的共鸣、真切的同情、真实的感动让他这句话冲淡了。他想："你怎么能这么说呢？"

秦光汉几乎没喝咖啡，回到家里却仍然失眠了，半年多来没有过的严重失眠。

他躺在床上辗转反侧，耳边总是回响着郁先达那句"我郁先达无负于沱原人，可沱原人也负我啊！"

郁继达第二天就到市政府文印厂报到了。不过，他压根儿没想到那儿上班。

文印厂也就一间办公室，两台电脑，两间文印室，里面挤着摆放几套印刷设备，桌子上、地上，到处堆满了成品的半成品的印刷品，有表格、文件材料，还有学习资料和什么教育的自测试题。十几个男女职工忙得团团转，一个个陀螺似的。

郁继达是在文印车间找到的厂长。他说："厂长，我叫郁继达，从今天开始就是你的兵了。"

厂长是个中年女子，挺和蔼地对他说："郁市长给我们安排过了。欢迎你来，我这儿也真需要你这样的文化人。你放心，我不会让你做苦活累活，也不会让你尽义务，我会按月给你工资。"

郁继达冲厂长苦笑摇头，说："我爸这样安排，是想惩罚我。我不能在这儿服苦役，我有我自己的事。"

厂长一副为难的样子，为难了好大一会儿，才说："你不在这儿也可以，可你每次上班都要来点个卯，让大伙儿看到你。要不郁市长问起来，我没法交代。”

郁继达说：“那就这么着吧。谢谢你了厂长。”说罢就离开了文印厂，又去了劲达公司。

郁继达一五一十地把父亲的狠话搬给了韩劲达，又说：“文化中心工程质量，你千万当心。我爸是什么人我最清楚，要真出了质量问题，别说你哭也没地方哭了，他会让你死都没地方死去！”

韩劲达感激得差点流下泪来，一连叫他几声好弟弟，说：“工程质量你尽管放心。过去我跟你说这个工程我能挣七八百万，其实那是保守估计，现在看来少说也能赚个两千来万。从今天开始你就不用来了，我每月照给你开两千块工资。以后你那市长爸爸的大旗你还得打，工程你还得给我揽，我给你提成翻番。文化中心那 100 万我还给你存着，再给你加 100 万，单开个账户存我这儿。钱啥时候都是你的，密码给你，你随用随取。吃喝玩在王府、夜朦胧随时去都可以，随便消费，只管记我的账。”

郁继达懒散地说：“谢谢韩总，夜朦胧那些婊子我也玩腻了。”

韩劲达看看他，笑了笑问：“听二子说你让秦光汉的姑娘迷住了。那姑娘我见过，漂亮，真叫漂亮，万里挑一。小老弟你真有眼力。现在怎么样了，有头绪了吗？”

郁继达摇摇头。

韩劲达又说：“听说那丫头挺高傲。干这事不能太急，还得多动动脑子，不可强攻，只能智取！”

秦冰冰在华夏文化传媒公司干得很顺手。

她设计的几个广告创意，很得客户赞赏，老总卫云飞高兴有加，主动把她的月薪从一千涨到一千五，几个广告的提成奖也给了五六百，这样一算，上班第一个月她就拿了两千多元。

上午领到工资，她花八百块钱给妈妈买了一件名牌上衣，花一千多块给爸爸买了两瓶茅台。

秦光汉、文若苹都批评女儿乱花钱，心里却像喝了蜜汁一样，甜滋滋的舒坦。

中午快吃好饭的时候，文若苹把仇琬璐登门提亲的事对女儿说了，征求她的意见。

冰冰想也没想就说：“让他找个门当户对的吧，我讨厌太子党。”

文若苹说：“继达那孩子也是大学毕业，人也长得帅气，有才有貌的。听说你先达伯伯马上就要当副省长了。你跟继达成了亲，还不是一起到省城去，住房、工作什么都有了。这么好的条件是可遇不可求的，你不要错过，错过这个村恐怕就没这个店了。”

“那我就更不敢高攀了。”冰冰把筷子一放，“秦检大人经常哼哼（谆谆）教导我，事事讲风格，这么好的公子哥，我发扬风格了！”说着从衣架上取下小包，往肩上一搭就往外走。

文若苹问：“大中午的上哪儿去？”

“找太子党、公子哥去！”冰冰说着便咚咚咚咚地跑着下楼去了。

文若苹看看丈夫：“看你的女儿！”

秦光汉笑笑：“我女儿怎么了？这就挺好！”

秦冰冰跟倪秀儿约好了，中午陪秀儿去新姿美发厅烫发。

新姿美发离冰冰家所在的小区不远，也就半里路的样子。

这是条新开的马路，沿路两旁也都是新建的高墙大院，没有什么商店，马路上平时来往车辆行人也少，也就日夜显得冷清，连两车道的路面都显得比四车道还宽敞。

日正当午，太阳热辣辣地烘烤着马路，往地上撒火苗，撒得路上直滚热浪，热得路边的电线杆、广告牌、银杏树都在汽浪里直抖。

秦冰冰沿着高墙下的银杏树荫里匆匆前行，走到一座大院的拐弯处，一辆自行车擦肩而过，一只黑色小皮包啪地落在她跟前。

她连忙冲骑车人喊：“包，包，骑车的先生，你的包掉了！”

骑车人头也没回，飞快地远去了。

秦冰冰拉开小包，希望里面有身份证什么的，好联系失主，可是除了一卷乱七八糟的破纸，什么也没有。

她刚把小包拉严，骑车人慌慌张张地赶了回来，远远地冲她喊：“我的包！包，我的包！”

秦冰冰把包递给他，说：“这包是你的不错，快看看东西对不对？”

“谢谢，谢谢，”骑车人接过小包，连忙拉开，看也没看便直着眼盯住她看。

“怎么了，东西不对？”秦冰冰问。

“你没打开包吧？”骑车人问。

秦冰冰说：“打开了，我想看看有没有什么证件，好跟您联系，可里面什么也没有。”

“不对吧？我这里明明有一万块钱的，”骑车人从包里拽出一把破纸，“你看，钱就用这纸包的。看这纸还在呢！”

秦冰冰这才意识到自己碰上了诈骗，于是便与骑车人发生了争吵。

他们越吵越激烈，正在不可开交的时候，一旁墙角猛然闪出三个醉醺醺的小伙子。这三个小伙子，两个染着黄红相间的杂毛，一个头上扣着太阳帽，一看就是帮社会不稳定因素。

“怎么回事，怎么回事？”太阳帽走近骑车人，斜立着眼问，“你一个大老爷们欺负女孩子，不想活了？”

骑车人耍赖，说：“我包里一万块钱让这小妞掏了。”

秦冰冰争辩说：“他本来就是只空包，包里什么也没有！”

“钱就在她身上，”骑车人朝她胸部一指，“看她这儿鼓的，里面就是钱！”

太阳帽嘻嘻哈哈地凑近秦冰冰：“里面有没有钱，摸摸不就知道了吗？”

“对，我们摸摸！”两个小杂毛也流里流气地喊着，向秦冰冰跟前凑。

冰冰知道遇到歹徒了，撇开他们就跑，可是歹徒比她跑得更快，怎么也甩不掉。

歹徒们把她围在中间，说着下流话，你一把我一把地在她身上乱摸。

冰冰哪里经过这种场面，顿时吓慌了，惊恐地大喊救命。

正是烈日当空之时，路上没有行人，车辆也是偶然有一辆飞一样地一掠而过。她的呼救反而刺激小痞子，他们更加放肆地动手动脚了。

一男一女两个年轻人迎面走来。

冰冰像看见救星似的，连忙大声呼救，可是那对年轻人听见呼救，当即转身跑开了。

冰冰几乎绝望的时候，一辆小车飞驰而来，冰冰迎着车头呼救挣扎，小车似乎减了速，可是开到跟前又突然加速跑了。痞子们更加疯狂和得意了。他们疯狂地把她按在地上，动手扯她的衣服……

正当秦冰冰陷入绝望的时候，一辆黑色奥迪飞驰而来，近身而止。

郁继达推开车门，跳下来，大吼一声“住手”，奋勇冲了过来。

“哟嗬，想演英雄救美吗，小子？”太阳帽丢下冰冰，向两个杂毛痞子一挥手，“上，哥儿们，给这小子练练！”

郁继达跟三个痞子混战一团，不知怎么就被痞子打倒在地上，额上血流满面，昏了过去。

“出人命了，快跑！”太阳帽一声惊呼，小痞子一哄而逃。

“继达，怎么了你！”韩劲达这时才从车上惊魂未定地跑来，抱住郁继达，向冰冰喊道，“快，一块儿送他去医院！”

冰冰本该听到韩劲达惊呼继达的名字，并且知道这位见义勇为的青年英雄就是爸爸的同窗好友郁先达的儿子郁继达，可是当时只顾着害怕了，根本没听到韩劲达喊什么。

韩劲达把郁继达送到沱原第一人民医院，扔下几千块钱就走了，丢下冰冰一个人楼上楼下跑着交款、办住院，累得浑身散架似的。

为郁继达做 CT 检查的是一名何姓女医生。做完检查，让急救室的人用车把郁继达推走，正要处理 CT 片，忽然发现地上躺着只纸包，她急忙捡起来打开：是一张纸条和厚厚的一叠钱！

何医生连忙关上门，看看纸条上的内容，又把钱数了一遍，不多不少正是纸条上说的 5000 元。她犹豫一下，把纸条撕碎扔进水池冲了下去，把钱塞进桌子上的小挎包。

郁继达一直昏迷着，头上包扎得像刚做过开颅手术。

郁继达的主治医生也是位中年女子。做了 CT 之后，她就安排郁继达在急救室里输氧、输液。

安排好这一切，女医生交代秦冰冰："输氧输液的时候，亲属一定不能离开。病人醒了你立即叫我。"

秦冰冰懵懵懂懂地点了点头。她不知病人的亲属在哪里，韩劲达连个联系方式也没留，她甚至不知道那个开奥迪的人就是沱原的房地产大亨韩劲达。

秦冰冰坐在床前，默默地看着郁继达，等待他醒来。她心里乱得像一团麻，有惊恐未消，有感激感恩也有焦急忧虑。这个见义勇为的帅哥到底是谁，他的亲属在哪里，又怎样跟他们联系呢？

郁继达像沉睡的娃娃一样，有时嘴角动动像要说什么却又什么也不说；有时脸上一副痛苦不堪的表情；有时却又咧嘴笑笑，像在做什么甜美的梦，后来突然抓住冰冰的一只手不放。秦冰冰也不敢挣脱，就由他抓着。

"他的伤势究竟如何，万一醒不过来了怎么办？"秦冰冰这样想着，心里便咯噔了一下。于是，她连忙去找医生，询问郁继达的伤情。

"他生命体征很好，应当只是浅度昏迷吧，"女医生表情轻松地说，"CT、核磁共振都做了，脑部没有明显积液，心跳、血压也都正常，显然伤势没有 CT 报告上说得那么严重。我从 CT 片上看，应当没有什么问题，至少没有什么大问题。也可能是惊吓导致的昏迷吧。"

秦冰冰松了口气。

"你是他什么人？"女医生问，"是他的姐姐，妹妹，还是……"

秦冰冰脸上热了一下，忙把事情的经过说了。女医生就啧啧地咂嘴，说："还有这样的青年？上回气象局钟局长见义勇为，我就把他当成打架受伤了。后来我想，这年头见义勇为的也就个别中老年人了，没想到……"

秦冰冰觉得她把现在的社会风气想得太灰暗了，便说："正义勇敢的年轻人也有的是，你没看当时他那勇敢劲儿……您别这样看我，我说的都是真的。”

女医生笑了：“该不又是一出英雄救美戏吧？”

秦冰冰脸上又红了，心想：“这人对见义勇为的英雄，怎么这样猜想？真是小人之心度君子之腹！”

“姑娘，你长得真漂亮，是特别特别，非常非常的那种。”女医生笑眯眯地盯着她，怜爱地说，“我要是那小伙子，也会为你去见义勇为的。”

秦冰冰让她说得很不好意思，就低下头说：“他下车跟小痞子搏斗的时候，连我是黑的白的也没看见。再说，谁也不认识谁，现在我还不知道他姓啥名谁呢！”

女医生继续说：“你要不说，我还真把你俩当成……你看，你这么漂亮，他长得也帅气，而且年纪相当……”

秦冰冰怕她再说下去，连忙打断她：“医师阿姨，他叫什么？”

“床头牌上不写着吗？他叫……”女医生话刚说到半截，急救室突然传来女人的号啕声。

“病人亲属来了！”女医生站起来就往急救室跑。

秦冰冰跟在女医生后面跑进急救室就愣住了，病人亲属是仇琬璐！

仇琬璐看到秦冰冰也愣住了。

“璐姨！”秦冰冰喊一声就扑到仇琬璐怀里放声大哭，怎么也刹不住。

仇琬璐爱怜地揽着她，一脸茫然地看着女医生。

女医生三言两语就把一场“英雄救美”的戏说了，又说：“大姐，你养了个好儿子！”

女医生这话仇琬璐觉得很受用，便眼泪滂沱地对她报之一笑，说：“这孩子还争气！”

仇琬璐最担心的还是儿子的伤势。

她进屋的时候，郁继达好像还能听见她的哭声，冲她翻了一下眼皮儿。

仇琬璐问：“医师，我儿子伤得怎么样，没什么危险吧？”

“没什么大伤，只是头上伤了点皮儿，”女医生把检查的项目、结果说了一遍，又说，“从生命体征看，不会有任何后遗症，他可能是吓的。”

秦冰冰最反感医生这话了。这不是贬低见义勇为吗？于是抬头泪汪汪地看着女医生，反问：“吓的？他当时那么勇敢，怎么可能是吓的呢？”

女医生冲她笑笑，笑得有点暧昧，转脸问仇琬璐：“你们认识？”

仇琬璐把两家的关系说了。

女医生一脸疑惑地看着秦冰冰。

秦冰冰忙作解释："过去认识的，这几年都在外面上学，学校放假了就去勤工俭学，四五年不见，都长变了，所以就不认识了。"

女医生"嗯"了一声，转身走了，走到门口又回头对她暧昧地笑笑。

秦冰冰心里怦然一跳，脸上又热了一下。

晚上六七点钟的时候，郁先达和秦光汉、文若苹一起来了，听罢医生介绍伤情，都放下心来。

文若苹夸郁继达懂事，说："这孩子像你郁先达、仇琬璐的儿子！"又说，"天下怎么就有这么巧的事，偏偏是冰冰遇到了小痞子，又偏偏让小达这孩子碰上，给救下了！"

"这就是缘分吧？"仇琬璐说，说着跟文若苹心有灵犀地相视一笑。

说话工夫就八点了，郁先达对秦光汉、文若苹说："让琬璐一个人在这儿行了，咱们找个地方吃点东西吧。"

"也好。"文若苹应着，掏出两千块钱放在床上，说，"琬璐，你代我给小达买点补养吧，改个时间再来看他。"

仇琬璐说："都是自己的孩子，若苹你这是外气还是看不起人？"拿起钱又往文若苹身上塞，两个女人你推我让，打架似的难解难分。

郁先达就说："算了算了，别打架似的，让人看见了咋回事？若苹你快把钱收着吧，想疼孩子以后有你疼的！"

听他这样说，文若苹就不好意思了，只好又把钱装回包里。

郁先达他们又看了看郁继达，就准备离开。

仇琬璐拉住秦冰冰说："冰冰你也回去吧，都累大半天了。晚上璐姨一个人在这儿就行了。"

秦冰冰想，自己在这儿夜里也不方便，就说："那璐姨就辛苦了，我明天再来看继达。"

郁先达和秦光汉一家三口走了，郁继达诈尸般地一个咕噜坐起来，把仇琬璐吓了一跳，嘴里打着哆嗦说："你，你，你，你……"

"妈你哆嗦什么？饿死我了！"郁继达扑哧笑了，"你快去给我弄饭去，买只烧鸡，要宿州符离集的。再买两瓶啤酒、几只烧饼！"

仇琬璐傻呆呆地看着儿子："你，你，你这是……"

郁继达嘻嘻哈哈地说："演戏呢，英雄救美！"

仇琬璐做出生气状，轻轻一巴掌打在儿子头上："你这混小子，吓死我了，让你爸知道不扒了你的皮！"

郁继达便一把抓住妈妈撒娇："妈，你可一定帮我把戏演到底啊！"

上午七点多钟的时候，秦光汉一进办公室，就接到公安局长安云峰的电话，说："秦检，向您报告一个好消息。"

秦光汉说："无非是抓人，你这公安局长能有什么好消息？"

安云峰说："散布虚假信息、制造社会混乱的嫌疑人让郑大年他们抓到了。"

"这么快？"秦光汉问，"是谁？"

安云峰说："科技局的副局长陈英才。网上的帖子，移动短信都是他发的。我已经安排郑大年抓紧讯问，争取明天向你们报捕。秦检你可让萧剑飞他们抓紧批捕，这个案子是市长亲自安排的。"

秦光汉说："好，只要够逮捕条件，任何案子都不会在检察环节延误。哎，安局，牛太元诈骗案你们立了吧？"

安云峰说："市长亲自安排的还能不立？我让郑大年亲自办呢。"

秦光汉说："好，那小子行。"

安云峰说："这还用说，我们的刑侦招牌嘛。对了，你们检察院不是有个重大案件介入制度吗，你准备让谁来引导我们侦查？"

秦光汉说："这件事市委领导还真有要求呢，你想要谁去？"

安云峰说："我想要萧剑飞，他懂侦查，又善于把握批捕条件，有利于在你们那儿加快节奏。这个案子，郁市长急着呢。"

秦光汉当即表示："就按你说的，让萧剑飞去。"

萧剑飞骑着摩托赶到刑警重案大队的时候，郑大年正和他的女助手侦查员宁秋萍在办公室里等候。

萧剑飞和宁秋萍一照面，两人都怔了一下，表情有点不自然。

郑大年跟着一愣，忽然想到，他们曾是初恋情人，而且自己还是他们的红娘。

那是五年前的事了。

那时萧剑飞刚被提拔为反渎局副局长，已经二十七岁了婚姻大事还没有头绪。这倒不是萧剑飞不着急，而是他恋爱无方，不懂得女孩子的心，说话满口法言法语，不会甜言蜜语，也不善幽默搞笑，很不合当代女孩子的口味儿，用当今的行话说，就是情商太低。亲朋好友先后给他介绍了4个女孩子，短则相处两个月，长则不超一年就跟他黄了。

郑大年为这位政法大学的铁杆儿学友着急，就暗暗为他物色对象。恰在此时，宁秋萍从省城警校毕业，被安排到重案大队做警员。宁秋萍是老局长家的宝贝孙女，长得小巧玲珑，肤如凝脂，一张娃娃脸很有灵气，并且爱说爱笑，活泼可爱，说话办事落落大方，属于泼辣型美女，特别适合萧剑飞。更为重要的是，她刚出学校，没有混迹社会的经验，也没有恋爱史，刚二十一岁，名花无主。

郑大年对宁秋萍考察一番便说："秋萍，我给你介绍个男朋友吧，检察官，侦查高手，特别优秀的一条汉子。"

宁秋萍大大方方地嘻嘻笑着说："那好嘛，快给我牵线吧。这么好的小伙子，别让别的女孩子抢跑了！"

郑大年很快安排他们见面。

萧剑飞一见宁秋萍就找到了感觉。而萧剑飞高大帅气，也令宁秋萍一见钟情，初次见面就互留了手机号码，以后便频频约会起来。

男女恋爱难免卿卿我我地亲热，宁秋萍跟许多女孩一样，追求爱情罗曼蒂克，便三番五次地钻到萧剑飞怀里撒娇，把萧剑飞吓得"哎哎"叫着往外推。每每这样，宁秋萍便委屈地珠泪滚滚，扭身离去，一连几天不给他面见。萧剑飞打电话她也不接，想让他主动赔礼道歉，以便以后变被动为主动。

萧剑飞到底还是情商太低，哪里懂得女孩子的小花招？就对宁秋萍产生了"太大方、太娇气，不成熟，不适合自己"的想法，也不主动跟她联系。

后来，宁秋萍意识到自己的戏演过了，便主动打电话找他，可萧剑飞就是不接她的电话，两人就这样劳而无功地相处一阵子，分手了。

再后来，萧剑飞与市公安局行财科的女会计邵素琴相识相爱，结婚生子，渐渐地把宁秋萍忘了。两个人一个干反渎，一个干刑事侦查，也没有了接触。

然而，宁秋萍却对这段短暂的初恋难舍难忘，萧剑飞成了她寻找爱侣的"铁标准"，每每有人给她介绍男友，她总是拿萧剑飞去套人家，几年过去也没碰上"第二个萧剑飞"。

郑大年一见这对往日恋人的窘态，便有意打破他们的尴尬，招呼宁秋萍说："萧局长引导我们侦查牛太元、河岛野雄诈骗案来了，是我们的客人，快泡茶。"

宁秋萍便赶忙泡了杯茶放到萧剑飞面前说："萧局长请喝茶。"

"谢谢，"萧剑飞有意赶紧摆脱难堪，便说，"秦检派我介入牛太元诈骗案。我对案情可是一无所知，二位是不是先给我说说？"

"可以。"郑大年看看宁秋萍，"秋萍，你把案情简单地向萧局长汇报一下吧。"

"不是汇报，是介绍。"萧剑飞说，"顺便提醒一下，我现在已经不是反渎局副局长了，是侦查监督处副处长。"

宁秋萍简单把案情介绍了一下，扭头看着郑大年，意思是"介绍完了，没我的事了吧?"

萧剑飞问:"有侦查方案了吗?"

郑大年说:"没来得及呢，想听听你的呢。"

萧剑飞说:"你们一个老将一个新秀，听我的?"

郑大年说:"咱们还有个传帮带呢。秋萍在咱们跟前还算个新兵呢，就算你不给我出主意，也不帮帮秋萍?"

萧剑飞怕他再说出什么令自己和宁秋萍发窘的话来，便说:"刚才秋萍介绍案情的时候，我简单想了一下，河岛野雄肯定是跑回日本去了，好像中日两国还没有司法协助协议，这样我们对这个洋骗子就鞭长莫及了。侦破这个案子的关键是抓住牛太元，而抓住牛太元的关键是弄清牛太元的下落。弄清牛太元下落的关键是什么呢?"

宁秋萍接道:"找到一个对牛骗子知根知底的人。"

萧剑飞禁不住扭头看她一眼，心想:"这个小丫头挺机灵，让大年这小子带出来了!"

"好，秋萍领教萧局的高明了吧，这就是引导侦查。"郑大年高兴地击掌，又问，"剑飞，你说有没有这样一个人?"

萧剑飞说:"应当有，从秋萍介绍的情况看，牛太元初到沱原那年，吃住都在沱原宾馆，据说他跟宾馆的承包人夏小荷关系不错。如果我猜得不错，那么这个有可能知道牛太元下落的人就是夏小荷。"

宁秋萍说:"有道理。我看过一本书叫做《泄密的席梦思》，如果牛太元跟夏小荷有那种关系，就有可能向她泄露自己的蛛丝马迹。"

萧剑飞说:"这本小说我也看过，好像是纪实体的。"

郑大年听他们这样说，犹豫了一下说:"那咱们就去找夏小荷试试。"

第五章
初露端倪

如果说沱原宾馆是沱原市政府的门面的话，夏小荷便是照亮沱原宾馆的一颗璀璨明星。

夏小荷的爷爷是沱原撤地改市前的第一任行署专员。老专员已经作古多年，她的家庭已经没有什么显赫的了，显赫的是她的气质和容貌。

她的长相，属于美艳动人的那种，细腰圆臀，白皙的皮肤，鹅蛋型的脸，瀑布般洒落垂肩的黑发，水汪汪充满灵性的大眼睛……大学毕业的她年近40了，周身透出成熟女人的韵味，却又似纯情少女那般的鲜亮水灵，足以让男人看一眼便怦然心动，而又不敢造次，即便是色欲膨胀，垂涎欲滴的男人也只敢偷偷地意淫她。

其实，夏小荷的诱人之处，还不在她的美艳，更在于她的气质。她的穿着从不追求怪异时尚，也从不浓妆艳抹、刻意打扮，而是讲究纯朴大方。谈吐说笑时，从不指手画脚，粗喉咙大嗓门，总是恰到好处地讲究幅度地打着手势，脸上露着迷人的微笑，再配以一双会说话的眼神，就把她那高贵、优雅，慑人心魄的气质展现得淋漓尽致。因此，她在市政府接待处工作的时候，市领导接待上级领导、贵宾，总是让她过去给客人敬酒，而她每次出面，都能表现得礼貌、得体，让客人笑逐颜开、心花怒放而过目难忘。

夏小荷承包沱原宾馆之后，投入一笔资金进行了一番独具匠心的装修，使这座原先蓬头垢面的建筑焕然一新，成为沱原的亮丽一景，又招了一批青春靓丽的女服务员，加以调教包装，使她们个个秀丽可人。美景、美女加美食、美酒，沱原宾馆的经营立即红火起来，一年四季宾客盈门。这些前来潇洒的款爷和社会名流，大都是冲她而来，又无不被她的气质、姿色和韵味吸引得六神无主，不自觉地掏出腰包。当然，不少人会因大掏腰包只博得美人一笑而后悔不迭，却又佩服市领导用人的眼光和接待处长许传新的心计。

漂亮的女人是新闻，漂亮、成功而又单身的女人更是新闻。

夏小荷承包沱原宾馆不久，关于她的绯闻便陆陆续续地产生了。开始，有人说她跟牛太元有一腿，后来又有人说她是许传新的红颜知己。到底她的私生活是什么样子，谁也摸不清。

从重案大队到沱原宾馆不过十几分钟的车程，郑大年开着桑塔纳警车转眼就到了。

郑大年把车开到宾馆停车场，手把着方向盘，回头看看萧剑飞、宁秋萍说："牛太元跟夏小荷的关系不过是道听途说，咱们直接找她是不是有点唐突了？万一她跟咱翻脸……"

萧剑飞想了下说："也是。直接找她是不大合理。"

他们坐在车上沉默着，一时没了主意。

郑大年看看宁秋萍，说："秋萍，你可是咱重案大队的女诸葛，怎么不说话，真以为沉默是金？"

萧剑飞也说："郑大队称你女诸葛，你一定有锦囊妙计，不妨献出来？"

宁秋萍被两位领导夸得心里美滋滋的，绯红了脸说："你们一个局长，一个队长，我哪能随便说话？"

萧剑飞说："我可是当过兵的。司令员、政委在，也是参谋长先说话。诸葛是什么人？军师。军师就是参谋长。郑大队早把你当成参谋长了。"

"那我就抛块砖头，看能不能把二位领导的玉引出来。"宁秋萍说，"我又想了一下，觉得咱们先找夏小荷，是舍近求远了。"

郑大年问："什么意思？请女诸葛赐教。"

宁秋萍说："许传新是牛太元的同窗好友，又是石世宝项目引进的始作俑者，而且这个项目始终是他台前幕后地跟牛太元筹划操作。如果说沱原有一个人掌握牛太元的去向，或者掌握牛太元的蛛丝马迹的话，这个人也许就是许传新了。"

萧剑飞点头说："有道理。这个刚才我也想到过的。可是我又有点顾虑。"

郑大年、宁秋萍一齐问："顾虑什么？"

萧剑飞说："我担心许传新是这场骗局的当事人，或有他跟牛太元、河岛野雄一伙本来就有什么见不得人的交易，他们是一条绳上的蚂蚱。"

郑大年说："有这种可能。如果真是这样的话，许传新就是知道牛太元的躲避之处，也绝不会说出来。保护牛太元就是保护他自己，这道理再明显不过了。"

宁秋萍说："这也不见得。凡事都有两面性，你们只看了一面，还有另一面呢？"

萧剑飞："哪一面？"

宁秋萍说："石世宝弄成这么个结局，把他许传新置到什么境地了，市领导对许传新怎么看？我看丢掉乌纱帽是他许传新最好的下场了。被他最铁的哥们儿坑到这个地步，许传新就不恨牛太元？我看他这会儿生吃活剥牛太元的心都会有。他还会庇护他？"

郑大年看看萧剑飞说："秋萍这么说也有点道理。"

宁秋萍又说："说不定找许传新还是条捷径呢。"

萧剑飞想了想说："那就找许传新试试？"

宁秋萍说："快到下班时间了，他中午可能在家。"

郑大年扭头问萧剑飞："剑飞你看呢？"

萧剑飞说："许传新可不是一般的人，我们这样明着找他，对他有负面影响。恐怕他不会主动配合。"

郑大年说："也是，官员让检察院找了可不是什么好事。我们想办法把他约出来吧。"

宁秋萍说："还是二位领导想得周到，什么时候找他？"

萧剑飞说："晚上，晚上怎么样？"

沱原的晚上跟半个月前石世宝项目投产典礼那几天的晚上相比，简直就是光辉灿烂与天昏地暗两个世界。建筑上流光溢彩的霓虹灯不亮了，树上蜘蛛网的电子装饰灯不闪了，连主街道旁的华灯，也都变成了独眼龙，大街小巷一片混沌灰暗，显得毫无生气。

萧剑飞吃过晚饭，便早早来到位于市中心的文化广场，加入纳凉的人群，准备跟郑大年和宁秋萍会合。

广场上又是一番风景：昏黄的灯光下到处是小贩的摊点，小贩们高声叫卖着电池、服装、旧书刊、玩具和日用品一类廉价东西，许多人围着小摊有一搭无一搭地讨价还价。

广场一侧空旷之处，两摊人正在音乐伴奏下翩翩起舞，一摊是群中老年女人在自我陶醉地跳健身大秧歌，另一摊则是一群五六岁的孩子在认真而活泼地跳拉丁舞，他们幼稚灵巧的舞姿不时激起一阵阵鼓掌喝彩。

广场两侧的林子里聚集着赤身露背的男人和差不多同样赤身露背的女人。当然，这些赤身露背纳凉的男人和女人大多是中老年人了。他们构成了沱原独特的风景。

广场两边小树林的"红灯区"，萧剑飞是断不敢去，也是不愿意去的。那里虽然是沱原的老风景，可毕竟是个被中青年人认为"藏污纳垢"的地方，那里赤身露背的风景至少是不雅观的。

他看了一会儿孩子们跳拉丁舞，担心郑大年他们来了找不到他，便掏出手机跟郑大年联系。

郑大年在手机里说，他马上就到。

萧剑飞跟郑大年通完话一抬头，一朵红云飘然而至。宁秋萍一身红衬衣红裙子，装扮得像朵石榴花，正对他微微笑着，笑得很动人。

萧剑飞心里怦然动了一下，问："郑大队呢，怎么没跟你一起来？"

宁秋萍故意板了脸，盯着他反问："我为什么要跟他一起来？我跟他是邻居还是情人？"

萧剑飞觉得她误会了，一下子慌了神，连忙解释："我，我不是……我……"

宁秋萍扑哧一声笑了："看你吓的，还反渎局长呢？"

"你这丫头片子够坏的，"萧剑飞这才笑了说，"再提醒一次，现在是侦监处副处长，只能说是反渎局原副局长。"

宁秋萍说："处长局长还不都是冒号？"

萧剑飞又说："郑大队马上到了，知道吗？"说罢才知道自己这是没话找话说，这是句废话。

宁秋萍果然说："你们是铁哥们儿，他马上到马下到，我怎么知道？"说罢看了下腕上的手表，"才七点半呢，还有半个钟头呢。"

萧剑飞抬头看了眼广场东侧的钟楼，果然刚到七点半，于是说："你来这么早？"

宁秋萍调皮地一笑："我不是想单独跟你说会儿贴心话吗？"

萧剑飞心里热了一下，板起脸说："小丫头片子不要乱开玩笑。你这话让我那口子听见了，不骂你才怪呢！"

"嫂子这么厉害吗？"宁秋萍依然嬉笑着问，"我只知道她是我们局的大会计。据说还是个难得一见的美人儿。"

萧剑飞说："也许是情人眼里出西施吧，至少在我眼里是。"

宁秋萍调皮地盯住他问："你看我呢？"

萧剑飞连忙避开她的眼神，应付说："各有千秋，各有千秋！"

宁秋萍不说话了，扭头看着一盏昏黄的路灯。

萧剑飞想："这小姑娘今天怎么了？"

"这么说，你很爱她了？"宁秋萍突然回头问，"她也同样爱你吗？"

"当然，"萧剑飞说，"我们是互敬互爱，我们的宝宝就是爱的见证。"

"是吗？"宁秋萍看他，口气似问非问，眼神怪怪的，是含情脉脉的那种。

萧剑飞连忙躲开她的目光，向一侧马路上扫描，突然看到郑大年捧着几支雪糕走过大马路，向他们跑来。

萧剑飞连忙说："郑大队来了。"

"你们到早了，我可没迟到啊。"郑大年说着，递给他们一人一支，"快降降温，这天能热死人。"

宁秋萍接过雪糕吃一口，说："我正想着雪糕呢，雪糕就来了。郑大队真是善解人意的好男人，关心人爱护人的好领导。不像有些当官的男人，总是拒人于千里之外。"

萧剑飞故意装作没听见她的话，问郑大年："我倒没觉得怎么热。大年，天不早了，咱们怎么行动？"

郑大年好像从宁秋萍话里听出了点什么，看看他又看看她，想问他们怎么回事，终于还是觉得不妥，便说："你们看呢？"

"我先给他打个电话吧，看他方便不方便。"萧剑飞当即拨打许传新的手机，手机里传来一个声音："对不起，您拨打的手机暂时无人接听！"

郑大年见他收了手机，便问："怎么了，拒接？"

萧剑飞说："关机。干脆咱们登门拜访吧。"

"好，走吧，"郑大年向广场对面商场门前指了下说，"车在那儿呢。"

郑大年一直把车开进位于北关的市委家属院。

这是座建于20世纪70年代的老院子，里面都是独门独院，清一色的瓦房，猛一看去显得十分低矮破旧，在灰蒙蒙的夜色里，更有点像片棚户区，孰不知这些房子的主人都是当年在沱原有头有脸的人。

近几年来，不少人新买了房子，陆续搬进新居，这些老房子就放在这里等着搬迁补偿。不知许传新是因为手头紧还是出于什么原因，一直住在这里没动。

萧剑飞站在许传新院门前，打量他破旧低矮的房子，顿时动摇了自己对这位招商局长的猜想："看他的家景，他应当不至于跟牛太元一伙有什么金钱交易吧。"

郑大年连按几次门铃，院门终于闪开了，一个瘦骨嶙峋的女人一副病态站在门里，有气无力地招呼他们："找老许的？进来吧。"

萧剑飞知道她是许传新的老婆钟本兰，原来挺标致的一个女人，几年不见竟然变成这副模样。

萧剑飞他们随钟本兰走进屋里。

屋里简陋得令人难以置信：靠墙一张老式条儿，满满当当地挤放着玻璃瓶、瓦罐一类乱七八糟的东西，一对老式人造革沙发多处破洞，露着黑黄色的海绵；沙发对面靠墙放着一只老式木茶几，上面放着只老式彩电，屏幕上正放着眼下正热播的韩剧《大长今》。

钟本兰招呼萧剑飞他们坐下，转身为他们倒茶，宁秋萍连忙拦住她，说：“不渴不渴，大妈您快坐下吧！”

萧剑飞连忙给她递了个眼色：女人是最怕人说老的，人家刚刚50左右，怎么能叫大妈呢？

钟本兰见宁秋萍不让倒茶，便觉得客人担心她家的卫生，便不再倒茶，靠在条几旁打量他们，看样子是在猜想这帮不速之客的来意。

萧剑飞坐在沙发上打量女人一眼，心想：“许传新的老婆刚刚50出头，怎么倒像个七旬老妪了？”他忽然想起关于许传新和夏小荷关系的传闻，于是又想：“难怪会有这种传闻。30如狼40如虎，许传新也就50刚出头嘛！”

“你们找老许有事？”钟本兰问。

“我们是许局长的朋友，”郑大年看着她说，“他出去了？”

钟本兰点了下头，脸色阴暗下来。

郑大年又问：“他到哪去了，你知道吗？”

钟本兰转过脸去，嘁嘁地抽泣起来。

萧剑飞看一眼郑大年，心想：“钟本兰哭的有内容。”不由自主地看了眼宁秋萍。

宁秋萍当即明白了他的意思，连忙走过去，扶钟本兰坐下，劝慰说：“大妈，您有什么事不要搁心里，说出来就好了。”

“没事儿，真的。我什么事儿也没有，”钟本兰强笑了一下说，“我硬是让病缠的，见了人就觉得受委屈一样。”

郑大年看出她是故意掩饰自己的心境，于是说：“萧局长说得对。我叫郑大年，她叫宁秋萍，我们都是公安局的。萧局长叫萧剑飞，是检察院的，都是许局长的朋友，他要有什么不是，我们都可以说他的。”

萧剑飞跟着问：“怎么，许局长对你不好？”

“没有没有。他对我好着呢！这么多年了，老许不容易，”钟本兰说着，突然睁大了眼睛：“你是萧科长？变了，不像了。我在木材公司上班的时候，你到木材公司去过，把经理逮走了。全公司的人都夸你们呢。老许没事吧？”

萧剑飞笑了，说：“你别瞎想，我们找许局长有别的事呢。他不在我们就在这等他一会儿。都是老熟人了，咱们随便拉拉家常吧。”

几个人拉起了家常。钟本兰絮絮叨叨地说起了零碎散乱的家事。

20世纪50年代的时候，钟、许两家原是一墙之隔的近邻。

在那段生活艰难的岁月，两家互相帮衬，处得跟《红灯记》戏词儿说的一样，“拆了墙就是一家，不拆墙也是一家”。

60 年代闹饥荒，许传新的父母亲病饿交加双双死去，留下骨瘦如柴的许传新。那年，他才 4 岁。钟本兰的父母收养了他，使他免于一死，并且像抚养自己的儿子一样，把他养育成人。他和钟本兰青梅竹马，自幼要好，长大了由她的父母做主，结为夫妻。他们一直夫妻恩爱，小家庭幸福美满得让人羡慕。

70 年代后期，国家恢复高考。那时候许传新正跟他高中同学牛太元一起学做木匠手艺。那时候钟本兰刚怀孕不久，牛太元报名参加高考，许传新也跃跃欲试，可他舍不得妻子和尚未出生的孩子，更担心钟本兰挑不起养家糊口、供他上学的重担，便犹豫起来。钟本兰看出了丈夫的心思，也相信他的潜力，便连劝带逼地让他报了名。许传新果然争气。他和牛太元双双考入北京一所名牌大学，钟本兰从此挑起抚养儿子，支持丈夫的重担。在那四年多时间里，她一个人带着儿子，在街道工厂和个体小饭店打了两份工。四年之后，许传新揣着当时被人称作金字招牌的大学文凭回来，看到妻子眼角的皱纹和鬓角依稀可见的白发，不禁潸然泪下。

不久，国家下来一批公派日本留学的名额，他和牛太元都被学校选中了。牛太元虽然也有老婆孩子，却义无反顾地走了，可无论钟本兰怎样哭求，甚至以死相逼，许传新就是不从。他说："我再也不忍心离开你和儿子了"。于是，他毅然回到沱原，被分到市政府机关行管局工作，没过几年就当了接待处的副处长、处长。

许传新成了市政府的红人，钟本兰成了官太太，他们上中学的儿子许钟宝也很争气，学习成绩在班级里总是名列前茅，中学毕业就上大学，大学毕业接着又上研究生，小家庭美满得让人妒忌。

可是偏偏就在这时候，钟本兰被查出患了子宫癌，动手术把子宫切除了，接着又是化疗又是放疗又是吃药，好端端的一个小家庭折腾成了贫困户，外面还欠了上万元账。十几年过去了，她的病又出现了反复，两次住院治疗花钱，再加上儿子上大学，所以家里生活也就一直翻不过身来。

许传新后来升任行管局长，再后来又改任招商局长，管起石世宝这么一个大摊子，跟市里市外、省里省外、国里国外的人打交道，按说在沱原也算是有头有脸的人物了，工作忙应酬多是情理之中的事儿。可是钟本兰每次住院，他都请假在医院陪伴她，照料她，平时的吃喝应酬也是能推就推、能躲就躲，千方百计多在医院陪伴她。钟本兰从电视上看到外面一些官员坐高级车子，穿名牌服装，带着小蜜进出高级宾馆饭店舞厅酒吧夜总会，还包二奶养情人，家外有家，就觉得是自己拖累了丈夫。曾有多次，她哭着对丈夫说："是我拖累了你，我让病折磨成这副人不人鬼不鬼的样子，成了你的累赘。你才五十岁正是享受的时候，也别太委屈自己，人家在外面咋样你就咋样，我绝不会怪你的。

我都成这样儿了，你还能不舍不弃的，这样的男人天下还有吗？我知足了。”

许传新一听这话就冲她瞪眼发火，说：“你这不是骂我吗，等于骂我不是人是畜牲。我要真那样做了，对得起咱父母亲的养育之恩吗？对得起你们母子吗？对得起领导的培养信任吗？”后来，有人告诉钟本兰，许传新跟夏小荷有一腿。钟本兰只是一笑了之，根本不放在心上，因为她知道丈夫是一个什么样的人。

萧剑飞听了钟本兰说的这些情况，心里不禁对许传新产生了几分敬意，可是嘴上还是禁不住问她：“你就这么相信许局长吗？”

钟本兰说：“是的，我相信他。因为我跟他生活二十多年，太了解他的为人了。他这个人就是这样，他一不贪财，二不贪色。我敢保证他不会拿一分钱的不义之财，要说对女人的兴趣，他打年轻时就无所谓的，我们新婚的时候，他也没怎么疯狂过，就连第一次都还是我主动找他的。”说这话的时候，她脸上飞过一片红晕。

萧剑飞从她脸上这片红晕想象到她做新娘时年轻漂亮的模样。

从许传新家里出来，萧剑飞抬头看看邮电大楼上的电子钟快十点半了，忽然有了种饥肠辘辘的感觉，于是提议说：“夜深了，我请二位吃宵夜吧？”

宁秋萍雀跃响应：“太好了！咱们哪儿去？”

“剑飞你是给我们帮忙，哪能让你破费？今天这东我做了，”郑大年说罢又问宁秋萍，“怎么样秋萍？”

宁秋萍还是兴高采烈地响应：“坚决拥护！可是别去大排档。”

郑大年说：“当然不去大排档，那儿不卫生，可也别去什么大酒店。咱们去夕阳谷吧。”

“夕阳谷”就在许传新家对面，是一家很有名气的小餐馆。

郑大年和萧剑飞、宁秋萍走进夕阳谷，小餐馆老板已经准备关门，看见生意上门连忙热情地招呼：“三位随便坐，吃点什么？”

他们点了两荤两素几瓶啤酒。三四个菜虽然不上档次，却也不算寒碜，三个人边吃边谈很有兴致。

萧剑飞坐里朝外，面对着许传新家所在的市政府老家属院。那里没有灿若星海的灯火，更没有五彩缤纷的霓虹闪烁，假如在空中鸟瞰，这座往年显赫的大院，在万家灯火中一定是漆黑一团，象座灯海中的孤岛。

“哎，你们说，市府老宿舍住的都像许传新家这样拮据吗？”他问。

“这倒也是，留在那儿都是无可奈何花落去的人了，”郑大年说，“不是老干部，就是遗老遗少。依沱原的生活水平，这些败落者的境遇还能好哪去？”

宁秋萍反驳他说："别忘了，郑大队，许传新可是现任局座，当红官员。"

郑大年说："许传新另当别论了，家有病妻嘛。"

萧剑飞接着说："看来我们过去对许传新有点想当然了。"

宁秋萍问："我们怎么对他想当然了？"

萧剑飞眼前蓦然闪现出夏小荷的美丽优雅风姿，接着又闪现出钟本兰病快快的形象来，两个女人一下子并排着定格在他的脑海中。

"怎么了萧局长，想什么了？"宁秋萍仍然喊他萧局长。

萧剑飞说："我在宾馆还议论他跟夏小荷的关系呢，现在看来纯属谣传，连他老婆都不相信嘛。再说，像他这种家境，挣几个工资不够捐给医院的，养得起夏小荷那样的情人？"

宁秋萍说："他养不起夏小荷，难道夏小荷那样的富婆也养不起他？再说了，现在有'裸贪'一说。不知你这检察官听说了没有。有些贪官表面上艰苦奋斗着呢，家里看上去一无所有，可包子有馅不在褶上，在肚里呢。依许传新现在的位子，就算是他老婆有病开支大，可他老婆原先也是集体职工，有医疗保险的，家里至于穷成这副样子吗？"

萧剑飞突然觉得，她说的好像也有点道理，该对这个小姑娘刮目相看了。他正想说什么，身上的手机响了。

电话是许传新打来的。他问萧剑飞找他有什么事。

萧剑飞说："不是我找你。我在配合刑警的郑大年、宁秋萍他们查一个刑事案子，想向您打听点线索。"

许传新问："电话里说可以吗？"

萧剑飞说："恐怕不是三言两语的事，再说办案还要做笔录的。"

徐传新说："那好，你说个地方吧。"

萧剑飞说："到刑警重案大队怎么样？"

许传新连忙说："不去不去，好人谁到那儿去，跟被传讯的嫌疑犯一样。"

萧剑飞又说："到我们院里去？"

许传新说："检察院更不能去，传出去说许传新让检察院请去了，那我还不成了腐败分子了？"

萧剑飞回头看了眼郑大年和宁秋萍，只好说："那许局长您说个地方吧？"

许传新在那头想了想回答："要不这样，你们到沱原宾馆来吧。"

萧剑飞心想："许传新一定正在夏小荷那儿。要不他只会说到沱原宾馆去，不会说到沱原宾馆来。"

他把许传新的话对郑大年、宁秋萍说了，郑大年、宁秋萍一齐笑了说："许传新忘了，宾馆也是纪检委双规和反贪局秘密办案的地方！"

他们赶到沱原宾馆，夏小荷正亭亭玉立地站在门口灯光阑珊处，看见他们便笑容可掬地招呼说："欢迎各位领导光临，许局长已经到了，在小会客室等候你们呢！"

夏小荷把他们领到二楼小会客室，说了声"请进"，便含笑点头告退。

客厅茶几上已经泡上茶，屋里飘着浓浓的铁观音香气，茶几上摆着香烟、水果和好几样小点心。

许传新大大方方地笑着招呼他们："坐坐，咱们边吃边谈，别客气，夏小荷夏总请客！"

为了营造一个轻松的氛围，萧剑飞端起茶杯小呷一口夸道："好茶，极品铁观音吧？"又招呼郑大年、宁秋萍："吃，夏总安排的，咱们吃大户！"

郑大年明白他的意思，就拿起一根香蕉剥开了吃，宁秋萍也捏起一只裹满芝麻的球状小点心送进嘴里。

"你们找我是为了牛太元那个骗子吧？"许传新问。

萧剑飞看了眼郑大年，意思是"别忘了你是唱主角的"。

"是。我们是奉命秘密调查，"郑大年反问，"怎么，许局长已经知道了？"

许传新说："郁市长跟我交代了，让我配合你们，还让我保密。放心吧，我一定会全力配合你们抓住牛木匠。这狗日的把郁市长、邝书记，把我都害惨了。"

郑大年说："他把咱700万沱原人害惨了。"

许传新说："对，他害了700万沱原人。"

"他是坑害了700万沱原人。打现在说，他和洋骗子害得咱们沱原损失了至少30个亿。"郑大年说着话题一转，"听说你跟牛太元是同窗好友，是吧，许局长？"

"是的，我跟他……"许传新突然意识到什么，"郑队长，你们没把我当成牛太元、河岛野雄的同伙吧？"

"没有没有，"萧剑飞连忙解释，"郑大队的意思是，你跟他经常相处，知不知道牛太元的下落？"

许传新说："我跟牛木匠从中学到大学都是同窗，这一点不假。这几年他在沱原跟我走得近，这也是事实。我是招商局长，他是客商嘛。当然，在外人看来，我们私交很铁。其实呢，这是假象，他是怀着鬼胎跟我交往，目的还是一个骗。你们想想，他老早就把骗局设下了，等着我和市领导往里面钻，怎么会让我知道他的后路呢？"

萧剑飞心想："这个招商局长不愧是久居江湖的，真是滴水不漏哇。"于是跟郑大年交换了下眼色，又问："许局长，您觉得在咱们沱原，会有谁知道牛太元的下落呢？”

“不会有人知道他的下落，”许传新摇摇头，肯定地说，“骗子就是骗子，狡兔三窟，特别是像牛木匠这样的超级骗子，怎么可能让别人知道自己的退路呢？”

郑大年问：“牛太元在沱原还有什么亲人吗？”

许传新说：“还有一外甥叫吴小天，不过他不会让外甥知道什么秘密。就是他亲爹亲娘在世，他也不会让他们知道。”

萧剑飞问：“他老婆孩子在哪里？”

许传新说：“他老婆原来在海南三亚，两年前得癌症死了。孩子在日本留学，毕业办了绿卡，现在成了小日本儿了。”

首次出师不顺。萧剑飞、郑大年都觉得眼前这条路让许传新堵死了，齐齐沉默下来。

许传新点上一支烟吸着，故意避开他们的目光，眼光在一侧的墙面上游离，最后留在一只画框上。

画框里是一幅抽象派的裸女，身体各部分很不成比例，脑袋很小，飞舞的长发被画框截断，令人想象飘到了框外，而一双乳房却格外硕大，像两只挂在身上的大南瓜。

宁秋萍被屋里沉默的空气憋得难受，咬着水笔杆，闪着大眼睛看看萧剑飞，又看看郑大年，最后盯住许传新问：“许局长，这么说，我们没法找到牛太元的下落了？”

许传新说：“对，我可以这样说吧，至少是很难找到他的下落。可你们有侦查经验，也许能找到他。可也没那么容易。”

宁秋萍不高兴地说：“照你这么说，只有让骗子逍遥法外了？”

许传新怔了下，说：“宁同志这是什么意思？好像我有意包庇牛木匠似的。”

萧剑飞见他急了，连忙说：“许局长别误会，秋萍不会说话。您包涵。”

宁秋萍瞟他一眼，心想：“谁不会说话，我这是激将法，你还看不出来？”

许传新说：“其实你们急，我比你们还急。骗子是我招来的，给沱原造成这么大的损失，让书记、市长被动，能有我的好日子过？只要能抓住牛木匠，我会全力配合你们。还想知道什么，你们只管问，只要我知道的。”

萧剑飞说：“谢谢。如果方便的话，请您先给我们说说引进石世宝项目的经过，可以吧？”

“可以。”许传新说，“要说引进石世宝项目的经过，那就说来话长了。从哪儿说？”

萧剑飞问："听说当初这个项目有好几个地方在争，并且在沱北市举行了竞标会。你还参加了竞标。你就给我们说说这个项目是怎样争过来的。"

许传新说："这个项目可不是我争过来的。沱北竞标会是郁市长亲自出马，我不过是跟他去了。"

萧剑飞说："您就先说说竞标的经过吧。"

许传新就先说了三年前沱北竞标的经过。

沱北市在沱原下流江北，跟沱原近200公里，距出海口很近。

那天下午，郁先达和许传新驱车赶往沱北，下午抵达沱北望江休闲宾馆时，牛太元正在宾馆前东张西望地等他们，没等他们把车停稳就跑过去，大声喊："你们可到了！"

郁先达问："他们都到了？"

牛太元说："上午就到了，你们是最后一个。"

郁先达一怔："那他们……"他担心对手们提前来向河岛野雄攻关。

牛太元看出了他的担心，笑笑："没事。河岛野雄很讲究游戏规则，他不会在竞标会前单独接触任何竞标方。让他们白费心思吧。"

许传新心里揪了一下："也包括我们？"

牛太元说："我正给他做工作，争取让你们晚上跟他私下见个面。还有，我早跟河岛野雄说好了，同等出价的情况下，把项目给我们。定金带来了吧？"

许传新说："带来了，支票。"

牛太元说："这就好，晚上交给河岛1千万，明天再帮他退给那4千万，事情就好办了。"

郁先达、许传新听了都松了一口气。

当天晚上，河岛野雄设宴为五个竞标市的市长、招商局长接风。

包厢很宽敞也很豪华，四面墙上金碧辉煌，上面吊着水晶吊灯。能坐二十人的巨大餐桌，连餐具也都金灿灿的，显得很华贵。

座次是牛太元有意安排的：河岛野雄在上座，他两边是郁先达和牛太元，许传新紧挨郁先达。沱北、鸡金山、珠蚌、沱港四个市去的都是副市长，依次从两边排下去，四名招商局长很随便地挨着坐在一起。

许传新一进包厢就把河岛野雄打量了一下：五短身材，小小的脑袋，留着小平头，那时还没留电影里的小日本儿那种标志性的小仁丹胡子，50来岁的样子，同身边五大三粗的牛太元相比，给人以机灵干练的印象。牛太元那种粗笨身材则透着忠厚实在，给人以安全可靠感。

许传新当时就想："要提醒牛太元这小子，防着这小鬼子一点儿。"

郁先达落坐时心里很轻松，四个竞争对手的市长都没来，四个副市长也都是陌生面孔。这四个市的"一把手"他都是认识的，幸亏他们都没来，要不在明天的竞标会上针锋相对，面对面地争得面红耳赤，该是多么尴尬和难为情的场面。

河岛野雄举杯，用中国话说了一番欢迎和友谊的开场白，又说："饭局上请大家只谈友谊，不谈竞标。"

因为河岛野雄有言在先，而且脸上一直严肃着，加上竞标各方都怀着自己的心思，尽管酒是难得一见的典藏茅台，大家还是都没心思多喝，气氛就有些沉闷，一顿盛宴半个小时就结束了。

吃罢晚饭，四个竞争方的市长、局长纷纷驱车外出，观赏沱北夜景去了。

沱北的刘市长是郁先达在中央党校青干班的同学。郁先达本想去拜访一下，一想到沱北也是石世宝项目的竞争方，也就打消了这个念头。

"有牛太元帮忙，咱们也出去转转吧。"郁先达对许传新说，"免得留在宾馆让他们怀疑。"

"好，"许传新犹豫了一下说，"是不是跟牛太元打个招呼，要不……"

许传新话刚说了半截，牛太元把电话打了过来，问："传新，你跟郁市长在哪儿？"

许传新看一眼郁先达，回答："我们刚下楼，准备出去转转。"

牛太元在电话里急切地说："你们别出去了，趁他们都不在，我带你们去见河岛野雄！"

牛太元把郁先达、许传新领到河岛野雄的总统套房。

套房里摆着香烟、水果，几只菜碟和一瓶日本青酒。

河岛野雄与在晚宴上判若两人，亲自从内间卧室里迎出来，抓住郁先达的手不放，又是点头，又是"哈咦"，热情了一番才说："郁市长、许局长是太元君家乡的朋友，我知道你们在晚宴上没尽兴，特在这里准备几杯薄酒，为两位二次接风洗尘！"

郁先达连忙说："谢谢河岛先生！"

牛太元一拉许传新，招呼道："坐吧，咱们边喝边谈。"

许传新是第一次喝日本青酒，觉得口感远不及国酒茅台，喝到嘴里简直像喝什么杀虫剂，喝一口不禁皱了皱眉。

牛太元看到他苦不堪言的表情，笑了："你这土老帽不习惯吧，这可是日本最高级的青酒！"

酒过三巡，谈话由客套切入正题。

河岛野雄说："太元君是我的同窗好友，沱原是太元君的家乡。这段时间太元君一再做我的工作，让我把这个项目给沱原。我反复考虑，沱原是个穷市，作为太元君的好友，我也有心帮沱原，可是石世宝项目是个大项目，不知你们有没有这个经济实力吃下去。"

郁先达问："河岛先生，总投资大约是多少？"

河岛野雄说："至少要40来个亿吧？"

郁先达问："日元？"

河岛野雄说："不，人民币。"

"这么多？"郁先达、许传新故作吃惊地齐齐愣住。

牛太元解释："这是个高新技术系列项目，包含石世宝建材、石世宝有机化肥、石世宝高级衣料纤维三期工程，而且石世宝建材又包括石世宝涂料、石世宝真空玻璃、石世宝型材三类产品的专利技术和生产工艺，还包括技工培训、设备、园区建设，给河岛先生的不过30多亿人民币。"

河岛野雄说："30亿人民币，乍一看投资是大了些，可你是以土变金、以水换油啊。项目三年建成后，年产值将是一百亿以上人民币，纯利税将至少达到30亿人民币，还可以解决十万人的就业问题，为贵市市民提供好几个亿的工资收入，这10万市民成为蓝领、白领，700万人脱贫致富不也是石世宝项目的效益？"

听河岛野雄这样一算，郁先达、许传新觉得石世宝项目投资大是大了些，但确实是个宝。搞成了，沱原真能一下把穷市的帽子扔到沱阳江里冲走，把那一座座矸石山消化掉，还能复耕上千亩良田。

"这个项目我们要了。"郁先达当即表态。

河岛野雄却说："郁市长先别表态，还不知那四个市的朋友明天愿意出多少呢。据说沱北想出50亿人民币，把这个项目争过去。"

河岛野雄这样一说，郁先达、许传新心一下子就凉了，一起转脸看牛太元。

牛太元一脸的不高兴："河岛君，咱们同窗好友共事多年，我最敬佩的是你诚信仗义，可你要这么说话我可就不赞成了。既然你答应帮助朋友，怎么能让沱原这么个穷市跟人家硬拼呢？"

河岛野雄说："石世宝专利技术的价值，大家都是心知肚明的。再说，东西是石世宝高新科技株式会社的，我不过是井上隆一先生的代表。他定的底价是30亿人民币，我果真就拿给他30亿人民币，井上君会怎样想？沱北愿意出50亿的消息，井上君早晚也会知道，他会怀疑我从中捞取20亿的。"

郁先达见牛太元跟河岛野雄闹了不愉快，就想打个圆场，许诺多出一两个亿，免得他们为难。

郁先达刚想说话，牛太元便已看透他的心思，伸手一挡说：“不，就30亿人民币，多一分也不出。”又对河岛野雄说，“河岛君，这个价码是你向我许诺过的。说出的话不能收回去，屙出的屎不能吃回去，你看着办吧。行就行，不行我们走人，这个标我们不参加竞争了。”

看样子河岛野雄没想到牛太元会跟他翻脸，一脸尴尬地说：“好好，太元君你别生气，谁让咱们是同窗好友，谁让我过去欠了你的情呢？就按你说的，30亿人民币，大不了井上隆一那儿的酬金我不拿了。”

牛太元脸上露出笑来：“井上那儿酬金你不拿了，沱原这边的招商奖励我也不独吃，咱们二一添作五。”

郁先达忙说：“不不，这笔钱我们出，河岛先生也算沱原的有功人士，你们一人200万！”

“好，郁市长是爽快人！”河岛野雄抓过郁先达的手，使劲握了下，对牛太元说，“太元君，30亿就这么定了。明天怎么个操作法，咱们商量一下吧。”

牛太元胸有成竹，想也没想说道：“石世宝专利技术的起价是15亿人民币，每次加码不少于一亿，竞标期望价就定在30亿。明天上午竞标的时候，他们举牌郁市长你也举，他们加码你也加，哪怕他们加到40亿、50亿，你尽管往上加，直到他们知难而退。”

郁先达觉得牛太元的主意不错，却又对河岛野雄不放心，便凑近他的耳朵，小声说：“明天我喊出40亿、50亿，万一河岛他……”

“这你放心，还有我呢。说定的30亿就是30亿。”牛太元想了想又说，“要不现在把定金给他，跟他把协议也签了，明天就不怕他生变了。”

郁先达也感到先签协议把握性大些，可30亿人民币就是沱原近两年的财政收入，近5年的财政可用资金，这个数额太大了，他不敢擅自做主。

于是，他推说去一下卫生间走了出去。

许传新知道郁先达是出去跟邝家厚通电话，怕河岛野雄怀疑什么，便主动向河岛野雄举杯：“来，河岛先生，咱们酒逢知己，喝倒亦雄！”

河岛野雄一怔：“许局长要跟我单挑？”

牛太元哈哈大笑，说：“太元说的是句沱原俗语，意思是喝醉了拉倒，字面是喝倒了亦是英雄，跟一醉方休差不多。”

河岛野雄噢了一声，也笑了说：“太元君幽默，我以为你是喊我的名字呢！”

三个人正在说笑，郁先达返回了总统客房，一进门就说：“就按太元说的办吧。”

于是，郁先达和河岛野雄分别代表沱原市和日本石世宝高新科技株式会社签了合作意向书，约定经过专家对石世宝专利技术论证，沱原派员到日本石世宝高新科技株式会社考察后正式签约。为了不违反竞标的游戏规则，他们故意把签字日期推后了一天。

许传新把5000万元的现金支票交给了牛太元，河岛野雄当场亲笔出具了收条。

石世宝高新技术竞标会的激烈竞争程度是郁先达始料不及的。

竞标由牛太元主持。他刚报出底价15亿人民币，沱北那位李副市长就举牌，一口报价20亿人民币，一下子加码了5个亿！

郁先达愣了一下，不由自主地看了牛太元一眼。

牛太元笑笑，给了他一个鼓励的眼神。

“21亿人民币！”郁先达受到牛太元这个眼神的鼓励脱口喊道。

人们一齐把目光投向他，现场响起一片轻轻的嬉笑和嘘声，这声音分明是讥笑这位市长的魄力。与沱北喊出的5个亿的加码，一个亿也太小儿科了。

郁先达顿时感到面红耳热，连忙低下头去。

“25亿人民币！”

“30亿人民币！”

“35亿人民币！”

珠蚌、沱港、鸡金山三个竞争方接连喊出竞价，现场掌声如雷，气氛热烈。

“35亿一次，35亿两次，”牛太元嘴里喊着，眼光却投向郁先达，再次向他发出竞争的信号，“35亿……”

“40亿人民币！”郁先达脱口而出。

惊奇、不解、敬佩，所有人都把目光投向郁先达。现场一片安静，他再次成为焦点。

“40亿一次，40亿两次，40亿三次，”牛太元手起棰落，兴奋地喊道，“沱原成为石世宝项目的最后得主！”

现场爆发出惊雷般的掌声。河岛野雄扑向郁先达，同他热烈拥抱，向他表示祝贺。

另外四方竞标的人都灰溜溜地走了。

郁先达、许传新正为30亿元拿下石世宝项目而高兴，中午吃饭的时候，河岛野雄却变卦了。

“费用的问题我们还要再商量一下，”河岛野雄说，“市长先生是40亿人民币中标的嘛。”

郁先达、许传新一齐愕然，怎么小日本儿这么出尔反尔？

没等郁先达开口，牛太元先冲河岛野雄发火了，他说："河岛野雄，你想干什么！"

河岛野雄一副为难的表情说："40亿人民币的竞标结果，传到井上隆一耳朵里去，我实在无法解释。"

牛太元也觉得他讲的是实在话，就小声对郁先达说："郁市长，您看是不是给他加两个亿？"

郁先达觉得，32亿比起小日本儿原先开价的50亿，已经是占了大便宜，于是表示说："行，你跟他说吧。"

于是牛太元就对河岛野雄说："沱原再加两个亿，32亿人民币，这是最后决定价了。你说行不行，河岛君？"

河岛野雄犹豫再三，勉强同意了，说："既然太元君这样说，就这样吧。太元君，你可欠我一份大情！"

牛太元说："行，我欠你一份大情。可是这两个亿，你不能拿走。"

郁先达、许传新不知牛太元又有什么计策相助，便一齐扭头看他。

河岛野雄也一脸不解地问牛太元："为什么？"

牛太元说："为了纪念中日合作成功，你用这两亿人民币在沱原捐建一座文化中心。"

郁先达这才反应过来，忙跟着说："文化中心就叫沱原市石世宝中日友好文化中心。"

河岛野雄显然很不情愿，正想说什么，牛太元已经端起酒杯提议："郁市长、许局长，让我们一齐感谢河岛先生的慷慨捐助！"

许传新讲完沱北竞标的过程，眼睛盯着墙上那幅裸女，眼的余光却不断地瞟着郑大年、萧剑飞他们。

郑大年一声叹息，扭头向萧剑飞："萧局长？"

萧剑飞沉吟一下问许传新："许局长，你刚才说那天晚上郁市长走出客房一会儿，回来就同意签合作意向书，是不是可以理解为郁市长出去是向邝书记请示，并且得到了邝书记同意。"

许传新说："是的，当时我就是这样理解的，回来路上郁市长也是这样告诉我的。可是事后我才知道，邝书记当时正陪投资商在舞厅跳舞，身边很嘈杂，就说了声把好关，如果确有把握，就看着办吧。是郁市长听成了就这样办吧。"

萧剑飞问："意向书的内容你们事先看了吗？"

许传新说："没有，文件是牛太元和河岛野雄事前准备好的，中日两种文本。因为当时都喝了酒，就以为是商定的内容，郁市长也就没注意仔细看。"

萧剑飞问："意向书规定，沱原市以30亿人民币竞标获得日本石世宝高新科技珠事会石世宝高新专利技术，交1000万人民币定金，并代表石世宝高新科技返还沱北等四个市定金4000万人民币。这些都是商定的吗？"

许传新说："是的。可我们回来才发现，两个文本内容不一样，日文文本上还规定，意向书与正式合同具有同等法律效力，沱原如果反悔，5000万订金自然变成违约金，石世宝高新科技如有返悔，加倍赔偿。"

"看看，一开始就是个陷阱，"郑大年说，"合作意向书怎么能与正式合同具有同等法律效力呢？即便是我们反悔了，又怎么能把我们代为返还的4000万变成违约金呢？最多也只能用我们的1000万做违约金嘛。"

许传新说："可不是嘛。郁市长让我找牛太元交涉，牛太元说，意向书只不过是个形式，还能说有法律效力就有法律效力？合同要等石世宝技术通过专家论证、沱原派人到日本考察之后才签呢，意向书并没规定生效日期嘛。我仔细一看，意向书果然没规定生效日期，再加上牛太元说，出现任何差错由他负责，我们也就不好再说什么了。"

萧剑飞说："生效日期不明确的，视为签字即生效，你是招商局长也不懂？"

"当时我刚从行管局到招商局，哪懂这个？再说，我得听市长的，郁市长让我怎样做，我就怎样做。"许传新说到这里，掏出手机看看，"这么快，都快十二点了。我老婆还病着，要是没有别的事……"

郑大年说："对不起，耽误您了。请您再想想沱原还有什么人对牛太元知根知底？"

许传新说："没有，还真没有，起码我知道的人里没有。"

"那好吧。"萧剑飞正想跟许传新说"就到这里吧"，许传新身上的手机响了。

许传新掏出手机看看来电显示，怔了一下就按了拒接，手机却固执地又响起来，他扫了眼萧剑飞他们，便只好接听，只没好气地说了句："我正忙着"就把手机挂了。

手机再次响起，许传新冲萧剑飞他们苦笑一下，便走了出去。

萧剑飞他们都警觉地侧耳细听，只听许传新说了"田蜜儿你想干什么"，声音就小得再也听不见了。

萧剑飞和郑大年对视一眼，心想："田蜜儿是谁？"

第六章
浮 出 水 面

第二天上午，郑大年通过市政府办公室与沱北、鸡金山、蚌珠、沱港四个市联系得知，三年前他们根本没有参与什么石世宝项目竞标，更没有市领导参加什么竞标会，预交1000万元订金的事更不存在。显然，那四个“副市长”都是牛太元、河岛野雄的托儿。

石世宝骗局进一步得到证实。

秦冰冰上午心里一直七上八下的，神情不安。

她没想到五年前还有点其貌不扬的郁继达会变成如此标致帅气的小伙子，更没想到自己一向不屑的太子党中，还有如此单纯、勇敢、正义者。

早上，她去医院的时候，看到郁继达已经从昏迷中苏醒，仍然闭着眼睛吸氧、打吊针。他听到母亲和冰冰说话，突然睁开眼睛一脸茫然地看着她。

仇琬璐告诉他，这是你汉叔家的冰冰，你昨天救的就是她。

郁继达听罢母亲介绍，又闭上了眼睛，脸上露出微笑。

从医院出来，秦冰冰感到郁继达的表情有点怪怪的，心里怦地跳了一下想：他会不会落下痴呆什么的后遗症？人家可是为了我秦冰冰啊！

整整一个上午，这个问题一直缠绕着她。

中午一下班，秦冰冰就拉上倪秀儿去医院看望郁继达。

郁继达正在应付一名青年女记者的采访，嘻嘻哈哈的，看样子精神好多了。

女记者问：“您能把当时的情景描述一下吗?”

郁继达还是嘻嘻哈哈：“不能。让你们登出去，不是往姑娘受伤的心上撒盐吗?”

女记者又问：“你说说自己当时的想法好吗?”

郁继达一脸认真地说：“好啊。当时我就想，这个女孩真漂亮，救了她说不定能娶她做老婆呢。这样我就演了一出英雄救美。”

女记者还不甘心，又问："如果她不漂亮，你会救她吗？"

"不会，肯定不会。"郁继达故意跟她调侃，"如果那姑娘像你这把年纪，又这么难看，我肯定不会停车，嗖地一下就过去了！"

女记者一下涨红了脸，猛地站起来气呼呼地走了。

郁继达一脸得意地目送女记者，突然发现秦冰冰和倪秀儿站在门口，怔了一下惊喜地问："冰冰，你来了？"

秦冰冰拉着倪秀儿走进病房，向他介绍说："这是我的好同学好朋友倪秀儿，沱原首富倪亿万的千金。"

"谢谢你们来看我。"郁继达说着指指床前的凳子，"天这么热，快坐下歇会儿吧！"

秦冰冰坐下来，看他一眼说："人家记者想宣传你，也是好意。你怎么能这样拒绝人家？"

"死缠个把钟头了，我不这样她不会死心的。"郁继达轻描淡写地说，"这么点事儿，有什么值得宣传的？再说，你受得了他们这样刺激吗？沱原街上小痞子这么多，一宣传都知道了你，以后……"

"他想得真周到，"秦冰冰心里热了一下，"看着嘻嘻哈哈的，原来心里这么细！"

秦冰冰和倪秀儿从医院出来，心里老是闪着郁继达嘻嘻哈哈的样子。

倪秀儿看她有点儿魂不守舍的样子，便冲她做个鬼脸："市长家的少爷，幽默风趣，又有才气，人长得也帅。不错，嫁给他吧！"

秦冰冰脸刷地红了，抓住她就要打，心里却荡起一波涟漪。

萧剑飞和郑大年、宁秋萍开始打听田蜜儿，并且很快打探到，田蜜儿就是牛太元的"二奶"，住在金沱山庄。

他们决定去金沱山庄找田蜜儿。

萧剑飞、郑大年和宁秋萍赶到金沱山庄，远远看到牛太元的别墅门前一片乱哄哄的。橱柜桌椅乱七八糟地放了一大片，一个光着膀子的中年汉子站在那里，指手画脚地指挥几名身穿搬家公司工作服的人往院里搬东西。

郑大年走到光膀子跟前，问："怎么回事？"

光膀子爱理不理地说："搬家，怎么回事？！"

萧剑飞问："给谁搬家？"

"给我，怎么了？"光膀子盯着眼前几个不速之客，冷冷地说，"你们查户口的？"

萧剑飞跟郑大年对视一眼，向光膀子解释："我们是田蜜儿家乡来的，有急事找她。她不是住这儿吗?”

光膀子说:“搬走了。”

萧剑飞问:“搬哪儿去了?”

“不知道。她原先在沱原宾馆干过,你们到那儿看看去!”光膀子说罢,撇开他们进院去了。

郑大年他们离开金沱山庄,便往沱原宾馆赶,田蜜儿果然在那里。

他们由服务员领着,敲开一间客房,田蜜儿正坐在床上发呆,一双眼睛哭得跟熟透的桃子似的。

郑大年向她亮明身份,田蜜儿像受气的小媳妇见到娘家人,小嘴儿一撇号啕大哭,就差没往他们怀里钻了。

他们互相对视了一下,坐下耐心地看着田蜜儿珠泪滚滚。

田蜜儿一口气哭了七八分钟,终于打住,泪流满面地抬起头来,大喘着气问:“你们…是不是……找……那个骗子?”

萧剑飞说:“是,牛太元哪去了?”

田蜜儿又开始新一轮痛哭,一边哭一边抽风似的说:“让雷劈了,让汽车撞了,让火烧了,狗日的不得好死!”

萧剑飞看她一眼,心想:“还秘密调查呢,连他的小蜜都知道了。”

萧剑飞问:“你怎么知道他是个骗子?”

田蜜儿抽抽搭搭地说:“这个流氓,他,他把我骗了!”

牛太元对田蜜儿设下的骗局,并没有什么高人之处和精彩之点,跟许许多多骗子一样,只不过是利用了女人的虚荣和对钱财的渴望。

2005 年 8 月 3 日,郁先达在省城参加全省招商引资工作会议那天晚上,牛太元衣锦还乡,在沱原宾馆宴请许传新等一帮老同学。

这天是田蜜儿轮休。

下午六点来钟的时候,她正在出租房里洗衣服,女经理夏小荷打她的手机,说有重要接待任务,让她立即回宾馆。

田蜜儿赶回宾馆,夏小荷已经等得心急如焚,见到她就拉着脸训斥:“你这样怎么行,拖拖拉拉的怎么执行应急接待?”

田蜜儿吓得赶紧低下脑袋。

田蜜儿一年前刚进沱原宾馆时,就对夏小荷有一种仰视的感觉,不仅仅是因为夏小荷是老专员的孙女,宾馆的“一把手”,更重要的是夏小荷的美艳和身上高贵优雅的气质征服了她。

她把夏小荷当成了心中的偶像,希望永远在她身边,天天看到她,听她颐指气使,哪怕一辈子在这里做服务员。

田蜜儿知道夏小荷也喜欢自己，一半是因为她长得玲珑小巧，聪明清纯，乖巧听话，另一半是因为她是外地乡下人，家里很穷，打心里怜爱。

田蜜儿想："夏总平时对我很关照的，几乎没冲我发过脾气，今天发火一定是我做错了什么，要不就是有什么急事，等我等急了。"于是局促着说，"我下次一定注意。夏总有什么任务尽管吩咐，我一定会完成。"

夏小荷严厉地喝道："我让你上刀山下火海！"

田蜜儿泪水奔涌而出，说："上刀山下火海我也愿意！"

夏小荷笑了，伸手把她拉到跟前，用纸巾擦着她的眼泪，说："哪儿有刀山火海让你去？我又哪儿舍得让你去上刀山下火海？现在有一个任务，对沱原、对咱宾馆、对你自己都非常非常重要，不知你愿不愿意干。"

田蜜儿说："愿意，只要您叫我干，让我吃屎都愿意。"

夏小荷说："这任务挺难的，不知你干得好干不好。"

田蜜儿说："我干得好。再难还能比吃屎还难吗？"

夏小荷又笑了，说："跟你开个玩笑。是这样的，沱原来了个财神，叫牛太元，身家千万上亿，还是带着大项目来的。招商局的许局长刚才找我，说市长书记安排的，不管用什么办法一定把他拴住，把他手里的项目拿下来。许局长让找一个漂亮的姑娘陪牛太元，我给他介绍了几个，人家都看不上，还点名要你。"

田蜜儿说："我去就是了。"

"那好，"夏小荷满意地拍拍她的肩膀，说，"我们蜜儿就是听话。记住，你的宗旨就是让牛太元满意，把他牢牢拴在沱原。他让你干什么你就干什么，包括特殊服务。"

田蜜儿一下子傻眼了。

在这种地方谋生的打工妹当然清楚"特殊服务"是什么，自己才18岁，还没经历过男女之间的那种事儿，以后还要找朋友、结婚、过日子啊！

"怎么了你，反悔了？"夏小荷一脸严厉地逼视着她，"你就说一个字，干还是不！"

田蜜儿想说不，却言不由衷地点头说了声："我干！"

"那好，我们蜜儿就是乖，"夏小荷满意地说，"你到化妆间去，我找人把你打扮得仙女一样！"

夏小荷安排的两名资深小姐帮助田蜜儿装扮，一会儿工夫便把她收拾得光彩照人。

田蜜儿照着穿衣镜审视一番，差一点羞得无地自容：头上、脸上虽然过于浓妆艳抹，倒也还动人，身上的衣服过于暴露了，不该露的地方若隐若现，可以示人的地方却含而不露。

她当然知道这身打扮意味着什么，心里顿时害怕起来，真有一种即将上刀山下火海的感觉，一个人坐在化妆间里，心里七上八下的，直到七点多钟，才去了牛太元他们吃喝的浪花豪华包厢。

当时许传新、牛太元都去了隔壁包厢向书记、市长敬酒，只剩他们的几个同学坐在里面嘻嘻哈哈地讲荤段子，见田蜜儿进来便一个个饿狼似的瞪着眼睛盯住她看。

田蜜儿也是豁出去了，便也跟他们瞪起眼睛："怎么，没见过美女?"

饿狼们便一齐轰笑，说："这小妞儿还怪辣呢!"

这时，许传新端着酒杯回来了，一见田蜜儿就凶巴巴地吼："你这臭丫头死哪儿去了，这会儿才来!"

田蜜儿从来没见过这么凶的男人，吓得连话都不会说了，就低下头看自己的脚尖。

牛太元让两名服务生架着进来了，嘴里吹着酒气，说着什么酒话。

许传新向服务生挥挥手："把他送到房间休息去吧!"又向田蜜儿一挥手下令，"你也去，把他侍奉好!"

田蜜儿走进牛太元的房间，服务生已经走了，只有牛太元一个人斜躺在床上，见她进来，眼里突然放出光彩，冲她呶呶嘴："把门闩上。"

田蜜儿见他一点儿也不像喝醉的样子，知道他刚才是装的，是他和许传新、夏小荷他们设计好的。

田蜜儿闩好门，就去为他泡茶。

牛太元说："不用泡茶，先去冲个澡，别弄的一身酸臭味儿!"

这时田蜜儿就知道要发生什么事了，站着没动。

"去啊!"牛太元不耐烦地催促道。

田蜜儿慢腾腾地进了洗澡间，正想插门，牛太元浑身赤条条地闪了进来，三下五除二就把她剥了个精光，按在洗浴盆边……

牛太元干完那事，又打开淋浴头，把她拉到喷头下抱着她淋浴。因为紧张害怕，田蜜儿也没感觉到特别的痛苦或其他什么感觉。

洗浴一毕。牛太元把她抱到床上，说："累了，陪我睡一会儿吧。"

她起身去取衣服，牛太元按住她说："别动，就这样陪我!"

田蜜儿就不敢动了，小绵羊般温顺地躺在床上。

牛太元像赏玩一件精美绝伦的璧玉艺术品，手眼并用地在她身上反复赏玩。

"自己的少女时代就让这么个半百老头给结束了，女人珍贵的女儿红一生可只有一次啊！”田蜜儿这样想着便不由自主地落下泪来。

牛太元见她哭了，便劝她说：“哭什么哭？看来你还是不懂做女人的真经。男人有钱需要美色，女人有美色需要钱，想开了就各得其所了。你出来不就是挣钱的吗？在这儿当个服务员一月能给你几个工资，又有什么地位？我在海南的老婆得了子宫癌，最多也就能活三四年，以后你就专门儿陪我，除了吃、穿、玩、用，我一月再给你3000块零花钱。以后我老婆死了，你结婚年龄也到了，咱们就结婚，我的千万家产都交给你管！”说罢下床，真的从皮箱里取出3000块大票，放在她身边。

田蜜儿就这样成了牛太元的专职小蜜儿。

牛太元每天带着田蜜儿吃喝，逛商场购物，到名盛风景区游览，好像摇身一变成了贵妇。

她还住在沱原宾馆，却由侍奉人变为享受侍奉，服务生每天为她和牛太元端茶送水，打扫房间，连她的胸衣内裤也帮她洗。

舒服是舒服了，她却明显地感觉到，往日的小姐妹们把她当成了异类，背后对她指指戳戳的一脸不屑。

田蜜儿把自己在宾馆的尴尬境遇对牛太元说了，牛太元愤愤地说：“那些小婊子是嫉妒你。以后咱买座好房子搬出去住。让她们眼馋去！”

果然，没过多久牛太元便在金沱山庄买了幢别墅，装饰得富丽堂皇的，又添了一套家具、电器，让她搬了进去。

又过了几天，牛太元兴冲冲地拿回一个房产证，扔给她说：“这房子一百多万呢，以后还会成倍地升值！”

田蜜儿翻开一看，房主一栏是她的名字，同住家庭成员一栏里画了一条横杠，乐得她冲过去就给他一阵热吻。

田蜜儿天天盼着牛太元的老婆早点死，自己好名正言顺地做他的太太。哪知道一盼就是三年，牛太元还莫名其妙地消失了。

昨天早上，田蜜儿还没起床，就听见外面有人按门铃。

她还以为牛太元回来了呢，连件外衣也没顾上穿，就一身内衣跑下楼开门，哪知门前站着名陌生男子。

田蜜儿以为是找牛太元的，就说：“牛太元不在。”

“我知道牛太元不在，我是回自己的家。”男子说着就进了屋。

“你给我站住！”田蜜儿挺身挡住他，问，“你是谁？想干什么！”

“我是牛太元的亲外甥吴小天，”吴小天说着掏出一个本本和一叠发票模样的东西，冲她晃晃，“这房子、屋里的东西都是我的，舅舅给我买的。想看看吗？这是我的房产证、买这些东西的发票！”

“不可能，房产证在我这儿！”田蜜儿当即跑上楼，取来房产证递给吴小天，理直气壮地说，“仔细看清楚了，房主是我，田蜜儿！”

吴小天笑了：“你这玩意儿狗屁都不是，我舅把你玩了！要我陪你鉴定一下吗？”

田蜜儿当即随吴小天去了趟市房管局，一鉴定她手里的“房产证”果然是假的，备案材料上的购房户、房主都是吴小天！

田蜜儿说到这里，已经哭成了泪人儿。

“牛太元的线索你一点儿也没有吗？”郑大年问田蜜儿。

“这个天杀的连个招呼都没打就无影无踪了，我哪弄他的线索去？”田蜜儿想了想说，“许传新，许传新跟牛太元好得穿一条裤子，他肯定知道牛太元跑哪去了。”

郑大年看一眼萧剑飞，回头问田蜜儿：“你没找许传新问过？”

田蜜儿说：“问过，咋能不问？昨晚上我还打他手机呢，他一口咬定不知道。”

萧剑飞问：“你仔细想想，牛太元留下的东西里，或者你的东西里边会不会留下他的蛛丝马迹？”

田蜜儿说：“他留下的就那幢房子，几件家具、电器。我的东西都在这儿了。”说着拎过两个大包，一股脑地倒在床上，一包是她的衣服，另一包是化妆品一类杂七杂八的东西，还有两本厚厚的日记。

郑大年指指日记，问：“你的日记里面会不会有牛太元的蛛丝马迹？”

田蜜儿就拿起日记本递给他，说：“你们要觉得有用，就拿去看。只要能抓住这个骗子。”

“谢谢你田小姐，”萧剑飞看看她，问，“你不怕我们看你的隐私吗？”

田蜜儿脸色又暗淡下来，伤心地说：“像我这样的人，连脸都没有了，还有什么隐私？”

“那就谢谢你了。”郑大年说罢，看看萧剑飞、宁秋萍，“咱们就拿回去看吧。”

郑大年他们三人跟田蜜儿告别，走到大厅的时候见到了夏小荷。

夏小荷一看见他们就笑容可掬地迎过来问：“三位大侦探查到牛太元了吗？”

萧剑飞怔了一下，看看郑大年：“你们在找牛太元吗？”

“我们找牛太元干什么。”郑大年也掩饰说，又问夏小荷，“你怎么知道我们查牛太元，人家是市长、书记的贵宾，我们查他干什么？”

“我听人说，牛太元是个大骗子，卷钱跑了。”夏小荷说着浅笑一下，笑得很动人。

郑大年问："这话你听谁说的？"

夏小荷又笑一下，轻松地说："还能听谁说，田蜜儿不是在我这儿吗？"

萧剑飞说："也是。牛太元骗了她，把她的钱也卷走了。夏总可要费心照顾她，她心里伤得很重。"

夏小荷说："萧局长放心吧，田蜜儿原先是我的职工嘛！"

走出宾馆，宁秋萍站在门前广场上，望着马路上的车水马龙，叹声气说："半天过去了，就听了一个女人的风流故事！"

"还听到另一个女人传递的信息。"萧剑飞接她的话说，"这都有用啊。田蜜儿的故事，至少再次证明，石世宝项目铁定下来的是一场骗局，而且这场骗局，正如许传新说的，牛太元在三年前就设计好了。"

"是的，这也能使一些人丢掉侥幸心理了。市领导还说逮人是次要的，关键是把钱追回来。好像狼嘴里还能掏出活孩子。"郑大年看看他们，"剑飞，刚才你说还听到另一个女人传递的信息，什么意思，是不是认为夏小荷是个知情人？还有，她说牛太元的事她是听田蜜儿说的，你们相信吗？"

"相信一半儿。"萧剑飞回答，"田蜜儿受骗之后，跑回来投奔她，不可能不向她哭诉自己的遭遇，这是我对她的话相信的一半儿。还有另一半儿呢，我感觉不仅仅是这样。牛太元过去一来就住在沱原宾馆，而且是花天酒地挥霍无度，与夏小荷关系密切，也许他们之间也会有某种特殊关系，甚至夏小荷直接或间接地知道牛太元的下落。现在回想起来，也许我们开始想接触她是正确的。至少那时候她还没有心理戒备。"

"对，"宁秋萍一听，马上来了精神，"我们干脆就找她！"

郑大年摇头说："她不会轻易告诉我们的，而且我们还不能对她来硬的。"

"为什么？"宁秋萍不服气，"她知情人拒绝作证，就是故意包庇犯罪！"

郑大年说："你忘了夏小荷是谁了，人家可是当年沱原行署专员的亲孙女，市领导的红人。你敢动她？"

宁秋萍傻眼了，想了想又问："夏小荷有四十岁了吧？"

"可能不止四十了，"萧剑飞说，"沱原一解放她爷爷就是专员了。"

"真是徐娘半老风韵犹存，"宁秋萍羡慕地赞叹，"当年一定是个超级美人。"

萧剑飞说："现在就不是超级美人了？"

宁秋萍冲他笑笑，萧剑飞看她笑里有一种暧昧的意思，心里不禁跳了一下。

又是一个风和日丽，天高气爽的日子。

秦光汉早上在双月湖边转了一圈儿，在岸边护湖林里打了一会儿太极拳，在街上随便吃了点东西，便向办公室走去。

他这几天一直有点忧心忡忡，担心女儿会因感恩，草率地跟郁继达发生点什么。毕竟他们之间并不很了解。

他出门的时候，文若苹和冰冰还没起床。他想提醒女儿，在与继达接触的时候，注意保持距离，想了想还是没有惊动她们母女。

“女儿大了不由父。冰冰毕竟已是大人了，会把握好自己，不用爸爸事事操心了。”他想。

快到检察院门口的时候，萧剑飞迎面走来，说：“秦检，我等你好大一会儿了。”

秦光汉停住脚步说：“我也正想找你呢，昨天跟郑大年他们跑得怎么样了？”

“有点儿线索了。”萧剑飞说着，递上一本田蜜儿的日记，“你看看这个。”

秦光汉翻了一下，问：“日记，谁的？”

萧剑飞说：“田蜜儿的。牛太元的情妇。两本，郑大年那儿还有一本儿。”

秦光汉问：“里面都记了些什么？”

萧剑飞说：“乱七八糟的，也有两篇好像有点用。我折叠起来了。”

秦光汉问：“都讲了些什么，牛太元的线索？”

萧剑飞说：“好像是吧。”

秦光汉说：“别光好像是，你是怎样认为的。”

“我还只是感觉，”萧剑飞说，“我想等你把日记看了，我再向你汇报我的判断。”

秦光汉走进办公室，先打开电脑浏览一下，看看没有需要批阅的文件和急办的事项，便翻开田蜜儿的日记看起来。

这纯粹是一本记录个人隐私的生活日记，几乎每一篇记录的都是一些鸡毛蒜皮小活小事，像来了什么客人，喝酒、打牌，讲了什么段子，什么人送了她什么礼物，都记录得详细具体，其中记录最多的还是她跟牛太元在床上干的事、说的话，有些记录简直是淫秽不堪。

秦光汉简单浏览了几页，就觉得价值不大，便直接翻开了萧剑飞折叠的两篇。

2007 年 7 月 7 日　　阴

昨天上午，他出去了，说去宾馆跟许传新商量什么。他经长（常）去宾馆找夏小荷，我真担心他跟夏小荷有什么事。夏小荷太漂亮了，我知道许传新跟她好，我要是个男人也会迷上她的。

太元刚出门，许传新就来了，一进门就死着眼看我。我是过来人了，知道他这种眼神就叫色迷迷。在宾馆的时候好多男人都这样看我，牛太元以前也这样看我，直到现在只要想跟我办事，还这样看我。

我很害怕，就说许局长你别这样看我，我害怕。许传新就说，你怕什么，又不是处女。说把（罢）就把我抱住。我反抗他，说许局长你跟太元是好朋友，朋友之妻不可欺，你知道吗？他说什么朋友之妻，他玩儿你的，他有老婆，不会娶你的。说把（罢）就把我往沙发上按。我极（急）了，就说要告诉太元，他才松手。他走的时候还说，不是我给夏小荷安排，你哪能过上这样的日子，你就等着哭吧！他是什么意识（思）我不懂，心里挺害（怕）的。

晚上他回来得很晚，不知又在哪里喝的（酒），一喘气都是酒气。回来也不洗澡就要上（床），上床就要跟我玩。不知怎么回事，他一喝酒就特别有劲儿，像发疯一样，我都让他折腾的要散板（架）了。干完事他不让我穿（衣服），看。还说我下边的毛长的像河岛野雄的小胡子，还说以后就不叫我蜜儿了，就叫我小胡子。我问他河岛野雄是谁，他说是个日本朋友，骗子。我想起了许传新白天来的事儿，就把许传新来干的事说的话，都对他学了。说过我又后悔了，真怕他发火，一（以）为是我不好，他发起火来很凶的。没想到他哈哈大笑，说他有了夏小荷还不满足，老牛还想吃嫩草。让他骚吧，用不了一年他就得蔫，光是花几个亿买了一堆垃圾，郁先达就能剥了他，别说30好几个亿了。

我不知道他说的是什么意思。他们不是老同学、好朋友吗？

2009年2月13日　　晴

下了一场大雪，今天总算晴起来了。太元春节前走了，说是去海南再看一眼他快死的老婆。

他走的那天晚上，有一个外地人找他，说是沈阳公司的，有事找牛董事长汇报，还问他动身了没有。我不知道他为什么叫太元董事长。我说太元到海南去了，你打他手机吧。那人说他手机关了。我说他老婆在海南快死了。那人说明白了，就把电话挂了。我那（纳）闷，难道牛太元有什么事满（瞒）着我？

昨天过罢中午，太元回来了。他又喝多了，是宾馆的人送来的。他进屋就拉我上楼。大概（不知）是他太累了，还是喝的太多了。他让我剥光衣服钻进被窝，自己缺（却）穿着衣服睡在地毯上睡着了。嘴里还说，河岛你不够朋友，说沈鸡不是他一个人的。我不明白沈鸡是什么。难道是姓沈的小姐？

半夜的时候，我醒了。听见他在门外用手机跟什么人通电话，叩哩哇啦的，又是“死他爹”又是“姨妈死”的，他说的是日本话，我一句也听不懂。

我知道他是跟那个叫河岛野雄的小鬼子通话，有什么事不想让我知道，我也赖（懒）得问，反正有我吃有我穿有我用的，几十万的存折也在我这里。

发现床前地上有一张纸，我就伸手捡起来看了。是张信纸，上面是一串洋字码子，不知是什么，看过也没忘（记）住，现在想想好像是个什么账号。上面一溜大号的红字我记住了，是沈阳机械设备进出口有限公司。这时候，外面没声音了，我知道他的电话打完了，该进来了，就把那张纸扔在地上装睡着。他进来发现了那张信纸，拾起来用打火机点着烘（烧）了。他脱了衣服占（钻）进被窝，我故意装着困得不行，说天明吧困死了。他给我开玩笑，说天明给我一笔很大的钱，是赔睡钱。我打他，说你把我当表（婊）子？他说开玩笑的。结果天明他没提给钱的事，他又说是夜里逗我玩的。

他跟她（他）老婆也这样吗？这人真有意思。

秦光汉合上日记，立即打电话，叫来萧剑飞，问："郑大年那边有什么消息吗?"

萧剑飞说："没有，他又忙别的什么案子去了。"

秦光汉问："田蜜儿那本日记他看了吗?"

萧剑飞说："他在电话里说还没来得及。"

秦光汉说："让他抓紧看看。你折的两篇我看了，有重要价值。不过，我还是想先听听你的看法。"

萧剑飞说："从这两篇日记看，石世宝项目铁定是一个骗局，而且这个骗局早在三年前就设下了。这点，田蜜儿的回忆也能证明。还有，牛太元跟那个叫河岛野雄的日本人可能是互相勾结。"

"这种洋骗子就是看准了我们发展心切，"秦光汉点点头，叹息一声，"狼嘴里掏不出活孩子，看来市领导的最后一点希望也要破灭了。还有呢?"

萧剑飞说："牛太元的老窝不在海南，而是在沈阳。"

"对，那个机械设备进出口公司可能就是他的。"秦光汉又问，"还有呢?"

萧剑飞摇头说："我能看出来的也就这两点了。"

"还有一个重要线索，许传新可能有重大犯罪嫌疑，"秦光汉启发他说，"牛太元说光凭许传新花几个亿买了一堆垃圾，郁市长就能剥了他。至于这堆垃圾是他从日本进口的石世宝生产添加材料，还是那几套生产设备，这要调查、检验才能确定。"

"对，这么重要的线索我怎么没注意呢?"萧剑飞说着，忽然想起自己在沱原宾馆对郑大年、宁秋萍说的话，便说，"我觉得夏小荷直接或间接地知道牛太元的下落。"

"你的感觉可能是对的，"秦光汉说，"外面有种传说，不知你是不是听到了——夏小荷是许传新的情妇。如果田蜜儿日记里说的几个亿买一堆垃圾属实的话，许传新就是知道牛太元的下落，也不会告诉我们，他巴不得牛太元从地球上消失。所以，你要注意一下，石世宝案件中有没有官员受贿或者渎职的问题。"

萧剑飞点点头，问："那我下步怎么办？"

"跟郑大年去沈阳，抓捕牛太元，"秦光汉果断地说，"你把这本日记带上，马上去找郑大年，让他找安局长汇报，争取明天飞往沈阳！"

"好，我立刻去！"萧剑飞拿上日记本走了。

秦光汉想了想，拨通了安云峰的电话。

郁先达一直坐在办公室里，焦急等待公安局那边的消息。

现在，他总算松了一口气，利用手机短信和互联网散布石世宝骗局信息的人落网了，网上、社会上的议论、混乱也平息了，就看公安、检察联合秘密调查的结果了。

他真的希望秘密调查能给他带来一个惊喜：牛太元自己回来了，河岛野雄也回来了，他们并不是逃跑，而是去落实技术指导人员，离开沱原时也不是有意不辞而别，而是因为日方石世宝总部有紧急事项，而市委、市政府的领导正围着王宗禹省长忙得团团转，他们没有来得及告辞。石世宝还是石世宝，过去想象中的辉煌仍在向他，向邝家厚，向沱原招手……

"嘟……"电话响了。

郁先达惊了一下，伸手抓过电话，里面传出秦光汉的声音："郁市长，我是秦光汉，有个情况向您汇报。"

"光汉啊，"郁先达问，"什么事？"

秦光汉说："根据市委指示，我们配合公安对石世宝案开展了秘密调查……"

郁先达急忙地说："快说，牛太元有消息了没有？"

秦光汉说："初步发现一些线索……"

郁先达说："他逃回海南了？"

秦光汉说："不，他的老窝压根儿就不在海南，而是在沈阳。"

郁先达说："去抓他，立即派人去沈阳抓他！"

秦光汉说："我已经跟公安那边联系，建议他们明天派人飞赴沈阳。请您再给公安局安排一下。我担心牛太元逃往国外。"

郁先达说："明天？明天恐怕机票都成问题。这么急吗？"

秦光汉说："牛太元在日本留过学，女儿也在日本定居了，他很有可能逃往日本。我觉得夜长梦多，还是抓紧行动为好。"

郁先达说："好，我马上安排他们。还有什么情况？"

秦光汉说："从初步掌握的情况看，石世宝项目一开始就是个骗局，牛太元和河岛野雄互相勾结，在三年前就把这个骗局设好了……"

郁先达说："有根据吗？"

秦光汉说："有，牛太元的情妇田蜜儿有本日记在这儿，里面记载着牛太元亲口说的话……"

郁先达最后的一线希望瞬间破灭了，脑袋又开始发懵了，秦光汉后面还说了什么，他一点也没听见。

"真的就这样完了吗？"他痛苦地想，"石世宝完了，沱原的十一五发展完了，沱原人的经济翻身梦完了，我郁先达也完了！"

"郁市长！"秘书金一文走进来，轻轻招呼一声，把几份文件放到他面前。

郁先达看看他，小声说："一文，帮我泡杯茶。"

"好。"金一文应着，泡好茶放到他面前，问，"还有事吗，市长？"

"没有了，你在这坐会儿吧，咱们谈会儿心。"郁先达冲他招招手，看他局促着在对面坐下来，温和地笑了笑，问，"一文，你跟我有六七年了吧？"

金一文说："七年了，从何家山下到沱东区任区长到现在。"

郁先达默算了一下，说："不错，是七年了。不能再干秘书了。我10年了，也不能再干这个市长了。"

金一文说："前段时间听王省长的秘书小黄说，省委准备在年底换届时安排您当副省长呢。"

郁先达说："别听他们瞎说。我是很想当这个副省长。五十好几的人，也是最后一次机会了。可是想不想当和能不能当上是两回事。我自己决定不了自己的职务升迁，可是对你，对我自己的贴身秘书还是可以说上话的。听说你早就想动一动了，还发牢骚说我不关心你的进步，对不对？"

"我……"金一文头上冒汗了。

"你别紧张，"郁先达看他这副窘相，笑了说，"别说我不相信你会背后发我的牢骚，就是你真的发了牢骚，我也完全能够理解。职务高低并不只是一个待遇问题，而更重要的是组织对干部能力、政绩、价值的认可。我不也在考虑自己的后路吗？"

金一文一脸茫然。他不知道郁先达要跟他说什么。

"你听到的消息，我也听说了。明年省里换届前我可能真要回去了。在这之前，我一定要把你安排好，"郁先达说，"现在我有两种考虑，一个是政府办的副主任，一个是沱东区委副书记。你想干哪个？"

金一文想了想，局促地说："我，我听您的安排。"

郁先达说："那好。我看你还是去沱东区，市直机关比较复杂，对你以后发展不利。去沱东区当副书记，以后书记动了，一般都是区长接任书记，副书记接任区长。"

金一文说："我明白。谢谢市长。"

郁先达说："谢我干什么。我无论作为一名市长，还是作为一名长者，都应当考虑你的前途嘛。你今年刚刚30来岁，我不能把你耽误了。"

金一文又说："谢谢市长！"

"看你，又谢市长了！"郁先达又笑了。

金一文也不好意思地笑了。

郁先达问："一文，最近在机关听到什么议论了没有？"

金一文说："有人说石世宝项目让人骗了。"

郁先达问："对他们的议论，你怎么看？"

金一文说："我不相信。我认为那是造谣。"

"不是造谣，是千真万确，我们30个亿被人骗了，连前期投资一共30几个亿啊。这相当于沱原好几年的财政可用资金。而造成这种重大损失的主要责任人，是我郁先达。"接着，他把秦光汉电话汇报的内容说了。

金一文又是一脸茫然。

他不知道一市之长为什么要向他这个小秘书揭自己的底。

"我已经要求公安抓牛太元。还有那个许传新，我这么器重他，信任他，他却给我弄来这么个项目。他们把我害到如此地步，我必须惩罚他们。我这是对党的事业负责，对沱原人民负责，也是为了出我心里的这口恶气。否则，我憋也会憋出病。"郁先达说到这里，突然转换了语气，"可是，惩罚他们也就意味着毁灭自己。因为他们会咬出石世宝决策的内幕，咬出我和家厚书记，更准确地说是咬出我，因为他们诱我上了当，我又用骗子提供的信息作为决策依据，拿了决策的主导意见，甚至未经集体研究，只征求一下家厚书记的意见，就盲目拍板了。有道是墙倒众人推。石世宝项目一出事，也难免有人对我落井下石。违规决策，造成特别重大损失，当负何责，一文你该明白了吧？"

金一文默默点了下头，他的确感到郁先达的地位岌岌可危了，自己近在咫尺的区委副书记也岌岌可危了。

"今天说的这些话，可以说是我的推心置腹，只有对你，"郁先达接着说，"给你说这些，没有别的意思，万一因为我出了什么事，影响了你的进步，你要理解我，原谅我。"

金一文抬头看看他："放心吧市长，我不会让这种局面出现。"

"你？"郁先达惊讶地望着他，"你一个科级的秘书，有这么大的能耐？"

"这您别管了，我有我的办法。"金一文说着站起身，"市长，我走了。"

"一文，你不要干出什么傻事，也不要什么事都跟我说。"郁先达说着向他挥了挥手。

"我明白了市长！"金一文说罢出门去了。

郁先达长舒一口气，端起茶杯小抿一口，一缕铁观音的醇香在面前飘浮着，爽心怡人。

由沱北起飞的班机在沈阳国际机场降落，已经是上午八点钟了。

郑大年、萧剑飞和宁秋萍走下飞机，沈阳警方接机的警车，已经等待在机场前的广场上。

沈阳这座老工业城市真的焕发了青春。从机场到市区，沿途都是高大的厂房和各色高大的商品广告牌，街上一幢幢高层建筑耸入云天，宽阔明亮的马路车水马龙，处处显露出生机与繁荣。

郑大年他们沿途饱览这座东北大都市的风貌，心里不禁产生了几分刘姥姥初进大观园的感觉。

到机场迎接他们的是沈阳刑警支队重案大队的胡队长。他把沱原的同行接到重案大队，便说："你们真是兵贵神速，说到就到了。"

"不快不行啊，"郑大年说，"市里催得厉害，我们也担心牛太元外逃。"

胡队长说："他逃不了，接到你们的协查通报，我们就开始行动了，机场、车站、码头，都已控制。他在沈阳的住址、公司情况我们都已查清。可惜让那个日本骗子跑了。"

郑大年问："这么说牛太元还在沈阳？"

"在，我们暂时没有惊动他。他在沈阳有三家公司，估计他正在清理资产，收拢资金，然后携款外逃。他手里有日本的签证。"胡队长问，"全国公安是一家，局里已经安排我们重案大队全力配合你们。你们准备怎么行动？"

郑大年回答："立即实施抓捕！"

胡队长开上一辆沈阳地方牌照的轿车，先到了红星大街的一座小楼，可是牛太元的"惠阳工贸公司"、"东海运业商贸公司"都已人去楼空，门前的两块牌子仍然落寞地挂在那儿。

一个正在一楼收拾房子的人告诉他们，原先的两家公司早就退房了，这房子又转租给另外一家公司，新租户还没进驻呢。

"这家伙动作挺利索嘛。"胡队长回头看看郑大年他们，"走，我们去机械进出口公司!”

牛太元的沈阳机械设备进出口公司在繁华地段的京华大厦。这是一座30多层高的写字楼，外墙上挂着六十多家机构的牌子，大部分是些五花八门的公司，也有一些某某驻沈办事处。

他们在楼下遭到保安的盘问。

胡队长担心郑大年他们的外地口音受到怀疑，便不让他们开口，自己应付保安盘问。

保安问他们：“你们有事吗?”

胡队长说：“我们找机械进出口公司。”

保安问：“你们是干什么的?”

胡队长说：“我们是敬业资产评估事务所的。牛董事长邀请我们帮助评估公司资产。”

保安一脸狐疑地盯了他一会儿，又问：“你们跟牛董约好了吗?”

胡队长说：“约好了，说让八点半来，我们有事耽误了一会儿。”

“是这样，”保安点点头说，“你们在这等一会儿，我让他们下楼接你们上去。”

胡队长说：“机械公司在几楼？让我们直接上去不行吗?”

“不行，这是我们京华的保安制度，”保安说，“牛董手机我们没有，他们电话也坏了正修着，我上去给你们通报一声，让他亲自下来接你们。”说罢钻进保安室，跟另一名保安嘀咕了几句，便上楼去了。

十分钟过去了，还不见牛太元下来，那名保安也没有了影子。

萧剑飞想起刚才保安那种诡秘的样子，便觉得其中有诈，忙对胡队长说：“那小子是不是通风报信去了?”

胡队长恍然大悟：“坏了，我们怎么办?”

萧剑飞看看郑大年：“大年，咱们行动吧!”

郑大年说：“好，你和秋萍一起控制大门，我跟胡队上去抓人!”

他们正要行动，忽然听见街上一阵警笛嘶叫，一辆越野警车飞驰而来，跳下三名警察，就向京华大厦冲来。

为首的是这个社区派出所的所长，一进门就大声问：“人呢，在哪疙瘩!”

保安幽灵般地闪了出来，一指胡队长他们：“就是他们四个!”

所长跟胡队长两人都愣了。

胡队长很快反应过来，故作互不相识，问所长：“同志，我们是资产评估事务所的。这，这是怎么回事?”

所长立即明白了他的意思，板起脸说：“到派出所你就知道了!”又向手下下令："把他们带走！"

胡队长和郑大年他们四个人一齐被押上越野警车，离开了京华大厦，他开来的那辆轿车由一名警察开着跟在后面。

胡队长莫名其妙地问所长："怎么回事，伙计？"

所长冲他笑笑："我还问你呢，你们怎么回事？"

胡队长小声跟他嘀咕了几句，所长哈哈大笑："机械进出口公司几天前就关门了，你们还说约好的八点半给人家评估资产呢！人家把你们当成骗子，打110 报案了！"

"失误，失误，"胡队长连声说，"我们前几天的调查，大大的失误了！"

所长说："干这事儿你该找我。牛太元跟我可是老熟人，前天还请我喝喜酒呢！"

郑大年问："喝喜酒？他儿子还是女儿……"

"他自己，又当新郎了，"所长说，"把结发妻甩了，又找了小妞儿。那女的是莫斯科夜总会的小姐，人长得很是漂亮，还比他小 30 岁。前几天他还找我帮着办护照，准备带着出国呢！"说着伸手从包里取出一只牛皮纸信封，冲郑大年晃晃："看，护照我都帮他办好了，正说给他送去。你们再晚来两天，他就带上美人儿飞渡东瀛了！"

牛太元又做了新郎，正和新娘子甜甜蜜蜜地度蜜月。

这幢别墅是他租来的，先预付了半年的租金。简单布置一下就做了新房，反正他也没准备长住。最多住上十天半月，他就是海外逃亡者了！

逃离沱原的这十几天，他只办了两件事，一件是娶了新娘子，另一件是托公安的朋友为新娘子办护照。

老婆他老早就不沾了，年初终于甩一百万给她离掉了。女儿当初投奔河岛野雄，留学日本，现在已经成了日本人。

新娘子是老相识了，过去每次回沈阳，他们都度蜜月般地住在一起。现在同过去相比，只不过是多了一张纸。出国逃亡是早已准备好的，三个公司早已是空壳，所有资产都已变卖成美元，让河岛野雄帮助带往日本。

那天中午，河岛野雄一出沱原就直奔上海，乘飞机飞回大阪，想必现在正坐家里乐滋滋地搂着美人儿抿着美酒了，想必自己那上千万美元也安安稳稳躺在大阪外汇银行里，等他带着美人儿飞过去享用！

唯一使牛太元感到后悔的是，新娘子的护照办晚了。他原来并没有准备跟她结婚，更没有准备带她东渡日本。如果十几天前跟河岛野雄一起从上海飞走，事情也就结束了，可是自己的签证、护照偏偏都放在这个小女人这儿。这小女人也是个小鬼精，早已看出了他的企图，非要跟他结婚，随他去日本不可，还把他的签证、护照都藏了起来。牛太元无奈，只好跟她草草地结了婚，又托人为她办出国护照。

结婚几天来，牛太元和美人儿连门也没出过。中午了，小美人儿在厨房里做菜做饭，牛太元躺在楼上卧室床上，望着天花板出神。

“河岛野雄啊，河岛野雄，你这个小鬼子！”他又想起了河岛野雄。

河岛野雄是在上世纪 90 年代中期来中国经商的。那时，牛太元占重用“海归派”政策的便宜，已经被破例提拔到国家某部委当了一名处长。

河岛野雄到中国来当然要找当初的同窗好友，毕竟牛太元在国家机关已经混成了不大不小的人物，毕竟他为牛太元的儿子赴日留学帮了大忙，以后还要帮着办定居，毕竟他还带牛太元泡过东洋妞儿，关系非同一般，算得是“异邦铁哥们儿”了。

牛太元了解河岛野雄，知道他是个花花公子，做不了什么正经生意，便问他：“你到中国来做什么生意，需要我帮什么忙？”

果然，河岛野雄说：“我有一批小车，想找几个合作单位，以海外华侨捐赠的名义弄过来。钱挣到手后，我不会亏待你。”

牛太元帮了他这个忙，分几批走私过来二十多辆皇冠、本田，让河岛野雄狠赚了一笔走了，临走给他 3 万人民币“烟酒钱”。

牛太元收下这笔钱，心里跳了好长时间，心想：“我这样帮助鬼子坑害国家，不是当汉奸吗？以后再不能干这种事了！”

过了两年，河岛野雄又来了。牛太元估计他赚的那笔大钱挥霍完了，又要他帮助走私了，于是便问：“钱花完了，都捐给那些婊子了吧？”

“错，”河岛野雄说，“我用那笔钱铺财路了，以后就规规矩矩经商了。你还要帮我。”

牛太元说：“帮你做什么？”

河岛野雄说：“帮我在你们国家打通关系，办合资公司。”

牛太元说：“这个忙我可以帮，你准备在哪儿办公司？”

河岛野雄说：“东北，最好在沈阳。”

牛太元说：“为什么在沈阳，那儿可是落后地区，你不如去深圳、广州、上海什么地方。”

“你又错了。”河岛野雄说，“我在日本看了一篇情报分析。上面说，东北是中国的老工业基地，中苏关系紧张的时候，中国政府怕那里成了老毛子的靶子，任由它衰败了。现在苏联共产党下台了，国家分裂了，军队飞机连加油钱都没有，整个的完蛋了。苏联的威胁没有了，中国政府一定会出台政策，振兴东北老工业基地。我在那里抢占先机，一定大有赚头。”

牛太元不得不佩服小日本儿的脑瓜好用。于是找人向沈阳打了个招呼，帮助河岛野雄在这里站住了脚。

又过了两年，牛太元因公去东北，顺便到沈阳看河岛野雄。

河岛野雄当然是隆重招待，还请了当地高官作陪。吃好住好玩好之后，牛太元问河岛野雄：“你这一番招待也太破费了吧？花了多少钱？”

河岛野雄说：“小意思，也就两三万人民币吧！”

“两三万人民币？”牛太元瞪大眼睛直啧舌，“两三万就是我一年的工资啊！”

“这倒也不假，”河岛野雄说，“说到这儿了，我想劝你一句，辞官下海经商算了。”

“辞官下海？”牛太元两眼瞪得比铃铛还大。中央政府的一名处长，这是沱原人中最大的官了，也是他牛家的荣耀，更何况还有更辉煌的仕途向他招手呢！

河岛野雄说：“你们中国有句古话，千里做官为了吃穿。你做官有什么好，靠工资，你吃不好也穿不阔，更养不起情人，贪污受贿又风险太大。弄不好还会丢官坐牢，甚至杀头。像你这次下来，受这么个规格的招待，恐怕上头知道了都是个事。”

牛太元不由自主地点了点头。

河岛野雄继续说：“你在北京当了这些年官，在上层结识了不少朋友，各省各市也有了一些关系，可以说经商的路子已经铺好了。现在下海到沈阳来正是时候，你停薪留职，既是处长又是商人，红顶商人是最厉害的，在你们中国古代、现代都是如此。你做十来年生意，挣上个千把万，再回去做官，有钱又有权，不比现在穷当官，当穷官好？”

牛太元说：“你说的有道理。不过，做生意需要本钱，可我辞官下海就是净身出门。”

河岛野雄说：“资金不是问题，还有我呢。我们可以合作，如果你想单干，我可以借钱给你，1000 万人民币铺底总够了吧？”

牛太元终于让他说动了心，回到北京不久，就办了辞职手续，来到沈阳。

他知道日本人的精明狡诈，不想跟河岛野雄搅在一起，便自己注册了一家“沈阳机械设备进出口有限公司”，河岛野雄也没食言，果然借给他 1000 万人民币铺底，期限三年，年息百分之十。

牛太元拿到河岛野雄借给他的 1000 万，先做了几宗机械进出口生意，结果因为对机械不懂行，上了日本奸商的当，非但没赚钱反而赔进去 300 多万。

90年代末，中国股市蒸蒸日上，许多人投资股票一夜暴富。牛太元便想进去赚一把，一下子投进去400万，买了十几种股票。无奈天有不测风云，牛太元一头扎进股市不久，股票行情便一路狂跌，两个月下来，投进去四百万只剩下五六十万。他赶快抛出，结果净亏300多万，1000万资金什么事也没干成，再加上吃喝玩乐挥霍，就只剩下了区区400万还不到。

转眼三年过去了，向河岛野雄偿还本息的期限到了。至此，连本带息他已欠河岛野雄1300万！

这天，何岛野雄登门了。

牛太元心里发虚，便为他设宴摆酒叫小姐，一顿饭花销5000多元。

河岛野雄吃饱喝足玩尽兴，几次故作欲说又止的样子。

牛太元知道小日本是想逼他自己提还账的事，便说："河岛你是来找我要账的吧？"

河岛野雄笑笑说："是，也不是。我来告诉你，你孩子在日本定居的事，我已经找人在办，可能需要花一大笔钱，不过花这笔钱不用你管了，花多少都是我的，谁叫我们是同窗好友呢？既然说到钱了，我就不好意思了，那笔钱你还真要抓紧想办法还我。"

牛太元哭丧着脸说："我这几年做的生意你都清楚，我是血本无归啊。"

河岛野雄说："你的情况我都知道，本不该在这时候提钱的事，可我也是无奈啊。今天一大早就接到家里的电话，说我在大阪的公司资不抵债，亏损严重，讨账追债的把公司大门都挤破了。"

牛太元说："我手下现在最多还有300万，要不先给你？"

河岛野雄说："300万肯定不行，你最少要把1000万本金给我，要不我真过不去眼前这个坎儿。"

牛太元哪弄1000万去？就说："河岛你是知道我牛太元的为人的，我真没办法弄1000万去，你说让我怎么办吧。"

河岛野雄就诡秘地笑笑说："办法我这儿还真有一个，就不知你干不干？"

牛太元说："只要能挣钱让我吃屎我都干，什么办法你快说吧。"

河岛野雄说："我手里有一个叫做石世宝的专利项目，只要你能找到买家，这1300万本息我一分也不跟你要，还给你1000万酬金。"

牛太元顿时有了精神，忙问他什么项目。

河岛野雄说："是一个煤化工高新生产项目。大阪井上隆一的，国际领先，军民两用，市场前景非常好。"

牛太元知道鬼子的鬼心眼儿多，便笑着问："这么好的项目井上隆一怎么会卖给中国？"

河岛野雄说："井上隆一的买主是我，是我要卖给中国，为中日友好嘛。"

牛太元当然不相信他的鬼话，可毕竟钱的诱惑太大了，便问："怎么卖，卖给谁？"

河岛野雄说："中国现在的第一要务是发展，一些地方的官员，特别是落后地区的官员发展心切，热衷于搞形象工程、政绩工程，饥不择食地招商引资，这就是你的机会。比如你的家乡沱原吧，我知道那是个穷地方，那里的官员对发财这玩意儿一定像你一样迫切。你引个土变金、水变油的项目回去，他们不仅乐意，没准还会重奖你呢！"

牛太元盯贼一样盯住河岛野雄说："你不会骗我吧？"

河岛野雄说："项目是真的，只不过高新程度有点水分，绝不是骗人的玩意儿。你要想挣钱就别太较真，较真就别想发财。你放着好好的官不做，辞官下海还不就是为了发财？"

河岛野雄把话说到这个份儿上，牛太元已经知道石世宝是个什么玩意儿了，可也顾不上真假是非了。他太需要钱，太盼望这样一个挣大钱发大财的机会了，于是问河岛野雄，井上隆一这个项目要多少钱。

河岛野雄说："井上隆一跟我多少钱成交，是我和他之间的事，这你就别问了，可我跟中国买主要10亿人民币，他们最终能出到几千万就可以成交。当然，最好能卖到30亿、50亿人民币。东西出手，钱到手之后，你就跟着我去日本定居。让别人在沱原哭去，你我在日本笑……"

"太元君，饭好了，我们米西米西的吧！"新娘子走进来，学着日本人的腔调招呼丈夫，打断了牛太元的回忆。

牛太元睁眼看看她，脸上红扑扑的，汗湿的睡衣缠贴在身上，胸前一双丰乳把衣服挑得高高的，心里便有了几分骚动，于是冲她招招手，也怪腔怪调地说："吃饭的不急，快活快活的再说。"说罢一伸手把她拉到床上，伸手就扯她的衣服。

牛太元刚把新娘子剥光，外面便传来门铃声。

"谁！"牛太元一惊，松开新娘子，向她使个眼色，"看看去！"

新娘子连忙套上睡衣，走到可视对讲器前，小声问："哪位？"

门外回答："牛老板在吗？我给他送签证来了。"

牛太元一听连忙凑近去一看，门口果然站着那位派出所所长，于是连忙吩咐新娘子："快去开门！"

新娘子一溜小跑下楼，刚拉开房门，胡队长、郑大年、萧剑飞和宁秋萍便冲进来，扑向楼去。

新娘子惊恐地大喊："太元快跑，公安来抓你了！"

牛太元听到妻子的喊声，伸头就要往床下钻，刚钻进去脑袋，郑大年他们便已冲上来，伸手把他按倒在地，铐上铐子。

牛太元拼命挣扎，大喊道："干什么，干什么，你们是什么人！"

郑大年掏出身份证明冲他亮一下，说："我们是沱原公安局的，奉命逮捕你！"

新娘子惨白着脸，站在一楼客厅里愣神。

郑大年他们押着牛太元走下楼来，萧剑飞把告知书掏出来，递到她跟前，问："你就是牛太元的新婚妻子吧？"

新娘子一脸恐慌地望着他，说："是的，太元他……怎么了？"

萧剑飞说："牛太元涉嫌诈骗犯罪，被刑事拘留。我们现在依法向你送达告知书，请你签字吧。"

郑大年他们把牛太元带到沈阳刑警支队重案大队，立即进行突审，希望能够查清被骗资金的下落，最大程度减少石世宝项目的损失。

"我怎么了我？"牛太元没等他们讯问，就抢先问他们，"你们凭什么抓我！"

郑大年反问他："你说为什么抓你？"

牛太元说："我好心好意为家乡引资，还引出罪来了？"

"这么说你是沱原的大功臣了，沱原还得奖励你呢，"萧剑飞冷笑说，"我们请你回去领赏呢！"

牛太元耷拉下脑袋，不吭气了。

郑大年问："牛太元，你老实交代，河岛野雄哪去了？"

牛太元抬起头来说："跑了，跑回日本去了。"

郑大年问："他为什么跑？"

牛太元说："他是个骗子，骗了咱们沱原几十个亿！"

郑大年说："你呢，你分了多少？"

牛太元说："我，我是一个大子儿也没见。我也让他骗了。根本不知道他是个骗子。"

郑大年说："这么说你也是受害者了，那你为什么逃跑？"

牛太元说："害怕。毕竟项目是我引来的，我怕逃不过干系。再说，郁市长、邝书记那么相信我，不跑我怎么面对他们？"

牛太元有问必答，滴水不漏，显然他对此是有心理准备的。

萧剑飞知道，像牛太元这种既有官场经历又闯过商海风浪的人，不见棺材是不会掉泪的，于是从提包里掏出田蜜儿的日记，放到他面前，说："没有证据不会抓你，牛太元你千万不要聪明过头了。你看这是什么？"

"这是什么？"牛太元一脸茫然地问。

"田蜜儿的日记，我们就是凭这个在这儿找到你的，"萧剑飞收回日记，说，"你在沱原这几年说的话，干的事，包括田蜜儿偷听你说的话，睡觉说的梦话，背后偷干的事，哪年哪月哪日都记得一清二楚。让你自己说，是给你机会，现在就看你自己的态度了。"

牛太元愣了一会儿，问："我能看看她的日记吗？"

萧剑飞说："不能。"

牛太元低下头沉默起来，郑大年他们也不说话，一齐目不转睛地盯住他看。牛太元几次抬头，试图偷看一眼他们的神色，都被他们的目光逼了回去。

时间分分秒秒地过去。

郑大年他们知道，牛太元的心理防线正在一步步接近崩溃。

二十分钟过去了，牛太元突然抬起头来，大声喊道："我要立功！我要揭发犯罪！"

郑大年问："揭发谁，什么犯罪？"

"许传新，沱原的招商局长许传新，"牛太元说，"他是个贪官，收受过河岛野雄300万，他经手买的那些设备、添加辅料都是垃圾，他跟河岛野雄才是一伙的！"

第七章
瞒天过海

在郑大年他们在沈阳抓获牛太元的时候，一场社会风暴正在沱原酝酿。

这天凌晨一点钟，郁先达正在沉睡，放在床头柜上的手机响了。

他打了个激灵猛然坐起来，伸手抓过手机就接。他知道这时候来电话不是有什么紧急情况就是出了什么大事，报喜电话绝对不会在半夜三更打来的。

郁先达的感觉很准，真的就出了大事。

电话是金一文打来的，语气很急促。

“郁市长，出事了!”他说。

郁先达说：“慢慢说，一文。到底出了什么事?”

金一文说：“政府网您看了吗，郁市长?”

郁先达说：“半夜三更的我看什么网，上面又有什么?”

金一文说：“有人又把石世宝的事捅到网上去了。”

郁先达吃惊地问：“跟帖、点击情况怎么样?”

金一文说：“点击、跟帖的都不少。好像有好几十、上百的吧。有顶的，有骂的，有人煽动干部群众到市委闹事，讨要集资款，还有人扬言进省进京告状。郁市长，我们要赶紧采取措施啊!”

“好，你立即通知网站，先把这类帖子全部删除，”郁先达想了想又说，“让他们下载一份，保存证据!”

金一文说：“我知道了，这就通知他们。”

郁先达又说：“让他们24小时不间断地监测，绝不能让一个这样的帖子发到互联网上去!”

“大意了，事情又复杂了，”郁先达挂断电话，默默地想，“陈英才已经抓起来了，还有谁知道石世宝的内情呢?”躺在床上再也睡不着了。

他本想给邝家厚打个电话，通报一下这个情况，分析分析可能造成的后果，商量商量应对的办法，几次拿起电话终于还是没打过去。

“有人半夜给市长打电话，难道没有人给书记打？两个没有主意的人到一起，心里不是更慌更乱更没有主意？”他想，“还是自己先琢磨琢磨应对办法，明天再说吧。”

早上，郁先达起床匆匆洗漱一下，就去了邝家厚家。

邝家厚跟郁先达住在同一幢连体别墅里，一个在最东头一个在最西头，中间隔三位省里下派的副市长和一位兄弟市交流来的市委常委。当初市委办和市府办这样安排不知出于什么考虑，他们也没多想，住下一段时间才发现“两办”同志这样安排的良苦用心：书记不至于发现市长家天天晚上来什么人，市长也不至于察觉书记家天天晚上哪些人登门，这样也就避免了党政“一把手”之间的无端猜疑和矛盾。

邝家厚家的门是虚掩的，郁先达一推就进去了。

邝家厚早已起床，正坐在客厅的沙发上，捧着一叠网页下载材料发愣，看到郁先达进来，晃晃手里的下载材料，说：“我正想上班以后再跟你说，你先看看这个吧。”

郁先达接过材料，快速扫了一眼，上面果然是金一文在电话里说的那些内容，便问：“家厚，你对这事怎么看？”

邝家厚说：“知道石世宝项目内情，并且想把事情捅开闹大的不只一个陈英才。”

“对，我也对这事奇怪，到底还有谁呢？”郁先达思索着说，“我甚至想，是陈英才被冤枉了，还是有人故意横插一杠子，借此为陈英才解脱？”

“我倒认为可能是后者。”邝家厚说，“这些帖子虽然夜里就删除了，但也难免看过的、顶帖的、跟帖的那些人扩散，甚至有人下载扩散。先达，万一出现这种情况，后果会是什么，你想过了没有？”

郁先达说：“想过了。参加集资的干部群众会到市委闹事，讨要集资款，甚至真会有人进省进京告状。特别是老干部中丁秉池这样的人。”

“这正是我所担心的，”邝家厚又说，“假如果然出现了这些情况，如何应对，我们要有个准备。”

郁先达说：“对，这个问题我想了好久了，真要出现了那种情况，办法只有一个，安抚人心，稳定人心，安抚稳定的办法也只有一个，这就是退钱，把干部群众的集资款全额退还，先退本金，承诺利息。”

“先达，你这不是说胡话吧？”邝家厚眼睛瞪得像牛眼，“那笔集资光本金就是5个亿，你有印钞厂？”

郁先达说出了自己的意见。

检察院的机构改革方案经市委组织部同意施行，其中最主要的内容是中层干部竞争上岗，普通干警双向选择，按照方案设定，十几年职务不动的干警们人人都可以晋升一级，只不过有的是领导职务，有的是非领导职务罢了。

萧剑飞竞争的职位是反渎职侵权局局长，报名竞争这个职位的还有反贪局副局长刘明远和反渎局副局长叶成功。叶成功身体不好，经常请病假，参加竞争显然只是个陪衬，真正的竞争在萧剑飞和刘明远之间。

干部竞争上岗双向选择动员大会刚散，干警们脚跟脚地议论着走出会议室。

萧剑飞坐在最后面，因此也就走在后面，刚要出门的时候，高庆生从后面喊住了他，问："剑飞，石世宝那个案子进展怎么样？"

萧剑飞把抓获牛太元的经过说了。

高庆生说："这可是个惊天大案。你们没从牛太元身上抓到点职务犯罪线索？"

萧剑飞说："没有，牛太元什么也不说。"

萧剑飞知道高庆生是在关注许传新，便没有说牛太元检举许传新的事。他还知道高庆生跟许传新是老同学、铁哥们儿，而且许传新几次想请秦光汉吃饭，好像已经有了什么预感。

高庆生说："如果有什么线索了说一声，我也是老自侦了，说不定能帮你抛砖引玉呢。"

萧剑飞说："谢谢高检。"

高庆生又问："你在侦监干得挺出色，怎么这次竞争反渎局长？是我这个分管检察长不行，还是不想跟我干？"

萧剑飞说："高检您怎么这样想？我报名竞争反渎局长，是因为喜欢自侦，觉得干自侦能更好地发挥我的潜能。"

高庆生说："那好，我支持你。需要帮助说话，你讲一声。"

萧剑飞说："谢谢高检。"

高庆生从楼上大会议室下来，刚回到办公室，刘明远推门走进来，说："高检，有个想法我想向您汇报汇报。"

高庆生说："我正想找你呢。"

刘明远说："高检您找我什么事？"

高庆生反问："你找我什么事？"

刘明远脸上尴尬了一下，吞吞吐吐地说："高检，这次竞争上岗，我不是报名竞争反渎局长吗？没想到跟萧剑飞撞车了，你看……"

"我说正想找你，就是这事。快坐吧。"高庆生指指对面的椅子，看刘明远坐下了，小声说，"明远你是个老实人，实事求是的说，不管论心计，论侦查经验，还是论群众基础，你都不是萧剑飞的对手。我说这话你承认不承认？”

刘明远说：“这我承认。”

高庆生说：“光承认不行。你准备怎么应对？”

刘明远说：“我这不是求您来了吗？”

高庆生说：“求我？求我在党组会上帮你说句话可以。这句话你不找我我也会替你说。可是好多事的运作是在背后进行的。你得运作。”

刘明远说：“运作？怎么运作，我确实不懂。高检，我找您就是信你，你就帮我指条路吧。”

高庆生说：“你听我的？”

刘明远说：“听你的。”

高庆生说：“真听假听？”

刘明远说：“真听，你说吧，我照你说的办。”

高庆生说：“那好，你攻关。各个部门的头头都找一下，拜托拜托，该请的就请请，不就是一顿小酒吗？一顿饭能花几个钱？”

刘明远说：“花钱请客这都不算什么，可我平时跟他们都没什么交往。我把酒局设好人家不到怎么办，就是到了，也吃了喝了答应了，测评的时候不投我的票又怎么办？”

高庆生说：“这不还有第二步攻关吗？”

刘明远说：“第二步攻关，攻谁？”

高庆生说：“当然是‘一把手’了。无论哪个机关，哪个部门，人事问题都是‘一把手’说了算。这回竞争上岗还不是这么回事？什么公开、公正，都是糊弄人的，什么竞岗办、干部处还不是都听他的？你听我的没错，只要把秦攻下来就行。”

刘明远说：“怎么攻，也请他吃饭？”

高庆生说：“吃饭？许传新在市里可是个人物，他请秦都请不动，你请得动？再说，像他这样一级的领导还会在乎你这一顿饭？”

刘明远问：“那怎么办？”

高庆生做了个数钞的动作。

“送给他钱？”刘明远眼睁得像铃铛，“据我了解，秦检至今还没收过谁的礼。”

高庆生把眼一瞪：“你了解个屁！人家收钱还能让你了解了。是想升官的都想发财。靠什么发财，靠升一级长个百儿八十的工资？鬼才相信呢。他为了当这个检察长，下了多少工夫，你不知道吧？他又为什么非要当这个检察长？

还不是为了钱？”

刘明远说：“给他送多少钱合适？”

高庆生伸出五个指头。

“5 千？”刘明远问。

高庆生冷笑：“你以为是打发一个科级干部？没有5万你别送。不舍得？”

“舍得舍得，”刘明远忙说，“我晚上就到他家去。”想了想又说，“萧剑飞业务强、威信高，跟秦检关系也好，我这钱要是送了，萧剑飞要是……”

高庆生说：“这就看你怎么对付他了。扬己之长击彼之短的道理，你不懂吗？”

“萧剑飞的短处？”刘明远不解地问。

高庆生说：“人无完人。任何人都有他的软肋，他萧剑飞也有。”

刘明远一脸茫然地说：“他也有软肋？”

“当然有，”高庆生下意识地隔着门向外扫一眼，小声说，“刑警队的宁秋萍正跟萧剑飞一块儿办案呢，他们可是初恋的情人。”

秦光汉晚上空肚子喝了几杯酒，吃过饭就有点迷糊。

文若苹还在厨房里洗涮，他就坐在沙发上眼皮打架了。

文若萍从厨房出来，见他磕头打盹的样子，便说：“难得今天晚上没事，看你困的这个样子，快去洗洗睡吧。”

秦光汉使劲眨巴眨巴眼皮：“还洗吗？我不沾你还不行吗？”

“不行，”文若萍一把扯住他的上衣，“看你这身臭汗黏的！快去洗！”

秦光汉刚把上衣脱下来，外面门铃响了。

门铃把他瞌睡虫赶跑了，他连忙套上衣服，示意妻子过去开门。

刘明远来了，腋下夹着只包，一进门就说：“好久没见到嫂子和冰冰了，晚上没事来串个门儿。”

“欢迎欢迎，若苹泡茶，”秦光汉拍拍沙发，“快坐吧。”

刘明远坐下来，努力鼓了下勇气，说：“秦检，今天找您是想……”

秦光汉打断他说：“明远，我有个规矩，这你们局长、各处室的处长、主任都知道。欢迎到我家来做客，但一律不谈单位的事。现在还要加上一条，特别是不谈任何人升迁进退的事。”

刘明远一时无言。

他这才想到：高庆生一直对秦光汉代理检察长不服气，他让自己来向秦检行贿，是想拿自己当枪使，好背后向秦检下招。

“明远，没别的事吧？”秦光汉问。

“没，没有。”刘明远摸了摸自己的小包，说，“本来我是想向您汇报汇报竞争上岗的想法的。不说了，我守你的规矩。”

秦光汉说：“你不说我也知道。你尽管放心，这次竞争一定公开公正，也一定让每名干警找到自己合适的位置。”

刘明远说：“这我相信，全院大多数干警都会相信。”

秦光汉说：“那就好，该怎么竞争怎么竞争，凭自己的能力，你会找到自己的位置的。千万不要走什么捷径。”

第二天早上上班，刘明远一到院门口，就跟高庆生走了个照面。

高庆生小声问：“昨晚到秦检家去了？”

刘明远说：“去了。”

高庆生又做了个数钱的动作。

刘明远犹豫一下，点了点头。

高庆生又问：“5 万？”

刘明远连忙点点头走了。

竞争上岗很快有了结果。

萧剑飞任反渎局长。

按照原定方案，部门副职竞争正职就意味着自动放弃副职，竞争失败就不再有领导职务了。刘明远和控申处的一名副处长，竞争正职落败，市院党组集体研究决定，根据他们的能力和工作需要，仍然留任原职。他们两人因此成为这次竞争上岗的例外。

竞争上岗的结果皆大欢喜，干警职务变动的安排也已呈报市委组织部备案或审批。这次活动由此画上了句号。

可是，事过不久，一条秘闻在干警中传开了，说刘明远竞争失败仍然保住了反贪局副局长的位子，是因为他送给秦光汉 5 万块钱。事情传得全院上下人所共知，只有秦光汉和刘明远还蒙在鼓里。

刘明远见到干警都用怪怪的眼光打量自己，还以为是自己脸上有老婆的唇印，或者衣扣没扣好，连忙跑到检容镜前观察自己。

秦光汉正在为办这件关系干警切身利益的大事，暗暗在心里欣慰，省纪委转来一封署名“知情人”的举报信，反映秦光汉初任代理检察长当日晚上，在家里大宴宾客，喜庆自己升官，并且借机收受干警的贿赂。那天到秦光汉家里去的人，在举报信中都成了“行贿人”，而且各自的行贿数额明确，令人不能不信。

邝家厚拿着市纪委送来的举报信找郁先达商量，郁先达想都没想就说：“无稽之谈，这肯定是诬告。秦光汉是什么样的人，我们还不了解吗？这件事查都不用查。”

邝广厚说：“不查可能不行，省纪委还让上报调查结果呢。”

郁先达相信秦光汉是清白的，澄清事实至少可以让想搞他的受到精神上的挫折打击，还可能更利于秦光汉树立威望和开展工作，于是便说：“那就让纪委的同志调查吧。”

于是，市纪委便到检察院调查，举报信上点到的人都个别了解了，调查的结果是：秦光汉清白、廉洁，举报完全失实。

纪委刘书记在检察院中层以上领导干部会上通报了调查结果，并且严肃地指出：这可能是一起蓄意陷害领导的事件，纪委将调查处理。

刘书记讲这番话的时候，几乎所有参会者都把轻蔑的目光投向高庆生。高庆生自始至终低着头，差一点没把脑袋缩进裤裆里去。

秦光汉当然明白诬告者是高庆生，也从心里鄙视他的为人。但是，他还是不希望市纪委调查处理高庆生。他担心调查把高庆生拎出来，再给他个什么处分，这样不仅会让许多人都知道检察院“窝里斗”的丑闻，而且也会把高庆生毁了。他还年轻嘛。

他找郁先达说了自己的想法。

郁先达为他的宽宏大度所感动，说：“光汉你真是宰相肚里能撑船，你不仅是个好检察长，而且是个好人，这一点上你比我强。就按你说的办好了。”

事情就这样过去了。

有句古诗“山雨欲来风满楼”。从“风满楼”先见之明地预测到山雨欲来，这正是领导较之平民百姓的高人之处。

邝家厚、郁先达预测的情况果然出现了。

上午，郁先达上班不大一会儿，丁秉池便到了。

郁先达不大喜欢这个老干部头领，特别是自三年前石世宝项目启动到现在，他总是唱反调儿，好像自己比现任市委领导都高明，尽管事实一再证明这个老家伙是对的。可是，郁先达又不敢惹他不痛快，毕竟他在沱原是个有影响力的人物，不仅在沱原曾经施政一方，而且他当年在中央党校的同学现在还有好几位仍在中央机关的高位上，至今与他保持着密切的联系，不仅沱原现任市级领导人人敬他三分，连省委书记、省长都买他的账。

郁先达还记得春节回省城父母家过年时，妹妹先影提醒他，对丁秉池一定要尊重，千方百计照顾好。还说节前中央有位领导专门打电话给王宗禹，让他关照丁秉池的晚年生活。王宗禹答应在省城安排一套房子，接丁秉池老两口到省城安度晚年，可是丁秉池说他在沱原四十多年了，对沱原感情很深，离不开沱原，谢绝了。后来，王宗禹当面跟郁先达、邝家厚交代，让他们关照丁秉池的晚年生活，到沱原参加石世宝项目投产典礼，还亲自登门拜望了丁秉池。

郁先达硬着头皮，强作笑脸，为丁秉池让座、泡茶，说："丁老，您有什么事打个电话就行了，怎么又亲自来了？"

丁秉池气呼呼地说："像我这种老朽还什么亲自不亲自的？亲自两个字是专门为你们领导者设计的。对我这种过时的货，只能说自己来了。邝家厚那儿，我亲自去了，人家还不高兴搭理我呢！"

郁先达说："丁老您到家厚书记那里去过了？"

丁秉池说："他把我晾在那儿，拿着个电话，一打就没完没了，一个电话打了二三十分钟。跟什么人打电话那么重要？中央的还是省委的？干脆说讨厌我这个多管闲事的老家伙，不如直说让我滚出去算了！"

郁先达说："丁老您别生气，您误会他了。家厚书记这段时间确实很忙。"

丁秉池看看他："这么说你这当市长的更忙啰？更没工夫搭理我啰？"

郁先达见他火气很大，心想："招惹他干什么！小孩靠哄，老人靠拢，我要先拢住他。"于是连忙笑笑说："丁老您先消消气，再忙我也不敢慢待您老人家。有什么事您给我说，只要我能做的，保证都给您做到。"

"我有什么事让你们做？"丁秉池看看他，"郁市长，你给我实话实说，石世宝项目究竟怎么了，是不是像网上说的那样完了，30个亿让人骗了，财政几年的可用资金打水漂了？"

"没有，绝对没有那回事，"郁先达装作感动万分的样子，握住丁秉池的手说，"丁老您退下这么多年了，仍然这么关心沱原发展，关心市委政府工作，真让我感动啊。您老放心，您在我和家厚书记面前是父辈，您老说句话我们都会照办，绝不会有什么事情背您的。网上那确实是造谣。"

丁秉池将信将疑地问："石世宝项目正常生产着？"

郁先达怔了一下，说："生产暂时停下了。生产可能需要过一段时间恢复，见效益可能也会晚一些。"

丁秉池问："为什么？"

郁先达说："现在不是正闹全球经济危机吗？沿海大批企业倒闭，国有大企效益滑坡，房地产业萎缩，建材市场低迷，好多跟石世宝类似的项目因为产品积压停产。在这个时候，咱们的石世宝项目轰轰烈烈生产，不是自投绝路吗？"

丁秉池半信半疑地看着他的嘴，终于点头说："大气候啊，以退为进，你们这样做是对的，但要对干部讲清楚，不要让谣言混淆视听，影响社会情绪。一些参加集资的干部职工，很有可能听信谣言，到市委跟你们要钱啊。"

郁先达说："这我们已经想到了，也已经跟家厚书记商量了。干部群众的工作我们一定做好!”

丁秉池问:“怎么做?你们承诺三年还本付息。三年已经到了,空口说白话就能把人家的工作做好吗?”

郁先达说:“当然不是空口说白话。”

丁秉池说:“咱们沱原穷,干部的工资低,政府的阳光补贴不抵人家的一半。现在闹经济危机,工资没涨,可物价涨,街上猪肉十几块一斤,青椒三四块一斤,大家日子都不好过啊。讲发展还是要讲以人为本,让群众过上好日子。干部职工集资的那5个亿,是上百万人省吃俭用积攒的血汗钱,住房、养老、看病、儿孙上学成家,都指望那点钱啊,大家关心、揪心,市委应当理解,哪怕真有人到市委骂娘,也不要怪他们。”

郁先达说:“不怪他们。我们承诺还钱就是了。”

丁秉池说:“光承诺恐怕不行。如果跟他们说,等经济危机过去了,石世宝项目恢复生产了,大把大把的钞票挣来了,再给你们还本付息,那肯定不行。那要等到哪年?干部群众不答应,我也不会答应。我向你们提个建议,市政府赶快筹点钱,先给大家付一部分,就说是部分利息,石世宝见效益后,本息再一次还完。安抚民心嘛。发展是第一要务,稳定压倒一切,人心不能乱啊!”

郁先达说:“丁老这个建议好。我们已经准备好,只要干部群众要求退钱,我们立即退。”

丁秉池半信半疑地问:“真退假退,退多少?”

郁先达说:“真退。全退,本息全退。如果有人本息一齐要的话。”

“真的?”丁秉池两眼睁得比牛眼还大,“那笔钱还在?”

郁先达迟疑了一下,点点头:“钱不是问题。”

丁秉池盯住他的眼睛:“先达,你没蒙我吧?”

“我用性命担保,”郁先达说,“做不到我从市委大楼十三层顶跳下去。”三年前他在市直干部大会上也说过这话。

丁秉池摇头,说:“不,我不要你用性命担保。这笔集资可是5个亿啊,加上你们承诺的三年利息就是10个亿。你和邝家厚谁的命值10个亿?”

丁秉池又说:“共产党的干部最有价值的东西是什么?是党性。做人最有价值的东西是什么?是良心。我要你用党性、良心保证。”

郁先达说:“丁老,我用党性、良心向您保证。”

“那好,有你这句话我就放心了。忙你的,我不耽误你的工作了。”丁秉池说罢站起来就往外走。

郁先达把他送到电梯门口,拱手说:“丁老您慢走,改日再去看望您。”

“好了，有你刚才的表态，我也就放心了。能做的工作我会帮你们做。”丁秉池临上电梯又回过头来说，“进你办公室前，我还在想，如果网上讲的那些情况是真的，如果你们不能让干部群众满意，我就直接向省委、向中央告你们的状！”

丁秉池说罢走进电梯间走了，郁先达倒吸一口凉气。

“郁市长！”突然有人喊他。

郁先达惊了一下，回头一看是邝家厚的秘书杨泓洋，便板着脸说：“干什么，鬼鬼祟祟的，吓我一跳。”

杨泓洋说：“邝书记请您过去商量工作呢！”

“商量工作？”郁先达看看他，问，“商量工作还让你来叫我？”

杨泓洋说：“邝书记估计丁秉池在您这儿纠缠呢，就没打您的电话。”

杨泓洋话音刚落，郁先达忽然听到外面传来一阵吵吵嚷嚷的声音，便问：“外面干什么的，吵吵嚷嚷的？”

杨泓洋说：“地震局来了一帮人闹事，向市委要集资款呢！”

郁先达吃了一惊，心想：“真有人闹上门了，钟业成这局长是怎么当的！”他知道邝家厚找他一定有什么急事商量，当即便去了他的办公室。

郁先达一进邝家厚办公室，就说：“家厚，真有人闹上门来了！”

“我知道了，你坐吧。”邝家厚若无其事地说，“不就是地震局那帮人吗？我已经安排信访办接待了，还打电话把钟业成训了一顿，让他来做工作。先达，退钱的话，不到万不得已是绝不能说出口的。覆水难收啊，大家都不好过，我们一定要慎言慎行啊！”

“我知道。”郁先达点头，又问，“有什么急事吗？”

邝家厚说：“公安那边刚才来电话，说郑大年他们在沈阳把牛太元抓住了，可是钱没追到，牛太元几个公司的账号总共还剩几千块，还不够专案组这一趟的路费。”

这种结果郁先达早就想到了。

“他们什么时候回来？”他问。

“明天，”邝家厚说，“他们明天晚上的飞机。”

两人正在说话，窗外吵嚷的声音突然高涨起来。

郁先达心里一惊：“怎么了？好像不止地震局的人闹事！”

邝家厚说：“是别的集体上访吧？这么多企业停产、倒闭，工人下岗失业，没有饭吃，真是没有办法。”

邝家厚话刚落音，杨泓洋慌慌张张地一头闯进来，说：“不好了邝书记，出、出大事了！”

邝家厚惊了一跳，瞪眼说："慌什么，出什么事了，慢慢说！"

杨泓洋这才镇定了一点，说："集体上访，好几千人闹，闹事，冲进院里来了！向，向市委、政府要集资款！"

郁先达心里慌了一下："真让丁秉池说中了！"

"都是些什么人？"郁先达问杨泓洋。

杨泓洋说："三四千人，都是下岗工人，好像也有干部混在里面！"

邝家厚厉声问："信访局干什么去了，为什么早不报告！"

杨泓洋说："开始只有地震局的二十几个人，信访局的同志以为可以把他们堵在外面，劝回去。没想到参与的人越来越多，刚才突然又涌来两三千人，好像约好了似的。"

"一定是有人背后操纵，"邝家厚看看郁先达，"你看怎么办先达？"

郁先达说了自己应对眼前危机的想法。

上访人群从市委大院门前，黑压压地挤到院子里，人群里有人哭喊着"没法活了，没法活了"，有人高呼"归还我们的血汗钱"，也有人叫骂"书记市长都是败家子"、"法办败家子"。人群扯着好几幅白布黑字横标，像办丧事的挽帐，上面不是写着"还我血汗钱!"，就是写着"郁先达讲清石世宝真相!"

人们拥挤着，叫骂着，怒吼着，也有一些大院里的干部混在其中看热闹，或是趁乱起哄，院里院外一片混乱。

几十名警察提着电警棍，或满头大汗地奔跑，或大呼小叫地宣传劝说，忍着上访人的辱骂，死死把住市委、市政府大楼的门口。

把守市委大楼的警察，跟上访人发生了冲突，被人拉到门口推来搡去，衣扣拽脱了，大盖帽也被打落在地上乱滚。

受辱的警察恼羞成怒，抡起电警棍就要还击。

"不许打人！"正在这时候，郁先达一声大吼，出现在人们面前。

他怒视着那名警察，厉声训斥道："是谁给了你打人的权力！你知道你面前是什么人吗？是我们的衣食父母，你怎么忍心对他们下手！"

现场立即安静下来，许多人被市长亲民爱民的举动怔住了。

这正是郁先达需要的效果，那个警察无意中帮了他一个大忙。

就在人们愣神的工夫，郁先达一个闪身登上门口的假山石，大声说："乡亲们，同志们，你们让我讲清石世宝项目的真相，我十分乐意，这也是我们政务公开的要求。我在这里负责任地告诉大家，石世宝项目并不是有人散布的是骗局，30亿投资泡汤。铁的事实是，30亿并没有泡汤，石世宝项目也没有完蛋。大家知道，现在是世界性的经济危机来袭，世界经济遭到重创，中国经济被迫降速，我们沱原又能幸免吗？正是在这种大背景下，我们的石世宝项目大规模生产，也不得不推迟，一旦经济危机的影响消退，石世宝项目还是大有希望的！"

郁先达讲得慷慨激昂，人群一片安静。

"我们不集资了，把钱退给我们！"突然有人大喊。

"石世宝靠不住，给我们退钱！"

"连本带利一齐退给我们！"

人群又是一阵喧嚷。

"同志们，你们来向我要集资款，合情合理，我应当满足你们的要求。"郁先达高声宣布，"我代表市政府向大家宣布，愿意集资的继续集资，要求退资的，10 天之内，集资款退还。10 天之内有谁拿不到，还到这儿找我郁先达！"

"利息呢，利息给不给了？"又有人在人群里喊。声音不高郁先达却听得清清楚楚。

"利息也给，按三年前承诺的百分之百。愿意要现钱的给现钱，愿意继续投资的可以继续投资。"他继续说，"同志们，我郁先达对不起大家，兑现这个承诺晚了些。这有客观原因，也有我郁先达的主观原因。客观原因是当前这场经济危机两年前就已经在国外显现，并且影响到国际建材市场，使我们的石世宝项目不敢如期上马；主观原因是我们对这场经济危机的影响估计不足，没有超前筹划补救措施。我郁先达对不起人家，在这里向大家赔礼了！"说着对人群深深鞠了一躬。

人群爆发出一阵经久不息的掌声，许多人感动了，落泪了。

他们愧疚，后悔，许多人在想："真不该听信谣言飞语，到市委要钱，给市长难看。有这样好的市长，是咱沱原人的福气啊！"

就在郁先达慷慨激昂地向上访人群承诺十天之内还本付息的时候，秦光汉接到市委办公室的电话通知：立即到市委小礼堂参加紧急会议。

"紧急会议，莫非出现什么突发情况了？"他心里惴惴着赶到市委小礼堂，发现四大班子的领导、市直各部门各单位的"一把手"都到了，各县、区的党政"一把手"也陆续赶来了。

主席台上只有邝家厚、郁先达两人，没有像以往开会那样，密密匝匝的坐好几排，这种阵式更使这次会议多了几分神秘。

"同志们，现在开会，"邝家厚宣布，"请先达市长讲话！"简单明了，干净利落，异乎寻常。

"先给大家通报一个情况，刚才一些不明真相的人在某些别有用心的人煽动下，到市委闹事，其中也有个别干部参与。”郁先达先向与会的领导干部们通报了群众上访追讨集资款的情况，故意省略了自己向上访群众的承诺。

他说：“最近有人在网上散布谣言，说石世宝项目是个骗局，30 亿巨资被人骗了，几年的财政可用资金完蛋了。完全是胡说八道，耸人听闻，你们信吗？我想大家都不会相信，傻子都不会相信。”

秦光汉明白了，这是一次灭火的紧急会议，心里想：“不相信的才是傻子呢。”

郁先达继续说：“石世宝项目早在两年前就该投产了，现在早该收回投资并且成倍成倍地挣钱了。可是为什么搞到现在才投产，而且刚刚投产又停下来了呢？天灾啊，同志们！众所周知，当前我们遭遇到世界性的经济危机，这场经济危机造成了各个国家的经济衰退，没有任何一个国家幸免。全世界如此，全中国如此，我们沱原更不可能独善其身。遭受这场经济危机冲击的首当其冲的是房地产业，造成了世界性的房地产市场低迷，世界性的建材市场萎缩，世界性的建材生产经营企业破产、倒闭、完蛋。我们的石世宝是什么项目？第一期工程就是建材，是经济危机首当其害的建材。这场经济危机早在一年前就显现了。我们没有察觉到，可是我们的日本合作方察觉到了，力主项目缓建，为了避免灭顶之灾，我们接受了合作方的主张。这就是石世宝项目迟迟不投产，刚投产又停产的原因……”

秦光汉不知道参加会议的各方诸侯们听了郁先达这番听似颇富逻辑和情理的高论有何感想，他对郁先达这番高论的评价是“高，实在是高。”

在他的书房里听他侃侃而谈的时候，在心灵之约咖啡馆陪着他流泪的时候，直到聆听郁先达这番高论前的几秒钟，秦光汉都没想到自己的同窗好友处变不惊、口若悬河、混淆视听的本领如此高超绝伦！

三年前，也是在这个小礼堂里，秦光汉参加了石世宝项目集资的动员大会。那次动员大会，市直县处级以上干部全部参加了，也是邝家厚主持会议，也是郁先达讲话。

那天，他一口一个“以水换油”，一口一个“点石成金”，把石世宝项目说得比摇钱树、聚宝盆还神奇金贵。他要求各单位组织机关干部职工为石世宝项目集资，每人至少 3 万元，承诺三年还本付息六万元，这既是举全市之力办大事，也是借发展之功为干部职工干好事。他拍着胸脯保证，石世宝项目十拿九稳，干部职工的集资款绝对安全，如果今天的承诺三年后不能兑现，他从市政府十三层楼顶一头栽下，以死向干部职工谢罪。

那天，邝家厚接着他的话说，他也拿党性担保，请大家完全放心。还说，引进石世宝项目是市委市政府实现沱原十一五发展目标的重大举措，各县区、市直各部门各单位必须按期按量完成集资任务，积极不积极，主动不主动，带头不带头完成集资任务是对市委的态度问题，对改革发展的态度问题，对党的事业的态度问题。当然，大家如果能够引来资金参股更好，市政府将会对引资功臣给予重奖。也欢迎大家集思广益，为市委市政府出谋划策。

那天，邝家厚话刚落音，地震局长钟业成站起来问："我说两句行吗？"

邝家厚忙说："你说你说，有什么引资头绪快点说。"

钟业成支支吾吾地说："地震局的集资任务没法完成，财政拨款只够发基本工资，连办公经费都紧张，干部职工多年来从没有一分钱奖金、福利，连退休人员看病……"

"别说了！"没等钟业成把话说完，郁先达便厉声打断他说，"你还有脸说，把地震局带成这样，你这个局长怎么当的？完不成集资任务你这个局长就不要当了。"吓得再也没人站起来发言了。

那天散会回到院里，秦光汉刚进办公室，薛维安便跟了进来，问他，你觉得石世宝项目的胜算有几成。

秦光汉说："不知道，你说呢？"

薛维安说："负百分之一百。你想想看，日本人为什么叫鬼子，他会把"水变油"、"石换金"的好事给我们？再说，石世宝项目是军民两用，他就不怕咱用于军事？还再说，美国人打个喷嚏都能把小日本儿吓得栽跟头，他又敢把军民两用技术卖给咱们吗？"

秦光汉听他的意思，就是对石世宝项目不放心，不想在院里组织集资，就问他怎么办。

薛维安说："我知道你跟郁先达是铁哥儿们，你去帮我找他，就说咱们盖技侦大楼每人刚集了三万，大家手里实在没钱了。"

秦光汉按照薛维安的吩咐去找郁先达。郁先达沉思片刻便同意了，又交代他说："你们检察院集资建楼，是个例外，不承担集资任务，对外你们要保密。"

就这样，检察院也就没有组织为石世宝项目集资。后来，秦光汉听说连地震局那样困难的单位集资任务都完成了，心里还觉得对不起郁先达。

会场出现一阵骚动，把秦光汉从三年前拉回现实。

"安静，请大家安静！"郁先达提高了嗓门，"由各单位负责兑现还本付息，这是市委的决定，一旦经济危机过去，石世宝项目投产，市政府就会把你们代为返还的资金全额拨付给你们。当前正处在经济危机的非常时期，稳定压倒一切，大家必须把思想统一到市委对形势的判断和决策上来，把筹款返还干部群众，为市政府分忧，为打造平安沱原，构建和谐沱原，当成一项重大政治任务来完成！"

会场再次出现一阵骚动，与会的“一把手”们议论纷纷，有的故意在座椅上弄出声响，以表达自己的不满和反对。

“安静，安静，大家安静！都把嘴给我闭上！”郁先达终于拍起桌子发火了，“现在是我讲话还是你们讲，不想听的给我滚出去！给脸不要脸！”

会场顿时鸦雀无声。

“开始拍桌子骂娘了。”秦光汉突然记起陈国荣说的四拍官员，心想，“各单位筹款把集资款还掉，明年初他们就要拍屁股走人了！”他左右顾盼了一下，想观察一下与会者们的反应，无意中发现钟业成瘫软在不远处的座位上，大汗淋淋，神情呆滞，脸上一点血色也没有。

“同志们，市委、市政府作出这样的决策，也是无奈之举，请大家一定要理解，”邝家厚似乎觉得郁先达刚才的表现有点过头了，便语气和缓地说，“说到底，还是经济危机惹的祸，我们有什么办法？没有办法嘛。话又说回来了，干部职工的集资款是交给你们的，卖酒的向提瓶儿的要钱，即使市委、市政府不做这个决定，干部职工还不是要找你们要钱！对不对？我知道大家对市政府的承诺不放心，我再代表市委重申一次，一旦经济危机过去，石世宝项目投产，市政府就会把你们代为返还的资金全额拨付给你们。市委市政府是说话算数的，我在这儿用党性向大家保证。最后再给大家说一句话，这是一项政治任务，各单位必须在十天内完成，不许任何单位、任何人讨价还价！散会！”

与会者纷纷离去。

秦光汉走到小礼堂门口，回头环顾了一下，发现会场几乎人去场空了，钟业成仍然瘫坐在那里，一动不动。

“他怎么了，病了？”秦光汉心里“咯噔”一下，连忙返回去，走近了关切地问，“老钟怎么了，你没事吧？”

钟业成摇摇头站起来，冲他勉强一笑，走了。

石世宝骗局的真相还是差一点让人捅开了。这个人就是老市委书记丁秉池。

邝家厚、郁先达的做法，终于把丁秉池激怒了。

他先到市委市政府向邝家厚、郁先达拍桌子发火，回去又把沱原市违规决策，建设“形象工程”、“政绩工程”被骗，造成30亿元巨额损失，而后又强制市直各单位和各县区政府埋单，“替市政府分忧”的前因后果写成一封举报信，寄给中央机关的一位老朋友，由这位老朋友转到了中纪委。中纪委立即把举报信转到省纪委，要求派人调查，并报结果。

消息很快便传到郁先影耳朵里，石世宝项目的真相她心知肚明，更知道如果正儿八经的查，对哥哥意味着什么，于是便去找王宗禹。

王宗禹说："这事儿我知道。太荒唐了，不可能的事嘛。石世宝项目投产，我亲自参加了的，30个亿被骗，怎么可能呢？30个亿，天文数字啊。说先达和家厚同志未经集体研究违规决策，他们有这个胆吗？借给他们俩胆他们也不敢。"

郁先影听他这么说，这才想起来，自己一直瞒着石世宝骗局的真相，这位省长也一直被蒙在鼓里。

"可是，"郁先影吞吞吐吐，"可省纪委真要到沱原调查，弄得满城风雨，毕竟对我哥和家厚书记影响不好嘛。"

"这个丁秉池，赋闲在家也不甘寂寞，非要这么裹乱，"王宗禹自言自语地说着，略加沉思，说，"这样吧，我给纪委说说，到沱原注意点方法。"

王宗禹很快找到纪委，说："石世宝项目的决策经过省政府清楚，当初省经委派人调查论证过，也是省里批准立项的，并且我还亲自参加了投产典礼，怎么可能被骗呢，又怎么可能是违规决策呢？你们到沱原后，不要搞得满城风雨，让他们汇报一下经过，查一下决策会议记录就可以了。"

省纪委要到沱原调查的消息很快通过郁先影传给了郁先达。

省纪委的调查结果可想而知了——看"三年前的会议记录"，石世宝项目是"集体决策"，看石世宝工业园区，机器轰鸣，并有汽车来回运建材。结论：举报失实。

沱原市的决策层也不是铁板一块，省纪委沱原调查的前因后果，丁秉池很快就知道了。这位正统的老党员大骂一声："弥天大谎！"口吐鲜血，倒在地上。在病床上，昏迷中仍然念念有词："骗子，牛太元是骗子，河岛野雄是骗子，他们也是骗子。他们骗的是省委，是中央啊！"

郁继达在医院整整住了十五天，定在今天出院。

早在十天前，仇琬璐就对儿子说："住上三五天就行了。别假戏当成真戏唱，没完没了地住院，住一天就是一天的钱。"

郁继达就跟韩劲达商量。

"你不用担心钱的事，有我呢，"韩劲达说，"这戏要演你就得演像，让秦冰冰多去陪你几次，直到她恋上你为止。"

郁继达已经对韩劲达的话视为金科玉律，便在母亲面前今天说头疼，明天说心口疼，一天天地拖着不出院。后来，仇琬璐也失去了耐心，就不再请假在医院日夜照顾他，有时两三天才到医院看一次。

在郁继达住院的这十五天里，秦冰冰每天早中晚都到医院看他，每次去医院不是给他买点水果，就是给他买点西点或肯德基、麦当劳一类的快餐食品。

郁继达在冰冰面前表现得真诚、朴实、幽默，常常逗得她咯咯甜笑。短短十几天的相处，秦冰冰已经爱上了往日这个令她不屑的“太子党”了。

这天上午，秦冰冰特地请了半天假，老早来到医院，帮助郁继达收拾东西，陪他楼上楼下地跑，办理出院手续，上上下下来来往往的人看到他们出双入对，亲亲热热的样子，都投去羡慕的目光。

办好出院手续，收拾好东西，就到了十一点。

仇琬璐来了，进门不看儿子，也没问一句什么，就一把拉住冰冰，揽进怀里，爱抚着看个不够，怜爱地说：“好孩子，这十几天把你累坏了吧？”

放在过去，秦冰冰早就偎在璐姨怀里撒娇了，现在心里有了郁继达，反倒不由自主地矜持起来。

她被仇琬璐爱抚得不好意思了，就挣脱她，说：“没有。我不过是每天过来看看他。”她意识到自己无意中把郁继达说成了“他”，一抹羞红飞上了脸庞。

韩劲达开着他的奥迪来了。

金一文也步着他的后尘来了，一进门就说：“郁市长正忙呢，我来帮他接继达出院。”

韩劲达看见这位大名鼎鼎的市长秘书，顿时两眼放光，问：“金秘书怎么来的？”

金一文说：“打的呗。市长的公务车是从不私用的，秘书也不例外。”

韩劲达说：“一会儿坐我的车走，我送你！”

金一文说：“把我往哪儿送，中午你不请客？”

韩劲达忙说：“对对，中午我做东，请您，请继达、冰冰，还有仇阿姨。王府大酒店怎么样？金秘书喜欢喝什么酒，茅台、五粮液、水井坊还是人头马？”

秦冰冰见他那副阔佬的神态，便不禁想起那天他把郁继达送到医院，不辞而别的情景，心想：“还没见血呢就吓跑了。这么不负责任，现在看到继达没事了，又来拍马屁了！”于是拉着脸对继达说：“你们去吧，我中午还有事呢。”说罢就往外走。

仇琬璐哪里理解她的心思，拦住她说：“一起去吧，就当是陪璐姨吃饭。韩总是继达的朋友，都不是外人，就一起去吧。”

“不了。改天再来看璐姨。”秦冰冰说罢头也不回地出门走了。

秦冰冰一走，仇琬璐就对中午这个饭局没有了兴趣，说：“中午还要给老郁做饭，我也不去了。继达吃了饭早回家。”说罢提上几件小物件，也走了。

“仇姨，中午让市长……”韩劲达一句话说了半截，咽了半截，追着她和秦冰冰的背影看了一会儿，回过头来满腹疑惑地问郁继达，“冰冰，冰冰怎么了，好像生气了?”

郁继达冲他挤挤眼：“她是看不惯你这种财大气粗的样子。她可是检察长的千金。以后她在场，你少牛 B 轰轰的。”

“我哪儿牛 B 轰轰的了?”韩劲达委屈地看着金一文，“我不就是想隆重地招待一次金秘书吗?”

韩劲达在王府大酒店选了间最最豪华的包厢，点了山珍海味，国酒茅台招待金一文和郁继达。

韩劲达招呼金一文、郁继达入座，说：“借继达老弟的光，今天有幸请金秘书吃顿便饭。金秘书您可千万不要客气。”

金一文随市长、书记经历过各种各样的盛宴，却从未品尝过如此昂贵的美味佳肴，便客气道：“都不是外人，韩总何必这样破费?”

“不破费，不破费，”韩劲达边招手示意服务员倒酒，边借用赵本山、小沈阳师徒小品里的话说，“有事给我招呼一声，我韩劲达不差钱。”

“看看，看看，”郁继达瞪了他一眼，“又牛 B 了吧韩总，我跟你说，跟金叔这个档次的人说话，别张口就是钱。”

“对对。看，我这人就是俗，”韩劲达说着，端起酒杯，“金秘书、继达老弟，咱们喝酒，边喝边谈!”

金一文端起酒杯，把酒喝了，说：“韩总，不差钱是好事。既然说到这话了，我跟你说句知心话——吃水不忘挖井人，发财不忘敬财神。”

韩劲达说：“金秘书，这我知道，我感谢党的富民政策。以后我会在公益事业上慷慨解囊的。”

“韩总你又错了，”金一文盯住他问，“闹了半天你知道你的财神是谁吗?”

“是谁?”韩劲达扭头看看郁继达，“我知道，继达兄弟我可没亏待。”

“你又错了，”金一文继续卖关子，“地球人都知道，韩总你发就发在文化中心工程上，这边把工程拿到手，就有小包工头大把大把给你送钱。韩总你是聪明人，也没想想，凭你劲达公司的实力、信誉，怎么能把这么大一块肥肉弄到嘴里?”

韩劲达看着郁继达，正想开口说话，金一文又说：“韩总你又错了!”

韩劲达张着大嘴看他，一脸迷茫。

金一文说：“韩总你要感谢一个人。”

韩劲达、郁继达一齐问：“谁?”

“郁市长。”金一文说，“你以为继达一出面就成了是吧？错。继达去找了招标办，而且是打着郁市长的旗号去的。这很重要，我都知道。可是光继达出面能行吗？不行。结果还是市长为你说话。”

韩劲达、郁继达一齐睁大了眼睛。

“你们还真别不信。招标办的熊主任打电话给郁市长，我就在市长跟前，”金一文煞有介事地说，“郁市长接罢电话，又让我专门到招标办跑一趟，把事情敲定了。”

“这么说，郁市长真是我的大恩人，”韩劲达感激得两眼泪光闪闪，“我一定要重重感谢他。”

“算了吧，你怎么感谢他？”金一文说，“你以为郁市长是为钱吗？不，郁市长是看中了韩总你这个人。市长说了，他当市长扶持你，明年他到省里当领导，仍然一如既往扶持你，一定让你的劲达公司在沱阳江平原做大做强。”

韩劲达不住地点头，不知说什么才能表达对郁先达的感激之情。

“郁市长站住脚，韩总你才能站住脚，郁市长发达了，劲达公司才能发达。”金一文开始切入正题了，“可是，有人没捞到文化中心工程，就对郁市长恨之入骨，想借石世宝项目给他下蛆。”

“借石世宝下蛆？”韩劲达不解地问，“石世宝怎么了，不是水变油土换金的高新项目吗？”

金一文摇头，说：“前几天有人在网上发帖子，说石世宝项目是场骗局，沱原的30个亿投资泡汤了，市领导决策渎职是犯罪。知道这回事吗？”

韩劲达说：“听说了，我知道那是有人造谣。”

“不，”金一文又摇头，“帖子的内容千真万确。牛太元、河岛野雄都是骗子，骗了我们20亿技术转让费，10多个亿的材料费、培训费，还骗我们白白投入近10个亿的征地费、厂库房建设费、设备购置费，还有招待费、差旅费、工人工资，加起来就是32个亿。这要追究起来，市领导就不是个简单的决策失误的了，是渎职犯罪，要撤职、开除党籍，判刑坐牢的！知道吗？”

韩劲达、郁继达一齐惊呆了。

金一文故意问他们：“人家说的市领导是谁知道吗？”

韩劲达摇头。

郁继达说：“市里真正的‘一把手’是书记，我爸是市长，总不能让他负主要责任吧？”

“恰恰相反。”金一文说，“邝家厚那家伙很狡猾，他一直很超脱，石世宝项目引进的洽谈、签约、听证、接收技术资料、付款，整个过程都是郁市长拍板决定的。邝家厚基本没怎么插手。”

郁继达说：“那就该他承担全责？”

“对。”金一文说，“问题的关键还不在于郁市长的拍板决策，而在于他一再违规。未经国家批准不得非法集资，他一下子集了好几个亿，该向邝家厚汇报的他没汇报，该提请常委集体研究决定的，他没提请。往轻了说，是主观主义、个人说了算，可是到了纪委、司法机关就是滥用职权，就是渎职犯罪了。还有，付给小日本儿的技术转让费，无论按合同约定，还是按国家规定，都必须用国际电汇，打进日本国内的银行，可郁市长偏偏答应了那个河岛野雄的要求，付给他美元现钞，让他偷运出境。你们说，这是什么性质的问题？这是外汇走私共犯啊，严重啊，不得了！”

韩劲达、郁继达目瞪口呆。

“郁市长的把柄都在骗子牛太元手里，偏偏这个骗子让我们的公安在沈阳抓住了。”金一文继续说，“公安把他押回来，他肯定要把郁市长咬出来。郁市长的政敌，还有那些没捞到文化中心项目的人，正对郁市长咬牙切齿呢，牛太元正好成了他们报复郁市长的炮弹！”

“这些狗日的，”郁继达恨恨地说，“还有那个牛太元，该让他妈飞机失事，把他摔死！”

“继达你也是男子汉，在这儿发几句狠可以，现在整个沱原都还蒙在鼓里，出去可不能瞎说啊。”金一文说着又转向韩劲达，“韩总，我知道你在沱原是个黑白两道通吃的人物。今天我把什么都给你说了，该怎么办你心里有点数了吧？”说罢端起酒杯，说：“看，我光顾说话了。来，韩总，咱喝酒！”

韩劲达端起酒杯，一仰脸喝下去，过了一会儿，问：“金秘书你能不能告诉我，公安啥时候把牛太元押回来？”

金一文回答：“明天晚上的班机，夜里十一点到沱北机场。”

用灯海、银河形容沱北机场的夜景再贴切不过了。

在黑茫茫的夜幕下，广场前的华灯，导航楼上的探照灯、照明灯，跑道两侧的导航灯，候机楼上的装饰灯，一片璀璨，映照半边天空通明。

航班晚点了。

郑大年他们押着牛太元走下飞机，已经深夜十一点半了。

重案大队的猎豹警车已经等在停机坪旁，驾驶员看见他们，立即把车靠了过去。

郑大年拉开车门说：“剑飞你先上。雪萍坐前面去。”看到萧剑飞、宁秋萍上了车，又把牛太元推上去，自己才上车，和萧剑飞一人一边，把牛太元夹在中间。

猎豹悄无声息地驶出机场。

快到高速公路入口的时候，萧剑飞突然一激灵，连忙问驾驶员：“我们的班机航次都谁知道?”

“我们局也就局长、支队长和我。”驾驶员头也不回，说，“放心吧，保密工作万无一失，看守所那边，局长也安排好了。”

“停车!”郑大年突然向驾驶员下令。

“怎么了?”驾驶员紧急刹车问。

郑大年说:“别问怎么了，咱们换个位置。”

驾驶员一脸茫然地走下驾驶座。

郑大年跳下车，掏出手枪递给他，指指车里的牛太元，说:“你把全部精力放在他身上!”

郑大年驾上猎豹向沱原飞驰起来，不开警灯，不拉警笛，也没有人说话。

郑大年跟驾驶员交换位置的举动，使每个人都绷紧了一根警觉的弦。

沱北机场虽说地属临省的沱北市，距离沱原也不过四十多公里，郑大年一路急驰，不到半个小时就到了沱原境内的高速公路出口。

郑大年望着沱阳江大桥上萤火虫般星星点点的灯光，松了口气说:“到家了。”

沱阳江大桥上停着辆重型自卸车，大灯灭着，在昏暗的桥灯下，像堆黑乎乎的土疙瘩。

“看这车坏的地方!”郑大年自言自语。

话音刚落，那辆自卸车突然亮起大灯，斜刺着迎面冲了过来!

郑大年大喊一声，急忙左打方向，只听“咣”的一声，猎豹车尾与自卸车头部擦撞一下，猛地就地打了个旋转，撞向右侧的护栏。

“咣!”护栏和车窗玻璃同时发出一声巨响，护栏断裂跌落到桥下江水里，猎豹前灯熄灭了，卡在两根钢柱之间，前半截车身悬空着!

“大年，过来，从后门下!”萧剑飞最先反应过来，喊道，“雪萍，不要动!”

郑大年连忙转身向她爬过去，与此同时萧剑飞打开车门，把惊魂未定的驾驶员推下了车。

“雪萍，雪萍爬过来!”郑大年一边拨局长的电话，一边冲宁秋萍喊。

宁秋萍瘫软在副驾座上，没有反应。

萧剑飞大吃一惊，急忙伸手去拉，抓到一手黏糊糊的东西。

“不好，雪萍受伤了!”他惊喊一声，探身把宁秋萍抱下猎豹。

宁秋萍昏迷着，头上、脸上、脖子里满是鲜血，血迹上沾满了玻璃碎渣。

十分钟后，安云峰局长亲自驾着辆越野车赶来了。

他们先把宁秋萍送到医院抢救，然后又把牛太元送到看守所。

萧剑飞和郑大年从看守所回到医院，医生已经为宁秋萍做完检查，挂上吊针了。

安云峰已站在急救室门前跟什么人通电话，看见他们过来，挂了电话说："宁秋萍伤得不轻。"

萧剑飞、郑大年一齐问："伤到哪儿了？"

安云峰说："脑震荡，右臂骨折。"

郑大年点头说："看样子车撞护栏的时候，她右臂、脑袋正贴在撞击的地方。"

"她累了，一定是睡着了，"萧剑飞叹了声说，"她一个女孩子跟我们这样奔波折腾，能不累吗？"

三人正说话，来了两名女民警，一个四十来岁的样子，一个跟宁秋萍差不多大，也就二十出头。

安云峰刚向两名女干警交代完陪护宁秋萍的事，秦光汉就匆匆赶来了。一见到安云峰就问："怎么了安局？"

安云峰说："车祸。他们跟自卸车撞了。"

"这么巧？"秦光汉问："谁开的车，什么车？"

郑大年说："我开的，猎豹。"

"奇怪！"秦光汉了解郑大年的车技，也知道猎豹的性能，若有所思地说，"恐怕这里面有问题了。"

安云峰点了下头说："咱们换个地方说话吧。"

他们离开医院，到了安云峰的办公室。

这是一个宽敞的大套间。里间放着办公桌、书橱和沙发茶几。外间是安云峰临时接待和招集副手研究工作的地方，一面放着茶桌，三面放了两组沙发，中间放了个大茶几。

进屋落座，郑大年就开始汇报情况，萧剑飞一直凝着眉想什么。

秦光汉、安云峰听了郑大年的汇报，都沉思着不说话。

过了一会儿，秦光汉问萧剑飞："剑飞，还有什么补充的没有？"

萧剑飞说："我好像对出事早有预感。离开机场的时候，我脑袋懵了一下，心里觉得有什么不大对劲儿。"

"对了，我也有同样的感觉，"郑大年接着说，"这就是我跟驾驶员调换位置的原因。按说我对他的驾车技术一向是放心的，不知刚才就怎么突然不放心了。"

"这就是你们潜意识里的职业警觉感，"安云峰感慨道，"要不是你们这种职业警觉感，后果不堪想象啊！"

萧剑飞费力地想象，说："什么人会向我下手呢？"
郑大年说："也许是想向牛太元下手呢。"
安云峰看看他，问："你是说有人想杀人灭口？"
秦光汉慢慢点着头，说："很可能啊。看来是有人企图掩盖什么。"

第八章
局长自杀

早上，郑大年和萧剑飞赶到沱阳江大桥，交警已经先于他们赶到，在桥上拉上了隔离绳，摆放了警戒标志，引导来往车辆分向轮流过桥，几十辆汽车被堵在桥两头，司机们焦急地按着喇叭。

三名交警无视堵车现象和汽车们的放肆鸣笛，不慌不忙有条不紊地勘查现场。为首的一位交警是名副队长，郑大年印象中好像姓杨，就招呼他："杨队长辛苦了。"

杨队长见是郑大年，便迎上来询问出事时的情况。

郑大年一五一十地说了，又带他看了那辆自卸车肇事前停放的位置。

交警丈量了一下自卸车停放位置和肇事点的距离，大约只有一百米。杨队长在本子上划拉几下说："郑大队，我带你们看肇事车去。"

郑大年问："肇事车找到了，在什么地方？"

杨队长说："桥北，掉沟里去了。"

肇事的自卸车已经被交警用吊车吊回路上。

郑大年、萧剑飞认真看了看，这是辆濒临报废的破车，无牌，驾驶室没有留下任何物品，车尾右侧有明显的划撞痕迹，左侧车身糊满了泥巴，显然是斜着蹿进水沟侧翻的。

萧剑飞看罢肇事车，问杨队长："依据目前勘察的情况，你们对这起事故倾向于怎样定性？"

"虽然还不能最终定性，但从现场取证，结合你们介绍的情况，明显可以看出，这是一场人祸，是有人故意制造车祸，"杨队长分析说，"看来是犯罪分子的蓄意报复。郑大队，你们可要多加小心啊！"

"没错，"郑大年跟萧剑飞对视一下，小声说："这个牛太元啊！"

今天是沱原市一月一次例行的市长接待日。

郁先达上午走进办公室，先打开电脑，浏览一下政府网页，看看没有什么负面的东西，心情放松了许多。

在那次县处级以上领导干部紧急会议上，他明显感觉到，市直不少部门的“一把手”对市委市政府“为市政府分忧”的决定是有很大抵触情绪的。群众上访闹事固然是可怕的，但更可怕的是干部在背后操纵群众闹事。

第二次在网上散布石世宝真相的人仍然没有下落，可能还有不少下载材料在社会上传播，甚至不能排除个别困难单位的头头背后煽动干部群众上访闹事，甚至进省进京告状。半年之内，沱原市都是一个大火药库，石世宝项目都是一根导火索，弄不好随时随地都会爆炸。

这几天还好，网上风平浪静，各单位完成“为市政府分忧”任务的消息纷至沓来。现在距离市级换届不到半年了，看来这些“一把手”对自己头上的乌纱帽还是在意的。

郁先达为此宽心了些，欣慰了些。

郁先达为自己泡了杯极品铁观音，端起紫砂杯，正要去接访室，走廊里传来轻轻的敲门声。

他心里一紧，盯着房门，回应道：“请进！”

门开了，钟业成走了进来，没精打采，脚步蹒跚着。

郁先达看看他，眼泡肿着，脸色蜡黄蜡黄的，瘦削了许多，一副大病初愈的样子。

“有事吗，钟局长？”他问。

“郁市长，我完不成任务。”钟业成声音幽幽的。

“为什么！”郁先达问，声音已经严厉起来。

钟业成说：“局里拿不出钱，班子意见不统一，干部职工情绪都很大，还有不少人吵着要上访。”

郁先达斥责道：“局里没有钱、班子不统一、群众情绪大，你这局长干什么的！”

“我三年前就说过，我们地震局是个穷单位，一没罚款权，二没收费项目，全靠吃财政，”钟业成带着哭腔说，“干部职工只靠死工资，连老干部看病都没……”

“不用再说了！”郁先达吼道，“把地震局带成这个样子，你这个局长是干什么吃的？你还想不想干！”

三年前石世宝项目集资动员大会的一幕即将重演。然而，钟业成却没有让这一幕继续重演下去。他战战兢兢地掏出自己的辞职报告，递到郁先达面前，讷讷地说：“市长，这是我的辞职申请，我不称职……”

“你他妈混蛋！”郁先达一巴掌把他的请辞报告打落在地上，破口大骂，

“逃避责任！你现在辞什么职！先把任务给我完成了，再交请辞报告！滚，滚回去！”

钟业成愣了，两汪泪水从眼窝里涌出来，滚落在写满沧桑的脸上。

郁先达撇下他，端起茶杯，重重地摔上门，气冲冲地向信访局接访大厅走去。

钟业成愣了半天，才像梦游一样跌跌撞撞地离去。

市长接待日的接访，其实是多部门联合接访，市四大班子主要领导每人每月接访一次，法院、检察院的领导也轮流参加。

秦光汉和法院、公安局的领导今天老早就到了接访大厅，参加联合接访。他们面前的接访台上分别摆放着“检察院检察长接访台”、“法院院长接访台”、“公安局长接访台”的牌子。

郁先达总是以市委副书记、市长的双重身份接访。如果上访人反映的问题涉及的是司法机关，他就以市委副书记的身份，批给检、法两长，当场办理；如果上访人反映的问题涉及政府部门，他就以市长的身份批给参加接访的局委头头办理。

郁先达走进接访大厅，在市长接访台坐下来。一名中年女干部走到跟前，小声请示：“是不是可以开始了，郁市长？”

郁先达点点头，回答：“开始吧。”

女干部冲门口一招手，一位老年妇女由一位中年妇女搀扶着，脚步蹒跚地走了过来。

这老人看样子70出头了，一脸老年斑，从额头到下巴，刀刻般的皱纹纵横交错，满脸饱经风霜的痕迹。

女干部示意她坐下，老人点点头，一声不响地坐在郁先达面前。

郁先达看她一眼，皱了皱眉。

女干部连忙解释说：“这位大娘是第一次来访，行动不便，所以我们安排……”

郁先达伸手打断她，端起茶杯，品了一口香气浓浓的铁观音，让心情平静下来，语气和蔼地问：“老人家，您老是哪里人？”

老人回答：“沱东区，石坊街，仙届居委会。”

郁先达问：“您老今年高寿了？”

老人回答：“73了。七十三、八十四，阎王不叫自己去。该死的人了。”

郁先达又问：“您老想向我反映什么问题？”

问到实质性问题，老人就开始语无伦次了，颠三倒四地说她前年患了场大病花了很多钱；她十八岁就参加工作，在农机厂开机床；她开刀把瘤子割了，却留下了后遗症，肚子常常外面痒里面痛；她打官司胜了，一分钱也没要回来；她借给开小车的一万块钱，开小车的赖账了……

郁先达听了一会儿，就渐渐不耐烦了，几次打断她，让她简单点，说慢点，说主要的，直接说有什么要求。老人好像没听懂他的话，还是絮絮叨叨没完没了地说。

老人不仅说话颠三倒四，由于牙齿残缺漏风，吐字也不清晰，而且说话特别快，像喝热粥烫了嘴似的，让人听起来特别费劲。

秦光汉就坐在紧靠郁先达的接访台后，尽管老人说话颠三倒四，语无伦次，口齿不清，还是听懂了她表达的意思：她 18 岁参加工作，在原沱东农机厂开机床，还当过青年突击手、三八红旗手。后来，她退休了，工厂也倒闭了，好几年拿不到退休工资。她儿子原来也在农机厂，现在闲在家里。前年，她患了子宫肌瘤，住院手术花四五万元。手术后内疼外痒，痛苦不堪，经医疗鉴定，属于医疗事故。她请了个天天开着小车的律师打官司，结果官司打赢了，法院判医院赔偿她 5 万元，可是几个月过去了，她一分钱也没拿到。她找医院，医院说给了。找开小车的律师，开小车的律师说没见。找法院，法院不问也不答复。她找市领导，就是想让市长催促法院，赶快把案子执行了。

秦光汉想："事情很简单，郁先达只要现场批给中院院长，让他督促区法院执行就行了。"他正想听郁先达如何答复老人，却见他厌恶地冲老太太一摆手，厉声打断说："行了，不要说了！"

老人一愣，话说到半句戛然打住，两眼失神地看着郁先达。

如果像秦光汉想的那样，郁先达批一句话给中院院长，对老人的接访就算结束了，不知为什么，他却没这样做，而是问起了老人手术的事。

"你在哪儿做的手术？"他问。

老人以为他问在身上什么部位开的刀，就掀起上衣让他看刀疤："你看市长，就在这儿，是开膛破肚啊！"

一个年过七旬的老太太在 50 来岁的男人面前，有限的裸露一下身体并非什么不雅，不料郁先达却勃然大怒："掀衣服干什么，你给我自重点！"

老太太似乎不明白市长为什么发火，也不懂自重是什么意思，还以为市长不相信她说的情况，便把衣服掀得更高，说："真的，你看这刀疤多大！"

"不要脸，给我滚出去！"郁先达大吼一声，站起来拂袖而去。

大厅里，几乎所有人都惊呆了。

秦光汉也惊呆了：这是郁先达吗？是几十天前在自己书房里忧市忧民泪流满面的市长吗？他辱骂的正是被他称之为衣食父母的百姓，是一位可以做他母亲的老人，是一位因生活穷困而向人民市长求助的弱者啊！一名共产党员、市级领导干部怎么可以这样对待自己的市民？为他们化难解困难道不是你做市长的责任！

秦光汉正在发愣，却见信访局的两名青年干部大喊着“滚滚，滚出去”，如狼似虎地扑向老人，抓住就往外拖。

老人惊恐地挣扎，痛哭号啕：“我要看病，我没饭吃，我孙子没学上了！”

“妈！”中年妇女撕心裂肺地痛叫一声，冲到前面，双膝跪倒在地，向两名“如狼似虎”的干部苦苦哀求，“放下她吧，我求你们，我叫你们爹，我们再也不来了……我婆婆有病，她有癌症啊！”

大厅里“轰”地骚动起来，两名青年信访干部还在死死拽住老人往外拖。

“住手！”秦光汉拍案大吼，“你们是人还是狗！”

现场一下子安静了，“如狼似虎”惊呆呆地看着秦光汉，不由自主地松开了老人。

“你们是党员，是干部，是人吗？你们没有父母、姐妹、儿女吗？”秦光汉一步步逼向他们，“你们给我好好看看老人家，她年过古稀，可以做你的奶奶了，你们就忍心这样对待她！”

“如狼似虎”低下了头，许多人钦佩地望着秦光汉。

“同志们，你们想过他们是谁吗？”秦光汉痛心地指着母女俩颤声喊道，“他们是我们的衣食父母，是她们给了我们饭碗，是他们养活了我们！我们应当帮助他们，报答他们，不应当伤害他们啊！同志们，他们来找政府，不是闹事，不是提非分要求，仅仅是想有一碗饭吃。没要住别墅、下饭店、喝茅台、坐轿车，他们这一碗饭的要求也过分吗！”

秦光汉眼里闪动着泪花，许多人也眼含泪花，冲他频频点头。

“我叫秦光汉，是市检察院的代理检察长，”秦光汉越说越激愤，“我在这儿说句狂话、狠话，法律绝不允许任何人欺压百姓！谁敢欺压老百姓，检察院就拿谁是问！谁敢跟百姓过不去，我秦光汉就跟谁过不去！”

“哗！”大厅里一片掌声。老人婆媳呆呆地望着秦光汉泪如雨下。

“你，还有你，告诉我你们叫什么，”秦光汉一指两名信访干部，喝令，“向老人家赔罪！”

两名信访干部愣了一下，双膝一软，跪倒在老人面前。

秦光汉甩开大步走出接访大厅，头也不回地离去。人们用一阵经久不息的热烈掌声追随着他，经久不息。

走出市委大院，秦光汉便觉得内急，心想“老毛病又犯了”，连忙跑向对过儿的收费公厕。

秦光汉在接访大厅的举动，半个小时后便传到邝家厚、郁先达那里。

邝家厚气得拍桌子："太过分了。不知天高地厚！一个代理检察长敢到市委撒野！"

"好啊，秦光汉还是秦光汉啊，"郁先达冷笑说，"他想做沱原的包青天，这不好嘛！"

每周五下午是检察院的党员活动日，今天的活动内容是学习科学发展观。

一个楼层是一个党支部，党组成员按照业务分工，分别编在各个楼层党支部过组织生活，秦光汉和高庆生都参加二楼党支部的组织活动。

下午一上班，萧剑飞就到秦光汉办公室，向他汇报提审牛太元的情况。

"牛太元认罪了吗？"他问。

"没有。"萧剑飞说，"牛太元仍然不承认自己合谋诈骗，把事情一股脑地推到河岛野雄头上去了，还说自己也受小日本儿的骗了，也是受害者，直到现在他也不知道石世宝是个什么玩意儿。"

"这人聪明啊，自作聪明。"秦光汉想了想，说，"这样，下次提审，你们可以明确告诉他，昨天晚上的车祸就是冲他来的，有人想杀人灭口。他只有把石世宝项目的真相全部说出来，才能灭了别人杀人灭口的念头。"

萧剑飞点点头，说："我明白了。不过，他检举许传新受贿、玩忽职守犯罪，线索还是比较明确具体的。"

秦光汉问："可查性高吗？"

"可查性很高。"萧剑飞说，"据他检举，石世宝那几十套设备，原来河岛野雄开价是5亿人民币，说是世界顶尖高新设备。许传新对同类设备的情况了解一些，张口就压到了2亿。后来，由牛太元在中间协调，河岛野雄给许传新300万好处费，这样就3亿成交了。"

秦光汉说："田蜜儿日记里不也说他买的是一堆垃圾吗？"

萧剑飞说："现在看来，就是一堆垃圾。不光技术更新换代快，那些设备过时了，而且在仓库放了这几年，放也放废了，还不就成了一堆垃圾？"

秦光汉说："设备放坏，这不能算到许传新一个人头上。关键是这些设备购买时的状况，是不是日本原装的，是不是高新技术产品，是不是石世宝项目的专用生产设备。"

萧剑飞说："这些我们都问了，牛太元也是一窍不通。看来，只有请专家鉴定了。"

"对，是要请专家鉴定，"秦光汉说，"我马上安排反贪局派人配合你，抓紧初查，一定要把石世宝项目的来龙去脉搞清楚。里里外外30多个亿啊，我们无论如何要给全市人民一个交代！"

萧剑飞走后，秦光汉立即与省城机械设备研究院一位朋友打电话，联系了石世宝项目生产设备技术鉴定的事。看看支部活动的时间到了，便端起茶杯向支部活动室走去。

支部活动室里，高庆生正说书一样绘声绘色地讲什么，看到秦光汉进来，立即停住说："秦检到了，该开始学习了。"

秦光汉笑了说："庆生讲什么故事？继续讲，我也想听听呢。"

计装处长杭萍，还有几名党员也说："高检你接着说。"

高庆生看看秦光汉，犹豫一下说："老太太刚想掀衣服，郁先达一个耳光扇了过去，大骂一声不要脸。老太太当时就吓昏了。不，应说是被打昏了。120 救护车拉到医院，抢救半天才抢救过来。"

秦光汉笑了问："高检，这事你怎么知道的？"

高庆生说："听说的。不过这事千真万确，好多人都在场。"

秦光汉说："好像你不在场吧？"

高庆生说："我不在场，可有人在场，我是听在场的人说的。"

秦光汉说："你不在场，可我在场。我见到的并不完全像你说的那样。实事求是地说，那老太太不是刚想掀衣服，而是已经掀开了上衣，而且掀了两次。郁市长确实骂了老人不要脸，而且让她滚出去，可是他并没有扇老人耳光。"

高庆生尴尬地笑了下，说："好像郁先达是秦检的同窗好友吧？"

"不错，可是无论他是不是我的同窗好友，我都会实事求是。"秦光汉严肃地说，"对一市之长这样粗暴对待群众，我也非常气愤，但我不赞成把不实之词强加在市领导身上。庆生，今天是组织生活会，在这儿我提醒你一句，有调查才有发言权，以后不清楚的事，不要妄加评论，更不要传播。"

"对对，我接受秦检的批评，"高庆生点点头，又看看在场的党员说，"以后都像秦检这样大胆直率地开展批评，我们支部就更团结了！"

晚上，许传新在沱原宾馆设宴，请检察院的几位领导吃饭。

秦光汉一向认为，世上没有无缘无故的请客送礼，许传新请客一定有什么事，或者为什么事做铺垫，于是便说："辛苦一天，晚上不好好歇息，喝什么酒？我不去，你们最好也不要去。"

秦光汉没去，其他几位班子成员知道他的话中有话，便也没去。只有高庆生偷偷摸摸地去了。他和许传新是多年的铁哥们儿。

参加聚会的那些人高庆生都熟，有几个局的局长，中级法院的一个副院长，还有郑大年和金一文。

高庆生跟金一文过去只是见面熟，并没有什么深交，但还是不等许传新排座，便把金一文拉到自己身边套起近乎。

高庆生跟金一文东扯葫芦西扯瓢地聊了一阵，自认为做好了铺垫，便问金一文："我们秦检跟郁市长的关系，金秘书知道吧？"

金一文说："多少知道一点。他们是同窗好友，这市直好多人都知道。怎么了？"

高庆生说："秦检在党小组会上说郁市长的坏话。这你想不到吧？"接着就把白天小组会上议论郁先达辱骂殴打上访老人的事说了，只不过是把议论者由自己换成了秦光汉。

"不会吧？"金一文不相信，"据我了解，秦光汉不是这样的人。"

高庆生说："要不是身在现场，我也不信。可事实就是如此，当时计装处的杭萍，还有政治部的几个处长，办公室的几个主任都在。"

金一文就将信将疑地自言自语："秦光汉是这么个人？"

第二天上午一上班，金一文就把高庆生的话一五一十地学给了郁先达。

郁先达听了淡淡一笑："这种人的话，能相信吗？"

"我也不相信，可高庆生说，秦检说这些的时候，在场的还有不少人。"金一文说着，忽然想起了自己跟杭萍还有点拐弯亲戚，于是当即给她打电话核实。

"这个人怎么这样差劲！"杭萍在电话里愤愤地说，"不错，在小组会前是有人议论郁市长了。不过这个人不是秦检，而是高庆生自己。秦检听他说郁市长打人骂人的话，还批评他无中生有，不负责任。他还做了自我批评呢。"

金一文跟杭萍通过电话，说："市长您说的很准，高庆生真是个小人，那些话都出自他口，却还对秦检倒打一耙。"

郁先达说："背后捣鼓人，是这种势力小人的嗜好。认识他了，以后少跟他近乎。对这种人，组织上也不会重用。"

高庆生又一次搬起石头砸了自己的脚。

牛太元被带进提审室的时候，神情懒懒散散的，往凳子上一坐，打个哈欠，说："问什么？问吧。"

郑大年问："钱在哪儿？"

牛太元故意装糊涂，翻着眼皮问："什么钱？"

萧剑飞说："河岛野雄分给你的赃款。"

"赃款？"牛太元一脸委屈，"他会把钱分给我？我也是受害者啊！"

郑大年冷笑："你还是受害者？我问你，从市政府骗的奖金1000万哪去了？”

“有这回事。开始说好几千万呢，后来只给1000万。这1000万河岛野雄拿走500万，剩下500万我花了。我这人毛病多，吃喝嫖赌玩女人，花钱是没谱的。”牛太元看看他，“警官同志，这话我可给你说明白，那500万可不是我骗的，是我应得的。沱原招商引资不是有这个奖励政策吗？”

萧剑飞冷笑：“这么说，你引个假项目，让沱阳损失几十个亿，还是沱阳的大功臣了？”

“我怎么知道河岛野雄是骗子？怎么说我也是好心办坏事吧？”牛太元说，“你们不是说检举有功吗？我检举许传新了，这不是有功吗？”

早上七点钟，秦光汉就到了办公室，打开电脑先浏览一下局域网，泡了杯茶，翻开桌上的卷宗。

这是三桩贪污贿赂犯罪的卷宗。

三桩案子涉案金额近500万元，都是去年薛维安在任时，批复“先放一放”的案子。当时，反贪局的同志对薛维安的“放一放”情绪很大，甚至有人认为“放一放”其中有猫腻儿。

秦光汉代理检察长后，什么也没想，什么也没问，立即指示反贪局立案侦查。反贪局的同志很能干，只用半个多月时间，就把三桩案子查结了。

也许是职业毛病，秦光汉往日看卷宗一头扎进去就出不来，非一口气看完不可。可是，他今天看卷却不在状态，满脑子都是昨天市长接待日上的情景，整个心里充满了气愤、不解和某种说不上来的感觉，这种感觉整整折腾了他一夜。

这种感觉是什么呢，他不明白。

“秦检，出事了！”萧剑飞突然风风火火地闯进来说。

秦光汉心里一紧：“什么事？”

当“一把手”的最怕的就是出事，一怕干警队伍出事，二怕犯罪嫌疑人出事，三怕案子出事。

“钟业成死了！”萧剑飞说。

“谁死了？”秦光汉又是一惊，眼前闪出市委小礼堂那个脚步蹒跚的身影。

“地震局局长钟业成死了。”萧剑飞说，“刚才郑大年打电话来，说钟业成在沱阳江里淹死了！”

“好人，真是好人、好党员、好干部啊，”秦光汉痛心起来，“这么好的人怎么会掉到江里淹死了呢？”

“秦检，”萧剑飞盯住他问，“秦检，有人说钟局长是让市政府逼死的，你说他的死是不是跟石世宝项目有关？”

“送送他去，我们一起去，”秦光汉答非所问，“我去送老钟一程!”

他在心里琢磨：“老钟会不会真是让那个‘替政府分忧’逼死的?”

钟业成的家在一条狭窄幽深的小巷里。小巷窄得只能交叉通行两辆自行车，两旁都是破旧的平房，偶然可见一座楼房，也是破旧的。

秦光汉赶到钟业成住的那座大杂院，远远就看见了黑白两色搭配的灵棚和一溜花圈、挽联、挽帐。

他走近灵棚，首先看到了挂在钟业成遗像两旁的挽联：

上联：忠厚一生勤苦一生清廉一生好人好官好儿好夫好父好友竟然不得好死

下联：为国尽忠为民奉献为人受过无私无欲无钱无势无怨无悔终将善恶有报

横批：天悲地悲人悲

看到这副挽联，秦光汉不禁回想起钟业成在街头勇斗小痞子的情景。心想：“这么一条硬汉子怎么会因为返还集资款自杀呢?”

灵棚前聚了上百人，臂上都戴着黑纱，看得出地震局的干部职工、钟业成的亲朋好友都到场了。

秦光汉的到来引起许多人的注目，不过投向他的不是惊奇，不是感激，更不是亲切，而是一种对罪人的仇视、蔑视和漠视。

秦光汉大惑不解地想：“这是怎么了？好像是我逼死了他们局长似的。”

秦光汉正站在灵棚下发呆，忽然听见有人喊：“市长来了!”

郁先达来了，带着一帮人和若干个花圈。整个大杂院轰动了，在整个灵州，局级以下的亡故干部，享受如此待遇的仅钟业成一人!

轰动归轰动，他们承接的也是人们仇视、蔑视和漠视的目光。

郁先达率领市委市政府一干人马先向钟业成的遗像三鞠躬，接着又和钟业成的妻子、女儿亲切握手，深情地说：“钟业成同志是为人民的地震事业以身殉职的。他是灵州人民的骄傲!”

母女俩被市长的话惊呆了，一齐瞪大着泪眼看他。

在场的人都惊呆了，秦光汉也惊呆了：“钟业成不是自杀!”

郁先达看出了人们的疑惑，向人群里喊：“小马同志，小马同志在吗?”

钟业成的驾驶员小马从人群里挤出来，两眼红肿得像两只水萝卜。

郁先达说：“小马同志，你把钟局长殉职的经过先给大家说说!”

“钟局，钟局长是为预测地震牺牲的!”小马泣不成声地讲述了钟业成以身殉职的经过。

今年以来，沱原城乡关于地震的传说风行，最集中的说法是李四光预测的四个地震带已经震了三个，四川汶川的大地震触发了沱阳江地震带，沱原一带的大地震随时都可能发生。

钟业成虽然不相信这些传说，但他觉得自己是搞地震的，对民间传说要宁可信其有不可信其无。所以这段时间，不是跑到沱阳江边观察鱼虾有没有异常反应，就是跑到郊区了解家禽家畜有没有异动，还每天到沱阳江里取水检测，看水质有没有发生变化。

昨天晚上，小马正跟几个小哥儿们光着膀子在街上吃火锅喝冰镇啤酒，钟业成打电话给他说："今天晚上闷热的有点异常，我真担心夜里有动静，你给我有个准备。"

小马不以为然地说："怎可能呢？各个县区的观测点都没发现异常嘛。"

钟业成说："河北邢台、四川汶川都没发现异常，不是说震就震了吗？你给我有点准备。"

小马说："好。怎么准备？"

钟业成说："你别喝多了，手机开着，随时准备跟我出去就行了。"

小马接罢局长的电话，也跟着自己顶头上司神经过敏起来，就没敢多喝，回到家里躺在床上像贴饼子似的翻来翻去，感觉马上就要天旋地转，房倒屋塌，地球末日要降临了。气得他妻子嘟囔说："你神经什么，地震就光砸你了，睡不着就起来，别影响人家！"

小马就这样躺在床上贴饼子，随时准备在地动天旋时一跃而起，或者在钟业成的电话召唤时随即出车。不知什么时候终于迷迷糊糊地做着噩梦睡着了。

放在床头的手机突然响了，小马一个激灵翻坐起来，他老婆也忽地坐起来，忽闪着大眼问："什么事？"

电话果然是钟业成打来的，让他开车到他家接他，一起到沱阳江去观察水生动物，取水样检测。

小马看看表，已经凌晨四点多钟，外面开始发亮了。

他立即下床出门，把车开到钟业成门口，钟业成正站在门前焦急地等他。他们很快到了沱阳江大桥。

钟业成站在轿上，手扶栏杆聚精会神地向桥下观察。

江面水平如镜，水面没有虾游没有鱼跃，也没有江猪钻出潜入，江水流到桥下才卷起波浪，打着旋涡涌进桥洞，挣脱桥墩的羁绊滚滚东流。

"局长，好像没什么异常吧？"小马凑近去说。

"没异常不更好嘛。"钟业成说着把鞋脱下来放在桥上，提起几只玻璃瓶，说，"我去取几瓶水样拿去检测。如果地下深层有变化水质也会有变化的。"

钟业成说罢提起几只玻璃瓶下了桥，沿着台阶向水面走去。

小马冲他喊："局长，我车上有绳子，在桥上取不就行了?"

钟业成边向水边走边答："多取几个地方!"

小马心想，钟业成在桥下取罢，还是要从桥上向江心取的，于是回到车上拿了条尼龙绳，可是等他回到栏杆旁向桥下看时，却不见了钟业成。

他连忙大声呼叫："局长！钟局长!"

回答他的只有桥下轰隆隆的波涛声。钟业成不慎落水失踪了!

这时候，大桥下游已经有渔船作业。

小马一边拨打"110"报警，一边向渔船呼喊求助。

经过公安、消防和渔民一个多小时的搜寻，把钟业成打捞出水，他已经以身殉职了，手里还死死抓住那几只用塑料绳拴在一起的玻璃瓶……

小马说到这里泣不成声，周围一片抽泣声。

"原来是这样。老钟，好样的，死得其所。"秦光汉心里酸楚楚的，扭头看了萧剑飞一眼，用眼神责备他："你怎么听信谣言，说钟业成是自杀呢？怎么说石世宝逼出人命了呢?"

萧剑飞连忙低下头，回避着检察长的眼神，心想："郑大年，你小子怎么敢跟我开这么大的玩笑呢?"

"同志们，钟业成同志是为沱原人民死的，他的死是比泰山还要重的!"郁先达说话了，心情沉痛而激动，"钟业成同志是沱原人民的骄傲，市政府将提请市委追授他为优秀共产党员，提请市人大追授他为'沱原人民好公仆'，号召全市党员干部、全市城乡 700 万人民，深入开展向钟业成同志学习活动。此外，为了告慰钟业成同志的英灵，地震局的集资款，将由市财政负责返还，三天内兑现!"

人群里顿时鸦雀无声，男女老少眼里再次涌出泪水。

这是惊喜的泪水，感激的泪水，欣慰的泪水!

钟业成一夜之间成了英模人物，报纸、电台、电视台、互联网，天天宣传他见义勇为、艰苦奋斗，执政为民、无私奉献的光辉事迹，从沱原到省城再到京城，宣传声势滚雪球似的越滚越大，越滚越圆，甚至连地震局干部那副发泄情绪的挽联中的"无私无欲无钱无势无怨无悔"也成了官方媒体称赞钟业成的光辉人生的赞美词了，地震局的干部职工都感到自己原本熟悉亲切的老局长在媒体上变得陌生了。

秦光汉组织检察干警在全市率先开展起学习"优秀共产党员"、"沱原好公仆"钟业成的活动，同时每天关注着媒体上对钟业成先进事迹的宣传报道和理论文章，渐渐觉得这种宣传竟像"文化大革命"期间造神运动，越来越离谱，越来越玄乎，越来越变味儿了，特别是钟业成的那些豪言壮语，既慷慨激昂又富含哲理，简直像哲人的理论那么精辟，那么深刻，那么高屋建瓴。

这哪儿还是憨厚朴实的钟业成啊！

上午，秦光汉正在办公室想着这些，郁先达的电话打了过来："光汉，你在忙什么？"

秦光汉说："正学习老钟的先进事迹呢。"

郁先达说："你们率先开展向钟业成学习的活动，我和家厚书记都很高兴。"

秦光汉说："我是从检察队伍建设需要考虑的，检察工作确实需要学习发扬老钟那种敬业奉献的精神啊！"

郁先达说："说得好光汉，我没看错你，这就是水平。明天召开市委命名钟业成优秀共产党员和向钟业成学习动员大会，这在市里可是件大事，是我一手主持的，你可要给我壮面子啊。"

秦光汉说："怎么给你壮面子？说吧。"

郁先达说："这很简单，你们检察院统一着装，要多去些人。"

秦光汉说："这没有问题，按您的指示办。不过郁市长，我怎么觉得对老钟的宣传，有点变味儿了。你看媒体上，这也有点过于拔高了吧？"

郁先达在那头笑了："光汉你怎么还这么爱钻牛角尖？时势造英雄，眼下沱原需要这样的干部典型，需要造嘛！"

秦光汉心里直想笑：时势造英雄就是这么人为地造？

陈英才"散布虚假信息案"一直到郑大年从东北回来才报捕。

案子在案发几天后就破了，郁先达也曾指示安云峰抓紧处理，以正视听，消除社会上对石世宝项目的传闻。可是，陈英才归案后，坚持说自己在网上说的都是事实，而且有根有据。

郑大年觉得陈英才的辩解与他们调查掌握的初步结论一样，石世宝项目一开始就是一个骗局。如此案情，陈英才显然够不上犯罪，起码够不上"散布虚假信息犯罪"。

郑大年感到事情很难办，就向安云峰汇报。

安云峰也感到事情很难办，就把卷宗要了过来，简单一翻，差点吓出一身冷汗。如果陈英才的供言和辩解可信，那他就不仅够不成犯罪，而且是立功，因为他在石世宝专利技术转让费用尚未完全交付河岛野雄之前，就揭露了洋骗子的真面目，向世人也向市领导发出了警报。

安云峰正为案子骑虎难下，郁先达又把电话打过来催办，并说这个案子事关人心安定，社会稳定，必须速办速决。

安云峰心里一慌，就答应立即报捕。

覆水难收，说过的就要办，于是他就安排郑大年报捕。

他对郑大年说："把球踢到检察院去，对市领导也算是个交代。捕与不捕那是检察院的事了。秦检是郁市长的铁哥们儿，他不会轻易不捕。只要他们批捕了，这个案子最终怎么处理都不关咱们的事了。"

"如果检察院不批捕呢？"郑大年说，"明知够不上犯罪，还要报捕，可不能算重案大队的错案啊！"

安云峰冲他摆摆手："行了行了，这时候了还给我讲这个！"

郑大年理解局长的难处，就不再讲条件了。

宁秋萍受伤住院后，郑大年、萧剑飞几乎每天都去看她，给她带点果脯、坚果一类的小食品，向她介绍一下案子进展情况，劝她安心养伤。

宁秋萍伤愈很快，住院治疗20多天就和过去一样，见到萧剑飞、郑大年有说有笑，还向医生闹着出院。

这天，萧剑飞一大早就接到郑大年的电话，说："秋萍今天上午出院，咱们一起接她好不好？"

萧剑飞说："好，一个战壕的战友嘛。什么时候去？"

郑大年说："我现在就去，你也去吧。"

萧剑飞说："要不要表示点什么？"

郑大年在那头想了半天说："要不，你给她带束鲜花吧，祝贺她康复归队嘛。"

"好，"萧剑飞说，"买花我可不懂，你给我说该买什么花？"

郑大年说："买几朵康乃馨，再配几朵红玫瑰，女孩子保证喜欢。"

萧剑飞在花店买了一束鲜花，赶到医院，看看不见郑大年的警车，知道他还没到，就站在门口等。

一个男子汉抱着束鲜花，站在医院门前东张西望，就吸引了男男女女许多人奇怪的目光。

萧剑飞觉得很不自在，便打郑大年的手机。

郑大年说："我路上碰到点事，需要处理一下，你先进去陪秋萍一会儿吧。"

萧剑飞觉得先去病房总比抱着鲜花，站在外面吸引人家的眼球自在些，就先去了病房。

"哇！"宁秋萍看到萧剑飞抱着鲜花进来，就兴奋地叫起来。

萧剑飞把鲜花递过去，说："祝你顺利康复！"

宁秋萍使劲闻着花香，说："收到你的鲜花真不容易。"

萧剑飞说："你这不是收到了吗？"

宁秋萍说："我是说不容易，血的代价啊！"

萧剑飞不知她话里的意思，就不再搭腔。

"剑飞。"宁秋萍叫出这两个字，自己脸先红了。

萧剑飞也觉得脸上热乎乎的。

"你知道红玫瑰象征什么吗？"她问。

"不知道。"萧剑飞回答。

"不知道你为什么送我？"宁秋萍说，"红玫瑰象征着爱情，非常非常真挚的爱情。"

萧剑飞忙说："我们是朋友，友情。这段时间，天天并肩办案相处，我们现在已经是朋友了。"

"难道我们过去不是朋友？"宁秋萍说，"八年前我们就是朋友了，而且是非常特殊的朋友，对不对？"

萧剑飞正不知如何应答，郑大年到了，一进门就问："你们聊什么哪，这么热乎？"

宁秋萍笑了，故意说："秘密，猜猜看？"

萧剑飞连忙接过去说："秋萍说你坏话呢！"

萧剑飞当反渎局长后，侦查监督处的工作暂时还没交掉。

陈英才"散布虚假信息案"报到检察院，他当天阅卷，当天提审陈英才，审查的结果当然是陈英才不构成犯罪。

萧剑飞知道这个案子的背景，就想到了公安局的报捕是怎么回事，打电话把郑大年臭骂一顿之后，又去找高庆生汇报。

高庆生说："剑飞，这个案子怎么回事，我多少也知道一点儿。你别拿我在火上烤，还是找秦检汇报，让'一把手'拍板吧。"

萧剑飞只好去找秦光汉。

萧剑飞走进秦光汉办公室的时候，秦光汉刚放下电话，看见他就说："剑飞我正说找你呢，陈英才那个案子公安报来了吧？"

"报来了，"萧剑飞晃晃手里的卷宗，"我正要向您汇报呢！"

秦光汉问："提审了吗？"

萧剑飞说："提审过了，陈英才供述辩解都跟在侦查阶段一致。"

秦光汉说："那就好。向高检汇报了吗？"

萧剑飞说："汇报了，他说这个案子背景复杂，让您拍板。"

秦光汉沉吟一下，说："案情怎么样，说说吧。"

萧剑飞就把案情汇报了，又说："根本就跟犯罪不沾边儿。公安那边不是胡闹吗?”

“是有点儿胡闹，这么简单的案子，他们不会拿不准。看来他们有难言之隐啊。”秦光汉说到这里，冲萧剑飞摆摆手，“你先去吧，案子回头再说。”

萧剑飞刚出门，安云峰的电话到了。

秦光汉看看来电显示，抓起电话就说：“你小子搞什么名堂，就陈英才这案子也往我这儿推，要什么滑头你?”

安云峰在电话那头笑了说：“矛盾上交嘛。你们是侦查监督机关，不推给你推给谁？市长那边催得急人，你就给我理解万岁吧，伙计。”

秦冰冰和郁继达恋爱了。

每天下午冰冰下班前，郁继达准时骑着摩托等在华夏文化传播公司楼下。晚上不是请他去夜朦胧歌舞厅，就是拉她去肯德基、麦当劳、王府海鲜楼。

起初冰冰对这种生活很不习惯，总是假借各种理由推辞。每当这种时候，郁继达显得非常尴尬和失望，冰冰觉得很不忍心，便勉强地跟着去了。

这天，秦冰冰一大早便走进了自己的办公室，开始收拾卫生。

这是她的老习惯，无论过去在家里还是在学生宿舍，她早上从不睡懒觉，而是早早起床整理房间，到华夏文化传媒公司上班后，她总是第一个上班，把屋里收拾得纹丝不乱，井井有条，把地面、窗台、桌椅板凳擦洗得干干净净，一尘不染。她觉得置身在这样的环境里，工作起来才会心情舒畅，聚精会神，搞起设计才会思维敏捷，灵感频出。

秦冰冰正哼着流行曲儿，精心地收拾办公室，郁继达抱着一束红玫瑰脚步轻快地来了，一进门就半真不假地嬉笑着鞠躬说：“祝秦冰冰朋友生日快乐!”

秦冰冰愣了一下才想起来，今天是自己的 22 周岁生日。

秦光汉和文若苹对女儿的生日向来是不大重视的。他们虽然一直宠爱着女儿，却一直不大赞成每年为孩子生日大操大办的做法，特别是领导干部，那样做有借机敛财的嫌疑的。所以，冰冰长这么大，他们只摆过两次生日宴，一次是一周岁生日，那时秦光汉在省检察院当助理检察员；另一次是 18 岁生日，那时秦光汉已经当了沱原市检察院的副检察长，两次生日宴都只邀请了冰冰的姑妈、姨妈，唯一算是外人的是郁先达夫妇。秦冰冰虽然时常应邀参加同学的生日宴会，却从不向别人提起自己的生日，久而久之，连自己的生日也淡忘了。

自己都把生日淡忘了，郁继达居然记得这样清楚，而且一大早就来祝贺。她心里顿时有了一种热乎乎的感觉，问：“你还记得我的生日?”

郁继达说：“那还用说，你是谁？你是我心中的天使嘛!”

秦冰冰说："我并没告诉过你呀？"

郁继达说嬉笑："这你傻了吧丫头，你的身份证不会告诉我吗？我不会主动打听？"

秦冰冰也笑着说："小伙子聪明。其实，我一向是不大赞成过生日的，所以差不多就把生日忘了。"

郁继达说："这你就对不起自己了。生日是一个人真正获得生命，真正成为地球村公民的隆重日子，怎么能随便就过去了？一年不就一个生日嘛，怎么也要庆贺一番。"

秦冰冰不以为然地说："怎么庆贺，还不就是海吃海喝一顿，填一肚子美味佳肴，灌一肚子酒精、糖水什么的，长膘！"

郁继达说："那是俗人的俗过法，我给你过一个超凡脱俗的生日。"

秦冰冰说："怎么个超凡脱俗法，唱歌、跳舞，喝咖啡？"

郁继达说："俗，还是俗！"

秦冰冰说："太空旅游？"

郁继达说："No，No No。我带你去一个安静、浪漫、优雅、令人心驰神往的地方。"

秦冰冰说："哪儿有这么个仙境？"

郁继达说："先对你保密，下午下班前我来接你，到地方你就知道了。"

秦冰冰产生了好奇，心想："安静、优雅、浪漫，还能令人心驰神往，陶醉无比，这是什么地方？"

"冰冰，我还有一件珍贵无比，更加超凡脱俗的礼物送给你？"郁继达又说。

"什么礼品，金银饰物、珠宝？我可不要。"秦冰冰摇头。

郁继达说："这么俗的礼物我当然不会送了。再猜猜？"

秦冰冰说："名牌服装、皮鞋？"

郁继达说："俗，又俗了，再猜猜。"

秦冰冰又猜："高级化妆品。"

郁继达还是摇头。

秦冰冰笑了说："看来我是难以脱俗了。猜不着了。干脆拿出来我看看。"

郁继达把手插进衣服，神秘地说："闭上眼睛，我要给你一个惊喜。"

秦冰冰像只猫儿一样乖乖地闭上眼睛，等着郁继达给她的惊喜。

郁继达却悄悄地凑近，在她粉嫩的唇上响亮地一吻。

秦冰冰这才知道上当，顿时觉得浑身一热，脸刷地红了。在她看来郁继达的举动无异于耍流氓，刚刚相爱怎么可以不经允许便强吻呢？

她有些气恼，正要发火郁继达已经转身跑了，一边跑一边回头，得意地嬉笑说："冰冰，这就是我给你的生日礼物！"

秦冰冰待在原处没动，也没回应郁继达的嬉笑。

她心里在想："这算不算自己的初吻？"

秦冰冰这样想着，不禁脸上又热了一下。

授予钟业成"优秀共产党员"、"人民好公仆"荣誉称号的命名表彰大会在市行政中心礼堂举行。

秦光汉带领全院干警参加了大会，倒不是为了给老同学撑面子，而是为了让干警受教育。他了解钟业成，认为眼下钟业成这样的干部确实不多了，他的事迹和精神就是不注水、不拔高，也是检察队伍思想教育的好教材。

这个大会的隆重程度远远超出了秦光汉的预料。市长主持大会，市委组织部长宣读命名决定，市委书记讲话。钟业成的妻子陈淑芬、司机小马和其他三名干部，分别报告了钟业成的先进事迹，他们个个声情并茂，泣不成声，1000多名干部群众感动得泪流满面，被压抑着的哭声一直轻轻地响着。

秦光汉也哭了，他过去只知道钟业成是好人，没想到他竟然真的像媒体上宣传的那样高尚。他觉得自己过去对钟业成的了解太不够了，于是开始在心里赞同对钟业成的宣传，并且因过去那种"拔高"的误解感到对不住郁先达，更对不起钟业成。

他这样想的，心里就好像塞了块什么，堵得难受，散会回到单位，好长时间心情也没有好起来。

晚上下班回到家里，秦光汉特意让文若苹做了两个菜，一个人自斟自饮，喝晕乎了才觉得心情好了些。

吃罢晚饭，两口子坐在沙发上看电视，沱原台正在播放钟业成先进事迹报告实况录像。秦光汉忍不住向文若苹说起了钟业成的感人事迹。

文若苹听了两眼泪汪汪的，说："老钟为别人办了那么多好事，却没给自家干什么事，地震局进去那么多干部的孩子，他就一个女儿却没有解决。好人啊，怎么好人就是没好报？老婆孩子，一个下岗一下失业，局长以上的领导，全市还有第二个吗？"

秦光汉想了想，说："没有，不光没有。据我所知，领导的家属子女不仅没有失业的，而且多数在不错的单位。"

文若苹说："不怕不识货，就怕货比货。这样一比老钟就更可敬，也更可怜了。光汉你以后如果有权的话，无论如何也要把小菊的工作给解决了，也好让老钟在地下合眼。"

秦光汉说："我也这样想，可是现在机关、事业单位都是有进必考，太难啦。要不我给先达说说，他当市长的总会有办法。"

两口子正在你一言我一语地说话，秦光汉的手机响了，是安云峰打来的。

安云峰在电话里问："老秦你在家里，还是在外面饭局上？"

秦光汉说："我有什么酒场饭局，我又不是公安局长。"

安云峰说："老秦你就别拿我开涮了，我找你有事。"

秦光汉想起了陈英才那个案子，就说："你又设什么套让我钻？"

安云峰说："你有心思开玩笑，我可没有。真的，我有重要事项向你汇报。"

秦光汉说："你又拿我开涮了是不是？你是厅级我是县级，你向我汇什么报？"

安云峰说："你老兄扶正还不是早一天晚一天的事？再说你现在行使的是检察长职权嘛。真的，我有重要事情告诉你，要不憋在心里我会憋疯的。"

秦光汉听他这么一说，就相信他真有事找自己，而且一定是什么大事，于是就问："老安你在哪儿？"

安云峰说："我在你家门口呢。"

秦光汉说："那你上楼吧。二单元四号。我在家呢。"

安云峰说："你下来吧，我带你去一个地方。"

秦光汉又对安云峰说的大事怀疑起来，以为他要带自己去赶酒场，便说："我刚喝过，酒足饭饱的，就不出去了。"

安云峰说："你还说没有饭局酒场呢，在哪喝的这么快就到家了？"

秦光汉说："在家喝的，穷人喝惯了自己的酒，点点滴滴在心头。"

安云峰说："不是去喝酒。我带你去一个地方，那件大事就发生在那个地方。你快下来吧，我在小区大门口等你。"

秦光汉下楼，走到小区门口，一眼就看见安云峰的那辆O字头的警车停在一侧。

他走过去，一拉车门钻进去，坐到安云峰旁边，问："去什么地方，神神秘秘的？"

安云峰说："别问了，到地方你就明白了。"

安云峰一踩油门把秦光汉拉到沱阳江大桥。

桥上晚风习习，华灯辉煌，灯光映照在江水上，使水上桥上一片灿烂，颇有一点"疑是银河落九天"的意境。

安云峰下车径自走上大桥，在一根栏杆旁停住，入神地看着桥下。

秦光汉莫名其妙地跟过去，看一眼桥下。

桥下的波涛汹涌着，喧嚣着，发出轰鸣。跟往日没有什么奇特的地方。

“看什么，”秦光汉说，“你带我来就是看沱阳江夜景？”

“秦检，”安云峰把目光从桥下收回来，一脸肃穆地答非所问，“上午的报告会怎么样？”

“很好，”秦光汉说，“这还用说吗？你不也听了吗？”

安云峰又问：“你觉得钟业成这人怎么样？”

“好人，这更不用说了，”秦光汉盯住安云峰脸上的庄重，突然意识到他要给自己透露什么秘密了，于是问，“你是说钟业成？”

安云峰说：“老钟不是以身殉职，他确实是自杀的！”

第九章
“吃 里 爬 外”

钟业成是早晨五点多钟在沱阳江大桥跳水自杀的。

市长接待日那天，钟业成被郁先达骂出办公室，走出市政府办公楼，司机小马远远看到他，连忙把车开了过来。

他看了眼局长，发现他脸色发青，眼睛红红的，以为他病了，就关切地问：“局长，你脸色不好，到医院看看去吧？”

钟业成摇摇头，伸手拉开车门。

小马又说：“要不送你回家休息一下吧。”

钟业成什么也没说，又推上车门向街上走去。

小马连忙开车追上去，探身窗外，问：“局长去哪儿，我送你。”

钟业成像没听见一样，理也不理，一直向大门外走去，消失在人群中。

小马无奈地叹了声气，心里说：“钟局长遇到不顺心的事了。”

钟业成沿街走了半个多小时，一路上心里充满了针芒在背的感觉，好像有成千上万双眼睛鄙夷地盯着他，成千上万张嘴冲他骂：“骗子，骗子，钟业成你骗了我们的血汗钱、活命钱。钟业成你死去吧！”

“我不冤，我是骗子，我钟业成是个十恶不赦的骗子。”他痛心地自责，“当初完不成集资任务大不了撤职，我这个局长不干就是了，我为什么鹦鹉学舌，许诺出资3万，3年还本付息6万呢？小小地震局七八百万啊，我用什么去偿还，有什么办法去了结？干部、职工，还有亲朋好友，我怎么向他们交待？”

一路上心里七上八下地想着，到了沱阳公园门前，心里仍然堵得难受，便买了张门票走了进去。

好几年没进公园了，里面基本上还是老样子，只是路旁的雪松高大了，也茂盛了些，沱阳湖面上漂浮着浮萍、蓝藻，水里散发出阵阵酸臭味，湖边多了片游乐场，大人孩子都在那里嬉戏玩闹，给公园增添了几分生气。

钟业成在马鞍桥上停下来，双手扶着护栏盯着湖水发呆。

水面上漂着几条死鱼，白晃晃肚皮上贴着斑斑点点的蓝藻，一只红鲤鱼吃力地在它不幸的同类尸体间浮来游去，一副缺氧的样子。

“这红鲤鱼完了，它不能缺氧，缺氧就会死去，像人缺钱一样，人缺钱缺得多了也只有一死。”钟业成突然明白自己为什么要到沱阳公园来了：沱阳湖是自己的归宿！

他掏出那张辞职报告来，展开看了又看，字里行间的泪痕跟字迹模糊在一起，成片成片的混沌着。这是他书写时留下的。

他曾是一个有坚定信念和抱负的人，尽管地震局是个清水衙门，在许多人眼里还是个无足轻重，可有可无的部门，尽管身边已有多人辞官下海，成了令人羡慕的款爷，并且都劝他步其后尘，而且愿意资助他，扶持他，可钟业成当地震局长八九年间，自己的信念和抱负从未动摇，从未产生过辞职的念头，更不用说自杀了。

他坚信地质学家李四光的论断，沱阳江沿线是中国四大地震带之一，沱原则是沱阳地震带的中心。八九年来，他无时无刻不拿李四光的论断警示自己，年复一年日日夜夜监测研究沱原一带地质活动情况，希望在灾难降临的十天前，哪怕一两个月前准确发出预报，避免邢台、唐山、汶川大地震那样的悲剧，也不枉当了两任地震局长。可是现在，自己的生命竟然要在沱阳湖里了结了，而且是因为跟地震毫无关系的事！

他慢慢地把辞职申请撕成碎片撒进湖水，两行热泪扑簌簌滚了下来：“什么地震局长，再见吧！同志们，亲友们，对不住了，那钱我下辈子再来偿还你们！”

他双手按住桥栏，只要猛力一跃，一切烦闷就可以结束了。可是，就在这一瞬间，钟业成又瞟了一眼污浊不堪的湖水。

蓝藻在桥下聚成一片，水下接连不断地向上翻着气泡，那条刚刚垂死挣扎的红鲤鱼已经肚皮朝上地漂浮在那片蓝藻里。

“我不能死在这里。我钟业成从没贪污受贿一分钱，没跑官买官，也没有情人二奶，我是干净的，绝不能死在脏水里。”他这样想着，便不由自主地缩回手，退了回来。

钟业成走下马鞍桥，走出沱阳公园，站在门口望着川流不息的行人，看到坐着轮椅却又神采奕奕的老人，看到衣着艳丽光鲜光亮的女人，看到歌唱般喝着号子用人力车拉货的汉子，看到路旁追逐嬉闹的孩子，心里像针刺一样。“活着多好啊。可惜，这一切都不属于我了！”

他连忙低下头去，生怕把自己的泪水暴露给那些正在快乐生活的人们。

他决定再回一趟地震局，向那座自己工作了九年的破楼，向朝夕相处的干部职工告别一下。

他回到了地震局，回到了自己的办公室。办公室里的一切是那么熟悉，那么亲切，那么难舍难弃。

他在办公桌旁坐下来，一眼看到桌上压在烟灰缸下的纸。这是一个电话记录：市政府金一文的电话，催报集资款返还情况。如不能如期完成，一把手到市政府说明原因。

钟业成对电话记录惨然地笑了笑，提起笔来在上面写道：请刘主任送郁先达市长。

他想了想接着又在电话记录下面写道：

“亲爱的市委、市政府，尊敬的领导，同志们，再见了。我辜负了领导的期望，把这么重的担子（700 万元）留给了政府。我恳求市委市政府为地震局解决这个难题，否则下任局长无法履职，干部职工无法生活。那些钱是他们的血汗钱，其中许多是借来的。别让他们走我的路。他们是无辜的。他们都是好同志啊。谢谢领导了。

不合格的干部钟业成

2008 年 6 月 17 日绝笔”

写毕，他站起来又深情环视一下办公室的一切，才依依不舍地轻轻带上门。

他先到几位副手办公室，感谢他们对自己的支持和配合，交待他们尽心尽责把自己的事情办好，还说新局长来了一定还要像支持他一样支持人家。

他告诉他们，不要为返还集资款的事焦心，那 700 万，市委市政府会帮助返还的。

副手们看出了他心情不好，以为他是为自己被撤职罢官做准备，便劝慰他说市委要追究还款不力的责任，大家一齐承担。

钟业成笑笑，说了声谢谢。

看罢了副手，他又逐个办公室去看干部职工，在每个办公室说的都是同一句话：“对不起同志们了，集资款要晚几天返还了！”

楼上的干部职工告辞了一遍，钟业成想起了门卫老康头。这是位老实巴交的退休职工，因为家庭困难，钟业成为照顾他专门返聘的。

钟业成见到老康头的时候，想说“我这个局长没当好，让你退休了还这么辛苦”，可是还没张口就哽咽了。

老康头似乎什么都明白，没等他开口就说：“钟局长您是好人。那些钱就是不还俺也不会怪您，俺知道谁是败家子。您别为这事上火，那钱我不要了。”

老康头哪里知道，他越这样通情达理，钟业成越觉得对不起他们，死的念头越强烈。

中午，钟业成一进家就看到客厅里坐着五六名亲戚，有他表弟、连襟，还他爱人家里表侄、表舅，人人铁青着脸，像天下人都欠他们的账。

钟业成一眼就看出，他们都是来找他要钱的。

当初是他许诺三年还本付息，借 1 万还两万，从他们手里借了 30 万，凑合着完成了地震局的集资任务。现在三年已满，集资款却打了水漂，看样子他们都已知道了。

他正想进屋跟亲戚们打招呼，妻子抢先一步迎出来，把他拉到一旁说："钱没带来？他们可都说了，今天拿不到钱绝不回去。"

钟业成心里沉了一下说："我知道了。"就走到屋里，跟亲戚们打招呼。

亲戚们一齐拉着脸问他："钱能让我们拿回去吗？"

钟业成强陪笑脸说："不知道你们来，没让会计准备。今天不行了。这样吧，10 天以后，10 天以后我让她们娘俩给你们送去！"

亲戚们你看看我我看看你，满脸都是不信任。

连襟首先开口说话了："你别蒙我们了好不好妹夫，谁不知道你们地震局是座什么庙，10 天后，10 天后你拿什么还？"

钟业成正要说话，不料女儿小菊从里间冲出来，瞪着眼问姨夫："姨夫你怎么跟我爸说话的？信不过他，你当初把钱借给他干什么？"

小菊是个文静的姑娘，平时在长辈面前连大声说话都很少。钟业成知道自己回家前这帮亲戚一定说不少难听话，女儿实在受不了。尽管如此，作为小辈在长辈面前这样不礼貌也是不能允许的。于是，他厉声冲女儿喝道："哪有小孩子的话，滚屋里去！"

小菊赌气钻进里间哭去了，姨夫仍然不依不饶的说："这是什么孩子，还了得。你不就是个地震局长的孩子吗？"

钟业成劝他："怪孩子不懂事，姐夫你消消气。"

连襟气冲冲地说："我消什么气？我他妈要钱。你给我钱！"

钟业成也火了，说："姐夫，我说 10 天后还钱，就还钱，你还要怎么样？"

连襟不示弱，说："你凭什么还钱，就凭你家里这堆破烂？"

钟业成说："我凭自己这条命，拿不出钱我一头从沱阳跳江下去！"

"好好，这可是你说的。我等你 10 天，看你是给钱还是跳江……"连襟嘟嘟囔囔地起身走了。其他讨债人自觉无趣儿，也都跟着走了。

所有亲友登门逼债，钟业成都能接受，唯一不能接受的就是这名连襟带头逼债。

25年前，钟业成跟陈淑芬刚结婚，蜜月还没度完，就遇上了连襟两口子登门借钱。连襟借钱为的是老娘治病，老人重病住院急需5000元的住院押金。那时候无论是干部还是工人，工资都很低，他们找遍所有亲友也没借到钱，找到钟业成家里时候，连哭带求，就差下跪了。钟业成和陈淑芬一点可怜的积蓄都在结婚时用光了，哪里还有钱借给连襟。可是，钟业成心软，见老婆的姐姐姐夫为难成那样，便想也没想就把新房里摆放的大彩电搬出去卖了，凑够5000元一把交给连襟。连襟感动得跪下就要磕头，说以后当牛做马挣钱也要加倍归还钟业成的血汗钱。转眼20年过去，当初的5000元如果放在银行也该变成几万元了，可连襟从未提还钱的事，钟业成两口子也没提过要钱，即便是在陈淑芬下岗、女儿小菊上学，家境很惨淡的时候也没提过。

3年前，钟业成动员亲友帮地震局集资的时候，怕连襟联想到当年的5000块钱，就没好意思找他，哪知连襟还是从哪里得到了消息，主动揣2万块现金登门，说放在家里就是死钱，让钟业成帮助参加地震局集资，说集资2万3年后拿回来4万，比放哪儿都好。

而现在就是这位连襟带头登门逼债，20年前的事竟然一字不提！

老婆孩子都坐在家里生气流泪，连午饭也没做。

钟业成瘫坐在沙发上，不时用眼的余光偷偷扫她们一下，心里一阵阵隐痛，觉得很对不起她们，是自己让她们受了委屈。

中午一家人滴水没沾，晚上也是如此。

母女俩老早就上床睡了。

钟业成到街上转了一圈。觉得路灯是那样明亮，楼房是那样耸立巍然，夜风是那样清爽宜人……一切都是那么可亲，那么值得留恋。可是，自己竟然要与这一切诀别了！

钟业成在街上转到凌晨一点多，回到家时老婆孩子都睡着了，陈淑芬在睡梦里还长吁短叹着。

他站在床前默默地想："淑芬，我的好妻子，跟着我吃苦了。如果有来世，如果来世还能做你的丈夫，我一定让你享几天福！我走了，不是我心狠，这是不得已的事！我不死市里就不会帮地震局还这几百万集资款，这可是好几十位干部职工的血汗钱啊！淑芬，我的好妻子，原谅我吧！"

钟业成想到这里，弯下腰，凝神地看着熟睡中妻子。在窗外透进的灯光下，那张无比熟悉的脸颊遗留着明显的泪痕……

他轻轻吻了一下妻子，转身走出来，蹑手蹑脚地走进女儿小菊的房间。

小菊睡得很熟，神情很平静，像平常一样，好像什么事情也没发生。

钟业成爱怜地盯着女儿，感到女儿这张熟悉的脸突然有点陌生。

他心里想："孩子，你不恨爸爸吗？爸爸当了 9 年局长，安排了那么多孩子，却连份工作也没给你，让你 20 多岁了连婆家都不好找！做爸爸的女儿，你吃了多少苦，受了多少委屈，爸爸在心里记着哪。爸爸对不起你！爸爸舍不得你，爸爸没办法啊！"

钟业成深情地看了女儿一眼，正想转身出门，小菊突然哭叫了一声："爸！"

钟业成惊了一下，发现女儿是梦话，她在做噩梦。

"好女儿，在以后的日子里，你会不会还在噩梦里生活？"钟业成心里刀剐般地疼了一下，连忙转身出门，决然地向沱原江大桥走去。

5 点多钟的时候，一位早起的渔民正撑着小船，在桥下游不远处江边整理自家养鱼的网。

这位渔民早就发现桥上有人踱来踱去，不时伏在桥栏边看着江水发呆，他以为是起早散步的，便没有在意。过了 20 多分钟，他突然听到桥上有人惊叫一声："危险！"抬头一看，发现刚才踱步的那个人爬上桥栏，一头向桥下栽去。

他连忙挥起船桨向桥下划，可是桥下水流太急，眼睁睁地看着那人在水里沉浮几下不见了。

他连忙招呼附近江面上打鱼的十几个渔民在下游排开，张网救人，又打了 110 报警。

过了十多分钟，郑大年带着五六名民警赶来了，医院的 120 救护车赶来了，救火车也载着消防兵和冲锋舟赶来了。渔民、消防、民警，渔船、巡江船、冲锋舟一齐在江里搜寻，忙活一个多钟头把钟业成网上了渔船。

看样子钟业成喝进了不少江水，肚子涨得像面鼓，早已断气了。

郑大年在桥上发现了钟业成一双扣在一起的鞋子，鞋里放着他的遗书。

安云峰讲了掌握的情况，两个人都已泪流满面。

"遗书呢，遗书哪去了？"秦光汉问。

"这封遗书让郑大年收了起来，交给老钟家属了，其他人谁也没有看到。"安云峰说，"我带郑大年去向市领导汇报的时候，又收了回来，交给郁市长了，现在还在他那儿。"

秦光汉说："老钟在遗书里都说了些什么，看来只能是不解之谜了。"

"遗书我看了，内容就是我跟你说的那些。他几天的经历，还有所思所想所恋所怨。"安云峰说着，拿出厚厚一迭纸，"我事前复印了一份，连老钟写给市委的信都复印了。你回去一看什么都明白了。"

秦光汉接过复印件在手里掂了掂，装进衣袋，说："老安，感谢你的信任。"

他们上车返回，一路上两人都不说话，心里沉甸甸的。

安云峰把车开进城北门，停下来问："是不是送你回家？"

秦光汉说："我想去看看陈淑芬和小菊。"

安云峰说："那好，我们一起去。"

秦光汉问："身上有钱吗？买点礼品带上。三五百块就行了，有吗？"

安云峰说："正好后备箱里还有一份营养品，准备去医院看人的。巡警支队一名大队长受伤住院了。"

秦光汉说："那好，先用了吧。"

秦光汉和安云峰赶到钟业成家，陈淑芬正跟女儿争吵着什么，母女俩都哭着喊着，吵得不可开交，听到秦光汉在门口喊"淑芬"，才停下来。

母女俩把秦光汉和安云峰迎进屋，就边抹眼泪边忙着倒水泡茶。

秦光汉向母女介绍说："这位是公安局的安局长，我们来看看你们娘俩。"

陈淑芬眼泪婆娑地说："谢谢，谢谢两位领导。"

小菊也跟着说："谢谢秦叔叔，谢谢安叔叔！"

秦光汉和安云峰肩并肩坐在当门的破沙发上，一眼就看见茶几上放着只沱原市政府的专用文件袋，鼓囊囊的，里面好像装的是钱，于是问道："晚上市政府有人来？"

陈淑芬说："郁市长跟前的金秘书来了，给了 10 万块钱，说是因公牺牲补助金。"

安云峰看看秦光汉，说："市里这事做得不错。"

陈淑芬说："小菊这孩子正为这事跟我吵呢？"

秦光汉问："怎么了，小菊嫌钱少？"

小菊说："这钱我们压根儿就不该拿。"

陈淑芬说："这孩子口口声声说我明知她爸不是因公牺牲拿昧心钱，在报告会上说昧心话。你们两位领导都知道，我只说了老钟在家里省吃俭用的事。我说老钟是因公牺牲了吗？"

秦光汉问："你们怎么知道钟局长不是因公牺牲？"

小菊说："我爸到底怎么死的，我也是疑疑惑惑的，关键是他们开始说是自杀，后来又说是因公牺牲，让人觉得奇怪。"

陈淑芬母女得知钟业成跳江自杀的消息是早上 7 点多钟。

那天早上，陈淑芬一觉醒来，发现丈夫不在身边，被单、枕头也没有动过的痕迹，心里便咯噔一下，感到了一种恐怖的不祥。

她连忙打丈夫的手机，手机关机，又打电话给小马和地震局传达室，都说没见到钟业成。

她脑袋嗡地响了一下，神情惊慌地向女儿房间喊。“小菊，小菊，你爸不见了，你爸一夜没回来！”

小菊猛然从自己房间里冲过来，默默看着床上叠放在枕头上的毛巾被，喃喃地说了声：“爸爸！”泪水就奔涌而出。

母女俩正在为钟业成的失踪而揪心，小马陪着郑大年来了。

小马一进门就哭着说：“陈姨，钟局长死了！他跳到江里自杀了！”说着把钟业成的遗书递给陈淑芬。

陈淑芬听到这个噩耗，目光呆滞地愣着，没有号啕大哭，甚至连一滴眼泪也没有流。

“爸！”小菊惨叫一声栽倒在地上，额头顿时渗出血来。

陈淑芬这才撕心裂肺般地痛叫一声：“小菊，没有爸爸了，你可别吓着妈啊！老钟，你怎么就舍得我们娘俩啊！”

母女俩随小马到殡仪馆见了钟业成一面。回到家里，地震局的干部职工都闻讯赶来了，屋里屋外挤满了人，院里院外都是哭声。

灵棚很快搭好了，干部们集思广益为钟业成写了一幅耐人寻味的挽联：

勤勤恳恳兢兢业业奉献一生，不明不白命葬沱阳江，问天地何因

清清白白干干净净为官半世，有牵有挂泣别妻与小，缘官场丑恶

上午 9 点多钟，陈淑芬正在屋里和钟业成的兄嫂商量他的后事，小马走进来，把她拉到一旁说：“陈姨，钟局长不是自杀，是因公牺牲。”

这使陈淑芬大感意外，于是便问：“不是有遗书吗？”

小马说：“把遗书交给我，你就当什么也不知道，千万不要对人家说钟局长是自杀的。”

陈淑芬说：“不是自杀，他一大早跑到沱阳江大桥干什么？”

小马说：“这你就不用管了，市长一会儿就来看你，你听我怎么说就行了。”

后来，郁先达果然来了，小马也就当着众人，哭诉了钟业成以身殉职的事迹。

秦光汉听罢陈淑芬讲了事情的经过，问：“钟局长的遗书您细看了吗？”。

“没有，”陈淑芬说，“小菊也没看，那时候心都碎了，哪还有心思看什么遗书？”

秦光汉想了下，看看安云峰，对陈淑芬说：“你弄错了，那不是什么遗书，是老钟写的一份工作打算。”

陈淑芬瞪大了眼睛，小菊瞪大了眼睛，安云峰也瞪大了眼睛，一齐呆呆地看着他。

“真是这样吗?”小菊扭头问安云峰。

安云峰恍然大悟地冲秦光汉笑笑，回答说：“是这样，你爸爸确实是因公牺牲的。我们公安局调查过。”

陈淑芬落了泪说：“老钟死得光荣。市政府把地震局的几百万集资钱也替他还了，他走得值，可以瞑目了。要不落了个逃债自杀的臭名，多丢人哪!”

小菊也说：“这么说，我就可以去环保局上班了?”

秦光汉一愣：“环保局上班?”

小菊解释说：“晚上金秘书他们来送钱的时候，通知说，市政府已经安排我到环保局执法大队工作，让明天就去报到。”

秦光汉和安云峰一齐高兴地说：“这是好事!”

陈淑芬斜了女儿一眼：“好事，人家还不愿意去呢!”

秦光汉问：“为什么不去?”

陈淑芬说：“她说他爸的死不明不白，她不想上骗来的班，还让我把这10万块补助金退回去呢!”

小菊不好意思地低下头：“我不是以为……我去就是了。”

从钟业成家里出来，安云峰小声对秦光汉说：“郁市长这事做得好，也省得咱俩为老钟的老婆孩子操心了。”

秦光汉不说话，从钟业成家转过两条街道，直到他家住的小区门口，他一句话也没说。

安云峰把车停下，秦光汉突然抓住他搭在方向盘上的一只手，异常庄重地说：“老安，你向我保证，今天晚上的事，还有钟业成之死的真相，不对任何人说!”

安云峰愣了一下，问：“为什么?”

秦光汉说：“为了让老钟在地下瞑目，为了他老婆孩子得到从老钟手里得不到的东西!”

安云峰郑重地点了下头，感慨地说：“用心良苦哇，老兄!”

秦光汉一步跨进家门，文若苹正坐在电视机前，眼睛却一直盯着门等他，看见丈夫满面红光的样子，便嗔怪地说：“又跟安云峰在哪喝的?”

“哪儿也没喝，”秦光汉凑到妻子跟前，逗她，“不信你闻闻!”

“去去!”文若苹使劲推着他，问，“没喝酒怎么脸跟猴屁股似的，有什么喜事?”

秦光汉说：“市里给老钟家10万块补助金，还把小菊安排好了。”

文若苹说："真的？安排到哪去了？"

"环保局执法大队，财政全额拨款。"秦光汉接着把到钟业成家的情况说了，不过他有意漏掉了钟业成之死的真相。

两口子冲个澡上床睡觉，文若苹说："冰冰和小达的事，该跟先达、琬璐再一起说说，如果两家满意，他们又两情相悦，就给他们办了。现在两个孩子半夜半夜的在一起，要真弄出点什么事来，你和先达一个检察长、一个市长……"

秦光汉问："怎么，冰冰没回来？"

文若苹说："晚上来电话，说小达在外面为她过生日呢！"

郁继达在王府大酒店订了间情侣包厢，买了只小巧玲珑精美无比的蛋糕，为秦冰冰过生日。

桌上放了一只龙虾，还有鲍鱼、扬子鳄肉等几样名贵珍稀的菜肴，酒是一瓶法国白兰地，看起来也不怎么显眼。

秦冰冰几乎没进过这么高档的酒店，更没享受过这么珍稀名贵的美酒佳肴，单看数量，还觉得郁继达安排的挺"简单朴实"呢。

郁继达让秦冰冰坐到正座，就开始点亮了生日蜡烛。

优美的《生日歌》从蛋糕里飞出来，悠悠扬扬欢欢快快，跟秦冰冰的心情一样。郁继达跟着乐曲唱起来，秦冰冰也愉快地用手拍着节奏，虽然只有他们两个人，却也很有点生日宴的气氛。

秦冰冰双手合十，双目微闭，对着生日蛋糕默默许愿："愿郁继达一直是个好人，不是坏蛋。"完了笑眯眯地问："继达，你猜我许的什么愿？"

郁继达迫切地盯住她："许的什么愿，说给我听听！"

秦冰冰故意笑着逗他："我许的愿是，让郁继达变成大坏蛋！"

"你这个坏丫头！"郁继达嬉笑着，伸手把她揽进怀里，在她腋窝下抓搔。

秦冰冰被胳肢得咯咯笑着挣扎，却不料郁继达突然一下子把手伸进她的胸罩。

秦冰冰惊了一下，使劲挣扎起来，身下的座椅移位，发出啪哒啪哒的声音。

立在门外的服务员似乎听到房间里的异动，有意咳嗽了一声。

秦冰冰顿时停止了挣扎，郁继达也把手停在她的胸部，呆呆地看着她，看见她两眼噙满着泪水。

郁继达害怕了，连忙抽回手，抱歉地说："对不起冰冰，我太兴奋，也太爱你了！"说罢放开了她，回到自己座位上。

"如果真的爱我，你就要保护我，不要毁我，"秦冰冰整理衣服，抓过餐巾擦了下泪水，淡淡地说，“谢谢你为我过生日。咱们吃饭吧。”

郁继达怔了下，连忙抓过白兰地，给她倒酒。

“别给我倒，我不喝酒。”秦冰冰说这话时面无表情，语气也是那种没有什么感情的语气。

“今天是你的生日，你不喝算怎么回事？”郁继达说，“这是葡萄酒，没有度数，跟糖水一样。”

郁继达给秦冰冰倒了半怀酒，又给自己倒上，端起来说：“冰冰，祝你生日快乐。干！”

秦冰冰没听说过白兰地，更没喝过，听名字挺美妙的，就真的以为是葡萄酒，端起来一饮而尽，呛得咳嗽不停，脸憋得涨红。

郁继达连忙给她捶背，夹菜说：“喝急了，快吃菜压压！”

秦冰冰咳嗽着说：“你不说是葡萄酒吗？”

郁继达狡辩说：“没错，是葡萄酒，不过不是普通葡萄酒，是法国洋货，比国产的味儿冲。你不习惯。”

两人开始吃菜，秦冰冰再也不喝酒，无论郁继达怎么劝也不喝，只管一样一样地品尝着桌上的菜肴。

秦冰冰觉得脑袋渐渐地发懵，便放下筷子说：“不行，我头晕，不吃了。你自己慢慢吃吧。”

“我也吃好了，”郁继达也把筷子一放，冲门外喊，“小姐，买单！”

不大一会儿，一名花枝招展的小姐拿着张单子和水笔，推门进来，递给郁继达，娇滴滴地说：“请您签单吧，郁先生。”

郁继达接过来看也不看就龙飞凤舞地签好，还给小姐。

秦冰冰在他签单的时候扭头瞟了一眼：3000 元！她吓了一跳说：“这么多钱？”

“多什么，不就 300 块吗？”郁继达向小姐递个眼色，“你说对不对？”

“对对，300 块不多的。”小姐说着转身出门去了。

郁继达伸手挽住秦冰冰，说：“我们出去遛会儿吧。”

秦冰冰说：“你在这儿吃饭可以签单？”

郁继达说：“王府是我们公司的招待点，享受七折优惠。到时候韩劲达统一结账，我吃的直接从工资里扣。”说到这里才想起来，秦冰冰知道他在市直机关印刷厂上班，便又补充说，“我背着爸爸、妈妈在劲达兼职呢。”

天上有点阴云密布，马路上轻风习习的，比起往日凉爽许多。

秦冰冰走到街上，让轻风一吹，顿时觉得脑子清爽了一些。

这是条比较偏僻的马路，人不多，车也不多，路灯也不太稠密，不大明亮。因为路边的法国梧桐树冠遮天蔽日，路边人行道便被笼罩在阴影里。

灯光不太明亮，氛围就显得有点暧昧，很适合恋人们亲密接触，或干点向实质性的关系过渡的事情。

郁继达选择这条街道，当然是别有用心的。

他们沿着这条街道一侧的人行道慢慢前行，两个人的身影完全融入阴影里。

郁继达一只手亲昵地揽在秦冰冰的肩膀上，试探着下滑，碰碰她一只挺拔而柔软的乳峰，碰一下冰冰便甩一下肩膀，以示拒绝。一次两次……再碰她便渐渐有点适应，不再甩肩膀，不再表示拒绝了。

女人的秘密仅在于第一次之前，有了第一次秘密就不再是秘密，神秘也不再是神秘了。有了刚才在包厢里的一幕，现在郁继达隔衣碰碰，摸摸，对秦冰冰来说，也就不再是什么难堪的事了。

他们在一座石椅上坐下来。

不远处的另一座石椅上传来男女哼哼叽叽的呻吟声，一双叠在一起的黑乎乎的影子在石椅上蠕动。

郁继达有备而来，再加上这种声音和这对黑影的挑逗，便不失时机地把秦冰冰搂在怀里吻起来，接着便得寸进尺地把手伸进她的胸罩。

秦冰冰对他的每一次得寸进尺都是由坚决拒绝到不怎么坚决拒绝，再到半推半就的拘谨，最后到顺从和接受。因为害怕、害羞很没有生命力和力度，郁继达的进攻就越猛烈越到位，秦冰冰的这种心理屏障也就越脆弱和无力，直到完全消失，化作一种快感，一种难以言表的心理、生理上的双重需求。

何况，秦冰冰懂得这些亲密接触是热恋必不可免的，迟早要遇到的。秦冰冰在包厢里便料到郁继达不会就只满足她的上半身，一定会自上而下的，所以她已经打定主意，无论如何不能在感情冲动中乱掉方寸，无论如何不能让最后的防线失守。

事实上，他们在石椅上亲热半个小时后，秦冰冰也就只有最后一道防线了。

经省城机械设计院、省技术质量监督局专家鉴定，沱原市花了3个亿人民币从日本进口的石世宝三期工程的50多条“尖端技术”生产线设备，都是国产的普通机械设备，而且全部是翻新喷漆的旧货，确实像牛太元所说的，许传新花3个亿买来的就是几十堆废铁。还有花1000多万元从日本买来的石世宝示范施工用成品，涂料已经板结，根本不可能用于技工培训和样板施工，石世宝建材生产添加剂，根本检验不出成分，谁也弄不清是什么玩意儿！

这个鉴定结果与田蜜儿日记的记述及牛太元的揭发相互印证，许传新涉嫌重大受贿和玩忽职守犯罪。

秦光汉决定对许传新立案侦查，并且指定萧剑飞结合介入牛太元诈骗案，查办许传新受贿案，因为两案有紧密联系。

“抓他，判他这个吃里爬外的东西。”郁先达听罢秦光汉的汇报，恨得咬牙切齿，“他妈的，老子养了条狼。我对他这么器重，竟然为了300万元，帮助骗子坑了沱原30亿元，把我和家厚书记害得这么惨！”

检察机关有项内部请示制度，规定市级检察院查办县处级干部职务犯罪案件，须报经市委批准。

按照程序秦光汉应当先向分管政法工作的市委领导汇报，或者直接向邝家厚汇报，可是他考虑到许传新是郁先达的心腹，只要他同意立案，其他领导那里就不会有什么阻力了。

“你们立案吧，给我彻底查他，看他是不是牛太元、河岛野雄的同伙！”郁先达狠狠地说。

秦光汉说：“是不是还需要向邝书记请示一下。”

“不用了，我来向有关领导通报。有什么情况，再跟你联系。”郁先达态度鲜明，“你回去就办，先把他抓起来，防止他卷款逃了。”

萧剑飞、刘明远秘传许传新，许传新态度强硬，不仅矢口否认受贿，而且把设备引进的责任一股脑地推到郁先达身上，说：“我这个招商局长只是个跑腿的，什么也不知道，有问题你们找市长问去！”

秦光汉把许传新的态度说给郁先达听了，郁先达沉默了半天，说出一句话：“这个东西罪该枪毙！”

秦光汉估计许传新的顽抗，是幻想郁先达或什么权势人物会出面保他，于是决定，鉴于设备检验已有结论，依法对他刑事拘留。

晚上，萧剑飞、刘明远带着两名法警赶到许传新家。

许传新的老婆钟本兰说许传新没回来，可能在沱原宾馆陪什么人吃饭。

他们赶到沱原宾馆，许传新果然在那里喝酒，是陪高庆生和市里几个局长喝酒。不用说，他是找哥儿们商量如何对付检察院的调查。

萧剑飞在楼下犹豫起来：上去在包厢当着高庆生抓人，势必让这位领导难堪。高庆生在这里难堪了一下，是不会善罢甘休的，他会记恨一辈子，更会找什么机会报复。

萧剑飞了解这位副检察长的为人。“宁愿得罪君子，绝不得罪小人”，他决定等他们酒宴散了再行动。他倒不是害怕高庆生报复——工作变个法儿一样干，为什么非要得罪小人呢？

萧剑飞、刘明远带着法警撤到宾馆门外等候，等了一个多小时许传新的酒场终于散了。

许传新和高庆生交头接耳地说着什么，从楼上下来，亲亲热热、神神秘秘的样子。五六个局委的头头跟在后面。

法警看见许传新有高庆生陪着，便用眼神征询萧剑飞、刘明远的意见：抓不抓？

他们已经到许家去过，显然已经打草惊蛇，错过这个时机就可能造成许传新畏罪潜逃。于是，萧剑飞跟刘明远交换一下眼色，果断地向法警挥手下令："抓！"

两名法警迅速迎上去，一人扭住许传新一只胳膊。

"干什么，你们干什么！"许传新拼命挣扎着叫喊，向高庆生求援，"庆生，庆生！"

"你们干什么！"高庆生愣了片刻，才反应过来，恼怒地冲法警吼道，"这是招商局的许局长，你们干什么！"

萧剑飞看也不看他，向许传新亮出拘留决定书和手铐："许传新，你涉嫌受贿和玩忽职守犯罪，现在对你依法拘留！"

许传新无奈地伸出双手，接受了眼前这副锃亮的家伙。

"押到车上去！"萧剑飞向法警下令，又回头向高庆生说，"根据市委决定，对许传新立案审查。"

高庆生愣了，眼睁睁地看着萧剑飞把许传新带上警车，呼啸着警笛离去，直到在视线里消失。

二楼楼梯口旁，夏小荷扶着栏杆，目呆呆地目送着警车远去，慢慢地瘫坐在楼梯上。

许传新归案后拒不认罪。

仇琬璐登门，找文若苹商量两家儿女订婚的事。

文若苹说："这有什么商量的？两个孩子相爱，两家大人同意就行了呗。"

仇琬璐说："咱们两家都是有身份的，怎么也不能太潦草了。要不，两个孩子会感到对他们不重视，脸上没面子。订婚还是有个订婚仪式的好。"

文若苹说："乡风民俗我一点也不懂，我和光汉听你和先达的。"

仇琬璐说："那就今天晚上王府大酒店吧，订上两桌，两家子一起说说话，把事情说定了，让小达把订婚戒指给冰冰戴上。说是订婚仪式，其实就这么简单。至爱亲朋的也邀请了去。"

文若苹说："我们在沱原没有什么至爱亲朋，就我们三口。"

仇琬璐说："我们也是，那就咱们两家吧。"

两个女人就这样把事情敲定了。

秦光汉听罢萧剑飞的汇报陷入沉默。

许传新拒不认账是他意料之中的事情，不过如何让他开口，秦光汉心里还没有底数。

"怎么办，秦检？"萧剑飞问。

秦光汉说："他购买的设备都是些钢铁垃圾，他知道吗？"

萧剑飞说："我们给他说了，他说不可能，他那里有进口许可证、物品清单，还有进口设备检验报告。我把我们组织鉴定的结果拿给他看了，他先愣了一会儿，然后一个劲地说怎么可能，怎么可能。"

秦光汉说："后来呢？"

萧剑飞说："后来他哭了，什么话也不说了。"

秦光汉说："那就给他一两天的考虑时间，这个人我多少了解点，他会良心发现的。"

秦光汉话刚落音，桌上的电话响了，一接是文若苹打来的。

文若苹把仇琬璐登门跟她商定的事说了。

秦光汉听了很不高兴，说："就你们女人事多，订婚就订婚，还弄什么订婚仪式，生怕人家不知道。你们想让人家送礼，还是怎么的？"

文若苹在那头没好气地顶他，说："一不发文件，二不做广告，怎么就叫人家都知道了。人家先达还是市长呢，都讲究老规矩，你正经个熊！"

文若苹平时一副文静贤淑的样子，一生气也跟丈夫说粗话。

"好好，听你们的。晚上……"秦光汉一句话说了一半，文若苹那头把电话挂了。

萧剑飞扭过头去，偷偷地笑。

秦光汉问："剑飞你笑什么笑。"

萧剑飞连忙一本正经地说："我为您高兴呢。冰冰要订婚了，大喜事！"

秦光汉说："什么订婚，不过是双方家长见个面就是了。萧剑飞，你是个老自侦了，多硬的骨头你都啃过，许传新这个案子，你要给我尽快拿下来。"

萧剑飞说："放心吧秦检，我会让他开口，不是还有牛太元这个当事的证人吗？"

他们正说着电话又响了，秦光汉以为又是文若苹，抓起来就说："我这忙着呢，我听你的还不行吗？"

电话里传出郁先达爽朗的笑声："我还没说呢，你就听我的。听我的什么？"

秦光汉不好意思地笑了，向萧剑飞努了努嘴。

萧剑飞连忙起身走了。

秦光汉目送萧剑飞出门，说："我当又是若苹呢，女人就会啰唆。"

郁先达说："若苹的指示已经到过了，我就不再重复了。说你晚上喝什么酒吧。"

秦光汉说："喝茅台吧，冰冰用第一个月的工资给我买的，就一瓶，就咱俩够了。"

郁先达说："你那瓶先放着吧，等你正式就任检察长的时候请我喝。上次你带来的还有一瓶呢，就喝这瓶吧，省的老放家里撩我。"

秦光汉就说："听你的。"

订婚宴设在王府大酒店一个并不豪华的中型包厢里，双方都没有邀请亲友参加，两家六口人聚在一起，悄悄地进行。很低调。

秦光汉、郁先达并肩坐在一起，两位夫人分列两边，郁继达和秦冰冰挨着坐在父母亲的对面。

郁先达倒好酒打趣地向秦光汉说，"致开幕词吧，光汉。"

"致什么开幕词，要致也得你致。"秦光汉看了看两位夫人和孩子的酒杯空着，又说，"都倒上，都倒上。先达，别这么自私，好酒自己喝。"

秦光汉说罢抓起酒瓶，就给夫人和孩子倒酒。

郁继达连忙把酒杯拿到身后，说："汉叔，我不会喝酒。"

秦冰冰说："你装什么老实人，在外面都喝的！"把酒杯递给爸爸，倒上酒又放回郁继达跟前。

"你小子也喝酒了？"郁先达一脸严肃地看着儿子，"你给我学好了你！"

秦光汉忙说："今天不是你训儿子的日子。孩子喝酒怎么了，青年人也有自己的小交际圈，这有什么奇怪的？端起来小达，我们喝酒。"

两家人刚端起酒杯，服务小姐怀抱着只大花篮，领着韩劲达走进来。

韩劲达提着两瓶茅台，进门打个拱："祝贺祝贺，祝贺继达冰冰订婚大喜！"

郁先达因为听到过儿子与韩劲达关系的传闻，一向对这位名声不佳的款爷不怎么看得惯，于是拉着脸说："你来干什么？"

热脸碰到冷屁股，韩劲达一点也不尴尬，依然满脸堆笑："继达跟我打过几天工，好歹我也算他的前老板。继达跟冰冰订婚，这么大的喜事，我怎么也要表示一下心意。"

秦光汉见郁先达仍然鼻子不是鼻子、脸不是脸地看着韩劲达，便连忙解围说："谢谢韩总了。快来坐下，一起喝两杯吧。"

韩劲达借坡下驴，说："不了不了，我那边还有客人！"说罢点头哈腰地退出去走了。

韩劲达一出门，郁先达就板着脸问儿子："他怎么知道的？"

郁继达躲避着父亲的目光，小声说："那谁知道。"

"谁知道？你知道！"郁先达小声喝道，"待会儿把东西给我退回去！"

"这又何必呢？不就两瓶酒吗？送给孩子的，又不是送给你的。"秦光汉说，"对韩劲达这种人，以后不接触，少接触就是了。对不对小达？"

郁继达点点头："对。我听汉叔的。"

仇琬璐没想到，大喜的场合会出现这种令人扫兴的插曲。她担心丈夫再教训儿子，让儿子在冰冰面前没面子，便故意岔开话题："头杯酒喝了，再来一杯！"

大家一齐端杯，两个男人干了，夫人和孩子们也象征性地表示了一下。

仇琬璐说："两个孩子也谈了一段时间了，他们从小就在一起玩，青梅竹马的。咱们两家大人呢，又是好得跟亲兄弟亲姐妹一样，两个孩子一结婚，咱们两家就是亲上加亲了。"

文若苹跟着说："就是就是。"

仇琬璐又对儿子说："冰冰是千里挑一、万里挑一的好女孩，找到她是小达你八辈子修的福。你要永远对她好。"

郁先达又瞪眼说："你敢有半点对不起冰冰的地方，老子扒了你的皮！"

文若苹连忙瞪他一眼："先达你干什么！我还心疼呢！"

仇琬璐先冲文若苹感激地笑笑，又问秦冰冰："冰冰你对小达满意吗？"

秦冰冰点点头，脸红得像朵花儿。

两个女人看着各自的丈夫都高兴地笑了。

"好了，你们两情相悦，双方家长满意，这门亲事就定了。"仇琬璐说着掏出一只精美漂亮的丝光小盒，递给儿子，说，"小达，当着两个爸爸、两个妈妈，把戒指给冰冰戴上吧！"

郁继达连忙接过小盒，取出戒指轻轻戴到冰冰纤细的手指上，趁机小声说："这就是开业许可证。"

秦冰冰暗暗在他大腿上掐了一把。

第十章
接受举报

陈英才“散布虚假信息案”的审查批捕仍然没有进展。

秦光汉陷入了两难境地。批捕显然不够条件，就是捕了到起诉阶段也诉不掉，总是个麻烦，更何况陈英才的辩解头头是道、有理有据。这个所谓的“高新技术项目”的结果已经明确了，石世宝一开始就是个骗局，陈英才并没有说错，更没有散布虚假信息。也许他只是在不适当的时候，采取不适当的方式捅开了真相。可以说他不懂政治，可以说他不讲大局，怎么可以认定他犯罪呢？

认定陈英才不构成犯罪，显然也不行，起码暂时不行。如果真的这样认定了，郁先达、邝家厚会气疯恼死，检察院会没有好日子过，这次机构改革提升的一批干部、办公大楼的1000万元国债，闹不好都会黄了。

秦光汉暗暗怪陈英才：“陈英才啊，你这事干得太不聪明了，你干吗不向上反映，非向外捅呢？”

他也暗暗怪安云峰：“安云峰你小子耍什么滑头，明知陈英才不构成犯罪，偏向我这儿报，这不是有意让我坐蜡吗？”

秦光汉正在为难时，陈英才通过看守所的干警传话，要求见检察长。

秦光汉知道他一定有什么重要情况告诉他，便带萧剑飞去了看守所。

陈英才这个人，秦光汉是认识的，40岁的样子，中等身材，有点瘦削，白白净净的，鼻子上架着副深度近视镜，显得很精明，在生化、机械多个研究领域有所建树，而且还略通日、美、西班牙等多种外语，是个人才。

陈英才被带进审讯室的时候，秦光汉吃了一惊，短短十几天时间，往日精精神神的汉子像换了个人似的：脸上变成了灰黄色，眼窝深陷下去，胡子也长出来了，密密麻麻，杂乱无章，像一蓬蒿草。

秦光汉说：“你找我？”

陈英才说：“是，有些话我不便跟他们说，必须当面向您汇报。”

秦光汉说：“你的供述辩解我都看了，还有什么要说吗？”

陈英才说："有人有滥用职权，渎职的行为。"

秦光汉一怔："谁？"

陈英才说："郁市长，郁先达。"

秦光汉说："怎么滥用职权了？渎了什么职？"

陈英才说："起码是涉嫌签订合同被骗罪吧？"

秦光汉："你有证据吗？签订合同前，市里到日本石世宝高新科技株式会社考察过，还在北京组织过专家论证会。这你知道吧？"

陈英才说："北京论证会我不知道，日本考察我知道，因为我就是考察团成员，还担任翻译。考察的经过，您想知道吗？"

秦光汉说："重要吗？"

陈英才说："重要，非常重要，这就是我说郁先达渎职的根据。"

组团赴日本考察是沱北竞标会后不久的事。

人员是郁先达和邝家厚商定的，由郁先达带队，考虑到丁秉池等一帮老干部对这个项目不放心，甚至坚决反对，邝家厚提出让原副市长李长忠作为老干部代表参加，还有牛太元主动提出当向导，考虑到他是个日本通，还想日后让他做中方担保人，便也让他作为考察团成员参加了。

飞机下午从南京起飞，晚上就到了东京。

井上隆一和河岛野雄亲自到机场迎接，从这时候开始，牛太元便插在郁先达和井上隆一、河岛野雄之间翻译、传话，把陈英才这个正儿八经的翻译官撇在一边。

也就是从这时候，陈英才开始对牛太元开始了怀疑，尽量贴近他们，注意他和日本人的一言一行。

晚上，井上隆一、河岛野雄在考察团下榻的宾馆设宴，为郁先达一行接风。或许是想给中国客人"宾至如归"的亲切感觉，或许是照顾郁先达等人的口味，桌上摆的是中国的典藏年份茅台酒和大中华香烟。

显然，在人员排座位上牛太元、河岛野雄耍了花招，让牛太元坐在郁先达和井上隆一中间，却让许传新和陈英才远远地坐在他们对面。

宴席上觥筹交错，牛太元、河岛野雄不停地围着餐桌转圈子劝酒，好像很热情很重情重谊，包厢里吵吵嚷嚷的，气氛很是热烈。

他们重点的矛头指向显然是既定了的，总是找李长忠和陈英才碰杯。

李长忠从副市长的位子上退下来，被人冷落了好几年，乍一有人对他热情有加，喝的又是难得一见的茅台珍品，也就来者不拒，宴席进行一半便倒在旁边的沙发上昏天黑地了。

陈英才对牛太元、河岛野雄早有警觉，在酒宴上也就早有防备。

牛太元、河岛野雄向他敬酒，他就推说不胜酒力，实在推不掉就象征性的浅尝一下，就这浅尝一下，也是面红耳赤。他有个沾酒红脸的毛病。不过，脸红是脸红，他的酒量还是有一点的，像这种高档酒，喝上三五两是不成问题的。

陈英才脸一红，就说不行了，伏在桌上装醉，侧耳向着对面，注意牛太元、井上隆一、河岛野雄他们与郁先达的交流。这样一听，果然发现了问题。

井上隆一说："市长先生阁下能看上石世宝技术，我非常高兴。不过，我要告诉您。石世宝技术在10年前面世时，确实是世界领先，可技术更新换代很快，现在我可不敢说世界领先了。"

牛太元跟河岛野雄对视一下，连忙向郁先达翻译："井上先生说，石世宝技术在世界煤化工产业，特别是在建材领域是顶尖技术，至少还可以在世界领先10年。这点请您放心。"

陈英才听到这里，忍不住说："牛先生听错了吧？好像井上先生是说石世宝技术10年前世界领先。"

郁先达怔了一下，扭脸看河岛野雄。

河岛野雄笑笑："牛先生的翻译非常准确。陈先生对日语不是很精通吧？"

郁先达听了竟然拉下脸，对陈英才说："你喝多了，就不要乱插嘴打岔了！"

陈英才见郁先达生气了，便不再吭气，伏在桌上，警觉地关注他们的对话。

井上隆一说："任何投资都是有风险的，石世宝技术也一样，你们有这么大的抗风险能力吗？"

牛太元翻译说："井上先生说，任何投资都是有风险的，石世宝项目却没有。"

井上隆一又说："建材这块蛋糕越来越难分了。石世宝产品起初在日本每年销售1千多吨，去年才销售700多吨，国际市场一直打不进去。"

牛太元翻译说："井上先生说，石世宝产品每年仅在日本就销售10万多吨。中国这么大的市场，以后每年销售30万吨不成问题，他们还愿意帮助我们开辟国际市场。"

……

酒宴快结束的时候，井上隆一对郁先达说："合作的事您跟河岛君谈，谈好了咱们就签约。"

郁先达说："签约的事恐怕还要待一段时间，我们考察回去要向市委汇报，市委常委会、市政府市长办公会上决定了才能签约。”

井上隆一说：“这也好。贵国这种决策程序好。这么大的项目当然不能让你市长一个人担风险。”

郁先达说：“估计不会有什么问题。要不咱们先定个大概签约时间、地点吧。”

井上隆一说：“最好是明年春暖花开的时机，在市长阁下领导的沱原，我亲自去。虽然去贵国多次，可我原来并不知道有沱原这个地方，一定要去看看。”

郁先达说：“那我就在沱原恭候井上先生大驾光临了。”

井上隆一说：“我要和市长阁下亲自签约。我全权委托河岛君跟您谈判，但不授予他签约权。”

郁先达跟井上隆一这段交谈是牛太元从中翻译的，他故意把井上隆一这句话翻成了“我尽量亲自和市长阁下亲自签约。如果不去就全权委托河岛君跟您谈判、签约”。

牛太元翻译的时候，郁先达、许传新等人根本听不出破绽。在场的中国人只有陈英才听得明白，可是他刚受到郁先达训斥，没敢当场揭穿。

晚宴之后，井上隆一拉住郁先达说：“我最近要办一件重要的事，就不能陪你们了。我已经全权委托河岛君陪同考察和谈判了，有什么事直接跟他说好了。”说罢就离开宾馆走了，从此，再也没有露面。

晚上回到客房，陈英才怎么也睡不着。

他已经看出，牛太元和河岛野雄在互相勾结搞什么骗局，他也从井上隆一的话中听出，这位日本煤化工专家分明是在提醒郁先达什么，并且他对这个合作并非志在必得，到机场迎接，在宾馆接风也不过是应付一下而已。

陈英才就是想不明白：井上隆一为什么会这样表现，难道他对30亿人民币不感兴趣，难道他跟河岛野雄压根就不是一伙的？或者他只是河岛野雄和牛太元设骗局用的一个道具？还有，牛太元是中方考察团的成员，为什么把井上隆一对河岛野雄的有限授权翻译成全权委托？他是不是个汉奸，本来就跟日本人是一伙的？

陈英才越想越感到心惊肉跳。

他料到河岛野雄和牛太元还会耍什么花招，就觉得必须连夜提醒郁先达，防止他糊里糊涂地伸着脖子，往人家设好的套子里钻。

陈英才敲开了郁先达的房门。

郁先达刚冲完澡，身上裹着浴巾，看见他就面色不悦地问：“你还有什么事？”

陈英才遭到迎头一盆冷水，心里凉了一下，还是说：“郁市长，牛太元跟河岛野雄在要花招，你要提防着他们。”

郁先达双眉抖了下：“要花招，他们要什么花招了？”

陈英才便把牛太元故意错翻和改变井上隆一原话的事说了。

他本以为郁先达听了这些会立刻重视起来，警觉起来，却没想到他对此不以为然。

郁先达冷冷一笑：“陈英才你没喝多吧？”

在“英才”前面缀上姓，就已显示了郁先达对他的不屑和不满，放在往常，陈英才会知趣地打消向他进言的念头，反正捅出娄子是你市长负责。可是，这件事情实在是太重要了，30 亿人民币，关系 700 万沱原人的切身利益啊！

于是，陈英才壮着胆说：“我没喝多。我平时能喝半斤，今天就没喝。”

“没喝你就满嘴酒话？”郁先达说，“井上隆一是石世宝技术的卖家，他怎么可能贬低石世宝技术，又怎么可能提醒我们投资风险？他精神出毛病了，还是你精神出毛病了？”

陈英才哑口无言，只好说：“反正牛太元的翻译是跟井上隆一的原意相反的。”

郁先达批评他说：“你不要神经过敏，小日本儿是坏，可不是所有日本人都坏。”

陈英才说：“我没说日本人都坏，我只是说河岛野雄，没说……”

“行了，别说了。这事不用你管，回去睡觉吧，”郁先达下了逐客令，“好好洗个澡，醒醒酒！”

按照计划日程，第二天上午是考察井上隆一的石世宝株式会社及其生产工业园。

郁先达他们吃罢早餐刚回到房间，河岛野雄就带着辆小型面包车到了。

许传新一个个房间，招呼人员下楼，李长忠头天晚上喝多了，还没起床，就说他肚子里翻江倒海似的难受，不去了。

陈英才随许传新走到楼下，刚想上车，河岛野雄拿出一叠日文资料，递给牛太元，用中国话说：“这是井上先生提供给你们的资料，要马上翻出来供郁市长参考。”

牛太元接过资料，转身看着郁先达，迟疑了一下说：“郁市长，你看是让陈局长翻，还是我留下来……”

“你不去怎么行。”郁先达当即说，“让英才留下来翻译吧，抓紧点，翻准喽。”

陈英才拿着这把资料回到房间，一位浓妆艳抹的女郎脚跟脚地尾随进来。

这女郎也就二十三四岁的样子，个子不高，单眼皮，长腰丰臀短腿，一看就是个纯种日本女人。

女郎头发整整齐齐地拢在脑后，穿着一件显然是特别设计的和服，两只白胖胖的丰乳呼之欲出，挑逗性地向陈英才展现着。

陈英才用日语问道："您有事吗小姐？"

"我叫枝子，河岛野雄先生让我来做您的助手。请多关照！"女郎低头弓腰，两只丰乳像两只小白兔，一个跳跃从和服开胸处钻出来。

陈英才这是第一次这样近距离面对老婆以外的这样暴露的女人，放在往常他可能会心乱神迷，做出糊涂事来。可是今天他连怦然心动也没有，因为在女郎出现的那一刻，他就料想到，这个女人又是河岛野雄设下骗局的一颗棋子，想用美人计让他闭嘴。说不定屋里什么地方就有一个监控探头，只要她跟这个日本女人一上床，他就只有闭嘴的份了。

于是，他对女郎说："谢谢河岛先生，也谢谢您，我不用助手，请回吧。"

女郎媚笑一下，嗲声说："那怎么行呢，河岛君是付了费的。要不，我无法向河岛君交代的！"说罢就要往他怀里扑。

陈英才伸出一只手挡住她，另一只手把她扭转了过去，顺手一推推出门外，用力撞上房门。

女郎在门外骂一声"傻猪"，气冲冲地走了，脚下的木屐当当地敲击地板的声音渐行渐远了。

陈英才听到女郎脚步声消失，才放心地打开那叠资料。

这些资料有的是在家看过的，而且家里那些都是中文版，还有一些是一个什么"大友工贸"的资料，跟石世宝项目连边儿也不沾。

陈英才突然意识到，自己上当了，河岛野雄又在耍什么阴谋！

他立即下楼，打的往井上隆一的石世宝建材科研生产工业园赶。

石世宝建材科研生产工业园一片冷清，门口没有招牌或石世宝株式会社的任何标志，听不见机器运转的喧闹，也看不见忙碌的科研生产人员，甚至连一辆运载原料或产品的车辆也看不到。

陈英才站在大门口看了一眼，觉得这儿根本不像一个正在进行科研生产活动的地方。于是心中暗想："难道出租车把我送错了地方？"

陈英才左顾右盼，引起一名看门人的注意。

"有事吗先生？"看门人问。

"这儿是井上隆一的石世宝株式会社吗？"陈英才问。

"是，"看门人说，"您有事吗？"

陈英才说："我想找井上先生。"

看门人说："井上先生好久没来了，我也好久没见到他了。"

陈英才问："刚才河岛君陪同中国人到这儿来过吗？"

"河岛？"看门人问，"哪个河岛？"

陈英才说："河岛野雄，井上先生的助手。"

看门人说："不认识，我不知道井上先生有这么个助手。"

陈英才问："有中国人到这儿考察吗？"

"中国人，什么中国人？"看门人摇头，问，"考察什么？"

陈英才说："石世宝，这里不是生产石世宝煤化工高新材料的吗？"

"石世宝？"看门人苦笑一下，撇下陈英才，转身走了，一路吹着口哨。

在陈英才望着一片废墟发呆的时候，河岛野雄开着那辆小面包，跑了近一个小时，走到一个广场旁停下来，吃惊地说："怎么回事？"

郁先达心里紧了一下，连忙问："怎么了？"

河岛野雄说："石世宝工业园好像让军队封了。"

"那怎么办？"牛太元露出很着急的样子，急切地问河岛野雄，"井上呢？快打电话问他怎么了！"

河岛野雄连忙打手机，叽里呱啦地跟井上隆一说话，说的什么，是不是跟井上隆一通话，只有牛太元听得懂。

"美军，"牛太元突然睁大了眼睛，"美国鬼子干什么？"

"石世宝工业园让美国封锁了，"河岛野雄挂断手机，用汉语说，"昨天晚上，政府突然通知井上先生，封锁石世宝工业园，为美军生产军用石世宝建材。结果，美军连夜把石世宝封了。井上先生也被限制出门。"

"那怎么办？"郁先达一听，头上当即滚下汗珠，急问，"那多长时间？"

河岛野雄叹声气："不清楚，可能最少要一两个月吧。"

考察团在这儿等一两个月，显然是不可能的，钱花了好几万，可是如果就这样回去，又怎么向市委交代？

许传新也很焦急，就问牛太元："能不能让河岛野雄想想办法？"

"好吧。"牛太元应着，就用日语跟河岛野雄说话。他似乎忘记了河岛野雄是个中国通，普通话说得比沱原人还好。

河岛野雄"哈咿"了一声，跳下车就向马路对面的商场跑去，不大一会儿就抱着五六只精美的小匣子跑回来，发给一人一个，说："进不去咱就用望远镜看。算我送给各位朋友的，用完了带回去做个纪念。"

接着，河岛野雄就把郁先达他们带上广场旁的一座大楼平台上。

考察团的几个人举起望远镜，石世宝工业园尽收眼底：周围用塑料板严严实实地封闭着，门口有美国大兵荷枪实弹地站岗，院子里几辆军车正在装载什么物品，包装箱乱七八糟地放了一地。

郁先达看了一会儿，叹声气对牛太元说："只好这样了，也算看到了，遗憾的就是没看到生产过程。"

河岛野雄接过去说："这没关系，我那儿有录像，回去放录像给你们看，一样的。比现场看的还真切。"

陈英才回到宾馆，郁先达他们早已先他回去，一帮人都坐在他的套间里看录像。

他不声不响地坐在后面，也跟着看起来。

画面上是一条流水线，一头是进料口，源源不断地输进去什么原料，另一头出口便滔滔不绝地吐出一种什么液态的产品，根本看不出输进去的是什么玩意儿，也看不出产出的是什么东西。

录像放完了，陈英才也没看出什么名堂，牛太元却啧啧赞叹："高级，先进，太先进了！"

郁先达、许传新、李长忠也跟着说："好，好！"

郁先达这时才发现陈英才坐在后面，便问："材料翻出来了？"

陈英才说："没翻，还是在家看过的那些材料，还有一些是跟石世宝技术不相干的材料。"

陈英才话一落音，河岛野雄就一拍脑袋，接过去说："嗨，看我这脑子！我一定是拿错了，拿错了！"

"那就再说吧，"郁先达又问陈英才，"刚才你干什么去了？"

陈英才说："我也到石世宝工业园去了。那儿根本没有什么科研生产活动，门卫说没见到你们去考察，井上隆一先生好久都没去过那儿了。"

许传新听他这么一说，好像也产生了疑心，便问河岛野雄："河岛先生，你们有几个石世宝工业园？"

河岛野雄说："原来有一个，就是陈局长去的那儿，后来因为城区规划变动，政府安排所有工业企业搬离主市区，我们就搬到了现在这个地方，陈局长去的那个地方就废置了。"

从郁先达房间出来，陈英才跟到许传新房间，问他上午考察的情况，许传新把他们隔着广场、马路和围墙用望远镜观察石世宝工业园的情况说了。

陈英才更相信自己的判断了，于是便把自己心里的疑点说了出来，并且征求许传新的意见，问："要不要把我的想法向郁市长汇报汇报？"

许传新摇头说："不要，千万不要乱说话，郁市长决心已经下了。再说，这么大的项目，要让你搅黄了，市领导会饶了你？就是不追究你，你也是沱原的千古罪人。”

陈英才一听许传新这么说，就强迫自己把怀疑压在心里。

“你们在日本还搞什么考察活动了没有？”听罢陈英才讲完日本考察的经过，秦光汉问。

“没有。接着又在东京、大阪、横滨几个地方游览了几天，买了一包数码相机、手提电脑、电动玩具、首饰什么的，就回来了。”陈英才说。

秦光汉问：“井上隆一就陪你们吃了一顿饭，再也没有露面？”

陈英才说：“对，河岛野雄说井上隆一是被美军控制在石世宝工业园，不准跟外界接触，还说石世宝技术是军民两用技术，是日本政府禁止转让的。井上隆一把石世宝技术卖给我们是背着政府的，所以他不便于亲自陪我们。这不是鬼话吗？”

秦光汉问：“那时候你就断定石世宝项目是个骗局了吗？”

陈英才说：“那时候只能说是怀疑，判断，真正断定是两个月前。”

秦光汉说：“两个月前？”

陈英才说：“三年前的疑点在我心里，一直无法消除，可我也没有证据去证实。”

秦光汉说：“两个月前你找到证据了？”

陈英才说：“对。两个月前我去东京出席一项科研论文交流活动。为了弄清石世宝项目的真实面目，我专门找日本朋友陪着，围绕自己心里的疑点，进行了一翻调查。结果发现，石世宝株式会社早已破产倒闭，井上隆一不知去向，那个河岛野雄是个开皮包公司的混混，根本不是石世宝的人。”

秦光汉说：“石世宝工业园你去了吗？”

陈英才说：“去了。两个地方我都去了。原先我去的那个地方，园区已经没有了，变成了一片建筑群，郁市长他们看的地方变成了一座国际游乐场。日本朋友告诉我，那儿根本不是什么石世宝工业园，而是美军废弃的军营。我们去考察的时候，美军正在搬迁。什么美军封锁、什么生产军用石世宝建材，全都是河岛野雄的鬼话。”

秦光汉说：“这些情况，你从日本回来向郁市长汇报了吗？”

陈英才说：“我想汇报呢，可没有人听。打电话给郁市长，不接电话，找到他办公室，金秘书进去通报，出来对我说郁市长没有空。我说是关于石世宝的重要情况。金秘书说有关石世宝的事找许传新局长。”

秦光汉问：“你找许传新局长了吗？”

陈英才说：“找了。我把在日本了解到的情况说了，可许传新说，20 个亿已经打给日方了，我就别添乱了。我说，不是还有10个亿吗？如果现在明白真相，还可以减少损失。许传新就说他向郁市长汇报，还让我不要乱说。”

秦光汉说：“那你为什么还要往上捅，还乱发短信？”

陈英才说：“因为许局长那边没有回话，我打电话问他，他说向郁市长汇报了，郁市长不相信，还说我精神不正常。为了借助社会舆论的力量阻止更大的悲剧发生，我只好使出了这招。”

秦光汉说：“你被抓之后，网上又出现了你发的那种帖子。你知道可能是谁干的吗？”

陈英才犹豫了半天才说：“可能是我儿子。我预感他们不会放过我，就把这事跟他说了。让他在我万一遭遇不测的时候，继续揭露石世宝的真相。”

秦光汉陷入了沉思。

陈英才因“证据不足，需进一步侦查”被取保候审。

秦冰冰与郁继达的恋情，因为一场订婚宴而由秘密转为公开。

她先把自己订婚的消息告诉了自己最好的朋友倪秀儿。

倪秀儿听了一蹦多高，抓住她的手使劲摇着说：“祝贺你冰冰！找到这样一个白马王子，太幸福了你！”

秦冰冰开玩笑说：“黑马王子不常有，白马王子常有。你也很快会有一个更好的王子。”

倪秀儿说：“是吗？我怎么觉得像继达这样的男孩可遇而不可求。”

“那是你们缘分没到，”秦冰冰玩笑说，“你可不要打继达的主意哪。”

倪秀儿说：“小女子死也不敢。继达是我姐夫，只有姐夫打小姨子的主意，哪有小姨子打姐夫主意的？”

秦冰冰就说：“这么漂亮的小姨子，谁当姐夫不打主意？”

“看你坏的，还当姐呢。”倪秀儿嬉笑着打她一巴掌，又坏笑着说，“你们没先把好事儿偷偷办了吧。”

“看我不撕破你的嘴，”秦冰冰一把抓住她就要打，但是一下也没打，却说，“你当我是你，在学校就跟人家……睡了又散，看以后结婚的时候，怎么向你的白马王子交代。”

“有什么不好交代的，武大郎卖粪，老子就是这堆儿。他爱要不要。就冲我老爸亿万家产养一个千金，就怕他笑还来不及呢。”倪秀儿说着，脸上表情就变得正儿八经了，说，“什么时候带我见见姐夫，我要近距离接触一下你的白马王子，考察考察，看把我这么漂亮温柔贤淑的姐姐交给他，放不放心。”

秦冰冰见倪秀儿是真的想见见郁继达，当即就给他打电话，说：“继达你在干什么？倪秀儿想见见你。”

“我在收拾咱的新房呢，”郁继达在电话里说，“倪秀儿见我不是现成的？晚上请她吃饭就是了。”

秦冰冰说：“那好，安排在哪儿？”

郁继达在那头想了一会儿，说：“干脆就在咱们新房吧，我安排饭店送菜，这儿现成的茅台，也好有点小家庭的氛围。”

秦冰冰应了一声好，才想起来自己还是第一次听说新房子的事，就问：“你说的新房子在哪儿？以前怎么没听说？”

郁继达说：“不就是想给你个惊喜吗？雨晴小区，你来吧，我在小区门口等你。”

这是一幢单门独户的别墅，上下两层，上面隔热层也可以当一层房子用，还有一块挺宽敞的平台。

房子居住面积有260多平米，里里外外装修得豪华气派，家具沙发已经摆放齐全，卧室里床铺也齐全了，铺得平平整整的，再配上液晶电视、冰箱等日用电器，就是一个现代化的小康家庭了。唯一的不足是位置不好，靠近小区最深处，而且偏在一角，离路远，使人感到缺乏安全感，以后万一有贼入室抢劫盗窃干坏事，呼喊求救外人都难听见。不过这个缺憾已经让室内的豪华装修掩盖了。甘蔗哪有两头甜呢？

空调开着，室内清爽宜人。

“不错，这房子真好，”秦冰冰高兴地说，“这是达伯、璐姨给你买的？”

郁继达说：“不，他们只想让我学习老红军、老八路艰苦奋斗，这房子是我摸奖摸来的。我这样说你相信吗？”

秦冰冰说：“相信，你手气真好！”

其实这就是韩劲达给他房子。他一直对别人这样说，准备以后也这样对父母说，再让韩劲达帮助弄齐摸奖的手续，不怕父母亲不相信。

郁继达引导秦冰冰在里里外外、上上下下观赏了一番，客厅、厨房、卫生间、卧室，没有秦冰冰不满意的。

“真快活啊，”郁继达往床上一躺，“屋子装修全是我自己设计的，这床也是我亲自选来的。”

秦冰冰连忙坐在床边，使劲坐了两下，试试席梦思的弹性。

郁继达冷不防地一伸手把她揽到怀里，问：“我算不算能干的？”

秦冰冰笑着说：“能干，是个棒小伙儿。”

郁继达一个翻身，压到她身上：“怎么个能干法你还不知道呢！”

秦冰冰使劲挣扎着说：“大白天的干什么，别闹！”

郁继达说："这儿白天跟夜里没什么区别，闹翻天也没人发现。"

秦冰冰听他这样说，知道他要来真的了，顿时害怕了，正色说："郁继达，你想干什么!"

郁继达说："我绝不干你不让干的事。像那天一样行了吧。"说罢使劲搂住她，把手伸进她的衣服。

秦冰冰挣扎了一下，便说："行了行了，你不许得寸进尺。"

郁继达气喘着说："让我好好看看。"说着就动手脱她的衣服。

秦冰冰忽地坐起来，又被他按倒了，这样接连几次，便已被他脱了个精光。

秦冰冰伸手拉过毛巾被盖在身上，郁继达也钻进毛巾被，又压到她身上。

秦冰冰知道今天是在劫难逃了，还是使劲地推他，可是郁继达两手像两把铁钳，把她的两手按在床上。

秦冰冰挣扎了一会儿，便筋疲力尽了，忽然觉得下身刺疼了一下……她浑身颤抖了一下，不知哪来的力气，猛力屈膝一蹬，便把郁继达蹬落在床前，脑袋着地，摔得咣当一声。

她趁机套上衣服，夺路而逃。

秦冰冰一口气跑出雨晴小区，打车跑回家，郁继达反复打她的手机，她毫不理睬。

正是上班的时间，爸爸妈妈都不在，她扑在自己的床上，咬住枕巾委屈地哭着，哭累了坐起来，才觉得心里好受一些。

她又觉得下身有点隐隐的疼感，这才发现自己大腿上有一道鲜红的血迹。

她知道这就是书上说的少女初夜红，自己已经是郁继达的人了，一个女孩儿的历史从今天结束，一个女人的历史也从今天开始了。

她走进卫浴间，打开热水阀门，使劲地冲洗自己，似乎想把刚才令她心惊肉跳的一幕洗去。

中午吃饭的时候，秦冰冰故意在父母亲面前装出若无其事的样子。

郁继达又来了两次电话，她都没加理睬，后来又发来短信："冰冰，原谅我爱的冲动。晚上的安排别忘了。"

秦冰冰本来不想理睬这条短信，或者回两个字"取消"，可她想了想还是回了三个字"知道了"。因为她觉得取消晚上的宴请，无法向倪秀儿解释，她可不想让倪秀儿知道，自己已经不是一个纯洁的女孩儿了。

晚上在雨晴别墅的小聚照样进行。

下午下班的时候，秦冰冰给郁继达打了个电话，问晚上的小聚安排有没有变化。

郁继达在那头说："没有。还是在雨晴别墅吧，让倪秀儿看看咱的新房，在家里气氛也亲切点儿。"

秦冰冰说："在家里又做又洗的，麻烦，不如找个小饭店，随便点几个菜行了。"

郁继达说："那怎么行？倪秀儿是你最好的朋友，我又是第一次招待人家，哪能随便？"

秦冰冰问："那你怎么安排的？"

郁继达说："在饭店订的菜，这儿有茅台、白兰地，还有干白干红，国产的进口的都有。你先过来看看菜单吧，不合适的好调换。"

秦冰冰想，倪秀儿的口味儿，郁继达不了解，于是打过电话就去雨晴别墅审查菜单。

秦冰冰走进别墅的时候，郁继达正坐在沙发上吸烟，看见秦冰冰见来，一句话也没说，扑上去就抱，又是亲又是摸，一会儿工夫就把她撩得浑身软绵绵的。

郁继达觉得时机成熟了，这才把秦冰冰往床上抱，不料冰冰却如梦初醒地挣扎反抗起来，一边挣扎，一边恐慌地说："继达，这样会出事的，绝对不行！"

郁继达使劲把她按在床上说："什么不行，这都算第二次了。"

秦冰冰说："求你了继达，订婚都订过了，结婚还会太久吗？等到结婚那天吧！"

郁继达说："不，我已经等了几个月，一天也不等了。"说罢一手按住冰冰，一只手扯下了她的裙子……

郁继达终于干成了想干的事，躺在床上喘着粗气，盯住冰冰凝脂般的胴体，得意地笑。

秦冰冰扭过身去背对着他，无声地哭着，心里恐慌害怕得不行，心想以后怎么见人？好像全世界都知道这件事了一样。

身边的手机响了。秦冰冰吓了一跳，连忙坐起来，套上衣服，整一下头发，拿起手机接听。

打她手机的是倪秀儿，问她在什么地方。

秦冰冰稳定一下自己的情绪，说："在雨晴小区。你过来吧，我在小区门口等你。"

秦冰冰走到小区门口，心里还在突突地跳，心想从姑娘变成女人，会不会让人看出来？如果倪秀儿看出来了怎么办？

倪秀儿不大一会儿就到了。

倪秀儿穿着件吊带丝裙，开胸很低，布料也很轻薄，里面的隐形乳罩隐约可见。

“看什么?”倪秀儿见秦冰冰盯住自己看，就说，“没见过美女?”

听倪秀儿这样说俏皮话，秦冰冰打消了刚才的担心，心想看来我的变化，她没发现，也可能根本就看不出来，于是回答说：“见过美女，没见过这么好看的美女。”

倪秀儿高兴地说：“是吗?”

秦冰冰把倪秀儿领进别墅，客厅的桌上已经摆上四只凉碟，一瓶茅台。

看到桌上的菜，秦冰冰才想起来，自己没有审查郁继达的菜单，于是对说倪秀儿说：“菜是继达订的，你看看菜单，不行让他调换。”

倪秀儿一边欣赏屋里的装修和摆设，一边嘻嘻笑着说：“姐夫订的菜，我都喜欢!”

秦冰冰打她一下，嗔怪地说：“这时候就瞎叫，看我不撕你的嘴!”

倪秀儿便贴在她耳边说：“别跟我装了，你们什么事还没干?”

秦冰冰脸上一下子红了，心想：“这个死丫头的眼真厉害。还是真能看出来了。”

这时候，郁继达招呼她们吃饭。

秦冰冰赶紧一拉倪秀儿：“走吃饭去，看茅台能不能堵住你的臭嘴!”

他们围住圆桌坐下，郁继达把秦冰冰拉到自己身边，让倪秀儿坐在他们对面。

倪秀儿坐定，从小包里拿出一对情侣表，向他们递过来，怪声怪气地说：“祝姐姐、姐夫永远幸福!”

“谢谢秀儿!”秦冰冰把表接在手里看了下，就放在桌上。

郁继达倒酒。秦冰冰知道倪秀儿酒量不行，就说：“秀儿喝酒不行，给她少点儿。”

倪秀儿却翻眼瞪着她，说：“怎么的，心疼茅台了？我偏要喝。姐夫，给我倒满!”

秦冰冰就说：“好好，你这不知好歹的家伙，喝吧。继达，给她倒。”

郁继达倒好酒，举杯对冰冰说：“冰冰，一起欢迎尊贵的美女秀儿。”

倪秀儿举起酒杯，一口干了。

郁继达、秦冰冰目瞪口呆。

秦冰冰说：“秀儿你是真人不露相哪，没想到你这么能喝。”

倪秀儿嘻嘻笑着说：“酒逢知己千杯少嘛。”

秦冰冰说：“也有人说酒逢千杯知己少。”

倪秀儿说：“怎么我姐也抨击时弊了？如今世态炎凉了是不错，不管怎么说，你还有我这么个知心妹妹，我也有你这么个知心姐姐。”

郁继达就说：“喝酒喝酒，友谊就在杯中，干！”

喝酒的时候，郁继达一只手端杯，一只手固执地放在秦冰冰的大腿上乱动，眼睛却色眯眯地盯着倪秀儿的酥胸。

秦冰冰让他摸得不自在，几次想摆脱都没有成功。她只好向一边挪了挪凳子，郁继达也挪了挪凳子贴了上去，小声说：“我是万能胶，反正粘上你了。”

倪秀儿发现了他们的小动作，就半真半假地叫：“哎哎，亲热也在乎这点时间？陪妹妹喝一杯好不好？”

秦冰冰连端起酒杯：“祝妹妹更加美丽可爱！”

郁继达也举杯说：“祝妹妹找一个像我一样优秀的郎君！”

秦冰冰、倪秀儿一齐笑道：“继达你真谦虚！”

倪秀儿从来没喝过这么多酒，拼酒更不是郁继达的对手，热菜还没上齐就醉了。开始还能哆哆嗦嗦地站起来，跟郁继达碰杯喊帅哥，一会儿就斜靠在椅子靠背上睡了。

倪秀儿醉酒沉睡的样子很好看，脸上红扑扑的，眼睛笑眯眯的，只是吊带裙上的一根吊带拉偏了。

当着郁继达的面，秦冰冰想帮她整一下吊带，又担心自己的举动对郁继达起到引导的作用，便没敢动。

秦冰冰刚在一本书上看到，男人有两种，一种是好色，一种是十分好色。郁继达也是男人，而是正处在精力十分旺盛十分好色的年龄段。

她下意识地扭头看了眼郁继达，郁继达果然正目不转睛盯住倪秀儿的酥胸。

“继达，”秦冰冰打他一下，“看什么呢？”

郁继达吸溜一下口水，小声说：“倪秀儿的奶头儿长得不错。”

秦冰冰拉下脸说：“男人看女人，看脸是欣赏，看胸是流氓。知道吗？”

郁继达说：“那是不男不女的人说的。应该说看脸是欣赏，看胸部也是欣赏。欣赏女人就是欣赏女人最女人的地方。”

秦冰冰说不过他，就说：“帮我把她弄到床上躺着去，咱们吃饭。”说罢先走过去，把倪秀儿吊带整了一下。

郁继达把倪秀儿抱到楼上卧室，放在床上躺好，回头抱住秦冰冰就亲。

秦冰冰迎合了一下，就说：“好了，咱们吃点东西吧，菜不要再送了，吃不着。”

秦冰冰话刚落音，听到外面有人按门铃，就连忙推开郁继达跑下去开门，拉开就不禁愣住了：门外站着的不仅有饭店的一个小服务生，还有一个头戴太阳帽的人。

她眼前立即闪现出几个月前，在马路上流里流气，在自己身上乱摸，向郁继达行凶的那个痞子。

“继达，抓流氓!”秦冰冰惊喊。

“嫂子,”戴太阳帽的人嘻嘻哈哈地冲她鞠了一躬，“小弟多有不敬，还请嫂子原谅。”

郁继达连忙走过来，把太阳帽拉到秦冰冰面前说：“冰冰，我来介绍一下，这是自己的兄弟二子。”

秦冰冰恍然大悟，原来自己误入了郁继达设下的一个圈套。

“那天在马路上,”秦冰冰像看一个陌生人一样，看着郁继达，“你们是演戏?”

“对，是演戏。咱俩是男女主角,”郁继达笑眯眯地说，“英雄救美。剧情虽然俗了点，可结局美妙。”

“你，你,”秦冰冰伸着发抖的手指，“你为什么要这样?”

郁继达得意地说：“为了爱情。”

“骗子!”秦冰冰骂了句，哭着跑上楼去。

二子目送她跑上楼去，看看郁继达：“嫂子她……”

郁继达拍拍他的肩膀：“没事儿哥儿们，生米已经做成熟饭了!”

下午快下班的时候，秦光汉办公室来了位客人，一进门就问：“光汉同志，认识我吗?”

秦光汉看看他，不好意思地说：“对不起，面熟。只是一下想不起来了。对了，您老是……”

客人自我介绍说：“我是丁秉池。”

丁秉池来了。

秦光汉本来是认识丁秉池的，十年前的老书记嘛。可10年不见，老书记变多了，变得只剩下秦光汉印象中的轮廓。

丁秉池自报家门，秦光汉这才认出了他，就忙热情地招呼说：“老书记快请坐。没想到您老会到这里来，我一下子没想起来。”

丁秉池在沙发上坐下，开口就问：“光汉同志，检察院这地方可不是好进的。我主动来了。知道来干什么吗?”

“不知道,”秦光汉泡杯茶，恭恭敬敬地放在他面前，说，“您老喝茶，慢慢说。”

丁秉池说：“我来举报，举报沱原市现任书记邝家厚、市长郁先达渎职犯罪。”

秦光汉怔了一下，坐到他跟前，说：“老书记，您说的是？”

“是邝家厚、郁先达他们，”丁秉池说，“我是从医院跑出来的，心里的话不向你说，躺在医院一天吊几瓶水也去不了病。”

秦光汉说：“您老身体不好？”

丁秉池说：“让他们气的。”

秦光汉问：“怎么了他们？”

丁秉池掏出一只信封交给他：“这是我的举报材料，已经分别寄给中纪委、省纪委。”

秦光汉快速翻了翻，前面讲了郁先达、邝家厚在引进石世宝项目中玩忽职守的经过，后面一部分题目叫“弥天大谎”，说郁先达、邝家厚编造假记录，制造假生产现场，对付纪委调查。

秦光汉简直不敢相信材料里讲的这些情况都是真实的。

石世宝项目是个骗局，30亿人民币被骗得血本无归，是毫无疑问的了，郁先达、邝家厚在项目引进中违规操作，玩忽职守。他也曾经在一闪念中猜想过，可是他相信郁先达为人为官的品质和作风，至于郁先达和邝家厚弄虚作假，对抗上级纪委调查的事，他没听说过，更不敢想象。

“怎么，秦检察长不相信？”丁秉池见秦光汉半天不说话，郑重地表示，“我以一名老共产党员的名义向你保证，举报全部是事实。如果失实，我愿受组织任何严厉处分，直至承担诬告陷害罪名，受刑事处分。”

“相信，相信，”秦光汉忙说，“怎么会不相信您老呢。”

丁秉池说：“我不强求你相信。我先陪你到石世宝工业园看看。”

他们走到石世宝工业园门口就让保安阻挡住了。

工业园门外挂着“石世宝高新科技（中国沱原）有限公司的牌子”，园区里机器轰鸣，不断有运货的汽车进出。

秦光汉问：“这里面生产什么哪？”

保安说：“涂料、型材。”

秦光汉问：“是石世宝吧？”

保安说：“什么石世宝，石世宝早完蛋了。地球人谁不知道？”

秦光汉说：“那怎么……”

保安说：“私人干的，还不要租金。弄的也就是普通的涂料、塑钢门窗材料什么的。”

秦光汉说：“天下还有这样的好事。为什么？”

保安警觉地四周扫了一下，问：“你们是纪委的吧？要是，我就给你们说实话。”

秦光汉说：“你就当是吧。”

保安说：“你们敢查市里那帮子败家子吗？”

秦光汉说：“敢。”

保安说：“那好，我告诉你们。我们老板用这么个地方，也是有条件的，就是帮市里演戏。上边儿有人来调查了，必须说是生产石世宝产品，而且还得演得像。”

秦光汉说：“耳听为虚眼见为实，你让我们进去看看吧。”

“不行，绝对不行，”保安说惊恐地说，“让老板知道我饭碗子就丢了！”

正在这时两辆载货的汽车从园区里开了出来，保安借查看货单把车拦住，对秦光汉说：“我说的是真是假，你们自己看看吧。”

秦光汉两辆汽车上的货都仔细看了看，第一辆车拉的是“好家庭”桶装涂料，第二辆车拉的是“好家庭”塑钢材料，生产厂家都是沱原市“好家庭建材有限责任公司”。

回到检察院，丁秉池说：“秦检察长，这回您真相信了吧？”

秦光汉说：“真相信了。”

丁秉池说：“既然相信了就请你立案调查。”

秦光汉：“我们市级院的权限只到处级，厅级归省院查。”

丁秉池说：“那你就向省院汇报、请示。只要省院指令，你们也可以查，有最高检指令，省部级你也可以查。检察院的这点规矩我还清楚。”

秦光汉说：“您老放心，我一定尽快向省院报告。”

丁秉池说：“其实，举报材料省检察院我也寄了，我是担心寄出去的举报信让他们拦截了，上级领导收不到。”

秦光汉说：“您老放心好了，这件事我一定重视。”

“好，我相信你。”丁秉池一把抓住他的手，“拜托你了，光汉同志，我代表700万沱原父老拜托你了！”

秦光汉心里热了一下，脑子里瞬间一片空白。

丁秉池说：“我知道，你和郁先达是同窗好友，你是他帮助推上去的，他有恩于你，可是我还是找你来了。为什么？因为我信任你，你是一名共产党员。我知道，你现在还是代理检察长，而且你的前途还握在人家手里。是要个人的前途，还是要党的利益，人民的利益，你看着办吧。你跟先达市长很快就要成为儿女亲家，如果你为了个人前途，徇私情，跟他们一起糊弄上级，糊弄百姓，党纪国法不原谅你，可我丁秉池会在感情上原谅你。我丁秉池也是个肉体凡胎，也有感情，也理解别人的感情。我不能原谅的是损害党、损害人民利益的行为！”

“光汉同志，我说多了。”丁秉池说累了，端起茶杯喝了一口，转身向门外走去，走到门口收住脚步，回头说，“光汉，我相信你是个真党员！”

丁秉池出门走了。

秦光汉紧走几步追到门口，看到老人瘦弱的身影，他眼里热了一下，一块巨石堵在心口，一直抵到嗓子眼。

秦光汉轻轻推上门，慢慢退回屋里，像墙体坍塌一样轰然跌落在沙发上。

事情还是来得太突然，也太令人惊心动魄了。

秦光汉想，郁先达会弄虚作假对抗中纪委、省纪委调查吗？应当不会。他难道连对党忠诚这个底线都守不住吗？不，他不会。

秦光汉又想起了郁先达在他书房说的那番话。那可是肺腑之言啊！他怎么可能仅仅为了个人升官，就玩忽职守，损失几十个亿仍然心安理得，甚至为了掩盖事实真相，向党撒下弥天大谎？不会，他不会。

秦光汉想，丁秉池会捏造事实，诬告郁先达、邝家厚吗？也不会。老书记的为官之风为人之德，在沱原干部群众中，是有口皆碑的。邝家厚是他推荐的接班人，郁先达是省派干部，跟他更没有什么过节，怎么可能诬陷他们呢？

要不，就是他们之间存在代沟，认识问题，工作作风对立？这就更不可能了，党的优良传统和作风是不存在代沟的。几十年过去了，人们从胡总书记、温总理身上，不还是可以看到毛主席、周总理可亲可敬的影子吗？

查吧，只有水落石出才能真相大白。可是假如丁秉池所举报的属实，如何处理？依法办事，郁先达、邝家厚就有可能丢官，甚至会坐牢。郁先达可是有恩于自己的，冰冰跟继达已经订婚，说不定已经生米做成熟饭。查了郁先达，两家儿女的婚事怎么办？再说，查处郁先达还会牵扯到省级高层的人物，毁掉郁先达的前途，而毁掉郁先达的前途，就有可能毁掉自己的前途，毁掉冰冰的幸福。况且，依法办事即使毁不掉郁先达，也会毁了自己的前途，毁掉冰冰的幸福。自己可只有这么一个宝贝女儿啊！

不查，或者走个形式，做做样子？如果这样做了，从郁先达兄妹到邝家厚、王宗禹都会皆大欢喜，可是我这个检察官还名副其实吗？丁秉池又会如何看待自己，看待检察机关？老人家可是自称代表700万沱原父老的，沱原父老不是“被代表”，丁秉池的诉求确实是代表了700万沱原父老的利益啊！

秦光汉心情糟糕透了。

外面已经夜幕降临，街灯通明了，屋里却黑漆漆的，只有远处送来几缕灯光透进窗户。

“黑了？”秦光汉侧耳听听，整个办公楼一片寂静，这才意识到早过了下班时间，该回家吃晚饭了。

秦光汉进门的时候，文若苹正拿着手机拨号，看见他便嗔怪地说："你还知道回家，我正准备登寻人启事呢！"

饭菜已经摆到桌上，一盘糖醋排骨，一盘素炒青菜，还有一个酱豆、辣椒、红豆乳拼在一起的小碟。

秦光汉一屁股坐到饭桌旁，有气无力地冲妻子说："若苹，拿酒来，我想喝酒。"

文若苹这才看到丈夫在灯光照映下的脸，苍白苍白的，白得吓人。

她吃了一惊："你怎么了？"

秦光汉艰难地笑了笑："没怎么。拿酒。"

文若苹焦急地："你病了？快说哪里不舒服？"

秦光汉摇头："没有。快，给我拿酒。"

文若苹更急了："出什么事了？快说出来，别在肚里憋着！"

秦光汉显然是想再对妻子笑一下，眼睛一眯，两串泪珠却咕噜滚了下来。

"怎么了？"文若苹叫着把丈夫抱在怀里，"你可别吓唬我！"

"我没事！"秦光汉突然粗暴地推开妻子，吼道，"给我拿酒，我叫你给我拿酒！"

文若苹愣了一下，连忙从酒柜里取出一瓶白酒打开，放到他跟前，小心翼翼地说："喝吧，少喝点儿。"

秦光汉什么话也不说，接过酒瓶，对着嘴就灌。

文若苹大惊失色，冲过去就夺酒瓶，哭着喊："你这是干什么呀！"

秦光汉还是把整整一瓶酒灌了下去，也不吃菜，便伏在饭桌上呜呜哭起来，不大一会儿便瘫软在地上。

文若苹费尽九牛二虎之力才把丈夫弄上床，自己坐在床边落泪。她料定秦光汉一定最遇到了什么过不去的坎儿了。

秦光汉一觉睡到凌晨四点多钟，睁眼坐起来，看到妻子坐在床前眼巴巴望地看着他，连忙抱歉地说："若苹，对不起！"

秦光汉说着就要下床洗漱，文若苹一把抓住他："出什么事了，告诉我。"

秦光汉说："别问了，以后你会知道的。"

文若苹听他这样说，知道是工作上的事，就不再问，说："天亮还早呢，再睡一会儿吧。"

秦光汉说："你睡吧，我马上要去省城，向省院汇报工作去。"

秦光汉走进省院陈国荣办公室的时候，陈国荣正在批阅一份材料，看见他就说："真是想光汉光汉到。我正说给你打电话呢，你自己来了。有事吧？"

秦光汉连忙说明来意，掏出举报材料递过去，说："丁老的举报材料我带来了。线索很具体，可查性很高。"

陈国荣没接他递的材料，却拿起自己桌上的那份材料，向地面前一放，说："看看，是这个吧？"

秦光汉一看，果然和自己手里的这份一样，上面多了两行陈国荣的批办意见：转沱原市院秦光汉检察长阅办。举报反映的问题触目惊心，非常严重，务必安排秘密初查，做好立案准备，并报初查结果。切实注意保密。

"正式指定我们办理？"秦光汉问。

"是初查。"陈国荣说，"这是一起罕见的领导干部渎职大案。30个亿，案值惊人啊！社会上把渎职犯罪称作不装腰包的腐败，很有道理。如果可以把装腰包的腐败分子叫做贪官的话，那么不装腰包的腐败分子就是昏官。从社会危害看，昏官比贪官更甚。"

"的确是这样。"秦光汉说，"沱原查处的贪官，至今最大案值500万，而且赃款多已如数追回。而郁先达他们渎职，一下子就使国家损失30个亿，是贪污案的600倍啊！而且贪污受贿还可以追回，他们损失的30亿是覆水难收。"

陈国荣问："听说你和郁先达是同窗好友，而且是儿女亲家。是吗？"

秦光汉说："我们是同窗好友，但目前还不是亲家。我们两家儿女确实是在恋爱，而且已经喝过订婚酒，结婚的事现在还没提上日程。"

陈国荣问："到省院来前，你犹豫过吗？"

秦光汉说："犹疑过，非常犹豫。我还因此大醉一场。"

陈国荣问："为什么？"

秦光汉说："因为郁先达对我有知遇之恩，而且我们即将成为儿女亲家。查了他，就意味着我们20多年的友谊断绝，意味着我女儿的婚姻失败，还可能意味着我个人前途的无望。因为以他目前的地位和背景，他完全可以左右我这个代理检察长的上下进退。"

陈国荣问："那你为什么还是来了呢？"

秦光汉说："因为我在痛苦的犹豫中找到了自己的角色定位。我不仅是郁先达的同窗好友、准儿女亲家和我女儿的爸爸，我更是一名共产党员、检察官。"

"好，你这个角色定位好。"陈国荣赞许地看着秦光汉，"光汉，我没看错你。"

秦光汉说："感谢领导的信任。"

"光汉，咱们眼前的对手可不是一般人物啊，"陈国荣表情凝重地说，"你说得很对，郁先达的背景很了得，不仅可以决定你的前途，也可以左右我的进退。我们要有丢官的思想准备啊。”

秦光汉说：“丁老的举报不知道省里是不是收到了。”

陈国荣说：“好像收到了，至少他们已经知道了丁秉池举报这件事。因为省里一位大人物已经亲自给我打电话，说沱原的情况复杂，两任班子有矛盾，让我们检察院不要掺和。”

秦光汉心里一沉：“那我们……”

“查，先秘密初查。”陈国荣坚定地说，“要说凭背景、靠山，我们比任何贪官昏官底气都足。党中央反腐败的方针是明确的，高检院的反渎工作部署也是坚定的。这就是我们的背景、靠山。”

秦光汉说：“怎么办，请您下达指示吧！”

陈国荣说：“好，你回去立即安排初查，为立案做准备。有了结果尽快反馈，我亲自去北京报告。如此触目惊心的渎职犯罪，一定会引起中纪委、高检院重视，也许只是个立案时机问题。”

秦光汉庄重地点了点头，站起来：“陈检，我回去立即安排。”

陈国荣一把抓住他的大手，用力握了握：“注意调查策略，行动务必保密！”

第十一章

车祸谋杀

秦光汉赶回沱原是下午刚上班的时候。

他连家也没回，在街上吃了碗牛肉面，就把萧剑飞、刘明远叫到办公室下达任务。

在从省城回来的路上，他反复琢磨陈国荣交待的“注意调查策略，行动务必保密”，决定采取间接策略，借公开调查许传新案，秘密调查取证。

他向萧剑飞、刘明远说：“许传新这个案子，要抓紧突破。调查取证时眼界要开阔，收集证据要全面。许传新作为一名招商局长，是没有决策权的，因此调查取证不要局限于许传新，涉及其他任何人的证据，都要注意收集、固定，以便深挖犯罪，扩大战果。”

萧剑飞、刘明远都是聪明人，一听便知道他的指向。

可是，萧剑飞知道郁先达和秦光汉的关系，担心自己的理解有误，便问：“是不是可以理解，哪怕涉及……”

“我说的是涉及任何人。”秦光汉连忙打住他的话。有些话像胶卷，是不能打开的，一打开就曝光了。

萧剑飞点了点头。

秦光汉说：“侦查思路不要变，还是一边配合郑大年他们查诈骗案，一边查许传新职务犯罪案，一层一层地剥，剥到最后就什么都清楚了。”

萧剑飞、刘明远齐声说：“明白了。”

他们话刚落音，高庆生推门进来，问：“秦检从省院回来了？”

“回来了，”秦光汉嘴里应着，心里想“看来什么事都避不开他”，又解释说，“去省院催问一下国债的事。”

高庆生问：“怎么样了，有点眉目了吧？”

秦光汉说：“对，陈检说很快就下来了。你找我有事？”

“有点事，”高庆生进入正题，“许传新被立案了？”

秦光汉回头看看萧剑飞、刘明远：“你们去吧，工作要抓紧。”

萧剑飞、刘明远立即明白了高庆生的来意，当即起身出门去了。

秦光汉说："许传新在引进石世宝项目、购买专用设备过程中，涉嫌受贿和玩忽职守犯罪。这个案子是市委领导交办的。"

高庆生说："他们这是推卸责任、嫁祸于人吧？"

秦光汉说："庆生，没有根据的话，咱们可不能随便说。"

高庆生说："我不是随便说，外面都知道，这么大的项目，他郁先达、邝家厚竟然绕过市委常委会、市长办公会议，违规决策，还美其名曰30亿损失是交学费。我说错了吗？"

秦光汉说："外面的议论总归是议论。我们是司法机关，没有根据的话，不能随便说。"

高庆生说："秦检，你不会只打苍蝇不打老虎吧？"

秦光汉说："不会。不过案件管辖权限你别忘了，我们只能查县处级，市厅级干部不归我们查。"

高庆生说："这我知道。可只要掌握线索，你完全可以向省院汇报，请求指定管辖。你会这样做吗？"

秦光汉说："我会。"

高庆生步步紧逼："如果涉及你的同窗好友、儿女亲家呢？"

秦光汉说："我跟萧剑飞刘明远交待过，无论涉及任何人。"

说罢这句话秦光汉就后悔了，这不等于告诉高庆生，已经开始对郁先达、邝家厚初查了吗？

他好像预感到什么，立即拨通了郁先达的电话。

电话突然响起来，把郁先达吓了一跳。

此时此刻，他正为许传新案忧心不已。

下午一上班的时候，他到邝家厚办公室去了一下，把许传新受贿引进垃圾设备的案情和自己已经代表市委，同意对他立案侦查的事说了。

郁先达本来以为，许传新不仅轻信牛太元，引进骗子项目，造成30亿元巨额损失，而且敢胆受贿300万元，购买3亿元垃圾设备，造成眼前如此严重的后果，邝家厚一定会将他置于死地而后快，没想到他听到郁先达说的这些，却沉思半天没有说话。

"也许石世宝的祸根就是许传新，我甚至怀疑他跟牛太元、河岛野雄他们是一伙的。"郁先达提醒邝家厚。

邝家厚说："内外勾结，合伙诈骗，坐地分赃，不是没有这种可能。"

郁先达说："那还不该严惩吗？你还犹豫什么？"

邝家厚说："不是犹豫，我是担心。"

郁先达说："担心什么？"

邝家厚说："担心案子的结局。"

郁先达说："结局，什么结局？"

邝家厚说："牛太元诈骗案、许传新受贿案结案之日，就是石世宝项目真相暴露之时。他们都不是哑巴，他们会说话的。"

郁先达说："他们说什么？"

邝家厚说："说石世宝引进的内幕。好好回忆一下，石世宝项目的决策，几乎每一个环节都有失误，最大的失误就是没经市委常委会，也没经市长会议集体决策，而且是在市委常委会上没获通过的情况下，我们就和骗子签了合同，以致造成了今天的后果。"

郁先达沉默了。

邝家厚说："先达，我的担心不是多余的吧？"

郁先达忧郁地说："字是我签的，主要责任在我。"

邝家厚说："可你跟我打过招呼，可以说是我同意的，也可以说是咱们两个共同玩忽职守、滥用职权、违规决策。"

郁先达说："怎么能记在我们两个头上？石世宝项目签约是经市委常委追认了的嘛！"

邝家厚说："那叫什么？叫先斩后奏，生米做成熟饭，逼常委们就范。而且是在捅出娄子之后。"

郁先达说："那又怎么样？大不了是好心做了坏事，我们又没往自己兜里装一分钱。这种事全国多了去了，十几亿的建筑项目，前面完工后面拆迁，几个亿的项目，今天投产明天关闭。南方一个湖水景区，几幢大楼盖好没多长时间就爆破拆掉，西北第一楼让一个小木匠骗了30个亿。昨天报上还登呢，一座投资上亿的学校，刚验收合格，就拆迁改建商城了。这些难道不是盲目决策，不是滥用职权，不是玩忽职守？还不都是一句交学费就完了，哪个被问责了？"

邝家厚说："你说的都是事实。问题是，这种事情不追究就不是问题，真追究还真是问题，小追究是小问题，大追究就是大问题。何况石世宝这件事，有丁秉池那帮老干部较真儿告状，上次省纪委奉中纪委指令来调查，我们糊弄过去了，他们会就此罢休吗？"

郁先达沉默了。

他不得不承认邝家厚想问题比自己想得深、想得远，看来当初安排公安追捕牛太元，现在支持检察院查处许传新，过于感情用事，过于草率行事了。

“石世宝这个案子，可以说是惊天大案。这边一查，那边媒体就会爆炒，”邝家厚接着说，“案子捅开的结果是什么？我们不能不往最糟处想啊。”

郁先达感到事情严重了，急忙问道：“牛太元归案了，许传新也进去了，我们怎么办?”

邝家厚叹息着说：“怎么办？我也不知道。”

郁先达想了想说：“我跟秦光汉商量一下，看怎么妥善处理。不能轻饶了牛太元、许传新，也不能弄得影响太大。按罪行，我看他们死一百次也解不了恨，但是为了大局，就不要他们的命了。最好让案子在沱原终结掉。”

邝家厚忧郁地说：“我们都好好考虑一下再说吧。”

郁先达从邝家厚办公室出来，回到自己办公室苦思冥想了半天，终于想出一个办法，这就是对许传新高高举起、轻轻放下，让检察院把案子移交市纪委，拉满弓科以党纪政纪处罚。

他正想打秦光汉的电话，约他晚上把酒议事，面前的电话却响了。

郁先达看了看来电显示，是秦光汉办公室的号码，便连忙抓起听筒：“光汉，咱们是心有灵犀吧？我正要打你的电话呢。”

秦光汉说：“市长有什么指示。”

郁先达责备他说：“又市长了，对你老弟哪有什么指示。”

秦光汉说：“那您找我肯定有事吧?”

郁先达说：“说没事也有，说有事也没什么大事。晚上请你喝酒。”

秦光汉说：“有这等好事，什么由头，都有什么人参加?”

郁先达说：“没有什么人，就咱哥俩。我想跟你单独商量点事儿。”

秦光汉说：“商量事还要喝酒？什么事你说话就行了，还商量什么?”

郁先达说：“那我就说了。许传新这个案子能不能低调处理一下，不要把影响弄大了，对沱原的形象产生负面作用。”

秦光汉问：“怎么低调处理?”

郁先达说：“我跟家厚书记商量了一下，想让你把案子移交市纪委处理。”

秦光汉那边沉默了。他刚才的预感成真了。

“怎么了光汉?”郁先达急忙问，“这是市委的决定。怎么，执行有什么困难吗?”

秦光汉说：“是这样的。许传新的问题有人向省院举报了，陈国荣检察长让我今天上午去了。他那里案情掌握得非常详细，已经列为全省重大要案，决定由省院挂牌督办了!”

郁先达脑袋突然嗡了一下，心里顿时乱了。

秦冰冰一连好几天不理郁继达，打电话不接，到炎黄公司去找不理，约她到雨晴别墅更不去。

在她看来，郁继达导演的英雄救美，就是一场骗局，骗取了自己的感情，骗取了自己的贞操。别的什么都不说，就是一个骗字，就是不可原谅的，尽管是为了爱情。爱情是个圣洁的东西，骗取她，就是亵渎她。

秦冰冰一连三天晚上没出门，使文若苹产生了怀疑。

第三天晚饭后，冰冰碗筷一丢钻进了自己的卧室，文若苹也跟了进去。

“冰冰，你跟小达怎么了?”她问。

“没怎么。”冰冰故意装出若无其事的样子，冲母亲笑笑，“我怎么了吗?”

文若苹问：“没跟小达生气?”

冰冰说：“没有啊，生什么气啊?”

文若苹问：“这几天晚上，你为什么没出去?”

冰冰反问：“我为什么要天天晚上出去?”

文若苹轻轻打女儿一下，说：“你这孩子，总给妈打马虎眼的!”

冰冰就笑了，说：“这几天在忙一个大设计呢，白天太累了，晚上想休息休息。”

文若苹问：“小达没约你出去?”

冰冰又反问：“为什么约我出去，我就非出去不可?”

文若苹瞪她一眼：“马上做媳妇了，还这么任性，我要是小达，才不理你呢。”

母女俩正在你一句我一句地说着，冰冰的手机响了。

冰冰拿过手机看一眼来电显示，就往旁边一扔。

文若苹伸手抓过来一接听，果然是郁继达打来的。

郁继达在手机里说：“苹姨，让冰冰接电话，我找她有事。”

秦冰冰听得清清楚楚，就冲妈妈摇头摆手。

文若苹说：“冰冰这会儿在卫生间呢，等会儿让她回过去好吗?”

郁继达说：“不用了，您告诉她，我找她有事商量，让她到雨晴别墅来行了。”

文若苹挂断手机，说：“小达在雨晴别墅等你，快去吧。”

冰冰任性地说：“不去!”

文若苹把眼一瞪：“任什么性，快去，别考验人家的耐心!”

冰冰愣了半刻，伸手抓过手机，又提起自己的小包，拖着无可奈何的腔调说：“好，听妈妈大人的，约会去!”说罢出门走了。

文若苹望着女儿的背影笑了。

从家里出来到雨晴别墅，总共不到两站路程，冰冰一路上溜达，走到小区门口，憋在心里的气也就消散了。

她想："郁继达虽然对自己施了骗术，但他毕竟是因为爱我，记得一本什么书上说过，爱是可以不择手段的。更何况我跟他已经这样了。就算不原谅他，以后又能怎样呢？弄僵了闹散了还不是我自己吃亏？"

进小区大门的时候，郁继达又打她的手机。

秦冰冰给他的第一句话就是："郁继达你这个大混蛋！"

郁继达说："对对，我是大混蛋，天下第一混。"

秦冰冰又说："一会儿，我要你给我床头跪！"

"一定一定，床头跪、顶鞋跪都行，"郁继达态度在电话里非常老实，"好宝贝，想死你了，到哪儿了你？"

秦冰冰说："我到了。"

走进别墅，走进卧室，秦冰冰一眼就看见郁继达头上顶着只鞋，冲门跪在床前的地毯上。

"出什么洋相你，谁叫你真跪了？"秦冰冰连忙紧走几步，伸手拉他。

郁继达猛地把她抱起来，放到床上，不由分说地就脱她的衣服。

这回，秦冰冰没有挣扎就顺从了。

一场风波就这样过去了。

郁继达已经十几天没去过市直印刷厂了。

郁先达这段时间让石世宝的事搅得心烦意乱，也顾不上儿子了。离开父亲的监管，郁继达就无限身心自由了。

他白天不是在雨晴别墅睡觉，就是到韩劲达的房地产公司转转。韩劲达给了他个在文化中心工地监工的差事，一个月给他 5 千元零花钱。晚上多半是陪秦冰冰，也经常跟韩劲达和他的哥儿们喝酒跳舞。不过，有了冰冰之后，他再也不去"夜朦胧"那种地方找小姐鬼混了。

这天晚上，韩劲达又请郁继达和他的哥儿们在王府大酒店喝酒，还找了几个小姐陪伴，除了他和郁继达，每人一个，都搂坐在大腿上，随便亲随便摸，哄得这帮痞子无比开心。

这帮痞子都是郁继达的哥儿们，也都是韩劲达用得着的人。

文化中心投产后，附近的老百姓多次强装强卸，也有好几个经营石料、黄沙的痞子强行送货，漫天要价。要是放在打黑之前，韩劲达自己就把这些刁民和痞子收拾了。可是现在毕竟不比以前了。

一年前的那场打黑风暴其势凶猛，好几个道上的人物被打掉，幸亏他平时"干活"低调，摆平对手的时候，自己从不出面，也不许手下人向对手通名报姓，干事总是来无影去无踪，没让警方抓到什么把柄。躲过一劫的韩劲达便寻找新的创业发财之道，就在这时候他得到了郁继达这个宝贝。

韩劲达看好郁继达，为他大把大把地花钱。当然，他首先看好的是他的沱原第一太子身份，可以帮他揽工程，这是主要的。不仅如此，郁继达还结识了一帮小混混，像二小这样的小混混，多是被扫进大牢的那几个黑老大的残渣余孽，个个都是不要命的主儿。结下郁继达这个小朋友，工地上有个什么事，自己连嘴也不用动，郁监工就能摆平，万一弄出个什么麻烦，还有市长公子挡着，不碍自己什么事。

郁继达果然没让韩劲达失望。

他当上监工之后，碰上刁民、痞子到工地闹事扰乱，一挥手二子一帮哥儿们就会闻声而动，棍棒、石块一齐上，把那些强装强卸的刁民和强行送料的混混打得屁滚尿流，抱头鼠窜，再也不敢在文化中心工地出现。虽然郁继达三天两天才到工地转一次，工地却一直太平无事，让韩劲达免破了不少财，也省了不少心，少了不少麻烦。

韩劲达、郁继达跟二子一帮哥儿们喝酒行乐，快到席终人散的时候了，金一文推门进来了，说："韩总你日子过得真够快活哇!"

"托领导的福，托领导的福。"韩劲达连忙站起来，说，"金秘书，您快来坐。不，另安排一桌，我和继达过去陪你。"

金一文说："不不，我找你有事商量。"

韩劲达看看金一文，确实像有急事的样子，就对郁继达说："继达，你带兄弟们去夜朦胧吧，我在这儿跟金秘书坐会儿。"

郁继达领着二子一帮哥儿们去夜朦胧了，韩劲达又去安排了个隐蔽的小包厢，上了一瓶茅台、几个菜，把金一文请了进去。

"什么事，金老弟?"韩劲达边倒酒边问。

金一文说："韩总您这个文化中心干下来，能挣多少钱?"

韩劲达想了一下："弄好了大概能挣两三千万吧?"

金一文问："现在情况怎么样了?"

韩劲达说："工程过半，可是钱不到位。文化中心不是日本人捐建的吗?市政府把钱扣下来，在建行中放着，就是不往我账上拨。我一次次跑文化局，跑建设局，他们办事跟大姑娘放屁一样，一次一小股。我自己都垫进去一千多万了，还少人家四五千万的料款。我正想请您帮我跟市长说说呢。"

金一文咂咂嘴："说什么，现在谁说什么恐怕都有点玄了。"

韩劲达说："什么意思?"

金一文说："什么意思?现在出事了，工程可能要下马。你垫进去的 1000

万白垫，欠人家四五千万的料款也得自己还。”

韩劲达吓呆了，打着哆嗦问：“出、出、出，出了什么事？”

金一文说：“石世宝项目的真相谁都知道，小日本捐建，跟石世宝一样，也是他妈骗局。建行存的那两个亿，是小日本的吗？不是，是咱沱原自己的。市里的说法只能糊弄一时，不能糊弄一世。现在人大有几个老家伙弄了个提案，说文化中心是骗子工程，必须下马。还要对前期的拨款审计。”

韩劲达的脸都变白了，连忙哀求说：“金秘书，这个工程可关系到我的身家性命，你一定要帮忙啊！”

金一文两手一摊：“怎么帮忙？我一个小秘书，有什么能耐，抗得过人大那帮老头子吗？”

韩劲达说：“我知道您跟市长、书记的关系，您一定要帮我跟他们说说，工程千万不能下马啊！”

金一文无奈地说：“现在郁市长、邝书记都自身难保了，还顾得上你这个破工程。”

“怎么了？”韩劲达吃惊地问，“郁市长怎么了？”

金一文说：“还不是石世宝项目引进的事？牛太元只要一开口，项目引进的全部真相就会暴露无遗，第一个被追究责任的就是郁市长。”

韩劲达沉默着。

金一文说：“牛太元活一天，郁市长就多一分危险，文化中心就受一天威胁。怎么办你看着办。我知道韩总你是有办法的。”

韩劲达继续沉默着。

“韩总，我可什么也没对你说，今天也没见你。”金一文看他一眼，端起酒杯一饮而尽，戴好墨镜匆匆走了。

韩劲达目送他出门，抓起酒瓶猛灌了一气，拨通了郁继达的手机。

郁继达很快从夜朦胧赶了过来。

韩劲达把金一文说的事，一五一十地从头到尾说了一遍。

郁继达愣了半天，咬牙切齿地说：“这个牛太元，老子非灭了他不可！”

韩劲达说：“二子这人办事怎么样，怎么上次在大桥上没撞死他们？”

郁继达说：“不是他办事不行，是萧剑飞、郑大年他们有防备。”

韩劲达点点头。

郁继达说：“还让二子干。”

韩劲达说：“牛太元有个亲外甥叫吴小天，住金沱山庄别墅，看守所长是他的老同学哥儿们。”

郁继达说：“我明白了。”

韩劲达说："这事要快，怎么个干法，不要跟我说。就让二子去干，你自己也别出头。"

"我知道，"郁继达站起来说，"我这就去找二子。"

"等等，"韩劲达掏出一张银行卡递给他，"别让人家白干了。"

萧剑飞和刘明远商定，欲突破许传新，必先拿下牛太元。只要牛太元开口，掌握了许传新受贿、玩忽职守的证据，哪怕他如何抵赖，也可以零口供认定他的犯罪事实。

萧剑飞、刘明远和郑大年、宁秋萍到看守所提审牛太元。

值班民警告诉他们，牛太元拉肚子拉了一夜，吴所长和所医带他去医院了。

萧剑飞对郑大年说："拉肚子不是什么大病，估计用不着住院，咱们就在这等一会儿吧。"

他们就在值班室里坐等牛太元。

"你们弄什么给他吃的，怎么就拉肚子了？"郑大年问民警。

"猪头肉。"民警回答。

郑大年说："你们伙食不错。"

民警说："哪是我们伙食上的？是他外甥吴小天送来的。"

"吴小天？"萧剑飞一下子想起了在金沱山庄看到的那个光膀子的汉子，问，"你们这里不是不允许亲属送吃的吗？"

民警说："这也不是绝对的。现在不是提倡人性化执法吗？只要经过检查，里面没有信件或者锐器什么的危险品，有时也不是那么严格。吴小天跟我们吴所长是本家，也是老同学。"

民警正说着，桌上的电话响了，他连忙接电话，一惊一乍地喊："什么？好好，我马上向教导员报告。"

萧剑飞见他一副大惊失色的样子，便问："怎么回事？"

"出车祸了，"民警哆嗦着说，"跟大货车撞了！"

"撞了？"郑大年大吃一惊，"情况怎么样？"

"不轻，三个人都在市立医院抢救呢！"民警说着慌慌张张地朝监区跑去了。

"怎么办？"刘明远看看萧剑飞、郑大年，"是不是看看去？"

郑大年和萧剑飞异口同声："走，去医院！"

他们赶到医院急救中心，看守所长已经被送进太平间，安云峰等公安局领导和刑警支队、监管支队的支队长站在门口，正神色严峻地跟急救中心负责人交谈着什么。

郑大年连忙赶过去，问："情况怎么样？"

安云峰说："吴所长过去了，牛太元已经下了病危通知书。"

郑大年向："邱所医呢？"

安云峰说："他没大事，一只小臂骨折，脸上受了点皮外伤。"

两人正说着，吴小天从急救室里跑出来，咋咋呼呼地喊："哪个是郑大队长，哪个是郑大队长？"

郑大年连忙迎过去，说："我就是，什么事？"

吴小天说："我舅不行了，想见你！"

郑大年拉一把萧剑飞："走，咱们进去看看！"

牛太元躺在急救床上，脸上刷白刷白的连点儿血色也没有，鼻子里插着氧气管，张大着嘴巴喘气，只有出气没有进气的样子。

郑大年急忙凑近了，说："老牛，你找我？"

牛太元张着大嘴，艰难地喘息着说："他们……杀人灭口，灭……口……"

郑大年问："谁，他们是谁？"

"许传新，"牛太元更加有气无力地说，"马，马耀先……专……专家……"说着便断了气，两只眼睁得滚圆滚圆的，一副死不瞑目的表情。

医生帮他合上眼睛，说："肋骨撞断，刺破了心脏，腹腔里全是血。送来的时候，脑子还清醒，腹腔打开的时候，就不行了。"

萧剑飞问："他还说什么了没有？"

医生说："他说他后悔，说什么都晚了，还说什么几千万都在澳门赌光了。"

"郑大队，郑大队！"郑大年正说到隔壁找邱所医了解一下车祸发生时的情况，邱所医喊着从门外走进来，一只胳膊吊在胸前，脸了贴了块白纱布。

郑大年迎上去，关切地问："你没事儿吧老邱？"

"我没事儿，"邱所医痛心地说，"所长没了，他开的车，直接撞上的。"

郑大年问："当时怎么个情况。"

邱所医说："我跟牛太元坐后排的。他当时很有点吊儿郎当的，赤脚蹲在座上，还说法院还没判他有罪，蹲着还是坐着他有这个自由。刚到城西那个十字路口，就撞上了。"

郑大年说："是辆大货？"

邱所医说："大货，无牌大货。停在路口的，看见我们拐弯过来了，突然发动，照直撞过来。好像是有预谋的。"

郑大年问："司机呢？"

“跑了，”邱所医说，“我从车里爬出来，就没见到司机。黑的还是白的，我一点印象都没有。”

“杀人灭口，这个可能性很大。”秦光汉听罢萧剑飞、刘明远的汇报，分析说，“这起车祸很可能跟我们秘密调查石世宝案件背后的渎职犯罪有关。”

萧剑飞、刘明远惊得一齐张大了嘴巴。

“不要吃惊，我没有所指，”秦光汉说，“郑大年应当立即调查车祸的真相。还有，吴小天怎么就想起了给他舅舅送猪头肉，怎么牛太元吃了猪头肉就拉了肚子，而且拉得这么厉害？”

萧剑飞说：“他们已经开始调查。”

刘明远说：“牛太元还有一句半截子话——‘马耀先，专家’。”

“马耀先？”秦光汉想了下，说，“马耀先是陈英才的同事，也是科技局的副局长，还是名化工专家。难道他知道什么内幕？”

萧剑飞说：“有这可能。要不我们先问问许传新？”

秦光汉说：“可以。不过，一定要注意策略，不要让他看出你们的意图。跟看守所的同志打个招呼，牛太元死亡的消息要对许传新绝对保密。否则，他会认为死无对证。”

萧剑飞、刘明远当即去看守所提审许传新。

许传新说，郁先达他们在日本考察回来之后，因为没有在井上隆一的石世宝工业园实地察看，心里就有点不踏实，便通过牛太元转告河岛野雄，要求在北京组织一次鉴定会，请化工专家对石世宝技术做个论证。这次论证，郁先达点名让马耀先参加了。

萧剑飞报请秦光汉同意，秘密询问马耀先。

晚上，萧剑飞、刘明远坐在反渎局等候马耀先。

他们商量了询问马耀先的问题，怎么切入，怎么询问，还计议了万一马耀先一问三不知的对策。

眼看到了入夜九点多，还不见马耀先的影子。

刘明远看看表，又看看窗外暗黄的灯光，焦急地问萧剑飞：“他会不会心里有鬼，不敢来？”。

“不会，他一个搞研究业务的副局长，能有什么鬼？”萧剑飞说，“他应当知道检察院询问通知书的分量。如果不来，他就有问题了。”

萧剑飞话刚落音，门外走廊里传来轻轻的脚步声。

他连忙拉开门，马耀先已经出现在门口了。

这是名五十岁上下的中年人，手里拿着一卷用报纸包裹的什么东西。他显得有些文弱，有些老相，脸色黑黄多皱，头发花白稀疏，脑门上有汗珠在滚，在灯下一闪一闪地泛着光。

“我知道会有这一天的。”马耀先把报纸包裹的那卷东西，放在萧剑飞跟前，说，“其实，你们不找我，我心里也不安。这两万块钱已经折腾我几年了。”

马耀先的举动，完全出乎萧剑飞、刘明远的预料。既定的询问方案被打乱了。

萧剑飞把钱拿在手里掂了掂问：“这是什么钱？”

“受贿的钱，牛太元给的。”马耀先以为检察官是故意套他，说，“你们找我不就是为了这个吗？”

萧剑飞跟刘明远对视了一下，心想：“搂草打兔子。这可是个意外收获。”

“马局长，您坐下，具体说说事情的经过。”萧剑飞指指一旁的椅子。

“事情是这样的——”马耀先说，“三年前，市政府不是在化工部搞了个鉴定会，对石世宝技术鉴定吗？郁市长点名让我去了。其实我是学生物化学的，对煤化工根本就是外行。日本方面给的资料，我反复看了，也没看出个什么名堂。当时我想，市长让去我不能不去，反正唱主角的是北京的专家，到时候多听少说就是了。这样我就应付官差去了。”

萧剑飞问：“这两万块钱牛太元是什么时候给你的？”

马耀先说：“我们到达北京的当天晚上。那天晚上，是郁市长做东，牛太元出面邀请化工部的专家。吃过晚饭，刚进房间，牛太元就跟了进来，塞两万块钱给我说：‘明天的鉴定会，您帮助给石世宝技术美言美言。’当时我就想，牛太元是我们沱原一方的人，石世宝技术是日本人的，他怎么行起贿来了。他好像看出了我的不解，就解释说，河岛野雄是他的朋友，钱是帮日本人送的。他还让我放心，说石世宝技术绝对是世界顶尖的高新技术，河岛野雄主要是怕中国专家不懂，鉴定出什么意外。他这样做的目的，也还是想让石世宝项目在沱原落户，带动家乡的经济发展。”

刘明远问：“你当时怎样答应他的？”

马耀先说：“我说，我对煤化工是外行，你要把化工部那些专家的工作做好。牛太元说，那些老家伙都表示过了，一人两万。你明天只管跟着他们说好话就行了。”

刘明远又问：“那些专家在鉴定会上，都说了些什么？是不是都对石世宝技术赞不绝口？”

马耀先说：“不是。没有一人是赞不绝口。他们比较一致的看法是，石世宝技术同国内的同类技术相比，有一定的先进性，但并不是先进到资料上说的功能那么神，经济效益也不会是点石成金。还有，包括技术转让、技术培训、国际市场开拓等各项费用，30 个亿贵了。而且，技术转让必须是全套技术，包括石世宝高新建材系列产品合成技术、石世宝有机肥料技术、石世宝高级衣料纤维生产技术，还要包括添加辅料生产技术。如果只转让产品合成技术，以后必然受制于日方，增加生产成本，影响生产效益，不能引进。我觉得那些专家还是有良知的，虽然拿了小日本的钱，但是并没有昧着良心说话。”

萧剑飞问：“你在鉴定会上发言了吗，怎么说的？”

马耀先说：“发言了。我说我赞成各位老师的意见。”

萧剑飞问：“后来呢？”

马耀先说：“后来，郁市长就拉着牛太元找河岛野雄交涉，让日方把添加辅料生产技术和产品合成技术一起转让。开始，河岛野雄不同意，郁市长说不这样，沱原没法接受这项技术。还有，我们对这个产品没有销售经验，也没有这个市场，所以这个项目必须是中日合作，前三年的产品由日方帮助销售，可以给日方百分之三十的利润分成。当时河岛野雄没同意，可我们离开北京之前，河岛野雄由牛太元陪着主动找郁市长，说他跟日本总部井上隆一董事长请示了，井上隆一同意按我们的意见办。”

刘明远问：“回来呢？回来以后的事，你是不是参与了？”

马耀先说：“郁市长向市委常委通报鉴定会的情况，我参加了，许传新局长也参加了。”

刘明远问：“郁市长是怎样通报的？”

马耀先迟疑了一下，说：“市委常委会应当有记录。”

“我们是问你知道的情况。”萧剑飞逼视着他说，“市委常委会的记录，我们当然要看，现在是问你。”

“那好吧，”马耀先很不情愿地说，“郁市长先把鉴定会的过程说了说，在说到鉴定结论的时候，他说专家一致认为，石世宝技术先进，可以引进，但必须添加辅料生产技术和产品合成技术一起转让，而且前三年的产品，日方必须负责销售。经过反复交涉，日方答应了我们的全部条件。当时，我也想，专家们说的是石世宝技术与国内同类技术相比，具有一定的先进性，郁市长怎么能简单地说，专家一致认定石世宝技术先进呢？”

刘明远问：“后来呢？”

马耀先说：“后来，我私下把自己的不解跟许局长说了。许局长说，郁市长认为，专家们是不会把话说满的。他们说同国内同类技术相比，具有一定的先进性，是故意留有余地。他这样向常委们通报，也是为了让常委顺利通过，把这件好事办成。”

刘明远问：“市委常委会最后怎么决定的？”

马耀先说：“没怎么决定。多数常委对这个项目有怀疑，说小日本儿比猴子还精，怎么会把点石成金的项目卖给我们。也有的对专家论证有怀疑，说那些专家是不是小日本的托儿，现在所谓的精英里面汉奸可不少。还有的说30亿投资数额太大，沱原负债太多，万一有什么闪失，没有十年八年还不清。最后，邝书记拍板说，这样吧，请郁市长找行家再进一步论证，下次再议。”

秦冰冰最近十几天一直身体不舒服，每次吃饭就想呕吐，有时吐得翻江倒海般地难受。

文若苹是过来人，一看症状就怀疑冰冰是怀孕了，于是试探着问：“冰冰，你跟小达相处的怎么样了？”

秦冰冰从卫生间里钻出来，泪汪汪地说：“挺好的。怎么了？”

文若苹说：“不怎么，我就是问问。你们天天在一起，都干什么？”

秦冰冰一脸茫然地：“还能干什么，问这干什么？”

一句“还能干什么”，让文若苹费了半天脑子，也没弄明白。

这句话本来就可以一说三解的。你可以理解为“就是谈情说爱呗”，可以理解为“就是干男女之间的事呗”，还可以理解为“你问这干什么”。

文若苹猜想半天的结论就是，冰冰和继达已经偷尝了禁果，她不慎怀孕了。于是她对女儿说：“上午妈妈陪你到医院看看吧？”

秦冰冰说：“不用，要去我自己会去的。”

秦冰冰上午去了趟医院。

她怀疑是胃里出了毛病，便去看内科。

门诊是位中年女医生，问了问她的感觉、症状之后，便目不转睛地盯住她看，有点吞吞吐吐，迟迟疑疑的样子。

秦冰冰心里怦怦跳了起来，心想：“难道我是癌症？”

她急忙问：“医师，我这是什么病？”

女医生不回答，却反问：“姑娘，你结婚了吗？”

秦冰冰说：“没有。什么病你直接跟我本人说好了。”

女医生说：“你好像没什么病。再到妇产科看看吧。”

秦冰冰听她说没什么病，便高高兴兴地一溜小跑到妇产科去了。

女医生两眼追着她的背影，撇撇嘴，回头对一旁的实习生说：“现在的女孩子，越来越不知脸面多少钱一斤了。怀孕都快两个月了，还有脸说没结婚呢。嘁！”

秦冰冰在妇产科，又被问了一番症状、感觉，然后做了一种叫做“青蛙试验”检验。

秦冰冰确实很天真，很缺乏生殖方面的知识，直到医生把检查报告单放到跟前，她还傻里傻气地问："医生，我不是癌症吧？"

"癌症？"医生眉开眼笑地说，"喜病！"

"喜病？"她大惑不解，病还有悲喜之分，谁会因病而喜？

"恭喜你，"医生看她一脸茫然的样子，挑明地说，"你要当妈妈了！"

秦冰冰一下子怔住了，接着泪水在眼窝里打晃。

医生依然笑容可掬地说："激动了吧？第一次做妈妈都这样。回去注意加强营养，多吃点水果，补充维生素、蛋白质，适当活动活动，每两个月来检查一次……"

医生说的这些，秦冰冰一句也没听进去，满脑子都是担心、害怕、忧愁。

她回到炎黄文化传媒公司，把自己关在设计室里，痛哭了一场，才想起了该跟郁继达商量对策，他惹下的祸，就要让他负责。

秦冰冰拨通了郁继达的手机，问："继达你在哪里？"。

郁继达好像正在干什么体力活，在手机里喘着粗气问："我在街上办事呢，有事吗冰冰？"

秦冰冰说："我有急事跟你商量，到哪里找你？"

郁继达犹疑了一会儿，说："你到雨晴别墅来吧，我在这儿等你。"

郁继达这几句话就有好几个可疑之处，他说他在街上，手机里根本没有街景的喧杂，他在街上应当说到雨晴别墅去，而不是到雨晴别墅来，更不会是"我在这儿等你"。可惜冰冰是个天真单纯的女孩子，从没对郁继达的一切产生过怀疑。

秦冰冰心急火燎地赶到雨晴别墅，郁继达正躺在床上吸烟。

屋里空调开着，空气凉飕飕的，床上的铺盖乱七八糟地堆在一起，一只枕头掉在地上。

郁继达看见冰冰一跃跳下来，搂住她就亲："说，半天没见，想死我了。"

秦冰冰推开他说："你还疯狂呢，让你弄出事了！"

郁继达愣了一下，说："我弄什么了，弄出什么事了？"

"你自己看看吧，"秦冰冰把检查报告单向他手里一塞，"你干的好事！"

郁继达展开报告单扫一眼，若无其事地说："我当什么大事呢，不就是怀孕了吗？"

秦冰冰看他一副无所谓的样子，不由得气由心起："不就是怀孕了，你说的这么轻松。你说我们现在怎么办！"

"怎么办，好办，"郁继达依然一脸轻松地说，"到医院拿掉就是了。"

秦冰冰听到拿掉两个字，不禁打了个冷战。

她听人家说过，刮宫人流像遭受酷刑一样，是件非常痛苦的手术，乐极生悲，物极必反，跟他们当初男贪女爱的欢愉，绝对是个截然的对立，而且据说人流还有可能落下后遗症，造成不育。

“不，我绝不去做人流，”秦冰冰坚决地说，“我受不了那份罪。再说，未婚先育，你让我怎么对人家说？”

“那你就生下来，”郁继达说，“又不是养不起，我掏钱养他就是了。”

“什么，你说什么？”秦冰冰以为自己耳朵出了毛病，“你再说一遍怎么办！”

郁继达又重复了一遍：“生下来你养活他，钱由我出。”

“亏你说得出口，我一个姑娘给你养孩子？”秦冰冰生气地说，“以后带着孩子结婚？这份人你丢得起，我可丢不起！”

“那我就没有办法了，”郁继达无可奈何地往床上一躺，“你有什么办法，我听你的。”

秦冰冰听他这样说，就觉得跟他是商量不出什么办法了，就说：“那我找达伯、璐姨去。”

郁继达听她说去找他父母亲，触电似的从床上弹下来，说：“冰冰，千万别去找他们。这样吧，晚上我亲口告诉妈妈，大不了结婚就是了。”

在冰冰看来结婚是唯一可行办法了。

她默默地点了点头，坐在床边。

床单上有一根女人的长发，紫红色的，显然不是她的，也不是郁继达的。

郁继达发现了这根长发，突然发疯般地把冰冰按在床上，剥光了衣服……

秦冰冰消极地逢迎着他说：“你轻点，弄流产了让我受罪。”

郁继达愈发猛烈地冲撞，冲撞中那根紫红色的长发消失了。

秦光汉下班回到家，刚拿起筷子，身上的手机响了。

他的第一个反应又是：“饭局？”

不料手机里传来的是一个撒娇般亲切的女声，第一句话就是：“汉哥，你在哪儿？”

“先影？”秦光汉惊喜地说，“你这个小丫头，还没把汉哥忘了？”

郁先影在手机里说：“怎么敢呢？忘了郁先达，也不敢忘了汉哥。小时候躺你怀里撒娇的事，我还记得呢！”

秦光汉说：“你在哪里？”

郁先影说：“在你的一亩三分地儿呢！”

“你到沱原来了。”秦光汉说，“考察干部吗？”

郁先影说："让你猜对了，我跟华书记考察干部来了。"华书记是分管干部工作的省委副书记。

郁先影说："你不想问问这次考察哪些人吗？"

秦光汉一下子想到了郁先达，却又想，考察他怎么会让他妹妹来呢，于是就说："就我这脑子，哪能想到考察谁？"

郁先影说："你的铁哥儿们，还有家厚书记。替他高兴吧？"

秦光汉真不知道该为郁先达高兴，还是该为这种"带病提拔"现象悲哀，一时竟不知道说什么了。他想起了老百姓形容官场怪现象的几个常用词："越查越升"、"朝中有人好做官"。

郁先影说："汉哥，你吃饭了吗？"

秦光汉忙说："正吃呢，马上吃好了。"

郁先影说："要不，你过来陪华书记喝两杯吧，华书记可是分管干部的，正好认识认识他。家厚书记、我哥、卢部长，还有几个常委他们都在。沱原宾馆，还没开始呢，你快过来吧。"

秦光汉连忙说："不去不去。人家都是领导，我去了算是哪棵葱？"

郁先影说："你算我哥，怎么了？我邀请你来，谁还能说什么？要不，我让家厚书记给你打电话。"

秦光汉说："不不，千万别。我吃好了。要么一会儿我和若苹到宾馆看你。"

郁先影说："这样吧，我一会儿到你家去。这边开始了，我表示一下就去，反正我晚上是不吃饭的。冰冰晚上在家吧？我给她带了礼物。"

秦光汉说："好好，让你破费了。你过来吧。"

郁先影说："还给你带两瓶茅台呢！"

秦光汉说："就带两瓶？"

"你就会欺负妹妹，不跟你说了！"郁先影在那头笑了。

"都当这么多年常务副部长了，整天一脸的组织人事，跟我还像小丫头一样！"

秦光汉跟郁先影通完话便陷入沉思。

按照省委下来考察干部的一般程序，市直各部门的一把手，各县区的党政一把手，都要参加画勾，并且要个别征求意见。自己是检察院的代理"一把手"，肯定要被安排参加，郁先达兄妹更期待自己参加。可是自己参加了又怎样表态呢？画勾怎么都好说，反正是无记名的，赞成还是反对，只有自己知道。个别征求意见就不一样了，当着华书记和郁先影的面，如果说对郁先达、邝家厚不了解，弃权，显然是对组织不诚实、不负责任。对秦光汉来说，如果说赞成，那更是对组织不诚实、不负责任了。因为自己正在组织对邝家厚和郁先达进行秘密调查，明知他们涉嫌渎职犯罪，还赞成他们提升，不是对组织阳奉阴违，又是什么？说反对也不行，反对总要有个反对的理由，而说出反对的理由，就暴露了省市两级检察院的侦查秘密。

秦光汉决定回避明天的干部考察。

郁先影来了。一进门先跟文若苹又搂又抱的亲热了一番，然后把带来的礼物一一展示出来：给冰冰带的一条铂金项链、给郁先达带的四瓶茅台，给文若苹带的一对玉镯。

秦光汉不大懂得商品价格，凭感觉郁先影带来的东西价值不下万元。

“来看冰冰，来就来呗，还带这些东西干什么！”他说。

郁先影笑着说：“到领导家哪有空手的，何况是到检察长家。”

秦光汉说：“你这话还真说错了，进我这门儿的还真没有送礼的。”

郁先影说：“汉哥这话我太相信了。我哥常跟我说，汉哥你就是包公再世。”

秦光汉说：“别听他瞎说，他这个人就会给我戴高帽。”

郁先影说：“谁叫你们是哥儿们呢？他到省委去，在领导面前也给你戴高帽。冰冰呢，冰冰不在家？”

“在屋里等你呢。”文若苹这才想起来喊女儿，“冰冰，快出来，看谁来了！”

秦冰冰听到妈妈喊，从屋里冲刺一般跑出来，冲向郁先影，亲亲甜甜地叫了声：“姑！”

郁先影疼爱地抱住冰冰，一副总也看不够地样子，说：“冰冰越来越漂亮了，小达那臭小子真有福气！”

文若苹说：“没想到这孩子能长这么漂亮！”

郁先影说：“你们没想到，我可想到了。冰冰小时候，你们都说她不像爸爸，也不像妈妈，长不漂亮。我就说，爸爸是帅哥，妈妈是美女，冰冰长大肯定是超级美女。看看，果不其然吧？”

文若苹说：“还是你有先见之明，要不你怎么当了管官的官呢！”

“别管当什么官，也是你的妹妹冰冰的姑。”郁先影说，“冰冰小的时候，我就想，将来我也不结婚嫁人了，就把冰冰抢来做女儿。苹姐你又该说我先见之明了，看看，现在还真如愿了。”

文若苹听她说起结婚嫁人的事，就关心起她的终身大事，问：“你对婚姻大事咋打算的，还让两个老人为你操心一辈子？”

郁先影脸上微微红了一下，笑了，说：“他们爱操闲心，就让他们操呗。侄儿是儿子，侄女是女儿。冰冰嫁到我家去，咱们亲上加亲。我有小达这么个儿子，又有了冰冰这么个好女儿，还嫁什么人！”

秦冰冰乖巧地说："我本来就是你的女儿嘛。"

郁先影说："冰冰这话说得对。我跟你爸比亲兄妹还亲。你爸在省城上学的时候，一到星期天就跟你达伯伯到我家去。我还就爱跟你爸玩。你爸在楼下放炮，炮一响，我就往他怀里钻。其实我哪儿是害怕？故意撒娇呢。我那时候都多大了——你爸 20 来岁，我都 10 来岁了！"

几个人都笑起来。

郁先影说："我下午跟哥哥说了，冰冰、小达的喜事，咱们元旦在两地办。到时候，我哥肯定已经到省里去过了。"

文若苹说："好，怎么办都行。我们这边亲戚不多，也不准备大操大办。只要你们在省城热热闹闹的就行了。"

"好，这事就这么说了。"郁先影抬头看了看墙上的挂钟，说，"苹姐，我有件事，想跟汉哥单独说说。宾馆那边快结束了，我还得过去应付一下。"

秦光汉说："那就到书房去吧。"

"全省的市级人大换届选举提前了，"郁先影一进书房就说，"可能放在明年一月底进行。"以往的市级换届选举一般都是在三月份进行。

"是吗？"秦光汉问。语气有点漠不关心的样子。

郁先影说："换届选举的基调，省委基本上定了，原则上一府两院的'一把手'等额选举。你的头上的代字也没几天了。"

秦光汉说："我对这个事现在也淡漠了。真的，先影。"

郁先影说："为什么？你原来可不是这样的。"

秦光汉说："太累了，是心累。"

郁先影说："当'一把手'哪有不累的？责任与权力统一嘛，不当'一把手'，你手里就没有决策权，就不能实现你的意图、你的愿望、你的事业追求。"

秦光汉说："事倒是这么回事。顺其自然吧，选上了我就好好干，选不上就跟人家好好干。你也别为我操太多心。"

"两个哥哥的事，我是非操心不可的。"郁先影说，"你们两个还要互相关照。明天干部考察的事，你一定要参加。"

秦光汉说："明天我还真的参加不了呢。"

郁先影说："怎么，你什么事这么重要？"

秦光汉说："省检察院指定管辖一个要案，陈检让我一大早去受领任务。"

郁先影说："这么不凑巧？来自检察院的这一票，华书记是很重视的。你的一票赞成，至少可以说明我哥不是贪官污吏。"

秦光汉说："明天我让高庆生参加吧。"

郁先影说："就是那个副检察长吧？"

秦光汉说："不错，就是他。他去跟我去一样的。"

郁先影说："这个人我多少了解一些，在跟你竞争检察长这个问题上，他恨死我哥了。"

秦光汉说："这你就不了解他了。他恨先达是在心里，可他是个识时务者为俊杰的俊杰，当着你的面，他会为先达歌功颂德。"

郁先影说："那就行，别管他真的假的，哪怕他在测评票上打叉，只要在个别征求意见的时候，说一句赞成提拔，就足够了。"

秦光汉最终没去参加干部考察。

这次考察的结果，是他预料之中的一致赞成。按照这个"民意"，郁先达、邝家厚的提拔是板上钉钉的事了。

第十二章
市长说情

考察结束，郁先达没有掉以轻心。

他很后悔自己当初一时冲动做出的决定。现在许传新案成为他的一块心病。特别是在组织对他考察、提拔任用在即的关键时刻，他觉得出现任何岔子对自己的仕途，都有可能造成不可挽回的后果。

他在心里清楚，许传新案一被省检察院挂牌督办，就超出自己可掌控的范围了。“拔出萝卜带出泥。”只要沿着线索一路查下去，石世宝项目的决策内幕就会彻底曝光，后果是不堪设想的。

还有那个陈英才“散布虚假信息案”，也是颗定时炸弹，两个案子放到一起，后果更难预料。要么就是抓紧办结，要么就是做好工作，让他们闭嘴。

他庆幸当初自己在妹妹先影的帮助下，让秦光汉取而代之高庆生，做了代理检察长。毕竟是20多年的铁哥儿们了，他相信秦光汉是个知恩图报的人，至少他不会主动对自己的同窗好友、儿女亲家、对他有知遇之恩的人落井下石。

有这样的铁哥儿们，现在不用更待何时？

他本想给秦光汉打个电话，跟他商量一下如何应对眼前的局面，可是转念一想，还是亲自到检察院去一趟。在这个时候了，还有什么放不下架子的？

郁先达正要出门，有人轻轻地敲门。

他重新正襟危坐，冲门外招呼：“请进。”

门开了，是高庆生，进门哈了下腰：“郁市长。”

“他来干什么，又来打光汉的小报告？”郁先达这样想着，就不由得阴着脸，问：“你来干什么，秦光汉又犯了什么事了？”

高庆生说：“我知道市长您跟光汉检察长的关系，因为我跟他有些隔阂，你不喜欢我，可我……”

“我不是不喜欢你这个人，”郁先达说，“我是不喜欢你的为人。做人还是磊落些好，别把心思用在捣鼓人上。你今天不会又是来反映什么人的问题的吧？”

高庆生显然是做好思想准备的，进门就遭到迎头一棒，却一点也不乱方寸。

“我是来反映秦光汉的。”他说，“告诉您您可能不会相信，可我还是要向您反映，他在秘密调查您和邝书记涉嫌引进石世宝项目渎职犯罪的问题。”

“是吗？”郁先达笑笑。

他压根就不相信秦光汉会查他，高庆生在他心目中，就是个十足的小人，他的话就是一溜鬼吹灯。

高庆生说：“上个礼拜丁秉池找他，好像送了份举报材料，接着他就去了省院。可能得到了省院的授权，回来就安排萧剑飞、刘明远秘密初查。”

郁先达说：“这我得先说一声谢谢你了。可我得告诉你，光汉检察长去省院我知道，萧剑飞、刘明远在查什么我也知道。”

高庆生眼睛眨巴了一下，欲说又止，心想：“难道我的判断错了？”

“我还得告诉你，做人要本分，不要把心思用偏了。”郁先达继续说，“秦光汉代理检察长是省委定的，谁想取代他都是不大可能的。就是他下来了，你也当不上这个检察长。”

郁先达的话，句句入木三分，如此具有杀伤力，就算脸皮再厚的人也会顶不住的。

高庆生也顶不住了，面红耳赤地说：“我是好意，就是想提醒市长一下，您不相信就当我没说。”

郁先达说：“我没说不相信，我现在就去找秦光汉。你是不是跟我的车回去？”

高庆生呆了：“我……我……”

高庆生尴尬不已地退出郁先达的办公室，站在走廊里心乱如麻。

郁先达走出办公室，用力拉上门，好像无视他的存在一样，看也没看他一眼，就径直向楼梯口走去。

“郁市长，郁市长……”他焦急地追着郁先达喊。

郁先达头也不回地下楼去了。

“他妈的，混蛋，昏官！”高庆生在心里痛骂，“有你他妈好受的在后头！”

当天晚上，高庆生带着礼物，到医院专程拜访丁秉池，向他要了一份举报材料，寄给了在最高人民检察院工作的老同学。

萧剑飞和刘明远向秦光汉汇报了询问马耀先的经过，并且建议：鉴于马耀先是主动退回赃款，说明受贿经过，且没有为牛太元、河岛野雄谋取利益，可以不以受贿犯罪论。

秦光汉同意他们的意见，并且分析说："从目前掌握的情况来看，郁先达在引进石世宝项目中确实存在操之过急行为，开始是轻信牛太元的鬼话，后来又在沱北竞标时误入牛太元、河岛野雄的圈套，在日本所谓的考察时更是明显的掩耳盗铃。还有，他向市委常委会汇报北京的石世宝技术鉴定会，故意把石世宝同国内同类技术相比，具有一定的先进性，说成世界先进。这些说明什么？说明他太过想把这项所谓点石成金的项目引进来。不管他是出于发展沱原一方经济，还是出于建设'面子工程'、'政绩工程'，不管他主观动机多端正，渎职的事实都是存在的。你们认为是不是这样？"

萧剑飞、刘明远一起点头："是这样。"

秦光汉继续说："当然，如果单看这些，还不足以认定郁先达渎职，也不足以认定他的行为的社会危害性。不幸的是，后来这个骗子工程的合同是他亲笔签订的，就是这个合同导致了石世宝项目的全部后果。你们下一步的侦查方向，就是弄清他和日本人签约的经过，看他在签约过程中有没有玩忽职守的行为。参加签约仪式的人一定不少，应当没有很大的难度。我再强调一次，调查一定要保密，找什么人调查，在什么时候找人，在什么地点询问，都要考虑周密。要向证人晓之以利害，不能有任何泄密现象。明白了吗？"

萧剑飞、刘明远说："明白了。"

萧剑飞、刘明远刚离开，郁先达就到了，来检察院的由头是调研。

秦光汉说："郁市长您来调研，怎么也没给我们发个安民告示，我也好准备一下汇报材料？"

"又市长了，"郁先达瞪他一眼，"说你什么好呢！"

秦光汉笑笑："这不是在办公室，工作场合吗？"

郁先达说："以后再这样，我到你家去也叫你秦检。"

秦光汉说："听你的，以后在私下就叫你先达，要不就叫你亲家！"

郁先达笑了，说："你这家伙就是不长记性。"

"这回记住了。"秦光汉说，"一会儿是不是先把党组成员集中起来，一起向您汇报一下院里的工作？"

"汇报什么，随便说说吧。"郁先达说，"我今天来，调研只是顺便，主要是想跟你商量两个孩子的婚事。"

秦光汉说："这有什么商量的，我和若苹听您和琬璐的。只要两个孩子不反对，你们说什么时候办，就什么时候办，你们说怎么办就怎么办。"

郁先达说："现在是 10 月份了，可能明年元月份沱原就要换届了，我肯定要在这之前离开。我想在这之前给孩子把事办了。"

秦光汉说："可以。你看定在什么时候？"

郁先达说："定在元旦怎么样？还有两个月，来得及，咱们又不大操大办。也就两家亲友、两个孩子的好友聚一下。"

秦光汉说："好。"

郁先达说："那就这样说了。"

秦光汉又说："好。"

郁先达好像突然想起了一件无关紧要的事，问："哎，光汉，陈英才那个案子怎么处理了。"

秦光汉说："已经改变强制措施，由公安监视居住呢。"

郁先达问："为什么？"

秦光汉说："这个案子不好处理。继续关下去，以后要作刑事赔偿的。"

"你怕掏钱？"郁先达说，"这钱我来掏。"

"当然是你掏。国家赔偿本来就是财政出钱。"秦光汉说，"你不怕出钱，也不怕他上访告状吗？他一上访，这影响就造出去了。"

郁先达说："这倒是，那你依法办吧。不过，你可要做好他的工作，不能到处上访，至少在我离开沱原之前，不能到省进京上访。"

"这工作我来做，你放心好了。"秦光汉说到这里，突然想起了基建国债的事，又说，"前天去省院，听陈检说国债快下来了。我现在让人家垫资干呢，到时候你抓紧让财政拨给我。"

"这还用你说，答应你的事绝不食言。"郁先达故意借开玩笑，话中有话地说，"得罪谁也不敢得罪检察长，我还怕你查我呢。"

秦光汉微微一愣，也笑了说："你有什么可查的吗？"

"当然没有。我跟你秦光汉一样，一身正气，两袖清风。"郁先达说，"坦白了说，公款吃喝有。可吃喝也是工作。投资商洽谈投资来了，上级领导检查指导来了，兄弟区市传经送宝来了，你不陪不吃不喝行吗？所以有人笑侃道，革命就是请客吃饭。这话听着不严肃，仔细琢磨起来，还真有道理。"

秦光汉说："让你这样一阐释，就更有道理了。"

郁先达说："你们报的这批干部，卢部长给我说了。一下子提拔也太多了，像批发似的，这要一下子批下来，其他单位会有反映的。"

秦光汉说："检察院两任检察长，十几年没动干部了，这是历史欠账，特殊情况。你得帮助做做工作，争取尽快批下来。"

郁先达说："好，我给组织部打个招呼。提拔六名县处级干部需要常委研究，我也分别做做工作，争取尽快研究。"

秦光汉说："谢谢老兄的帮助。"

郁先达笑了："这还差不多，不叫市长了。你知道我为什么帮助你吗？"

秦光汉说："当然知道。"

郁先达说："你说说为什么。"

秦光汉说："因为你关心检察院。"

郁先达说："也对也不对。我看重你的为人，你真干事业，关心部属。像你这样关心人，爱护人，与人为善，是最难能可贵的。像有些人只想着自己当官，不顾别人的前途进步，谁跟他玩？"

秦光汉说："我这也是受你的影响，有其兄必有其弟嘛。"

郁先达又笑了，说："咱们就别光表扬与自我表扬相结合了。我帮你的忙，我这儿也有个事要你给面子呢。"

秦光汉说："是吗？有事尽管开尊口，谁的面子还能比你的大？"

郁先达一脸郑重其事地："这可是为案子的事儿。"

秦光汉说："您不会是为什么人说情吧？"

郁先达说："还就是呢！"

秦光汉说："为谁？"

郁先达说："许传新。"

秦光汉说："这可是个要案，您亲自代表市委同意查的。"

郁先达说："不错，是这样的。可是我当初确实是让他气昏了。你说我对他这么信任、器重，他竟给我引来牛太元这么个汉奸，带来河岛野雄这么个日本鬼子。他贪了300万，让沱原30个亿一下子打了水漂，让我和家厚书记对上对下就交不了账。你给我说案情的时候，我连杀他的心都有。现在冷静一想，他也不容易，跟我这么多年鞍前马后，天南地北地跑着招商。他也不知道牛太元、河岛野雄是骗子，知道了他也不敢收他们的钱。你说是不是？他贪是贪了些，但在引进石世宝项目这个问题上，也是好心办坏事。"

秦光汉说："好心办坏事，这正是渎职犯罪的一个特点，而且他是一身担两罪，重大受贿，重大渎职。"

郁先达说："这我知道。现在不是提倡人性化执法吗？许传新的老婆钟本兰是癌症，现在已经在熬时间了，儿子还在外地上学。他这一进去，钟本兰不是死得更快吗？"

秦光汉听他这样说，心里不禁有点酸楚楚的，便为难地说："这的确是个问题，可案情太重大了。而且我们现在立案都是上报一级备案。"

郁先达说："我没说让你撤案。"

秦光汉说："那你的意思是？"

郁先达说："像处理陈英才那样，改变强制措施，让他回家照顾老婆。"

秦光汉说："这个恐怕困难。"

郁先达说："为什么？"

秦光汉说："有牛太元的检举，有设备鉴定结果，可他就是拒不认罪。按规定，有犯罪事实，拒不认罪，是不能取保也不能监视居住的。主要是防止他逃跑或者毁灭证据。"

郁先达说："这好办，我让他的亲属劝他老实认罪就是了。"

秦光汉说："如果是这样，可以考虑。他老婆这个情况，确实需要照顾。"

"那我就代钟本兰谢你了，"郁先达说到这里，转了话题说，"高庆生刚才到我那儿去了。"

秦光汉说："是吗？"

郁先达说："你就不想知道他去干什么？"

秦光汉说："干什么？"

"告状，告你秦光汉的状，"郁先达说，"说你主动到省检察院请战，正安排萧剑飞、刘明远秘密查我呢。"

秦光汉愣了一下，笑了说："你相信他的话吗？"

郁先达说："当然不相信。我们是什么关系，会让小人当枪使？"

秦光汉想了想，说："先达，咱们是20多年的兄弟了，我想劝你一句。石世宝项目的真相，你该向组织说清楚，自己说总比别人说好。事情总会水落石出的，到时候你会很被动的。"

郁先达说："谢谢老弟提醒。不过前几天省纪委来调查，我已经说清了，必要的时候我还会说。实际上，石世宝技术引进已经完成，技术资料就在我们手里，只是日方没有履行技术培训义务，属于他们违约。虽然现在我们只是生产一些初级产品，但石世宝工业园毕竟是投产了。现在看来，牛太元的诈骗犯罪能不能构成都是个问号，他这一死，中间好多事情都成了不解之谜。人死案消，公安那边已经把案子撤了。"

秦光汉心情一下子沉重下来，他不知道郁先达对牛太元诈骗案的认识为什么突然发生了一百八十度的转弯。

这时候党组秘书小刘进来，说几位院领导都到齐了，请二位领导过去。

郁先达起身要走，秦光汉拉他一下，小声说："一会儿到会上，不要拐弯抹角地点高庆生。我心里有数就行了，你连旁敲侧击都没有必要。"

郁先达说："要不怎么说你这人会与人为善呢！我还真想好好敲打他一下，既然你大肚能容，那我就听你的。"

秦光汉当着全体党组成员，向郁先达汇报了今年以来检察工作情况，虽然没有准备，倒也条条是道，主次分明，而且有事例，有数据，有分析说理，把他的水平展示得淋漓尽致。说完工作，他特意把郁先达关心帮助解决国债和干部职级的事说了，目的是再向他施施压，说过的话别转脸就忘了。

郁先达当然明白他的意思，就冲他笑笑，开始点评检察院的工作。这是领导调研的通行程式。

郁先达果然没有直接敲打高庆生。

他首先代表市委高度评价了检察院近期的工作，说市委对光汉同志和检察院党组的工作是满意的，希望大家加强团结，全力支持光汉同志的工作。

郁先达的一番话，貌似官话套话，却明显是力挺秦光汉，树立他的权威。

秦光汉明白，高庆生明白，其他人也都明白。只是高庆生心里觉得发堵，觉得郁先达强调团结，强调支持秦光汉，就是冲他刚才打小报告来的。

散了会，秦光汉当着几位党组成员留郁先达吃晚饭。

郁先达犹豫一下，还是答应了。他在市区检查、调研、开会是从来不在下属单位吃饭的。在检察院这次是个例外，也是为了表示自己与秦光汉的特殊关系。

饭局设在沱原宾馆。

党组成员中，只有高庆生称病没有参加。

秦冰冰晚上一直哭丧着脸，几次对文若苹欲说又止。

文若苹看出她心里有事，就关切地问："怎么了，跟继达生气了？"

冰冰摇头："他才不敢对我生气呢。"

文若苹突然想到女儿早饭时呕吐的事来，忙问："冰冰，到医院看过了吗？"

冰冰哇地哭了，一头扑进妈妈怀里。

文若苹吓坏了，连忙晃着她问："怎么回事，怎么回事？快给妈妈说，怎么回事？"

冰冰只管呜呜地哭，哭得上气不接下气。

文若苹使劲搂着女儿，像哄小孩儿似的说："快给妈妈说怎么了，现在医学发达了，什么病都治得了。快给妈妈说，别叫妈妈着急。"

冰冰抬起头来，哽噎着说："妈，我，怀孕了！"

文若苹担心的事真的发生了。

她一把推开女儿，气急地说："八字刚一撇呢，你就给人家……这人叫你丢大了！"

冰冰哭着说："他跟疯了一样，硬来。我，我根本扛不住他……"

文若苹沉默了。

她相信女儿说的话，她是过来人，在一个因情发狂的男人面前，女人是无法不被征服的，更何况女人也是人，女人也有发狂的时候，女人犯花痴的比男人多。

"继达知道吗?"她问。

冰冰点了下头。

"你们准备怎么办，"文若苹又句，"流掉还是结婚?"

冰冰说："我想结婚。"

文若苹说："你让妈妈为难了。女人一到这个份儿上，就被动了。主动登门求嫁，就丢份子。"

冰冰说："他家要不主动提呢?"

文若苹沉思一下，说："等你爸回来，我跟他商量一下再说吧。"

跟文若苹母女的哭哭啼啼形成鲜明对照的是，仇琬璐母子是嘻嘻哈哈。

郁继达一进家就嬉皮笑脸地说："妈，你有孙子了!"

"冰冰怀上了?"仇琬璐惊喜地给儿子一拳，"好儿子，你是先下手为强，再也不用担心她跑了，我儿子真行啊!"

郁继达嬉皮笑脸地说："这还用说? 有其母必有其子，看谁的儿子!"

"叫你贫嘴!"仇琬璐又喜又气地打儿子一下，"你不是强奸人家吧?"

郁继达说："你儿子是当代美女杀手，还用施加暴力吗? 都是美女强奸我。"

仇琬璐怕儿子越说越下线，就说："还没谈几天呢，你就让她怀上了，你们准备怎么办?"

郁继达说："冰冰想结婚。"

仇琬璐说："冰冰想结婚，你不想?"

郁继达说："我? 我无所谓。我倒觉得这样挺好。人家说还是偷的香，我看也是。瓜是带着生吃才有味，熟透就不脆生了。"

仇琬璐说："少给我说这混蛋话，让你爸听见了，看不揍死你。"

郁继达说："我也没说不结。那好，我害怕家庭暴力，那就结吧。"

仇琬璐说："那好，我给你办!"

郁继达说："什么时候办?"

仇琬璐想了下说："这可要有个准备时间，咱可不能亏待了冰冰。要有一套像样的房子吧? 至少还要简单装修一下吧，还要给冰冰准备首饰、衣服一类的礼物吧?"

郁继达说："房子我有了，别墅，精装修，家具、电器也都全了。"

仇琬璐眼睛瞪大了："哪来的?"

郁继达说："韩劲达送的。"

仇琬璐继续瞪大着眼："他为什么送你？"

郁继达说："我给他揽了项工程。"

"人家这是利用你啊孩子。"仇琬璐害怕了，"你爸知道了会气死的。"

郁继达说："我都想好了，就说是买彩票中奖买的。"

仇琬璐说："你当他会相信？"

郁继达说："他不相信我，还不相信你吗？就说是你中奖买的。所有中奖材料，韩劲达都办好了。"

仇琬璐眼睛瞪得更大。

郁继达说："瞪眼干什么？我这还不是为你，为我爸着想？"

仇琬璐想了想也是，事到如今也只有这样了，于是便打郁先达的手机，把事情说了。

郁先达在电话里说："我们想到一块了，这事儿下午我跟光汉已经商量过了，就定元旦吧。"

仇琬璐挂了电话，对儿子说："你爸跟你汉叔都商定了，元旦给你们办。"

郁继达听母亲说婚期定了，突然有了点感伤地说："我就这样归那个黄毛丫头了？"

仇琬璐掩饰住心里的兴奋，瞪他一眼："你这臭小子，得了便宜还卖乖！冰冰要知道了你的底细才不会要你呢，哪个姑娘也不会跟你！"

这里该说说郁继达的底细了。

郁继达本来还算是一个本分的孩子，因为郁先达的家教很严，尽管仇琬璐对儿子溺爱。

从小学到初中，郁继达虽然有过早恋和打架斗殴的前科，但在郁先达的拳脚教育下，总算改正了，学习成绩也一直保持着优秀，高中毕业考上了广州一所全国重点大学。

郁继达走进大学后的第二年，看到不少学生在校外租房住，便觉得学生公寓条件太差，人多嘈杂，影响课外学习，就打电话跟妈妈商量，要在校外租房单住。

仇琬璐疼儿心切，再加上儿子在外租房住是为了学习，便背着丈夫同意了，心想："只要儿子住得舒服，不就是一个月多花千儿八百块钱吗？"

郁继达在学校附近一个小区里租了套小单元房。起初几个月，一直把自己封闭着，上课回来，无非是喝酒、看书、看电视，虽然平平淡淡，却也平平安安。

郁继达对门也是一套小单元房，住的是他的一对男女情侣校友。

男的叫何社会，长相看起来挺粗糙的，总给人一种三天没洗脸或者刚从窑里钻出来的感觉。女的叫凌娟娟，人长得漂亮不说，还特别的性感，粉唇翘着，香乳挺着，脸上总是笑微微的，两眼也总是水汪汪的，给人一种眉目传情暗送秋波的心动。

这对情侣校友很开放，凌娟娟经常穿着三点式，两只丰乳晃荡着在屋里走来走去。何社会也时不时地抱住她，不是亲一口，就是摸一把。他们经常开着门嘻嘻哈哈地打情骂俏，有时还在沙发上哼哼叽叽的折腾。

郁继达虽然有过早恋史，也不过是跟女孩子亲亲、抱抱、最多是摸摸，深入式的肌肤之爱只是在梦里出现过。现在整天耳濡目染这种场景，怎么能不怦然心动？于是就有了跟这对校友亲密接触，然后把凌娟娟夺过来的想法。

如果说郁继达在中学时代，还算规矩的话，只能说那时郁先达严厉家教的利剑高悬。现在天高皇帝远了，郁继达自然就无所顾忌了。

郁继达打定了色主意，便频频请何社会和凌娟娟到自己租住房里吃喝。几经接触，郁继达知道了他们是自己的本省老乡，都来自省城的干部之家。他们也知道了郁继达是沱原市市长家的公子，而且父亲是省级干部后备人才。

郁继达的家庭背景很快令凌娟娟心生羡慕，于是便主动向他放电。她与何社会的打情骂俏哼哼乱叫，也渐渐变成了吵吵打打闹闹。

一个星期天，郁继达又请何社会和凌娟娟过来吃喝。

他和凌娟娟心照不宣地向何社会下手了，你一杯我一杯地轮番向何社会灌酒。

何社会的酒量比起郁继达，只能算是小儿科，几轮下来就被灌得烂醉如泥，瘫卧在地板上。

郁继达和凌娟娟当即迫不及待地纠缠在一起，从沙发折腾到床上……

从此，郁继达和凌娟娟隔三差五地背着何社会苟合，凌娟娟与何社会的争争吵吵打打闹闹也从此升级。

后来，凌娟娟从这里搬出去租房另住，跟何社会分手了。郁继达几乎天天到她的租住房里鬼混，心思整个放在跟凌娟娟男欢女爱上，学业也就渐渐荒废下来了，期中考试 5 门课就有 3 门不及格。

纸里终是包不住火的。

大概是半年之后，何社会发现了郁继达和凌娟娟的秘密，对凌娟娟与自己分手的原因恍然大悟，于是便在“夺妻之恨”的冲动下，找郁继达决斗。

郁继达接受了何社会的挑战，约定决斗局限在拳脚的限度下，胜者拥有凌娟娟。凌娟娟也对两个情敌的约定表示同意，并且自告奋勇地当见证人。

“决斗局限在拳脚的限度下”，是郁继达主动提议的，而他在赴约时却暗暗带了把短刀，一见面就朝何社会捅了过去。

何社会惨叫一声便倒在地上，当即被送进医院抢救。

医院打 110 报了警，当地警方迅速立案。

幸亏何社会当时发现了郁继达来者不善，有所防备，在他出刀的瞬间躲闪快，刀子虽然刺中他的左胸，却没有伤及内脏。

事情还是闹大了。

经警方法医鉴定，何社会的伤情为轻微伤，郁继达尚不构成犯罪，但要给予行政拘留，甚至是劳动教养的治安处罚，并要承担经济赔偿。

因为郁继达学习吊儿郎当，期中考试 3 门课目不及格，补考一次仍然不及格，学校开除了他的学籍。

仇琬璐接到广州警方的电话，心急如焚却又不敢对丈夫吐露半点实情，于是便说想念儿子，跟郁先达打了个招呼，就揣上 20 万元现金，登上了飞往广州的飞机。

仇琬璐飞到广州就忙着请客送礼，安抚受害者，最终还是没有帮儿子逃脱 10 天拘留的处罚，学校开除学籍也已经无可挽回。

仇琬璐第一次动手打了儿子，罚他在地板上跪了半个多小时。

打归打，罚归罚，可疼爱儿子是母亲的天性，更何况仇琬璐这种一贯溺爱孩子的母亲。

她必须想个蒙住郁先达的办法，使儿子免受爸爸严厉的惩罚，而且还要蒙住社会上的所有人，以免她和丈夫在世人面前脸面尽失。

仇琬璐几经苦思冥想，想出一个自以为可以瞒天过海的妙法：让郁继达在广州打工混日子，混满大学四年的必要时间，就花钱办个假文凭回家，大不了以后不参加公务员招录考试就是了。

一年前的秋天，郁继达揣着“名牌大学毕业文凭”回来了。

恰逢沱原党政机关招录公务员，郁先达就让儿子参加报名，说：“现在是凡进必考，你不要指望老子利用职权，为你弄铁饭碗，想当公务员凭自己的本事考去。”

郁继达就说：“我没有官本位思想，不想当公务员，我想自己闯江湖创业。”

仇琬璐心虚，便跟着儿子附和说：“官场险恶，整天勾心斗角的有什么好？我倒赞成小达自己到社会上闯去。”

郁先达觉得母子说的也有道理，便对儿子说：“这样也好，但只要我还在沱原，你在沱原就只能打工，不准办公司经商，更不准打着我的旗号谋利。违反了这条，老子轻饶不了你！”

这样，就有了今天的郁继达。

牛太元之死，使一桩重大诈骗案画上了句号。

萧剑飞从牛太元案中抽身，集中查办许传新重大受贿、玩忽职守案。

郑大年和宁秋萍转为调查牛太元车祸案。他们已经认定这是一起蓄意谋杀案。

郑大年和宁秋萍先找了看守所当日的值班民警和其他知情人，证实车祸发生的头天晚上，确实是吴小天给牛太元送的熟猪头肉，确实是吴所长批准把猪头肉送给牛太元食用，他跟吴小天也确实是初中的同学，而且按辈分吴所长该叫吴小天一声叔，两人关系一直不错。

他们按照这个线索去找吴小天。

吴小天一见他们就放声大哭，说舅舅对他这么好，他反而害死了舅舅。

郑大年问他："牛太元是车祸死的，你说是你害死的。这话是从何说起。"

吴小天说："我不该给他送猪头肉。如果我不给他送猪头肉，他就不会拉肚子，他不拉肚子，就不会去医院，不去医院，就不会遇到车祸，不遇到车祸，他就不会死。就算他是骗子，也不一定会判死刑。"

"这小子思路倒是满清晰的。"郑大年这样着，就问他，"看你这人挺聪明的，你怎么想到给舅舅送猪头肉呢。牛太元是大款，山珍海味可能都吃腻了，还会稀罕猪头肉?"

吴小天说："正因为他过去花天酒地，乍一进去吃家常便饭才馋得不行，才想吃猪头肉。"

郑大年问："你怎么知道他想吃猪头肉？是你那位所长同学告诉你的?"

吴小天说："不是，是舅舅的一位朋友告诉我的。"

"朋友，谁?"郑大年问，"他姓什么叫什么?"

吴小天说："不知道。他自我介绍说是舅舅的朋友。他说：'牛大哥在看守所一天三顿连个荤腥也见不到，快馋死了，想吃猪头肉。我急着赶飞机去沈阳找你新舅妈，给他办事，你给他送去吧，反正看守所长是你同学，找他也方便。'"

郑大年问："你舅舅出殡的时候，你那新舅妈来了吗?"

吴小天说："没有，谁知道新舅妈是谁，长什么样？只听说是个小姐。戏子无情，婊子无义。舅舅出了这事，她还会来?"

郑大年问："他还说什么了?"

吴小天说："别的没说什么了，就掏出一个盛方便面的塑料碗，说猪头肉我都给他买好了，刚出锅的，还热着呢，你给他送去就行了。我怕放时间长了变质，舅舅吃出问题，就赶紧送去了。没想到他还是吃出了问题。"

郑大年听到这一情况，更加相信这起车祸是人为的，牛太元死于谋杀。

“那人长什么样？”他问。

吴小天说：“20多岁小伙子，头上戴着顶太阳帽。个头一米七八的样子。脸型我说不准，我这人就是分不清什么圆脸、方脸，只知道长脸是什么样。那人不是长脸。”

郑大年问：“你舅舅50多岁了吧，20多岁小伙子跟他是朋友，你也相信？”

吴小天说：“当时我也这样想呢，可转念一想，舅舅那人三教九流的朋友都有，忘年交也不是不可能。他找情妇、娶老婆不是也挑小的吗？”

郑大年又问：“如果那个人站到面前，你认得出来吗？”

吴小天说：“这没问题，只要看到他。可是沱原这么大，700多万人，我哪见到他去？”

郑大年询问吴小天的时候，宁秋萍一直默不作声地做笔录，心里觉得他的询问有点粗糙了，如果萧剑飞在没准儿能问出点什么有用的线索来。

宁秋萍正这样想着，郑大年招呼她说：“就这样吧小宁，我们回去。”

宁秋萍说：“我还有句话想问一下吴先生。”

吴小天说：“您只管问吧，你们是为我舅报仇。只要我知道的，我有问必答。”

宁秋萍问：“那人戴着太阳帽，是吗？”

吴小天说：“没错，我记得清清楚楚。”

宁秋萍问：“你跟他说话是在外面，还是在屋里？”

吴小天说：“在屋里。”

宁秋萍问：“在屋里他也戴着太阳帽吗？”

吴小天想了一下，肯定地说：“对，他一直戴着太阳帽。”

宁秋萍点了点头。

他们离开吴小天家回重案大队。

路上，郑大年问：“你对人家那个帽子那么感兴趣干什么？”

宁秋萍说：“我是对那人的头感兴趣。”

郑大年问：“为什么？”

宁秋萍说：“这就是我想弄清的。那人为什么老戴着帽子。”

郑大年说：“就这秋辣子天，戴着太阳帽不是很正常吗？”

宁秋萍说：“在外面戴着正常，进屋里还戴着就不正常了。”

郑大年问：“为什么？”

宁秋萍说：“那人戴帽子，很有可能是想掩盖头上什么特征，比如伤疤、鬼剃头、白癜风、一缕杂色毛发什么的。”

“聪明!”郑大年惊奇地盯住她说，“我怎么就没想到这个！好厉害的小丫头片子，马上可以给我当师傅了。”

宁秋萍脸红了一下，说：“不敢，我这是偶然瞎想一下。”说罢，脑子里又蹦出在吴小天家的想法，于是问：“萧剑飞跟我们配合了半截，怎么跑了?”

郑大年说：“人家是大要案介入，牛太元死了，他还掺和在这干什么?”

宁秋萍说：“谋杀不也是重案吗?”

郑大年说：“人家现在是反渎局长，不是侦监处副处长了。现在查许传新受贿渎职案呢。”

宁秋萍说：“明摆着牛太元的死，与石世宝项目有关系，跟许传新更有联系。我觉得咱们这个案子还应当跟萧剑飞他们配合起来办。”

郑大年就扭着头，盯住她看，说：“秋萍你是不是旧情不忘，对萧剑飞还有那么个意思?”

宁秋萍脸上顿时绯红了，说：“郑大队你说什么呢。就算我对人家有意思，人家对我有意思吗?”

郑大年说：“我可告诉你宁秋萍，萧剑飞的老婆也在咱市局，人家两口子感情好得很，你要真有什么想法，赶快给我打消。”

宁秋萍说：“你怎么知道我对他有想法？我什么想法也没有。”

许传新通过看守所给秦光汉传话，想见他一面，说愿意交代问题，并且委托亲属退出 300 万元赃款。

秦光汉正想带领萧剑飞、刘明远去看守所见许传新，金一文提着一只黑提包来了。

金一文曾经跟随郁先达来过两次秦光汉的办公室，一个人单独来，还是第一次。

“哟，金大秘书怎么来了?”秦光汉握住他的手问。

金一文把手里的提包，向上提起来晃晃：“退赃。”

“退赃?”秦光汉莫名地问，“金大秘书也受贿了?”

金一文笑笑：“许传新的。”

秦光汉说：“许传新的?”

金一文说：“对。我是受他家人之托。”

秦光汉说：“受他老婆之托?”

金一文说：“对。钟本兰快不行了，想见她男人一面。”

秦光汉听他这样说，突然想起郁先达来调研时说起过许传新的家境情况，心情一下子沉重起来，心想该找个时间到他家看看。

"钟本兰是癌症，十年前手术过，现在又复发了，"金一文心情沉重地说，"癌症就怕复发，这回恐怕没有多少日子了。"

秦光汉说："许传新这个人糊涂啊，害了自己，也害了亲人。伸手必被捉，他们都会说，怎么就是记不住呢？"

金一文说："咎由自取，谁叫他贪的呢？拉出去枪毙也不解恨。"

秦光汉笑笑："我们反腐败可不是为了解恨，而是为了防腐败，救干部。"

金一文就拍自己的脑袋，说："看我这思想观念，法盲法盲，真是法盲。秦检您这么一说，我还真受到启发了呢。"

秦光汉说："怎么金秘书这么谦虚，我能给你什么启发。"

金一文说："听说许传新涉及两个罪名，受贿、玩忽职守。刚才您一启发，我忽然想到一个问题。不知想的对不对。"

秦光汉说："什么问题？"

金一文说："许传新受贿300万元，犯受贿罪，应该说没有一点问题，可要说他引进石世宝项目是玩忽职守，就有点莫须有了。"

秦光汉笑："这话怎么说？"

金一文说："许传新只是认识牛太元，在里面起了个穿针引线的作用，并没有签约权，合同是市长签的。要说玩忽职守，那玩忽职守的也是市长，不可能是他这么个小小的招商局长。对不对，秦检？"

秦光汉顿时警觉起来："难道是郁先达派他来试探我的？"

"我说的有没有道理秦检？"金一文问。

秦光汉笑笑："我们查办案件的依据是证据，就是通常说的以事实为根据，以法律为准绳。我们会根据调查结果，依法处理，不是他的罪过，绝对不会追究他。"

金一文说："那郁市长呢？"

秦光汉严肃地说："难道你有市长玩忽职守的证据？"

金一文怔了一下，尴尬地说："没有没有，我是信口开河呢。"

秦光汉的警觉很准。

郁先达到检察院调研之后，本来心里已经踏实了，可是近日机关隐隐约约有人议论，说检察院查许传新只不过是个铺垫，真正的目标还是郁先达。当然也有人批驳这种传言，说秦光汉跟郁先达是20多年的铁哥儿们，又是儿女亲家。官官相护，情牵情系，秦光汉就是再正直，也不会对郁先达下手。

郁先达对这两种议论都听到了，有金一文这么个耳目，他坐在办公室里就可以眼观六路、耳听八方。为了证实机关的传言，他便差金一文，借帮助许传新退赃，去试探一下秦光汉。

金一文回来就把见秦光汉的经过，还有秦光汉的话，原原本本地向郁先达汇报了。

郁先达笑了说："我想秦光汉也不是个忘恩负义的人。再说，他检察长还没当上呢！"

秦光汉带着萧剑飞和刘明远到看守所见许传新。

许传新瘦了，脸色很憔悴，眼神忧郁得不行。

秦光汉说："老许，咱们也算是老朋友了，你不值得啊。"

许传新说："我糊涂，现在肠子都悔断了。如果能回过去重来……唉，现在还说什么呢？"

秦光汉说："你家属病重了，知道了吧？"

许传新哭了，泣不成声地说："我对不起她，也对不起儿子。她们母子跟着我，没过过几天好日子。"

秦光汉叹了声说："钟本兰没有多少日子了，你应该主动认罪，争取早一点出去，弥补过去的缺憾。"

许传新说："她到弥留之际了，我又落到这步境地，还能怎样弥补她？"

秦光汉说："你退回的300万赃款，我们收到了。希望你能尽快把事情讲清楚，陪你爱人度过她最后一段日子。"

许传新说："我带话给您，就是想当着您的面，交代自己的问题，把自己憋在心里的话说出来。"

秦光汉说："你能这样做很好。希望你能实事求是，把石世宝项目引进的前后经过，详细地讲清楚。"

许传新说："好的，我一定。"

于是，他从头到尾地叙述了石世宝项目引进的经过。

三年前那次郁先达从省城开会归来，在沱原宾馆得知石世宝项目后，就让许传新打听虚实。

许传新很快通过中国驻日使馆的老同学陆亦然了解到，日本石世宝高新科技株式会社确实有一项叫做石世宝的煤化工高新专利技术，专利持有者是一个叫井上隆一的人。

许传新放心了，向郁先达汇报后，就开始做牛太元的工作，让牛太元帮助找河岛野雄，把石世宝项目争取到沱原落户。

后来，牛太元告诉他，项目差不多争取到了，但要代河岛野雄返还沱北等四个竞争方的订金4000万元人民币，还要给河岛野雄中介费1000万元。许传新没向郁先达汇报，就自作主张地同意了。

沱北竞标会，许传新已经发现四个竞争方是托儿，但他以为只要石世宝技术是真的，有无竞争无所谓，反正价钱已经从50亿人民币砍到了30亿，自己工作做到这一步也不容易，所以就没把自己发现的情况向郁先达报告，导致了郁先达同意交1000万元订金，并代河岛野雄返还沱北等四个竞争方订金4000万元，仓促地签订了所谓的合作意向书。

在日本考察期间，许传新抽空拜访了中国驻日使馆的老同学陆亦然，陆亦然告诉他，石世宝项目在日本并未形成生产规模，产品价格太贵，去年只销售了1000吨不到，石世宝工业园已经陷入困境，停产半年多了。

许传新想，石世宝在日本没有市场，不等于在中国没有市场，毕竟日本是个弹丸之地，不可能有多大的市场。再说，世界市场大着呢，河岛野雄不是承诺帮助开辟国际市场吗？所以，他便没有把陆亦然的话报告郁先达。

在化工部举行的石世宝技术鉴定会上，郁先达其实没有听懂专家们的意见。会后，郁先达问专家们的意思，牛太元说专家们一致评价石世宝技术世界领先，许传新明知鉴定结果并非如此，也附和着牛太元的话说。

鉴定会后，本来要到化工部去拿鉴定结论，可是许传新只顾忙着游览购物，竟然把这件事忘了，回到家才想起来。他担心郁先达批评，就和牛太元商量，造了份鉴定书，并且伪造了一枚中国化工技术鉴定委员会的印章盖上，还随意地签上了几位专家的名字。

郁先达拿到这份“鉴定结论”，就据此向市委常委会做了通报。

中日合作石世宝煤化工高新项目签约不久，许传新便把合同三分之一多，也就是12亿元人民币中的10个亿汇入河岛野雄和牛太元在北京和东北的五个账户，另外两亿作为日本石世宝高新科技株式会社捐建文化中心的专款存入建行。1000万元中介费也二一添作五，分别一次性地汇给了他们。

按合同约定，第一批款汇出后，就要开始石世宝工业园区建设，并且由日方开始负责技术培训，我们工业园区建设启动了，3亿元的生产设备、添加辅料和示范施工材料也买来了，可是突然收到井上隆一的电报，说石世宝高新技术株式会社不同意负责产品销售，河岛野雄签约的合同涉及销售的条款无效。如果日方不负责销售和开辟国际市场，这个项目就是在沱原落地，形成生产力也没有用，因此，郁先达就要求许传新、牛太元代表市政府跟日方谈判，这一谈就是一年多。后来，河岛野雄提出，井上隆一不同意销售，再签一份补充协议由他的国际工贸公司负责销售。补充协议签订之后，沱原付了第二笔10亿元资金。

可是，河岛野雄还是不同意交出石世宝技术资料，开始技术培训。他提出改变付款方式，要现金，而且不要人民币，要美金现钞。这是违反国家外汇管理法规的，郁先达当然不同意，可是许传新自作主张，托人把人民币兑换成美金，交给了河岛野雄，终于让骗子的伎俩全部得逞，沱原30亿元巨资买了一场空欢喜。

他还承认，自己对机械设备、化工原料不懂，花3亿元购进的那些东西怎么样，他也不知道，但牛太元确实有海关、货检等一套齐全的材料。现在看来，这些材料也是假的。

秦光汉和萧剑飞、刘明远听罢许传新的供述，半天没有说话，心情沉重到了极点。按照许传新的这一供求，他简直就是胆大包天，罪孽深重。

“沱北竞标会的情况，你刚才讲的跟前几天讲的，有很大出入。为什么?”萧剑飞问。

许传新说：“前几天我是有侥幸心理，怕受到追究，就没敢说发现河岛野雄使托儿的事。现在深入一想，纸包不住火，我不承认，你们也会查清，不如主动说出来。”

秦光汉说：“你们造的那份技术鉴定书在哪里?”

许传新说：“销毁了。郁市长用过，就被牛太元烧了。后来郁市长又要，我怕他怀疑什么，就推说找不到了。”

秦光汉想了想，小声向刘明远说：“还有什么要讯问的，抓紧问他。”

刘明远就说：“许传新，你再交代一下受贿300万人民币的经过。要如实交代。”

许传新说：“石世宝项目专用设备和示范施工材料购买，因为我们不懂行，而日本是生产国，石世宝高新技术株式会社还是石世宝技术研发商、产品生产商，所以我就建议委托河岛野雄购买。可是河岛野雄一张口就要5亿人民币，说示范施工用的石世宝系列产品1万多元人民币一吨，生产辅料更是黄金价格，试生产必须的，专用设备是整系列的现代化生产流水线，三期工程一共50套，自动化程度很高。我觉得5亿人民币太高了，便拦腰砍，说就两亿，你不办我找北京机械进出口总公司去。牛太元一看谈僵了，就打圆场，说他是一手托两家，沱原出3亿，包括买生产辅料、示范施工成品，就这样定了。河岛野雄为难地犹豫半天同意了。当天晚上，郁市长在沱原宾馆举行酒会，庆贺这次签约成功。饭后我开了间房洗澡，牛太元摸了进去，递给我一把10个存款单，一共是300万元。开始我不敢要，可是经不住牛太元劝说，就收下了。”

刘明远问：“牛太元怎么说的，就把你说动心了?”

许传新说：“他说，他和河岛野雄每人还有500万中介费呢，老同学你引进个 30 亿的项目，按照沱原的招商引资奖励政策，你拿 1000 万也不算多，可市政府一分钱也没奖励你，他们不奖我们奖。我觉得他讲的也有道理，而且我这次谈判砍价，一下子就砍掉两个亿，300 万其实真不算什么。再说，这钱是外商奖励的，奖励和贪污受贿根本不是一回事。”

刘明远问：“那这笔钱你为什么放了三年没动呢？”

许传新说：“话虽这么说，心也这么想，可这 300 万毕竟不是个小数目，再加上后来一回味，外商怎么可能给我发奖金呢，这里面会不会有什么问题？这么一想，这钱就没敢动。”

秦光汉觉得讯问到这里差不多了，就说：“今天就先谈到这里了，老许你还有什么要说的吗？”

许传新就哭了说：“检察长，能让我见见我老婆吗？她可没有多少日子了！”

秦光汉鼻子酸了一下，说：“你这个要求可以考虑。今天你主动要求交代问题，这很好。希望你再好好考虑一下，还有什么没交代清楚的，都主动讲清楚，这对你的处理是有帮助的。”

许传新连忙抹了把眼泪，说：“谢谢检察长，我一定，一定！”

郁先达一直坐办公室里，等待秦光汉讯问许传新的消息。

他想，只要许传新能够主动认罪，秦光汉就可以为他改变强制措施，许传新可以陪伴老伴了，自己心里踏实了，秦光汉也不必为难了。以后就是“经济危机影响说”站不住脚了，有许传新承担责任，自己也不会有太大的风险了。四全齐美。

下午快下班的时候，金一文兴冲冲地来了，一进门就说：“市长，许传新认罪了。”

“认罪了？”郁先达问，“他怎么认的？”

金一文说：“他把责任全部承担了。按照他交代的，您一点儿责任也没有，您和邝书记最多也就是个用人失察。”

郁先达问：“你这个消息准吗？”

金一文说：“准，我亲自到号房门口见了许传新，他亲口对我说的。”

“嗯，这个许传新哪，我总算没白器重他一场。”郁先达点了点头，又问，“秦光汉怎么说？”

金一文说：“虽然没有明说放他出去，但也有答应这个意思。”

郁先达问：“怎么个答应了这个意思？”

金一文说：“答应让他陪伴钟本兰度过最后的日子。”

郁先达放心了。

金一文说：“市长，还用做什么工作吗？”

郁先达说："不用了。这个事情，你不要再问了，领导身边的人老插手案子不好。"

金一文说："是，我明白。不会让人家有话说的。"

"那就好，"郁先达想了一下，吩咐说，"你到市立医院去安排一下，让他们派最好的医生，最好的药品为钟本兰救治。让她少受点罪，多活几天，对许传新也是个安慰。也算尽了我们的一点心意了。"

金一文出门到医院去了，郁先达立即拨通了秦光汉的电话："光汉，我是先达。"

秦光汉在电话里说："郁市长，不，先达，有什么指示？"

郁先达笑了："先达能有什么指示？冰冰到家没告小达的状吧？"

秦光汉说："没有没有。"

郁先达说："那就好，说明小达这小子没欺负她。"

秦光汉说："怎么可能呢？我的女儿我知道，冰冰这孩子有点小性子。就是他们有了点小磕小碰的也是怪她。"

郁先达说："老弟你就是宽宏大量。哎，光汉，许传新认罪了吗？"

秦光汉说："应该说是认罪了，态度基本上还可以。"

郁先达说："这就好，你考虑让他出来吧，钟本兰真的没有几天挨头了。"

秦光汉说："行，明天吧。我还要向省院报告一下。"

当天晚上，秦光汉向文若苹要了500块钱，又在街上买了只花篮，带着萧剑飞、刘明远，到医院看望钟本兰。

钟本兰已经瘦骨嶙峋的不成样子，脸黄得像一张揉皱了的蜡纸，只是看起来精神还不错，看见萧剑飞，连忙打招呼说："萧局长来了？"

萧剑飞告诉她说："我们秦检看您来了。"

秦光汉忙走过去，坐到跟前说："我跟许局长过去也是老朋友，应该来看望您啊。"

"谢谢检察长了。老许怎么样了，他问题大吗？"钟本兰语气急切起来，"他什么时候能回来？"

秦光汉说："我们会尽快考虑的。老许的认罪态度不错，您帮他退的那300万赃款我们也收到了。"

"300万赃款？"钟本兰眼睛一下子睁大了，"我连孩子的几千块钱生活费都发愁，哪给他退300万赃款去？"

秦光汉和萧剑飞、刘明远都愣住了。

"噢，我想起来了，一定是她，"钟本兰忽然说，"她有钱，就是她！"

秦光汉问："谁？"

钟本兰说："夏小荷。"

秦光汉问："沱原宾馆的那个夏小荷？"

钟本兰说："就是她，那300万准是她帮他掏的。"

"夏小荷帮助许传新掏300万退赃，怎么可能？"秦光汉想，"夏小荷承包沱原宾馆好几年了，是掏得起这300万，可许传新受贿的300万哪去了？看来就是这300万了。"

钟本兰看出了秦光汉的疑惑不解，就问："检察长不知道他们的关系吗？"

秦光汉说："我只知道一起在接待处待过，还有什么特殊关系吗？"

钟本兰说："他们是情人，老情人了。"

萧剑飞说："市直机关好几年前就传开了，也就秦检你不知道。"

秦光汉摇头笑笑。

钟本兰说："我跟老许是从小吃一锅饭长大的，这些前些日子我跟萧局长说过。老许这人也算是个有情有义的人，从当一般干部，到当科长、接待处长、招商局长，都对我不离不弃的，也疼儿子。他每月的工资都一分不少地交给我，吸烟、在外面红白喜事应酬，钱都是跟我要。原来还整天在外面应酬，自打我得了这个倒霉病，他应酬也少了，尽量多陪我。夏小荷承包沱原宾馆之后，就有人提醒我，说老许跟夏小荷好上了。我不信，因为老许对我太好了，一直对我知疼知热的。后来儿子也听说了，让我把他爸看紧点，我才信了。有天晚上吃饭的时候，我就问老许有没有这回事。"

秦光汉问："他承认了？"

钟本兰说："他愣了一会儿，就点了点头，说本兰，我对不起你，也对不起孩子，夏小荷她对我太好了，我没管住自己。事情到这分儿上了，您说我还能说什么呢？我得了这种倒霉病，子宫切除了，男不男女不女的，不能尽妻子的责任了。他是过来人，才50来岁，身强力壮的，对那事本来需要。他要的我不能给他，别人给他了我还有什么想不开的呢？全当夏小荷是帮我照顾丈夫了。这样一想，我就不怪他了，也没怪罪过夏小荷。夏小荷这人也算是有情有义的人，办事也讲分寸。她从来没逼老许跟我离婚，没向老许要钱，从来不让老许为难。就凭这点，我不怪她，还打心里感谢她。我对老许说过，你有眼力，夏小荷是个好女人，我死之后，你就娶了她，有她替我陪你，疼你，我在那边也安心。"

秦光汉问："除了工资以外，老许没给你别的什么钱？"

钟本兰说："没有，从来没有。"

秦光汉说："他主动交代，一次就收受300万贿赂。这钱也没给你？"

钟本兰说："没有，也没听他说过。连儿子上大学每年的学费、生活费都是七拼八凑的，要是真有那300万，还会作那个难?”

秦光汉想：“300万贿金，看来许传新是交给夏小荷了。在他落难的时候，夏小荷还能把这笔巨款拿出来，说明她对许传新是真心的了。”

从医院出来，秦光汉乘上自己的车走了。

刘明远上了萧剑飞的警车，两人谈论起许传新和夏小荷的关系。

“人生难得几知己，有个红颜知己更不易啊，”刘明远感慨地说，“能像许传新这样，有夏小荷这么一个红颜知己足矣。”

萧剑飞扭头看看他：“怎么，羡慕人家了？那你也找一个。”

刘明远一脸坏笑：“我是为你说的。”

萧剑飞说：“我才不呢。”

刘明远仍是一脸坏笑：“谦虚了吧，伙计。”

萧剑飞说：“不是谦虚，我就从来没想过。”

刘明远叹口气说：“那好，算我多虑了。”

萧剑飞觉得他话中有话，便问：“明远你小子什么意思?”

“没有没有，我不是，我没有别的意思。”刘明远有点语无伦次起来，犹豫了一会儿，忍不住问，“你，你跟宁秋萍是那个，那个什么，是初恋情人吧?”

“初恋不假，可不是什么情人，”萧剑飞说，“这都哪年的事了。我孩子都多大了。”

刘明远欲说又止，喉结动了动，终于还是没有说。

萧剑飞警觉起来，问：“听你小子的意思，是不是听到了什么?”

“没有，没有没有，”刘明远连忙矢口否认，“我什么也没听到。就是想提醒你一下，别跟那小丫头太热乎了。”

萧剑飞警觉起来，心想：“难道有人拿我和宁秋萍这点历史做什么文章?”

第二天上午，秦光汉批准，对许传新取保。

第十三章
误入圈套

郑大年带着宁秋萍跑了几天，也没摸到吴小天说的“太阳帽”。

他们带着肇事车照片到车管所，也没查到这辆车的档案材料。看来跟萧剑飞他们配合着调查，是个办法，毕竟许传新和牛太元都是石世宝项目引进中的重要关系人，说不定许传新受贿案跟牛太元诈骗案、牛太元被害案之间有什么联系。

他们向安云峰汇报自己的想法。

安云峰说：“这个路子你们想对了。我马上跟秦检联系，让他们边查许传新受贿渎职案，边引导你们侦查牛太元遇害案。萧剑飞那小子是个侦查奇才，你们可以互相启发，互相配合，互相帮助。”

从安云峰办公室出来，宁秋萍脸上乐成了一朵花儿。

郑大年瞪她一眼说：“我再次提醒你秋萍，咱们是跟萧剑飞配合办案，你可别给我弄出什么绯闻来！”

宁秋萍嫣然一笑：“天天跟你这么个帅哥，都没弄出绯闻，跟别人还会弄绯闻吗？”

就这样，郑大年、宁秋萍和萧剑飞、刘明远又走到一起，也为后来萧剑飞与宁秋萍的“桃色事件”埋下了伏笔。

金一文给高庆生打电话，说：“韩劲达晚上请咱们喝酒。”

高庆生认识韩劲达，却跟他没有多少交往，便问：“有事吗？”

金一文说：“没有，就是喝闲酒，交朋友。”

“喝闲酒，交朋友？扯淡。世界上从没有无缘无故的请吃请喝。”高庆生这样想着还是不由自主地去了。韩劲达是有名的款爷，神通大得很，说不定以后还有事情让他帮忙呢！

酒局设在王府大酒店，果然只有韩劲达、金一文和他三个人。

酒过三巡，菜尝五味之后，高庆生放下了筷子，看着金一文，说：“金秘老弟，有什么吩咐，现在可以说了吧？”

“不是我找你有事，是韩总。”金一文看了眼韩劲达，说，“韩总，庆生检察长不是外人，有什么事您尽管说吧。”

“好，”韩劲达问，“高检，我想向您打听一下，石世宝这个案子查到哪一步了？”

高庆生说：“牛太元不是死了吗？可牛太元死了，案子没死，好像秦光汉是项公舞剑意在沛公。”

韩劲达问：“什么意思？”

高庆生说：“他们的目的是查郁市长、邝书记的渎职。”

韩劲达怔了一下，看看金一文又问：“郁市长的事现在他们查到哪一步了？”

高庆生说：“现在是秘密初查。我不分管这一块，查的怎么样我也搞不大清楚，反正是在查。也许刚刚开始吧。”

韩劲达说：“有什么办法阻止他们查下去没有？”

金一文说：“恐怕没有。秦光汉这个人是一根筋，书记市长都敢查的人，谁阻止得了他？”

高庆生说：“说没有办法，也不是一点没有。对秦光汉这个人，我已经出过一张牌，就看纪委是不是认真查他了。”

韩劲达说：“他屁股上也有屎？”

高庆生说：“也就几万块钱的事，但要真查他，肯定他的检察长候选人要拿掉。而且还可能出现更好的情况，这就是他连副检察长也当不成。”

韩劲达说：“那不就行了？”

高庆生说：“他不干了，案子还会继续查下去。关键是谁来查这个案子。”

金一文说：“谁查这个案子就那么重要吗？”

高庆生说：“那当然了。当‘一把手’的不会去主办案件，关键看主办人员的突破能力。现在牛太元死了，许传新也死了，两个关键知情人死了一对，死无对证死无对证嘛，没有了知情人，案子查办的难度就大了。据我了解，现在在全市两级检察院，能够啃动这种复杂案子的，也就萧剑飞一个。”

韩劲达说：“那就把萧剑飞解决掉。”

高庆生说：“怎么解决？不是暗杀吧？千万别用暴力。他干侦查也有一二十年了，弄进去那么多人，不是没有人想要他的命，而是他的命没有人敢要，也不是那么好要的。”

金一文说：“韩总不差钱。让韩兄用钱把他放倒。”

高庆生说：“这一招更不行。萧剑飞这个人我知道，也是一根筋，查起案子来，别说钱了，就是给他顶大乌纱帽，他也不会动心。”

金一文说："他就没有软肋？"

"有，当然有，男人共同的弱点就是好色。"高庆生说，"刑警的那个宁秋萍是他的初恋情人，他们正在一起办案呢。听说现在搞的正热乎。现在男女作风问题，好像不是个事了，其实在司法机关还真是个大事。如果你们能抓住这件事，把文章做足了，他萧剑飞还办案子？恐怕连在检察院待下去待不下去，都要打个问号。"

金一文看看韩劲达说："庆生老兄把子弹给您了，靶子也指给您了。就看您的枪法了。"

韩劲达说："最难办的就是拿这种事做文章，明知一男一女有事，不按在床上，你还真没有办法。再说，他们热乎，也不一定就真有事。"

金一文说："您就不会让他们真有事？"

高庆生说："萧剑飞的老婆邵素琴在公安局工作，那女人是出了名的母老虎。萧剑飞要是跟宁秋萍弄出点事来，她会闹翻天。就是秦光汉想让萧剑飞办案，他也办不下去。"

金一文说："好主意。"

韩劲达说："萧剑飞跟宁秋萍要是真有那事就好了。"

金一文说："你就不会让他们真有？"

韩劲达说："怎么让他们真有事？把他们脱光了按在一起？"

高庆生笑笑说："韩总您太谦虚了，现在科技这么发达，您老兄朋友又这么多，这点小事还办不成？"

几天后的一个下午，高庆生去公安局参加一个联席会议。

晚上，公安局安排在王府大酒店招待高庆生，高庆生提出让邵素琴过来陪他。吃喝招待正好是行财科安排，邵素琴是行财科的会计，局领导觉得这是招待检察院领导，邵素琴又是检察官家属，便让她参加陪客。

吃饭的时候，邵素琴向高庆生敬酒，半真不假地客气说："高检，我们剑飞可是您的兵，请您多加关照。"

高庆生说："哪用得着我关照？剑飞很优秀。现在正跟宁秋萍配合办案呢，听说他们配合很默契，堪称黄金搭档。"

公安局上上下下有一两千人，分局、队所的普通干警邵素琴大都不认识，所以也不认识宁秋萍，便问："哪个宁秋萍，男的女的？"

高庆生故意开玩笑说："素琴你真是孤陋寡闻，连自己局里的头号大美人都不认识。这么给你说吧，这宁秋萍堪称花容月貌，漂亮迷人。俗话说，日久生情，你可把你家剑飞看好了。"

邵素琴心里酸溜溜的，却还是笑着说："我家剑飞都胡子一把了，花容月貌漂亮迷人的姑娘还会看上他?”

高庆生小声说:“难道素琴你还不知道他们的历史?”

“历史?”邵素琴不解地问,“什么历史,同事过还是同学过?”

高庆生说:“没同事过也没同学过,可他们恋爱过。”

邵素琴大吃一惊:“有这事?他可从来没跟我提过。”

高庆生就暧昧地冲她笑笑,什么也不说了。

邵素琴明白高庆生这暧昧的笑暗示了什么。

高庆生透露的消息,成了邵素琴心里一个解不开的结:宁秋萍是萧剑飞的初恋情人,萧剑飞为什么从没说过,如果心里没鬼,他隐瞒这个干什么?

于是,她开始对萧剑飞盘问。

萧剑飞承认自己在配合郑大年、宁秋萍办案,而且配合得不错,回家没说这件事,是因为这次办案是秘密调查,工作上的事也没必要让家属知道。他承认曾跟宁秋萍有过初恋,但事情已经过去多年,相互间没有任何私人来往。

他对邵素琴说:“宁秋萍还是个姑娘,还要恋爱结婚,并且她跟你在一个局里工作,我担心这件事跟你说了,你和宁秋萍以后的相处会有障碍。”

邵素琴不依不饶:“你怎么知道她还是个姑娘,你试了还是检查了?”

萧剑飞觉得邵素琴纯属无理取闹就干脆什么也不说了。

萧剑飞的解释已经很清楚,也很合情合理了,可是无论他怎样解释,邵素琴就是不相信,一连三天不理他,让他在沙发上睡了三个晚上。后来,她还先后找秦光汉、郑大年了解萧剑飞和宁秋萍在一起办案、接触的情况,虽然秦光汉、郑大年解释的清清楚楚,但她对丈夫与宁秋萍的怀疑与警觉,一直埋在心里无法消除。

第二天晚上,萧剑飞和妻子关了电视,上床睡觉。

这些日子,萧剑飞的心思整个放在案子上,对床上的事情便淡漠了一些。

邵素琴脱光了躺进他怀里的时候,他打了哈欠,说:“累了,快睡吧。”

邵素琴心里顿时就凉了一截,又想起了高庆生提醒的话,便想试探一下,说:“好几天没那事了,你就不想?”

萧剑飞说:“不想。太累了。”

邵素秦说:“恐怕不是工作累了吧?是嫌我老了,外边有什么小蜜了吧?”

萧剑飞说:“你说什么哪?孩子都这么大了,还能老像过去那样?”

邵素琴赌气似的,一翻身压到他身上,说:“我不管,我就要你像过去那样。”

萧剑飞没有办法,就开始运用“想象法”,激发自己的爱欲,刚刚有了点苗头,床头柜上的手机响了。

他抓起手机，看看来电显示，是郑大年的号码就按了接听，故意问："谁呀，深更半夜的，查岗还是干什么？"

手机里传出郑大年的声音："还谁呀，我的声音你都听不出来了。"

萧剑飞觉得郑大年的声音有点异常，说："怎么声音变了？"

郑大年说："感冒了，嗓子有点儿发炎。"

萧剑飞说："我当是假冒的呢。半夜三更的打电话干什么？"

郑大年说："什么半夜三更，才几点就跟老婆上床，你新婚？"

萧剑飞说："跑了一天累了，电视也没有什么好看的，不睡觉我做贼去？"

郑大年说："做什么贼，是好事向你招手。"

萧剑飞说："算了吧，什么好事会向我招手？"

郑大年说："真的。我这儿刚拿到一份材料，对你们办那个案子肯定有用，你快过来。"

萧剑飞一听自己办的案子有了新线索，便来了精神，轻轻把妻子推下去，问："你现在在哪儿？"

郑大年说："在温馨旅馆113房间，抓紧过来吧。"

"好，我这就过去。"萧剑飞说罢，抓过衣服穿上，对妻子说，"郑大年有急事找我，我去去就回来。你等着！"

邵素琴冷着脸说："等你回来黄花菜都凉了。等你个屁！"

温馨旅馆是个家庭小旅馆，地点比较隐蔽，前几年因为涉嫌容留卖淫嫖娼，被查处过。也是因为地点隐蔽，萧剑飞和郑大年配合办案也曾多次借这个地方碰材料，研究案情。

萧剑飞打的赶到温馨宾馆，老板娘眉开眼笑地对他说："113室，等着你呢。"

萧剑飞说："请你把门给我开一下。"

老板娘暧昧地笑笑："门给你留着呢。"

萧剑飞满腹狐疑地走向最靠里头的113室，一推门就走进去，喊"大年！"

宁秋萍笑容可掬地出现在他面前，问："郑大队还没到呢。你怎么跟他约的？"

萧剑飞说："是他约我来的。"

宁秋萍说："我也是他通知来的。不是研究案子吗？"

"这个人怎么这样。"萧剑飞嘟嘟着，掏出手机。

宁秋萍说："别催他了，可能也就到了。坐下喝听饮料，咱们说句话行不行。"

萧剑飞见宁秋萍两眼含情脉脉的，说话的声音也有点怪怪的，便明白了她的心思，心里有点害怕，感觉浑身像长了刺一样，上下不自在。

“还是跟他联系一下吧。”萧剑飞说着便掏出手机，还没来得及拨号，门被嗵地一声撞开了，一老一少两名民警带着三名联防队员闯了进来。

他们一齐愣住了。

民警是沱南分局三区派出所的，彼此都很熟悉。

“你们这是……”萧剑飞莫名其妙地问。

老民警尴尬地笑笑说：“我们刚接到报案，说这儿有人卖淫嫖娼。”

“卖淫嫖娼？你们跑错地方了吧？”萧剑飞说，“我们跟郑大年一会儿在这儿研究案子呢。”

“113 没错嘛。”老民警看看门上的房号说，“郑大队呢？”

宁秋萍说：“马上就到。”

宁秋萍话刚落音，门外突然一声大吼：“宁秋萍，你这个小婊子给我滚出来！”

随着声音，邵素琴发疯般地冲进来，扑向宁秋萍，一伸手便在她脸上抓出几道鸡挠般的伤痕。

邵素琴是在萧剑飞刚出门时接到那个告密电话的。

打告密电话的是个女人，说你男人马上要到温馨旅馆跟他的相好约会，你不想去看看吗？

邵素琴说，我的男人我知道，你瞎说什么？

告密电话说，萧剑飞跟他的初恋在一起办案，这你知道吗？

邵素琴说，知道，一起办案怎么了？

告密电话说，他们是怎么办案的，你到温馨旅馆 113 房，看看就知道了。

邵素琴问，你是谁？

告密电话说了句，一个关心自己姐妹的人，就把电话挂了。

邵素琴接过这个电话，顿时“恍然大悟”：怪不得萧剑飞这段时间在床上表现不佳，原来是另有所爱了，于是当即出门，向温馨旅馆赶来，没想到萧剑飞、宁秋萍已经让派出所“捉奸在床”。

一大一小两个女人当即撕扯在一起。

“素琴！”萧剑飞大吃一惊，急忙转身去拉妻子。

邵素琴见萧剑飞过来拉他，便以为丈夫是为保护宁秋萍拉偏架，于是放开宁秋萍，又在他脸上抓了一把。

萧剑飞脸上便也出现了一道流血的鸡爪痕。

争吵打斗很快引来了围观的住客。

女人是“人来疯”，越有人看热闹，邵素琴闹得越凶。

老民警觉得，三个当事人中，一个检察官，两个女民警，这样闹下去影响不好，便说："都到派出所去，到派出所调查处理。"说罢便安排那名小民警带一名联防队员留下了解情况，自己带着三个当事人去派出所。

派出所就在对过500多米的地方，邵素琴一路吵闹着，不大一会儿就到了。

老民警处理"卖淫嫖娼案"很有经验，一到派出所就把三个人分别安排到三个房间问话。

萧剑飞、宁秋萍两人的说法一致：是郑大年约他们研究案件。

老民警当即跟郑大年联系，可郑大年说根本没有这回事。老民警就觉得事情很清楚了，萧剑飞和宁秋萍是偷偷幽会，虽然是你情我愿，也不可能是什么卖淫嫖娼，够不上违法犯罪，但怎么也够上了违反纪律和社会公德，而且已经产生了很不好的社会影响。

犯事的一个是检察官，一个是警官，而且赶来捉奸的邵素琴也是本局的警官，并且一直又吵又闹，不见到满意的处理结果，绝不罢休。

老民警觉得事情很难办，就打电话向所长请示，所长说，这事儿还真不好办，我还真不好说，要不你直接向局长、检察长报告吧。

秦光汉、安云峰接到电话，很快就赶来了。他们刚听罢老民警汇报，郑大年也赶来了，向两位领导说明，自己确实没有约萧剑飞、宁秋萍研究什么案件，更没有说有什么材料向萧剑飞提供。

两位领导窝了一肚子火，当即让郑大年跟萧剑飞来个面对面。

秦光汉问萧剑飞："萧剑飞，你说是怎么回事？"

萧剑飞指指郑大年说："我确实是接到大年的电话，才到温馨旅馆去的。"

郑大年说："剑飞，我确实没给你打过电话，也没给秋萍打。"

"就是你打的，这儿还有你的号呢，"萧剑飞掏出手机，怒气冲冲说，"郑大年你他妈安的什么心！"

郑大年也急了，说："我说没打就没打。谁打了谁是他妈孙子！"

"不要吵了，手机给我看看。"安云峰说罢，就拿过了萧剑飞、宁秋萍的手机查看，两人的手机里压根没有两小时内跟郑大年的通话记录！

秦光汉厉声问萧剑飞："萧剑飞，你再说一遍怎么回事！"

萧剑飞张口结舌："我，我，我也不知道怎，怎么回事……"

萧剑飞正在张口结舌，邵素琴"婊子"、"淫妇"地大骂着闯了进来，发疯般地扑向宁秋萍，郑大年连忙挺身护住宁秋萍。

安云峰大喝一声："邵素琴，你想干什么！"

邵素琴被他的呵斥镇住了，蹲在地上嘁嘁呜呜地哭泣。

安云峰转向宁秋萍，问："你说说怎么回事？"

宁秋萍一脸坦然地回答："没有怎么回事，萧剑飞是我约到旅馆去的。"

安云峰问："你约他去干什么？"

宁秋萍说："男女之间还能干什么？就干男女之间的事呗。"

宁秋萍如此坦白的回答，令在场的所有人都惊呆了，萧剑飞更是惊骇不已，瞪大着眼睛看她，嘴唇哆嗦着说："你你你……"

宁秋萍却说："你什么你剑飞，事儿咱都干了，你还怕什么？事情是我主动的，因为我爱你！"

"宁秋萍，看我不撕了你个浪货！"宁秋萍刚落音，邵素琴大骂一声，一跃而起，疯狂地扑向她，大有把她一把撕碎的狠劲儿，秦光汉、郑大年两个人使劲拉也拉不开。

"邵素琴！"安云峰发火了，"再闹我处分你！"

邵素琴愣了一下，挣脱秦光汉、郑大年哭着跑了。

宁秋萍却哈哈大笑，两汪泪水夺眶而出，在脸上滚落。

"萧剑飞，你太让我失望了！"秦光汉怒不可遏，"你这个反渎局长不要当了，案也不要办了！"说罢拂袖而去。

萧剑飞惊呆了一下，伤心而气恼地对宁秋萍、郑大年说："我谢谢你宁秋萍，也谢谢你郑大年。我好人死在证人嘴下！"

萧剑飞说过这句话走了。

安云峰断定，这桩"桃色事件"中一定大有蹊跷，于是目光犀利地盯住宁秋萍，问："宁秋萍，你跟萧剑飞到底怎么回事？"

宁秋萍哭着说："我们什么事也没有。真的，我真是接到郑大队电话才到温馨旅馆去的。"

安云峰说："那你刚才……"

宁秋萍说："我是故意气邵素琴的。她在我脸上留下伤痕，我就要在她心上留下伤痕！"

安云峰吼道："不像话！你走吧，不要让我再见到你！"

宁秋萍哭着跑了。

安云峰目送着宁秋萍远去，气呼呼地转向郑大年，问："说假话的是他们还是你？"

郑大年一脸委屈地说："我真没打过他们的电话。不信你自己看看。"说着就把手机递了过去。

安云峰接过手机认真翻看了通话记录，郑大年真的没有撒谎。

"那就是他们撒谎了？"他自言自语。

"那也不见得，"郑大年沉思着说，"会不会有人利用高科技手段，有意整他们?"

安云峰眉头一耸："有这种可能?"

郑大年说："有。去年我们就碰到一个手机侵权案件，因为属于自诉案件，我们就没有受理。"

安云峰说："怎么回事，你具体说说。"

郑大年说："是位老板的夫人怀疑丈夫跟一个漂亮女员工有事，便花钱委托一个私人调查公司调查。那个调查公司就利用一种叫 GSM 的非接触式窃听器，拦截密录了老板跟那个漂亮女员工的多次手机通话，但没有发现什么证据。后来，调查公司利用录音获取老板声音的音频音色参数，并输入手机变声芯片，又利用 IP 电话做了打进电话显号设置，把自己的号码修改成老板的号码。就这样以老板的名义，把那女的约进了宾馆，然后便安排捉奸。那老板就是做手机生意的，知道这种高科技手段，所以就案发了。"

安云峰想，今天晚上的事，有可能也是这种高科技手段捣的鬼，于是对郑大年说："你先把手里的其他事放放，这两天就按这个思路去查这两个电话。一定要查清。"

当天晚上，萧剑飞回到家门口没有用钥匙打开门，房门被邵素琴从里面插上了。

他进不了家，就在门外喊冤辩解，邵素琴在屋里痛哭痛骂，7 岁的女儿要给爸爸开门，遭到邵素琴的厉声呵斥："不许开，他不要我们了，我们也不要他!"

女儿放声大哭，萧剑飞听了心里针扎般地疼。

萧剑飞太了解妻子了。她是个敢爱敢恨的人，爱起来就很深沉，恨起来特别真切。平时对丈夫体贴入微，让他吃好喝好穿好，晚上上床了还要为他捶捶捏捏，家务活更是从不让他沾手。但在与异性接触方面，她对丈夫防范极严，也特别敏感，如果发现萧剑飞与哪个年轻女性关系"不正常"，她不仅会严加盘问，而且会不让他吃饭，不让他上床睡觉，甚至不让他进门。得知他和宁秋萍的初恋史的那几天，他就曾经尝过妻子发飙的厉害。

他知道，这次"桃色事件"真的把邵素琴惹恼了，她绝不会善罢甘休的，便觉得自己这回是真的进不了家门了，便冲着家门说了声："素琴，我走了，你终有一天会明白真相的!"

萧剑飞转身正要离开，房门突然开了，一只提包从屋里飞了出来，随提包一起飞出来的，还有邵素琴的一声大骂："把你的东西带上滚蛋，找你那个烂女人去！没良心的狗东西!"

萧剑飞提上那只装满衣物和洗刷用品的提包，在检察院隔壁小巷的一家小旅店里住了下来。晚上在这里栖身，白天在单位写检查，一天三顿吃方便面，吃得鼻子眼里都是，不饿的时候，听到“方便面”三个字就想呕吐。

邵素琴的日子，也不好过。

次日一整天，她心里都被“桃色事件”塞堵得满满的。过去的怀疑终于被证实了，派出所捉奸在床，宁秋萍供认不讳，郑大年佐证。自己也算是有头有脸的人，岂能忍得下如此大辱？

她把女儿送进了母亲家，下班回到家就睡在床上流泪，晚上一个人在街上溜达。路过王府大酒店门前的时候，一股美酒佳肴的香味迎面飘来，她突然想到，自己一天没吃没喝了，肚子饿了。

“吃，好好吃他娘的，反正日子是没法过了，要钱有什么用!”她这样想着，就走了进去。

酒店大厅里用餐的人很多，只剩下进门最显眼的一个空桌。

邵素琴毫不犹豫地坐上去，向服务台伸手招呼服务员。

正在这时候，韩劲达带着几个男女走了进来，一进来就看见了她。

“哎哟，邵警官，您也在这里?”韩劲达走近她打招呼。

邵素琴强笑一下，点点头。

“邵警官几个人?”韩劲达又问。

邵素琴摇了摇头。

韩劲达说：“就你自己，那就一块吧。”又向身后的几个男女说：“邵警官也是朋友，一块儿吧。”

几个男女听他这样说，就一齐向邵素琴打招呼，拉拉扯扯地把她拉近了包厢。

男男女女说说笑笑着开席。

韩劲达举杯提议干杯，满桌人都是小抿一下，邵素琴却一饮而尽。

男男女女们目瞪口呆，韩劲达喝彩道：“邵警官豪饮，女中英雄!”说罢又给她倒上。

邵素琴平时还是能喝个二三两酒的，现在心情不好，一连几杯酒下去，就有点晕晕乎乎，一下子进入酒场的“悍妇阶段”，来者不拒了。

“哎哟，”韩劲达突然叫道，“萧局长呢，该招呼他来。邵警官你打电话，让萧局长来!”

邵素琴放声大哭。

男男女女们就都莫名其妙地问：“邵警官，邵警官您怎么了?”

邵素琴光哭不说话。

韩劲达端起她的酒杯，说："邵警官，喝酒别想伤心事。来，咱们喝酒。"

邵素琴端起酒杯又喝光了，伏在桌子上再也不抬头。

酒席结束之后，韩劲达送走客人，就把邵素琴连拖带抱地弄到车上，开车回了自己的家。

韩劲达现在是单身。

五年前，他已经在沱原房地产市场上成为人物的时候，就一脚把人老珠黄的原配踹开，又找了名王府大酒店的外来妹，也不结婚，就好吃好喝地养在家里，一个月还给2000元零花钱。可是，外来妹还是嫌他小气，把金银珠宝、时装一类值钱的东西卷上，跟一个外地生意人跑了。从此，韩劲达就打消了金屋藏娇的念头。

韩劲达把邵素琴弄到家里，就迫不及待地抱到床上，发泄完毕，他坐在床上想了一会儿，下床取出照相机、录像机，先动手将邵素琴摆成各种各样的姿态，用数码相机拍照下来。

拍好邵素琴的"人体写真"，他又把录像机架在床头柜上，躺倒在邵素琴身边，伸手把她抱在自己身上，成俯卧状，然后用手扳住她的大腿，开始动作起来。

邵素琴在他持续的动作下，似乎感觉到了什么，便试图挣扎，但毕竟是处于醉酒状态，胡乱挣扎了一阵子就不动了。

邵素琴凌晨四点多钟的时候便醒了。她感觉到自己赤裸裸地躺着，身上还搭着一只男人的手。她开始还以为是在自己家里，躺在身边的人是萧剑飞，便眯缝着眼躺着没动。后来一想，不对，房门明明是从里面插上的，萧剑飞怎么进得来？

她猛然坐起来，才发现这是一个完全陌生的地方，躺在身边的男人不是萧剑飞，而是年过半百、臭名昭著的款爷韩劲达。

邵素琴当即意识到发生了什么，连忙找衣服遮羞，可是床上床下找遍也没发现自己的衣服。

"别找了，衣服没有了。"韩劲达突然坐起来，淫邪地看着她，"这样多好看，这么漂亮的裸体，穿什么衣服？"

羞辱、愤恨、绝望，一下子使邵素琴疯狂起来。

"你这个畜生！"她大骂一声朝韩劲达扑去。

韩劲达不慌不乱，迎头一拳便把她打趴在床上。

邵素琴歇斯底里般地号啕大哭。

"你还有脸哭，"韩劲达一把抓住她的头发，狠狠地说，"你还敢骂我畜生，你自己才是畜生。你他妈是头发情的母猪！”

邵素琴使劲挣扎着骂道：“韩劲达你放屁！”

“好，我让你看看是谁放屁。”韩劲达放开她，拿过数码相机翻给她看：第一张是她笑眯眯地平躺着，一只手放在身上，摆出一个代表胜利的英文字母“V”字；第二张，她仍然笑眯眯地躺着，两手抓着两条大腿，充分暴露着自己的私处……

邵素琴惊呆了，大声喊道：“删掉，快给我删掉。我喝醉了，一定是你骗我拍的！”

“喝醉了？骗你拍的？”韩萧剑得意笑着，伸手抓过录像机，说，“好好看看吧，这里面还有你强奸我的镜头呢。”

录像机发出轻微的嗡嗡声，显示屏上出现了不堪入目的镜头：邵素琴趴在韩劲达身上，两眼眯缝着疯狂地动作，一副快感无限的样子。

邵素琴被韩劲达手里这两样东西彻底击垮了，瘫软在床上动不了，也说不出话来。

韩劲达抚弄着她的身子说：“你占有了我，我们就是夫妻了。从今天开始，你天天晚上都要到我这里来。”

邵素琴愤恨地呸了他一口：“做梦！”

“来不来你看着办。”韩劲达威胁说，“这些玩意儿，我家里、办法室的电脑里，手机的都有，我鼠标一点，手指一动就全出去了。看你还在不在公安局混！”

邵素琴呆呆地躺在床上，两行热泪从眼里涌出来，落在床单上。

萧剑飞被责令停职检查，手里的渎职案移交给了副局长何海华。

写检查对于萧剑飞来说，确实是件难差事。不仅是不知道怎么个写法，而且实在是没有什么可检查的，他至今也不明白，郑大年为什么会否认跟他通话，约他去温馨旅馆看材料，更不明白宁秋萍为什么无中生有地承认跟他干了“男女之间的事”，这不是明摆着向自己头上泼脏水吗？

萧剑飞坐在办公室里憋了五天，终于憋出了一份“检查”。

他在这份检查中，首先承认自己与宁秋萍曾经有过初恋，并且自己至今对宁秋萍有好感，他也看得出宁秋萍对他有好感。接着，他详细说明了五天前那个晚上发生的“桃色事件”的经过，表示不明白郑大年为什么会否认跟自己通话，约他去温馨旅馆看材料，更不明白宁秋萍为什么无中生有地承认跟他干了“男女之间的事”。

萧剑飞的“检查”送到秦光汉手里，秦光汉一看就觉得他认识错误的态度很成问题：既然他跟宁秋萍彼此互有好感，就有可能弄到一起，并且有郑大年、宁秋萍的话证实，“桃色事件”确有其事。如此确实充分的证据摆在面前，他还不承认，这是什么态度？

秦光汉这些天的日子也不好过。

自己最信任而且刚刚提拔的反渎局长出了如此丑闻，高庆生一而再再而三地催问萧剑飞的处分问题，何海华接手渎职案五天无所作为，省院陈国荣检察长、反渎局先后来电话询问初查情况。他本来准备，如果萧剑飞认识、改正错误的态度端正，就暂不作处理，让他继续把这件渎职案办结了再说，现在看来只有对他忍痛割爱了。

秦光汉愤然地把“检查”甩到萧剑飞脸上，喝令他继续做深刻检查，并且决定尽快研究对他的处分。

晚上，萧剑飞回到旅店的房间里，躺在床上心情沮丧极了：“秦检你这么英明的一个领导，怎么就认定了我跟宁秋萍有那事？郑大年你就是妒忌我办案比你技高一筹，大不了不与我配合，也用不着这样整我。宁秋萍你这样无中生有地说跟我有事，就能真的跟我有事了吗？我要真的跟你有事，背上个处分也不冤枉，可我连沾也没沾过你啊。”

萧剑飞心里这样乱七八槽地想着，忽然听到有人在外面敲门，便应声招呼：“哪位？请进。”

一位中年女子走进门来，问：“您是萧剑飞先生吧？”

“我是，”萧剑飞连忙坐起来，问，“你是？”

“我是沱原律师事务所的律师，您的太太邵素琴女士委托我找您，她提出跟你离婚。”中年女子说着掏出一张纸放到他面前，说，“这是离婚协议书。”

萧剑飞没想到事情会发展到这般境地，一时竟然说不出话来。

女律师说：“如果您有什么条件可以提出来，比如房产、存款、子女抚养什么的，但邵女士说了，这些都不会给你，你还要出女儿的抚养费。”

“不，我不同意离婚，不同意！”萧剑飞如梦初醒，大声说，“她误会我了，她一定会明白的。”

女律师摇头，说：“邵女士说，她不是误会。我再问您一遍，您同意不同意离婚？”

萧剑飞斩钉截铁地说：“不同意，我坚决不同意离婚！”

“那好，您等着接法院的传票吧。”女律师说罢，拿起那份离婚协议书走了。

萧剑飞一下子瘫软在床上。

手机唱起了那首《我们走在大路上》，入夜10点，定时关机时间到了。

萧剑飞忽然觉得肚子里咕咕地唱起了空城计。饿是饿了，却再也不想吃方便面，便想出去吃点东西。

他慢悠悠地走到门口，伸手拉开房门，不禁一愣：宁秋萍手里提着只塑料袋，神情局促地站在门外。

“你？”他问。

“我。”她答，“我来了有一会儿了，可是没有勇气敲门。”

萧剑飞拉着脸门：“你来干什么，还嫌害我害得不惨？”

“对不起，我不是故意让你难堪，”宁秋萍支支吾吾地说，“我，我是想气气邵素琴。”

“你已经让我难堪了。”萧剑飞说，“你还让我无家可归。”

宁秋萍继续支支吾吾：“是，是吗？那，那就太对不起了。我，我可以进去吗？”

萧剑飞想，事已至此，何必跟这小丫头一般见识，就说：“进来吧。没有带尾巴来吧？”

宁秋萍笑了，说：“咱是搞侦查的，还会让人盯了梢？”说罢，走进屋里，把手里的塑料袋放在桌上。

萧剑飞问：“那是什么？”

宁秋萍把塑料袋里的东西一样一样地往外拿：“肉菜饺子、酱牛肉、酒。方便面不怎么好吃吧？”

闻到一股牛肉、饺子诱人的香味，萧剑飞更加觉得饥肠辘辘，也不客气，便拧开酒瓶，吃喝起来，露出一副饥不择食的样子。

宁秋萍含情脉脉地盯住他的这副吃相，笑着问：“还恨我吗？”

“恨又有什么用？”萧剑飞这样想着，就说：“现在顾不上恨了，吃好喝好再恨吧。”

宁秋萍说：“怪不得人家说，要得到男人的心，先管好男人的胃。”

“嗯？”萧剑飞嘴里塞满了东西没有接话。

“慢慢吃，慢慢喝，没人跟你抢。”宁秋萍看着萧剑飞吃了一阵儿，突然又说：“萧大局长，是不是有点觉得冤枉？”

萧剑飞说：“冤枉。”

宁秋萍说：“要杀要剐随你，我不是自己送上门来了吗？”

萧剑飞说：“我想揍你！”

“行，只要你觉得解气。”宁秋萍动情地说，“我知道我伤了你，可我愿意补偿，用我的爱，埋在心里多年的爱。”萧剑飞说：“别说傻话了，我们是不可能的。”

宁秋萍问：“为什么？”

萧剑飞说：“我有家庭，有老婆孩子。”

宁秋萍说：“据我所知，邵素琴已经准备跟你离婚，而我，准备跟你结婚。”

萧剑飞说：“我知道她是一时赌气，迟早会明白过来的。我们一直很恩爱，而且我们有孩子。”

宁秋萍说：“你认为她仍然爱你？”

萧剑飞说：“我相信。”

宁秋萍说：“你也爱着她？”

萧剑飞说：“是的，我很爱她。”

“你们的爱已经死了。”宁秋萍挪动一下，坐到他跟前，“剑飞，其实你比我更了解邵素琴，就别欺骗自己了。她已经不爱你，可我爱你。”

萧剑飞说：“我恨你，恨你向我泼脏水，陷我于不恩不义、不仁不爱。”

宁秋萍说：“你这又是自欺欺人。你敢说不喜欢我？”

萧剑飞叹了声气，说：“你来找我，就是要给我说这个的？”

宁秋萍说：“是，也不全是。不还给你送的酒肉饺子吗？”

萧剑飞说：“还有什么事吗？”

“有。”宁秋萍说着，从包里取出一本书递给他，“你看看这个。”

这是一本名叫《手机窃听风云》的科普读本，内容涉及非接触式拦截窃听，显号修改等高技术违法手段及反制措施。

萧剑飞简单翻了下内容介绍，便恍然大悟：“怪不得郑大年否认跟我们通话，我们被人家‘高科技’了。”

“应该把这个拿给郑大年。”他说。

“要拿你拿给他，”宁秋萍赌气说，“我讨厌他那天晚上的态度。”

“那天晚上他态度怎么了？如果咱们的手机真是被人搞了显号修改，他也是实话实说。”

萧剑飞说着，掏出手机准备跟郑大年通话，手机却先响了，显示的又是郑大年的号码。

萧剑飞接受了此前的教训，特意问：“哪位？”

“我的声音都听不出来了？”郑大年在手机里笑着说，“你是一朝被蛇咬，十年怕井绳吧？”

萧剑飞这才真切地相信，那头是郑大年了，也笑着说：“不是又约我和秋萍研究案子吧？”

郑大年说："还真是。安局、秦检，还有素琴都在这儿呢，你和秋萍快过来吧。"

萧剑飞说："这儿是哪儿？"

"看守所，"郑大年说，"如果我没猜错的话，秋萍跟你在一起吧？"

萧剑飞说："小伙子聪明。"

郑大年问："她找你干什么去了？"

萧剑飞说："男人跟女人在一起，还能干什么？"

宁秋萍轻轻打他一下，骂道："你这坏蛋！"

萧剑飞、宁秋萍随郑大年走进看守所的讯问室，刚刚做好讯问准备，一名肚大脖子粗的胖子便被带了进来。

郑大年直奔主题，让他把下午供认的犯罪事实，再供认一遍。

大胖子便是五天前郑大年向安云峰说的那个私人侦探。

据他交代，六天之前，有人委托他利用手机变声、显号修改等技术手段，假冒郑大年把萧剑飞、宁秋萍约到温馨旅馆113房间，打电话报警，并通知邵素琴到旅馆捉奸。他按照委托人的要求做了，因此得到5000元的报酬。

郑大年问："委托人长的什么样？"

大胖子说："20多岁的样子，身材瘦瘦的，头发黑黑的很厚，好像戴着假发。"

郑大年、萧剑飞和宁秋萍互相对视了一下，不约而同地断定，这个戴假发的家伙，就是他们正在寻找的"太阳帽"，他们制造这次"桃色事件"的目的，是阻止萧剑飞他们对石世宝渎职案的调查。

在郑大年他们在讯问室里讯问大胖子的时候，安云峰、秦光汉正陪着邵素琴坐在监控室里，全程关注着审讯的情况。

邵素琴看着监控，早已泪流满面，泣不成声。

审讯问还未结束，安云峰就扭头问："素琴，现在明白了吧？"

邵素琴大哭一声，出门跑了。

秦冰冰跟郁继达已经成了事实上的夫妻关系。

他们几乎每天晚上都在雨晴别墅出双入对。每次进了卧室，郁继达就拉冰冰上床，连个简单的过门儿也没有。

秦冰冰也不再扭扭捏捏，不抗拒也不主动。不过，她从来不在雨晴别墅过夜，郁继达尽兴了，满足了，她就回家，哪怕是晚一点，也不在外面过夜。

郁继达也不强留她过夜，因为他自己也要回家住的，郁先达不允许儿子夜不归宿。

自从跟郁继达恋爱，秦冰冰还没到郁家去过，她就想随郁继达去一次，主动接触未来的公公婆婆，增进一下未来的婆媳感情，为以后在一起生活打好基础。

秦冰冰这样一说，郁继达就高兴地同意了，并且立即给母亲打了电话，让母亲为冰冰准备好吃的。

仇琬璐接到儿子的电话，实实在在地激动了一阵子。

秦冰冰主动上门，说明这个未来的儿媳妇对这个家的感情认可，对未来公婆的主动投靠。

于是，她立即打电话给郁先达，说："你晚上下班抓紧回家，难得冰冰晚上到家里吃饭。"

郁先达喜出望外："冰冰到家里来吃饭？"

仇琬璐说："小达刚打电话来，是冰冰主动要来的。"

郁先达说："那好，你好好准备准备，多做几样可口的。"

仇琬璐说："我怕下班现做来不及。再说我厨艺也不行，怕做出的菜不合冰冰的口味儿。还有，冰冰肚里怀着咱的孙子，烟熏火烤对胎儿发育也有影响。"

郁先达说："那就去饭店？"

仇琬璐说："去什么饭店？冰冰是登门认家的，饭店哪有家的气氛，家的感觉？我安排饭店送菜算了。"

郁先达说："你办事我放心，你就看着安排吧。讲究点质量、档次，别弄得满桌子鸡鸭鱼肉、青菜萝卜，谁吃得下？"

仇琬璐说："这我还不知道？你就别瞎操心了，下班赶紧回家就行了。"

郁先达说："一定一定，就是省委书记、省长来了，我也不陪。"

郁先达说罢就要放电话了，仇琬璐又在那头说："先达，是不是把光汉和若苹也招呼来，难得一聚，你说是不是？"

郁先达说："就是，我怎么就没想到？你跟若苹说吧。"放下电话心想："秦光汉来不来，也是判断石世宝案走向的风向标。"

秦光汉下班回到家，文若苹正坐在客厅的沙发上等他归来。

看见妻子穿得齐齐整整，打扮得光光鲜鲜，连饭也不做，秦光汉有点奇怪，就问："打扮的这么漂亮，哪儿去，相亲去？"

文若苹含羞一笑："当初跟你相亲，我打扮了吗？"

秦光汉说："那你这是干什么去？"

文若苹就把仇琬璐约他们吃饭的事说了。

"是不是郁先达的主意，想让我酒后吐真言？"秦光汉这样想着便说："冰冰登门认婆家，我们去凑什么热闹。”

文若苹说：“人家要的就是个热闹。琬璐说了，这是先达的主意，正好借机会聚一下，孩子的亲事有什么要办的，也在一起说说。”

秦光汉想了想，说：“也好，去就去吧。”

文若苹见丈夫犹豫的样子，忽然想起了政府大院一些人私下的议论，开口问道：“光汉，最近大院有人嘀咕，说你在秘密调查先达引进石世宝渎职的事，有这事吗？”

秦光汉微微一怔，说：“你说会有这事吗？”

文若苹说：“我说不会。你们情同手足 20 多年，先达对你这么关心，帮助这么大，你怎么对他下得了手？”

秦光汉无语。是与不是，他都无法对妻子说。

文若苹继续说：“友情为重，知恩图报，这是道德。我就跟他们说，俺家光汉就再不是人，也不会干出忘恩负义的缺德事儿！”

秦光汉让妻子这句话刺疼了。

他想：“查办这桩重大渎职案，我秦光汉是注定要众叛亲离了。”

秦光汉夫妻出现在郁先达门口的时候，身上的手机响了。

郁先达正拿着手机准备跟他通话。

他们是同时听见手机响。

郁先达向门外一看，连忙跑过去开门，说：“我觉得你该到了嘛，刚拨通你的手机。”

秦光汉说：“手机响了，我就知道是你。”

郁先达说：“20 多年了，咱老哥俩还是心有灵犀啊。”

“什么心有灵犀，分明就是你会掐算时间。”秦光汉说，“两个孩子呢，还没回来？”

“早来了，在屋里呢。”仇琬璐在一旁插话说，又朝屋里喊，“小达，你汉叔、苹姨到了，让冰冰出来吃饭吧！”

桌上已经摆上凉菜，还有一瓶茅台。

郁先达拉秦光汉紧靠自己坐下，仇琬璐拉文若苹跟自己坐在一起，郁继达和冰冰坐在双方父母亲对面。

因为是儿女订婚后两家人的第一次聚会，就自然而然的多了一分礼节和拘谨，再加上两个孩子都在跟前，有些事也不是可以当着孩子商量的，所以说话就都有点放不开，没有了上次聚餐时的随便、放松和欢快。

郁先达先意识到了这种气氛的尴尬，就说：“今天还是老哥儿们、老姐儿们儿的聚会，咱们放开。”

秦冰冰说："达伯伯，你们老哥儿们、老姐们儿的聚会，那我和继达就是局外人了?"

秦光汉笑道："看，有人提你的意见了吧?"

郁先达说："老哥儿们、老姐们儿也包括你们，你和小达从小就在一起玩，也是20多年的好兄妹了嘛。"

仇琬璐打他一下："那也不能把两代人说到一块儿，什么老哥儿们、老姐们儿的。乱套了。"

文若苹附和："弄差辈儿了。"

两家人这样一说笑，气氛就放松下来。

女人喝饮料，男人喝酒，郁继达跟前放着茶杯，看到两个爸爸喝茅台，心里急得直想提抗议，就是不敢吭声。只要爸爸不说一句"小达也喝一点儿吧"，他在家里是不敢沾酒的。从来如此。

郁先达和秦光汉一人对一杯的喝，饭店的菜也陆续送来，一瓶茅台喝完了，饭也吃好了。

吃好喝好，郁继达把冰冰拉进自己卧室，仇琬璐把文若苹拉进卧室商量儿女婚事，郁先达把秦光汉拉进了书房。

书房仍然保持着几个月前的老样子，只是桌上多了盆仙人球。仙人球头上顶着一朵鲜红的花，周身向外放射着针锋利芒，显示出一副不可侵犯的威武。

"怎么样光汉?"郁先达秦光汉坐下，开口问道。

"什么怎么样?"秦光汉不解。几个月前的那天晚上，在这间书房，郁先达问他的第一句也是这话。

郁先达说："当检察长的感觉。"

秦光汉说："累。"

郁先达说："这我知道。院里的房子、车子、案子，干警的位子、票子、孩子，事情永远没个完，还有那个高庆生，时不时地背后给你搞点小动作，无事生非。"

秦光汉说："谢谢老兄理解。"

郁先达说："理解万岁，帮助万万岁。这些问题我都帮你解决好。干警的位子、房子、车子，应该说不是什么问题了。孩子的工作安排，我给你一批事业编制，也好解决。就是那个高庆生，他不犯什么大错误，还真不好动他。对了，交流，让他到公安局去，安云峰的降人术高人一筹，让他到安云峰手下修炼去，说不定能修炼成老实人。"

秦光汉说："恐怕这也未必是个良策。这样交流，人家一下子就会联想到你我的关系。还是以后看看什么情况再说吧。"

“看情况，”郁先达不解地问，“看什么情况？”

秦光汉说：“看谁来当检察长。”

郁先达说：“谁来当检察长，当然是你来当，这还用说吗？沱原有我，省里有先影，谁敢从你手里抢了去？”

秦光汉摇头一笑：“累，难，烦！单就情与法，为官与为人，就让我苦恼郁闷。我真担心自己胜任不了。”

郁先达说：“谦虚还是虚伪？我就不相信你秦光汉不想升官。”

秦光汉说：“过去想，现在不想了。这几个月的代理，足以让我知难了。”

郁先达说：“官场复杂，江湖险恶，这是事实。可搏风击浪才能显男儿本色。”

秦光汉说：“我没那个能力，也没有那个勇气。”

郁先达说：“关键是你要有追求，要想升官，想当大官。如果不是为了弄个副省级，我会冒这么大的风险，下这么大的赌注，搞这个石世宝工程？我会上牛太元和小日本儿的当，会把自己搞得这么狼狈？”

秦光汉被郁先达这番话惊呆了：原来这就是他的为官之道，为了升官不惜下 30 亿的赌注，搞石世宝这个“政绩工程”！

“你别这样看着我，”郁先达说，“现在做官的哪个不在搞面子工程、政绩工程？什么大手笔、大建设、大发展，骗鬼的，还不都是冲某个位子去的？”

秦光汉说：“先达你这有点绝对了吧？我在省城看了，也到周边的城市看了，政绩工程有没有？可能有，可人家确实在大发展。”

“那也不能说明，他们主观上不是搞政绩工程，不是为了当官，”郁先达说，“光汉，我今天跟你说的都是掏心窝子的话。这话我只能跟你说，也相信你不会对外人说？”

“谢谢老兄的信任，也谢谢您的坦白。”秦光汉说，“可我很难相信您搞石世宝项目，就是单纯为了副省级。”

“当然不全是，为官一任总要做点事情。”郁先达说，“过去我跟你说过，看到沱原农民那么苦，工人那么难，干部那么穷，心里触动很大，石世宝这个项目如果成功，能让沱原的面貌改变了，人们的生活提高了，这个项目就达到了双重效果，我到省里去，良心上也有了慰藉。”

秦光汉问：“你到省里去的事有什么消息了吗？”

郁先达说：“快了吧，听先影说，市级一府两院的换届，可能要提前到明年元月份。在这之前我和家厚书记可能都要调任省城工作。”

这次深谈，又令秦光汉心里堵了几天。

第十四章
夜访证人

萧剑飞接到了法院的应诉通知，邵素琴果然已向法院起诉，正式提出离婚，并且自愿放弃全部财产，自愿独自承担抚养女儿的义务。

他简直不敢相信这是真的。

他一直相信邵素琴是爱他的，即便“桃色事件”是真的，她也不会真的提出离婚，最多是跟他闹上一阵子，十天半个月的不让他进家，哪怕真的向法院提交了诉状，也不过是虚晃一枪，吓唬吓唬他而已。然而，邵素琴真的向法院起诉了，而且从措辞和提出放弃财产和独自抚养女儿的要求看，她是来真的了。

萧剑飞最不能理解的是，“桃色事件”已经大白，邵素琴明知丈夫是遭人暗算，为什么提出离婚，而且是自愿放弃应得的财产，分手的心情竟是如此急切?

他想来想去，最后设想出两种可能：一是邵素琴料定他干反渎这一行，迟早还会遭人暗算，不愿意与他共担风险；二是邵素琴突然另有所爱，急于离开他，投入另一个男人的怀抱。

萧剑飞把自己的想法向刘明远说了。

刘明远犹豫了一下，问：“你真的不知道?”

萧剑飞怔了下，问：“知、知道什么?”

刘明远说：“邵素琴跟韩劲达同居了。”

“不，不可能，”萧剑飞怔了片刻，心有怀疑，嘴里却坚决地说，“我不信，绝不相信。她不是那种贪财的女人。”

刘明远苦笑一下，说：“不相信？可这是真的。”

萧剑飞说：“就算是真的，你怎么知道?”

“我听郑大年说的，”刘明远说，“整个公安局都知道，宁秋萍没告诉你?”

萧剑飞摇头说：“没有。”

刘明远说：“她是不想让你伤心。这丫头不错。”

萧剑飞说："我还是不敢相信，邵素琴怎么可能是这样的人？"

"她天天晚上跟着韩劲达在外面吃喝玩乐，夜里就在韩劲达那儿过。"刘明远说，"你要不信，咱们晚上一起见证见证去？"

晚上9点钟的时候，刘明远开上自己的自驾车，把萧剑飞带到韩劲达门口，坐在车里守株待兔。

不大一会儿，韩劲达的奥迪开了进来，邵素琴先从车里醉醺醺地钻出来，接着韩劲达也从车里出来，搂着她的腰上了楼。

过了一会儿，楼上韩劲达家的灯亮了，又过了好大一会儿，灯灭了。

萧剑飞望着韩劲达家黑乎乎的窗口，真的希望忽然看见邵素琴很快能从楼上下来，哪怕是鬼鬼祟祟的也好。可是，一个小时过去了，仍然不见她的影子。他彻底失望了。

"这你相信了吧？咱们回去吧。"刘明远拍拍他的肩膀，"剑飞，听我的，离吧。这样的女人就是愿意跟你，你还能要吗？"

萧剑飞长出一口气，说："离！"

萧剑飞、刘明远，正要去刑警重案大队去找郑大年，郑大年带着宁秋萍来了。

郑大年先把他和宁秋萍近几天调查牛太元遇害案的情况，简单向萧剑飞、刘明远介绍了，又说："我们公安局请你们继续介入，引导侦查。"

萧剑飞说："秦检给我们交代了。我和明远一个是反贪的，一个是反渎的，引导侦查谈不上，我们就互相配合吧。"

郑大年回头对宁秋萍说："秋萍，你先把情况向两位局长汇报一下吧。"

萧剑飞、刘明远一齐说："郑队用词不当了，不是汇报，是通报。"

宁秋萍说："我一个小兵给你们两个大局长，不就是汇报？"接着就把他们近几天调查牛太元遇害案的情况说了。

郑大年说："兄弟现在是身陷维谷了，二位给支个招吧。"

刘明远说："刑事案件我没弄过，剑飞你帮他们出主意吧。"

萧剑飞沉思一下，就问："肇事车现在在哪儿？"

郑大年说："在我们大队呢。"

萧剑飞又问："有案发现场的照片吗？"

"有。"宁秋萍连忙从卷宗里取出照片，递到他手里。

萧剑飞看了下照片，说："从肇事车的方向看，应该是从城里出去的。"

郑大年、宁秋萍一齐说："不错，就是从城里出来的。我们也看出来了。"

萧剑飞问："你们调录像看了吗？"

郑大年问："什么录像？"

“监控录像，出城口的车辆监控录像。”萧剑飞说，“看看开车的是不是也是那个戴太阳帽的人。”

宁秋萍看看萧剑飞，又看看郑大年，心想：“我说萧剑飞是高人，没错吧？”

郑大年恍然大悟地盯住萧剑飞，竖起拇指：“高，高，实在是高！”

萧剑飞说：“你就别高了，快到交警那儿调看录像吧。”

郑大年说：“咱们礼尚往来，你送我们一个锦囊妙计，我们怎么也得还给你们一份薄礼。”

萧剑飞说：“那好，拿出来吧。”

郑大年冲宁秋萍一努嘴：“拿出来秋萍。”

宁秋萍从包里取出一份特快专递，放到萧剑飞面前。

萧剑飞看看特快专递，问：“这是什么？”

郑大年说：“沈阳那位胡队长还记得吧？这就是他寄来的。说是牛太元的那个新娘子提供的。这些东西对你们调查许传新案，可能会有帮助。”

萧剑飞连忙打开，里面有几份从日本来的传真、发往日本的传真底稿，还有画得乱七八糟的石世宝项目合作合同底稿。

“这是牛太元新老婆提供的？”萧剑飞问。

“不错，新娘子在牛太元旅行包里发现的，”郑大年说，“我们当时失误了，光抓人，没有在屋里搜查。”

萧剑飞说：“也不光是疏忽，不知道牛太元在当地的背景，还担心抓住人走不掉，带不回呢。”

郑大年和宁秋萍到交警支队调看监控录像去了。

萧剑飞、刘明远开始研究牛太元、河岛野雄的与日本联系的传真。

往返日本的传真稿上都是日文，除了授权、签订等几个汉字外，他们都不认识，更不明白其中的意思。

他们决定到沱原学院外语系求助。

几份传真内容都不复杂，半个小时不到，就全部翻译出来了。其中一份关于授权委托的传真，是井上隆一发给河岛野雄的。内容只有几句话：

河岛君：

合同传真件收悉，约定内容不妥。请继续与中方谈判。合同内容须经我同意，并由我与中国沱原方签订。现代高新科技株式会社，只授予您谈判权，您没有签约权。

井上隆一

2006年6月6日

从这份传真的内容看，许传新关于签约现场的供述还是可信的，不过还需要进一步调查证实。

石世宝项目签约，在当时是沱原一个很重大的事件，很隆重，市委市政府的大部分领导都出席了签字仪式，还有不少人当时就围在签约台周围，见证了那个被称为“决定沱原经济发展的大事件”的“历史性时刻”。

萧剑飞、刘明远很快了解到，市政府副秘书长何源泉和招商局副局长赵世清，在石世宝项目签约那天，始终和郁先达、许传新和牛太元、河岛野雄在一起，了解石世宝项目签约的整个过程和具体细节。

于是，他们秘密地找到何源泉和赵世清，详细了解了石世宝项目签约的经过，结果完全出乎他们的预料：许传新的供述是假的！

郁先达从日本考察回来之后，市委常委会、市长办公会都没有对石世宝项目做出明确决定。

2005 年春节前夕，牛太元从东北回来了，找到许传新说：“郁市长到日本考察都过半年了，市里还没有个明确决定，日本方面怀疑沱原的办事效率。现在那几个竞标失败的地方，又在私下跟河岛野雄接触，想挖沱原的墙角。郁市长再犹豫不决，石世宝项目真可能被他们挖了去。”

许传新很快把牛太元带来的这个信息，向郁先达报告了。

郁先达很着急，担心煮熟的鸭子飞掉，也很快跟邝家厚商量对策，商量的结果是，他们分别去做常委和市长办公会成员的工作，意见基本统一了，再分别开一次市委常委会和市长办公会研究拍板。

他们分别找常委和副市长们做工作，可是意见始终没有统一，大家还是担心小日本儿靠不住，怕 30 亿投资泡汤。因此，市委常委会和市长办公会都没有开成。

过罢春节，河岛野雄也到沱原来了。

郁先达代表沱原市政府在沱原宾馆设宴，欢迎他到沱原做客。

当时邝家厚回老家过节还没回来，因此就没有出面陪客，也没见到河岛野雄。

郁先达安排许传新、牛太元和何源泉、赵世清一起陪同。

推杯换盏之间，牛太元又把外地几个竞争方想挖墙脚的事说了。

河岛野雄也说，这件事井上隆一也知道了，让他比较一下，如果有比沱原更合适的地方，就换个地方。还说，现在是信息时代了，时间就是财富，石世宝技术像开过瓶的啤酒一样，不能放着没人喝，新鲜味消失了就不好喝了。

河岛野雄的话证实了牛太元先前的说法，使郁先达不禁产生了时不我待的紧迫感，于是便在酒精的作用下当场拍板：按照井上隆一的意见，2006 年 6 月 6 日，春暖花开的时候，一个“六六大顺的日子”，在沱原签约。

约定签约的日子转眼就到了。

按照原定的安排，井上隆一 6 月 5 日下午到沱原。

郁先达在沱原宾馆安排了欢迎晚宴，井上隆一却没有到。

许传新向牛太元、河岛野雄问井上隆一没到的原因。

河岛野雄说，从日本东京到北京的航班是单日发，井上隆一 5 号晚上才能到北京，6 号上午再乘北京到沱北的航班到沱原来。

第二天早上，郁先达带着许传新、牛太元陪同河岛野雄到沱北机场接机。

上午 8 点多钟，北京的航班到了，却没有井上隆一的影子。

郁先达预感不祥，便问河岛野雄怎么回事。

河岛野雄装模作样地拨了个手机号，对着手机说了一通日语，回头对郁先达说：“事情出现了变故，昨天井上隆一在东京机场被军方扣留了。限制出境，全权委托我签约。”

从沱北机场回到沱原宾馆，已经 9 点多，省经委主任、兄弟市的市长等领导和贵宾已经等在会场，签约仪式已经万事俱备，如果签约不成，沱原就丢人丢大了。

郁先达决定签约如期举行，哪怕做做样子也要搞，大不了以后再补签个正式合同就是了。

郁先达决定，同意让河岛野雄代表日方签约。

许传新首先表示担心，说：“郁市长，据陈英才说，井上隆一在东京跟您说的是，他亲自签约，河岛野雄没有签约权。您看是不是让河岛再跟井上联系一下，让他取得日本石世宝高新科技株式会社的授权。”

郁先达犹豫一下，觉得许传新的话有道理，就把这个意思跟牛太元说了。

牛太元跟河岛野雄用日语嘀咕了一会儿，就掏出手机跟井上隆一通话，井上隆一很快传真来份授权委托书。

河岛野雄把授权委托书递到郁先达手里，说：“井上隆一先生授权我代表他签约。”

郁先达把牛太元拉到僻静处，向他核实授权委托书的内容。

牛太元接过授权委托书扫了一眼，就说：“没错，井上隆一授权河岛野雄全权代表他签约。”

当时，许传新已经对牛太元有了怀疑，见郁先达同意河岛野雄代表井上隆一签约，便建议说：“是不是找人把井上隆一的授权委托书翻译一下？”

郁先达回头看了看会场上领导和贵宾的焦急神情，就说：“不必了吧，也来不及了。”

中日石世宝项目合作合同就这样在重重疑云下签约了。

合同的主要内容有以下几点：

1. 日本石世宝高新科技株式会社与沱原市政府合作建立石世宝高新科技（中国沱原）公司。

2. 合同签约一个月后，沱原付给日本石世宝高新科技株式会社12亿元人民币。

3. 日方负责协助沱原采购总价值约3亿元人民币的石世宝专用生产设备50套和生产辅料及示范施工用石世宝产品。上述采购日方在收到付款后3个月内完成。

4. 日本石世宝高新科技株式会社在收到第二批10亿元人民币付款后，将石世宝专利技术资料提供给沱原，并开始帮助沱原培训技术人员和生产、施工技术工人。

5. 石世宝高新科技（中国沱原）公司成立第一年生产石世宝产品总量不低于1万吨，第二年2万吨，第三年达到3万吨，日本石世宝高新科技株式会社负责前3年的产品销售，并取得30%的利润分成。日本高新科技株式会社的利润分成作为投资注入石世宝高新科技（中国沱原）公司，第一年占公司份额10%，第二年占20%，第三年占30%。

6. 沱原方面的付款直接汇入日本石世宝高新科技株式会社，日本石世宝高新科技株式会社须由日本富士银行提供担保。

双方还约定：中方担保人为牛太元和他的东北房地产公司，日方的担保人为河岛野雄和他的河岛国际综合贸易有限公司。

在合同签约之前，河岛野雄再次主动提出，由日本现代科技株式会社捐款2亿元人民币，在沱原建设一座“中日友谊文化中心”，捐款由沱原从石世宝技术转让费中扣除。

郁先达要求把河岛野雄的这一承诺写进石世宝项目合作合同，可是河岛野雄不同意，说捐建文化中心与合作创建石世宝高新科技（中国沱原）公司是两码事，两者不能扯在一起。郁先达同意了他的意见，授权许传新代表沱原市政府与河岛野雄签订了日本石世宝高新科技株式会社捐建沱原“中日友谊文化中心”的协议。

河岛野雄的这一“善举”，使郁先达丧失了本来应有的警觉。

合同签订之后，郁先达亲自操作，从世界银行贷款10亿人民币，从10个县区拆借10亿元人民币，从驻沱原省属企业拆借5亿元人民币，又组织市直和各县区直属机关干部职工，集资5个多亿元人民币，从市财政拿出两个亿存入建行，作为日方捐助，用于文化中心建设。

资金筹齐不久，牛太元突然带着井上隆一和河岛野雄的借款协议，来找郁先达，说井上隆一已经同意把第一批10亿付款，借给河岛野雄在北京办的企业使用，让沱原把第一笔付款打到牛太元和河岛野雄在东北和北京的8个账户。

将付款汇入国内的账户，可以省下一笔汇费，还少了份汇款风险。郁先达没有多想就同意了，并且安排许传新、赵世清办理。

何源泉、赵世清证实的情况说明：郁先达在明知日方违反口头约定，应当对井上隆一授权委托书翻译核实的情况下而没有接受许传新的提议，轻信骗子的谎言，草率签约，又违反合同约定的汇款条件，改变方式向日方汇款，玩忽职守，造成重大失误。郁先达仅此一条，就涉嫌玩忽职守犯罪。

萧剑飞在法院看到了邵素琴第一眼。眼前的邵素琴与10天前相比，简直是判若两人，面色蜡黄，没精打采，眼圈发乌，眼里还闪着泪花。

萧剑飞最不能理解的，就是她眼里那闪闪发光的泪水——离婚也是你提出的，还装什么情义难舍呢?

调解是法院办理离婚案的必经程序。既然男女双方都同意离，而且态度都很坚决，调解也就是走走形式，直接签署离婚协议书了。

离婚协议书是准备好的，所有条款都是邵素琴的意见。

邵素琴拿过协议书，看也不看就签上名字，掏出一串钥匙往萧剑飞跟前一扔跑了。

萧剑飞跟着出去，发现一辆奥迪停在门前马路边，韩劲达坐在车上正探头探脑地向这里张望。

转过身，萧剑飞毫不犹豫地在离婚协议书上签了字。

秦冰冰的两件广告设计作品，被炎黄文化传媒公司选送参加全国广告设计大奖赛，分别获得最佳创意大奖和最佳设计大奖。一个初出茅庐的小丫头，首次参加如此高规格的大赛，便一举夺取10个大奖中的两个，在全国广告设计圈子里引起轰动，也显示出她的潜力和前途。走出校门从事广告设计，还不到半年啊!

颁奖仪式定在一个星期后在上海举行。

炎黄文化传媒公司的老总卫云飞意识到，秦冰冰是一个不可多得的广告设计奇才，她这次上海之行，绝对会受到北京、上海、广州那些大城市广告业巨头的追捧和高薪引诱，不可不防。

于是，他决定和夫人亲自陪同冰冰去上海领奖。

这天下午，秦冰冰下班的时候，郁继达已经开着韩劲达的奥迪等在楼下。

秦冰冰说："还没三步路呢，你开人家的车来干什么？"

郁继达说："先到雨晴，换换衣服，我带你去一个好地方玩去！"

回到雨晴别墅，秦冰冰把自己获奖和将去上海领奖的喜讯告诉了郁继达，说："我想让你陪我去上海，可以吗？"

郁继达想了想为难地说："我是真想陪你去。可是这几天韩劲达的文化中心工地总有人找麻烦，还有建设资金接不上了，我得找文化局、财政局帮他催拨款去。"

秦冰冰失望地说："那就算了。"

"炎黄传媒没人陪你去吗？"郁继达突然问。

秦冰冰说："怎么没有？卫总亲自陪我去呢。"

"卫云飞亲自陪你去？"郁继达睁大了眼睛，"他没打你的什么歪主意吧？"

秦冰冰说："你当谁都像你这样一肚子坏水，人家夫人也去呢。"

郁继达就嬉笑着说："男人不坏，女人不爱嘛！"

秦冰冰冲完澡，换好衣服，问："你说到什么地方去？"

郁继达说："东郊新开了家叫做小康生态饮食的野味园，韩劲达请咱们品尝去。"

秦冰冰说："野生动物是受国家保护的，咱别去吃。"

郁继达说："野味跟野生动物不是一码事，你尽管跟我去就是了。"

秦冰冰说："那好。是不是把卫总两口子叫上，到时候咱埋单，就算你为我们饯行了。"

郁继达说："算了，他跟韩劲达不是一路货。改日我单独安排为你们饯行吧。"

郑大年和宁秋萍在交警支队调看了城西出口的监控录像，果然不出萧剑飞所料：驾驶那辆无牌报废货车的真是一个头戴太阳帽的家伙。从年龄、身材上看，很像吴小天说的那个"太阳帽"。

接下来的事就是继续寻找那个戴太阳帽的人了。

郑大年换了辆民用牌照的小车，和宁秋萍一起穿着便装，在大街小巷转悠，满街转了好几天，碰到过成百上千戴太阳帽的人，却没找到他们要找的那个戴太阳帽的人了。

宁秋萍灰心了，说："咱这不是大海捞针吗？不算县城、农村，就这沱原市区就有 200 万人，哪找那个太阳帽去？"

郑大年说："我敢肯定那小子就在城区，也可能为了对付我们，已经改头换面了。"

郑大年估计的没错，二子确实已经改头换面了。

二子5岁的时候头上长癞疮，整天淌着黄乎乎、粘儿巴儿的黄水，臭哄哄流到脖子上，引得苍蝇云集，驱赶不散，癞疮也越发的严重。那时候，他父亲刚遇车祸去世，母亲下岗，没有钱给他医治，就找了个偏方，用一种叫做"狗尿苔"的蘑菇熬煎了给他洗。这样洗了20多天，癞疮总算洗好了，却留下了满头秃疤，从此一年四季头上捂着帽子。

在雨晴别墅被秦冰冰认出，闹了一场风波之后，郁继达把这事跟韩劲达说了。

韩劲达说："坏事了。以后牛太元车祸这件事，要露馅儿就露在这顶帽子上。你要赶快让他把那顶破帽子扔掉。"

郁继达很快找到二子，说："二子你到吴小天家是不是也戴着这个帽子？"

二子说："是的，怎么了？"

郁继达又说："你开车撞牛太元那天，是不是也戴着这顶帽子？"

二子说："没错。怎么了？"

郁继达说："不怎么！说不定现在警察在满街找你这顶破帽子呢。"

二子说："没你说的这么严重吧？"

郁继达说："不是我说的这么严重，是韩总。他吃的盐比咱吃的饭还多，过的桥比咱走的路还多。他过去是干什么的？黑道。这你也不是不知道。前年扫黑沱原那几个黑老大都进去了，他没进去。为什么？就是因为他老谋深算。听他的没错。"

二子不以为然："他是老狐狸我还不知道。可我这次是车祸，无牌无照，肇事逃逸，远离城区，路偏人稀，车上人死了，没有目击者。那帮交警三天查不出个名堂，就没耐心了。这么长时间了，我整天戴着这顶帽子在街上转，要出事早出过了，还会等到这会儿？"

郁继达说："凭你这麻痹劲儿就容易出事。这回你要听我的，为你，也为我，为韩总。"

当天，郁继达硬拉上他到百货大楼买了个假发，给他换下了那顶太阳帽。

假发是化纤材料的，二子的满头秃疤很不适应，套上去秃疤就奇痒无比。二子受不了，就跟郁继达打起游击，把太阳帽装在随身的包里，跟郁继达在一起就套上假发，离开他的视线，还戴他的太阳帽。

秦光汉这几天的思索一直锁定在许传新身上。

在市立医院看望钟本兰时的情景也在他心里挥之不去，一个个问号接连跳了出来：

许传新收受牛太元、河岛野雄300万元贿赂是确定无疑了，但从何源泉、赵世清提供的情况看，石世宝项目签约跟他并没有什么关系。不仅如此，他还在当时就对井上隆一的授权委托书提出了怀疑，提醒郁先达找人翻译。可他为什么隐瞒这一显然对自己有利的情节呢？

向河岛野雄、牛太元的账户上汇款明明也是按照郁先达的指示办的，他为什么要把责任揽到自己身上，说是自作主张呢？

许传新退出的300万元赃款，明明夏小荷交给金一文的，可金一文为什么说成钟本兰委托他帮助退的？

金一文在许传新案子的幕前幕后，扮演的是什么角色，是不是郁先达的授意或者指使？

许传新被刑事拘留后，一直顽固抵抗，为什么突然主动认罪服罪，是不是亲属劝说的结果，如果是又是哪个亲属，这个亲属是如何劝说的如此有效？

秦光汉认定，夏小荷一定掌握许许多多石世宝项目引进的内幕。

真正的情人关系是用感情建立的，许传新在引进石世宝项目前前后后三年里，经历了太多的憧憬、忧虑、担心、兴奋、失望、害怕，还曾一次次受到郁先达的鼓励、信任、失望、训斥，他必然要找人倾诉，倾诉的对象也就只能是夏小荷了。

他决定让萧剑飞和刘明远通过看守所，调查一下许传新认罪前的几天里，与外界联系的情况，并且找个适当的时候、适当的地点，选择一个适当的方式接触一下夏小荷。

萧剑飞和刘明远在看守所找到了许传新认罪前那几天轮班的民警，得知在许传新要求见秦光汉的前一天晚上，金一文去看守所，单独到监区探视过他，并且交给他一封信。

“那封信交给他前，经过你们审查了吗？”萧剑飞问民警。

民警说：“审查了。就是劝许传新抓紧说清问题，争取早点出去，还说300万已经替他退了，他老婆没有几天活的了。”

萧剑飞问：“那封信的署名不是钟本兰吧？”

民警说：“不是。后面没有署名。不过，可以肯定不是他老婆写的，因为信上说他老婆不行了。”

萧剑飞问：“你能看得出写那封信的是男人女人吗？”

民警说：“肯定是女的。字写的很秀气，里面的话也挺柔情，跟许传新不是一般的关系。”

萧剑飞想：“这个写信的人一定是夏小荷了。”

“金秘书到监区看许传新，谁批准的？”萧剑飞接着问。

民警说：“是我们安局长亲自打电话安排的。说郁市长让金秘书找许传新问一件工作上的事。领导安排的，我们只能执行。”

萧剑飞问：“金秘书到监区看许传新，你们有人陪同吗？”

民警说：“有。我陪他进去的，我是值班民警。”

萧剑飞问：“他们说话的时候，你一直在场？”

民警说：“不，人家是市长派来向许传新问工作上的事，我怎么好在跟前？不过，就是我在跟前，也听不到他们说什么。因为号房门没打开，他们一个门里一个门外，贴近探视口说话，声音很小。”

萧剑飞和刘明远一齐陷入沉思。

民警接着说：“他们谈话很短，也就五六分钟的样子。”

“金秘书走后，许传新情绪怎么样？”刘明远问，“比如痛苦、忧愁、焦虑、烦躁什么的。”

民警说：“您不问我还真忘了。听许传新同号房的人说，许传新当天夜里翻来覆去地折腾，一夜没睡觉，第二天早上，两眼红的跟兔子眼似的。”

这一迹象表明，许传新主动认罪，承担石世宝项目引进失误的罪责，是受到了金一文的利诱或者威逼。

萧剑飞、刘明远离开看守所，已是黄昏时分。

刘明远说：“秦检真是料事如神，金一文这个角色，让他猜准了。”

“还有比这更准的呢，”萧剑飞手把方向盘，扭过脸说，“夏小荷。”

刘明远说：“萧局，秦检让咱们找个适当的时候、适当的地点，采取一个适当的方式接触一下夏小荷。这个‘适当’怎么掌握？”

萧剑飞说：“适当的时候，晚上也；适当的地点，隐蔽的地方也；适当的方式，秘密也。”

刘明远说：“夜长梦多，事不宜迟。咱们今天晚上就找她？”

萧剑飞正想说话，身上的手机响了。

电话是宁秋萍打来的，说交警支队那边监控录像调看了，肇事司机果然是个戴太阳帽的年轻人。还说，郑大年在笑嘻嘻羊肉馆设了个饭局，晚上请他和刘明远小酌几杯，还有要事相商，边吃边谈。

萧剑飞问她，郑大队现在在干什么。

宁秋萍说，她和郑大队已经在笑嘻嘻了。

萧剑飞挂断手机，回头向刘明远说：“郑大年晚上请咱们吃饭呢，走吧，笑嘻嘻。”

刘明远说：“是宁秋萍请你吧，当我没听到？”

萧剑飞说：“是宁秋萍打来的不错，可她是告诉我，郑大年请咱们，他们已经在笑嘻嘻等着了。人家请你吃饭，你小子什么意思？是不是担心我跟秋萍又出什么绯闻？”

刘明远说：“不是不是，你们现在就是出，也不是绯闻了。”

萧剑飞说：“这话可不能随便说，再胡说八道我把你揍扁捏圆了。”

刘明远说：“不敢了，我老老实实等着喝喜酒。”

笑嘻嘻羊肉馆门脸不大，里面装修也土里土气的，像过去那种庄稼汉子的着装，生意却做得红红火火。

沱原人有个吃秋羊肉的习惯，每年从夏秋之交开始，大小羊肉馆都是顾客盈门。不是提前预订，根本吃不上。

萧剑飞和刘明远走进包厢，桌上已经摆了酒菜，郑大年、宁秋萍正站在窗下朝外张望。

“别看了，贵客到，”萧剑飞故意顿一大脚，“小年子还不接驾？”

郑大年闻声回头，说：“请二位吃顿羊肉真难，担心我贿赂检察官？”

宁秋萍也说：“饭好办，客难请。我们快望眼欲穿了。”

萧剑飞连忙解释：“接电话的时候，我们还在看守所呢，正是车流高峰，路上又堵了两回车。”

郑大年说：“知道二位公务繁忙，别解释了。咱们坐吧。”说罢就把他拉到里面正座上坐下。

刘明远看着萧剑飞和郑大年落座，就想过去坐到萧剑飞跟前。他知道萧剑飞喝酒不行，也好在他拼不过郑大年的时候，为他代酒。

刘明远想动没动，宁秋萍却抢先一步坐到萧剑飞身边。他只好挨着郑大年坐下，笑着瞟了萧剑飞一眼。

萧剑飞脸上热了一下，连忙伸手捏了块羊肉，扔到嘴里，赞道：“香，真香！”

他们边喝边聊，三个男人喝酒，宁秋萍喝饮料。

郑大年又把调看监控录像和寻找戴太阳帽的人的情况说了一遍，让萧剑飞给他支招。

萧剑飞说：“你们两个，一个是老侦一个是新秀，你们没招，我会有什么招？”

郑大年说：“在秋萍眼里，不，在我们眼里，你才是沱原第一探呢。”

宁秋萍说：“怎么了萧局，我们不在一个系统，抢不了你的功。这么保守干什么，就算我这小新兵没面子，我们郑大队跟你还是同窗好友呢。”

刘明远也跟着说：“就是。酒你喝了，羊肉你也吃了。萧局你总不能白吃白喝吧？”

他们你一言我一语的时候，萧剑飞在心里转了一下，等他们不说了，便开口说：“你们围攻完了吧？围攻完了，我就说话了。”

三个人笑道：“围攻完了，你说话吧。”

“你们不要再找太阳帽了，”萧剑飞说，“要找戴假发的人。”

“高！”宁秋萍赞叹，“我们郑大队也这样说。”

萧剑飞说：“今年是热秋，从现在的气温看，戴太阳帽的比戴假发的人还要多一些，你们找戴假发的人，范围就缩小了不少。”

刘明远插话说：“如果我是那个凶手，我偏不戴假发。”

萧剑飞说：“那就扩大范围，寻找光头，特别是秃疤瘌头。那小子总是捂着帽子，很可能头上有羞于示人之丑，可能过去长过癞疮，头上绣着花呢。”

郑大年说：“有道理。”

萧剑飞说：“毕竟沱原有700万人口，寻找戴假发的人，范围也太大，并且头上假发还是真发，只有靠近了才能辨别出来，难度也大。”

宁秋萍：“除了寻找太阳帽、光头、假发呢？”

萧剑飞说：“没有了。可寻找的范围还可以继续缩小。”

“继续缩小？”郑大年问，“怎么缩小？”

萧剑飞说：“是谁最想让牛太元在地球上消失，他又为什么想让牛太元死？”

宁秋萍说：“这不是秃子头上的虱子，明摆着的？杀人灭口呗。”

郑大年也说：“对，掩盖自己的罪行。”

“掩盖什么罪行？”萧剑飞接着说，“牛太元的同伙掩盖诈骗犯罪？不对，肯定不对。好像除了河岛野雄，还没发现牛太元另有同伙。”

“掩盖受贿、渎职？”宁秋萍摇头，说，“许传新？好像他没有这个胆子啊。”

萧剑飞点头：“有点道理。再大胆地想想。”

郑大年、刘明远和宁秋萍一起惊得张大了嘴巴。

“嘘”萧剑飞一根指头掩口，嘘了一声，说：“到此为止，你们慢慢想去。你们刚才想到了谁，我也清楚。但是，如果你们真是想到了那个人，那就过于大胆了。要往那个人的关系圈里的人或者得恩者身上想。把寻找太阳帽、光头、假发的视线，放在这些人的圈子内。”

郑大年首先明白了萧剑飞的暗示，端起酒杯说：“不说这个了。来，咱们喝酒！”

他们接着喝酒，吃羊肉。

宁秋萍突然停住筷子，问：“萧局，你们下步怎么行动？”

萧剑飞说：“想找一下夏小荷问个情况。”

宁秋萍说："什么时候找她？"

萧剑飞说："按照秦检的要求，在适当的时候、适当的地点，采取一个适当的方式接触夏小荷。"

宁秋萍说："今天晚上就是合适的时候。"

萧剑飞说："合适的地点呢？"

宁秋萍说："你们定个地方，要不到她家去。这不，合适的地点、合适的方式都有了。"

萧剑飞说："你帮我们约她不合适吧？"

郑大年说："怎么不合适？咱们本来就是配合办案嘛，咱们两家的头也是这样安排的。再说，就你们两个老爷们儿，深更半夜约会一个年轻女子，合适吗？"

宁秋萍、刘明远也异口同声地附和："就是。"

萧剑飞就决定当晚接触夏小荷。

晚上九点钟的时候，宁秋萍到沱原宾馆去了一下。

夏小荷不在，值班经理说，她身体不舒服，回家休息去了。

夏小荷住在距离沱原宾馆不远的"碧玉"小区一套单元楼的二楼上。房子是她承包经营宾馆第二年为自己，也为许传新买的。

萧剑飞他们走到夏小荷门前，借门前走廊的灯光看看手机上的时间，刚刚9点40分，估计夏小荷不会睡这么早，便伸手敲门。

"谁？"夏小荷在屋里发问，声音带着几分恐慌。

"警察！"郑大年回答。

屋里有了动静，声音的杂乱，说明了屋里人的动作慌乱。

萧剑飞看着手机上的时间显示，已经过了两分钟，就再次伸手敲门。

屋里灯亮了，门开了。夏小荷身穿一套薄如蝉翼的睡裙出现在门洞里，冲他们强笑了一下招呼："请进吧！"

萧剑飞他们一眼就看出夏小荷神色慌张，身上的睡袍皱皱巴巴，显然是慌慌张张刚刚套上的。按照常识，一个独身女人不会脱光了睡觉，显然屋里还有一个男人。

夏小荷从冰箱里取出饮料，一一递给萧剑飞他们，问："又是刑警又是检察官，几位登门，找我有事儿？"

"想找你问个情况，考虑到对你的影响，我们觉得晚上来更合适，"萧剑飞说着，掏出询问通知书递给她，目光很快在屋里扫视一下，停留在一扇半掩的卧室门上。

"找我问情况？问什么情况，"夏小荷表现出不悦，"我既没有参与石世宝项目引进，也没有开车撞牛太元，找我问什么情况？”

“没有人说你参与石世宝项目引进，也没有人说你是杀害牛太元的凶手。我们只是需要通过你了解你可能知道的情况。”萧剑飞说着把目光重新投向卧室。

宁秋萍立即明白了萧剑飞的意思，说：“夏总，可以看看你的卧室吗？”

“这是一个未婚女性的卧室，方便吗？”夏小荷神色慌张地拒绝了。

宁秋萍说：“我也是个女性，还是个未婚姑娘，没有什么不方便的吧？”

萧剑飞说：“夏总，这是秋萍同志想向您学习生活，不是我们想看。让不让看都是你的权利。”

宁秋萍说：“真的，我特别羡慕成功女人的生活，包括客厅、卧室的一摆一设。”

夏小荷听她这么说，就不好意思拒绝了，走过去，推开门：“请吧，宁警官。”

卧室的床上一片凌乱，毛巾被落在地板上。窗户敞开着，窗帘被风吹得忽忽摆动。

萧剑飞看到这些当即判断，在他敲门的时候，夏小荷正和一个男人在床上亲热。在她听到敲门慌张穿衣下床开门的工夫，男人越窗而出，溜走了。

“那个男人是谁？”萧剑飞问。

“哪个男人？”夏小荷故作不解地反问。

萧剑飞说：“从窗户出去的那个。”

夏小荷怔了怔，回答：“我爱人”。

宁秋萍问：“夏总你不是未婚吗？”

“是，我说是我爱人，并没说是我丈夫。”夏小荷狡辩。

“真会狡辩，”宁秋萍心里这样想着，又问，“既然是爱人，为什么穿窗而出？”

夏小荷说：“毕竟我们还没结婚，怕影响不好。”

宁秋萍脸上掠过一丝冷笑：“是你怕影响不好，还是你……爱人？”

夏小荷说：“我无所谓，是他。”

萧剑飞问：“他是谁？”

夏小荷避而不答，扭脸问郑大年：“郑队长，这是我的生活隐私。我认为同石世宝、许传新、牛太元都毫无关系，可以拒绝回答吗？”

“可以。”郑大年点点头，“我们只想向你了解跟案情有关的情况，请你配合。”

夏小荷点点头问：“什么情况？”

萧剑飞说：“比如，你跟许传新是如何相识的，同他的关系如何。”

夏小荷愣了一下："这跟案件有关？"

萧剑飞说："对，有一定的关系。"

夏小荷低下头看着自己的脚面。

萧剑飞追问道："这个问题，可以回答吗？"

夏小荷问："这些真与案情有关吗？"

"真的有关。"萧剑飞解释说，"请放心，涉及你个人隐私的一切，我们都会为你保密。"

"好吧，我把一切都告诉你们。"夏小荷像是放下了所有的思想顾虑，讲出她和许传新相识、相处的经过。

10 年前，夏小荷毕业于省城一所重点大学。

那时候，国家还对大学毕业生分配工作。夏小荷想毕业后留在省城工作，便在大四的时候谈了位家在省城的男友。

男友说他父母都是省直的干部，职务虽然不高，手里却有实权，有能力把她留在省城。

夏小荷轻信了男友的承诺，可是大学毕业后，男友却跟她玩起了失踪。

夏小荷受到伤害，就有点万念俱灰，决定回沱原，在家乡凭祖父是老专员的家庭背景，花点钱托托门子寻求一个满意的职业。

那天下午，夏小荷站在学校大门前省城通往沱原的公路边，准备搭乘便车。这样，可以省下去长途汽车站买票、排队、候车的麻烦。年轻漂亮的女性搭车方便，这点她已屡试不爽。

一辆黑色"现代"豪华轿车飞驰而来。

夏小荷老远就看出车牌是家乡的，一招手轿车戛然停在她面前。

门开了，驾车人正是许传新，而且车上空无一人。

"去哪儿？"他问。

"沱原。"她答。

"正好一道，上车吧。"许传新说着下车来，帮助夏小荷把四五个大包小包塞进后备厢，拉开右前车门，说，"坐前边不晕车。"

夏小荷说了谢谢，躬身钻进轿车，同他并肩而坐。

轿车向前飞驰。

夏小荷觉到了现代车的现代感觉，也发现许传新一直在通过后视镜观赏着自己，心里顿时产生了一种受到欣赏的满足，也难免有几分紧张，毕竟这是个萍水相逢的陌生男人，她不知道他的为人。

"姑娘，到沱原出差，还是串亲访友？"许传新同她搭讪。

夏小荷回答："回家，我家在沱原。"

"看气质，你是位大学生吧？"他扭过脸打量着她问。

"你好眼力，大学刚毕业。"她真有点佩服他的眼力了，于是问道，"师傅您是干什么的？"

"我在沱原市政府混饭吃，有空去玩儿。"徐传新说罢掏出一张名片递到她手里。

名片上写着姓名、职务、联系电话：许传新，沱原市人民政府接待处处长……

许传新的名字，夏小荷听说过，仔细回忆一下，好像几年前的一个什么节日，还陪同市里的什么领导到她家看望过她的奶奶。当时他只是个跟在市领导后面拎包的，夏小荷见过就忘了，却没想到能这样与他相遇。

"真是天无绝人之路。"夏小荷像遇到了救星，当即向他说出了自己毕业分配的困难，并说，"许处长我好像见过您。"

许传新说："你见过我？"

夏小荷说："没错，前年春节你和郁市长还去过我家呢。"

许传新就盯住后视镜里的夏小荷使劲回忆，终于想起来了，说："你爷爷是老专员？"

"许处长您真是好记性，我叫夏小荷，"夏小荷高兴地说，"看来我是碰上高人了。我的工作安排，您一定能帮上忙！"

许传新说："尽力吧。听说大学生分配制度很快就要取消，党政机关现在也是人满为患，大学生分配恐怕已经很难了。"

夏小荷心里紧了一下："效益好、待遇高的国有大企业好进吗？"

许传新说："这样的国企也不容易进去。不过，有您爷爷的亮照着，也许问题不大。"

夏小荷立即兴奋起来，说："许处长，今天晚上，我请您喝酒！"

"你请我？"许传新笑笑，"还是我请你吧。能跟你这样漂亮的女大学生共进晚餐，也是我的福分。"

许传新说罢就掏出手机，打给沱原宾馆的经理，让他安排接风。

许传新开车到沱原宾馆，天色刚有点擦黑。

夏小荷下车就奔后备厢，许传新知道她是想取行李，就说，"行李别动了，吃完饭我送你。你住西门里呢，四五个包打的都不好带。"

许传新带着夏小荷直奔餐厅，经理早已等在那里，笑盈盈地迎接，五个漂亮的女服务员也小鸟一样地向他飞来，唧唧喳喳地叫着："许处长，许处长！"

夏小荷突然发现，许传新在沱原是个重量级的人物，心里便对他更敬重，对自己的工作安排也更有了信心。

晚饭安排在一个装修典雅温馨的小包厢，小餐桌上放着瓶盛开着的红玫瑰，花香怡人。

夏小荷一看就知道这是间情侣包厢，不禁产生了一种心跳的感觉，偷偷打量一下许传新，这才发现，眼前这个40多岁的男人，仪表堂堂，风度翩翩，谈吐文雅，气宇不凡，正是当今女性眼中的极品男人！

许传新显然是有意照顾夏小荷，饭菜安排得简单、精致，美味可口，喝的也是红酒。

吃饭的时候，许传新问她："倾向于到什么单位去，你有目标了没有？"

夏小荷说："没有。"

许传新说："银行？"

夏小荷说："我又不想当行长，当行长，钱也不是我的。"

许传新说："公、检、法？"

夏小荷说："我不喜欢舞刀弄枪，也不忍心看他们逮人审人。"

许传新说："那你想到哪儿去？"

夏小荷说："我想到您那儿去，跟你干。"

许传新睁大了眼睛，问："真的？"

夏小荷说："真的。"

许传新说："接待处那儿，可是个伺候人的地方。"

夏小荷说："伺候人怎么了？又不是伺候地主、老财、资本家。我就是学礼仪的。"

"是吗？"许传新惊喜，"你会喝酒吗？"

夏小荷说："跟男士拼酒，我不敢说，如果陪女士，应该没有什么问题。"

许传新说："那好，就这样说了，你等我的信儿。"

吃过晚饭，许传新开车把夏小荷送到西门里大街家门口，互留了手机号码。他们就这样相识了。

夏小荷完全相信许传新有能力帮她安排工作，便耐心地在家里等消息。也不敢打电话催问，怕引起许传新不耐烦，偶尔发个短信也是"天气变了，当心着凉"一类表示关心的问候语。

许传新果然神通广大。

一个月后，夏小荷就接到了去市政府接待处报到的通知。

她被许传新安排在沱原宾馆上班，专门负责市里几大班子的对外接待，整天跟市里的头头打交道，这也是她后来得以承包沱原宾馆，成为富姐的原因。

“就这些。”夏小荷就这样结束了陈述。

萧剑飞若有所思地点点头，问：“最近几年，你跟许局长接触多吗？”

“多，”夏小荷说，“他当招商局长以后，经常招待外地客商，考察的、投资洽谈的不断。像招待牛太元那样的人，是经常的。”

萧剑飞问：“你跟他私人关系怎么样？”

“私人关系？”夏小荷红红脸，“我跟他过去曾经是领导与被领导关系，后来是商家与顾客的关系。外面传说的那些乱七八糟的东西，我都知道，身正不怕影子斜，我不在乎。”

萧剑飞说：“当初你见到他的时候，不就有点心跳的感觉吗？”

夏小荷说：“这很正常。正像你们男人面对美女一样。这叫异性欣赏，跟爱是两回事。”

萧剑飞说：“你们在一起工作有五六年吧，这期间你们处得好吗？”

夏小荷说：“好。他很关心我，我也很敬重他，像大哥哥和小妹妹。”

“噢，”萧剑飞点点头，又问，“既然关系这样密切，工作上生活上的事，比如心境上的喜忧哀愁，你们是不是也在一起交谈？”

夏小荷似乎不知如何回答，做出不耐烦的样子，说：“我跟他关系密切，还没密切到这样无话不谈的程度。如果你们要问我他公款招待的事，我知道，要问他工作生活的事，恐怕是找错人了。”

夏小荷就等于把话封死了。

萧剑飞他们便起身告辞。

“等等，”夏小荷突然叫住他们，“许传新认罪了是吧？”

萧剑飞说：“你怎么知道的？”

夏小荷说：“听说。现在好多人都知道，要不他出不来。”

萧剑飞说：“打扰了，我们走了。”

夏小荷又说：“许局长是冤枉的，他交代的绝不是真情。”

萧剑飞心里一动：“你怎么知道？”

夏小荷说：“我了解他的为人。不信你们查着看。”

“夏小荷是重大知情人！”秦光汉听罢萧剑飞的汇报，判断说，“金一文带进去的那封信真可能是她写的。”

萧剑飞说：“我和明远也是这样认为的。可是夏小荷连她跟许传新的情人关系都不承认，还说了解许传新的为人。要不要做个笔迹鉴定？”

“不必了，是不是她写的已经可以肯定了。”秦光汉说，“她当然了解许传新的为人了。显然，许传新认罪，她是从许传新嘴里得知的，而且对许传新替人受过，她也是反对的。”

“应该是这样。”萧剑飞说，“夏小荷是让许传新说实话的一个关键人物，我们可不可以给她施加点压力?”

秦光汉说：“怎么施加压力?”

萧剑飞说：“拘传她。”

秦光汉说：“不行。沱原宾馆是市政府的门面，夏小荷也是市领导跟前的红人。动她，市领导会出面干涉的。那样就影响大了，对我们秘密调查不利。”

萧剑飞问：“我和明远下步怎么行动?”

秦光汉说：“钟本兰病危了，这几天不要管许传新了，先在外围查一下石世宝项目签约以后的情况吧。”

“好。”萧剑飞转身就走。

“剑飞，”秦光汉叫他，说，“一会儿，把那几个传真件送给我看看。”

萧剑飞前脚离开，高庆生后脚就到了。

“秦检，我向您反映件事。”他说。

秦光汉问：“什么事?”

高庆生说：“萧剑飞在执行公务期间喝酒。”

秦光汉说：“什么时候?”

高庆生说：“昨天晚上，在笑嘻嘻羊肉馆。”

秦光汉说：“最高检的禁酒令，并不禁止晚上喝酒，他晚上又不值班。”

高庆生说：“可他晚上办案，他喝罢酒又去找夏小荷调查取证，醉醺醺的，影响极坏。”

秦光汉说：“怎么，夏小荷举报的?”

高庆生说：“不是。可他在笑嘻嘻羊肉馆跟郑大年喝酒，是我亲眼所见。”

秦光汉问：“参加喝酒的还有什么人?”

高庆生说：“还有刑警宁秋萍。宁秋萍可是萧剑飞的初恋情人。”

秦光汉听他把什么“初恋情人”扯在一起，皱了下眉，问：“刘明远没在场?”

高庆生迟疑了一下，说：“在。可萧剑飞是反渎局长，是许传新案的主办人，应负主要责任。刘明远当然也应当处理，但他只是个反贪局副局长，是在他手下办案。”

秦光汉说：“好，我马上安排纪检监察调查处理。”

调查很快有了结果，高庆生反映的情况属实。

市院监察处拿的处理意见是，给萧剑飞行政记过处分，给刘明远严重警告处分，在全市检察机关通报，并责成他们在全院干警大会上做检查。

监察处的处理意见拿到党组会上研究，首先遭到高庆生的反对。

“最高检的禁酒令已经三令五申，作为反渎局长竟然带头违反，性质特别严重，影响特别恶劣，必须从严惩处。至少应当撤销职务。”

高庆生的意见遭到党组成员的一致反对，结果监察处的处理意见获得获过。

高庆生还想没完没了地纠缠，说：“鉴于萧剑飞受到记过处分，他不宜继续办理许传新案和与石世宝项目有关的案件，建议党组研究更换承办人。”

秦光汉一眼就看出，他是对萧剑飞当着他的面抓许传新耿耿于怀，于是没等党组成员表态，就宣布：“萧剑飞承办许传新案，是我点的将，并非党组研究事项。受处分不必然影响办案，许传新案承办人不变。散会！”

萧剑飞的检查诚恳而深刻，表示完全接受组织的批评教育和纪律处分。

刘明远的检查却是别具一格，除了表示接受组织的批评教育和纪律处分外，又给自己加上一条错误。

“我还犯过一个错误，就是目无领导。”他先把与会人员的注意力吸引住，然后才说，“我不该在高检正跟贪官许传新推杯换盏、畅叙哥儿们情谊的时候，跟随剑飞局长去拘传许传新，更不该当着高检的面，并且不顾高检的阻拦和训斥把许传新带走。在此，我诚恳地向高检道歉！”说罢转向高庆生，深深鞠了一躬。

会场上顿时爆发出一阵掌声和哄笑。

刘明远的恶作剧，令秦光汉大吃一惊。

他当即对刘明远提出批评，责令他继续检查。

秦光汉宣布散会后，干警们说笑着离开会议室。

高庆生一个人坐在主席台上，脸涨得像两只猪腰子。

“明远，你刚才确实过分了，还真得再写个检查。怎么也要给高庆生个台阶下。”散会后，萧剑飞就对刘明远这样说。

刘明远说：“这就叫以其人之道还治其人之身，我要真的再写一份检查，就不是刚才的轻描淡写了，而是入木三分。这个小人心理太阴暗了，他还给我出主意，让我花钱买官呢！”

刘明远这么一说，萧剑飞想起了机关的传说，就说：“有人说你给秦检送了5万块钱，竞职失败，还保住了副局长的职务。怎么回事？”

刘明远就把高庆生让他给秦光汉送礼和到秦光汉家去的经过说了。

萧剑飞说：“明远你这事没糊涂。如果真这样干了，你和秦检就真中了他下的套了。”

刘明远说：“这个人我还不清楚，为了哥儿们，他会丢掉党纪国法，打击报复也会不择手段。咱们当着他的面抓许传新，就应当想到他打击报复的，可咱们大意了。”

萧剑飞说：“也别怪他报复，咱们受这个处分，并不冤。如果昨天不喝酒，他想报复咱也报复不了。”

刘明远说：“咱昨晚不是临时决定找夏小荷的吗？”

萧剑飞说：“临时也不是理由，办案不喝酒，喝酒不办案。这规矩咱不应当忘掉。”

刘明远说：“几杯酒一喝，谁还记那么多？”

萧剑飞说：“要不怎么说喝酒误事呢？以后可要接受教训了。”

刘明远说：“坏就坏在郑大年那小子身上，干吗建议咱当晚就找夏小荷？”

萧剑飞说：“你就别怪人家了，他也受了处分了？”

刘明远眼睛一睁老大：“是吗？”

萧剑飞说：“怎么不是？比我处分的还重，记大过呢！”

刘明远说：“又破财又招灾，他更倒霉。宁秋萍呢？”

“她滴酒没沾，有她什么事？”萧剑飞说着，从文件柜里取出那只装着传真的快递信封，说，“秦检要看这几件传真。”

萧剑飞知道秦光汉一向办事认真，生怕自己有什么疏忽，便想把信封里的传真件检查一下，不料这一检查还真发现了新情况：多了两份未经翻译的日文传真！

不用说，这是他们上次疏忽造成的，于是连忙送沱原学院请人翻译。

两份传真很快翻译出来了。一份是牛太元从沱原发给河岛野雄的，内容是，许传新、郁先达已经知道石世宝高新科技株式会社破产一事，让河岛野雄赶紧拿对策。另一份是河岛野雄从东京发给牛太元的，内容是让牛太元向许传新、郁先达解释，就说石世宝高新科技株式会社是破产不停产，石世宝技术是井上隆一个人的，跟石世宝高新技术株式会社没多大关系。

这可是个新线索。

萧剑飞立即向秦光汉报告。

秦光汉沉思片刻，说：“抓紧了解一下钟本兰的病情，如果情况允许，再接触一下许传新，弄清日本石世宝高新科技株式会社破产的相关情况。”

萧剑飞、刘明远决定当天晚上传讯许传新。

可是就在这天晚上，钟本兰死了。

第十五章
紧要关口

下午下班后，萧剑飞决定再去见见女儿贝贝。

跟邵素琴离婚之后，他曾去学校看过女儿好几次，每次去都带上一包好吃的和好玩的。今天，他想去看看女儿在外婆家生活得怎么样。

萧剑飞走进前岳母家的那座小区，一眼就看见女儿背着只小书包，正在一群孩子里嬉戏。

女儿也看见了萧剑飞，从孩子堆里跑出来，盯住爸爸，小嘴儿一撇一撇地想哭。

萧剑飞鼻子酸了一下，向女儿张开双臂喊道："贝贝！"

"爸爸！"贝贝一头扑进爸爸怀里，哭着说，"妈妈每天晚上都不回来，贝贝想妈妈，也想爸爸！"

萧剑飞掏出手帕为女儿擦泪，自己的泪水却止不住地流了一脸。

"去吧贝贝，明天姥姥再去接你。"一旁响起一个苍老、充满辛酸的声音。

"妈。"萧剑飞抬头见是邵素琴的母亲，便不自觉地沿用习惯了的称谓，"你们都好吧？"

"造孽啊，"老人擦着泪水，痛心地说，"你是个好人，是小琴对不起你。你还年轻，有合适的就找一个吧。"

萧剑飞好像没听见老人在说什么，用商量的语气说："我想把贝贝带回家过几天，行吗？"

"行，怎么不行！"老人连连点头，又嘱咐贝贝说，"贝贝好孩子，到家听爸爸的话。"

贝贝乖巧地点点头，向姥姥招招小手："姥姥再见！"

"妈您代我转告一声素琴吧，贝贝我带走了。"萧剑飞说罢就把女儿抱上了车。

快到家里时候，萧剑飞问女儿："贝贝晚上想吃什么，爸爸给你买。"

贝贝说："我好想吃爸爸做的饭。贝贝好久没吃爸爸做的饭了。"

萧剑飞便疼爱地拍拍她的小脑袋，说："好，回家爸爸给你做。"

贝贝最喜欢吃的是馄饨，再就是蛋汤面鱼儿。做馄饨没有肉馅，没法做了，萧剑飞就决定给女儿做蛋汤面鱼儿。

萧剑飞让女儿坐在客厅里看电视，就开始做饭，刚抓一把面放在碗里，外面门铃响了。

他微微一怔，以为是邵素琴追来看女儿了，便大声招呼贝贝："贝贝，妈妈来了，快去开门！"

"妈妈！"贝贝欢快地叫着，跑去拉开房门，进来的却是宁秋萍。

"你是谁，我怎么不认识你？"贝贝忽闪着大眼睛问。

宁秋萍摸摸她的小脸儿，说："我叫宁秋萍，我们以后就认识了，还会成为好朋友呢！"

贝贝回头便冲厨房喊道："爸爸，宁阿姨来了。"

萧剑飞闻声从厨房里出来，愣了一下，说："秋萍，你怎么来了？"

宁秋萍把手里的一袋东西放在餐桌上，说："知道你把女儿接回来了，我给她买的馄饨。"

萧剑飞说："这孩子要吃爸爸做的饭。"

"生馄饨，你给她煮熟不就是爸爸做的饭了吗？"宁秋萍说，"一斤多呢，咱们三个人也够吃的了。"

"贝贝爱吃蛋汤面鱼儿，我面糊都搅好了。"

"你拉倒吧，当我不知道，贝贝最爱吃的是馄饨，其次才是面鱼儿。"宁秋萍说罢转向贝贝，问，"阿姨说的对不对？"

贝贝拍着小手说："太对了。阿姨你真神！"

宁秋萍说："贝贝，让爸爸给你做面鱼儿，阿姨给你下馄饨，好不好？"

贝贝高兴地说："好！"

两个人一齐动手，两样饭一会儿便做好放到餐桌上。

宁秋萍一样盛一小碗，让贝贝吃，然后变戏法似的从袋子里取出一瓶酒、几个小菜，对萧剑飞说："我陪你喝一杯吧。"

萧剑飞犹豫一下，说："好吧。"

贝贝很快吃好饭，钻进自己的小房间学习去了，萧剑飞和宁秋萍便不紧不慢地喝酒，刚喝了二三两，门铃响了。

"这时候谁来了？"萧剑飞说着要去开门。

"我去开！"宁秋萍已经起身把门拉开了。

"你？"邵素琴和宁秋萍几乎是同时相视一愣。

萧剑飞也不由自主地站起来，问："素琴？"

邵素琴什么也没说，一头钻进了女儿的小卧室。

萧剑飞端起酒瓶，猛地灌了几口。

宁秋萍大惊失色，连忙夺下他的酒瓶。

两个人正四目相对地僵持着，邵素琴从小卧室里走出来，向宁秋萍招下手，说："哎，你过来。"

宁秋萍见她没有什么恶意的样子，便松开手起身走过去，问："什么事，素琴姐？"

"剑飞是个好男人，我对他伤害太重了，对不起他，"邵素琴看一眼萧剑飞，说，"你就放心嫁给他吧。拜托了，好好待他。"说着流下泪来。

宁秋萍鼻子也酸了，哭着说："放心吧素琴姐，我会的。"

邵素琴说："贝贝愿意跟爸爸，就让她在这儿玩几天。如果你们烦了，就给我打电话，送到我妈家也行。"

宁秋萍说："放心吧，素琴姐，我会把贝贝当成自己的亲生女儿。如果剑飞能接受我，我绝不再要自己的孩子。我只好好疼贝贝！"

"谢谢你秋萍，"邵素琴说着转向萧剑飞，"剑飞，我祝你们幸福。对不住你了！"说罢出门走了。

萧剑飞呆呆地看着邵素琴离去，伸手又去抓酒瓶。

"剑飞，不能再喝了！"宁秋萍大喊一声，就去夺酒瓶。

萧剑飞呜呜哭起来，宁秋萍猛然抱住他，泪流满面。

秦冰冰在上海实实在在地风光了一回。

一个20出头的黄毛丫头一人捧走两项大奖和10万元奖金，在本届全国广告设计大奖赛上绝无仅有，而且获奖者来自沱原这个名不见经传的小城市，更让人不可思议。

一连三天，都有北京、上海等地的广告大鳄试图私下接触她，用重金引诱她跳槽加盟，吓得卫云飞夫妇白天黑夜地跟在她身边，把那些大鳄一个个挡得远远的。

一连三天，都有大大小小的媒体记者追逐着她，拍照、录像、采访，上海卫视的黄金时间，全国的经济类大报的黄金版面，都把她当成了主角。

秦冰冰一夜之间，成了全国广告界的当红明星。

离开上海的前一天晚上，上海东方文化传媒公司的老总、卫云飞的老同学赵国明在全市最高档的酒店设宴，为卫云飞夫妇和秦冰冰饯行。

席间，赵国明突然问秦冰冰："秦小姐，像您设计的这两件获奖作品，卫总每件给你多少钱？"

秦冰冰未明其意，就说：“每件4000元。”

赵国明说：“如果在我这儿，我每件给你4万元。如果不拿计件报酬，我给你年薪40万！”

赵国明的话立即让卫云飞的神经紧张起来，连忙对老同学说：“国明你什么意思？地区差、经济差你懂不懂？”

赵国明说：“我懂。我再问你一句，你为商家提供这样一件广告创意，商家给你多少钱？”

卫云飞说：“4万，怎么了？”

赵国明说：“如果在这儿，他要给我40万！”

卫云飞夫妇和秦冰冰目瞪口呆。

赵国明说：“怎么样老同学，让秦小姐到我这儿来吧？”

卫云飞被老同学将了军，就以守为攻地说：“这你要问秦小姐自己。冰冰你如果嫌我这庙小，想攀高枝，我绝不强留。”

秦冰冰说：“卫总对我有知遇之恩。我不会为了钱离开炎黄文化的。”

赵国明被她这句话感动了，说：“现在的人都掉到钱眼里去了。像秦小姐这样知道感恩的人真是稀有人种了。云飞，你幸运啊！”

卫云飞说：“上海这样的大都市，人才济济，你是不愁找不到冰冰这样的人才的。只是缘分没到罢了。”

赵国明说：“可不是千里马常有，伯乐常有的事。现实中恰恰相反。千军好找一将难寻。我让秦小姐加盟我的东方公司，也是为了秦小姐的发展。你们沱原那个小地方，毕竟是埋没人才的。”

卫云飞说：“该放飞的时候，我自然会放飞冰冰小姐，不会让她埋没了。”

赵国明说：“不如你把秦小姐带到上海来，咱们强强联合，共生共赢。”

卫云飞高兴地说：“这是个好主意，可以考虑。”

秦冰冰用奖金为父亲、郁先达父子和卫云飞一人买了一套高级西服，为母亲和仇琬璐还有卫云飞的夫人一人买了一套高档时装。卫云飞夫妇过意不去，回到沱原把赵国明送他的一箱茅台送给了冰冰，让她带给她爸爸。

秦冰冰在回来的高速路上，就给郁继达打电话，跟他说了到家的大概时间。

郁继达说他在雨晴别墅等她，为她接风。

回到沱原，卫云飞把车开到雨晴小区郁继达那幢别墅门前，卸下冰冰的行李就走了。

郁继达出来，和秦冰冰一起把东西一件件搬进去，累得往床上一躺说：“怪不得让人犯了罪劳改，劳动真是非人的折磨啊！”

秦冰冰一直琢磨着郁继达说的“为她接风”。路上就想，不知道郁继达见了她，怎样在床上疯狂被折腾呢。没有料到郁继达好像压根儿就没准备干这事儿。

“我去冲个澡，换换衣服。”秦冰冰说着从衣架上拿起睡衣，进了洗衣间。

郁继达说：“动作快点！”

秦冰冰站在喷淋龙头下，尽情地冲淋着，以为郁继达会突然冲进来，又跟她洗“鸳鸯浴”，可是直到冲洗结束，郁继达也没到洗浴间来。

秦冰冰冲淋结束，回到卧室感到一身疲惫，躺在郁继达身边。

她故意裸露睡衣里的身体，倒不是急切需要郁继达的性爱，而是觉得自己肚子里的胎儿越来越大，以后就不能由着他疯狂地折腾了，趁着胎儿还小，尽量地满足他。有道是小别胜新婚，快一个星期不见面，郁继达一定已经寂寞难耐了。

郁继达眯着眼，躺在一旁，好像压根没那个意思。

“你怎么了继达，”秦冰冰转身看着他，“刚才还催我快点，怎么装起矜持了。”

“我老了。”郁继达故意怪声怪气地说着，转过身来，开始抚弄她好大一会儿，才一个翻身压了上去……

秦冰冰闭着眼，接受着他的一招一式，觉得今天的郁继达没有往日的疯狂和勇猛了，动作有点漫不经心，应付官差似的。在这种感觉下，就想起在一本杂志上看到的几句话：男人跟女人上床，第一次很难，以后越来越容易；女人跟男人上床，第一次很容易，以后越来越难。

“是不是新鲜感过去了，他腻了？”秦冰冰这样想着，泪水便不由自主地从眼窝里涌出来。

在郁继达漫不经心地动作的时候，秦冰冰心里乱七八糟地想了一大堆，最后安慰地想，郁继达的变化跟她的怀孕有关，是心疼她肚里的孩子。

当天晚上，郁继达在王府大酒店为冰冰接风洗尘。

令秦冰冰没想到的是，郁继达已经替她邀请了倪秀儿。

秦冰冰打心里赞赏郁继达的想事周到，却也感到措手不及，她竟忘了为倪秀儿带礼物，只好把买给自己的一套衣服送给了她。

钟本兰去世已经一个多星期。

萧剑飞和刘明远注意观察了许传新几天，发现他白天一般不出门，也不跟什么人接触。晚上 9 点多的时候，准时到碧玉小区，跟夏小荷幽会，凌晨 4 点多的时候溜出小区，返回自己家。

显然，他已经从丧妻的悲痛中解脱出来，或者他根本就没有什么丧妻之痛。

萧剑飞决定秘密审讯许传新。

萧剑飞和刘明远躲开人们的目光，赶到许传新家的时候，是晚上八点多钟，天已经完全黑了下来。

许传新正坐在客厅的沙发上看电视，听到外面敲门的声音，便起身开门，见是萧剑飞和刘明远，不禁怔了一下，说："这些天我都没出门，绝不会翻供。"

萧剑飞说："这我们知道，还有个情况需要你讲清楚。"

许传新连忙关了电视说："我一定讲清楚，一定讲清楚。"

"先让你看一样东西，"萧剑飞把牛太元和河岛野雄的两份传真原件和翻译件，一齐放到他面前，"说说看，日本石世宝高新科技株式会社破产怎么回事？"

许传新愣了一下，说："这个东西，我是第一次看到。"

刘明远说："没问你第几次看到。牛太元在传真上说，石世宝高新科技株式会社破产的事，你和郁市长已经知道了，这到底是怎么回事？"

许传新说："事情已经这么久了，让我好好想想好吗？"

萧剑飞说："好好想想可以，希望你能实事求是，你在取保前的交代是不是实事求是，我们非常清楚，你应当更清楚。"

许传新沉默了。

过了五六分钟的样子，萧剑飞说："想起来了吗？"

许传新说："想起来了。大概是郁市长和河岛野雄签订石世宝项目合作合同之后，我们向日本石世宝高新科技株式会社付第一笔10亿元费用前的一天，陆亦然，噢，就是我在我国驻日使馆的那位老同学给我来电话，说日本石世宝高新早已破产，问我可知道。我当时大吃一惊，也没敢向郁市长汇报。

"当天晚上，我在沱原宾馆请牛太元吃饭，问他日本石世宝高新科技株式会社破产是怎么回事。当时牛太元愣了一下，问我关心这个干什么。我说，如果真有这么回事，石世宝合作项目就有问题了。牛太元说，一点问题也没有，石世宝高新科技破产的事，他早就知道，因为是破产不停产，石世宝产品一直在生产、销售，根本不影响跟我们的合作。所以他才没对我们说。

"第二天上午，牛太元找到我办公室，说他昨晚上喝多了，问我是不是跟他说日本石世宝高新科技破产的事了。我说，是的，你告诉我说人家是破产不停产，不影响合作。牛太元说，我没告诉你石世宝高新科技为什么宣告破产了吗？我说没有。牛太元说，那我现在告诉你，井上隆一是日本佛教协会的常任理事。前年秋天，他们佛教协会要重修东京的一座寺庙，让井上隆一捐赠30亿日元，日本不是有个为战犯招魂的靖国神社吗？也伸手向他要赞助，而且张口就是50亿日元。

“牛太元说：‘井上隆一有钱没有？有。可是这两笔捐资数额太大，而且井上隆一是位亲华人士，一向反对军国主义势力，当然要拒绝捐款。可是，他又知道右翼势力不好惹。怎么办呢？井上隆一就想了个假破产的策略，逃避了这两笔捐资。’

“听牛太元这样一说，我心里踏实了，也没把这件事当回事，所以也就没向郁市长汇报过。

“现在看了这两份传真，我才明白，我向牛太元提出这件事的那天晚上，他根本不知道日本石世宝高新科技破产的事，这事小日本也瞒着他。当晚跟我分手后，他就跟河岛野雄联系，可能是电话打不通吧，他用传真给河岛野雄通风报信，商量对策。河岛野雄看到自动接收的传真后，便给牛太元回了传真，牛太元便在第二天找我做了那一通解释。”

听罢许传新这番供述，萧剑飞觉得如此重大的情况，他不可能不向郁先达汇报，就说：“许传新，你应当知道做虚假供述的后果。”

许传新说：“我知道，我知道。”

萧剑飞说：“我再问你一遍，你刚才的供述是不是真实的？”

许传新说：“真实的，我保证。”

第二天上午，萧剑飞、刘明远把秘密讯问许传新的情况，向秦光汉做了汇报。

秦光汉也认为，像日本石世宝高新科技破产如此重大的情况，许传新不可能不向郁先达汇报。他对这个问题的供述仍然是故意代人受过。

于是，为了证实他们的这一判断，秦光汉决定，设法跟我国驻日使馆的陆亦然联系。

萧剑飞、刘明远很快通过市政府外事办，跟陆亦然取得了联系。

陆亦然说，3年前，他得到日本石世宝高新科技破产的消息后，确实打电话告诉过许传新。许传新说，沱原已经汇了10亿元给日方，而且汇款不是按照合同约定的，先由日本富士银行出具担保函，然后通过国际电汇支付约定的第一笔10亿元人民币，而是直接汇给了河岛野雄、牛太元在北京和东北的账户。

跟许传新通话后，陆亦然觉得事关重大，又直接跟郁先达联系，建议他继续履行合同要慎之又慎，千万不要再轻易向日方支付余下的费用。

显然，郁先达是明知日本石世宝高新科技已经破产，而且他是在井上隆一、河岛野雄也没有提供日本富士银行的担保函的情况下，轻信骗子的谎言，置明显的风险于不顾，违反合同约定的支付方式，继续向骗子支付了余下的20亿元人民币，以致30亿元巨资被全被骗走。

萧剑飞、刘明远秘密调取了石世宝项目的全部资料，从中发现了许传新说的井上隆一的便函和河岛野雄的借条复印件。令他们惊喜的是，资料中有许传新写给郁先达关于向日方汇付第一笔10亿元资金的请示，请示上重复了牛太元所谓日本石世宝高新科技“破产不停产”说和日方不能提供银行担保的理由，建议按照日方的要求，将10亿元人民币汇付给牛太元和河岛野雄提供的国内账户。请示上有郁先达的亲笔批示：同意，请传新局长抓紧办理。

他们把郁先达的这个批示件复印了一份，存入卷宗。

“渎职犯罪”四个字又向郁先达靠近了一步。

萧剑飞、刘明远很快向秦光汉报告了这一发现。

秦光汉听罢他们的汇报，半天没有说话，有了郁先达的这一纸批示，就可以说秘密初查取得了重大突破。郁先达呀郁先达，如此精明的你，怎么竟会如此轻易地钻进骗子的圈套，你创造政绩、升官发财的心愿就这么急切吗？

“怎么办，秦检？”萧剑飞问。

秦光汉说：“你们有什么想法？”

萧剑飞看了眼刘明远，说：“许传新的儿子为母亲烧罢‘五七’纸，已经回学校了。许传新天天跟夏小荷幽会，好像也没有什么丧妻之痛。我跟明远商量了一下，鉴于他一再提供虚假供求，是不是把他重新收押，给他施加点心理压力。”

秦光汉说：“既然他把石世宝项目引进渎职，一揽子担下来，他就是有牢底坐穿的思想准备的。现在我在想，他为什么不怕牢底坐穿，是不是有人给了他什么许诺，或者……”

萧剑飞、刘明远都在猜想他“或者”后面的内容。

其实，秦光汉不想轻易地把“或者”后面的内容说出来。直到这时候，他仍然希望郁先达、邝家厚的渎职是个意外，是个不可抗拒的因素所致，是有情可原的工作失误。

“这样吧，我们把井上隆一的便函、河岛野雄的借条传给驻日使馆的陆亦然，让他找井上隆一确认一下。”秦光汉经过一番审慎的思索，说，“如果井上隆一的亲笔便函、河岛野雄的借条都是真的。那么这10亿汇款的情节就会跟我们原先的判断有所不同，毕竟扳倒谁，不是我们办案的最终目的。”

萧剑飞、刘明远齐声说：“好。”

郁继达和秦冰冰的婚礼安排敲定了。

按照两家的商定，元旦之前郁先达和仇琬璐先回省城。元旦当天上午8点钟，郁继达带领迎亲车队到秦家接冰冰。秦光汉、文若苹随车队到省城参加婚礼。

婚礼安排敲定后，文若苹才想起来冰冰与继达结婚登记的事。

“冰冰，你和小达的结婚证办了没有？”她问。

“正说办呢，”冰冰回答，“元旦前办好就是了。”

文若苹说：“还元旦前，到时候挺着个大肚子去领结婚证，你也好意思？”

秦冰冰说：“你怎么不早提醒我？”

文若苹瞪女儿一眼，说：“这事还用我提醒？你们在一起之前就该办了。领了结婚证，让亲朋好友都知道，怀孕了也好说。看你现在弄的！”

秦冰冰说：“我马上找继达去。”

秦冰冰很快找到郁继达，把母亲的提醒说了。

郁继达却不以为然地说：“领就领呗，不就是一个小本本嘛。”

秦冰冰说：“什么不就是一个小本本吗？有这么个小本本，我们在一起就是合法的，没有这么个小本本，就是非法同居，未婚先孕。”

郁继达说：“那就领去？”

秦冰冰说：“咱们今天就去吧，我今天有空儿。”

郁继达说：“我今天还没空呢。”

秦冰冰说：“那就改日去吧。”

郁继达嘻嘻哈哈地拉住她，就往床上按说：“听你的，改日！”

秦光汉跟驻日使馆的陆亦然联系好，就让萧剑飞用传真把井上隆一的便函和河岛野雄的收条传了过去。

第二天上午，秦光汉一进办公室，陆亦然的电话就打了过来。

他说：“井上隆一现在正在南京洽谈生意，你们最好派人过去，让他当面确认，有什么需要了解的事情还可以当面向他了解。”

能当面让井上隆一确认这几份文件，并且了解一下石世宝技术转让的一些细节，当然是最好不过了。

秦光汉喜出望外，当即对陆亦然说：“这样再好不过了。麻烦您想办法让日本有关机构跟井上隆一联系联系，让他配合一下。我马上安排人去南京。”

萧剑飞、刘明远在南京金陵饭店见到了井上隆一。

井上隆一果然已经接到日本有关机构的电话，所以态度很热情。

萧剑飞当即把那份便函和河岛野雄的借条拿出来，请他确认。

井上隆一接过去扫一眼，便用一口流利的汉语说：“这个便函是伪造的。

上面的公章、私章、签名全是假的。河岛野雄的这张收条我从来没见过，也不存在借 10 亿人民币给他的事，因为包括技术转让费在内的 30 亿人民币，根本就不是石世宝高新科技的，也不是我的。”

萧剑飞、刘明远听他这样一说，不禁愣住了。难道井上隆一压根儿就不是石世宝合作项目的日方合作人?

萧剑飞向井上隆一提出了这个疑问。

“不错，你们怀疑的一点不错。”井上隆一说，“我过去确实是石世宝专利技术的持有人，可我跟日中的石世宝合作项目并没有关系。如果不是陆亦然先生告诉我，至今我也不知道河岛野雄从你们沱原骗走 30 亿人民币。”

“怎么，河岛野雄不是石世宝高新科技的人?”萧剑飞、刘明远不约而同地问。

“不是，”井上隆一肯定地说，“河岛野雄本来就不是个正经的生意人。他在日本也没有固定的职业，就靠在中国行骗过日子。没想到他利用我的石世宝专利技术，设了这么大的骗局，骗了这么多钱。真是个惊天大骗局啊!”

“那石世宝技术又是怎么到河岛野雄手里的呢?”萧剑飞问。

“河岛野雄从我手里买去的。”井上隆一说，“他跟我的成交价只有 30 亿日元，而且是附带条件的。这就是让他以石世宝高新科技的名义跟你们签约。”

萧剑飞问：“石世宝专利技术是不是真实的?”

“当然是真实的，”井上隆一说，“石世宝专利技术是我 10 多年的一项研究成果。当时这项成果确实是世界领先的，正因为它的国际领先，所以当时为包括中国在内的许多国家所承认。为了把这项专利技术转为实用，我联合三家实业公司，注册成立了石世宝高新科技株式会社，还专门建了石世宝工业园，生产石世宝建材、石世宝肥料、石世宝服装材料系列产品。可是，这些产品投产后，因为生产成本太高，销售价格太高，很难打开销路。投产 3 年总销售量不足 9000 吨，国际市场根本打不开。这样试生产了三年，株式会社就亏损 1000 多亿日元，石世宝技术经过这三年的时间，也渐渐失去了世界领先的优势，几乎失去了实用价值。因此，石世宝高新科技株式会社已经没有了发展前途，只好申请破产保护。”

萧剑飞问：“河岛野雄是什么时候从您手里买走石世宝技术的?”

井上隆一说：“大概是四年前的事吧?石世宝高新科技株式会社申请破产之后，有关方面又是调查又是审查，弄得我和株式会社的合作人都心力交瘁。当时我认为石世宝技术已经一文不值，变成一把废纸了。我知道中国有句祖训，叫做‘己所不欲，勿施于人’。所以也就没有想过石世宝技术的转让问题，更没想到会有人主动出钱买这项过时的技术。贵市考察团去的时候，我不好当着河岛野雄把事情说开，就委婉地向考察团暗示，可是贵市的那位市长好像没当回事。就在我想把石世宝技术当垃圾扔掉的时候，河岛野雄登门了。说他愿意出钱买石世宝技术。”

萧剑飞：“30亿日元是他出的价吗？”

井上隆一说：“是的，是他出的价。河岛野雄的底细我很清楚，当然不会轻信他。所以我开始不愿意卖给他。”

萧剑飞说：“那你怎么还是卖给他了呢？”

井上隆一说：“因为河岛野雄主动提出现钱交易，他一手交钱我一手交技术资料。因为我是把石世宝技术当垃圾处理的，又是现钱交易，所以我要价才50亿日元。就这河岛野雄还嫌贵。他说他已经在中国找好了买家，价钱也谈好了，40亿日元。中国那边的中介人需要打点，他自己也要有点利润。所以他只出30亿日元。”

萧剑飞：“当时你们就成交了吗？”

井上隆一说：“没有，因为还有个签约的过程。河岛野雄说，他卖石世宝技术，打的是石世宝高新科技和井上隆一的旗号，所以在跟中方打交道的时候，我有义务配合一下。”

萧剑飞说：“他要你怎么配合？”

井上隆一说：“也就是在你们去考察的时候陪着吃顿饭，再出一份委托书给他，用于谈判。我见事情这么简单，就在他拟好的转让协议上签字，一手交钱一手交货。”

萧剑飞问：“我们沱原考察团在东京考察的情况，您知道吗？”

井上隆一说：“那时候石世宝工业园已经停产关闭了，根本考察不到什么。考察团到东京那天，吃过晚饭河岛野雄就把我支开了。我后来听说，河岛野雄让你们考察团隔着广场、马路，用望远镜看了下美军一个正在搬迁的基地。”

萧剑飞问：“2005年6月6号，石世宝合作项目在沱原签约，是考察团在东京跟你们商定的，签约的时候，您为什么没来？”

井上隆一说：“这话我是跟你们的市长说过。不过，我知道河岛野雄不会让我来，他怕我知道他和中方交易的内幕。当时我这样说，只不过想给他一点难堪。哪知道他还真利用我这句话，把签约的时间、地点跟考察团商定了。我并不知情。2006年6月6号早上，河岛野雄给我打电话，让我传真一份委托书给他，委托他签约。我怕他打着我的名义骗中国朋友，就在委托书里特别说明，只授予他谈判权，不授予他签约权。不知怎么回事，你们沱原还是同意他代表石世宝高新科技株式会社签约了。”

萧剑飞说：“据河岛野雄说，您没有提供富士担保，没有来沱原签约，都是因为石世宝是军民两用技术，被禁止向国外转让，您也因此被限制出境。是这回事吗？”

井上隆一说：“根本没有这回事。石世宝就是一项普通的民用技术。军用技术还会在那么多国家申请专利？其实，河岛野雄把石世宝技术卖给你们的时候，专利保护期都已过了，你们一分钱不掏就可以得到。只不过你们不知道，河岛野雄也不知道罢了。至于我被限制出境，那就更是无稽之谈了。我出境入境一直相当自由，从来没有人限制我出境。石世宝合作项目在沱原签约的前一天，我还在天津呢。”

萧剑飞问：“石世宝项目合作合同约定的内容，井上先生后来知道了吧？”

井上隆一说：“知道了。签约没多久我就通过朋友打听到了。差一点没把我气疯，30 亿日元的垃圾技术，他竟然骗了你们 30 亿人民币。不仅如此，他还背着我，在合同里约定什么前 3 年的产品，由日本石世宝高新科技株式会社负责包销，每年不低于 3 万吨。其实，这整个是个骗局，他连 3 吨也销不掉。不久，我给贵市政府发去一份传真，声明河岛野雄无权签约，也不承认合同里由日本石世宝高新科技株式会社包销产品的条款。后来，河岛野雄再也没有跟我联系，所以后来的事我就不知道了。”

萧剑飞问：“河岛野雄帮我们在您那儿买了价值 1000 万人民币的石世宝产品辅料，还有示范施工用的石世宝产品，是吗？”

井上隆一说：“他为这事找过我不错。不过不是买，是要。当时那些东西压在仓库里边，都已过期了，扔也要扔掉的，就让他随便拉了去。”

萧剑飞看了眼刘明远，意思是“是不是就这样了”。

刘明远点点头，把笔录递给井上隆一，说：“井上先生，谢谢您的合作。请您过目一下，是不是跟您说的一样。”

井上隆一认真看了一遍笔录，提笔签上自己的姓名，说：“我毕竟不是常来中国，二位找我不容易。为了提高这个东西的证明力，我想在南京做个公证，不知二位意下如何？”

萧剑飞立即感激地说：“井先生想得很周到，如果这样就更好了。谢谢您井上先生！”

萧剑飞、刘明远当即陪同井上隆一在南京市司法公证处，为这份笔录做了公证。

从南京到沱原不过 300 多公里路程，萧剑飞、刘明远下午 3 点多钟从南京启程，黄昏时分便回到沱原。

秦光汉下班后一直在办公室，等着听他们的汇报。

萧剑飞、刘明远简单汇报了南京之行的经过，便把那份经过司法公证的笔录拿给他看。

秦光汉看罢笔录，脸都气白了：“一项失去专利保护的技术，本来一分钱不花就能得到，沱原却花了30亿。当初如果他们稍微调查一下，也不至于……不可原谅，真是不可原谅啊！”

秦光汉良思片刻说：“石世宝项目引进的真相，现在越来越清楚了。郁先达、邝家厚这是不折不扣的渎职，没有任何客观因素的渎职。许传新至今执迷不误，糊涂啊！”

萧剑飞说：“我想再给他一次机会，看他对汇款的事怎样说。”

秦光汉说：“汇什么款？”

萧剑飞说：“第一笔10亿元，还有以后的20亿。”

秦光汉说：“好，你们今天晚上就去找他。行动仍然要保密。”

当晚，萧剑飞、刘明远再次讯问许传新。

“陆亦然跟郁市长通话，说日本石世宝高新科技破产的事，我确实不知道，”许传新说，“我没向郁市长汇报也是事实。”

萧剑飞问：“井上隆一、河岛野雄并没有提供富士银行的担保函，你们为什么还汇款，并且改变了合同约定的付款方式？”

许传新说：“这也是我的责任。”

萧剑飞说：“你把详细经过说说。”

许传新说：“合同签订后，牛太元就找我，催着向日方支付第一笔10亿元费用。我说等日本富士银行的担保函一到，立即就汇。牛太元说，石世宝技术是军民两用技术，井上隆一是背着政府和军方转让这项专利技术的，他不敢让外界知道，当然就不敢让银行担保。还说，30亿人民币让银行担保，井上隆一就要付好几百亿日元费用，人家不干。”

萧剑飞说：“这件事你也没向郁市长汇报？”

许传新说：“这件事我还真向郁市长汇报了。”

萧剑飞说：“郁市长怎么说？”

许传新说：“郁市长说，按合同约定办。没有富士银行担保，款不能汇，而且也没法汇。我把郁市长的意见跟牛太元说了，牛太元说他跟井上隆一、河岛野雄联系了再说。”

萧剑飞说：“为什么款还是汇了？”

许传新说：“这事过去大概有半个月的时间，牛太元又来找我，说问题解决了，不用通过日本银行了。接下来，他拿出一张井上隆一的便函和河岛野雄的一张借条。河岛野雄的便函上说，同意将 10 亿元人民币借给河岛野雄，用以在中国投资。便函上有井上隆一的亲笔签字，还盖着石世宝高新科技株式会社的公章和井上隆一的私章，河岛野雄的借条跟井上隆一的便函完全吻合。所以我就信以为真了。”

萧剑飞说：“款就这样汇了？”

许传新说：“对，就这样汇了。因为我觉得向河岛野雄、牛太元在北京和东北的账户汇款，不需要日本银行担保了，所以就把款汇出去了。”

未经市长同意，招商局长擅自汇出 10 亿元巨款，显然不可能。

萧剑飞问：“汇款也没向郁市长汇报？”

许传新说：“我是先斩后奏。过了六七天，郁市长问起这事的时候，我才向他汇报。当时郁市长向我发了一顿火，见木已成舟，也就只好认可了。”

萧剑飞说：“你就这样把钱汇了？”

许传新说：“要不我怎么承认自己渎职呢？”

这次秘密讯问许传新的结果，是秦光汉意料之中的事情。

有迹象表明，许传新在被取保期间，涉嫌与什么人串供。于是，秦光汉决定，将许传新重新收押，并且加大对他的审讯力度，彻底摧毁他的心理防线。

可是，就在萧剑飞、刘明远这次秘密讯问的当天夜里，许传新畏罪自杀身亡！

秦光汉上午 8 点多钟，得到许传新自杀的消息，带领萧剑飞、刘明远赶到许传新家，安云峰已经先于他们到达，现场也已被保护起来。

郑大年、宁秋萍和两名法医正在忙着勘验现场。

许传新的尸体卧在床前的地上，七窍流血，肤色青紫，两眼大睁着，一副死不瞑目的样子。这是典型的煤气中毒症状。

床头的桌子上，烟灰缸里盛满烟头，茶杯里盛着喝剩的茶水。茶杯下压着一张信纸，纸上乱七八糟地写满了“我有罪，我有罪”。

所有门窗都已打开，厨房的煤气灶也已关闭。这一切都是小区保安接到报告赶来后做的。

当时，门窗紧闭，煤气灶还在“哧哧”地漏气。

现场的迹象表现出许传新是畏罪自杀。

郑大年在屋里屋外察看一遍，拍了现场照片，又把煤气灶开关旋钮拧下装进了勘验包，并把茶杯、信纸、圆珠笔等物收集起来，准备送检。

“安局长，郁市长来了！”一位民警在门外喊。

秦光汉、安云峰闻声正要出去，郁先达已经走了进来，金一文紧随其后。

"情况怎么样?"郁先达进门就问。

安云峰说:"发现的时候就已经死亡。"

郁先达叹息说:"糊涂啊,罪不当死嘛。老婆刚去世,孩子还在上学……"郁先达说不下去了。

郁先达说话的时候,金一文像现场勘查一样,左顾右盼地四处搜寻。

萧剑飞觉得他这人挺有意思,便也随着他的目光搜寻。

突然,门槛跟前一块闪亮的金属片,闪进他的眼帘。

萧剑飞连忙走过去捡起来,是块皮鞋后跟钉的铁掌。

"秦检,这铁掌应该是许传新的吧?"他对秦光汉说。

"应该是他的,"金一文抢着说,"他的皮鞋好像是打着这种铁掌的。我还跟他开玩笑,说一听到马蹄声,就知道是你来了。"

秦光汉说:"看看他的皮鞋。"

许传新的皮鞋就在床前,萧剑飞走过去拿过去一看,鞋底后跟没有铁掌,也没有钉过铁掌的痕迹。

"怎么回事?"郑大年回过头来问。

萧剑飞说:"皮鞋铁掌,在门槛边发现的。我比对了一下,不是许传新的。"

郑大年接过铁掌想了想,装进了衣兜。

许传新死在萧剑飞、刘明远秘密讯问之后,他的自杀就难免蒙上一层神秘的色彩。幸好他们是秘密调查,要不他们对许传新之死就说不清了,甚至有人会借题发挥,说检察院逼死了许传新。。

秦光汉把萧剑飞、刘明远叫到自已办公室,一起分析许传新之死的原因。

刘明远说:"从许传新死亡现场的情况看,应当是自杀。"

秦光汉说:"根据呢?说说你的根据。"

刘明远说:"别管出于什么动机,许传新把石世宝项目引进的渎职一股脑地承担了。他当然知道罪孽深重,弄不好就是牢底坐穿。像他这样风光惯了的人,受得了牢狱之苦吗?所以就想一死了之。当然,选择死亡,也是艰难的。他留下的'我有罪我有罪',烟灰缸里那么多的烟头,就很能说明这一点。"

"你呢?"秦光汉看看萧剑飞,"你认为许传新是死于自杀还是他杀?"

萧剑飞说:"明远说是自杀,不排除这种可能,至少从现场的情况,可以做出这样的判断。但是,我更倾向于他杀。"

秦光汉问:"为什么?"

萧剑飞说:"第一,许传新床边的桌子上有两只杯子,而且杯子里面都有喝剩的茶水。许传新一人不大可能用两只杯子喝茶。显然,死亡当天夜里,也就是我和明远离开之后，有人造访。这个人就是可能的杀人凶手。”

秦光汉问：“第二呢？”

萧剑飞说：“第二就是现场留下的那块皮鞋铁掌。从许传新的鞋底看，他并不喜欢钉铁掌。许传新特别爱清洁，屋里可以说是一尘不染，门槛边的铁掌在那么明显的地方没被清扫掉，只能说这块铁掌的出现是在当天夜里，并且来自陪许传新喝茶的那个人脚下。”

秦光汉问：“还有没有？”

萧剑飞说：“应该还有，我现在只是感觉，很难言表。”

秦光汉沉思了一下，说：“一般人都知道，人死案撤，许传新受贿、玩忽职守案该告一段落了。如果剑飞说的他杀成立，希望他死的人现在可以松口气了。”

萧剑飞说：“我们怎么办？”

秦光汉说：“假设你的分析成立，你们目前最需要做的一件事，就是弄清谁是跟许传新最后接触的那个人。”

萧剑飞和刘明远走出秦光汉的办公室，就接到郑大年的电话，说许传新水杯残留物和胃中残留物的检验结果都出来了。

他们立即赶往刑警重案大队。

郑大年把四五份技术检验报告放在萧剑飞刘明远跟前：许传新死于煤气中毒，胃中残留高效麻醉药，而且这种麻醉药同茶水中遗留的药物成分一致，这种麻醉药本身也可致人死亡；信纸上的字确为许传新亲笔；煤气灶开关旋钮上留有指纹，经查，是小区保安关闭煤气时留下的。按照这个鉴定结论，许传新显然是自杀。

萧剑飞问郑大年：“你也认为许传新是自杀吗？”

郑大年说：“从目前的迹象看，结论只能是自杀。”

萧剑飞说：“假如许传新决定自杀，他只要关闭门窗打开煤气就行了，还用得着服下强效麻醉药吗？并且一个人喝茶用两只茶杯，好像也违反常理吧？”

郑大年愣了一下点点头：“继续说下去。”

萧剑飞说：“就算许传新服了麻醉药，倒杯开水甚至凉水就行了，干吗还泡上茶叶并且两只杯子都喝去了大半杯，这也不符合常理。”

宁秋萍说：“萧局长问得好，也许那个自杀现场是故意制造的。我觉得，他在纸上写的‘我有罪’，只能说明他对自己受贿、玩忽职守的行为怀有负罪感，并不一定说明他真想畏罪自杀，更不能证明他就是自杀。”

郑大年说：“你们分析得很有道理。剑飞，就算是他杀，许传新死了你们下步怎么办？”

萧剑飞说：“找那个陪许传新喝茶的人。”

郑大年问：“怎么找？”

萧剑飞说：“这不正想向你讨教吗？”

宁秋萍说：“讨教什么，我把你的招还给你就行了。许传新那小区能没有监控录像吗？”

郑大年看看萧剑飞说：“怎么样，你的高徒出师了。”

萧剑飞说：“应该说强将手下无弱兵。你们下步怎么办？”

郑大年说：“不知道。你们来之前我们还倾向于许传新自杀呢。”

萧剑飞说：“我给你出个主意，用两只杯口上残留的口液，查验一下DNA，看是不是一致。”

萧剑飞说：“好，我马上再送检。”

萧剑飞说：“我给你的那块铁掌，别给我浪费了。我建议你们下一步就围绕这块铁掌和麻醉药查。”

郑大年说：“你这是指只兔子让人追，连个范围也没有，怎么查去？”

萧剑飞说：“过来，我给你个范围。”接着就凑近郑大年耳语了一番。

郑大年听着听着眼睛瞪大了。

第十六章
拒 绝 私 情

萧剑飞、刘明远离开刑警重案大队，就去调看许传新居住的那个小区的监控录像，发现当晚10点10分金一文进了许传新家。

刘明远目瞪口呆，接着喃喃自语："想不到，想不到，真想不到是他！"

萧剑飞说："现在说他就是杀害许传新的凶手，还为时过早。但有一点可以肯定，许传新的死与他有关，即便许传新是自杀，他也难逃干系。"

刘明远问："为什么？"

萧剑飞说："许传新被刑拘后拒不认罪，后来突然认罪，突然认罪之前是谁接触了他？金一文。许传新死前见到的最后一个人又是他。为什么，仅仅是巧合吗？"

刘明远说："石世宝项目跟他并无关系，他犯得着杀人灭口吗？"

萧剑飞说："你忘了我们初查的对象是谁了，他又是干什么的？"

刘明远说："郁先达？"

萧剑飞说："我相信他不会。但会有人替他消灾。如果凶手是金一文的话，现在只有一种解释，这就是郁先达、邝家厚对他有什么承诺，一旦这两名大人物落马，这种承诺就会落空。这就是唇亡齿寒的道理。金一文有危机感。"接着，他又把在现场发现鞋底铁掌时金一文的表现说了。

刘明远说："查这个皮鞋铁掌，难度就大了。"

萧剑飞说："这就看大年和秋萍的本事了。"

正如郁先影向秦光汉透露的那样，全省市级一府两院的换届提前了，沱原的新一届人代会定在明年，也就是2010年一月底召开。

市人大召开本届人大的最后一次常委会，市长、法院院长、检察院的检察长按照惯例列席会议。

这次会议的议题就是研究新一届人代会的安排，其中包括一府两院一把手候选人的确定。当然，确定也不过是传达一下省委的安排意见。

按照以往常委们在会上的表现，所谓的研究也不过是“举手之劳”而已。可是这次会上，常委们却一反“常态”，议论到一府两院候选人的时候，一位孙姓副主任，突然提出一个尖锐的问题：“下届人大绝不能再选一个败家子市长，也不能选唯官畏权，不唯法、不为民的人当检察长！”

孙副主任的话当即引起共鸣，于是十几名人大常委向检察院提出一项质询案：石世宝项目一下子让人骗去30个亿，这里面有没有人渎职，检察院为什么对此没有个说法？

秦光汉接到这个质询，就打电话让萧剑飞、刘明远过去，听一听常委们的意见，以便增加他们突破案件的责任感和紧迫感。

郁先达、邝家厚要走的消息，使人大常委中的一帮老头子变得毫无顾忌了。尽管郁先达当时也在列席会议，并且坐在显赫的位置上。

质询一开始，那位孙副主任就口气严厉地质问秦光汉：“沱原人民30亿血汗钱，打了个水漂，老百姓连个响儿也没听到，作为沱原检察院的最高长官，你心疼不心疼？”

秦光汉说：“心疼，我们检察官跟父老百姓一样，非常心疼。”

孙副主任问：“这种悲剧是怎样造成的，应当由谁负责？”

秦光汉说：“没有调查就没有发言权。这个问题我暂时无法回答。”

“为什么不调查？”孙副主任的口气越发严厉起来，“明知有人违规决策，拿沱原人民30亿血汗钱搞政绩工程，让骗子骗得血本无归，明知这些人已经构成了重大渎职，你们检察院无动于衷，你这个代理检察长是干什么的！”

孙副主任这席话，简直就是一枚炸弹，在常委中引起了一阵连环爆炸：

“不查渎职，检察长也是渎职！”

“不敢查昏官，要检察院干什么！”

“干不了自动辞职，让能干的人干！”

“还没摸正就想保乌纱帽，咱们偏不选他！”

“对，明年人大，咱们都不投他的票！”

这种场面是秦光汉始料不及的，面对常委们的一阵狂轰滥炸，顿时乱了方寸，只觉嘴唇乱动，就是说不出话来。

“报告！”看到秦光汉遭到围攻，萧剑飞脑子一热站起来，举手说，“主任同志，我能说两句吗？”

“剑飞！”秦光汉不知他要干什么，更担心他出语不敬，冒犯了老头子们，便喝令，“你坐下！”

可是萧剑飞的表现却引起了常委们的兴趣。

孙副主任问：“小伙子，你是干什么的？”

萧剑飞说："我叫萧剑飞，是市检察院反渎职侵权局局长，查处渎职犯罪是我的责任范围。"

孙副主任说："好，有什么话你尽管说吧。"

萧剑飞情绪激动地说："秦检对石世宝项目引进背后的渎职犯罪，持的什么态度，我最清楚。绝不是你们说的无动于衷，更不是无所作为。相反，秦检对这件事非常重视，并且已经有所作为。"

孙副主任问："你们准备调查了吗？"

萧剑飞说："不是准备，而是已经！"

会场上突然一片安静。

秦光汉愣了，萧剑飞也被自己这句话怔住了。

常委席上爆发出一阵热烈的掌声，数十双眼睛一齐向秦光汉投送去敬佩和赞赏。

秦光汉突然觉得身子发软，一下子瘫坐在椅子上。

他不由自主地扭头扫了下列席市长位上的郁先达。

郁先达气冲冲地离席走了。

秘密调查因此泄密！

邝家厚与郁先达隔桌而坐，相对无言。

郁先达杯子里的茶水已经喝光了，还端着往嘴边送。

邝家厚看他一眼，接过他的杯续上水，递给他说："秦光汉的胆子不小哇。"

郁先达说："他的为人处世我是了解的。当初看中的也是他的正直、讲原则、有气魄，只是没想到他把这些用来对付我们了。"

邝家厚说："他的这些品质，在正常情况下是可贵的，可也不能不看对象。他可以这样对我，绝不可以这样对你。你郁先达对他有知遇之恩啊。"

郁先达说："这个人，在这种事情面前，是从来不讲什么知遇之恩的，救命之恩他也不会讲。干检察，他都干成憨子、傻子了！"

邝家厚叹了口气说："按说，他这样做也是情理之中的事。30个亿，30个亿啊！还有钟业成、牛太元、许传新三条人命，他们都是让石世宝杀的。唉，有时候想到这些，我真后悔当初搞这个项目。"

郁先达说："世上哪有后悔药？现在你还说这话干什么？"

邝家厚说："他们查到什么程度了，知道吗？"

郁先达说："可能已经很深入了。现在看来，高庆生找我打小报告那时候，他们就已经开始了。"

邝家厚说："这么说，他们什么都掌握了？"

郁先达说："这也未必。牛太元车祸死亡，许传新畏罪自杀。他们要把什么事都弄清，也不是件容易的事情。"

邝家厚："你说，按照管辖权限，秦光汉他们有权查咱们吗？"

郁先达说："没有。这事我还真问过他。按规定他们只能查到县处级，省检察院也只能查到市厅级。可是，如果省检察院指定管辖，他们也可以查市厅级。"

"嗯。"邝家厚沉思一下，说，"咱们的事也不知怎么样了，你该打电话问问先影。只要咱们的副省级定了，他省检察院的指定管辖也就无效了。"

郁先达说："还有最高检呢。最高检可以管辖到任何级别，也可以指定任何一级检察院查办任何一级国家公务员的违法犯罪。"

邝家厚说："最高检指定管辖，目前应该没有这个可能。因为中纪委已经让省纪委查过，结论是举报失实嘛。丁秉池的举报材料，不可能不向最高检寄，最高检要查也早查过了。还会拖到现在？"

郁先达说："这么说也是。"

郁先达当即拨通郁先影的电话，将秦光汉秘密调查他和邝家厚涉嫌渎职犯罪的事说了。

郁先影在那头大吃一惊，说："你在哪听来的马路消息，不会是有人故意挑拨你和汉哥的关系吧？"

郁先达说："要是就好了，可惜不是。秦光汉接受人大质询的时候，亲口承认的。当时我就在现场。"

郁先影在那头沉默了一下，恨恨地说："这只中山狼。我看他的检察长是不想当了。"

郁先达说："怪我当初看错了人。先影，我跟家厚书记的事怎么样了？"

郁先影说："这时候了你还不做秦光汉的工作，问这个干什么？"

郁先达说："市级检察院只能查县处级，省检察院也只能查到市厅级，如果我和家厚书……"

郁先影说："我知道了。检察院那边的工作，你和家厚书记能做的也抓紧做做吧。"

"你简直是混蛋！"秦光汉回到办公室，拍着桌子对萧剑飞破口大骂，"你还反渎局长，你脑子少弦还是缺项！"

萧剑飞低着头说："我错了，我做检查，我请求处分。"

秦光汉咆哮如雷："检查处分有个屁用！这么重要的秘密，你当众泄露，秘密调查怎么进行？你说，秘密调查还叫不叫秘密调查！”

萧剑飞再也不吭声了。

秦光汉发够了火，渐渐冷静下来，心想：“事已至此，发火又有什么用呢？无论如何，萧剑飞都是一片好心嘛。年轻人在那种情况下，沉不住气也是正常的，自己不也差一点顶不住老头子们的那一通狂轰滥炸吗？”

“剑飞，我知道你是为我好，是想为我解围，”秦光汉说，“可你也不看看是什么事情。你是老自侦了，是反渎局长啊！”

萧剑飞说：“看到他们那样对待你，我实在是忍不住了。”

秦光汉说：“干我们这一行的，该忍的气就要忍，该受的委屈也要受，绝对不能感情用事。打个不恰当的比方，许云峰看到敌人对江姐钉竹签子、灌辣椒水，动酷刑，他能用党的秘密去换江姐的安全吗？”

萧剑飞笑了笑，依然低下头。

秦光汉说：“我知道这个比方不恰当。可道理是一样的。我们的司法秘密也是国家机密。涉案信息，不该说的，无论如何不能说。不就是遭人误解，受点委屈吗？事情的真相他们早晚会清楚的。”

萧剑飞说：“我记住了。您说下一步怎么办吧。”

秦光汉说：“既然已经公开了，就公开查吧。”

萧剑飞说：“公开查？”

秦光汉说：“公开查不是不讲策略。你们继续跟郑大年他们互相配合，各有侧重。一定要把石世宝项目引进的全部过程，彻底查清查细查准。”

萧剑飞说：“是！”

秦光汉说：“如果有人问这件事，你的回答是不置可否。有愿意猜的就让他猜去。”

萧剑飞说：“是！”

秦光汉说：“调看市委、市政府的材料要特别谨慎，如果有什么困难的话，可以先跟我说，我来想办法。”

萧剑飞说：“是！”

秦光汉知道，萧剑飞这次泄密，必然会引起一场巨大的风波，就又感到内急，连忙去了卫生间。

从卫生间回来，萧剑飞已经离开，秦光汉准备一个人好好安静一下，好好思考一下应对的办法。

这时候电话响了。

秦光汉惊了一下，连忙看了下来电显示：郁先达！

麻烦找上门来了，躲是躲不掉的。他犹豫了一下，拿起了电话：“郁市长?"

"怎么又市长了，你在忙什么呐?"郁先达在电话里说。声音平心静气。

秦光汉说："没干什么，随便翻翻文件。"

郁先达说："晚上没有什么安排吧?"

秦光汉说："没有。有事吧，先达?"

郁先达说："没有什么安排就好，咱哥俩一块儿坐坐。"

"要来的终于来了。"秦光汉这样想着，就硬着头皮说："好吧。在哪里?"

郁先达说："一会儿下了班，你到夏小荷这儿来吧。"

秦光汉说："好。我下班就去。"放下电话，赶紧又往卫生间跑。

已经是深秋季节了，白天日渐缩短，到了下班时间，天就黑下来了。

秦光汉下班后一路沿街散步，赶到沱原宾馆的时候，夏小荷正站在餐饮部门前向马路上张望，看到秦光汉步行赶来，便婀娜地迎上前去，握住他的手笑了笑，说："您好，秦检察长，市长在包厢等您呢。"

秦光汉在跟夏小荷寒暄的时候，注意打量了她一下，她笑得有点勉强。夏小荷瘦了，也显得有点苍老了，眼窝深陷了下去，眼角增添了不少鱼尾纹，鬓角上也出现了少许白发。看得出许传新的死，给她的精神造成了多么大的打击。

夏小荷引领着秦光汉走进电梯，直奔13楼，走出电梯又拐了几拐，差一点把秦光汉拐转向了。

拐进一条走廊的时候，夏小荷突然停住脚步，回头说："秦检察长!"

秦光汉停住脚步，迟疑地看看她。

夏小荷眼里泪光闪闪的，神情有点欲言又止。

"有事吗，夏总?"秦光汉问。

"没，没有。"夏小荷好像突然意识到了什么，故意掩饰似的一伸手，"跟我来吧，检察长!"

"我不正跟你来嘛!"秦光汉莫名其妙地想，"夏小荷肯定有什么重要的话要对我说。"

秦光汉跟在夏小荷后面，走到一间僻静的包厢，郁先达正坐在沙发上吸烟。他过去是不吸烟的。

"来了光汉?"他掐灭烟，站起来招呼。

秦光汉说："我步行来的，让你久等了。"

郁先达说："没有没有。我也刚到。"

夏小荷不禁笑了下："两位领导这么客气。"

夏小荷这么一说，两个人都为这种客气感到有点尴尬。

“安排上菜了，郁市长？”夏小荷说罢，转身出门。

“小夏！”郁先达喊了一句，跟了出去，小声交代说，“酒菜一齐上来。就我们两个人，少而精吧。告诉他们，我不招呼不要来打扰。无论这里发生了什么，你们都不要管。”

郁先达返回包厢不大一会儿，一男一女两名服务员便端来酒菜摆在桌上。3凉3热6个菜，两瓶茅台。

男服务员摆好菜走了。

女服务员手里拿着茅台问：“酒开吗？”

郁先达说：“开吧，两瓶都开。”

女孩儿怔了一下。

郁先达重复一遍说：“两瓶都开。”

秦光汉说：“我不行，你也少喝点。”

郁先达抓起一瓶酒，放到他面前说：“一人一瓶，咱们各喝各的，大包干。”说罢先给自己倒上。

秦光汉觉得自己好像做了亏心事似的，只有唯命是从的份儿，也只好跟着倒满了杯。

“来，咱们喝吧，”郁先达端起酒杯，“干了！”说罢一饮而尽。

秦光汉犹豫了一下，只好也跟着喝干了。

郁先达又把杯倒满了放在跟前，目光逼视着秦光汉，问：“光汉，从大学同窗到现在，20多年了，咱弟兄处得咋样？”

秦光汉也给自己倒满，放在跟前，用同样逼人的目光回应着郁先达。他觉得刚才那杯酒下去，自己已经不那么心虚了。“酒助英雄胆”，酒有时候还真是个好东西。

“我们20年情同手足，”秦光汉说，“我虽然因为工作原因称你市长，但你在我心里一直是哥。更何况现在两个孩子有了这种关系。”

郁先达说：“这么多年来，我对你怎么样？”

秦光汉说：“关怀备至，恩重如山。”

郁先达端起酒杯，一饮而尽，厉声质问：“那你为什么这样对我！”

秦光汉说：“我怎对你了？”

郁先达说：“你在偷偷查我！”

秦光汉端起酒杯，一口干下去，厉声回敬说：“我那不叫偷偷查你，叫秘密调查！依法秘密调查！”

郁先达大吼：“你为什么这样对我！”

秦光汉说："这话应该问你自己，你为什么要那样对待国家利益，那样对待700万沱原人的血汗钱！你说，为什么这样干！"

郁先达说："我怎么干了，干什么了？"

秦光汉痛心地说："你轻信骗子的弥天大谎，违规决策，引进所谓的高新项目，不顾别人善意提醒，心存侥幸，独断专行，致使30亿巨资被骗；你推卸责任，责令下属单位替你还债，致使许多单位陷入资金困境，把钟业成逼上绝路，跳江身亡，还间接导致牛太元、许传新死于非命；你编造谎言，制造假象，欺骗干部群众，对抗上级调查，对党和人民撒下弥天大谎。你说你干了什么！"

郁先达点了点头，说："行啊秦光汉，你什么都知道了。我可告诉你，我郁先达引进石世宝是为了沱原发展，为父老百姓造福，不是为了我郁先达个人！"

秦光汉说："你说的这些我不否认，可你难道不是为了爬副省级？"

郁先达说："不是！"

"你是，你就是！"秦光汉说，"郁先达同志，襟怀坦荡是为官做人的起码品质，你就亲口对我说过，你弄这个项目也是为升任副省级铺路！"

郁先达气急地说："好哇秦光汉，你真够弟兄。我跟你说体己话，你都给我记着账！"

秦光汉说："这你放心，做人的起码品质我不会忘。你私下说的任何一句话，都不会成为对你定罪的依据。"

郁先达冷笑："给我定罪，你凭什么？"

秦光汉理直气壮地说："国家意志！"

郁先达说："你少给我上课。党的政策上升为国家意志，就是法律，对吧？你给我少来这一套！"

秦光汉说："先达，我真为你感到痛心。你什么都明白，可你为什么却一意孤行，干糊涂事呢？"

郁先达说："我糊涂什么了，我一点也不糊涂。我一不贪污受贿装腰包，二不嫖娼狎妓包二奶。我怎么了我？"

秦光汉说："人们为什么把渎职叫做不装腰包的腐败，你知道吗？因为渎职比贪污受贿危害更大，后果更严重。我们市检察院恢复重建30多年，查处过500多名贪污受贿的腐败分子，总案值也不过500万元，而且大部分赃款追回上缴国库。可你这一次渎职就使沱原损失30个亿，还有3个人直接或者间接因此丧命。你说，你还不构成渎职犯罪吗？"

郁先达沉默了。

两瓶茅台在情绪激动的作用下，开始左右两个曾经的同窗好友。

郁先达泪流满面地看着秦光汉，舌头发僵了说："光汉，你就不能救哥一次吗？"

秦光汉同样硬着舌头反问："我救得了你吗，我怎么救你？我救不了你了，哥！能救你的，只有哥你自己了，哥，哥！"说罢，已是泪流满面。

郁先达说："我知道，这事儿是省检察院指令的，你说了不算。可调查的结果你说了算。"

"你想让我跟你一样，渎职？"秦光汉说，"实话跟你说吧，这事儿是我主动请战的，是我要求陈检指令管辖的！"

郁先达一双眼睛突然睁大了："你，主动的？"

秦光汉说："对，我主动的。"

郁先达抓起酒瓶，一扬脖子喝干了，手点着秦光汉的脑袋，狠狠地说："秦光汉，你斗不过我。不信你就等着瞧！"

秦光汉毫不示弱地抓起酒瓶，一饮而尽，说："哥，我奉陪到底！哥，你也等着瞧，我非让你认罪不可！"

郁先达伸手抓起酒瓶，猛力摔到地板上，踉踉跄跄地离开桌子，一头扑倒在一旁的沙发上。

秦光汉看看他，傻笑一下，东倒西歪地走出包厢，也向地上栽去。

"检察长！"夏小荷突然大叫一声，从一侧墙角后闪出来，一把拉住他，使劲抱住，掏出手机拨打叫人。

很快跑来两名身强力壮的小伙子，帮夏小荷把秦光汉架回了包厢。

在秦光汉与郁先达舌枪唇剑的时候，夏小荷一直躲在门外偷听，她希望得到许传新之死的真相，却听到了原本没想听到的东西，知道许传新不会白死，把他逼上死路的人也将受到惩罚，于是心里得到了些许慰藉，也对秦光汉的正直无私与正气凛然而心生敬慕。

夏小荷先安排服务员去熬绿豆汤，又拨打了金一文的手机。

金一文很快赶了过来，看到郁先达、秦光汉烂醉如泥的样子，就说："他们醉成这个样子了，一折腾准出酒。不如给他们安排房间休息，等他们醒酒了再说。"

夏小荷说："这样也好。"接着就给他们喂了绿豆汤，又安排两个房间，派两个服务员照顾他们休息。

中午下班的时间已过，街上的人潮渐渐退去，出现了喧闹中的安静。

郑大年和宁秋萍下班回家，刚进一条小巷，便看见小巷里围着一堆人。有人站在人群中间，巧嘴灵舌地招徕生意："花钱不多，买的欢乐！买药一小包，享尽人间乐趣……"

郑大年拉一把宁秋萍凑了过去。

人群中间站着一个江湖野药郎中。他脚下放着一只提包，手里抓着几个小药包，正在神情诡秘地宣传："这药是我自己配的，质量百分之百的可靠，不信买一包试试，一试就灵，不灵不要钱！"

"都是治啥病的？"有人间。

"治风流病。"郎中挤眉弄眼，拿出第一包，"这包是美女脱衣散，你要想看哪个漂亮女子的光屁股，想法把这药撒到她身上。她立马就会浑身奇痒无比，当你的面脱个精光，让你大饱眼福！"

人群哑然，有人目瞪口呆。

"这种叫做风流丹，"郎中拿起第二个小药包，挤眉弄眼地一笑，"你看上哪个漂亮女人，想跟她玩玩，或者你正在交女友谈恋爱，你想跟她来事儿，她不愿意。你只要想办法把这风流药放进饮料，汤饭，她马上就会春情勃发，主动拉你上床。这样，你能落上一顿风流快活，又不会犯强奸罪。"

人们议论纷纷，也有人跃跃欲试。

"这还有一种叫财神剂，"郎中又拿出三包药，晃晃，神秘地说，"这药的妙用，我不说。有想发财的就买，我跟你悄悄说……"

郑大年听到这里，给宁秋萍使个眼色挤进人群，小声问郎中："这药多少钱一包？"

郎中打量他一眼："你真要还是假要？"

"当然是真要。"郑大年拍拍衣兜。

"真想要你给200块一包，"郎中作出大放血的慷慨状，"这药我卖过1000块一包。"

郑大年接过药包，掂掂："这包药能用几回？"

郎中说："三回五回都行，那要看你怎么用，干什么用？"

"我想……"郑大年做了个掏包的动作。

"你只要放上指盖大的小块，立马就能把人放倒。"郎中凑到他耳边小声提醒，"可不能放多，这药放多了能药死人的。"

"好，这药我要了。"郑大年说着向兜里一伸手摸出铐子，"咔嚓"一声，把他铐住了。

宁秋萍掏出警官证，冲他一亮："警察！"

人群一哄而散。

郑大年和宁秋萍把郎中带到刑警大队，先把"财神剂"拿去检验，然后突击审讯江湖郎中。

人赃俱获，郎中不得不低头认罪。

据他交代，他家住西安郊区，世代为医，他从父辈身上学得一手配药的本事，靠研究配制妙方奇药发财，在沱原城乡已经走街串巷一个多月，卖出各种“奇药”1000多包，其中多为风流丹、美女脱衣散。财神剂卖不掉，只卖过一包。

“买财神剂的是什么人?”郑大年厉声问。

郎中努力回忆着说：“是个年青男子，有点秃顶。”

萧剑飞问：“那人长什么样?”

郎中说：“细条个儿，白白的，长得挺帅气，文质彬彬的，像个文化人。我当时就想，怎么这种人也买财神剂? 所以印象就深了一点。”

郑大年和宁秋萍对视一下。买财神剂的人，可能就是金一文!

“如果碰上那个人，你能不能认识她?”郑大年问。

“应当能吧，”郎中想了想，改口说，“不，一定能!”

下午快到6点的时候，“财神剂”的检验结果出来了，其成分与许传新茶杯里检出的成分完全一致。

郑大年决定让郎中认人。

正是机关下班的时候，他和宁秋萍把车停在市府大院对面的马路边，带着郎中坐在车里等待买财神剂的人。

机关的干部们或骑车或步行，陆陆续续地走出了大院。

“注意从里面出来的每一个人，”郑大年嘱咐郎中，“盯住，连眼皮都不要眨!”

郎中很听话，睁大眼睛盯着大门。

一个个年轻秃顶的人从大院里走出来，他要么没有反应，要么摇摇头。

一个多小时过去了，金一文终于夹着一只黑色小皮包走了出来。

郎中突然睁大了眼睛：“出来了，就是他，夹皮包的那个!”

“看准，”郑大年捅捅他，“再仔细看看，不要看错了。”

郎中肯定地说：“没有错，买药那天，他就是这身打扮!”

郑大年舒了一口气，若有所思地自言自语：“果然是他!”

“必须找机会再验证一下，这片铁掌是不是他的。”郑大年想，“三点成一线。如果铁掌是他的，谋杀许传新的凶手就差不多是他了。”

检察院调查郁先达、邝家厚渎职的事，很快成为人们议论的话题。

仇琬璐听到干部们的议论，开始怎么也不相信，后来仔细想想，郁先达这段时间吸上了烟，喝酒也明显多了，而且夜里常常辗转反侧，难以入睡，就有点将信将疑。

这天中午吃饭的时候，仇琬璐提起这件事，就问郁先达是不是真的。

郁先达犹豫一下，说："是有这么回事。"

仇琬璐吃惊地说："他连你也敢查？"

郁先达说："他这个人你还不知道？脑子一条筋，亲爹他也敢查。"

仇琬璐说："情况怎么样，不要紧吧？"

郁先达说："不知道。工作失误这种事情，不追不算个事，真追究真算个事，小追究是个小事，大追究是个大事。好在我也快走了。"

仇琬璐说："你就不能找他说说。凭你们20多年的交情……"

郁先达说："我怎么没找他？差一点没喝死。他这个人，你越求他，他越来劲。要不怎么说他一根筋呢？"

郁先达和仇琬璐说话的时候，郁继达只顾低着吃饭，一声不吭，听到这里忍不住把碗筷一扔，忽地站起来就往外走。

"站住，你到哪儿去！"郁先达喝住他，说，"大人的事，跟小孩子没关系，不许你给我瞎掺和！"

郁继达说："我知道，我让冰冰去求他爸不行吗？"

仇琬璐看看丈夫，说："这也是个办法。光汉最疼孩子了。没准孩子到跟前一哭，他就心软了。"

郁先达看了眼儿子，说："你汉叔是你汉叔，冰冰是冰冰。你不要跟冰冰过不去，不要难为她。知道了吗？"

仇琬璐跟着说："就是。眼看元旦就到了，你跟冰冰抓紧去把结婚证办了。眼见冰冰肚子大起来了，领了证对外也好交代。要不，市长家的儿媳妇挺着个肚子结婚，算什么事？"

郁继达拖着长腔，说："行——"

下午上班的时候，市委办公室的干部们又三三两两地扎堆议论检察院调查郁先达、邝家厚的事。

文若苹不信，说："我家光汉才是个县处级，他怎么可能查人家市厅级？不可能的事。"

正说着这事，仇琬璐气冲冲地来了，一进门也不说什么事，就提着秦光汉的名字就骂，什么"笑面虎"、"中山狼"、"忘恩负义、""狼心狗肺"的一口气骂了五六分钟，骂得文若苹张口结舌地呆了半天。

文若苹办公室的秘书小张是新从区里调来的，不认识仇琬璐，见她这么嚣张无理，便看不下去了，站起来说："哪来的个泼妇，你想干什么？"

仇琬璐在大院一向是受人敬畏的人物，哪儿容许一个小秘书称她泼妇？立即冲他一瞪眼："哟嗨，你算哪根葱，也有你说话的份儿？"

小张说："我哪根葱都不算。这儿是我的办公室，我就不允许你在这儿撒泼！"

仇琬璐也是急不择话，就说："你的办公室？老娘明天就让你滚蛋！"

小张被她激怒了，就回敬说："你叫滚蛋就滚蛋啊，你算哪根葱！"

仇琬璐说："我是仇琬璐！"

小张说："管你什么球，什么路，这儿是我的办公室。你现在就给我滚出去。滚！"

邻近好几个办公室的人听到吵嚷声，都跑出来看热闹，一见是仇琬璐跑来寻衅闹事，就明白了怎么回事，纷纷议论起来。

有人说："我当是谣传呢，还真有这么回事。该！"

有人说："男人糟蹋30亿，老婆还有理了，也好意思。"

有人说："脸皮厚呗，男人官大一级，老婆脸厚一尺！"

有人说："检察院查昏官，查对了！"

……

仇琬璐陷入正义之声的汪洋大海，当即夺路出门，气急败坏地骂着走了。

人群里响起哄笑声，只有文若苹伏在桌子上哭泣。

秦冰冰这些日子正在集中精力，为一家外地大企业设计一个产品广告。

这是炎黄文化传媒第一次接手为外地大企业设计广告。为此，卫云飞对她的期望很高。

秦冰冰当然更明白这项设计对炎黄传媒拓展在全国业务的重要性，因此就夜以继日地把自己关在屋里。好在自上海领奖归来，郁继达便没怎么打扰她，只是隔三差五地拉她出去吃顿饭，偶尔到雨晴别墅跟郁继达亲热一次，也是小心翼翼，简简单单。郁继达也不再像以前那样疯狂，那样贪婪，那样没完没了了。

她对郁继达近来的表现，不禁产生了几分理解和感动，觉得他是个善解人意的男人，毕竟自己肚子里的小宝宝已快3个月了，容不得郁继达像以前那样疯狂，那样没完没了地折腾了。

秦冰冰正在挖空心思地琢磨手头的广告设计，郁继达来了。

郁继达神情忧郁，脸上挂着泪迹，过去常挂在脸上的那种嘻嘻哈哈，玩世不恭的笑也一丝不见了。

秦冰冰大吃一惊："你怎么了继达？"

"我爸，他……"郁继达哽噎了一下。

秦冰冰睁大了眼："达伯……车祸？"

郁继达摇摇头："我爸，被检察院查了！"

"我当什么事呢。"秦冰冰松了口气，"这事根本不可能，你一定弄错了。"

郁继达说："我一点也没弄错，就是汉叔在查他。我亲耳听我爸对我妈说的。现在整个大院都知道了。"

秦冰冰愣住了。她了解爸爸，知道爸爸在重大原则问题上是从来不讲情面的，不管是对谁。这事麻烦大了。

"达伯怎么了？"秦冰冰问，"贪污还是受贿，多少钱？"

郁继达说："真是贪污受贿就不冤了。汉叔他们说我爸渎职。"

"渎职？"秦冰冰不解地问，"怎么渎职了？"

郁继达说："汉叔他们说我爸引进石世宝项目玩忽职守，把被骗 30 个亿都算到他头上了。"

秦冰冰听他这样说，知道未来的公公这次东窗事发，罪责严重，看来在劫难逃了，从以往的官员犯罪案例看，只要犯在检察院手下，接受法律惩治的结局几乎无法挽回，便说："那我们怎么办？"

郁继达说："咱们一起去找汉叔。"

秦冰冰说："没有用的。我知道我爸的脾气。他不会给任何人面子。"

郁继达说："我知道汉叔最疼爱你，只要你去向他下跪、哭求，他的心会软的。"

秦冰冰沉默了。她真的不知道怎样向爸爸说。

"爸爸是我的全部，也是咱们的将来。"郁继达哭了，说，"如果爸爸让汉叔给弄进去了，咱们两家就成了仇敌，以后咱们还能在一起生活吗？"

郁继达这句话，深深触动了秦冰冰："继达说的对啊，如果双方父母成了势不两立的仇敌，我们的爱情怎么存在？可我早已成了他的人，怀上了他的孩子啊！"

"继达，走，我们一起去找爸爸！"秦冰冰说，"他不答应，我们俩就跪着不起！"

秦光汉看一眼窗外，落日的余晖已经映红窗下那棵粗壮挺拔的银松，眼看到了下班的时候。

他刚关闭电脑，办公室的门咚地开了。

郁继达、秦冰冰一齐跑进来，叫着"汉叔"、"爸爸"，双双泪流满面扑通跪在他面前。

秦光汉大吃一惊："怎么了，你们这是怎么了？"

郁继达连连磕头，哭道："汉叔，求您放过我爸吧！"

秦冰冰也哭道："爸爸，为了女儿，你就饶了达伯吧！"

秦光汉一手拉着郁继达，一手拉着女儿，疼爱地说："起来，孩子，有话起来说。"

郁继达、秦冰冰一齐固执地说："您不答应我们就不起来，我们要在您跟前跪死！"

"孩子，你们不懂啊，"秦光汉看着两个可怜兮兮的孩子，不禁落泪了，"继达，你爸在引进石世宝的时候，绕过市委、市政府的集体决策，明知中介人不可靠，还心存侥幸，违规汇款，让沱原一下子损失30个亿。这是汉叔能替他遮掩得了的吗？"

郁继达说："我爸这也是为了工作啊。"

秦光汉说："不仅如此，你爸还弄虚作假，对抗组织调查，强迫各部门替市政府还债，把地震局长逼得投江自杀，人家也有老婆孩子啊！"

郁继达说："汉叔，你跟我爸是最好的朋友，你一定会救他的。对吗，汉叔？"

秦光汉说："不错，我跟你爸是20多年的好朋友了，很快又要做亲家了。我从心里真想帮他。可是，如果我徇情枉法，包庇了他，我如何面对700万沱原父老，如何面对全市700名检察干警，如何面对组织，如何面对自己的职责和良心？汉叔不能这样做啊孩子！"

郁继达哭道："汉叔，你不救他，那我们可怎么办哪！"

秦光汉说："小达，我从来都把你当成自己的儿子。如果你爸坐了牢，我就是你的爸爸。我会对你和冰冰的一切负责。孩子，原谅汉叔吧！"

郁继达绝望了，默默地看着秦光汉，一双泪眼里喷出仇恨的光。

他慢慢地站起来，头也不回地走了。

秦冰冰怔了一下，"咚咚"地向爸爸磕了三个响头，哭着说："爸爸，我再叫你一声爸爸。女儿让您白养活了。从此，我再也没有你这个绝情的爸爸了！"说罢爬起来，哭着跑了。

秦光汉追到走廊里，呆呆地望着女儿的背影，又觉得内急了。

秦光汉在办公室里一直坐到深夜。

整个办公楼里一片寂静，屋里没有开灯，他被黑漆漆的夜色包裹着，默默地伏在办公桌上。玻璃板下压着冰冰儿时的照片。

秦光汉还记得，这是女儿三周岁时照的，照片上的女儿淘气地眯缝着眼睛，调皮地冲着爸爸笑。

秦光汉看着看着，觉得女儿这张带着甜蜜笑窝的小脸上充满了伤心、绝望与怨恨。

他连忙离开桌子，仰卧在沙发上闭上眼睛。恰同学少年的郁先达、仇琬璐向他走来……他们亲密相处的往事，一幕幕地在他眼前出现，心里像被塞进一只巨大的木塞子，堵得他喘不过气来。

他不敢继续回忆下去，连忙起身下楼。

他想喝酒，像两天前跟郁先达在沱原宾馆那样，喝得酩酊大醉，人事不省，忘掉许有的烦恼。

他走进检察院隔壁胡同的小吃一条街，刚在一家大排档摊坐下来，就听不远处的一家小吃摊上传来两个熟悉的声音。

一个说："看，秦检。你看是不是秦检？"

另一个说："拉倒吧，半夜三更了，秦检会来吃大排档？"

是自己院里的两名干警。

秦光汉连忙起身离开，沿街步行回家。

小区在沉睡，院里院外，楼上楼下都静寞着。

秦光汉步履沉重地爬上楼，掏出钥匙打开自家的房门，心里不禁升腾起一种伤感。

屋里漆黑着，没有一丝声响，女儿肯定没有回来，可能再也不会回来了。若苹呢？若苹一定正在熟睡吧？

秦光汉觉得天快亮了，到床上躺一会儿就该起床了，便不想再洗刷惊动妻子了。

他轻手轻脚地摸进卧室，电灯突然亮了，文若苹虎视眈眈地冲他瞪着大眼，厉声问："你死哪去了，还回来干什么？滚吧！"

秦光汉一愣："怎么了你，吃枪药了？"说着就往床上爬。

"滚！"文若苹伸腿一蹬，把他蹬落在地板上。

"你疯了！"秦光汉捂着屁股，龇牙咧嘴地坐在地上叫。

"我疯了，我就是疯了！是你把我逼疯的！"文若苹发疯般地吼道，"你把冰冰给我逼哪去了？"

秦光汉装出莫名其妙的样子："怎么，冰冰没回来？出什么事了？"

文若苹泪雨滂沱地说："你还给我装，还给我装！我问你，你们是不是在查先达？"

秦光汉说："是。"接着便把郁先达、邝家厚渎职案的案情和省检察院指定管辖的说了。

文若苹听他这样一说，气消了一点儿，问："你就没有办法了？"

秦光汉说："没有办法。这件案子查起来，在全国都算大要案。"

文若苹说："不是已经交你办了吗，查得成查不成还不是你说了算？"

“你想叫我徇情枉法？”秦光汉说，“如果那样做我就不是秦光汉，更不是共产党员、检察官了。”

“光汉，”文若苹突然冲他双膝跪在床上，“琬璐昨天找我了，又哭又骂。你不念旧情，也该为孩子想想啊！光汉，为了冰冰，我求你了！”说罢失声痛哭。

秦光汉听说仇琬璐找自己的妻子哭骂闹事，顿时火了：“不要哭了，我还没死，你哭什么！这个案子我查定了。我还告诉你，石世宝渎职案是我主动到省院汇报，主动向省院请战的！拿老百姓的血汗钱打水漂，他郁先达活该！”

文若苹睁大眼睛，呆呆地盯了他片刻，伤心地说：“好哇，秦光汉，我算看透你了。你心里根本就没有老婆，没有女儿。你就是个中山狼，就是狼心狗肺！我的女儿不回来了，我也走！”

文若苹发疯般地跳下床，提起床头一只提包就往外走。

“若苹！”秦光汉追到客厅，伸手拉住她的提包。

“你别管我！”文若苹一头撞向他，“放开！”

秦光汉趔趔趄趄地倒退几步，咚地一声仰面倒地。

文若苹吃了一惊，连忙向前两步想去拉他，却还是没有拉，猛然转身甩上房门哭着跑下楼去。

剧烈的门响震得秦光汉心里疼了一下。

他连忙跑到阳台向楼下望去，只见文若苹正在跌跌撞撞地跑向小区大门。

“女儿走了，老婆也走了，同窗好友也再不是同窗好友了，”秦光汉自语着走回来，站在客厅里，想，“我真的是众叛亲离了！”

“爸爸！”

秦光汉突然听到女儿在卧室里叫他。

他急忙走过去，推开门问：“冰冰，是冰冰喊爸爸吗？”

屋里黑着灯，没有冰冰的回应。

他急忙伸手开灯。

冰冰床上被褥、枕头叠放得整整齐齐，床头柜上的相框里女儿正在调皮地冲着爸爸笑。

也许是因一场风雨刚过去，屋里太安静了，静得吓人，使秦光汉觉得一阵耳鸣，客厅、卧室、厨房、卫生间、阳台、门外的楼梯口，到处响着妻子、女儿的声音。

“光汉，光汉……”这是文若苹与他亲热时的那种喃喃低语。

“爸爸，爸爸……”这是女儿向他撒娇时装出的那种奶气童声。

秦光汉原地旋转着身体，四处搜寻着妻子、女儿声音的出处，突然发现了博古架上酒瓶的轮廓。

这是女儿去上海领奖带来的，一共8瓶，秦光汉、郁先达一人4瓶。

秦光汉还记得清清楚楚，郁先达收到冰冰送去的茅台后，给他打电话的那种高兴劲儿。

郁先达跟他说，养女儿不如养儿子吧，冰冰还没正式给我做儿媳妇，就孝顺公公了。

秦光汉说，先达你别臭美了，公公有4瓶，爸爸也有4瓶。

郁先达说，这酒咱可不能糟蹋了，你当检察长咱喝一回，我提副省级咱喝一回，孩子结婚咱喝一回，抱孙子外孙咱再喝一回。一回两瓶，咱一醉方休。

秦光汉说，那就一言为定，到时候咱们好好较量一次。

两人这次高高兴兴的通话才几天的事啊，他们之间的关系便发生了如此巨大的变化，自己一个原本和和美美的小家庭，顷刻之间也变得如此凄凉！

"郁先达升副省级不会跟我一起喝茅台了，妻子女儿也都离我而去，我也不指望当检察长了，触犯了郁家兄妹，我秦光汉还当得了检察长吗？"秦光汉这样想着，便一步步走近博古架，伸手抓起一瓶茅台，拧开瓶盖，扯着瓶喝起来。

秦光汉一口气把酒喝光了，手拿着空酒瓶发呆。不大一会儿，酒劲涌上头来，他一下瘫软在地上……

文若苹一口气跑到街上，这才想起来自己没有目标。她打女儿的手机，女儿的手机关机，看样子是下决心不跟家里联系了。

她想："既然跑出来了，就不能轻意向男人妥协，除非他为女儿着想，放弃对郁先达的调查。可是，自己娘家在省城，秦光汉父母早故，秦家已经没有什么亲人了，自己这样赌气离家出走，到哪里去，难道就在街上流浪？"

文若苹估计冰冰一定在雨晴别墅，跟郁继达在一起，于是便向雨晴小区走去。

她走到郁继达那幢别墅面前，确认了个房号便按门铃。

过了好大一会儿，门开了。

秦冰冰看见母亲，大叫一声"妈"，扑到母亲怀里痛哭起来。

母女俩抱头痛哭了半天，文若苹才注意到女儿的变化：头发凌乱，眼泡红肿，脸色青黄，不到半天工夫，一个如花似玉的姑娘，竟变成了黄脸婆！

文若苹又哭起来，说："孩子，你怎么变成了这个样子？"

冰冰越发哭得厉害了，说："继达恨死我爸了。我打他的手机也不接，我的幸福全叫我爸毁了！"

文若苹说："你和小达一起求过你爸了？"

冰冰点头说："给你打电话的时候，我刚从他办公室出来。"

文若苹问："你爸怎么说?"

冰冰说："他说达伯渎职犯罪，让沱原损失30个亿，还弄虚作假，对抗中纪委调查。还说如果达伯坐牢，他就是小达的爸爸……"

"啊呸!"文若苹气哼哼地骂道，"这个无情无义的东西!"

秦冰冰把母亲拉到沙发上坐下，继续哭。

文若苹问："小达怎么说?"

秦冰冰说："他什么也没说，也不理我。"

文若苹问："他人呢，到哪儿去了?"

秦冰冰说："不知道，他一直不接手机。"

第十七章
秘密泄露

郁继达下午跑出秦光汉的办公室，就甩开秦冰冰，直奔韩劲达的房地产公司，一五一十地把事情跟韩劲达说了。

韩劲达听罢沉默不语。

郁继达焦急地说："韩总，你要为我出主意啊！"

韩劲达不紧不慢地问："你爸现在是什么态度，他让你管吗？"

郁继达说："这还用问吗？他当然不让我管了。他怕我给他惹祸。"

韩劲达沉吟着嗯了一声说："这事咱非管不可。没有你爸，就没有你的一切，也没有我的一切。只要保住你爸，将来无论他到不到省级，沱原这块地方都有咱的肉吃。"

郁继达说："这我知道，可咱怎么保他，你得给我个主意。"

韩劲达说："我说这话你也别不高兴，你姑姑跟省长的关系差不多地球人都知道。就凭这一点，我估计秦光汉要想扳倒你爸不容易。"

郁继达说："那就由着他查我爸？"

韩劲达说："我想先听听你的。你想怎么办？"

郁继达咬牙切齿地说："我想杀了秦光汉个王八蛋！"

韩劲达摇头："不，检察长可不是牛太元，像二子这样的也不是他的对手。再说，就是把他杀了，不出10天公安就会把你抓住。你可是郁家的命根子，别说是副省级了，给个正省级你爸你妈也不换。我说的对吗？"

郁继达说："对。"

韩劲达说："我刚才说过了，凭你姑姑跟省长的关系，秦光汉扳不倒你爸。现在你要做的不是阻止他查你爸，阻止他查你爸的自有人在。你要做的就是在他身上出气解恨。"

郁继达说："好，我听你的。"

韩劲达说："世界最出气、最解恨的是什么你知道吗？不是杀他也不是废他。解恨才是人最痛快的事，就是看着他痛不欲生，生不如死，看着他全家死不了活不成。”

郁继达说：“好。”

韩劲达说：“你先告诉我，你们两家都成仇敌了，你跟冰冰的关系怎么办。”

“甩了她，”郁继达快意地说，“玩我也玩够了，孩子她也给我怀上了。我要她落个大姑娘生孩子的臭名声，全家没脸见人，让她给我带着孩子当寡妇，我还一分钱抚养费不给她！”

韩劲达摇头，说：“小老弟此言差矣。给不给抚养费你说的不算，还有法院呢。再说，这话是你现在说的，毕竟孩子身上流的是你郁继达的血，一旦做了爸爸，你就不这样说了。”

郁继达说：“我不会。”

韩劲达说：“你会，肯定会，谁都会。如果你是个不念父子情的人，你就不会这样恨秦光汉了，我没说错吧？”

郁继达无言以对。

韩劲达说：“再说了，现如今当婊子养汉都不丢人了，大姑娘生孩子还是什么丢人的事吗？”

郁继达说：“韩总你别再绕圈子了，干脆给我说我该怎么办。”

“好办。”韩劲达说，“对冰冰要更好，对秦光汉两口子要更亲。天天搂着冰冰睡，叫她老婆、心肝、宝贝，把她当天使对待。天天往秦家跑，帮着洗刷扫地，叫爹叫娘，把他们两口子当成亲爹亲娘孝顺。”

“你这是让我去当孙子？”郁继达一脸不解。

韩劲达老道地笑笑。

秦光汉一觉醒来，墙上的电子钟已经九点了。

他觉得口渴得很，肚子里也翻江倒海地难受，连忙跑进卫生间吐了，吐罢又拿杯子倒茶。

他听人家说过，醉酒难受喝一杯白糖茶叶水就好了。

他摇摇热水瓶，热水瓶是空的，心想：“怪不得女人一生气就用回娘家惩罚男人，男人是离不开女人啊！”

秦光汉从家里出来，一边沿着马路向检察院走，一边琢磨着怎样打发没有老婆照顾的日子。

“到基层院调研去，”他想，“一个基层院一天，八个基层院就是八天，两口子生气恼皮不恼瓤，如果不是真想跟我离婚，她总不会八天不回家吧？”

打定主意，他快步向单位走去。

他要把初查的事，再向萧剑飞、刘明远交代一下。既然已经公开了，干脆就按公开的办，进度要加快，一定要赶在郁先达、邝家厚升任副省级之前完成初查，否则案子就会有更大的麻烦，甚至连省检察院也无能为力。

秦光汉刚进办公室，萧剑飞、刘明远就主动来了。

两个人看见秦光汉一起露出吃惊的神色。

萧剑飞说："秦检您是不是病了？"

秦光汉笑笑："有点儿不舒服，没事儿。"

刘明远说："不对，秦检您脸色不好，眼泡肿了，是不是到医院看看去？"

秦光汉说："不用，我昨夜里没睡好。"

萧剑飞以为他是为案子发愁，就说："秦检您放心，这件案子无论如何我跟明远也给您拿下来。"

秦光汉说："你别光给我表决心，先说说你们怎样给我拿下来。"

萧剑飞说："刚才明远一句话把我提醒了。"

秦光汉问："什么话？明远你也说给我听听。"

刘明远说："其实这也是前天您说过的。"

"哎呀跟你们说话这么费劲，"秦光汉急了，"你就说，你那句是什么话。"

刘明远说："调查这么长时间，还有一个关键点咱没查清。"

秦光汉说："什么关键点？"

刘明远说："郁先达、邝家厚是不是绕开集体决策，违规拍板。"

秦光汉说："当然是了。"

刘明远说："必须取得他们违规决策白纸黑字的证据。"

萧剑飞说："前天您就说过，需要到市委、市政府那边查材料，您帮助协调。"

秦光汉说："是需要查查市委常委会、市长办公会议的记录。需要我协调吗？"

萧剑飞说："两办的主任都是我的高中同学，都知道市里这两个'一把手'快走了，也许他们会配合的。我先找找他们再说吧。"

秦光汉说："注意点策略，不要让人家为难。毕竟我们要查的人还没走，就是走了也是升官。"

萧剑飞、刘明远说："嗯。"

秦光汉说："我马上下基层院调研，可能要有好几天不在院里，有事打电话吧。"

萧剑飞、刘明远出门去了。

秦光汉忽然发现，自己从昨天晚上到现在，一次也没跑卫生间，经历了这场家庭危机，自己内急的毛病好了。

就在萧剑飞、刘明远和郑大年、宁秋萍把侦查视线向金一文身上集中的时候，金一文升了，升任沱东区副区长，邝家厚的秘书杨泓洋下到县里当副书记。

本来郁先达想让金一文也下到县里当副书记，为以后当县长打打基础，可是金一文说孩子小，家属一个人忙不过来。

不过，任命下来后，金一文、杨泓洋暂时都没去上任，因为从省城传来明确消息，郁先达很快就要升任副省长、邝家厚到省政协当副主席。

外面的传说归传说，郁先达、邝家厚听说的就叫可靠消息了。他们都想让自己秘书在自己离开沱原后，再下去履职。所以，杨秘书、金秘书暂时还是杨秘书、金秘书。

秦光汉先到了最远的临沱县检察院。

秦光汉走进这个县院检察院办公室的时候，检察长王雪春先是一愣，问：“秦检您怎么这个时候来了？”

秦光汉笑笑：“这个时候来怎么了？”

王雪春说：“秦检您今天没上网吧？”

秦光汉说：“没有。有什么爆炸性的新闻吗？”

王雪春犹豫了一下，说：“秦检您自己看看吧。”

秦光汉连忙走向电脑，打开网页一看不禁脑袋嗡地一声响了。

网上贴着两张他和夏小荷亲热的照片！

一张好像是在宾馆的走廊里，他和夏小荷亲热地搂抱在一起，另一张是他躺在夏小荷怀里，夏小荷正用汤匙喂他什么，他笑眯眯的，一副很舒心的表情。

秦光汉一眼就看出了照片的背景是沱原宾馆，可他怎么也不相信自己会如此跟夏小荷亲热。

他还清楚地记得自己随夏小荷走进包厢和在包厢里跟郁先达唇枪舌剑的情景，却怎么也不记得自己醉酒后发生的事情了。

这一定是个阴谋，照片一定是有人乘他大醉时摆弄拍下的。

他蓦然想起了夏小荷领他去包厢时，在走廊里那种反常的表现。

“对，一定是她。是为我调查她的情人，导致了许传新死亡，”秦光汉想，“她是因为许传新之死而仇恨我，报复我，想用这种办法，把我搞臭整倒。这个女人好恶毒啊！”

秦光汉立即给安云峰打电话，想让他安排网络监管人员帮助调查事情的真相。

安云峰在电话里哈哈大笑，说：“秦检啊，我说您也 50 挂零的人了，怎么也啃嫩草了。”

秦光汉说：“你还跟我开心呢，我现在连死的心都有！”

安云峰说：“有这么严重吗？现在‘包二奶’、养情人都成时髦了。我正为你高兴呢！”

秦光汉急了说：“老安我求你了，别跟我开心了好不好？好事不出门，丑事传万里。你说这个事情，我怎么向文若苹交代？怎么向组织交代？又怎么向干警交代？”

安云峰见他真急了，就说：“别急，这事已经有人报案了，我正安排查呢。”

“已经有人报案了？”秦光汉问，“谁报的案？”

安云峰说：“夏小荷。”

夏小荷有个上网的爱好。什么网上聊天交友，网上购物，网上欣赏影视，网上下载歌曲，她都向来乐此不疲。

许传新的突然去世，使她的心灵遭受重创。最近一些日子，她除了过问一下宾馆非她过问不可的要事，应酬一下来宾馆接待宾客的市领导，其他时间就几乎泡在网上了。

今天凌晨3点多钟，她迷迷糊糊地躺在床上，感觉似睡非睡，像在做梦，却又什么都明白着，连窗外风吹树叶的响动都听得见，窗帘里透进的一丝月光也看得见。

“小荷！”有人轻声喊她，是许传新的声音。

她惊了一下，仔细听了听，翻身下床搜寻声音的来源，突然被一个人迎面抱住。

夏小荷凭感觉就知道是许传新，抬头一看果然是他。

夏小荷说：“传新，你终于回来了，终于回来了。”

许传新说：“小荷，你可别说我狠心啊，我真的不想丢下你一个人走，我是被他们逼死的啊！”

夏小荷问他：“我懂你的心，可我还得说你心狠。你为什么没给我留下只言片语，就不声不响地走了？”

许传新说：“我留给你的话都在那盘带子里。可你不要听，要听也要等到我给你说的那一天。”

夏小荷说：“我用不着听带子了，你这不是回来了吗？”

许传新说：“我马上还要走。你可要处处当心啊！”许传新说罢，便一把推开她往外走。

夏小荷被闪了一下，就醒了，发现自己做了一个梦，不禁潸然泪下。想起跟许传新从相识到相知、相恋和在一起倾心交谈、缠绵恩爱的情景，她再也无法入眠了。

于是，她翻身下床，打开电脑上网，刚打开网页，一行醒目的标题闯进她眼里："一位检察长与宾馆美女老板的一夜情"。

标题就很夺人眼球，再加上女主角跟自己一样，也是名宾馆美女老板，于是便引起了夏小荷的兴趣，连忙点开查看。

鼠标一点，两张照片出现在夏小荷眼前：照片上竟是她和秦光汉亲热的镜头！

夏小荷惊呆了，自己与秦光汉什么时候如此亲密过？更不用说像标题里讲的那样，他们还有什么一夜情了。

她对网上这两幅照片经过一番仔细观察分析，断定这是有人故意从秦光汉、郁先达醉酒那天晚上宾馆监控录像中截取，并且经过技术加工制成的。一幅取自于秦光汉在走廊里眼看要跌倒，自己从墙角后闪出，急忙抱住他的镜头，另一幅取自秦光汉被架回包厢，她喂秦光汉绿豆汤的镜头。显然，发帖人的这种卑劣之举，目的是向自己或者秦光汉头上泼污水。

那么，这个小人会是谁呢？夏小荷苦思半天不得而知。她决定报案，为自己也为秦光汉这名为人为官正直的检察长讨个公道。

于是，她当即下载，并且用彩色打印机把这两幅照片打印出来，又把秦光汉、郁先达醉酒那天晚上的监控录像取出来，第二天一上班就直奔郁先达的办公室。

怜香惜玉是男人的共性。更何况郁先达本来就对夏小荷有着良好的印象，更何况他知道她和许传新的特殊关系，并且许传新是因为代他受过而不堪巨大的心理压力而自杀的。

郁先达听罢夏小荷的哭诉火冒三丈，当即打电话给安云峰，责令他迅速调查，妥善处理，然后又让夏小荷去找安云峰，亲自报案，提供线索。

安云峰接到夏小荷的报案，又仔细看了她拿去的照片，当即说："内鬼。也可能是内外勾结。"

安云峰问夏小荷："那天晚上知道秦检察长到宾馆去的，都有什么人？"

夏小荷认真回忆了一下，说："郁市长、两个男服务生，一个女服务生，再就是金秘书了。"

安云峰听她这样一说，便找来网络警察，审看监控录像。录像显示，夏小荷的陈述是真实的。她在走廊里抱住了将要跌倒的秦光汉，并且打手机叫来服务生，把他架回包厢。在包厢里，她分别给郁先达和秦光汉喂了绿豆汤。

“不对，”夏小荷突然说，“我给郁市长、秦检察长喂绿豆汤的时候，金秘书就站在一旁，怎么录像里面没有他？还有，金秘书进门、上楼，在走廊、包厢的镜头也应该有，怎么录像里也没有呢？”

安云峰联系到郁先达被检察院秘密调查和许传新之死，便明白这两张照片是怎么回事了。可他没有说出来，也不能向夏小荷直言，于是说：“这可能是你们监控的问题，有死角或者光线不足或者金秘书所处位置都有可能出现这种问题。”

夏小荷说：“照你这样说，你刚才说的内鬼或者内外勾结就不存在了？”

“应该是这样。”安云峰说，“按照法律规定，诽谤案属于自诉案件，公安机关是不能立案侦查的。你可以直接向法院起诉。可是，现在你又不知道诽谤人是谁，起诉的条件你都没有。”

夏小荷说：“那怎么办呢？”

安云峰说：“网上的帖子，我已经安排删除了。还能怎么样呢？”

夏小荷说：“删除了，那影响也造出去了。我想把这段监控录像贴到网上去，加个说明真相，以正视听。”

“这样做恐怕不好，”安云峰说，“帖子一上班就删除了，可能也没有几个人看到。屎越扬越臭，你把监控录像贴上去，再加上说明，知道的人就更多了。再说，像光汉检察长这种身份的人，烂醉如泥地在网上出现，又是个什么形象？恐怕这样一搞，真能把他整个人毁了。”

夏小荷听他这样说，觉得有道理，就不再说什么了。

夏小荷刚离开，一位网络警察便进来报告，说发帖子的电脑查到了，是市政府办公室的一台电脑。

“果然是他。”安云峰想着，便立即打电话向郁先达汇报，说，“夏小荷回去了。网上的帖子已经删除，她也不再要求追究了。”

郁先达问：“你们没立案？”

安云峰说：“诽谤案属于自诉案件，不够立案条件。”

郁先达问：“夏小荷拿的录像你们看了吗？”

安云峰说：“看了，一段是在走廊里，光汉检察长要栽倒的时候，夏小荷抱住了他。那张他们又搂又抱的照片，就是从这段录像里截下加工的。还有一段是在包厢里，夏小荷为您和光汉检察长喂绿豆汤，而且是先喂了您，然后喂的他。”

郁先达说：“是吗？”

“一点不错，”安云峰说，“据夏小荷说，她为你们喂绿豆汤的时候，金秘书就在跟前，可是录像、照片里都没有他，楼下、走廊里的录像镜头里也没有他，据网络监管大队分析，夏小荷拿来的监控录像资料，不是原始的，而是修改后复制的。”

“你是说，金一文？”郁先达声音明显含着意外和吃惊。

“对，是他。”安云峰肯定地说，“据网络监管大队追查，那台发帖子的电脑，就是您办公室的。”

郁先达接罢安云峰的电话，愣了好大一会儿。

他想起来了，那天金一文听他说秦光汉调查自己渎职一事后的反应。他说过“我不会让这种情况出现”。

他凭什么“不让这种情况出现”？难道只是发一个诽谤秦光汉的帖子？显然不是。既然不是，那他又有什么办法？河岛野雄跑了，牛太元死了，剩下来的知情人就是许传新了。难道许传新的死……

郁先达这样想着，吓出一身冷汗。

他立即打电话，让金一文到他办公室来。

金一文很快来了，一脸得意的表情。进门也没问市长有什么指示，却张口就问：“市长今天上网了没有？”

郁先达故意说：“没有，有什么重要信息吗？”

金一文得意地说：“有，桃色新闻，一位检察长和一名宾馆美女老板的一夜情。”

郁先达问：“什么检察长、美女老板，哪里的？”

金一文说：“咱们沱原的呗。秦光汉和夏小荷！”

“你他妈浑蛋！”郁先达猛地一拍桌子，骂道，“金一文你脑子进水了，还是生蛆了？”

金一文吓呆了。

郁先达说：“你给我老实说，是不是你干的？”

金一文支吾着说：“是，是我干的。我就是想为你出这口恶气。”

“你为我出气？就夏小荷这么个女八，你也忍心伤害？你差一点把我害了，知道吗你？”郁先达说：“你是用我这电脑发的吧？”

金一文说：“是。”

郁先达说：“幸亏公安抓住了你的马脚，要不人家还以为这件下作事，是我这个市长干的呢！”

金一文听说公安抓住了他的马脚，立即害怕了，说：“事情我已经做了，现在后悔也晚了。公安那边儿……”

“事情已经过去了，帖子已经删了，公安那边也没事了，”郁先达看他一眼说，“你已经是副区长了，记住，以后干事多长点脑子吧。”

金一文说："是，我记住了。"

郁先达说："一文，还有件事我想问问你，你一定要给我说实话。"

金一文说："是。"

郁先达说："许传新代我受过，是你做的工作，我感谢你，也感谢老许。可我还是想问问你，许传新到底是怎么死的。"

金一文说："自杀。公安调查了，有结论的。"

郁先达说："不，据我了解，郑大年他们仍然在调查，而且倾向于他杀。看你一介书生，不可能做凶手，谁也不会怀疑是你杀了许传新。可你得告诉我，许传新的死跟你有没有关系。换句话说，是不是你雇凶杀的？"

金一文说："不是，绝对不是。"

郁先达放下心来，说："这就好了。我和家厚书记快走了，许传新也不在了，我想检察院的调查也该见好就收了。我走之前，亲自送你到沱东区上任。以后你当你的副区长，我当我的副省长。需要关照的，我还会关照你。"

金一文说："谢谢市长。"

郁先达说："到了沱东，要好好干，一不能心贪手长，二不能花心出墙，三不要渎职滥权，一定要接受我和家厚书记的教训。"

金一文说："嗯。"

郁先达说："你不要受我跟秦光汉关系的影响，该跟他们相处的，还要跟他们相处，甚至还要主动接近他们。"

金一文说："他的检察长就一定选得上吗？"

郁先达笑笑："现在恐怕不一定了。可是，他当不上检察长，还是副检察长，还可能分管反贪反渎工作。一文你，一个小小的副区长如果作奸犯科，让他抓住了，把你掀下马去送进大牢，那是动动手指头的事。"

金一文说："嗯。"

萧剑飞、刘明远通过自己的"私人关系"，市委办主任、市政府办主任拿到了市委常委会、市长办公会三年前的会议记录。

市委常委会和市长办公会的记录，各有两次。

第一次会议记录上白纸黑字地写着市委常委会和市长办公会的决策经过：

一、郁先达或许传新通报或汇报引进石世宝项目和发动干部群众为引进石世宝项目集资、申请世界银行贷款和向有关单位拆借资金的意见。

二、与会者的发言，同意引进石世宝项目。

三、邝家厚或郁先达总结与会者的意见，同意引进石世宝项目和筹资方案。

第二次会议记录是研究石世宝项目的签约及签约仪式的安排，研究的结果也是一致同意。

拿到这两个会议记录，萧剑飞、刘明远都陷入了困惑，因为三年前的记录完全否定了他们已经调查掌握的情况，石世宝项目引进不存在绕开集体决策，个人违规擅权拍板的问题！

他们连忙打电话向秦光汉汇报。

秦光汉听罢他们的汇报问："会议记录人是谁，你们核实了吗？"

他们立即回头去找自己的两个"私人关系"——两位主任。两位主任说，虽然会议记录上署的记录人是他们，但真正的记录人绝不是他们，从字体上看，真正的记录人应该是金一文。他们非但不是记录人，也没有参加这两次会议，甚至不知道何时何地开过这样的会议，研究过这样的议题。

显然，会议记录是假的，是金一文在石世宝骗局败露后，才捉笔假借两位主任的名义补记上去的。

萧剑飞决定，将两个会议记录送院里技术处检验。

检验结果当日揭晓：市委常委会、市长办公会的两次会议记录，均产生于3个月之前，并且做了仿旧处理。

文若苹离家出走已经三天了。

三天来，她白天关闭手机上班，晚上在雨晴别墅陪女儿，心里憋的气怎么也消不掉。她这是第一次跟秦光汉较劲，决心较劲到底，甚至想在外面租一间房子，跟丈夫分居，直到他为女儿着想，对郁先达网开一面之后，再跟他和好。

第四天早上醒来，文若苹正在洗漱，郁继达送来了早点，有袋装的豆浆、生煎包子，还有油条、茶叶蛋。三天来，郁继达每天早上都送来早点，中午、晚上不是安排饭店送饭送菜，就是带她们母女下饭店。放下早餐，郁继达再次劝她说："汉叔在这个位子上，一定有他的难处，我们要理解他，可不能过于为难他。苹姨，您还是回家去吧。"

文若苹说："我不回去，这回我非让他听我一回不可。"

郁继达无奈地摇摇头，走进卧室。

秦冰冰还没起床，躺在被窝里眼泪汪汪地盯着天花板。

郁继达坐到她跟前，小声说："冰冰，还有20多天就到元旦了，咱们办结婚登记吧。"

秦冰冰说："好。什么时候办？我这几天都有空。"

郁继达说："就这么指甲大的小事，还要我老婆亲自出面吗？我一个哥们儿就是干这个的。你拿张照片给我就行了。我让他办好送来。”

秦冰冰下床，从小包里取出一张照片递给他，问：“看看，这张行不行？”

郁继达看看照片，放在嘴上亲了下，嬉笑着说：“就我老婆这照片，两个字儿，漂亮。天下第一美人儿，闭一只眼照，也比那些美人儿漂亮！”

郁继达把照片装进衣兜，跟冰冰飞吻一下走了。

秦冰冰连忙打开电脑，点开网页。

互联网上那条“一位检察长与一名宾馆美女老板的一夜情”的绯闻帖子和秦光汉跟夏小荷的两幅“艳照”都不见了，也没有新的诽谤帖子出现。

那条关于爸爸跟夏小荷绯闻的帖子和“艳照”，秦冰冰三天前就在第一时间看到了。

那天夜里，她心里一直在生爸爸的气，辗转反侧，一夜也没睡好觉。

凌晨一点钟的时候，她觉得自己实在无法入睡了，便起床上网，刚打开网页就看到了那条绯闻帖子和照艳。

当时，秦冰冰的脑子里嗡地响了一声，就开始变成一片空白。也不知过了多长时间，脑袋里才恢复了记忆和思维，泪水不由自主地流淌下来。她相信，眼前的照片是真实的，帖子和照片反映的内容毫无疑问也是真实的。

“老爸啊老爸，女儿正在恨你无情，想不到你在外面如此多情！”秦冰冰这样想着，便打开手机，给父亲发了一条短信：“无情未必真豪杰，多情更非真丈夫。请你不要继续做对不起我妈的事情！”发完短信，她又把手机关了。

当天上午，秦冰冰坐在工作室里，心里一直七上八下的。快9点钟的时候，她再也忍不住了，便起身去沱原宾馆。她要找夏小荷问个究竟，为妈妈讨个公道。

秦冰冰到沱原宾馆的时候，被宾馆总台告知：夏总不在，不知到哪里去了，也不知什么时候回来。

她决定坐等。

秦冰冰刚在大厅里坐下来，夏小荷提着只小包从门外走了进来。

她连忙怒气冲冲地迎上前去，大喝一声：“夏小荷！”

夏小荷一愣，莫名其妙地打量着眼前这个怒目圆睁的漂亮女孩儿，问：“我是夏小荷，有事吗？”

秦冰冰依然怒气冲冲：“你为什么勾引我爸！”

夏小荷明白了，便和蔼地笑着问：“你是秦检察长的女儿？”

秦冰冰梗着脖子，挑战地说：“我就是，怎么了？我问你为什么勾引我爸！”

夏小荷说：“跟我上楼吧姑娘，我给你看样东西。”

夏小荷说罢上了楼，秦冰冰跟着她，进了总经理室，问："夏小荷，让我看什么，你拿出来吧！"

夏小荷从包里拿出那两幅照片，放到她面前，问："姑娘，你是为这个来的吧？"

秦冰冰说："没错，我就是为你们这两张肮脏的艳照来的。你能给我一个解释吗？"

"可以，我现在就给你解释。"夏小荷接着就把秦光汉、郁先达头天晚上如何推杯把盏喝酒，如何唇枪舌剑地争吵，如何双双酩酊大醉和自己刚才去市长办公室，去公安局反映、报案的情况，从头到尾地说了一遍。

秦冰冰听得将信将疑。

"姑娘，请你相信我。我不是一个在感情上随随便便的人。我有爱人，我们非常非常相爱，感情非常非常深。而且，他刚在不久前离我而去……"夏小荷说到这里落泪了。

秦冰冰开始相信她了，却还是问道："发帖的人是谁，他为什么要往你身上泼脏水？"

"不知道，真的不知道。"夏小荷摇头说，"也许他要诽谤的不是我，我只是他们利用的一件道具。"

秦冰冰说："难道他是冲我爸来的？"

夏小荷说："可以这样说。"

秦冰冰说："为什么？"

夏小荷说："因为你爸爸正在查办昏官。昨天晚上，你爸跟郁市长的争吵我都听到了。你爸是个正直的好官，我敬佩他，所有善良的人都会敬佩他。"

秦冰冰真的相信她了，问："你准备怎么办，夏阿姨，就这样忍了吗？"

夏小荷说："不忍又有什么办法？安局长说，我这是自诉案件，可以向法院起诉。可我既不知道原告是谁，也不知源头在哪里，我告谁去？我也看出来了，安局长那边有难言之隐。好在帖子已经删除了，不追究也罢，省得越追究影响越大。不为自己，我也要为你爸那样的好官着想啊。"

秦冰冰站起来，感激地冲她鞠了一躬，说："谢谢您了，夏阿姨！"

几天来，秦冰冰一直把这件事情，憋在肚子里，没敢对母亲讲。作为女人，她知道任何珍视感情的女人，都绝对容不得男人在感情上的背叛。虽然事情并不是网上讲的那样，可爸爸讲得清吗？妈妈又岂能轻意相信女儿的解释？

"爸爸，女儿委屈您了。这几天您是怎样度过的？"秦冰冰坐在电脑前，这样想着，眼泪便不由自主地抖落下来。

"吃饭吧，冰冰，"文若苹喊着走进来，看到女儿泪水婆娑的样子，便走过去，怜爱地揽着冰冰说，“别伤心了孩子，他不疼你妈疼你。我已经想好了，我马上在外面租房，跟他分居……”

“妈!”秦冰冰突然哭出声来，“我爸，这几天，受苦了!”

文若苹心里猛然颤了一下：是啊，他不会洗衣，不会做饭，这几天怎么过的？这样一想，心里就有点酸楚楚的，就想回家看看。

文若苹母女潦潦草草地吃了点东西，便一起出门。

她目送着女儿上了公交，去炎黄文化传媒上班，自己转身向自己家所在的小区走去。

途经市中心文化广场的时候，一帮人在路旁吵吵嚷嚷吸引了她，使她情不自禁地走近去，想听个究竟。

七八个男女老少在议论石世宝工程。

“这经济危机也来的真不是时候，石世宝刚投产就给危机垮了。”

“是不是经济危机的事，鬼说得清楚。”

“说的是，听说是让一个什么小木匠和一个小日本儿给骗了，几十个亿全给骗走了。石世宝投产，投个蛋去。”

“不错，是有这么回事。听说就这样的书记市长，还要升官呢!”

“一下子扔了几十个亿，就没人管，没人问吗?”

“有，怎么没有？听说检察院就在查。为这个，检察长都跟市长闹翻了。”

“会有这回事？官官相护，检察长敢查书记市长？听说他们是老同学、铁哥儿们，还是儿女亲家。他们是在演戏吧?”

“不是演戏，内部可靠消息。就为这，检察长的老婆孩子都生气离家出走了。听说检察长头上的乌纱帽也戴不成了。惨啊!”

“那，检察长缴械投降了吧?”

“没有，那检察长横下一条心，一查到底，为咱沱原父老兄弟讨个公道。”

“是条汉子。这样的清官可不多了。谁要对他打击报复，咱老百姓可不能光看热闹!”

“对，咱老百姓为他撑腰。”人们一齐喊，“谁要跟检察长过不去，咱就一起去省城、去北京为他喊冤!”

“这就是民心民意啊，”文若苹心里热乎乎的，“得道多助，失道寡助。光汉这是人心所向啊!”

家里冷清清的，好像常年无人居住一样，里里外外没有一点人气儿。

她连忙察看一下锅灶、水瓶、冰箱，又跑进卧室看了看床上，除了一只茅台酒瓶子躺在客厅的地板上之外，一切还是她离家前的样子。显然，秦光汉这几天也没进这个家。

她回到客厅，从地上捡起那只茅台酒瓶摇晃一下，酒瓶是空的。她知道，这瓶酒是秦光汉在她赌气出走之后，一口气喝下去的。

“他从来没喝过这么多酒，他会喝醉的。”她默默地想，“他晚上没吃饭，空着肚子喝那么些酒，心里一定烧得厉害，一定想喝水，可是水瓶里一滴水也没有。我不该赌气把开水倒进水池子啊。早上他一定是空着肚子走的，他嫌小摊子上的早点不卫生，一定没吃早饭，他胃不好，有胃溃疡，不能空肚子啊！”

她连忙掏出手机打开，迫不及待地拨通了丈夫的手机。

“喂？”手机里传来秦光汉的声音。

文若苹放声大哭：“光汉，我错了，我真的错了！”

手机里没有一丝回应。

文若苹继续对着手机哭喊：“回来吧光汉，我和女儿离不开你，离不开你啊先汉！”

“好，我回去，晚上回去。”手机里终于有了回应，只有一句便断了。

萧剑飞和刘明远上午感到没着没落的，案子查到这一步，下一步该怎么办？他们心里没数。他们知道秦光汉家里刚闹了一场风波，他下基层调研，其实是想清静一下，消除消除心里的烦恼。所以，他们就觉得老打电话请示，打扰他不好，所以没着没落了，就坐下来梳理已经调查掌握的情况。

“现在应当说案情已经基本搞清了。”刘明远说。

“光基本不行，”萧剑飞说，“我们掌握的情况，许多还只有孤立的证言，缺乏佐证，也形不成证据链条。必须像支付技术转让费这件事，有许传新的请示，请示上还有郁先达的批示，这才是比较过硬的证据，可就是这件事，我们掌握的只是复印件，许传新的供述还与这个批示件截然相反，如果能找到其他旁证就更好了。郁先达他们可不是一般的嫌疑人，证据不过硬，到时候他们一狡辩，恐怕侦查终结、起诉都有问题。”

刘明远说：“你的意思是？”

萧剑飞说：“我们还要争取找到旁证，包括石世宝引进的每一步。另外，向日方支付的第一笔10亿我们了解了，那第二笔、第三笔的20亿呢？”

刘明远说：“那咱就查这两笔汇款的情况吧。”

他们在工商银行查到了两年前，沱原石世宝公司向日本汇款的记录。令他们奇怪的是，第二笔10亿元人民币汇往日本石世宝高新科技株式会社的账户，却被日本富士银行退回，10天之后，又汇往日本的一家国际工贸公司的账户。

“这笔汇款是谁来办的？”萧剑飞问银行营业部一位姓汪的主任。

汪主任说："许局长，还有何秘书长。"

萧剑飞说："何秘书长？"

"何源泉。"汪主任说，"他跟我，跟几位行长都特别熟。许局长为了汇款办得顺利些，就把他拉来了。"

萧剑飞说："毕竟事过两年了，你们业务量又这样大，您不会记错吧？"

汪主任说："不会，这么多年一次汇往国外10亿的也只有那一次，而且还是何秘书长这么个老朋友陪着来的，我怎么可能忘呢？"

"汇出、退回、再汇出，这里面有故事。"刘明远对萧剑飞说。

萧剑飞说："没错，咱们下步的活儿就是弄清这里面的故事。"

刘明远说："怎么弄清？许传新死了，只有找何秘书长试试了。"

"那就找他试试，"萧剑飞说，"先跟他联系一下再说，人家可是政府副秘书长。"

刘明远说："先联系一下也好。"

说曹操曹操就到，萧剑飞正翻市直机关的通讯录，找何源泉的电话号码，何源泉主动找上门来了。

"萧局长，听说你们刚才到银行去了？"何源泉说。

"不错，"萧剑飞说，"何秘书长消息这么灵通？"

何源泉说："我也到银行办事呢，你们前脚走，我后脚到。"

"何秘书长您坐，"萧剑飞泡了杯茶放在他跟前，说，"我们还真有件事，想找您问问呢。"

何源泉说："是那笔10亿人民币汇款的事吧？"

萧剑飞说："是的。那次汇款是您陪许传新去的，对吧？"

何源泉说："对，是许传新拉我去的。因为工作上的关系，我跟银行、铁路这些行业打交道比较多，人也熟。所以，老许碰上什么事总爱找我。"

萧剑飞说："这么说您跟许传新的私人关系也不错了？"

何源泉说："不错，是不错。不瞒二位说，我、老许、你们高检一帮子人，经常聚在一起喝酒什么的。你们抓老许那天晚上的酒场我也在。"

"何秘书长您是爽快人。"萧剑飞说，"您找我们有事吧？"

何源泉说："有件事在我心里憋了好长时间了。早想跟你们谈，可就是拿不定主意。"

萧剑飞说："什么事？"

"许传新向日本汇款的事。"何源泉说，"这件事的前前后后，我都知道。许传新冤。"

何源泉跟许传新算得上莫逆之交了。

他们常在一起吃喝玩，简直就是无话不谈，石世宝项目的事也常常是事前跟他商量，事后向他交底。因此，向日方三次付款30亿的情况他都清楚。

沱原与日本石世宝现代高新科技株式会社的合同签订不久，沱原所谓的石世宝公司就宣告成立，并且办好了国际汇付的相关手续。

第一次的10亿人民币汇往河岛野雄、牛太元在北京和东北的几个账户几个月后，日方迟迟不肯履行合同约定的义务。郁先达找许传新说："剩下的20亿放在我们手里干什么？早付晚付都是付，不如把第二批的10亿汇给他们算了。看他们还有什么话说。"

许传新说："他们还没催呢。第一批的10个亿汇给他们了，交技术资料的事，他们还在拖。"

郁先达说："他们不着急我们着急，他们拖得起我们拖不起。我们还是以诚感人的好。再汇10个亿，他们再没有理由拖延了吧？"

许传新说："小日本儿鬼着呢，汇款之前是不是要日方给个明确的承诺？"

郁先达说："也好，你让牛太元跟他们谈吧。"

当时牛太元正在沱原跟田蜜儿搞得热火。

许传新找到他，把郁先达的意思说了。

牛太元说："没问题，河岛野雄正在北京做生意呢，我明天就去北京找他谈。"

第二天下午，牛太元就乘飞机飞往北京，第四天早上又从北京飞了回来，说技术资料就在河岛野雄手里，只要见到沱原的汇款凭证，他就交资料。

牛太元还拿出了河岛野雄的书面承诺，让许传新抓紧汇款。

许传新很快向郁先达汇报，郁先达当即让他从快汇款。

几天之后，许传新拉上何源泉到银行办了国际电汇，把10亿人民币汇入日本富士银行石世宝高新科技株式会社的账户，但是日方拒收。

日方拒收的原因是，石世宝高新科技株式会社早日宣告破产，账户也已取消。

许传新很快向郁先达报告，郁先达让他找牛太元问问，许传新便通过牛太元把日方拒收的情况告诉了河岛野雄。

次日上午，牛太元找到许传新办公室，告诉他说，石世宝高新科技株式会社原先那个账户已经停用了。

许传新问："石世宝有没有其他账号？"

牛太元说有。接着就提供了一个新账号，让他把款汇到日本国际工贸公司账户。

许传新看到收款单位变了，就说：“我们是汇款给井上隆一先生的石世宝高新科技，不是什么国际工贸。”

牛太元说：“这是一回事，井上隆一是国际工贸的董事长，河岛野雄是总经理。”

许传新对牛太元的话信以为真，直到牛太元、河岛野雄的真实面目暴露后，他才从驻日使馆的朋友陆亦然那了解到，那个日本国际工贸公司是河岛野雄自己注册的皮包公司，跟井上隆一和原先的石世宝高新科技株式会社，没有一点儿关系。

尽管牛太元的解释天衣无缝，许传新拿到他给的新账号后，心里仍不踏实。10个亿人民币改变汇付方向，可不是件小事。为了稳妥起见，他向郁先达递交了份报告，详细说明了汇款退回及日方提供新账户的经过，请示是否按照这个新账户汇款。

许传新到郁先达办公室送报告的时候，郁先达正在听交通局长汇报农村公路“村村通”工程建设情况，看到这份报告想也没想，就提笔批示：同意。

当天下午，许传新又拉何源泉陪着去银行，把这10亿人民币汇给了日本国际工贸公司。

第二笔10亿人民币汇出之后，许传新就带着汇款凭证找牛太元，让他联系河岛野雄要技术资料。牛太元当即就给河岛野雄打电话，把沱原要求移交资料的事说了。河岛野雄也答应了，说近日就带资料到沱原来。

转眼十几天过去了，河岛野雄也没到沱原来。

许传新预感出了岔子，就到金沱山庄去找牛太元。

牛太元见到许传新，没等他开口就说：“我正说去找你呢，移交资料的事，出了点小岔子。”

许传新吃了一惊，忙问出了什么岔子。

牛太元说：“河岛野雄刚才打电话来，说移交资料的事，他向井上隆一请示了，井上隆一不同意。”

许传新说：“为什么？20个亿他都收到了。”

牛太元说：“井上隆一这个老狐狸说，我价值30个亿的技术，只收到20个亿就把资料交了。万一沱原方面违约，我一亏就是10个亿。”

许传新说：“这怎么可能呢，我们20个亿都汇了，何况那10个亿？”

牛太元说：“这是我们的说法，可小日本儿不放心。”

许传新连忙又忙向郁先达报告，郁先达呆了好大一会儿，才说：“让牛太元再找河岛野雄谈，不行直接找井上隆一。日本人搞国际合作，怎么能这样出尔反尔，言而无信？”

许传新回头又去找牛太元，转达了郁先达的指示。牛太元答应再跟河岛野雄谈，谈不通就找井上隆一。

当天晚上，牛太元在沱原宾馆请郁先达、许传新吃饭。

许传新问他："吃什么饭，有没有什么由头。"

牛太元说："没有什么由头，友谊就是永恒的主题。"

郁先达感到这时候拉住牛太元这个中间人很重要，就和许传新赴宴，还带上了何源泉和赵世清。

端起酒杯的时候，牛太元说："我说今天晚上这个饭局没有由头，其实也有点由头。我设的这是赔罪宴，郁市长交办的事我没办好。"

郁先达听了一怔，问他为什么。

牛太元说："河岛野雄还是坚持钱货一齐清。"

郁先达问："你找井上隆一了吗？"

牛太元说："找了。他跟河岛野雄说的一样，而且说得更死。"

郁先达说："我们是按照合同约定办事。"

牛太元说："谁说不是？可小日本是不见最后一只兔子不撒鹰。"

郁先达说："既然是友好合作，就要互相信任嘛。我们这样相信他们，他们怎么能这样疑神疑鬼？"

牛太元说："可能他们也是吃一堑长一智吧。郁市长，我设身处地地想了，河岛野雄、井上隆一的担心，也确实有点道理。您想，搁咱身上，30亿元的东西人家刚给20个亿，咱就拱手相送了，万一人家要赖了，那10个亿咱找谁要去？更何况是国际合作，两国还没有司法协助协议。"

牛太元说日方的担心有道理，郁先达听了仔细想想，就也觉得有道理。再说，20个亿已经汇款出去了，如果因为余下的10个亿，跟日本合作方弄僵了，最终吃亏的还是自己。心里就有点向日方妥协的想法。

过了几天，郁先达经过反复思考，又跟邝家厚商量一番，决定同意日方的意见，30亿人民币全部付清，但这回要与石世宝技术资料手递手地交换。可是，河岛野雄又提出了新的条件：改变支付方式，他们要现金，而且是要美元。

付美元现钞明显是违反国家外汇管理法规的，很容易出事。郁先达觉得河岛野雄、井上隆一是得寸进尺，便没有同意。这样双方就僵持着，而且一僵就近两年。在这期间，郁先达也曾多次让牛太元跟日方交涉，可河岛野雄就是不松口。直到几个月前，石世宝项目是骗局的帖子出现在网上、手机短信上，闹得满城风雨，郁先达、邝家厚觉得石世宝项目到了非投产不可的时候了，郁先达才同意支付日方美元现钞，并且约定在石世宝项目投产典礼当天，双方一手交钱，一手交技术资料。

石世宝项目投产典礼举行的前两天，河岛野雄就到了沱原，日方交技术资料和沱原石世宝公司支付最后一笔转让费，也因此提前了两天。可是，河岛野雄又提出只要两千万现钞美金，其余的大头仍然汇到日本国际工贸公司账户上去。郁先达觉得这样政策风险更小，当即就同意了。他说投产典礼举行在即时间紧迫，让许传新当天就落实。许传新当天就把两千万美金给了河岛野雄，另外7亿多人民币也汇了出去。哪知道，牛太元、河岛野雄拿到美元便溜之大吉，沱原拿到的只是一摞废纸！

何源泉说罢许传新汇款的经过，目不转睛地看着萧剑飞，等着他提问。

“这些情况，您是怎样知道的？”萧剑飞问。

何源泉说：“听许传新说的。我刚才说了，我们是莫逆之交，无话不谈。特别是遇到什么苦闷烦恼的事，他总爱找我唠叨。”

萧剑飞问：“钱到手之后，距石世宝投产典礼中间还有两天，河岛野雄和牛太元没跑，却等到投产典礼举行之后。这是为什么，许传新跟你说了吗？”

“说了，他也是估计。”何源泉说，“前两天河岛野雄和牛太元一直由老许陪着，没有机会。投产典礼那天下午，邝书记、郁市长那些人都围着王省长转，老许也忙着跑前跑后，顾不上河岛野雄和牛太元。再加上牛太元说下午要陪河岛野雄到银沱山庄见田蜜儿，老许就大意了。事实上他们午饭后离开宾馆就溜了。”

萧剑飞问：“何秘书长，您提供的这些情况非常重要。可你为什么到现在才找我们呢？”

何源泉说：“因为原来我不知道老许把石世宝项目引进的过失，都揽到自己头上了。”

萧剑飞问：“仅仅是因为这个？”

何源泉说：“老许去世的头天上午给我打电话，说想找个时间跟我谈谈。当时我很忙，正召集几个笔杆子研究明年元月份的政府工作报告，就对他说，我现在太忙了，什么事你在电话里先给我说说吧。老许在那头犹豫一下说，我已经把石世宝项目引进受骗的责任全揽过来了，可有人还不放过我，他们想让我死。”

萧剑飞说：“他说有人想让他死？”

何源泉说：“对。听他这么一说，我就觉得事情很严重。当时我也不知道他说的他们是指谁，就说你要实事求是，检察机关也会实事求是。把过去存档的那些资料放好，到时候都是证据，必要的时候你就拿出来，交给检察院。”

萧剑飞问："他怎么说？"

何源泉说："不可能了，都让他们拿走了。我当时大吃一惊，就问他有郁市长批示的那份汇款请示还在吗？他说，也让他拿走了，今天刚拿走的。"

"他们变成他了，"萧剑飞沉思一下，又问，"他是谁，您问了吗？"

何源泉说："问了，他说是金一文。"

萧剑飞心里跳了一下："又是金一文！"

第十八章
市长报复

萧剑飞和刘明远在一起碰了一下调查掌握的情况，觉得从石世宝项目引进的竞标、考察、技术鉴定、签约、到汇款的经过，已经基本掌握住了，责任也比较好区分了：郁先达应负主要责任，邝家厚应负次要责任，许传新也应负有一定的责任。

于是，他们向秦光汉提出，初查可以结束了。

“不，你们过于自信了，”秦光汉说，“经过这段时间的初查，我们是掌握了不少很有价值的情况，石世宝项目引进的经过和渎职责任，也基本清楚了。但是，我们目前掌握的嫌疑人供述和证人证言，大多仍然是一面之词，没有相应的佐证，形成不了证据链。”

萧剑飞、刘明远想想也是，便不约而同地点点头。

秦光汉说：“你们下步的任务，就是按照已有的言辞证据，寻找佐证，包括证人证言、书证、物证，特别是被金一文还有什么人取走的那些石世宝项目档案材料。”

萧剑飞、刘明远说：“是。”

秦光汉见他们有点没精打采的，就问：“你们有没有信心？”

萧剑飞、刘明远有气无力地回答：“有！”

秦光汉盯着他们，提高声音再问：“有没有信心？”

萧剑飞、刘明远抖擞了精神，也提高了嗓门回答：“有！”

竞争上岗后新任的中层干部已经到任履职两个多月，干警提职晋级的报告仍然没有批下来。

这几天，干警中出现了一些军心不稳的迹象。一些干警议论说，秦光汉得罪了市里的党政“一把手”，干警提职晋级的事黄了；有人背后发牢骚，说秦光汉就任代理检察长时的承诺，都是放空炮，国债没拿到手，干部职级没批下来，案子也没办几个，啃一个石世宝案，还把牙硌掉了。更有人说秦光汉是眼睛向上，置干警的切身利益于不顾，只听省院的，把市领导惹恼了，让干警的利益像石世宝项目一样泡汤了；什么市院的检察长是黄鼠狼养耗子，一窝不如一窝了。

秦光汉本来就为干警的职级迟迟批不下来和建设国债迟迟没有消息着急，听到干警的这些议论心里就更上火了。

他决定亲自到大院跑一趟。

本来他是想直接去找郁先达的，因为郁先达亲口承诺帮助协调督办。可是转念一想，郁先达正对自己恼恨着，亲自出面找他，说不定会把好事间成坏事，本来行的事也不行了。于是便改变了主意，去市委组织部找卢兴林部长。

卢兴林听罢秦光汉说明来意，苦笑一下，说："批文我们早已弄好了，正说发下去呢，两个'一把手'交代，说他们可能不久就要离任了，在他们离任前一个也不要动了，省得人家说离任前突击提拔干部。"

秦光汉说："我们这批干部报上来是几个月前的事了，怎么是突击提拔呢？就算是6名提副处的不研究了，可这些晋升科级的组织部就可以定了，并不需要市委常委研究嘛。"

卢兴林说："这些我都跟他们说了，这份批文也给他们看了。可他们说，批文作废，市直的干部一个不动，就这么定了。"

秦光汉说："这太令人难以理解了。检察院的情况，他们又不是不知道，这批干部还是郁市长让报的呢。"

卢兴林叹声气，说："此一时彼一时嘛，那时候你们不是没查石世宝渎职案嘛。"

秦光汉仍然心有不甘，又说："卢部长，我想亲自去找一下邝书记、郁市长，您看合适吗？"

"不合适。"卢兴林摇头，"刚才你已经说了，他们了解检察院的情况，还用再汇报吗？明摆着人家是冲你们办那个案子去的，这点儿还看不出来吗？"

秦光汉心里一下子凉透了：这怎么向干警们交代？

郁继达三天两头随秦冰冰到她家去，对秦光汉夫妻达叔、苹姨一个劲地叫，还争着抢着刷锅洗碗拖地板，惹得文若苹心花怒放，秦光汉私下也高兴地对妻子说："先达、琬璐家教严，管出来的孩子就是不一样，比咱冰冰懂事多了。"

文若苹说："也是。有空我可要好好调教调教冰冰这孩子。马上做人家的儿媳妇了，可不能再在她达伯璐姨跟前撒娇，更不能没大没小的。"

说话间到了12月，秦郁两家的儿女婚事有条有绪地进行着准备。

郁继达把父母亲为秦冰冰准备的钻戒、钻坠儿、铂金项链、铂金手镯一件件拿给秦冰冰看。

秦冰冰说："弄这些东西干什么，我可不为珠宝商做活人广告。"

郁继达说："一般地说，一个女人一生只当一回新娘，我爸我妈都是要面子的人，怎么也不能让这个宝贝儿媳妇受委屈。"

秦冰冰说："那好，咱们婚礼那天，我就都戴上，珠光宝气一回，为达伯、璐姨壮壮面子。完了就送珠宝店卖掉，把钱还给他们。"

郁继达说："咱们不差钱。我爸我妈还给你准备了一份改口礼呢，是一份5万块的银行卡。"

秦冰冰说："我不要。"

郁继达嬉笑着说："我还想要呢。"

秦冰冰说："那你就要吧。"

郁继达一把抓住她的衣服，说："我现在就要。"

秦冰冰这才明白了他的意思，就自己脱了衣服。

她肚子里的胎儿已经3个月了，平时穿着衣服一点儿也看不出来，现在脱光了，就显得腹部隆起了。

郁继达干完了事，得意地说："人生最大的满足就在于满足。我最想得到的都得到了。我满足了。"

秦冰冰说："我想要的还没得到呢，我还不满足呢。"

郁继达又露出一脸坏笑，说："刚干过还不满足，那就再跟你复习复习？"

秦冰冰打他一下，说："我要的结婚证呢？今天推明天，明天推后天。现在连孩子都给你怀上了，我们这算什么？"

郁继达听她这样一说，就拍了拍自己的脑袋，说："你看看，你看看，你要不提我还真忘了呢。结婚证早办好了。"说着转身从自己的小皮包里，取出两个小红本扔到秦冰冰面前。

结婚证红光闪亮的，很漂亮，两人在照片上亲昵地相依着，甜蜜地笑着。

"拿张照片去就办了，"秦冰冰爱不释手地捧着结婚证看了又看，高兴地说，"现在的照片合成技术，真是了不得。看，咱们俩的合影儿可乱真了。"

"那还用说，"郁继达说，"哥儿们多了好办事，而且什么样的朋友都有用。你看，如果不是民政局有哥儿们，咱们还不知要跑多少趟呢。"

秦冰冰拿过一本结婚证，幸福地吻了一下，就要向自己的小包里装。

郁继达一把抓住她，说："先别拿走，一会儿我还拿回家让我爸我妈看呢。"

秦冰冰说："那好，达伯璐姨看罢再拿回来，我爸我妈也要看呢。"

秦冰冰回到家里，把自己和郁继达领好结婚证的事对妈妈说了。

文若苹只说了声好，也没要看结婚证。

秦冰冰见妈妈放心了，就没再向郁继达要，两本结婚证就一直放在郁继达那里。

检察院技术侦查大楼进入装修阶段便停工了，包工头登门向秦光汉要钱。

秦光汉心里有数，内部装修、中央空调、电梯、水电安装这几项，装修公司已经垫支1000多万元，而办公、检察技术设施购置还有500多万元缺口。解决资金已经成为眼前一个紧迫问题了。

20天前检察院已经把许传新退出的300万元赃款交到市财政，并向市政府打了报告，要求市政府将这笔资金返回检察院，解决技侦大楼建设的燃眉之急。在技侦大楼建设期间，追回的赃款百分之百返还检察院，这是郁先达的亲口承诺，而且经过市长办公会议研究决定，秦光汉手里还有一份郁先达给他的会议纪要。

报告递上去20多天仍没有消息，秦光汉心里就有了一种不祥之感，出于跟询问干部职级问题不便找郁先达的同样原因，他也没有去找郁先达，而是直接去财政局询问结果，财政局长拿出一份材料说，检察院的报告他们收到后，立即签上“拟按市长办公会议决定办，将300万办案挽回款全额返还检察院，用于基础建设”。报告送到郁先达那里放了十几天没有消息，财政局长亲自去找郁先达催问，郁先达二话没说，提笔就在报告上批道：资金有限，先急后缓。此款先拨给地震局、农机局、市委办、市府办，用于返还石世宝项目集资款。检察院基础建设资金缺口，先由检察院自行解决，这一问题待财政状况改善后再研究。

秦光汉看罢郁先达的批示，脑袋又“嗡”地响了一下。显然，郁先达这是蓄意报复，指望这300万资金返回已经不可能了。

可是，他仍不甘心。回到办公室便给陈国荣打电话，希望他给郁先达打个电话说一下，说不定可以促使郁先达改变决定。

陈国荣告诉他说，电话不要打了，你也不要再盯这300万了。办案返回款问题，虽然有“收支两条线”的明文规定，各地方做法也不一样，找个机会我请省领导和有关部门协调。你那1000万国债已经下到沱原一个多星期，现在已经可以用了，抓紧到市里办手续就行了。

跟陈国荣通过电话，秦光汉一颗心仍然悬着：“1000万国债已经下来一个多星期了，市里明知我们基础建设资金的燃眉之急，至今没有通知我们，是因为工作忙没顾上，还是……”

秦光汉这样顾虑着，便没有了去找郁先达的勇气，于是便让高庆生带着院里的报告去找郁先达。

高庆生敲开郁先达办公室的门，郁先达愕然了一下，差一点说出“又来告状了吗”。

“有事吗高检?”郁先达不冷不热地问。

高庆生说：“光汉检察长让我来找您，问问国债的事。”

郁先达故意问：“什么国债，国债有什么事?”

高庆生愣了一下，还是硬着头皮说：“省院通知说，我们院申请的1000万基建国债下到市里了，光汉检察长让我来问问，什么时候能用。”

“噢，这件事，”郁先达从面前的文件夹里抽出来一份文件，说，“市里要办的事很多，还是要先急后缓。作为市长，我安排资金使用，当然要民生工程优先。检察院是法律监督机关，要带头过紧日子嘛。技侦大楼的事可以放放。这是市长会议集体研究的意见，秦检察长一贯是顾大局的，应当理解这一点。再说，1000万不是个小数目，我总不能在这儿当一辈子市长，我帮你们借债，让下任还债，这也是不负责任，我不能干这样的事。市长办公会的意见，我批在这份文件上了，马上复印一份，你带给秦光汉一份。”

高庆生说：“我们技侦大楼已经停工了。”

郁先达冷笑：“那怎么可能，秦光汉能力很强嘛。”

高庆生听出了他话中的话，禁不住心里产生一种快感，忙说：“就是，就是，就说您跟邝书记引进石世宝工程吧，谁都知道您是为沱原造福，可他……”

“好了，不说这个，”郁先达一伸手截断他的话题，“庆生，谢谢你!”

郁先达这句话说的太突然，高庆生没反应过来，就一脸茫然地看着他。

“谢谢当初你的提醒，”郁先达继续说，“怪我当初过于相信他，也过于误解你了。对不起，庆生。”

高庆生心里热了一下，就趁热打铁地问：“市长，明年人大的检察长是等额选举吧?”

郁先达说：“是，但也不是绝对的，不排除人大代表联名推荐，大会选举竞争的可能。”

高庆生：“我想竞争一下。请市长支持一下。”

郁先达愣了下：“你?”

高庆生说：“对，如果有人大代表推荐我的话。”

“当然可以，”郁先达说，“抛开做人这一点，单说工作能力，秦光汉比你当检察长合适。当然，如果人大会议选举了你，也不是说你干不了。在工作上你还要努力提高。另外，做人要本分、正派。哪个领导都不喜欢经常打小报告的人。”

高庆生脸红了，连忙说：“我一定记住您的话，改正自己的缺点。”

郁先达说："参加竞争要看有多少人大代表支持，自己千万不要去搞上下串联拉选票、贿选一类的非组织活动。"

"我会的，我会注意的。"高庆生点头哈腰地说，"谢谢市长，我回去了。"

郁先达指指他手里的文件，说："你自己去文印室复印吧。原件一会儿还给我送来。"

"好好，我去了，市长。"高庆生说着转身出门去了。

郁先达看着他的背影，冷笑着想："他也想竞争检察长了！"

秦光汉看到高庆生带来的复印件，一下子就崩溃了。干部职级问题泡汤了，1000 万国债也黄了，技侦大楼只有停工了。怎么向干警交待？这可都是全院干警眼巴眼望企盼的事啊！

秦光汉很快召开了干警大会，把这两件事的结果向全院人员公开通报。

通报这件事的时候，他没有说一句责怪市领导的话，更没有提郁先达的名字，只说是因为自己努力不够，协调不到位。通报完了，他又向干警们深鞠一躬说："我对不起大家！"

会上鸦雀无声，干警们脸上流露着各色各样的表情，有失望，有愤懑，也有无关痛痒，只有高庆生挂着难以掩饰的幸灾乐祸的微笑。

秦光汉见到这些各色各样的表情，越加感到对不起干警，就说："主持院里的工作半年多了，我工作没做好，请大家批评。可以现在就面对面地批评，也可以私下找我，还可以向省院、市委反应。"

"我说两句！"萧剑飞突然站起来。

全场人都把目光投向他。

"干部职级问题、建设国债问题弄到这个地步，谁都知道鬼在哪里。"萧剑飞激动地说，"这事我有责任，是我在人大质询时头脑不冷静，暴露了渎侦秘密，引起了昏官的报复……"

"剑飞！"秦光汉担心他再说出什么过激的话，就连忙制止他。

"秦检，您让我说完，"萧剑飞说，"我也是拟被提拔者之一，而且是拟提县处级。技侦大楼也有我的一份。如果有人试图用这种手段阻止我们查处昏官的渎职犯罪，试图让我们用渎职换取职级晋升和建设国债，我萧剑飞情愿永远当这个科级反渎局长，情愿永远挤在这座破楼里办公办案。请秦检放心，院党组放心，无论有多大阻力风险，我们绝不向邪恶低头，一定把石世宝项目渎职案一查到底！"

"说得好！"杭萍没等萧剑飞话落音，便站起来喊道，"赞成萧局长，理解秦检支持的兄弟姐妹们，鼓掌！"

全场掌声雷动，干警们一齐站起来，冲着秦光汉鼓掌，掌声经久不息。

秦光汉眼里湿润了。

这天晚上，王府大酒店一间豪华包厢里，一场特殊的聚会正在进行。

这场聚会的主角是金一文、高庆生、韩劲达，另外还有高庆生的几个当局长、主任的铁哥儿们。

他们酒过三巡，菜进五味的时候，金一文开口把高庆生以前跟秦光汉竞争检察长失败的事，按照自己的版本讲了一遍，说："郁市长给秦光汉帮了这么大的忙，秦光汉竟然认为自己当上代理检察长，当选检察长就十拿九稳了，为了创造什么政绩，竟然要查自己的恩人。"

韩劲达说："这就叫忘恩负义。"

金一文说："庆生检察长是我的好朋友，他跟秦先汉相比，简直就是一个君子一个小人，一个天上一个地下。虽然郁市长因为偏信了秦光汉的谗言，过去对他有了些误会，但他在查处郁市长、家厚书记所谓渎职案问题上，还是坚持真理，敢于跟秦光汉对着干。韩总，如果庆生兄能当上检察长，你以后在沱原房地产业就是龙头老大，什么行贿、钱权交换、权色交换，别管您怎样揽活，绝没人查你。"

韩劲达说："秦光汉的检察长已经代理上了，听说一府两院的头头都是等额选举。人家常说，党委挥手，人大举手，政协拍手。现在省委已经挥手过了，明年人大一举手，他还不就是检察长了吗？"

金一文说："那可不一定。只要人大代表另推候选人，等额选举就会变成差额选举，检察长也就不一定是他秦光汉的。"

韩劲达说："庆生老弟你可以参加竞争。"

金一文说："郁市长也支持他参加竞争。我今天我请您喝酒，就是想跟您商量这件事。"

几位局长主任一齐说："这事找韩老板找对了。"

韩劲达说："没问题，需要我做的，金老弟、庆生弟，各位领导尽管说话。"

高庆生向他抱拳说："谢谢劲达兄!"

"韩总也不是外人，庆生兄你就不要客气了。"金一文说，"现在人大是富人政治，人大代表里面，老板、经理占了相当大的比重。这些人是怎么发财的自己最清楚，也最想选自己人当检察长，以后犯了事也好用这把大红伞遮风挡雨。韩总您过去的背景、现在的实力呢，大家也都知道，您在富人群落里又是名人，在推检察长这件事上肯定是一呼百应的。"

高庆生一唱一和说："没错，韩总德高望重嘛。"

金一文说："韩总您抓紧跟这些人大代表串联串联，让他们接着串联串联。我现在不是已经当上沱东区副区长了嘛，很快就要到任了，市区两级机关人大代表中的哥儿们，我再联系联系。再加上在座的几位哥儿们也都是人大代表，凑个几十人没问题。”

韩劲达说：“这不就成了吗？”

金一文说：“这还真不算成，韩老兄您还需为庆生老兄破费一点儿。”

韩劲达说：“没问题，庆生老弟需要多少，您尽管说。”

金一文说：“不是庆生老兄要花钱，是我们找的那些人大代表需要打点。有钱能使鬼推磨。有些人就是他妈鬼，不给钱他们是不会给我们推磨的。”

韩劲达说：“行，您说要多少吧。”

金一文说：“韩总您找的那些老板经理，给不给钱，您看着办。对了，如果您想省点钱，或者可以许他们点什么好处，这好处您以后给不给他们，那是另外一回事了。反正庆生老兄的检察长当上了，他们也有好处。就是到时候咱卸磨杀驴，他们捞不到好处，也只能无可奈何了。”

韩劲达说：“这我知道。对付那帮人，我有我的办法。”

金一文说：“我和庆生老兄这边，您给我 20 万，我们俩打点打点机关的这帮人大代表。”

韩劲达说：“可以。20 万够不够？”

高庆生连忙说：“够了够了，不够再说吧。”

几位局长主任一齐说：“我们都是铁哥儿们，一文、庆生，您只要打点他们就行了，我们哥儿个你们放心。”

酒足饭饱之后，六七位局长主任打着饱嗝走了，金一文对高庆生说：“你竞争这个检察长，不能光靠拉选票，必须准备两手，双管齐下。”

高庆生问：“哪两手，怎么个双管齐下？”

金一文说：“包装和炒作，要把自己包装漂亮，还要把你的竞争对手炒臭。”

高庆生说：“这个好办，我有现成的子弹没用呢。”

省纪委转来一封举报信，举报秦先汉在中层干部竞争上岗期间卖官，收受刘明远 5 万元贿赂，帮助刘明远在竞争正职失败的情况下，保留了反贪局副局长职务。还说秦光汉与沱原宾馆女经理夏小荷长期保持不正当男女关系，被人拍了照片发到网上，制造了“检察长与女老板的艳照门”。举报信是匿名的，但明确地说明知情人是高庆生。

纪委刘书记拿着这封举报信给邝家厚看。

邝家厚找郁先达商量。

“说秦光汉跟夏小荷有关系，肯定是无稽之谈。”郁先达说，“夏小荷是许传新的情人，这咱都知道。夏小荷也不是那种随便的女人，她不可能同时跟两个男人有那种关系。”

邝家厚说：“你这么说我相信。那受贿呢？”

“这个不是没有可能，上次有人举报杭萍向他行贿，纪委没查出名堂，我现在还有怀疑，”郁先达说，“这次举报当事人、知情人，行贿时间、地点、数额都很明确，应当是可信可查的。”

邝家厚说：“秦光汉不是这样心贪手长的人吧。”

“过去不是，至少在我们推荐他的时候还不是，”郁先达说，“人是会变的，特别是权力变大之后，利欲会膨胀。他过去是个有情有义、知恩图报的人，现在不是也变得无情无义、忘恩负义了吗？”

邝家厚说：“那就安排纪委调查一下吧。”

郁先达说：“不是一般地查，这次一定要彻底查。”

邝家厚说：“怎么个彻底查？”

“组织两个组，分头进行。”郁先达说，“一组深入检察院调查，一组对秦光汉‘双规’，严肃审查。检察院的工作，暂时由高庆生主持。”

邝家厚说：“一个 5 万元的案子，用得着这样兴师动众吗？”

“对秦光汉这种无情无义的人，就是要杀鸡用宰牛刀。”郁先达说：“办这个案子不在于案子本身，而是要造影响，形成法纪威慑，警示干部。”

邝家厚说：“这件事，你看是不是还要跟省检察院打个招呼？”

“没有这个必要吧。”郁先达说，“他们查我们，跟我们打招呼了吗？有人说打狗也要看主人，我们这就是打狗给他们看！”

秦光汉接到金一文的电话通知，说郁先达要召集一个烟草打假的公、检、法三长和烟草专卖局长参加的联席会议，几位领导已经到了，让他抓紧到沱原宾馆小会议室去。

秦光汉一进沱原宾馆小会议室就愣住了，公安局长、中院院长、烟草专卖局长都不在，等待他的是市纪委的刘书记和几名办案人员。

“刘书记，会议是不是……”秦光汉疑惑地问。

“不是，没有什么会议，”刘书记宣布，“鉴于你涉嫌受贿，市纪委决定对你实行‘双规’！”

秦光汉愣了一下说：“我受贿，你们弄错了吧？”

“弄没弄错，你自己应当清楚。”刘书记严肃地说，“希望你能抱着对组织忠实的态度，讲清自己的问题。”

秦光汉说：“我会讲清的。现在是年底了，院里工作一大堆，可不可以让我把工作安排一下，再来接受审查？”

“不可以。”刘书记回答，“工作上的事，你就不用操心了，你的工作已经由高庆生同志接替了。”

秦光汉突然明白了眼前发生的事情，心想：“坏了！”

在秦光汉被宣布“双规”的时候，市委组织部长卢兴林在检察院召集中层以上领导干部开会宣布：秦光汉因涉嫌受贿，已被市纪委“双规”，由高庆生临时主持全面工作。希望中层领导干部支持高庆生的工作，也希望秦光汉受贿案的知情人、当事人主动找纪委的同志揭发问题，说清问题。

卢兴林的话没落音，就引起会场一片骚动，高庆生又拍桌子又发火，也没把事态平息了。

卢兴林忙说：“对秦光汉同志，组织会实事求是的，有问题处理问题，没有问题还他个清白。这也是对他本人负责。纪委办案组已经进驻你们院，有什么意见也可以直接向他们反映。”

听他这么一说，会场才渐渐恢复了平静。

接着是高庆生表态发言，他首先对秦光汉犯了受贿错误表示痛心，相信组织会依法依纪实事求是地处理这个问题。他接着表示，自己将不负组织厚望和全院干警重托，一定努力把眼前的烂摊子收拾好，也会纠正市院领导过去那些对市委市政府不尊重的错误做法，争取组织支持，把干警职级批下来，让1000万国债到位，技侦大楼加快施工进度，让干警早日搬进新大楼。

他一口气讲了十几分钟，下边没有掌声，有的只是断断续续的讥笑和嘘声。

散会之后，卢兴林私下对高庆生说：“秦光汉就任代理检察长的时候，也是我来宣布的。那时候下边是什么反应，今天下边又是什么反应？你要反思啊。”

高庆生连忙说：“对对，我一定好好反思。我确实跟个别同志没有搞好关系。”

“恐怕不是个别同志，也不仅仅是没搞好关系。”卢兴林批评他说，“刚才你讲的那些话，就有多处不妥。什么叫烂摊子，市委对光汉同志这半年多的工作是肯定的，干警也是满意的。干部职级、基建国债出现的僵局，责任并不在他。问题归问题，但不能否定他的工作成绩。”

高庆生连连点头：“部长批评很对。我刚才说话是欠考虑，以后一定注意。”

卢兴林离开后，纪委办案组便开展工作。

高庆生主动找办案组，以知情人的身份，向他们提供情况，说刘明远亲口向他说过，他为了竞争反渎局长的职位，向秦光汉行贿5万元，后来竞争失败秦光汉做党组成员的工作，让他留任了反贪局副局长。

办案组立即找刘明远谈话，刘明远把高庆生如何出主意让他送礼和他到秦光汉家去的经过以及事后高庆生如何问他，他如何含糊其辞地回答，都原原本本地说了。最后，他还补充说："我敢说，这个写举报信的人就是高庆生，他出主意让我行贿的目的就是向秦检打黑枪。"

高庆生知道这个情况后，气冲冲地找到刘明远说："玩我？你这个小人！"

刘明远针锋相对地说："我想跟你学做小人呢，可没学会！"

高庆生威胁说："好，我看你这个副局长怎么当下去！"

刘明远说："副局长我当不当无所谓，就是不能像有些人那样当小人，坏良心！"

办案组找罢刘明远之后，又找了检察院其他班子成员和十几名中层干部，他们几乎是众口一词：秦光汉绝不会干出受贿的事，希望纪委尽快解除对他的"双规"。

秦光汉问心无愧，因此便很容易"说清问题"，而且他说的情况与"行贿人"刘明远说的一致，关于刘明远留任反贪局副局长的问题，也有检察院其他班子成员和干部处长等人证明，并非秦光汉决定，而是干部人事部门拿意见，党组集体研究决定的。

问题似乎已经非常清楚了，但纪委对秦光汉的"双规"，却没有解除的迹象。

秦光汉向刘书记提出了申诉，刘书记说："你这个案子市领导很重视，如何处理是有明确指示的。你还考虑有没有其他问题，比如生活作风问题，吃喝挥霍问题，以权谋私问题等等。"

秦光汉听他这样说，就知道这是有人在搞欲加之罪，想把他置于毁灭之地，心里越加焦急。他真的担心高庆生会利用主持工作之机，报复萧剑飞和刘明远，甚至在石世宝渎职案中做手脚。

秦光汉还不理解的是，自己被"双规"后，纪委并没对他采取什么严厉措施，生活也安排得不错，一日三餐有荤有素，有时还让他喝两杯。而且夏小荷隔三差五地送点特色小吃什么的，他们也不阻止。

夏小荷确实是个有想法的女人。

自从那次听到秦光汉与郁先达的把酒交锋之后，她便对他产生了敬佩之情。她认为像秦光汉这样正直无私、刚正不阿的检察长，是绝不可能受贿的，而许传新的是是非非也只有他才能给个公道的说法。

这天晚上，夏小荷躺在床上，又想起了她与许传新最后相处的日子。

在许传新去世的前一天晚上九点多钟的时候，夏小荷在家里左等右等不见他的影子。许传新取保出来之后，天天晚上都要来跟她一起过夜的。

夏小荷产生了一种不祥预感，就打许传新的手机，许传新说他正办一件大事，晚一点过去。

深夜十一点多的时候，许传新来了，脸色非常难看，情绪沮丧到了极点。以往每天晚上他来的时候，都要先去洗浴间冲个澡，然后跟夏小荷上床热烈一番后，再跟她相拥着入睡。可是，这天许传新既不冲澡也不脱衣服，就坐在床上发呆。

夏小荷心里发紧，连忙问他："怎么了，是不是检察院又找你了？"

许传新说："检察院找我没关系，他们办案讲的是事实和证据，可有人想让我冤死。"

夏小荷说："什么人这么狠，你不是把事情都揽在身上了吗？"

许传新说："他们怕我以后翻供。"

夏小荷说："他们还想怎么样？"

许传新说："他们想让我死。牛太元死了，我再死了就没有活口了。"

夏小荷惊恐地说："他，他们是逼你自杀，还是……"

"他们希望的当然是我自杀，"许传新说，"反正自杀他杀都是一死。他们答应我死后，帮我安排孩子的工作。"

"不，绝不能答应他们，"夏小荷说，"孩子的工作还有我呢，大不了跟我下海。"

许传新摇头："他们不会放过我的。"

夏小荷焦急地说："他们是谁，快告诉我。咱们报警。"

许传新说："不，报警了我死得会更惨。"

夏小荷哭起来，许传新伸手把她搂在怀里，陪着她哭。

也不知道哭了多长时间，许传新不哭了，从身上取出一只信封，说："如果我真的发生了不测，你想办法把这个交给秦检察长。"

夏小荷用手推开信封，哭着说："你真的要丢下我？"

"我真的舍不得你，也舍不下这个世界，"许传新说，"不到万不得已，我不会走自杀这条路。可我的命掌握在别人手里啊！"

夏小荷又躺在他怀里哭，再也说不出话来。

许传新说："交这件东西，一定要讲个时机。要秦光汉还当检察长，还要换了市委书记、市长。"

夏小荷哭着点了点头。

许传新又说："小荷，你还年轻，人又漂亮，如果我不在了，你千万找一个可靠的男人，可不要苦了自己。”

夏小荷听他这样说，就哭得更厉害了。

这时候，外面传来几声鸡啼。

许传新看了一眼墙上的电子挂钟，轻轻推她一下说：“天快亮了，我该回去了，你休息一会儿吧。记住我的话。”

夏小荷不说话，一边流泪一边解他的衣服。

许传新抓住她的手，说：“算了，现在也没有这个心情。”

夏小荷坚持说：“我也没有，可我今天一定要你。”她已经意识到，今天也许是他们最后一次肌肤之爱了。

“预热”了半个多小时，许传新仍然没有反应。

夏小荷放弃了努力，躺在许传新身边又哭起来。

许传新不声不响地穿好衣服，深情地看了她一会儿，出门走了。

这是他们相好六七年来的第一次失败，也是他们在一起的最后一个夜晚。

夏小荷回忆到这些，禁不住泪流满面，也强烈地想知道许传新留下的信封里装的是什么。于是，她当即从保险柜里取出那只信封打开，发现里面装的是一支录音笔。

“他都说了些什么?”她这样想着，就把录音放了一遍，心里剧烈疼了一下：“他真的是冤啊!”

许传新在遗言里，向秦光汉陈述了郁先达、邝家厚违规决策，导致30亿元巨资血本无归的详细经过和金一文对他威逼利诱，让他代人受过，逼他“杀身成仁”的罪恶事实。

夏小荷震惊了，震惊之余的第一个想法，就是帮助秦光汉，帮他做点通风报信、内外串供一类的事，让他早日解除“双规”，把这个昏官渎职犯罪案查清楚，还许传新一个公道。

夏小荷很快弄了几样糕点、小菜和啤酒，送到办案组，说：“我为你们和秦检弄了点宵夜。”

刘书记和办案人员都未置可否。

夏小荷便把东西放在靠近秦光汉的桌子上，借机小声对秦光汉说：“挺住，我有重要东西交给你。”

秦光汉没有吭气，借帮她摆放酒菜、点心，把一个小小的纸团放在托盘里。

夏小荷知道，这个纸团一定非常重要，连忙用手捏住，摆放好酒菜便走了出去。

刘书记看了眼秦光汉，紧随夏小荷跟踪而去，跟到楼梯口的时候，轻声喝道："站住！"

夏小荷连忙站住，心虚胆寒地看着他。

刘书记厉声命令："秦光汉给你的什么，拿出来！"

夏小荷无奈，只好乖乖地把纸团交了出来。

刘书记当即打开察看，只见上面写着两行蝇头小字：剑飞、明远：务必把案子一查到底，拒绝任何人插手，必要时可去省院汇报。

刘书记看罢这个纸条，重新揉成纸团，塞回夏小荷手里，什么也没说就回去了。

纸团顺利传到萧剑飞和刘明远手里，可是这时候他们的任务已经转换了。

昨天上午，高庆生找到萧剑飞，向他要石世宝渎职案的卷宗。

萧剑飞说："没有秦检的批准，卷宗谁也不准看。"

高庆生冷笑说："现在是我主持工作，秦光汉是嫌疑犯！"

萧剑飞说："善恶有报，我们相信他。我还告诉你，有权不一定有威，别太得意了。"

高庆生见萧剑飞不买他的账，就说："你们不听我的，那好，我向你传达市委的指示，石世宝渎职案卷宗封存，接受新的任务！"

萧剑飞说："我局里有的是人，什么任务说吧，我马上安排。"

高庆生说："这是一起计生干部恶性侵权案，市委非常重视，你必须亲自办！"

调查已经证实秦光汉是无辜的，"双规"却迟迟不解除，干警们愤怒了，纷纷要到省委上访。

高庆生急忙去向郁先达报告。

"让他们去吧，省委信他们的还是信我的，"郁先达说，"你给我盯住他们，带头越级上访，就是违法乱纪破坏稳定，要严加查处！"

高庆生召开干警大会，传达了郁先达的指示。

萧剑飞也担心干警们情绪过激，让人抓住把柄，便一个个处室做工作，稳定了大家的情绪，私下却安排一名干警悄悄去了省院，向陈国荣检察长报告。

陈国荣听罢汇报，立即向省委主要领导报告。

第二天下午，市纪委刘书记宣布，经调查：对秦光汉同志的举报，纯属不实之词，即日恢复工作。然后又去检察院，在中层领导干部会议上，宣布调查结论，为秦光汉恢复名誉。

高庆生空欢喜了一场，"主持"的板凳还没烘热，一切便回到了原来的样子。

传言终于变成了现实：郁先达升任副省长、邝家厚升任省政协副主席。原省委宣传部副部长解金山来接替邝家厚任市委书记，卢兴林任代理市长。

沱原党政班子变动，是省委华副书记在沱原市直领导干部大会上宣布的。

秦光汉坐在会场里五味杂陈：该不该向他祝贺，要不要履行曾经的约定，在一起喝那两瓶茅台？

干部大会开过之后，郁先达回办公室取东西，秦光汉鬼使神差地跟了过去，进门就说："祝贺你，郁副省长。"

郁先达没想到他会向自己祝贺，愣了一下说："你心里很不好受吧？"

"是的，我非常难受，不仅仅是因为你，还因为越查越升这个官场怪状。"秦光汉一语双关地说，"你走了，我还会去找你。"

"那好，只要你们不悔婚，我们就还是亲家嘛。"郁先达说，"孩子的婚礼安排不变，还是欢迎你和若苹一起去。"

"好，我会的，"秦光汉说，"咱们过去有过约定，今天晚上我还可以请你喝茅台？"

郁先达说："那就不必了，不愉快的酒不如不喝。过去的那约定你竟然还记得，难得啊！"

秦光汉："我从来不会忘记约定，也不会违背自己的承诺。"

郁先达说："今天晚上的迎送宴会，我想请你以特殊的身份参加，感受一下荣升的气氛，赏脸吗？"

秦光汉说："我一个代理检察长就算了。欢迎你回沱原来。"

郁先达说："我会回来的，大概我还要分管沱原市。"

"那好吧，明天不送了。"秦光汉说罢，转身要走。

郁先达冷笑了说："人还是要识点时务为好。"

秦光汉见他故意挑战，便停住脚步，回敬说："不错。可我理解的识时务，就是依法守法，敬畏法律。无视法律，践踏法律，他就是升到天宫，到玉皇大帝身边做官，也难逃法网！"

"好，正气浩然！"郁先达讥讽地笑笑，"那咱就走着瞧！"

当天晚上，秦光汉还是让文若苹做了几个好菜，把冰冰和郁继达也叫回家，来个单方履约，喝了一瓶茅台。

刚吃罢晚饭，夏小荷打来电话，说有重要事情见他，必须今天晚上见到他。

秦光汉想起了自己在接受"双规"时，夏小荷悄悄跟他说过，有重要东西给他，就知道一定是件大事，而且可能与许传新之死有关。于是立即通知萧剑飞和刘明远去沱原宾馆。

秦光汉带领两员大将赶到沱原宾馆，直奔夏小荷的总经理室。

夏小荷先向他们说了许传新去世前几天的表现，又说了许传新对她的托付，然后才拿出了那支录音笔。

秦光汉他们把许传新的录音仔细听了一遍，好大一会儿没说话。许传新录音的内容，与调查掌握的情况完全吻合，这正是他们急需的佐证啊！

“谢谢你夏总！”秦光汉感激地对夏小荷说。

“这一天我等了一两个月了。”夏小荷泪流满面地说，“我终于等到了，谢谢你秦检察长！”

“初查可以结束了吧，秦检？”萧剑飞问。

秦光汉长舒一口气，说：“可以画第一个句号了。向省院写初查报告吧。”

萧剑飞说：“好，我加个班，连夜写出来。”

秦光汉他们起身告辞，夏小荷挡住去路，说：“我能以个人名义，请三位喝两杯吗？”

秦光汉犹豫一下说：“可以。”

夏小荷请他们喝了一顿国酒茅台。

时隔一天，石世宝渎职案初查报告报送省检察院。

同日，金一文到沱东区就任副区长。

秦光汉向新任市委书记解金山、代理市长卢兴林专题汇报初查石世宝渎职案的情况和检察院的工作困难。

卢兴林说：“你们科级干部晋升的批文很快下发，文还是老批文，起算时间也是原定起算时间。1000万元基建国债，我已经向解书记汇报，并且取得他的同意，按去年5月市长办公会议决定办。你们抓紧跟财政局联系，办手续就行了。”

解金山说：“你们报的那6个拟提副处级的干部，市委常委近期研究。石世宝渎职案，你们查得好，办得对。特别是你一次次顶住诬告陷害、打击报复，遭受妻离子散的痛苦，圆满完成了初查任务，市委对此表示高度赞赏。”

解金山还说：“反贪污贿赂、渎职侵权，是我们党和政府坚定不移的方针，也是你们检察机关的工作重点之一。如果下一步最高检、省检察院指定你们管辖石世宝渎职案，你们要一如既往，坚决完成任务，市委市政府将坚定不移地支持你们依法行使检察权！”

秦光汉感激得热泪盈眶。

邵素琴有时一个星期也不回娘家看看。女儿贝贝见不到妈妈便跟外婆吵着闹着要爸爸，萧剑飞只好把她接回家来。

萧剑飞让案子缠得团团转，还要接送女儿、做饭涮洗确实有点招架不住。宁秋萍看见他的这种窘状，便不管萧剑飞接受不接受，主动上门帮他接送女儿、洗衣做饭。几天下来，竟和贝贝很是投缘，萧剑飞也对宁秋萍真诚的帮助感激不已。

这天晚上，萧剑飞正在家里和宁秋萍带女儿吃饭，郑大年的电话打了过来。

“剑飞你干什么呢？”他问。

萧剑飞说：“我和秋萍正吃饭呢。”

郑大年说：“先别吃了，赶快到金年华洗浴城来，有紧急情况。你自己来就行了。”

“郑大年找我有紧急事，我要马上去一下金年华。”萧剑飞接罢电话对宁秋萍说。

“有任务吧，”宁秋萍问，“是不是一起去？”

“澡堂子，你去干什么。你在家带贝贝吧。”萧剑飞说罢便出了门。

萧剑飞乘出租车赶到金年华洗浴城门前，郑大年正站在一片灯影里等他，见他走近了便说：“饭没吃好吧？一会儿我请你客。”

萧剑飞说：“那好。这么晚了什么急事？”

郑大年掏出那块皮鞋铁掌，说：“金一文进洗浴城去了，我们一起查验一下，看这块铁掌是不是他鞋上的。”

他们向洗浴城的工作人员亮明了身份，顺利地拿到了金一文的老人头皮鞋。

皮鞋后跟下没有铁掌，但铁掌痕迹清晰可见。

郑大年把那块铁掌按在一只鞋的铁掌痕迹上，严丝合缝，铁掌果然是金一文的。

许传新之死距离最后揭谜，又近了一步。

萧剑飞随郑大年走出金年华洗浴城，上了他的警车，心里忽然跳出一个问号：“能肯定是金一文谋杀了许传新吗？”

郑大年说：“许传新死亡当夜及前几天，他确实到许传新家去过，还从野郎中手里买过麻醉药，而这种麻醉药跟许传新茶杯里的麻醉药成分一致，再就是我们刚才看到的，遗留在许传新家的皮鞋铁掌也确实是他的。”

“金一文是个很精明的人，他明知铁掌在你手里，还会穿那双皮鞋？”萧剑飞说，“如果我是谋杀者，早把那双鞋扔了。”

郑大年说："那是你没穿过老人头。金一文这双鞋多少钱，你知道吗？"

"500 块？"萧剑飞说，"1000 块了不得了。"

"再加个 0！"郑大年说，"1000 块，你只能看看，最多摸摸。"

"这么贵！"萧剑飞咋舌，想了想又说，"就算一万块好不好，钱值钱还是命值钱？"

"侥幸，犯罪的人都有侥幸心理，他想不到一块铁掌会暴露自己。"郑大年说，"每个犯罪分子都会留下作案痕迹，只不过是有的很容易发现，有的不容易发现而已。也许这就叫恶有恶报，天不容奸吧。"

说话间，郑大年开向了美食一条街。

"怎么，你还真要请客？"萧剑飞问。

"什么真的假的？说请就请。"郑大年说，"快给秋萍打电话，让她带贝贝过来。"

萧剑飞当即给宁秋萍打了电话。

萧剑飞给宁秋萍打电话的时候，郑大年一直盯住他坏笑。

"坏笑什么？我脸上有灰还是有啥？"萧剑飞问。

郑大年笑嘻嘻地问："秋萍天天往你那儿跑？"

萧剑飞说："贝贝这段儿不是跟着我嘛，她帮我带孩子。"

"秋萍已经当上贤内助了。"郑大年说，"这丫头不错，又这么崇拜你，你也急需一个帮你理家教子的女人。你俩就抓紧办了算了。我还等着喝你们的喜酒呢。"

萧剑飞说："别胡扯了！我这刚跟邵素琴离了！"

郑大年说："也对。不过，秋萍可是个黄花姑娘，这又给你带闺女又给你洗衣做饭的，你可别亏待人家。"

萧剑飞说："我怎么就……得，这事儿以后再说吧。"

郑大年刚把车停好，就见宁秋萍从一辆出租车上跳下，朝他的警车跑来。

"怎么一个人来了，贝贝呢？"萧剑飞迎着她问。

宁秋萍说："贝贝让素琴姐接到姥姥家去了，说姥姥想贝贝了。"

邵素琴把女儿接送到母亲家，吃罢晚上又坐了一会儿，就回了韩劲达的家。

回到韩劲达家楼下，她抬头向楼上看一眼，不禁心惊肉跳起来，窗口灯亮着，韩劲达回来了！

韩劲达已经不像开始那段时间对她那么好了，而且对她看得很紧，不许她见萧剑飞，不许她见女儿，也不准她晚上单独出门，张口就拿她"拍艳照"、

“强奸男人”相威胁，还多次在酒后对她恶骂、动拳头。

邵素琴一进门就看到韩劲达醉醺醺地靠客厅的沙发上，看见她回来了，东倒西歪地站起来，目光凶凶地盯住她，问：“这么晚了，你他妈浪哪去了？”

邵素琴不敢跟他顶撞，便喏喏说：“我妈想贝贝了，回家接贝贝送我妈家。”

“回家，萧剑飞那儿还是你家？”韩劲达伸手就是一巴掌，一把抓住她的头发，恶狠狠地问，“你这个骚货浪货贱货破货，老实给我说，是不是跟萧剑飞重温旧情去了！”

邵素琴大声争辩：“不是！萧剑飞根本不在家！”

韩劲达冷笑：“如果在家呢？在家你们就重温旧梦了，对吧？”

邵素琴实在忍不住了，就骂了一句：“你放屁！”

“臭婊子，你敢骂我！”韩劲达使劲一搡，把她推倒在地，又一顿拳打脚踢，打累了便坐回沙发，盯住她得意地笑，“想跟老子犯戗，你她妈找死！实话告诉你，那天就是老子强奸了你，那些照片、录像都是假的。这是他妈萧剑飞的报应。他拆我的后台，坏我的生意，我就让他戴绿帽子，让他妻离子散！”

邵素琴吃惊地瞪大了眼睛，现在才明白，自己陷入了一个恶毒的圈套。

“看什么看，再朝我瞪眼，老子把你的眼珠子抠出来，”韩劲达又朝她恶狠狠地说，“老子当过黑社会，连人都杀过，还治不了你这个臭婊子？什么女警察、女强人！什么时候想揍你，什么时候揍你！”

韩劲达打骂累了，靠在沙发上眯缝起眼睛。

邵素琴艰难地爬起来，走进洗浴间把热水放出来，使劲冲洗着自己，潜意识里不仅想冲掉下巴、脖子上的血迹，更想冲洗掉一身的耻辱。

在哗哗的水声里，她想起了跟萧剑飞相亲相爱的日日夜夜，那是一个多么优秀的男人啊，自己却没有好好珍惜！

她也想起了韩劲达刚才的话。她过去曾经听别人说过，韩劲达是黑白两道通吃，难道他真的杀过人？他说萧剑飞拆他的后台，坏他的生意是什么意思？难道牛太元、许传新的死跟他有关？

她不寒而栗。

邵素琴正在心惊肉跳地想着心事，韩劲达赤身裸体闯了进来，一把抓住她就往洗浴池边按。

邵素琴刚想挣扎，韩劲达朝脸就是一拳，她只好顺从地伏在洗浴池边，再也不敢挣扎拒绝了。

韩劲达用拳头征服了她，邵素琴屈辱的泪水和鼻孔流出的血水混合在一起流入洗浴池……

第十九章
并 非 结 局

2010 年元旦，这是秦冰冰与郁继达既定的新婚之日。

不请客人，不办酒席。这是秦光汉的主张，可文若苹不同意，说这么喜庆的大事，亲朋好友、同学同事来祝贺，咱还能不管饭？秦光汉就妥协说，订五桌酒席，客人来了酒菜招待，只要是冲咱俩来的绝不收礼，冲冰冰来的另当别论。实在推辞不掉的，可以先收下，以后再说。

昨天，仇琬璐打电话来，说她已经回省城，孩子的婚礼安排一切不变。小达还在沱原，车队已经备好，明天八点八分准时去迎亲。文若苹说，这边可能要有点小变化。这事好多亲朋好友都知道了，中午要招待几桌，就不能随车队一起去了，她和秦光汉下午赶到。仇琬璐又说："行行行，你还要跟光汉交代一声，儿女大喜的日子，他和先达见了面，就不要提过去的事了。"文若苹说："好好，我不会让他跟先达吵架的。"

昨天晚上，郁继达叫秦冰冰到雨晴别墅去，商量了化妆、扎彩车一类的细枝末节问题，完了摸摸冰冰微微隆起的肚子，说谢谢你宝贝冰冰。冰冰笑笑说："谢我干什么，这是你的功劳。"郁继达说："那我可要再立新功。"说罢便脱冰冰的衣服，说，"咱来一次告别式吧。"冰冰不解，就按住他的手问："怎么是告别，什么意思？"郁继达说："这不是咱婚礼前的最后一次吗？告别婚前性生活嘛。"冰冰纠正他说："那也不对，咱们已经领过结婚证，早已是夫妻了。"郁继达忙说："对对，看我这个法盲。"

八点钟到了，还不见迎亲车队的影子。

化好新娘妆的冰冰，貌若天仙地站在窗下，焦急地向大门外张望。

秦光汉、文若苹和一大群亲友，还有萧剑飞、刘明远、杭萍等一帮子干警，市委、市政府机关的一帮子干部，都涌在楼下，焦急地盯着小区门外的马路。

眼看着到了八点半，还是不见迎亲车队来，文若苹焦急地说："谁到雨晴小区看看怎么回事？"

“我去吧。”杭萍骑上摩托车一溜烟地走了。

杭萍去了十来分钟，便一脸慌张地回来了。

秦光汉、文若苹心里一紧，连忙迎上去：“怎么回事？”

杭萍吞吞吐吐地说：“迎亲车队已经……他们把倪秀儿接走了！”

秦光汉、文若苹一下子瘫软在地上，人们惊呼着喊：“救护车，快叫救护车！”

秦光汉挣扎着站起来，自言自语：“他们知道女儿就是我的命，他们想要我的命啊！”

“郁先达一家子真不是东西！”

“用这种阴招报复，也太恶毒了！”

……

人们正七嘴八舌，愤怒地议论，一团彩球从楼上飞落下来，在二楼的晾衣架上顿了一下，轰然坠地。

秦冰冰跳楼自杀了！

秦光汉夫妇和萧剑飞、宁秋萍、杭萍及十几名亲朋好友等在急救室前，心焦了一天，直到黄昏时分，一名中年女医生才推门走出来。

秦光汉夫妇和亲友们一齐迎上去，问：“怎么样医师？”

女医生说：“病人醒过来了，伤势不是很严重。幸亏有晾衣架挡一下，晾衣架上又晒着被子，要不真没命了。”

文若苹嗷了一声坐在地上。

秦光汉泪流满面，冲着女医生直躬手：“谢谢谢谢！”

女医生又惋惜地说：“孩子没保住，流产了！”

郁继达把倪秀儿抱上婚车的时候，二子戴着假发跑前跑后地忙活。

车队启程远去，他用手抹了把头上的汗水，摘下假发塞进包里，换上一顶毡帽。恰恰就在这时候，吴小天有事路过，一眼就认出了他，于是当即拨打了郑大年留给他的手机号码。

天不容恶，二子落入法网。

上午 11 点，郁先达、仇琬璐夫妇和郁先影，在众多亲友的簇拥下，站在省城国际大酒店门前的广场上，等候即将步入婚姻殿堂的儿子儿媳。

夫妇俩心情格外兴奋。郁先达离开沱原那个是非之地，顺利升任副省长，使秦光汉的反渎变得鞭长莫及，无可奈何了。现在，儿子又幸运地与秦光汉、文若苹温柔漂亮、贤淑达理、满身才气的女儿结为夫妻。

“真是天下的好事都落到我头上了！”郁先达正在沾沾自喜地想着，广场上突然军乐嘹亮，爆竹喧天，一支披红挂绿的迎亲车队开了过来，停在大酒店前。

郁继达从彩车里抱出新娘，兴高采烈地走上红地毯。

郁先达当即拉了把妻子，说："快去看看去，几个月身孕了，哪能这样抱?"

他们迎着儿子走去，却一齐惊呆了：新娘不是秦冰冰，而是她的好友倪秀儿！

"怎么回事?"郁先达问仇琬璐。

仇琬璐说："我，我也不知道。"

郁先达火了："你们娘俩天天在一起嘀嘀咕咕，你会不知道！"

"你的儿子你不知道，我怎么知道！"仇琬璐带着哭腔大声争辩，"我没带好儿子，你呢，你是干什么的！"

夫妇俩正在互相责怪，一辆警车呼啸而来，郑大年、萧剑飞和宁秋萍跳下警车，直奔郁继达而去。

仇琬璐大吃一惊，急忙问丈夫："怎么回事?"

"怎么回事?可能出大事了！"郁先达说着向郑大年走去，想问个究竟。

郑大年已经把郁继达铐住，让萧剑飞、宁秋萍押上警车。

倪秀儿瘫倒在地，现场的所有人都在目瞪口呆。

郑大年走向郁先达，敬了个礼说："郁副省长，郁继达涉嫌故意杀人，我们奉命对他抓捕。"

"你，你们……"仇琬璐试图向郑大年讨说法。

郁先达伸手挡开她，问郑大年："他杀了什么人?"

郑大年说："牛太元，而且蓄意制造车祸，致伤宁秋萍，差点儿让我们葬身沱阳江！"

郁先达无奈地向郑大年挥挥手。

警车拉响警笛，亮着警灯，一路呼啸地驰去了。

郁先达逼视着妻子，厉声问："这些年小达在外面都干些什么，你一点都不知道?"

"先达，我对不起你！"仇琬璐抽抽答答地把儿子在学校因争风吃醋故意伤人，因学业荒废被学校开除，弄张假文凭回来，因打着父亲旗号帮劲达公司揽工程，得到韩劲达的一幢别墅和百万"奖金"，都如实地说了。

郁先达脸色铁青地沉默着，两汪泪水在眼窝里打转。

"先达，原谅我吧，"仇琬璐突然跪倒在丈夫面前大哭，"是我毁了儿子，真的对不起你啊！"

"琬璐，咱们离婚吧。"郁先达说罢转身走了。

秦冰冰一个劲儿地哭，已经一天一夜没吃没睡。

秦光汉、文若苹都没上班，整天整夜地陪着女儿，生怕再出什么不测。

上午，医生刚查完房，护士送来一封信，说是别人让她转交冰冰的。

文若苹把信接过来递给女儿，问护士："那人长什么样？"

护士说："是名中年妇女，她说她是倪秀儿的母亲。"

秦冰冰急忙打开信封，从里面抽出两张泪痕斑斑的信纸。

信上果然是倪秀儿的笔迹：

冰冰，我最最亲爱的好姐妹：

接到我这封信的时候，我已经取代你做了郁继达的新娘。我知道你会恨我的不仁不义不道德，可是我真的不是有意伤害你啊！

在我到雨晴别墅做客不久的一天，爸爸交给我一串钥匙，告诉我他送给我一幢别墅。我看了房子之后，就想参考郁继达的雨晴别墅装修。我先打你的手机没有打通，便又打了他的手机。

郁继达带我看了雨晴别墅的装修，我还用数码相机拍了照。在我正要离开的时候，他突然抱住我，硬拖进卧室。我反抗了，也呼救了，可都没有用，还是被他强暴了。虽然我早已不是处女了，也不在乎什么贞操不贞操，可你是我最好的姐姐啊，我觉得对不起你。我爸爸在沱原也是有头有脸的人，事情传出去会让他尽失脸面。所以，我就躺在床上没完没了地哭。

郁继达也许是看透了我的软肋，便趁我赤身裸体地躺着哭泣的时候，用我的数码相机拍下了我，接着再次强暴我，也照了相，并且把我的相机锁进了保险柜。你去上海领奖的那几天，他天天用这些照片要挟我，让我天天晚上到雨晴别墅去陪他。在这以后，他也常常背着你找我，在雨晴别墅、宾馆、他家逼我跟他上床。

20 多天前的一天晚上，你刚离开雨晴别墅，他又打电话让我去。这天晚上，他提出跟我结婚。我说，你已经跟冰冰领了结婚证，还跟我结什么婚？他说他跟你的结婚证是伪造的，领结婚证必须男女双方到场，还要拍照，你们俩根本就没去，照片是用电脑合成的，结婚证是找假证贩子做的。说着就当我的面把两个红本本烧了。当时我对他的话还将信将疑，事后托人到民政局一查果然没有你们结婚登记的记录。

后来，我问郁继达为什么要这样干。他告诉我他恨你父亲。因为你父亲在查他爸爸渎职犯罪的事。他知道你是你父母亲的心尖子，他要通过占有你、抛弃你、毁掉你来打击你父母，让你们一家痛不欲生，生不如死。他还告诉我，他手下有几个无恶不作的弟兄，我要敢背叛他，在元旦之前把真相说出去，就让我找牛太元去。后来一打听，才知道牛太元是个让人开车撞死的骗子。我心里就害怕了。我知道他是什么事情都干得出来的。

还有一件事告诉你。我和郁继达办好结婚登记没几天，他带我去省城的一位同学那儿做客，那位同学私下告诉我，郁继达在广州上学时，因为争一个女人用刀将一个男人捅伤，被拘留赔偿，还让学校开除了，后来拿回家的毕业文凭是假的。回来后，我不敢问他，就在网上查了一下，他的那个毕业文凭果然是假的。

冰冰，我最亲最爱的姐姐，我知道你遭受的打击和痛苦是难以承受的，但我却认为你是幸运的。因为跟上郁继达这个恶魔，就是落入火坑，绝不会有任何幸福可言，下场注定会很惨很惨。而且，咱们两个必然要有一个要落入火坑。现在我能代替你落入这个火坑，也算是赎了伤害你的罪过，心里有了些许欣慰。

祝你幸福！

你永远的妹妹倪秀儿

2010 年元旦凌晨 1 时

秦冰冰看完倪秀儿这封信禁不住放声大哭，为自己，也为与她同样不幸的好姐妹倪秀儿。

萧剑飞把自己承办的一件计生干部侵权案的侦查终结报告写好，天就黑了下来。

他看看手机上的时间，七点半了，该晚饭了。

“这么晚没回家，秋萍怎么也没打电话催呢？”他这样想着，便骑上自己的摩托车往家赶。

萧剑飞进门的时候，宁秋萍正呆呆地坐在客厅的沙发上，两眼红肿得吓人。

他大吃一惊，忙问：“怎么了，秋萍？”

宁秋萍泪汪汪地说：“素琴，素琴姐来了！”

“邵素琴？”萧剑飞气呼呼地问，“她想干什么！”

宁秋萍哭出声来：“她，她太苦了！”

一个小时前，邵素琴来了，泣不成声地把韩劲达强奸、照相、录像，并以此要挟她与他同居的经过和对她实施性虐待、肉体折磨、精神摧残的情况，对宁秋萍说了。

宁秋萍问她：“韩劲达这样对你的目的是什么。”

邵素琴说：“就是为了在精神上摧毁萧剑飞，不让他有心思查办石世宝渎职案。他说萧剑飞拆他的后台，坏他的生意。假冒郑大年给你和剑飞打电话，让你们在温馨宾馆见面，然后报警，让派出所抓卖淫嫖娼，也是他安排人干的。”

宁秋萍恼恨地说：“这个东西该死！”

邵素琴说：“他的死期不远了。”说罢就拿出一叠复印的材料。又说，“这是我从他日记里复印的，他的罪恶都写在里面，你交给剑飞，让他赶紧转给郑大年。”

宁秋萍翻了两页，觉得这个材料很重要，就问：“他这么秘密的东西，你怎么拿到手的？”

邵素琴说，昨天晚上，他在外面喝酒回来，又打我骂我糟蹋我，用他当黑社会伤人杀人的事吓唬我。他已经多次这样吓唬我，我就怀疑他真干了那些坏事。他一喝多就睡的跟死人一样，我趁机在屋里翻，结果在书柜底下的抽屉里发现了两大本日记。当时我没敢动，又原封不动地放了回去。今天上午，韩劲达到省城有事去了。上班后我就转回去，发现那个抽屉还没锁，钥匙也在上面，就把两本日记拿出去，挑着有用的复印了。

听邵素琴说了这些，宁秋萍突然明白了她起诉离婚、净身出门的原因，不由替邵素琴难受。

萧剑飞当即翻阅韩劲达的日记。

韩劲达的这些日记，从五年前写起，详细记载了他组织黑恶骨干伤害其他房地产商，强揽工程，又在前年的打黑风暴中，使用金蝉脱壳、嫁祸于人之计，逃脱法网的经过；记载了金一文向他通风报信，暗示他除掉牛太元和他跟郁继达密谋，由他出钱，郁继达出面，安排二子采用撞车手段谋杀牛太元的经过；还记载了他强奸多名妇女、到夜朦胧嫖娼、利用郁继达揽文化中心工程等一系列违法犯罪事实，连他设圈套陷害萧剑飞、宁秋萍，强奸邵素琴的经过及其罪恶目的都写得清清楚楚。

萧剑飞看罢这叠满纸污秽的日记，拳头攥得咯嘣咯嘣地响。

“给郑大队打电话吧，”宁秋萍催促他，“夜长梦多，万一素琴姐的行动让他发现，就危险了。”

萧剑飞当即拨通了郑大年的电话。

第二天上午，郑大年、宁秋萍在萧剑飞、刘明远的配合下，对韩劲达家突击搜查，提取了那两本日记，还搜出一支手枪，三支短管散弹枪，20 多发子弹，2 斤多散弹和七八件管制刀具。之后，韩劲达在他的劲达公司被抓获。

当天下午，韩劲达供出了金一文。

当天晚上，金一文在金年华洗浴城被抓获。

秦冰冰失踪了！

夜里，文若苹打了个盹儿醒来，就不见了女儿的影子。

秦冰冰走的时候，连只言片语也没给父母留下，家里的衣物和日常用品一样也没动。打她的手机关机。

文若苹立即向公安机关报案，公安机关寻找了三天，也没发现她的任何线索。有迹象表明：秦冰冰再次选择了自杀！

秦光汉夫妇一下子被这突发的不幸击倒了。

秦光汉大病一场，在床上躺了三天。

三天之后，秦光汉硬撑着身子，从床上爬下来，冲妻子说："若苹，起来上班去。我们不能垮下去，不能让他们如意！"

秦光汉走进检察院的时候，许多干警看到他一副大病未愈的样子，都哭了。

转眼到了元月底。

元月 26 日，沱原市新一届人民代表大会开幕。

省委组织部常务副部长郁先影奉派来沱原指导大会选举，这就注定了大会的检察长选举要出现一番较量。

大会开幕的前一天晚上，召开主席团会议，大会秘书长宣布：经 20 名人大代表提名，高庆生被推举为市检察院检察长候选人，而且这些代表大多来自市直各部门和各县区直属部门，具有广泛的代表性。显然，等额选举将变成差额选举，秦光汉当选的可能性渺茫了！

主席团成员一片哗然。

丁秉池拍案而起："这分明是针对光汉同志，针对查办石世宝渎职案的。希望组织对新推候选人的资格严格审查！"

"老书记不要激动，更不要感情用事。"郁先影首先表态，"人大会议是个充分发扬民主的场合，等额选举也不是唯一的选举形式，人大代表联名推荐候选人参加竞选，这是法律许可的，也更能体现人民民主。省委指导组同意将民推候选人列为检察长选举对象！"

解金山说："郁部长，我们是要尊重代表的民主权利，但也要履行对候选人资格审查的责任。丁老的意见，我们应当考虑。"

丁秉池说："高庆生一个副检察长，长期默默无闻，却突然被联名推举，市直的代表不说，县区直的代表了解他吗？"

"检察工作本来就有相当的保密性，就算大家对一个副检察长不很了解，这也是正常的。"郁先影反驳说，"秦光汉同志虽然是代理检察长，主持了将近一年的工作，你们都对他了解吗？"

主席团成员们面面相觑。是的，他们确实对这位代理检察长不很了解，就连秘密初查石世宝渎职案这么大的事，也只有少数几个人听说过。

“尊重代表的民主权利，这是个原则问题，也是省委指导组的意见，”郁先影对新老两任书记的意见毫不理睬，口气强硬地说，“检察长实行差额选举，这个问题没有什么可讨论的。就这样定了！”

郁组长一锤定音，等额选举检察长变成了差额选举。

大会的议程依次为听取政府工作报告、财政计划执行和预算安排的报告，法院和检察院的工作报告。

大会开幕的第四天，秦光汉作了检察院的工作报告，按大会议程，第五天下午就是大会选举了。

早在第一次主席团会议召开之后，就有不少人大代表私下找秦光汉，说现在的一些事情，你在与不在是大不一样的，大会选举的时候，你一定要在场，天大的事情，千万不要请假。

秦光汉决定，明天的大会选举绝不请假。不请假就意味着人大代表可以看到他，想到他，而且自己还有投自己一票的机会。当选与落选，往往就是一票之差的事情。他要在这次选举中志在必得，倒不是非当这个检察长不可，而是担心这个职务真的落在高庆生手里，那将不仅是沱原检察机关的悲剧了！

第五天下午，秦光汉早早从家里赶往人大会场。

就在他要一步跨进会场的时候，身上的手机响了。

电话是省检察院陈国荣打来的，让他立即赶到省院受领任务。

秦光汉的心一下子悬了起来！自己一走，下午的选举真的悬了！

他支支吾吾地对陈国荣说：“陈检，下午是大会。”

“你请假。立即赶到省院来！”陈国荣语气很坚决，没有商量的余地。

秦光汉无奈，只好向大会请假，驱车直奔省城。

在秦光汉驱车赶往省检察院受领任务的时候，文若苹在自己的办公室里接待了一名稀客。他就是炎黄文化传媒公司的老板卫云飞。

“你们在找秦冰冰？”卫云飞进门就问。

文若苹顿时泪如雨下。

卫云飞说：“您别伤心，冰冰有消息了。”

文若苹简直不相信自己的耳朵，愣了好大一会儿才问：“她还活着？”

“活着，”卫云飞笑笑，“她在上海。”

文若苹还是不敢相信，又问：“您是怎么知道的？”

卫云飞说：“我在上海的老同学刚给我打来电话，说冰冰去了他那儿。他也是搞商业广告的，冰冰认识他。”

文若苹说：“这怎么可能呢？走的时候一句话也没留下，走了连个电话也没打来。这孩子向来是挺懂事的。”

卫云飞说：“我刚才跟她通话了。她现在精神状态还是很不好。她觉得出了这种事，让你们丢脸了，无法面对你们，也无法在沱原待下去了。”

文若苹点点头，觉得他讲得有道理，这才相信了他的话。

卫云飞说：“元旦前她向我请婚假，说准备跟郁继达一起游遍名山大川，我就准了她一个月假。我这阵儿事多，就给了她两万块钱的贺礼，那天也没到你们家去，哪知道就出了这么大的事。要不是上海那老同学打电话来，我还以她在外地玩呢。”

“您这儿有冰冰的电话吗？”文若苹急切地说，“我要马上给她打电话！”

卫云飞说：“有是有，可是冰冰现在不想让你们知道她的下落。你看是不是过几天，等她的情绪调整好了再……”

文若苹说：“不行，这段时间我跟他爸差一点没死了，我要立即跟她说话。卫总，快把她的电话号码给我！”

“冰冰看到您的号码也许不会接。这样吧，用我的电话打过去。”卫云飞理解她此时此刻的心情，用自己的手机拨通了秦冰冰的手机，递给她说，“让冰冰先说话。”

手机通了，只听冰冰在里面说了声：“卫总！”

文若苹急忙说：“冰冰，好孩子，我是妈妈！”

手机里突然没有了声音。

文若苹焦急地大哭：“冰冰，冰冰！你这么狠心吗？爸爸妈妈差点儿死了，你知道吗！”

秦冰冰也在那头放声大哭：“妈妈，我对不起您和爸爸，女儿给你们丢人了！”

文若苹急忙说：“爸爸妈妈不怪你孩子，你是无辜的。是爸爸妈妈看错了人，是郁继达太坏！”

秦冰冰不说话了，手机里只有呜呜的哭声。

文若苹说：“冰冰，恶有恶报，郁继达谋杀牛太元，让公安抓了，还有他的同伙金一文、韩劲达都逮了！”

手机里没有了声音，也许这个善恶有报的消息对她来说，来得太突然，尽管是个解气解恨的消息，她丝毫没有承接的准备。

文若苹说：“回来吧孩子，爸爸妈妈想你，爸爸妈妈不能没有你啊！”

秦冰冰说：“我对不起爸爸妈妈，你们就当没有这个女儿！”

文若苹大哭，说："孩子你说什么憨话！快回来吧，再不回来爸爸妈妈都会疯了！"

"不，沱原那个地方我是永远不会回去了。"秦冰冰的声音却平静了，"我无颜见那里的任何一个人，也无法回那个害我终身的地方。爸爸妈妈如果还疼女儿，退休后就到这儿来，女儿在这儿为你们养老送终！"

文若苹忙说："好好。爸爸妈妈听你的！"

跟女儿通完话，文若苹对卫云飞说："卫总，麻烦您给您那老同学打个电话，让他多多关照一下冰冰，像您一样关照她。"

卫云飞说："这您放心，冰冰是我的台柱子。她这一走我的炎黄文化也前景暗淡了。我已经决定到上海发展，跟我那老同学强强合作。这样对冰冰施展才能也大有好处。"

文若苹高兴地说："这是最好不过的了。把孩子交给您，我们放心。"

"谢谢，谢谢你们的信任。"卫云飞说，"冰冰有下落了，你们放心，我心里也踏实了。"

"不，我要去上海看孩子，"文若苹说，"不亲眼看看她，我心里是不会踏实的。"

卫云飞说："您准备什么时候动身？"

文若苹说："现在，我现在就去车站。"

"现在哪有火车？"卫云飞想了下说，"这样吧，我开车送您去。"

文若苹忙推辞说："不行不行，您生意忙，不能耽误！"

"过几天我也要去跟老同学谈合作的事，今天去不过是仓促了点，"卫云飞说着站起来，"就这样办，咱们走吧。"

秦光汉一路高速，两个小时就到了省城高速路出口，刚出收费站手机响了。

他掏出手机刚"喂"了一声，就听文若苹在里面兴奋地喊："光汉，冰冰有消息了！"

秦光汉颤抖了一下："什么，你说什么？"

文若苹说："冰冰找到了，在上海，在卫总老同学的广告公司呢！"

秦光汉嘴唇动了动，说不出话来。

文若苹说："我在卫总的车上，正往上海赶呢。"

秦光汉擦擦泪，"嗯"了一声。

文若苹继续说："冰冰是坚决不回沱原了，让我们退休后到上海养老。我答应她了。"

秦光汉忙说："好好。把咱们的存款都交给她，让她看着在上海买套房子。"

文若苹说："好好，我到上海就跟冰冰商量！"

跟妻子通过话，秦光汉压在心头20多天的一块巨石顿时消失了，心情变得轻松起来。

他突然想起了一句民间俗语，"福无二至，祸不单行"。

他想："女儿有消息了，看来检察长落选是必然的了。落选就落选吧，哪能好事都落到我秦光汉一个人头上呢？"

想到自己的落选就意味着高庆生的当选，他的心情顿时又沉重起来："这种人当了检察长，是会毁掉沱原市检察院，毁掉全市检察事业的！"

"没有这么严重吧？"他又换个角度想，人到了回天无力的时候，总会换个角度安慰自己的，"他当了检察长，在工作上我可以支持配合，还有纪检监察部门、社会、内部干警的监管嘛。用不着我这样杞人忧天吧？"

秦光汉正这样想着，手机又响了。

他看了看来电显示，是市纪委刘书记，忙问："刘书记，什么指示？"

刘书记问："秦检，你现在是在会上，还是在哪里？"

秦光汉说："我在去省院的路上呢，已经下了高速。刘书记您说吧。"

刘书记说："有件事情向你通报一下，市纪检委决定，对你院副检察长高庆生同志实行'双规'。"

秦光汉吃了一惊："为什么？"

刘书记说："破坏选举。他在金一文的帮助下，向韩劲达索贿20万元，收买人大代表。"

秦光汉说："怎么发现的？"

"金一文的交代，还有韩劲达的检举。"刘书记说，"你去省院了，就顺便把这件事汇报一下吧，我就不再专门通报了。"

"好，"秦光汉沉思一下说，"刘书记，我有个请求。"

刘书记说："你说吧。"

秦光汉说："高庆生这个人我很了解。他虽然毛病不小，但他不以权谋私、贪赃枉法，生活上也没发现有什么不检点的地方。这次索贿和贿选应当是初犯。如果审查结果，有从轻减轻情节，尚不构成犯罪的话，我希望组织给他条出路，给他安排个合适的地方。"

刘书记在那头笑了，说："怪不得过去先达市长说你心软。就算我接受你的建议，你看什么地方需要他这样的干部？"

"这……"秦光汉语塞了。他确实不知道什么地方容得了高庆生这种人。

省城出了大事。

省委副书记、省长王宗禹因年龄和“身体健康原因”，已被宣布免职；郁先达、邝家厚涉嫌重大渎职和弄虚作假，对抗组织调查，被中纪委决定实行双规，停职审查；郁先影调任省妇联副主席。

秦光汉听到陈国荣介绍的这些情况，半天没有说话，虽然邝家厚、郁先达被实行“双规”，是他意料中迟早要来的消息，现在还是觉得来的突然了些。而且，想到自己跟郁先达20多年的友谊，心里又觉得沉甸甸的。

陈国荣说：“高检院对我们的初查结果非常满意。现在，中纪委要求我们提前介入，配合调查。高检院已经正式指定你院管辖。你们可以立案了。”

秦光汉问：“我们是不是要派人到省城来？”

“不，”陈国荣说，“为了方便调查取证，中纪委决定，把‘双规’地点放在沱原。”

秦光汉点了点头。

“怎么，又动恻隐之心了吧？”陈国荣看他一眼，“感情这东西是非常奇妙的。做检察工作不能不讲情，但我们更要讲法。省院相信你。”

秦光汉说：“谢谢省院、高检院领导的信任，我们一定把案子办准，办实，经得起人民，经得起历史检验。省院还有什么要求吗？”

“没有了。”秦光汉想起了刘书记交代的事，就说，“高庆生被纪委‘双规’了！”

陈国荣说：“知道了。你们市委解书记打电话来了。”

秦光汉歉疚地说：“是我没带好他。他毕竟是在我担任党组书记，主持工作后出事的。”

“你用不着自责，这事跟你没关系。”陈国荣说，“像他这种素质的人，放在什么地方，早晚都要出事的。”

秦光汉不说话，心里却想：“何尝不是呢？”

陈国荣说：“解书记还说，高庆生一出事，把检察长选举的事搞复杂了。郁先影趁机做文章，检察长选举议程可能取消。你可要有心理准备啊！”

秦光汉说：“我现在把当官看得淡了。说实话，我过去是很想当这个检察长的。可是经过这么多事，特别是看到郁先达、邝家厚的归宿，我真的怀疑自己要不要当这个检察长了。”

“你想逃避责任？”陈国荣严肃了，“现在不是你要不要当的问题。如果组织和人民群众选择了你，这个检察长你不仅要当，而且必须给我干好。不许有一丝一毫的懈怠！”

秦光汉抖擞了精神回答：“是！”

陈国荣看看他，满意地点点头，说："你曾多次找我要字，我都觉得你们沱原是书画之乡，我这字拿不出手，可我今天要主动给你写一幅！"说罢兴冲冲地摊开宣纸，提笔挥毫，几行苍劲有力的大字跃然纸上：

大雪压青松
青松挺且直
欲知松高洁
待到雪化时

这是陈毅元帅著名的咏松诗。秦光汉眼里湿润了，这幅墨宝一笔一画都饱含着上级院的重托与期望啊！

"上次到省院来，你是来去匆匆，连杯酒也没有请你喝，今天就吃罢晚饭再回去。"陈国荣审视一下自己的墨宝，把笔一放说，"明天就要上一线了，我和省院全体班子成员给你把酒壮行！"

吃罢晚饭已经晚上八点多了。

陈国荣和省院全体班子成员站在路边为秦光汉送行。

秦光汉心里热了一下，感激地看了眼站在凛冽寒风中的领导们，钻进小车。

小车沿着高速向沱原急驰。

秦光汉坐在车上，眼前总是闪着陈国荣期待的目光，响着党院班子成员们一番番激励鼓劲的话语，那一杯杯壮行酒也在心里燃烧着，点燃他临战的激情。

他觉得车里闷热，头上也已冒出汗来，便让驾驶员把车靠到停车路肩上，下来呼吸一下旷野的空气。

天上飘起了雪花，刺骨的寒风冷飕飕地吹来，秦光汉打了个冷战。

他忽然想起了一句名言："冬天已经到了，春天还会远吗？"

后　记

一

希望有一部反渎职长篇文学作品的想法，至少已经有30年了。那时候我还在北京武警部队服役。

有一天，我在《北京晚报》（也许是其他什么报纸上）看到了一幅漫画（这幅漫画我在书里引用了），后来又陆陆续续地从报刊和内部参考资料上看到一些有关政府官员重大渎职，给国家和人民生命财产造成严重损失的报道。我当时就想，这些官员为什么对国家和人民生命财产如此不负责任？这些官员造成如此重大的损失，为什么往往只说了句轻飘飘的“交学费”就万事大吉了，却很少有人受到应有处罚？而这样有过无罚的结果，除了造成更多的渎职，还会有什么好的结果吗？

痛心之余，我便希望有作家注意到这种昏官庸官现象，写一部查处重大渎职犯罪的长篇文学作品，唤起人们对昏官庸官现象的关注，对那些对党、对国家、对人民不负责任的官员一记棒喝。可是一等就是30年，我始终没有看到这样一部作品出现。

近十几年来，官员们建“形象工程”、“政绩工程”成为时尚，因此诸如签订合同被骗、重大活动踩踏、在建工程坍塌、煤矿重大伤亡事故等中官员渎职犯罪屡屡曝光，却鲜见渎职官员被绳之以法的报道，也仍然没有出现我所期望的反渎题材文学作品。

我终于按捺不住了，决心亲自写一部这样的作品，哪怕这部作品像一个发育不全的孩子，或五官难看些，内脏功能弱一些，但至少也可以告诉人们渎职犯罪的危害，唤起人们的对渎职犯罪的关注和昏官的警醒。

这就是我写《秘密调查》的初衷。

二

改革开放30多年来，反贪成为热门的文学题材，每年都有一批高质量、有影响的长篇作品出现。让文学顺应民心，关注社会热点，这无疑是一个好现象。

可是，反渎职仍然是一个被冷落的题材，而渎职是一种比贪污贿赂危害更大的职务犯罪。

据媒体报道，2005年以来的5年间，上海市检察机关共立案侦查渎职侵权犯罪案件162件175人，案均损失高达300万元。

绍兴检察机关2003年至2007年，共立案查办渎职侵权犯罪案件46件47人，这些案件给国家造成直接经济损失高达6519万元。就个案而言是贪污犯罪个案平均损失的7倍。

云南省自2005年来5年侦查终结渎职犯罪案件930件1034人，仅挽回的经济损失就达2.1亿元。并且，受“好心办错事”、“工作失误交学费”等错误理念的影响，或是为了保住本人和单位的“政绩”，一些单位对检察机关查办渎职侵权犯罪不理解、不支持，案件线索不移送，在检察机关受理的2187件渎职侵权案件中，外部移送的仅为10.8%。

2007年5月23日上午，最高人民检察院渎职侵权检察厅负责人做客中国平安网、新华网，与广大网友在线交流时，透露出一个全国性统计结论：贪污犯罪个案平均是15万元，渎职侵权犯罪的平均个案损失达258万元，是贪污贿赂案的17倍！而贪污贿赂犯罪的涉案资金大多可以追回，上缴国库，渎职犯罪造成的损失大都无法弥补，因渎职造成的人员伤亡，更是给许许多多家庭造成了无法想象的灾难！

最高检的数据分析还显示，对渎职犯罪有轻判的倾向。与犯罪的社会危害严重性形成反差的是，在检察机关查办的渎职犯罪案件的刑事判决中，判处实刑的仅占判决总数的15%，在已经做出的刑事判决中，被判免予刑事处罚和宣告缓刑的比例高达95.6%。就在《秘密调查》完稿的时候，我的家乡出现了一桩怪案，某县建设局局长擅自改变土地用途，将一块政府公益用地转让他人，用于商业开发，并且致使土地“三金”无法收回。这名民政局长不服法院一审有期徒刑两年的判决，提出上诉，而在中院的审委会上，竟有多数审委以“好心人办坏事”为由，提出宣告被告人无罪！

一些地方的领导，甚至司法机关对渎职犯罪漠视，甚至放纵，这是我写《秘密调查》的又一动因。

三

我要在这里申明：本部小说故事纯属虚构，切勿对号入座。

作者最担心、最害怕的恐怕就是作品中的人和事被人对号入座了。

我的上一部长篇小说《国家赔偿》出版后，就遭遇到这种情况。

在我供职的检察院，许多同事把女主人公跟院里的一位女处长挂上了号，系统外一些认识我也认识那位女处长的朋友，一见到我就说，你那小说里的佟雪梅一看就是某某处长，没想到她还这么伟大。

我在市委工作的一位战友说：你这小说里的罗曼妮不就是市委原某某书记的女儿吗？某某书记的女儿就在团市委工作。

一家报纸连载了《国家赔偿》。连载期间，这家报社社长找到总编说：这本小说你看了吗？里面的谁谁就是市委的谁谁，谁谁就是公安局的谁谁，还有谁谁就是市政府的谁谁，里面的人物都能跟市里的人对上号，连载之后，可能要惹出大麻烦。

面对这些对号入座，我确实提心吊胆了一阵子，因为受不了那种麻烦。好在我的家乡父母官都是明智的。他们懂得文学与生活的关系，自己没有对号入座。

纯属虚构，当然不是无中生有，瞎编乱造，故事中的人和事都源于生活。坦率地说，这里面有中原某市盲目引进项目被骗的影子，有西北第一楼被小木匠骗走数十亿巨资的影子，也有某矿发生重大矿难等重大渎职案的影子。借用文学巨匠鲁迅的比喻就是，我这部《秘密调查》是南方的头脑，北方的腿，东方的身子，西方的五官，是一个合成品。如果读者能够感觉到这部作品故事、人物似曾识，也只能说明这部作品在具备了文学性的同时，用艺术的真实反映了生活。如果仍然有人要对号入座，我也只能说，您误会了朋友，我写的是一个引进煤化工项目被骗的故事，故事的发生地是一座中国地图上找不着的城市沱原，故事中的人物均产生于我的构想，您可能感觉到熟悉，却不可能在任何现实的时间、空间里与他们谋过面。

《秘密调查》在写作过程中，得到文学、金融、司法界不少朋友的指教，出版社的领导和编辑，也为本书的出版发行付出了心血，在此一并致谢。

王绍智

2011 年 1 月于古城宿州